U0610033

中外文学传播与接受研究丛书

武汉大学十五“211工程”项目

俄苏文学在中国的传播与接受

陈国恩
庄桂成 等◎著
雍 青

国社会科学出版社

图书在版编目（CIP）数据

俄苏文学在中国的传播与接受/陈国恩等著．—北京：中国社会科学出版社，2009.8

（中外文学传播与接受研究丛书）

ISBN 978-7-5004-7965-9

Ⅰ．俄…　Ⅱ．陈…　Ⅲ．①文学—文化交流—中国、俄罗斯—现代②文学—文化交流—中国、俄罗斯—当代

Ⅳ．I512.09　I209.6

中国版本图书馆 CIP 数据核字(2009)第 106147 号

责任编辑　李炳青
责任校对　周　昊
封面设计　回归线视觉传达
技术编辑　张汉林

出版发行　中国社会科学出版社
社　　址　北京鼓楼西大街甲 158 号　　邮　编　100720
电　　话　010—84029450(邮购)
网　　址　http://www.csspw.cn
经　　销　新华书店
印　　刷　新魏印刷厂　　装　订　广增装订厂
版　　次　2009 年 8 月第 1 版　　印　次　2009 年 8 月第 1 次印刷
开　　本　880×1230　1/32
印　　张　18.75　　插　页　2
字　　数　453 千字
定　　价　46.00 元

凡购买中国社会科学出版社图书，如有质量问题请与本社发行部联系调换

各章执笔者:

第一章　陈国恩

第二章　庄桂成

第三章　雍　青

第四章　张　健(第 1—4 节)、孙　霞　陈国恩(第 5 节)、
　　　　祝学剑　陈国恩(第 6 节)

第五章　赵肖杏

第六章　娄光辉

附　录　权绘锦

目　录

第一章

20世纪中国文学与俄苏文学

在20世纪中国文学与世界文学的多方面联系中，俄罗斯文学与苏联文学所起的作用是举足轻重的。中国文坛的一系列影响广泛的文艺思想论争，大多直接与苏联文艺界的动向有关，中国“革命文学”和社会主义文学的思想观念、审美规范直接受苏联文学的影响，在与苏联关系破裂的时期，我们事实上仍然是在以中国的方式顺延或预演苏联文学的某些发展阶段，从而表现出两者在总体方向上的许多相似处，更不要说俄罗斯文学以其深邃的思想内容、博大的人道精神赋予中国20世纪文学以丰富的内涵。因此，研究20世纪中国文学与俄、苏文学的关系，对于描述中国文学现代化的历程，总结其间的经验，推动中国文学在21世纪的繁荣发展，都具有十分重要的意义。

第一节　俄苏文学在中国的传播

由于严酷的地理条件和封建帝国各自的闭关自守政策，中国和俄罗斯曾经是长期互相隔绝的近邻。对于中国知识分子来说，被严寒统治着的俄罗斯是一片遥远的、充满神秘色彩的土地。进入近代以后，两国的接触有所增加，但令人遗憾的是，这些接触常常是俄罗斯侵占中国领土之类的一些不愉快记忆。这种情形直到20世纪初才发生重要变化。两国从这时开始，在社会生活的许多领域发生了越来越广泛深入的交往，其中一个重要方面，便是在文学领域俄罗斯对中国产生了重大影响。

这种影响有一个共同的基础，即两个民族的文化背景和深层心理有相通之处，所面临的社会问题又大致相同。中俄两国进入19世纪以后，曾先后经历过帝国主义国家的武装入侵。当俄国人在领教过拿破仑的大炮并惊醒过来后，又转而把枪弹射向了还在沉睡中的中国，使中国人民的感情受到严重的伤害。中俄两国都经历了漫长的封建时代，在西方国家普遍进入资本主义社会以后，两国都还处于封建王朝的统治之下，都面临着推翻专制制度、发展资本主义的历史任务。所不同的是，中国的封建势力更加顽固，因此中国的资产阶级革命更为艰难。对此，毛泽东曾精辟地指出："中国有许多事情和十月革命以前的俄国相同，或者近似。封建主义的压迫，这是相同的。经济和文化的落后，这是近似的。两个国家都落后，中国则更落后。先进的人们，为了使国家复兴，不惜艰苦奋斗，寻找革命真理，这是相同的。"相似的社会历史进程，决定了两国人民在精神气质、心理状态和寻求救国救民的思路方面存在许多相通之处。而俄国比中国早一步进入了近代社会，在19世纪后半期，俄罗斯文学达到了世界现实主义文学的高峰。因此，当承担着同样的历史使命的中国现代文学在为自己确立艺术规范、寻找发展方向时，俄罗斯文学成了可资借鉴的光辉典范。中国后来在意识形态方面与苏联进一步趋于一致，这无疑又大大加快了中国现代文学接受苏联文学影响的历史进程。

回顾中国文学与俄苏文学在20世纪的交往历史，可以发现它有一个发展变化的过程，概括地说，它大致可以分为六个阶段。

第一阶段从20世纪初到五四前夕。20世纪初，梁启超出于思想启蒙的需要，倡导“小说界革命”。随着小说地位的提高，翻译界开始译介西方小说，其中就包括介绍俄罗斯的作品。最早翻译到中国来的俄罗斯小说，是普希金的《上尉的女儿》（1903年由日文转译出版，中译本全名为《俄国情史，斯密士玛利传，一名花心蝶梦录》）。1904年，福州的《万国公报》发表托尔斯泰的小说《仁爱所在上帝所在》、《以善胜恶论》，后收入香港版的《托氏宗教小说》（1907年）。1909年，鲁迅、周作人在日本翻译出版《域外小说集》，收入契诃夫的《戚施》、《塞外》，迦尔洵的《四日》，梭罗古朴的《谩》，安特莱夫的《默》等。辛亥革命后，著名的翻译家林纾陆续翻译了托尔斯泰的五部长篇小说：《现身说法》、《恨凄情思》、《罗刹因果录》、《人鬼关火》、《乐师雅路白忒遗事》，短篇小说集《社会声影录》；陈大镫、陈家麟、董哲香合译了《婀娜小史》（即《安娜·卡列尼娜》），马君武翻译了《心狱》（即《复活》）。在翻译俄罗斯作品的同时，对俄罗斯文学的评论也开始了。1903年，黄和南在为《俄国情史》所作的序言中提出，“新译小说者，不可不以风俗改良为责任也”，反映了当时启蒙主义者的立场和观点。鲁迅的《摩罗诗力说》介绍西方以拜伦为代表的浪漫主义诗派，其中说到“俄国有普式庚，文界始独立”，给予普希金很高评价。他又分析了普希金的死因，指出了普希金的局限。

不过，总的看，这一时期对俄国文学的翻译介绍，在规模和影响上不能与对西欧文学的翻译介绍相比。据《晚清小说目》

统计，1903—1913 年间出版的近 600 种小说中，俄国小说只占 10 余种。《民国时期总书目（1911—1949）·外国文学卷》收录 1911—1919 年译作近 400 种，俄国也只有 15 种，远低于英、法和美国。尤其重要的是，俄国小说没有产生欧美小说那样广泛的影响。像《上尉的女儿》这样的名著，以《俄国情史》的书名出版，俄罗斯文学专家戈宝权后来居然在很长时间里一直找不到它，以至不能确定它到底译自普希金的哪部作品[①]。这种情况的出现，固然与中国当时思想界精英社会改造的战略意图有关，他们把目光主要投向西欧，寻求西方式的社会发展道路，因而更多地关注西方文学；但同时，也不能不考虑到当时中国民众审美观念的制约。在 20 世纪初的中国，小说广受社会关注，但人们关注的主要不是它的审美价值，而是它的实用功能。一部分文化精英强化它的政治性，用小说进行思想启蒙；一般的民众则看中小说的娱乐性，把它当作茶余饭后的消遣品。在这样的风气中，思想性和艺术性都较为完美的俄罗斯文学，既不便直接充当某种工具，因而许多精英分子不予重视，而一般的读者又因素质的问题不能欣赏它的严肃主题，所以它的相对受冷落便是一种必然的命运。

中俄文学交往的第二个阶段，从五四到大革命时期。俄罗斯文学在中国真正产生重大的影响，大致始于五四时期。这时，俄罗斯文学的译作数量明显地增加，普希金、托尔斯泰、陀思妥耶夫斯基、屠格涅夫、安德列耶夫、高尔基等人的作品纷纷被翻译过来，1921 年，《小说月报》还出版了《俄罗斯文学研究》专

① 参见戈宝权《普希金在中国》，《普希金文集》，时代书报出版社 1949 年版，第 352 页。

号。据《新文学大系·史料·索引》统计，1917—1927 年，国内出版的翻译作品 200 种，单行本 187 种，其中俄国文学有 65 种，法国文学 31 种，德国文学 24 种，英国文学 21 种。这恰好与前一阶段的情况形成鲜明的对比。这表明，以十月革命的成功为契机，中国文学界开始把介绍外国文学的重点从西欧转向了俄国。更重要的是，这时译作的翻译质量大为提高。比如，马君武 1914 年翻译的《心狱》，删节很多，篇幅只及托尔斯泰原作《复活》的 1/3，到 1922 年耿济之翻译的《复活》全译本出版，读者才得以欣赏原作的全貌。五四时期有名的译者，像周作人、郑振铎、耿济之、沈泽民、瞿秋白、蒋光慈等，他们都具有很高的文学修养。与前一阶段的译者相比，这些人的最大优势，在于他们拥有开阔的视野，具备了现代的审美观念，精通外语，同时掌握了白话语言工具。他们对俄罗斯文学的翻译，顺应了中国思想启蒙的内在需要，推动了人生派文学思潮的兴起，对五四文学乃至整个中国现代文学产生了深远的影响。

在翻译文学作品同时，对俄国文艺理论著作的译介也开始以较大的规模展开。其中，比较重要的论文和译著，有张闻天的《托尔斯泰的艺术观》，耿济之译的托尔斯泰《艺术论》，张邦绍、郑阳的《托尔斯泰传》，沈雁冰的《俄国近代文学杂谈》，周作人的《文学上的俄国和中国》，郑振铎的《俄国文学史略》，郭绍虞的《俄国美论及其文艺》、沈泽民的《克鲁泡特金的俄国文学论》等。这些论著，对于帮助中国作家和读者深入了解俄罗斯文学的精神和价值，掌握俄国革命民主主义文学理论遗产，乃至确立中国新文学的创作原则、审美规范，都起到了很重要的作用。

这一时期国内文艺界意义最为深远的变化，是苏联文学思潮的影响开始突现和加强。“十月革命一声炮响，给中国送来了马克思列宁主义。”李大钊1918年11月在《新青年》上发表《庶民的胜利》和《布尔什维克主义的胜利》，认为“俄国革命是20世纪中世界革命的先声”，“由今以后，到处所见的，都是布尔什维克主义战胜的旗”。他满怀激情地宣布：“人道的警钟响了！自由的曙光现了！试看将来的环球，必将是赤旗的世界！”俄国革命的胜利，给正在黑暗中寻找出路的中国革命者指出了方向。走俄国人的路，是他们的结论。于是，俄国社会的历史现状、俄国革命的文化背景等问题自然地成了人们关注的焦点。关于这一点，瞿秋白曾作过生动的论述：“俄国布尔什维克的赤色革命在政治上、经济上、社会上生出极大的变动，掀天动地，使全世界的思想都受他的影响。大家要追溯他的远因，考察他的文化，所以不知不觉全世界的视线都集中于俄国，都集中于俄国的文学；而在中国这样黑暗悲惨的社会里，人都想在生活的现状里开辟一条新道路，听着俄国旧社会崩溃的声浪，真是空谷足音，不由得不动心。因此大家都来讨论研究俄国。于是俄国文学就成了中国文学家的目标。”①

“讨论研究”的一项主要内容，是早期共产党人邓中夏、恽代英、萧楚女、瞿秋白、沈泽民等，在1923—1924年通过《新青年》等杂志，开始宣传马克思主义的文艺观。这些人批评艺术至上论者“每每要把他的幻觉中的蜃楼海市当做真实……这不啻是叫人们都陷于催眠状态，而使外界的一切罪恶愈益滋长”②；认为“文学者不过是民众的舌人，民众的意识的综合者，他用敏锐的同情，了解被压迫者的欲求、苦痛与愿望，用有力的

① 《瞿秋白文集》第3卷，人民文学出版社1954年版，第54页。

② 萧楚女：《艺术与生活》，《中国青年》1924年第38期。

文学替他们渲染出来”，同时又能“使他们潜在的意识得了具体的表现，把他们散漫的意志统一起来。一个革命的文学者，实在是民众情绪生活的组织者。”①或者肯定文学“和那些政治，法律，宗教，道德，风俗……同是建筑在社会经济组织上的表层建筑物”，人们“只可说生活创造艺术，艺术是生活的反映”，“却不可说艺术是创造一切的”②。有的则涉及了文学与革命的关系：“诗人若不是一个革命家，他决不能凭空创造出革命的文学来。诗人若单是一个有革命思想的人，他亦不能创造革命的文学。因为无论我们怎样夸称天才的创造力，文学始终只是生活的反映。”③这些早期共产党人的文艺观点建立在唯物主义反映论的基础上，可以看出他们从鼓动革命的目的出发，力图运用马克思主义的基本原理来阐明文艺的性质，强调文艺的战斗作用。这些观点本身还不成系统，也没有能很好地与中国新文学的创作实践结合起来，在当时影响有限，但它们无疑给国内文艺思潮增添了唯物主义和阶级论的因素。

在这样的时代氛围带动下，一些民主主义作家也开始萌生了朴素的阶级意识。郁达夫1923年5月在《创造周报》第3号发表《文学上的阶级斗争》，宣称“二十世纪的文学上的阶级斗争，几乎要同社会实际的阶级斗争，取一致的行动了”，其中就提到俄国文学上的阶级斗争的事例，在文末还模仿马克思和恩格斯的态度，呼吁“世界上受苦的无产阶级者，在文学上社会上

---

① 沈泽民：《文学与革命的文学》，上海《民国日报》副刊《觉悟》1924年11月6日。

② 萧楚女：《艺术与生活》，《中国青年》1924年7月第38期。

③ 沈泽民：《文学与革命的文学》，上海《民国日报》副刊《觉悟》1924年11月6日。

被压迫的同志”，团结起来反对有产阶级的走狗文人。郁达夫的阶级斗争观念是幼稚的，但它从一个侧面折射出当时中国文坛深受苏联影响的状况。相比之下，茅盾 1925 年参照高尔基的文章写成的《论无产阶级艺术》，在阶级立场与文学特点的结合方面已经较为成熟。茅盾敏锐地感觉到在目前，“无产阶级艺术这个名词正式引起世界文坛的注意”，但它还不成熟。他认为无产阶级艺术并不是仅仅描写无产阶级生活的艺术，不是简单地向资产阶级复仇、鼓吹破坏的艺术，也不是空想社会主义的艺术。无产阶级艺术必以集体主义精神为基础，其中至少须是“没有农民所有的家族主义与宗教思想”，“没有兵士们所有的憎恨资产阶级个人的心理”，“没有知识阶级所有的个人自由主义”。他强调无产阶级艺术不能限制题材，必须“以全社会及全自然界的现象为汲取题材之泉源”，也不能“以刺戟和煽动作为艺术的全目的”。无产阶级艺术，还应该“有一个‘形式与内容必相和谐’的目的来作努力的方针”，它的完成有待于内容之充实和形式之创造，因而要从“前辈学习形式的技术”，包括继承俄国文学中诸如普希金、莱蒙托夫、果戈理、托尔斯泰等作家的遗产。他特别批评了苏联未来派和无产阶级文化派的观点，文中引用“无产阶级文化派”诗人的诗句：“我们要焚毁拉飞耳的作品；我们要毁灭那些博物馆，践碎那些艺术的美”，把它作为一种不好倾向的代表。总的看，这篇文章涉及了无产阶级艺术的产生条件、范畴、内容和形式。它与当时一般提倡无产阶级艺术的文章相比，显示了茅盾接受苏联文学的影响偏于高尔基这样持论比较稳重的一方，也说明他更多的是从中国新文学的实际需要出发来吸收苏联文学经验，思考无产阶级文艺及其前途的，因而基本上没受当时苏联“列夫派”和“岗位派”文学观点的消极影响。

不过在历史的转型时期，这样比较持重的观点所产生的实际影响是不能与激进主义者的口号相比的。当时影响更大的，是一些从苏联留学归来的青年文学家受苏联文学运动的影响而提出的“革命文学”的口号和一些关注苏联文学状况的青年学者从苏联介绍过来的文学观点。前者以蒋光慈为代表，后者则有任国桢。蒋光慈是中国共产党派往苏联留学的首批学生之一。1924年，他归国后不久发表《无产阶级革命与文化》一文，指出十月革命后苏联关于文化问题之解决有两大趋向，一种是为了明天而“抛去艺术之花”，否定古典文学遗产，另一种是“我们统了都拿来，我们统了都认识”。他肯定前一种倾向是一时的、无理性的，后一种才是伟大的。“整理过去的文化，创造将来的文化，本是无产阶级革命对于人类的责任，这种责任也只有无产阶级能够负担。”把无产阶级革命与文化直接联系起来，在中国，蒋光慈是先驱者。

无产阶级文化是否能够成立？这是十月革命后苏俄文艺论战的主要问题。论战的一方，是正在崛起的“岗位派”。它的前身是1922年12月成立于莫斯科的无产阶级文学团体“十月”，其主要成员有从“锻冶场”退出的罗多夫，来自“青年近卫军”和“工人的春天”的诗人别泽缅斯基等，还有批评家、诗人列列维奇和作家李别进斯基。稍后，瓦尔金和阿维尔巴赫也参加了这一团体。这些人在致《真理报》的信中说，成立团体的近期目的是“加强无产阶级文学中的共产主义路线，同时从组织上加强全俄和莫斯科无产阶级作家协会”①。“岗位派”怀着巨大的

① 《致编辑部的信》，见《真理报》1922年12月12日，转引自张秋华等编《“拉普”资料汇编》上，中国社会科学出版社1981年版，第322页。

革命热情，并以无产阶级的当然代表自居，在文学路线上与波格丹诺夫的“无产阶级文化派”保持着错综复杂的联系。波格丹诺夫的否定一切文化遗产、凭空创造无产阶级文化的观点，此前受到了列宁的尖锐批判，他的“普遍的组织科学”的理论也被证明是脱离文艺自身的特点来谈论文艺，把文学等同于科学，等同于政治，因而导致创作的公式化、概念化。“岗位派”在提倡无产阶级文学的同时仍然接受了波格丹诺夫的一些观点，比如，提出“在现时代，对社会有益的文学只能是这样的文学，即把读者，首先是无产阶级读者的心理和意识组织起来使之适应于作为共产主义社会建设者的最终任务的文学，也就是无产阶级文学”①；虽然他们在口头上也承认对小资产阶级的“同路人”可能进行某些合作，然而在实际的文艺思想论争中，仍然坚持了非常狭隘的阶级路线，把许多“同路人”作家视为动摇的、不可靠的力量，宣布“拒绝为‘当前局势’需要服务的文学反映了工人阶级最凶恶的敌人的影响”②。这些观点在推动苏联和世界的无产阶级文学运动的同时，也给苏联和世界的无产阶级文学带来了严重的消极影响。蒋光慈在苏联留学的几年，正是“岗位派”在崛起的时期。虽然不能肯定地说蒋光慈与“岗位派”成员有直接的关系，但正像艾晓明所指出的，“从蒋光慈关于无产阶级必须也能够创造自己特殊的文化这方面论述中，可以看到，他的逻辑起点与推导和‘岗位派’是完全一致的。在展开论述时，他也是将经济基础与文化的关系看成一种直接的对应关系，

① ［苏联］列列维奇著，雷光译：《关于对资产阶级文学和对中间派的关系——列列维奇的报告提纲》，《在岗位上》1923年6月第1号。

② ［苏联］瓦尔金著，林明虎译：《政治常识与文学的任务》，《在岗位上》1923年6月第1号，第14页。

指出某一时代经济发展的形式规定某一文化发展的程度，不同的历史时代有不同的文化。‘无产阶级既成为政治上的一大势力，在文化上不得不趋向于创造自己特殊的，而与资产阶级相对抗。’正是基于这一信念，蒋光慈在中国文学界最早打出了建立无产阶级文学的旗帜，自觉地致力于从文学革命向革命文学的转变”。因而，“蒋光慈文中虽然明确否定了对过去时代文化遗产的虚无主义态度，但一涉及当代社会的文化问题，就暴露出他的片面性来。他也和‘岗位派’一样，将文化的阶级性绝对化了，从而得出这机关报结论：‘现在的资本主义制度下的文化非有害于无产阶级，即与无产阶级没有关系。’‘岗位派’正是从这种对文化阶级性的机械理解而否定同路人文学的，不久，我们也就看到这种片面性对蒋光慈产生的影响。在几个月之后写的《现在中国社会与革命文学》一文中，他就激烈地指责了一批小资产阶级作家如叶绍钧、郁达夫、冰心，同时他热烈地呼唤能够鼓动社会情绪的、激起强烈反抗的革命文学的出现。这篇文章，是中国‘革命文学’论争的先声。”①

较早地系统介绍苏俄文艺论战的则是任国桢。任国桢也是共产党员，他在1925年8月编辑出版的《苏俄文艺论战》一书，选译了三篇文章，分别是“列夫派”褚沙克的《文学与艺术》，“岗位派”阿卫巴赫的《文学与艺术》和沃隆斯基的代表作《认识生活的艺术与今代》，书后附录瓦勒夫松的《蒲力汗诺夫与艺术问题》。这本书的最大特色是介绍了1923年以来苏联文艺论战中各派关于文艺的不同见解：“列夫派”“反对写实，提倡宣传。

① 艾晓明：《苏俄文艺论战与中国“革命文学”论争》，《中国左翼文学思潮探源》，湖南出版社1991年版，第32—33页。

否认客观，经验，标定主观，意志。除消内容换上主张，除消形式换上目的”。“纳巴斯徒”（即“岗位派”）强调“艺术有阶级的性质，艺术是宣传某种政略的武器。无所谓内容，不过是观念罢了”。沃隆斯基则强调写实和内容与形式的统一，认为“著作家能把高上的学说连到认识生活，这才谓之真艺术家”。鲁迅为这本译著写了《前记》，以赞赏的口吻指出：“使我们藉此稍稍知道他们文坛上论辩的大概，实在是最为有益的事——至少是对于留心世界文艺的人们。”鲁迅关注苏俄文艺论争，即始于此时。1926 年，勃洛克的长诗《十二个》翻译过来作为未名丛书第六种出版，鲁迅又译出《文学与革命》一书中专论勃洛克的第三章作为附录，并在《〈十二个〉后记》中指出：“在中国人的心目中，大概还以为托罗兹基是一个喑呜叱咤的革命家和武人，但看他这篇，便知道他也是一个深解文艺的批评者。”事实上，鲁迅不仅赞赏托洛茨基的“深解文艺”，而且还比较赞同他的对待“同路人”的宽容态度。这些，对鲁迅日后文艺思想的发展和他在“革命文学”论战中的态度都具有重大的影响。

在初期提倡“革命文学”的著名人物中，郭沫若也是比较激进的一个。1926 年 5 月，他发表《革命与文学》一文，认为革命与文学是一致的，革命时期中会有一个文学的黄金时代出现。他宣布：“欧洲今日的新兴文艺，在精神上是彻底表同情于无产阶级的社会主义的文艺，在形式上是彻底反对浪漫主义的写实主义的文艺。”他把文学分为革命与反革命两种，认为“浪漫主义的文学早已成为反革命的文学”，这表明创造社开始“转换方向”，而在文章的末尾号召作家“到兵间去，民间去，工厂间去，革命的旋涡中去”，则又分明受到了俄国民粹运动的影响。

从 1924 年到大革命前夕，苏联新兴的无产阶级文学运动逐渐引起了中国文学界的注意，开始越来越多地被介绍到中国，从而引发了国内文坛对新文学前途的重新思考。一些作家和理论家就文学与革命、文学与时代、文学的阶级性以及文学的社会功能等问题纷纷发表看法，提出了“革命文学”、“无产阶级文学”的口号，为大革命以后文学思潮的转变作了思想和理论的准备。

中俄文学交往的第三阶段主要是中国左翼文学成长发展的时期，时间上大致从中国的“革命文学”论争直到共和国成立。“革命文学论争”发生在 1928 年。转变了方向的创造社和由共产党员组成的太阳社自觉倡导“革命文学”，从文艺战线上回击国民党反动派的背叛行为，把新文学从文学革命推向了革命文学的阶段。但是，这些怀着强烈的无产阶级义愤的青年在倡导革命文学的同时，又把批判的矛头错误地指向鲁迅、茅盾、郁达夫等五四文学革命的先驱，对五四新文学采取了全盘否定的态度，因此与鲁迅等人之间爆发了一场影响广泛的关于“革命文学”的论争。导致这场论争的原因，主要是这些青年对中国革命的实际情况缺乏了解，犯了“左”的错误，其中一个非常重要的思想根源，就是他们直接或间接地受到了苏联“拉普”文艺路线的消极影响。鲁迅在论争中为了取得先进的思想武器，从日文转译了普列汉诺夫和卢那察尔斯基的文艺论著，以及俄共（布）中央 1925 年作出的《关于党在文学方面的政策》（《文艺政策》），他称这是一项“窃火”的工作。在这一过程中，他的思想完成了从进化论、个性主义到阶级论和集体主义的转变。这场论争纵然有不少值得总结的经验教训，但它至少有一个积极的成果，就是扩大了马克思主义文艺思想在中国的影响。

从“革命文学”论争到 1931 年引进“拉普”的“辩证唯物主义创作方法”，再到 1933 年“左联”对“辩证唯物主义创作方法”进行清算，确立起在苏联也刚提出不久的“社会主义现实主义”创作方法的主导地位，一直到毛泽东1942年在延安发表《在延安文艺座谈会上的讲话》，规约了解放区文学的发展方向，这整个过程，是中国社会主义现实主义文艺思想体系渐趋成熟和社会主义文学成长发展的重要时期。

中俄文学交往的第四阶段，起止的时间是从1949年中华人民共和国成立到1960年代初期中苏关系全面破裂。共和国的成立，标志着苏联文学对中国文学的影响进入了一个全新的阶段。由于当时西方普遍敌视新生的共和国，而共和国与苏联在意识形态上拥有共同语言，苏联又的确向中国提供了大量的援助，因而中国共产党当时强调一边倒地学习苏联。在这样的背景下，苏联的影响在中国社会生活的几乎所有领域令人瞩目地凸显出来。在文学的领域，国民党时代的对苏联文学的封锁与禁止已成为过去，大量的苏联文学作品和理论著作被翻译过来，使中国读者对苏联文学有了更全面的了解，同时受到了苏联文学中革命英雄主义和乐观主义精神的熏陶，确立起了马克思列宁主义的文艺观和人生理想。与此同时，对苏联文学的研究也更系统、更具规模地展开了。更重要的是，中国共产党根据苏联的样板和经验对文学加强了集中统一的领导，并进行了一系列旨在统一全党和全国知识分子思想的文艺领域里的思想批判运动。这一切说明，苏联文学在中国渐次扩大了影响力。但值得注意的是，两国在社会发展阶段上的差异性和两党在意识形态上的微妙分歧，事实上又注定了两国文学创作思潮的不对称性，并且最终限制了苏联文学思潮影响的进一步扩大和深入。

苏联早在1936年就宣布消灭了阶级和建成了社会主义，认为这以后不再存在对抗性的矛盾，甚至不存在前进中的矛盾。一切官僚主义、保守、墨守成规、违反纪律的思想和行为，都被归结为资本主义的残余，同社会主义制度没有任何渊源关系。这无疑助长了当时正在抬头的“无冲突论”的创作倾向。后来随着“个人崇拜”的渐趋严重，文艺批评中的教条主义和简单粗暴作风日益盛行，至20世纪50年代初，“无冲突论”的危害达到了高潮。《真理报》在1952年4月的一篇社论写道：“无冲突的庸俗‘理论’近些年来十分行时，这对剧作家的创作非常有害。……剧作家和评论家总想证明，反映生活的剧本没有必要再去描述各种生活矛盾和冲突。他们很肯定，说什么在我们这里，全部问题都可归结为只有‘好’与‘更好’之间的……于是，丰富多彩的生活进程便统统被纳入到一个呆板的模式里去了。其结果是抹煞或掩盖我们生活中存在的矛盾，导致粉饰现实。”[①] 事实上，“无冲突论”不仅给戏剧，而且也给文学的其他领域带来了非常严重的后果，已到了不清理文艺就难以发展的严重地步。在这样的背景下，苏共十九大以斯大林关于社会主义经济建设要尊重“科学规律”的意见为指导，号召作家“大胆地表现生活中的矛盾和冲突”，“无情地抨击在社会中仍然存在的恶习、缺点和不健康的现象”，要像果戈理、谢德林那样以火一样的讽刺把“生活中一切反面的、腐朽和垂死的东西，一切阻碍进步的东西都烧毁了”[②]。在苏共十九大精神的鼓舞下，苏联文艺界发起了一场批判“无冲突论”的运动。虽然这场运动是在教条主义和“个人崇拜”依然盛行的条件下开展的，但它还是起到了积极的作用，因为它从理论上宣告了“无冲突论”的破产。

---

① 《真理报》专论：《克服戏剧创作的落后现象》1952年4月7日。

② 《苏联文学艺术问题》，人民文学出版社1953年版，第138页。

几乎与此同时，苏联作家奥维奇金在《新世界》杂志上发表题为《区里的日常生活》的农村特写，大胆揭露了苏联农村中的现实矛盾和问题，对官僚主义痛加挞伐，引起了强烈的社会反响。这篇作品后来被誉为当代苏联文学的“第一只春燕”，成了苏联作家告别“无冲突论”的最初标记。

中国的情况则有所不同。20 世纪 50 年代初，中华人民共和国刚成立不久，从中央领导到普通百姓都沉浸在胜利的喜悦中，正着手巩固新生的人民政权，拓展社会主义的经济基础。他们没有苏联那样沉重的历史包袱，文艺创作中存在的一些问题也没有暴露出来，更重要的是共和国的未来前景一片光明，因而当时文艺界的主旋律是“歌颂”而非“暴露”，苏联 1950 年代初对“无冲突论”的批判在中国只作为一般的文艺动向来对待，并没有引起特别的重视。

斯大林逝世以后，情况发生了重大变化。随着个人迷信的被打破，文艺领域的“无冲突论”受到了全面彻底的清算。1953 年 6 月，《真理报》发表题为《克服文艺学的落后现象》的社论，对文艺理论和文学批评中存在的教条主义和庸俗社会学现象提出了尖锐的批评。11 月 3 日，《真理报》又在一篇题为《进一步提高苏联戏剧的水平》的社论中，提出了“积极干预生活”的口号，要求作家“勇敢地提出广大劳动人民关注的问题”。与此同时，在创作方面出现了一个以奥维奇金的名字命名的农村特写流派，标志着苏联文学界清算“无冲突论”取得了重大的胜利，现实主义的传统开始得到了恢复。在这样的条件下，1954 年苏联召开了第二次作家代表大会，对 20 世纪 30 年代初苏联第一次作家代表大会通过的关于社会主义现实主义的定义作了重要的修改，删除了其中的“同时，艺术描写的真实性和历史的具体性必须与用社会主义精神从思想上改造和教育人民的任务结合起来”这句话，由此突出了社会主义现实主义“要求艺术家从现实的革命发展中真实地描写现实”这一方面，使现实主义的真实性原则得到了高度的重视。这无疑为最终克服“无冲突论”提供了有力的理论武器。也就在这一年，爱伦堡发表了他的标志着一个新的文学时代开始的小说《解冻》（第一部），把“积极干预生活”的创作推向了一个新的阶段。

苏联对斯大林个人迷信的批判引起了中国共产党的高度关注，中共中央最初是以积极的态度来吸取其中的教训的。同时，中国国内生产关系的社会主义改造和经济领域的社会主义建设都取得了重大的进展，如何克服思想上的主观主义、理论上的教条主义、工作上的官僚主义、组织上的宗派主义已经成了当务之急。因而，思想文化领域里出现了比较活跃的气氛，在苏联刚刚露头的“解冻文学”思潮在中国文艺界引起了巨大的反响。

1954 年，《文艺报》介绍了苏联作家马克夏克的观点：“好的讽刺诗应该具备这两个条件：第一，应该是大胆的，就像我们战斗中的军人一样；第二，应该是既具体又典型的，不要光谈政治道理……还特别要求它尖锐而准确”，“而在讽刺内部缺点时，我们主要是选择能够代表官僚主义、文牍主义等等的典型加以揭露”①。同年，苏联特写作家奥维奇金随苏联新闻代表团访问中国，刘宾雁担任俄文翻译。1955 年，刘宾雁在报刊上介绍了这位在苏联享有盛名的特写作家的许多观点。如他认为“特写的这样一种机动性和敏捷性，就使它可以帮助党做另外一件事，即

① 《马克夏克谈诗》，《文艺报》1954 年第 2 号。

跑到很远的生活深处起侦察兵的作用”[①]。秦兆阳后来提倡一种“‘侦察兵’式的特写”，就是直接受奥维奇金观点的影响。同时，文艺界领导也开始注意到“干预生活”的作品在苏联引起的争论和介绍到中国来以后所引发的热烈反响。中国作协创作委员会小说组于1956年1月21日开会讨论苏联作家尼古拉耶娃的《拖拉机站站长和总农艺师》、奥维奇金的特写集《区里的日常生活》、肖洛霍夫的《被开垦的处女地》第二部等作品，马烽、康濯、刘白羽等与会者从“干预生活”的角度读解苏联作家的作品，同时联系中国文艺界的实际，批评创作中存在“粉饰生活，回避斗争”的现象，提倡“勇敢地揭露生活中的矛盾和冲突”[②]。2月底3月初，中国作协召开第二次理事扩大会，从更高的层次上肯定了“干预生活”的创作口号。周扬在主体报告中明确指出：“一些作家缺乏政治上和艺术上的勇气，看到了生活中的冲突矛盾不敢表现；或者缺乏艺术概括能力，不善于把生活中的矛盾加以提炼集中，变为作品中的矛盾冲突。”[③] 周扬虽然没有正面提出“干预生活”的口号，但他要求作家表现生活中的矛盾和冲突，其意义是与“干预生活”的主张一致的。所以会议的发言中，许多人不约而同地谈到了公式化、概念化对创作的危害，“干预生活”几乎成了中国作家的共识。这以后不久，刘宾雁的《在桥梁工地上》、《本报内部消息》，王蒙的《组织部新来的年轻人》，晓枫的《给团省委的一封信》，李准的《灰色的帆篷》，荔青的《马端的堕落》等特写和小说相继出现，何又

① ［苏联］奥维奇金：《谈特写》，《文艺报》1955年第7号。

② 《勇敢地揭露生活中的矛盾和冲突》，《文艺报》1956年第3号。

③ 周扬：《建设社会主义文学的任务》，《文艺报》1956年第5号、第6号。

化（秦兆阳）的《沉默》、耿龙祥的《明镜台》等短小精悍的讽刺小品也别具一格。这些作品从不同侧面触及了生活中的一些消极阴暗面，对官僚主义、教条主义进行了揭露、批判和讽刺。于是，在中国文艺界出现了一个“积极干预生活”的创作潮流。

苏联“解冻文学”思潮的一个重要内容是强调“写真实”，重新思考“社会主义现实主义”的创作和批评规范。中国文艺理论界对此也作出了积极的回应。何直（秦兆阳）的《现实主义——广阔的道路》、周勃的《论现实主义及其在社会主义时代的发展》等，从不同的角度向教条主义开火，对文艺创作中的公式化、概念化倾向，文艺组织领导中的官僚主义、主观主义倾向，提出了尖锐的批评。他们的意见针对中国的实际，但理论的渊源却在苏联。他们受苏联文艺界批判教条主义的影响，指出苏联作协章程中关于现实主义的定义存在几大缺陷：（一）定义强调“艺术描写的真实性和历史具体性必须与用社会主义精神从思想上改造和教育劳动人民的任务结合起来”，似乎“社会主义精神”不是存在于真实生活中，只是作家的一种理念，必须另外去“结合”，从而把世界观与创作方法的关系简单化，造成以政治性取代真实性的倾向，使创作成为政治概念的传声筒，批评趋向简单粗暴化。（二）这个定义忽视了文艺创作的特殊规律和典型化问题的重大意义，助长了空洞的政治说教的风气。（三）把这一定义解释成“肯定的现实主义”，抹杀了现实主义的批判功能，在题材、人物塑造等方面设置了种种禁区，现实主义因此而庸俗化。他们从文艺的特殊规律出发，批评了多年来“对于《在延安文艺座谈会上的讲话》的庸俗化的理解和解释”，重新思考了文艺与政治的关系。这些意见都是相当中肯的，具有积极的意义。

苏联“解冻文学”思潮的另一项重要内容，是对人和人道主义的呼唤。“一切在于人本身，一切为了人!”高尔基的这一人道主义号召重新被视为文学创作的出发点。关心人的命运，强调作品主人公的“民主化”，加强对人的内心世界的描写，从而恢复人在文学中的历史地位，成为文学创作的一大趋势。最有代表性的是肖洛霍夫的短篇小说《一个人的遭遇》：主人公索科洛夫这一普通人，既有苏联人民坚强不屈的爱国主义和英雄主义精神，也承担了苏联人民在战争中的巨大苦难和不幸。他当了俘虏，失去亲人，最后与收养的孤儿相依为命。“战争并没有摧毁安德列·索科洛夫的志气，也没有使他的心变得冷酷无情。肖洛霍夫把英勇、刚毅、自豪和灵魂的美刻画为苏联人民的性格的自然表现。”① 在中国，一些较为敏锐的文艺理论家利用相对比较宽松的环境，也从苏联文学的人道主义思潮中受到启示，从“人性”的角度来探讨文艺的特殊规律，反对创作和批评中的教条主义倾向。钱谷融的《论“文学是人学”》，从高尔基的“文学是人学”的基本命题出发，断定那种把对人的描写仅仅归结为反映“整体现实”的工具的观点助长了文艺创作上的图解政治的倾向。有些作品“就其对现实的反映来说，那是既‘正确’而又‘全面’的，但那被当作反映现实的工具的人，却真正成了一把毫无灵性的工具，丝毫也引不起人的兴趣了。”他认为：“人是生活的主人，是社会现实的主人，抓住了人，也就抓住了目的，抓住了生活，抓住了社会现实。”“文学要达到教育人、改善人的目的，固然必须从人出发，必须以人为注意的中心；就

① 《苏共第二十次代表大会后苏联文学发展的几个问题》，《文学报》1957 年 5 月 16 日。

是要达到反映生活、揭示现实本质的目的，也还必须从人出发，必须以人为注意的中心。”巴人则写了《论人情》等杂文，批评了许多作品“缺少人情味”。他说：“我们有些作者，为要使作品为阶级斗争服务，表现出无产阶级的‘道理’，就是不想通过普通人的‘人情’。或者，竟至于认为作品中太多人情味，也就失掉了阶级立场了。但这是‘矫情’，天下的事情是人做的，不通过人情而能贯彻立场，实行自己的理想的事是不会有的。”人性和人道主义是一个牵涉面广、很复杂敏感的学术问题，教条主义者在这一问题上悬了一把达摩克利斯之剑，钱谷融、巴人对这一问题的探讨表现了求实勇敢的精神，而且是切中时弊的。与此同时，在创作领域，也涌现了一股人道主义的细流——高缨的《达吉和她的父亲》等小说，写出了普通人的感情世界，洋溢着浓浓的人情味。

总的看，20 世纪 50 年代中后期的中苏文艺界面临着相似的问题，新中国文学因而受到了苏联“解冻文学”思潮的重要影响。但是，两国的国情其实还是有重大区别的，而且中苏两党在意识形态方面产生了越来越大的分歧。这决定了两党对各条战线，包括对文艺问题，采取了大不相同的政策和方针。在苏联，受苏共“二十大”路线的推动，文艺创作对历史和现实问题的暴露并没受到过多的阻挠，人道主义思潮形成了较大的规模。苏共还纠正了文艺界一大批冤假错案，许多作家和艺术家，如勃洛克、叶塞宁、阿赫玛托娃和左琴科等，在他们的生前或死后恢复了名誉。这一方针直到勃列日涅夫时期才作了调整，开始更多地要求文艺去表现生活中的英雄人物。当然，这期间也产生了一些从正统的观点看来值得警惕的有害倾向，如“非英雄化”、“自然主义”和把人道主义抽象化，甚至怀疑党对文艺的领导的必要性，宣扬文艺的“非党性”和“绝对的创作自由”等。在中国，情况则有所不同。由于教条主义的危害性还没有充分暴露出来，它仍然很有势力，因而即使在比较宽松的时期所进行的理论探讨，仍可见出如履薄冰似的一份小心谨慎：观点往往留有余地，或者闪烁其词，缺乏彻底的精神，影响了理论思考的深度。而更有意思的是，苏联文艺界的上述动向不久被我们视为一种修正主义的思潮，对它展开了猛烈的批判。于是，主要地还是出于国内问题的考虑，在经历了 1956 年的短暂的早春天气以后，中央的方针路线作了重大的调整，极左势力开始逐渐在中国社会占据上风，文艺领域里的“干预生活”的作品和上述关于现实主义、人性问题的理论探讨，随之立即被以政治斗争的手段加以解决，许多人因此打成了“右派”，即使是幸免者，也在随后的岁月里历经了种种磨难。苏联文艺界的“解冻”思潮在 20 世纪 50 年代中苏两国的不同命运和结局，反映了中苏两党在意识形态方面的分歧的扩大和对未来社会模式所作的不同选择，反映了两国国情的差异和社会发展阶段的不同。

中苏文学关系的第五阶段，是中国的“文化大革命”时期。这一时期，表面看是中苏关系彻底破裂，甚至走向军事对抗的时期。文化领域的交流不仅全面停顿，而且彼此敌视，互相攻击。但是，不能否认，中国与之交恶的是现时的“苏修”，而在中国共产党的指导思想上不仅没有放弃马克思列宁主义，反而以“马克思列宁主义”的正统自居，事实上却是一小撮野心家、阴谋家把持了党和国家的权力，以“左”的方式歪曲了真正的马克思列宁主义，重复了苏联在斯大林时期所犯过的错误。在这十年浩劫期间，文艺领域自然也不能幸免。比如，现实主义创作方法被“三突出”原则所取代，“禁区”林立，公式化、概念化、脸谱化现象越来越严重，文艺最终堕落为阴谋政治的工具；教条主义猖獗，唯心主义盛行，加上粗暴的行政干预，使文艺批评成了置人于死地的政治棍子，一大批优秀作品被打成毒草，许多作家受到了触及灵魂的批斗，甚至遭受肉体的摧残，死于非命。这与苏联三四十年代的情形大同小异。这种不存在直接影响的“影响”关系，反映了中苏两党深刻的历史渊源和中苏两国人民思想观念上的错综复杂的联系，也暴露了极左的政治路线本身带有普遍性的问题：它总是以空洞的革命口号禁锢人的思想，践踏人的尊严和基本权利，蒙骗群众，让一些野心家和阴谋家为所欲为，最终给民众带来巨大的灾难，文艺当然也深受其害。

中苏文学关系的第六阶段，是中国的新时期。20世纪70年代末，中国文艺界推翻了“文艺黑线专政论”，为一大批冤假错案平反，开始认真地总结历史的经验教训，重新思考文艺与政治的关系，确立了新的文艺方针。随着题材和主题一个个禁区被突破，文艺创作呈现出前所未有的活力，在“伤痕文学”、“反思文学”中触及了许多深层次的历史和现实问题，如反“右”扩大化、人性异化、爱情、心灵的创伤、十年浩劫等等，涌现了一大批优秀的作品。在这一过程中，现实主义的传统逐渐恢复，人道主义思潮风起云涌，文艺的启蒙功能得到充分发挥，价值趋向多元化。同时，新旧两种观念展开了激烈的争论，既暴露出思想僵化者的悖时，又出现过“自由化”的偏向，而最终实事求是的思想路线取得了胜利，思想解放运动得以健康地向纵深发展。这一切，几乎是20世纪50年代中期中国那场短命的“干预生活”的创作思潮在新时期的更大规模的展开，同时也是苏联20世纪50年代中期“解冻文学”思潮在七八十年代中国的具有中国特色的重演。苏联的“解冻文学”思潮隔了20年才在中国引发大规模的回应，这并不是前者对后者的直接影响所致，而是因为苏联文学和中国文学都受到政治的强力干预，文学的变迁仅仅是政治变迁的一个缩影或象征。在对社会主义目标模式作出重新选择、社会主义国家管理体制发生重大转型的时期，人民要求真正的自由和尊严，成为任何力量也无法抗拒的历史潮流；而要从长期的思想禁锢中解放出来，往往又会面临社会制度失范的危险，免不了暂时的思想混乱，甚至社会的动荡。20世纪50年代苏联“解冻文学”思潮和中国新时期的“伤痕文学”、“反思文学”，说到底就是整个社会急剧转型过程中的种种矛盾冲突在文学方面的反映——文学思潮的相似仅仅是两国遥相对应的历史过程本身相似的一种表现罢了。在这一转型过程中，两国都面临着保持改革和稳定两者微妙平衡的艰巨任务，始终充满了变数，就像赫鲁晓夫在他的《回忆录——最后的遗言》中所直截了当地承认的那样：“我们领导成员包括我自己在内是赞成解冻的，但我们觉得必须批判爱伦堡的立场……我们有点慌张——确实有点慌张。我们害怕解冻可能引起洪水泛滥，这将使我们无法控制它，并把我们淹死……洪水会溢出苏联河床堤岸，并形成一股冲破我们社会的所有堤坝的浪潮……我们要引导解冻的发展，以便它只激发那些有助于巩固社会主义的创造性力量。”① 转型是历史的必然选择，关键是要坚持社会主义方向，保持社会的稳定。中国新时期文艺界的思想解放运动与苏联20世纪50年

① 北京大学俄语系俄罗斯苏联文学研究室编译：《关于〈解冻〉及其思潮》，北京大学出版社1982年版，第222页。

代的“解冻”思潮，最后的结果很不相同，就是因为中国共产党选择了一条稳健的道路。

随着中国对外开放步伐的加快，西方的各种文艺思潮在 20 世纪 80 年代初汹涌进入中国的文坛，苏俄文学与中国文学的关系才真正揭开了新的篇章。这时，中国文艺界关注的重点转向了西方，对苏联文学不再采取从前的亦步亦趋或者完全敌视的态度，两者建立起了一种理性的、平等的交流关系。一些在苏联曾经受到批判、后来又获平反的作品，被陆续翻译成中文；对苏联文学尤其是苏联当代文学的研究逐渐展开，取得了较为丰硕的成果；苏联早期的象征派和现代派诗歌受到了中国读者的重视，形式主义批评学派也被介绍过来，产生了不小的影响。可以说，在整个 20 世纪 80 年代，苏联消亡前的最后一个时期，中国既没把苏联文学当作崇拜的对象，也不把它看作须从意识形态上加以防范的对手，而是从中国的实际出发总结苏联文学的历史经验，推动新时期文学的繁荣发展。另一方面，中国文坛的创作环境变得相当宽松，各种风格流派异彩纷呈，创新探索层出不穷，“现代派”、“结构主义”、“魔幻现实主义”、“后现代”，等等，几乎每隔一两年就会冒出一些标新立异的艺术旗号，可它们又大多是受西方文艺思潮影响的产物。这表明，同一时期的苏联文学对中国的影响已基本淡出，从苏联文学的影响也大受削弱，不再拥有原初那种决定性的力量了。但这一过程既是影响淡出，又是一个影响深化的过程：在排除了功利性的考量后，中国文学应该可以从审美的角度更充分地吸收俄苏文学的精华，比如可以肯定，俄罗斯文学中的博大的人道主义精神，苏联文学的崇高的英雄主义主题，可以作为一种重要的思想艺术资源矫正中国文坛过度世俗化的倾向，而俄苏文论中的形式主义一派，其理论的成果无疑又会深化中国21世纪的作家和读者对文学的内在精神和艺术精髓的理解。从这样的角度看问题，似乎又可以预期，俄苏文学对中国的影响将是深远的。

第二节　俄国文学:“为人生”、人道主义和美的典范

一

真正的影响永远是一种潜力的解放。俄罗斯文学在五四时期受到中国知识分子的瞩目，主要是因为它的积极关注人生的倾向和深厚的人道主义精神，与中国新文学发展的内在需要相吻合，与中国知识分子的历史使命感和他们既有的文学观一致，从而以一种外来的助力推动新文学向人生靠近，并自觉承担起思想启蒙和社会改造的任务。

在20世纪初，中国作家接触最多的恐怕不是俄国文学，而是英、美、法诸国文学作品的林译本。以鲁迅为例，他后来回忆说：“我们曾在梁启超所办的《时务报》上，看见了《福尔摩斯包探案》的变幻，又在《新小说》上，看见了焦士威奴（即凡尔纳）所做的号称科学小说的《海底旅行》之类的新奇。后来林琴南大译哈葛德的小说了，我们又看见了伦敦小姐之缠绵和非洲野蛮之古怪。至于俄国文学，却一点不知道……”不过，鲁迅对这些小说是不满意的，就在同一篇文章中，他写道：“包探，冒险家，英国姑娘，非洲野蛮的故事，是只能当醉饱之后，在发胀的身体上搔搔痒的，然而我们的一部分的青年却已经觉得压迫，只有痛楚，他要挣扎，用不着痒痒的抚摩，只在寻切实的

指示了。”[1] 五四时代面临着许多重大的社会问题，需要有严肃的能承担起思想启蒙历史使命的文学。鲁迅致力于解剖“沉默的国民的灵魂”，探寻中国社会的出路，在开始创作时就有意识地把借鉴外国文学的焦点对准了俄国、东欧和北欧的现实主义文学，尤其是钟情于俄罗斯文学。这是因为鲁迅已经认识到，俄罗斯文学是“为人生”的：“俄国的文学，从尼古拉斯二世时候以来，就是‘为人生’的，无论它的主意在探究，或在解决，或者堕入神秘，沦于颓唐，而其主流还是一个：‘为人生’。”[2] 其实不只是鲁迅，大多数五四作家都把俄国文学与“为人生”的文学相提并论，茅盾就曾表示：“俄国近代文学都是有社会思想和社会革命观念……俄人视文学又较他国人为重，他们以为文学这东西……不但要表现人生，而且要有用于人生。”[3] 五四作家对俄国文学的这一概括，实际上折射出中国文学界自己的“为人生”的文学倾向。反过来，也是在这一基础上，五四现实主义文学受到了俄罗斯文学的深刻影响。

俄罗斯文学“为人生”的倾向的一个显著特点，是对现存社会持整体否定的批判态度。鲁迅研究专家王富仁对此作过精彩的分析，他认为俄国现实主义作品的主题中社会暴露的性质特别显著，“因为其中很多杰出作家都表现出一种顽强的倾向，即总是努力把社会现实作为一个整体一股脑儿把它暴露。这在西欧作家中也有，例如巴尔扎克的《人间喜剧》，它就是把资本主义社会作为

---

① 鲁迅：《祝中俄文字之交》，《鲁迅全集》第4卷，人民文学出版社1981年版，第460页。

② 鲁迅：《〈竖琴〉前记》，《鲁迅全集》第4卷，人民文学出版社1981年版，第432页。

③ 雁冰：《编辑杂谈》，《小说月报》第11卷第2号（1920年2月）。

一个整体来加以表现的……但像巴尔扎克的《人间喜剧》这类的作品，总起来说在西欧批判现实主义作品中并不多见。我们可以把福楼拜的《包法利夫人》、莫泊桑的《俊友》、狄更斯的《大卫·科波菲尔》同果戈理的《死魂灵》、《钦差大臣》、列夫·托尔斯泰的《复活》、《安娜·卡列尼娜》乃至契诃夫的中篇小说《第四病室》、《草原》等比较一下，尽管他们都是卓越的现实主义作品，都是尖锐的批判主题，但前者着重批判的社会的一个方面，而后者则是社会的整体。果戈理在谈到他的《死魂灵》的写作时说：'我想在这部小说里至少从一个侧面表现全俄罗斯'，'全俄罗斯都包括在那里面'；关于《钦差大臣》，他又说：'我决意在《钦差大臣》里把我那时看到的所有一切俄国的坏东西收集在一起……一下子把这一切嘲笑个够。在果戈理的作品里，这个目的是通过用一个中心事件联络在一起的各种社会侧面的图画的广泛描绘达到的；在普希金、莱蒙托夫、屠格涅夫等人的作品里，他们是通过解剖、分析所谓'当代英雄'的形象而达到的，在列夫·托尔斯泰的作品里，它是通过描绘极为广阔的社会画面和众多的社会人物典型达到的，在契诃夫的作品里，它是在印象主义似的描绘中渲染出一种浓郁的气氛来，使读者呼吸到整个社会的空气而达到的……但不论通过什么具体途径，他们的愿望却总是力图把自己的艺术概括扩大到整个俄国社会的广度和高度，从《在俄罗斯谁最快乐而自由》、《当代英雄》等题名也可以看出这种倾向来。这种努力的结果，是使他们暴露的典型概括范围空前地扩大了，对社会的批判力量也大大地加强了。"① 俄罗斯文学的

① 王富仁：《鲁迅前期小说与俄罗斯文学》，陕西人民出版社 1983 年版，第 13—14 页。

这种倾向，给予五四作家一个有益的启示，即把艺术探索与社会批判结合起来，从而使五四文学表现出俄罗斯批判现实主义的一些重要特点。

当然，现代中国有自己的社会背景和文化传统，因此俄罗斯文学的暴露性质一旦被中国作家借鉴，其本身也就被改造了。具体地说，由于中国的封建势力根深蒂固，在中国社会从古代向现代的转型过程中，五四先驱者特别重视启蒙主义的主题，即致力于清除民众思想观念上的封建意识。他们没有停留在某些现象的表面层次，而是向内触及人的灵魂深处，比如鲁迅通过阿Q的精神胜利法剖析国民的劣根性，向广大读者指明了一个道理：要想改变中国社会的落后面貌，首要的任务是“立人”，让民众从封建观念的束缚中解放出来。他们向外拓展了文学批判现实社会的广度，对黑暗政治、现存秩序加以整体性的否定，试图从彻底的批判中探索一条中国社会改造的道路。这种反思和批判，主要是受中国社会的性质、状态和特点的制约，甚至与俄罗斯作家常常美化农民的忍辱负重、把农民道德理想化的倾向有所不同，但是引导中国作家从民众尤其是从农民的角度思考中国社会改造的出路，研究人生的种种问题，把希望寄托在下层民众的觉悟上，则显然包含了俄罗斯文学的重大影响。正因为这一点，中国新文学中的现实主义小说具有像俄罗斯现实主义文学一样的广阔、丰富、深刻的社会思想内容。

俄罗斯文学从普希金的《驿站长》和果戈理的《外套》到契诃夫的《套中人》、《一个小公务员之死》等，形成了一个“小人物”的主题。这些小人物生性善良，处于社会的最低层，时时受到强势阶层的排挤和压制。他们无力抗御强者，只能退回内心，扭曲自己的性格，来被动地适应社会，可社会并没有因此而对他们有所怜悯，反而变本加厉地加以迫害，最终使他们的人格发生变形。俄罗斯文学中小人物的这种命运，反映了俄罗斯社会的封建主义性质。俄罗斯作家没有停留在为艺术而艺术的象牙塔里，而是承担起了社会良心的角色，对这些小人物的性格弱点进行批判，同时又对他们的遭遇寄予了深厚的同情，充满了人道主义的精神。对待“小人物”的这种态度，在中国新文学中也引发了回应。回应在两个层面展开，一是结合中国反封建思想革命的实践而接受俄罗斯文学对“小人物”的批判意识。这集中体现在鲁迅对一系列落后农民形象的刻画中。在鲁迅的农村题材中，对农民进行思想启蒙的问题被提到了时代的高度，成为解决中国社会问题的一个至关重要的前提。因此，对阿Q这样的落后农民，鲁迅没有大唱空洞的赞歌或表达廉价的同情，而是抱着“哀其不幸，怒其不争”的态度，深刻挖掘这一形象的精神病态和思想缺陷，试图为他（们）的自我觉悟扫除思想障碍。鲁迅的“怒”是以爱为基础的，批判是以“拯救”为目的的，是一种大爱。鲁迅对待落后农民的这种独特态度，代表了中国知识分子对社会现实问题的敏感和所达到的思想高度，但显而易见是与俄罗斯文学在对待“小人物”态度中表现出来的启蒙主义精神相一致的。二是基于共同的批判现实社会的立场而确认了俄罗斯文学对“小人物”所持的人道主义态度，这可以叶圣陶的一些小说为代表。叶圣陶认为俄国近代文艺所显示的俄罗斯民众最鲜明的特性，是他们困苦于暴虐的政治，艰难的生活，阴寒的天气，却转为艰苦卓绝地希求光明，并且对于他人寄予更深的同情，他认为这就是以爱为精魂的人道主义。他的不少短篇小说，如《一生》、《低能儿》等，反映下层民众的苦难生活，披露他们的孤独无援和对未来的渺茫希求，这种希求伴随到他们的生命终点，以其悲剧性的命运构成了对现实社会的猛烈批判，洋溢着对弱者的人道主义同情。从这些方面，的确可以看出俄罗斯文学，尤其是契诃夫的作品，如《小公务员之死》、《苦恼》等小说的影响。叶圣陶的另一些优秀短篇，对于灵魂灰色、没有理想、缺少锐气的知识分子形象加以揭露和讽刺，如《潘先生在难中》，显然是从批判现实的立场出发转而把矛头指向了那些与现实和解的小市民式的人物，在这些作品中同样可以读出契诃夫的《套中人》等小说的影响。当然，俄罗斯文学中的人道主义是受俄罗斯大地哺育的：一望无际的俄罗斯森林、草地、河流、山冈，充满着神秘性，严酷的环境培养了人民的幻想以及坚韧的精神。同时，这种人道主义又打上了东正教信仰的烙印：东正教的思想在俄罗斯民众的精神生活中发挥着举足轻重的作用，宗教信仰中的忍受和坚毅使俄罗斯人变得深沉。因而，当俄罗斯作家把目光转向下层民众时，他们的人道主义往往表现为与笔下的“小人物”一起在令人压抑的境遇中祈盼明天的太阳，作品中包含着一种伟大而坚强的、快要破裂的忍耐精神。这种精神，显然是生活在注重现世的文化传统中的中国现代作家所缺少的。

二

如果说俄罗斯文学中的“小人物”对中国五四现实主义文学产生了重要的影响，那么，它的“多余人”主题则对五四浪漫主义文学影响重大。19 世纪的俄罗斯处于从农奴制向现代资本主义过渡的阶段。社会剧烈转型时期的动荡无序，各种矛盾的充分暴露，使俄罗斯文学获得了极为丰富的表现领域，各种艺术风格得到了充分的发展。在批判现实主义文学达到了世界现实主义文学高峰的同时，浪漫主义的风格也从普希金开始取得了重要的成就，而且现代主义的因素也在陀思妥耶夫斯基的心理现实主义作品中存在着。“多余人”的主题主要与现实主义和浪漫主义有关：它涉及重大的社会问题，所以大多数作品属于现实主义的；但它又与作家的内心生活密切相关，因而许多作品又包含了浪漫主义的因素。最早表现“多余人”主题的是普希金，他的诗体小说《叶甫盖尼·奥涅金》的主人公是俄国文学中第一个“多余人”的典型。此后，莱蒙托夫等也写出了反映“多余人”问题的名篇《当代英雄》等。但写“多余人”取得卓越成就而对中国新文学发生重大影响的却是屠格涅夫。

屠格涅夫描写过粗暴的花花公子瓦西利·卢钦诺夫，醉心于吃喝玩乐的维列切夫，嗜好决斗的阿甫捷衣·鲁契柯夫，不过对中国新文学产生影响的主要是那些善良温和而又自卑怯弱的人生失意者，如罗亭（《罗亭》）、拉夫列茨基（《贵族之家》）等。总的看，这些“多余人”大多属于贵族中的先进知识分子，他们有进步的思想，敏感的头脑，而其可悲之处在于当需要行动的时候他们却习惯于主观反省，在爱情与义务相矛盾时因卑怯而倾向于自我克制。比如，罗亭以惊人的辩才、深刻的思想和潇洒的风度打动了娜塔莉娅的心，可当姑娘因母亲反对勇敢地跑来找他商量对策时，他却怯懦地表示：“当然是服从。”罗亭不会毫无考虑就行动，可在碰到第一个障碍时他就完全垮了。这些人有时也曾作过努力，像《贵族之家》中的拉夫列茨基为了改变因缺少爱而从小养成的孤独习性，为了摆脱父亲对他的畸形教育所造成的后果，他大量地阅读新书，但这也只不过部分地改变了他对人生的看法。当不贞的妻子突然从巴黎返回，粉碎了他的美丽梦幻的时候，他也就缺乏性格力量去保护相爱的莉莎，只能“在展望人生终点的时候，在期待着去见上帝之前”，带着凄怆，发出大声的感叹：“你好，孤独的晚年！熄灭吧，无用的生命！”《零余者日记》中的楚尔卡士陵则用更为明确的语言宣告自己在这个世界上简直完全是多余无用：他“把自己分析得仔细，拿自己比别人……忽而笑起来，忽而悲伤泄气，陷入可笑的沮丧中”。这些多余人尽管善良，也不乏才智，可是他们缺乏行动的力量，在生活激流中被冲得晕头转向。对于这些人的不幸遭遇，屠格涅夫满怀同情，但他也尖锐地批评了他们性格的致命弱点。屠格涅夫以出色的才能通过这些人爱情和事业上的破产表现了他们在社会上的软弱地位，实际上宣告了一个真理：俄国贵族中的先进代表人物无力推动历史前进，也无力解决重要的社会问题，他们注定要被历史所淘汰。

中国五四浪漫主义小说家郁达夫、郭沫若等，有感于他们在现实生活中的零余者地位，也写出了不少“多余人”。严格地说，他们所写的多余人既是对中国五四时期平民知识分子的艺术概括，又是他们自我的艺术表现。无论郁达夫的“文朴”、“质夫”，或是郭沫若的“爱牟”，这些多余人身受社会的压迫、异族的歧视，个性比俄罗斯的多余人更为卑微，也更渴望理解和爱情。换言之，中俄两国的多余人各有自己的时代和文化背景，并非同出一源。但俄罗斯文学的多余人又的确对中国浪漫主义小说产生了重要的影响，这种影响，从根本上说，是一种情感上的触动以及由此而产生的如何认识自我的思想启迪。比如郁达夫，他虽然自称深受屠格涅夫的影响[①]，可是对多余人显然没有也不可能采取屠格涅夫式的理性批判态度，更多的倒是从自身感受出发，同情屠氏笔下多余人的遭遇，并由同情发展为对自己的怜悯。他的散文《零余者》叙述的便是这种联想的情形："我"在城郊漫步，"忽然感觉得天寒岁暮，好像一个人漂泊在俄国的乡下"——俄国的乡下不是罗亭的故乡？正是在这种氛围里——"我的脑里忽而起了一个霹雳"，那些毫无系统的思想都集中在一个中心点上，即"我是一个真正的零余者"！"生在这里，世界和世界上的人类能受一点益处；反之，我死了，世界和社会，也没有一点损害。"很明显这是基于相似命运而产生的情感触动，而同病相怜的结果则是一种思想启迪，一种对于自己多余人的社会地位的恍然大悟——如果以前郁达夫只是朦胧地感到苦闷，那么现在他才明确知道了："我是一个真正的零余者！"

文艺创作中，作家对自我的"恍然大悟"是至关重要的。它有时像一道闪光，刹那间照亮了作家本来朦胧模糊的内心世界，使他得以明了自己，从而能自觉地运用他的全部生活积累和艺术经验。所谓作家找到了"自我"，发现了"自我"，大致就是这种情形。对于诗人气质极浓的郁达夫来说，恍然意识到"零余者"的身份，无异于像给一缸混浊的水下了一大剂明矾，使他从小就有却处于朦胧状态的忧郁情绪向"多余人"这个明确的意识中心凝聚，因凝聚而变得更为强烈；那也等于给他创作

① 郁达夫在《屠格涅夫的〈罗亭〉问世以前》一文中说："在许许多多古今大小的外国作家里面，我觉得最可爱、最熟悉，同他的作品交往得最久而不会生厌的，便是屠格涅夫。这在我也许是和人不同的一种特别的偏嗜，因为我的开始读小说，开始想写小说，受的完全是这一位相貌柔和，眼睛有点忧郁，绕腮胡长得满满的北国巨人的影响。"（《郁达夫文论集》，浙江文艺出版社 1985 年版，第 552 页。）

暗示了一个主题，暗示了一种宣泄内心情感的方式，使他得以从自我的忧郁情绪出发，描绘甚至虚构夸饰中国多余人的种种病态心理，写出一篇篇充满感伤情调的作品。郁达夫的多余人，无论"质夫"、"文朴"、"伊人"，还是"我"或"他"，其思想和感情都是中国人的，不是屠格涅夫的翻版，但启发他以多余人的眼光审视自己，让自己的情绪向"多余人"这个中心涌动，由此进入创作过程的，又的确是屠格涅夫。而且在耳濡目染中，也难免感受了屠氏笔下多余人的消沉意气，正如他自己所说："在高等学校的神经病时代，说不定因为读俄国小说过多了一点坏的影响。"[①] 就这一点而言，屠格涅夫对郁达夫的影响具有深层次的总体性的意义：他唤醒了郁达夫的忧郁诗情和文学才能，影响着郁达夫创作过程中情感活动的方式，因而规定了郁达夫创作的始发方向和基本色调。郁达夫真诚地奉屠格涅夫为自己走上文学道路的宗师，原因大概就在这里。

郁达夫受屠格涅夫的影响，在五四浪漫主义作家与俄罗斯文学的关系中具有代表性。因此不妨把它作为一个典型进一步加以剖析：既然屠格涅夫对郁达夫具有总体性的影响，那就势必会在创作的其他方面体现出来，其中一个重要方面就是刻画人物的方法。不难理解，要写出多余人复杂的内心世界，关键自然在心理描写。屠格涅夫和郁达夫的心理描写各有千秋，但由于他们面对着相似的表现对象，所用的手法仍能让人悟出某种内在的联系。屠格涅夫善于写人物的孤独内省，如描写青年的热恋，他喜欢让小伙子在一个月明之夜只身来到花园或河边扪心自问："我爱上

---

① 郁达夫：《五六年来创作生活的回顾》，《郁达夫全集》第5卷，浙江文艺出版社1992年版，第338—339页。

她了吗?”这时周围的景色是神秘缥缈的,似乎小草在细语,微风在低吟,大自然的生命气息激发着人的感情,在这样的氛围里,他终于肯定:“我爱上了她。”于是一幕悲剧拉开了序幕。这样的写法,好处在于能充分展示多余人性格的犹豫多疑。屠格涅夫小说的精彩之处,也往往是在这类描写主人公在富有诗意的环境中内心自省的部分。这种方法,在郁达夫这里显然贯彻到了绝大多数作品中。他写的几乎全是主人公内心的自省,外部事件只有作为引起主人公情感活动的刺激源才具有意义。因此,郁达夫小说的一个显著特点便是情节淡化,支撑作品结构的基本上是主人公流动的情感和思绪。

但是,屠格涅夫同时也善于通过外部冲突来表现主人公内心情绪和意向之间错综复杂的矛盾,借以暴露多余人意志的软弱。他出色地把人物的外部选择转化为内在的冲突,写出主人公为他们的个性所拖累,越是反抗某种情势,越是朝这种情势加速前进,明知前面再跨一步便是悬崖,却身不由己地往深渊跳。而就在这纵身一跳之间,情节发展过程中积累起来的张力刹那间释放出来,化为惊心动魄的艺术光彩。类似的手法,我们也可在郁达夫的小说里看到,比如《沉沦》着意表现主人公清醒的理智和卑微的情感之间的冲突:他凭理智谴责自己的无耻、堕落,可情感又拖着他向最不愿去的方向滑去,最后在酒家妓院买醉求笑,毁掉了自己纯洁的情操。此外,《茑萝行》里“我”对妻子不能爱然而不得不爱,《茫茫夜》、《秋柳》中的质夫沉溺于酒色而不能自拔等,写的都是多余人内心的情理冲突和他们的悲剧性格的破产,从中都可看出郁达夫对于屠格涅夫组织错综复杂心理矛盾的手法的独到运用。

若从作品风格的角度看,屠格涅夫和郁达夫是颇为不同的。

屠格涅夫是讲故事的能手，郁达夫喜欢写自我的忧郁；屠格涅夫刻画多余人时，擅长于让他们进行自我分析，作品有较强的理性色彩，郁达夫则一泻无余地抒写主人公的内心哀怨，情味很浓；屠格涅夫力求概括整整一代多余人的性格和命运，郁达夫则只在悲叹自我的不幸。一句话，屠格涅夫重在模仿生活，郁达夫则偏于表现主观，但这绝非说他们风格上毫无相通之处。决定风格的因素非常复杂，其中题材的特点和作者处理题材时的态度对形成风格有着不可低估的影响。赫拉普钦科说："创作对象本身的性质，那些成为作家作品的推动因素的矛盾冲突的独特性，同艺术家对待周围世界的态度一起，在风格形成中起着重要的作用。"[①] 既然屠格涅夫和郁达夫都写多余人的题材，而且都倾向于通过心理冲突表现他们性格的破产，那么他们的风格也必定会在某个侧面相重合，这个侧面就是他们风格的抒情性。屠格涅夫是一个现实主义作家，但他的现实主义跟果戈理的冷峻和契诃夫的简练有明显区别，而比较接近普希金和莱蒙托夫的抒情风格。特别是他的中篇和短篇，如《三次相逢》、《阿霞》、《春潮》、《初恋》等，写男女青年的爱情故事，充满了忧郁的情调。可以说，这种柔和的抒情风格正是使郁达夫产生兴味的重要因素，并使他在喜爱中受到感染，进而影响到自己的审美追求和抒情风格的形成。

当然，郁达夫对屠格涅夫风格的理解很大程度上带有主观性，多了点感伤诗人的夸张，而缺少学者式的冷静。他曾这样评论屠格涅夫的早期小说："因离别（引者按：指与费雅度夫人的分别）而产生的那一种无可奈何之情，因贫困而来的那一

① ［苏联］米·赫拉普钦科著，上海译文出版社编译室译：《作家的创作个性和文学的发展》，上海人民出版社 1977 年版，第 122 页。

种忧郁哀伤之感，更因孤独而起的那一种离奇幻妙之思，竟把屠格涅夫炼成了一个深切哀伤、幽婉美妙的大诗人。”[①] 如果把“深切哀伤、幽婉美妙”的评语移用到屠格涅夫1860年以后的作品上，也许更妥帖些，但重要的是这向我们提示了郁达夫自己偏于“深切哀伤”的情感倾向和赏识“幽婉美妙”的审美态度。郁达夫曾译过屠格涅夫《零余者日记》中的诗：“柔心，问我柔心，为什么忧愁似海深？如此牵怀，何物最关情？即使身流异域，却是江山绚美好居停——柔心，问我柔心——此处复何云？”[②] 这与其说是翻译，还不如说是充分体现了他的出众才情和忧郁心怀的再创作。这些都表明，郁达夫不太重视屠格涅夫小说描写的客观性，而格外偏爱他的抒情性；不去体味屠格涅夫对俄罗斯前途的乐观信念，而特别强调他因去国怀乡和个人生活的不如意而产生的悲哀之感。不用说，这种偏爱与郁达夫的气质和他所处的环境密切相关。郁达夫敏感纤弱，生活在动乱的时代，又受到世纪末思潮的影响，因而容易对屠格涅夫作品的哀怨情调产生共鸣。但也正因为有所偏爱，他才能既有所感染，又自成一家。结果他的忧郁发展为哀痛，而屠格涅夫的不少中篇是在暮年时节对于往昔的回忆，能以从容宽徐的笔调写出惆怅若失的心情，他因此可以像普希金那样自信地说：“我的悲哀是明媚的。”

抒情格调的相近，还能说明另一个涉及创作过程的重要问题，即意味着两位作家采用了大致相似的酝酿诗情的办法。

---

① 郁达夫：《屠格涅夫的〈罗亭〉问世以前》，《郁达夫全集》第6卷，浙江文艺出版社1992年版，第102页。

② 郁达夫：《水明楼日记》1932年10月15日，《郁达夫全集》第12卷，浙江文艺出版社1992年版。

1851 年屠格涅夫写成中篇《三次相遇》，作品没有正面展开故事情节，只是截取“我”与一个年轻漂亮的贵族女子三次偶然相遇时目睹的情形，用虚笔暗示了一个悲剧，以此揭露上流社会司空见惯的道德沦丧，而它的成功则主要在于借助极为巧妙的构思渲染了一种扑朔迷离的氛围和忧郁动人的诗情。涅克拉索夫读后深为感动，特意写信要屠格涅夫继续并深化这种抒情中篇的写法，建议他再把这部作品看一遍，重温“自己的青年时代，自己的爱情，以及那飘忽不定、如醉如痴的青春激情和那没有烦恼的愁闷”，写出与这种情绪相吻合的作品来。他感叹说：“你自己不知道，只要能用爱情、痛苦和任何一种理想去拨动那根同你那颗心儿一样跳动着的心弦，它就会发出怎样的声音啊……”屠格涅夫采纳了这一宝贵的建议，写出了同样充满诗情美的中篇《阿霞》。用不着再分析《阿霞》和格调类似的《初恋》、《春潮》和《烟》等，已经可以发现，屠格涅夫的诀窍就在于他善于“用爱情、痛苦和任何一种理想”去拨动那根敏感的心弦，酝酿出忧伤而甜蜜的诗情。一般地说，文艺创作都伴随着作家的情感活动，但情感的性质、强度和介入创作过程的方式，每个作家都有自己的特点。郁达夫酝酿创作激情的方法以及它介入创作过程的方式，看来与屠格涅夫颇为相似。他总是喜欢回味自己的可怜情状，让自己沉入最忧郁、最卑微的心态，甚至用幻想的痛苦折磨自己，然后直接记录心灵的每一次颤动。郁达夫没有特别点明这方法取自屠格涅夫，但是对这两个作家来说，既然屠格涅夫在总体上和其他重要方面对郁达夫的创作有着深刻影响，而且郁达夫对屠氏的诗情来源心领神会，那么他为了完成自己的抒情风格而采取的类似方法中存在着屠氏的影响是不可否认的。因为艺术创作是一个复杂的心理过程，作家间的相互影响是微妙的，往往由某一点启示就会导致其他方面的领悟，有时甚至在不知不觉中使你受到感染，影响到你的风格形成。

屠格涅夫和郁达夫都是描写大自然的高手，大自然的美在他们的抒情风格中占有极为重要的位置，而且总是跟多余人的心境连在一起的。可以设想，如果没有这些优美的写景文字，他们作品里的感伤情调就会缺乏诗意的美。对自然美的永不消逝的敏感和表现自然美的高巧手法，正是屠格涅夫和郁达夫影响关系的另一个不容忽视的重要方面。当然，喜欢大自然是郁达夫从小就有的一种天性。还在读小学时，他就爱上江边置身于绿树浓阴中，眺望江中的白帆和隔江的烟树青山，做“大半日白日之梦”[①]。而情景交融的写法也是中国古代山水诗的传统，古典文学修养很好的郁达夫深受其影响。不过，这些方面最终并不妨碍他自觉地向外国文学，尤其是向屠格涅夫学习欣赏自然的态度和表现自然美的技巧。

屠格涅夫对于大自然的生命，大自然中的丰富多彩的美具有一种令人惊叹的敏感。他非常善于分辨最细微的差异，在和谐的画面中，表现出极难捉摸的细节。这种描写的才能，苏联学者早有定评：“屠格涅夫继承了普希金的那种善于从普通现象的事实中抽出诗歌的惊人才能，因此，那些初看起来可能是平淡无奇的一切，在屠格涅夫的笔下却获得抒情诗的色调和浮雕般的美丽画面。不管是什么样的平庸乏味的老菩提树，只要一遇到这位艺术大师的巧妙画笔，就会变为永远成荫的树木，

① 郁达夫：《忏余独白》，《郁达夫全集》第5卷，浙江文艺出版社1992年版，第541页。

长着各种普通蔬菜的菜园就会呈现出一种津津有味的丰盛的景象。"[①] 屠格涅夫描写大自然的美基本有两种情形，一种是把它当作俄罗斯的象征来讴歌，寄托他对祖国未来的理想。如《猎人笔记·森林和原野》以优美的笔调写出祖国大地上的四时景物及其晦明变化，你读后会觉得心胸舒展，心里充满喜悦和希望，情不自禁地向俄罗斯致以热烈的敬意。另一种是以自然景象来渲染气氛，衬托人物，使之达到情景交融的境界。

郁达夫由衷叹服屠格涅夫的写景才能。他在《小说论》里把文艺作品中景与人的关系归纳为"调和"与"反衬"两种：写恋人在春景里漫游，是调和；写穷人在欢笑的人群旁垂泪，是反衬。他认为："俄国的杜葛纳夫，最善用这两种方法，我们若欲修得这两种描写的秘诀，最好取杜葛纳夫的《罗亭》和《烟》来一读。"[②] 这满怀敬意的会心之论，道出了他写景技巧的一个重要的艺术渊源。在郁达夫的小说里，能显示他对自然美的敏锐感受力和富有诗意的描写技巧的例子俯拾即是。他不是冷冰冰地描摹山水景物，而是像屠格涅夫那样用整个心灵拥抱自然，融情入景，在情景相互激荡感应中提炼诗意，写出大自然的光色变幻和生命质感，以此反衬"零余者"落寞惆怅的情怀。与屠格涅夫有所不同的是，郁达夫很少赋予大自然以某种象征性的意义，大自然对他来说永远是寄托感情的处所，但他善于用景物来"调和"或"反衬"抒情主人公，其精神是与屠格涅夫相通的。

---

① ［苏联］普斯托沃依特著，韩凌译：《屠格涅夫评传》，人民文学出版社1959年版，第45页。

② 郁达夫：《小说论》，《郁达夫全集》第5卷，浙江文艺出版社1992年版，第181—182页。

三

俄罗斯文学不仅是丰富厚实的，而且是美的。随着中国左翼文学思潮的兴起，俄罗斯文学在思想和主题方面对中国新文学的影响有所削弱，但作为一种美的典范，它在艺术上却增大了对中国新文学的影响的力度。

张天翼是“左联”时期以讽刺和幽默著称的小说家，他笔下的人物大多是小商人、小职员、小官吏、小知识分子、小高利贷者，卑琐庸俗、可怜可笑，杨义认为：“这类作品颇有果戈理、契诃夫的味道，蕴蓄着小人物的性格喜剧的意趣。”[①] 吴福辉也指出：“张天翼自己最关心的是小说的人物，果戈理《死魂灵》里的乞乞科夫，契诃夫《套中人》里的别里科夫，俄罗斯讽刺文学中关于彼得堡官场上的小官吏、小职员，以及外省地主、知识者的杰出描写，其强烈的典型性，显然给张天翼很深的印象……他佩服契诃夫表现人们的‘平庸、厌倦、烦恼，彼此觉得可憎’的讽刺主题，也佩服他的小说于平淡无奇之中极耐咀嚼，有一股‘又苦又辣的味道，使人微笑，又使人哀伤’的调子。”[②] 契诃夫的小说，以幽默和简练著称。他的幽默是纯粹契诃夫式的。日常的生活现象在他的笔下是可笑的，同时又是可悲的。你如果没看出它们的可笑之处，也就看不出它们的可悲之处，因为这两者是紧密相连的。他又善于用看似平凡琐屑的细节来刻画人物形象，通过细节的重复给人一个完整鲜明的印象。这

---

① 杨义：《中国现代小说史》，人民文学出版社 1988 年版，第 360 页。

② 吴福辉：《张天翼：熔铸于英俄式讽刺的交汇处》，曾小逸主编：《走向世界文学》，湖南人民出版社 1985 年版，第 296—297 页。

些艺术特点，不难从张天翼的《包氏父子》、《华威先生》等小说中找出相应的例证。华威先生总是抱怨时间不够支配，总是忙于开会，可是每会又必迟到早退。连他的拿着雪茄的时候，总也要叫左手无名指微微地弯着，小指翘得高高的构成一朵兰花的图样，以夸耀他的婚姻“美满幸福”。这是一个低能的国民党政客的形象，言谈举止矫揉造作，令人作呕。从作者用细节的重复和夸张的手法来刻画人物形象这一点看，他的确受到了契诃夫小说的影响。其实岂止张天翼，还有沙汀、艾芜、沈从文等，都受过契诃夫的影响。沙汀的《在其香居茶馆里》的冷静描述、苦涩微笑，艾芜《南行记》的含而不露的反讽，是与契诃夫的精神相通的。至于沈从文，有人在回忆文章中这样写道：“契诃夫说过写小说的极好的话：‘好与坏都不要叫出声来。’……从文表叔的书里从来没有——美丽呀！雄伟呀！壮观呀！幽雅呀！悲伤呀！……这些词藻的泛滥，但在他的文章里，你都能感觉到它们的恰如其分的存在。”① 沈从文十分钦佩契诃夫在叙事中“不加个人议论”的风格。他的不少作品，如《丈夫》，用平淡的笔调写出小人物的悲哀，而又能与人类的悲哀沟通，确实具有契诃夫小说的某种特色。

话剧创作受契诃夫影响而取得重大成就的首推曹禺。曹禺的《雷雨》剧情紧张，冲突激烈，结构严谨，与古典主义的戏剧相近。他的《日出》一改《雷雨》的结构方式，用许多人生的零碎片断来表现“损不足以奉有余”的主题，说明他在艺术上开始有意识地接近契诃夫。在《日出·跋》中，他写下了最初接触契诃夫戏剧的一段感受：“读毕了《三姊妹》，我合上眼，眼

① 孙冰编：《沈从文印象》，学林出版社 1997 年版，第 194—195 页。

前展开那一幅秋天的忧郁，玛夏（Masha）、哀林娜（Irina）、阿尔加（Oiga）那三个有大眼睛的姐妹悲哀地倚在一起，眼里浮起湿润的忧愁……我的眼渐为浮起的泪水模糊起来成了一片，再也抬不起头来。然而在这出伟大的戏里没有一点张牙舞爪的穿插，走进走出，是活人，有灵魂的活人，不见一段惊心动魄的场面。结构很平淡，剧情人物也没有什么起伏开展，却那样抓牢了我的魂魄。我几乎停住了气息，一直昏迷在那悲哀的氛围里。"① 很明显，《日出》用一个主题来结构零碎的人生片断的方式，是学习契诃夫的。沿着这一方向到《北京人》，曹禺对契诃夫的借鉴进一步趋于成熟。

契诃夫对中国话剧运动的影响，主要是他的"非戏剧化倾向"，即不注重戏剧的外部冲突，而把重点放在内在的诗意的酝酿和揭示上。契诃夫剧中的人物，彼此一般不发生直接的利益冲突，每个人都只从自己的角度来思考周围的事，少有共同的话题。无论谈论什么，其实都是谈论自己内心的某种梦想和幻影，因此常常是答非所问，文不对题。契诃夫的手段高明在于，能够通过这种平平淡淡、答非所问的谈论，从人物内心世界潜在的压抑与宣泄相互冲突中揭示主题，表达动人的情感，使读者和观众同情这些悲凉境遇中的小人物的命运，并对他们身陷困境却把希望寄托在缥缈的未来那种伟大而令人悲悯的忍耐精神肃然起敬。契诃夫的戏剧，冲击了中国自五四以来受易卜生问题剧的影响而形成的注重剧情和人物性格冲突的创作路子，引发了中国戏剧理论以及表现形式上的一场革命，使三四十年代的中国话剧的"非戏剧化"倾向几乎成了一种主导的趋

① 曹禺：《日出·跋》，文化生活出版社1937年版。

势。曹禺的《北京人》，可以说就是这种趋势的代表作。与《雷雨》追求剧情的紧张和性格冲突的激烈完全不同，《北京人》受契诃夫的影响，主要通过日常生活的琐事和人物的内心冲突，揭示封建大家庭内部的矛盾和它的濒临崩溃，形成了寓深邃于平淡的艺术风格。契诃夫曾就他的《万尼亚舅舅》写信给叶莲娜的扮演者："阿斯特洛夫在这一场里对叶莲娜表示了他的最热烈的爱情。'他抓住他自己的感情就像一个落水的人抓住一根稻草'，这话不对，根本不对！叶莲娜喜欢阿斯特洛夫，她的美抓住了阿斯特洛夫。但在最后一幕他已明白，什么结果也不会有。叶莲娜对他将永远消失——他跟她在这一幕里用这样一种口气，讲到非洲的炎热，漫不经心地吻她，无所作为。要是阿斯特洛夫在这一场里是狂暴的，那就要使第四幕的整个情绪被破坏了。这一幕的情绪是平静而沮丧的。"对应于契诃夫这种把冲突极力掩藏在平静温和形式中的手法，《北京人》也有一段非常相似的台词：曾文清要与表妹兼恋人愫芳话别，他们明白这一次分手也许就是永别，可是谁也没有别的办法——

曾文清：（也立起哀求）你究竟怎么打算，你说呀。

（愫芳向书斋小门走）

曾文清：（沉痛地）你不能不说就走，"是""不是"你要对我说一句啊。

愫芳（转身）：文清！（递给他一封信，缓缓地走开了。）

曾文清无力摆脱旧生活的束缚，而愫芳历经封建势力的摧残，最后终于挣扎出大家庭的牢笼，两人告别时愫芳的轻轻一声“文清”，看似平静，着实包含了她对曾文清的一往情深和巨大的失望，内心涌动着一股强烈的感情激流。整部《北京人》，处处洋溢着这种契诃夫式的内在的诗意和人性的美感。

如果说屠格涅夫以“多余人”的忧郁情调影响了五四文学，那么到20世纪30年代，他塑造典型人物的方法和酝酿诗意的手段，越来越受到现代中国作家的瞩目。茅盾在《自然主义与中国现代小说》一文中写道：“小说像选取一段人生来描写，其目的不在此段人生本身，而在另一内在的根本问题。批评家说俄国大作家屠格涅夫写青年的恋爱不只是写恋爱，是写青年的政治思想和人生观。”茅盾创作伊始，就表现出了宏观把握时代进程的特点。他的《蚀》三部曲，把人物置于典型环境中加以刻画，表现他们的命运，又通过青年的爱情追求及其幻灭，个别官僚在婚姻和婚外恋之间的动摇，来表现时代的特点。这种把人物与环境结合起来描写的现实主义方法，确实包含着作者从屠格涅夫小说中得来的经验。著名的左翼批评家钱杏邨，当年就说《幻灭》的结构得益于《前夜》不少。从《蚀》三部曲、《虹》、《子夜》到20世纪40年代的《腐蚀》等作品，茅盾一贯坚持了这种社会剖析派的创作路子，从而一直保持了他与屠格涅夫的某种内在的联系。当然，屠格涅夫对人始终具有良好的艺术感觉，即使在表现社会政治问题时也绝不会淡化对人的心理和个性的艺术兴趣。相比之下，茅盾更关注社会政治问题的本身，作品中的人有时反而成了表现社会政治主题的“工具”，因而削弱了作品的艺术感染力。

与茅盾推崇政治色彩比较浓的《前夜》有所不同，一些艺术感受能力比较强、喜欢诗意和优美风格的民主主义和自由主义作家，如巴金和沈从文，更欣赏屠格涅夫的《贵族之家》、《阿霞》、《春潮》、《猎人笔记》等作品。许多研究者谈起屠格涅夫对巴金的影响时，大多关注《前夜》提供给巴金前期作品的新人形象和青春激情。其实，巴金后期的创作受屠格涅夫的影响更为内在和深刻一些。亨利·詹姆斯称屠格涅夫最高明的东西，“是一种精致入微的诗的氛围所产生的效果”，借助这一手段，“他内心的一切都上场了；我说的是他对命运、对人间的愚昧、对恻隐之心、对惊人的奇迹和对美的感受。”[①] 正是这种精致入微的诗意氛围和独特的抒情魅力，对巴金后期的《憩园》、《寒夜》产生了微妙的影响。在这两部作品中，巴金用客观化的叙事，渲染了一种淡淡的忧愁，讲述了一个个小人物的无言的悲剧。这种客观化的抒情笔调，与屠格涅夫把热情隐藏在平静的叙事中的含蓄风格是一致的。[②]

不过同样是欣赏诗意的美，沈从文则看重屠格涅夫对大自然的审美态度和散文化的文笔，因而他更喜欢屠格涅夫的《猎人笔记》。《猎人笔记》充分表现了生命的忧郁和自然的美丽。生活在俄罗斯农村的人们与自然和谐相处，无论是孩子们围着夏夜的篝火谈论哭泣的人鱼（《白净的草原》），农人在小酒店里赛歌（《歌手》），还是森林、溪流、树影，狗的吠叫、晚钟的余音，等等，一律流动着淡淡的、让人微醉的诗意。就连那些安详地听

① 《外国文学名家论名家》，华东师范大学出版社1985年版，第266页。

② 1937年，巴金在为丽尼译的《贵族之家》写的书刊广告里写道：“艺术的完整，人物描写的精致，与横贯全书的哀愁与诗的调子，使这部小说成了一件最优秀的艺术品。”（转引自姜德明的《沪上草》，《中国作家》1987年第1期。）这说明，巴金对屠格涅夫小说的诗意氛围和抒情魅力是心领神会的，因而他的后期创作接受屠格涅夫抒情风格的影响是顺理成章的事。

从自然的定命、走向死亡的人们，也能让人从他们的心路中感受到自然的神秘和庄严（《死》）。沈从文后来说：“屠格涅夫《猎人笔记》把人和景物错综在一处，有独到处。我认为现代作家必须懂得这种人事在一定背景中发生。”[①] 这不失为他的会心之论。他的一些优秀的湘西题材的小说，皆是以湘西清秀的山水为背景，展现纯情少女的生命原色。尤其是《边城》中的翠翠，像坡上的幽篁一般青，如山头黄麂一般乖觉明慧，“面对陌生人对她有所注意时，便把光光的眼睛瞅着那陌生人，作成随时皆可举步逃入深山的神气，但明白了人无机心后，就又从从容容的在水边玩耍了。”这是天地灵气所钟的奇迹，是沈从文梦中所期待的生命形态。即使“边城”里处于社会底层的水手和妓女，也自有他（她）们的信仰和道德，其顺乎自然的态度，在沈从文看来，反比那些把爱情计较到金钱牛羊上去的虚伪的城里人来得真诚和高尚。这种自然人性的观点、把大自然当作美的极致和道德的尺度，以及隐藏在优美和谐的人生画面背后的一抹淡淡的忧愁，其精神显然是与屠格涅夫的《猎人笔记》相通的。他的优秀散文集《湘行散记》，用随笔式的文体记录湘行途中的所见所闻，诸多人事的哀乐，一连串看似平常的故事构成了作者眼中的湘西世界，包含了许多抒情诗的成分，这在文体上又是与《猎人笔记》一致的。

在俄罗斯作家中，托尔斯泰以挖掘人物心灵的深度和反映社会生活的广度著称。中国五四作家由于崇奉“为人生的文学”的理念，对托尔斯泰的兴趣主要集中在他用文学来宣扬人道主义

---

① 凌宇：《沈从文谈自己的创作》，《中国现代文学研究》丛刊1980年第4期，第320页。

的精神，而他们的艺术修养又大多没达到能与托尔斯泰进行平等交流的水平，因而要找到受托尔斯泰的直接影响而在艺术上大获成功的例子似乎很难。到20世纪20年代末，这种状况才有了变化。这时，托尔斯泰在中国的影响出现了两大趋势，一是左翼阵营在意识形态方面对托尔斯泰的不抵抗主义开展批判，同时在艺术上借鉴托尔斯泰的某些技巧；二是有些自由派作家，一度与托尔斯泰的道德观发生共鸣，从而受到了托尔斯泰的影响。

左翼作家对托尔斯泰既批判又借鉴的看似自相矛盾的接受状况，是以托尔斯泰自身的矛盾为前提，并以一种思想内容和艺术形式各自相对独立的文学观念为依据的。在左翼作家看来，托尔斯泰的不抵抗主义有害于无产阶级的暴力革命，是一种反动的世界观，必须加以批判。但托尔斯泰的世界观本身又充满矛盾，就是说，他一方面主张勿以暴抗恶，另一方面又对俄国的农奴制进行批判，把深厚的同情给予了受压迫的农民，因而在作品里提出了许多涉及俄国革命的重大问题。正是由于这后一方面，他受到了列宁的赞扬，被誉为“俄国革命的一面镜子”，这成了中国左翼作家接受托尔斯泰文学遗产的重要前提。不过，这些作家对托尔斯泰的接受，只限于借鉴其宏大结构和精细描写相结合的现实主义方法和技巧，对于他的道德说教则持批判与排斥的态度。因为在左翼作家看来，文学内容与艺术形式各具有相对的独立性，可以侧重从形式方面来继承文学史的遗产。这方面最有代表性的，是茅盾。茅盾的《子夜》通过民族资本家吴荪甫的最终失败，暗示20世纪30年代的中国社会仍处在半封建半殖民地的阶段，中国民族资产阶级没有独立的政治前途。这一主题与托尔斯泰的不抵抗主义是完全针锋相对的，而茅盾为完成这一主题，在艺术上却借鉴了托尔斯泰的《战争与和平》，按《战争与和平》

的结构模式，在第一章写吴老太爷的丧事，让所有的主要人物相继出场，理出了全书主要的情节发展线索。吴（荪甫）赵（伯韬）冲突，由此拉开了帷幕。这一借鉴于《战争与和平》的结构方式，使茅盾在反映 20 世纪 30 年代中国社会从城市到农村的广阔生活画卷时，获得了处理错综复杂矛盾的诸多便利，他把握重大题材的才能因而得到了充分发挥，而更重要的一点是，《子夜》因此获得了托尔斯泰式的兼具宏大叙事与精细描写的现实主义风格的特点。

中国自由派作家则没有完全否定托尔斯泰的道德信仰，至少对托尔斯泰的博爱主义和忏悔意识相当赏识，有所吸收。比如曹禺，他的处女作《雷雨》的初版本，通过序幕和尾声，表达了周朴园的自我忏悔。周朴园把已经疯了的侍萍和蘩漪供养起来，把周公馆捐献给了慈善机构，试图以此赎清自己犯下的罪。这与托尔斯泰在《复活》中让聂赫留朵夫忏悔自己的过错的情节设计，基于大致相同的意图，即为了突出作品的人道主义主题，加强其道德训诫的意义。当然，《雷雨》初版本的忏悔意识，其影响来源很复杂，不止托尔斯泰一家。它至少还包括西方基督教文化和中国佛教文化的成分，但托尔斯泰的影响显然是其中一个很重要的方面。再往深处说，托尔斯泰本身也受到西方基督教文化的重大影响，因而在曹禺所接受的基督教文化中包含托尔斯泰的影响，也是不足为奇的。不过应该注意到，中国自由派文学受托尔斯泰的影响在 20 世纪 30 年代以后有逐渐淡化的趋势。一个非常典型的例子，就是曹禺此后不久即对《雷雨》进行了重要的修改，删去初版本的序幕和尾声。这样一改，人道主义的内容受到削弱，阶级斗争的主题则明显地加强了。这正好与中国文艺界向左转的整个潮流相吻合，满足了社会革命时代对文学的功利主义的要求。

托尔斯泰最为人所称道的，是他在创作中无与伦比地展示人物心理辩证发展过程的能力。人物性格既在他的掌握之中，又能固守其自身的发展逻辑，具有鲜明的主体性。他善于使这两者保持适当的平衡，造成内在的张力——使人物形象具有非凡的心理深度和巨大的历史概括性，这种杰出的艺术才能，是无人可及的。中国作家大多认同托尔斯泰的这方面成就，并且往往把它当作现实主义艺术的典范来学习。从这一角度看，托尔斯泰的影响已经融化在中国作家的审美标准中，具体地落实在他们的创作实践中了，因而这种影响是深层次的，而且是长期的、深远的。然而托尔斯泰的这一才能又绝不是通过努力可以轻易学到手的，因而中国作家中真正称得上受托尔斯泰的直接影响而取得重大艺术成就的几乎没有。

俄罗斯文学史上还有一位声名卓著的小说家——陀思妥耶夫斯基。早在五四时期，中国新文学界就开始介绍他的生平，翻译他的作品，评价他的风格。此后，研究论文和翻译作品不断，可见他一直受到中国读者的关注。[①] 陀思妥耶夫斯基作为一个病态的天才，一向以拷问人的灵魂著称。他以非凡的艺术构思，把人物置于极端的困境，使其内心矛盾激化，性格陷于分裂，最后迫使其在绝望中借由宗教式的忍受达到灵魂的净化。这种内心搏斗的惨烈，时常达到令人难以忍受的程度，而他作品的独特魅力也就在于这种内在情感的尖锐性。中国现代文学史上被认为受到陀

---

① 参见李万春编《陀斯妥耶夫斯基作品中译目录及研究资料索引》（收集了1918—1949 年的陀氏作品中译目录和研究资料索引），载《外国文学研究》1986 年第 2 期。

思妥耶夫斯基影响的作品，可以举出一些，比如周作人读了《过去》后，觉得郁达夫的风格变了，特地写信给郁达夫，说《过去》是可与陀思妥耶夫斯基相比的“杰作”①。20世纪40年代富有才气的青年作家路翎，在他的《我与外国文学》一文中，谈到了他受陀思妥耶夫斯基等外国作家影响的情况。他的长篇小说《财主的儿女们》及短篇小说《饥饿的郭素娥》等，在挖掘人的精神奴役的创伤，表现底层民众陷于绝境时的原始强力，展现知识分子的分裂人格等方面，的确可以看出病态天才陀思妥耶夫斯基风格的影响。在新时期，王蒙的《活动变人形》、张贤亮的《绿化树》等小说，在描写人物性格分裂方面也具有某种陀思妥耶夫斯基风格的因素。但上述作品在艺术成就上显然都不能与陀思妥耶夫斯基相提并论，因为中国现代作家中真正受陀氏的影响而像他那样对人的灵魂进行拷问达到病态的深度的几乎没有，所谓“杰作”，只是相对的评价，甚至是过誉之辞。一个有力的证据是，中国现代作家中，对人的灵魂发掘之深以鲁迅为最，但鲁迅却说，他“总不能爱”的作家有两个，一个是但丁，一个就是陀思妥耶夫斯基。读陀思妥耶夫斯基的作品，叹其伟大，“却常想废书不观”。因为陀思妥耶夫斯基式的忍从是快要破裂的忍从，“作为中国读者的我——却还不能熟悉陀思妥耶夫斯基式的忍从——对于横逆之来的真正的忍从。在中国，没有俄国的基督。在中国，君临的是‘礼’，不是神”。② 鲁迅这里谈到了中国读者难以从感情上贴近陀思妥耶夫斯基的一个重要原因，

① 郁达夫：《日记九种·穷冬日记》1927年2月15日，《郁达夫全集》第12卷，浙江文艺出版社1992年版，第111页。

② 鲁迅：《陀斯妥耶夫斯基的事》，《鲁迅全集》第6卷，人民文学出版社1981年版，第412页。

是中国传统文化中缺少俄国的宗教意识。由于缺少宗教意识，中国的读者很难认同和欣赏陀氏作品中的那种伟大的、宿命的、快要破裂了的忍从。但这并不是说，陀思妥耶夫斯基在中国的影响不大，实际的情形恰恰相反。他的作品在大多数时期被中国读者视为一种具有心理深度的现实主义的典范受到推崇，巴赫金由研究陀斯妥耶夫斯基的作品而提出的“复调小说”理论，也受到中国现代文艺理论界的广泛关注。因此不妨认为，陀思妥耶夫斯基在中国的实际影响，并不在于能从多少个中国现代作家身上找出他的影子，或能从多少部中国现代文学作品中找到具体地接受其影响的例证，而在于他的创作风格作为一种典范已经普遍地融入了中国现代的审美观念中，成为作家美学标准的一个重要组成部分，虽然他们的创作远没有达到陀氏的水平。这种情形与托尔斯泰在中国的影响有点类似，但陀思妥耶夫斯基更为突出，因为陀思妥耶夫斯基更难以被人简单地模仿和学习。

四

在俄罗斯文学中，具有世界影响的还有现代派诗歌和形式主义批评，它们在中国新诗和批评话语中同样留下了烙印。

俄罗斯的现代派诗歌产生于19世纪末，到20世纪初风靡一时，尤其是在1905年革命失败以后，几乎席卷了整个俄国文坛。十月革命前，俄国现代派诗歌主要有象征派、阿克梅派及未来派。象征派崇尚“神秘而永恒的感受”，把象征理解为一种暗示和预兆，并受波特莱尔的影响，重视给词“着色”，追求诗句的音乐性。阿克梅派是从象征派中分化出来的一个团体，他们发表宣言反对神秘主义，着手对象征派加以革新，但实际上与象征派没有根本的区别，尊奉的仍是唯美主义的信条。大多数阿克梅派诗人都善于写抒情诗，表达一种缠绵的爱情和私人化的生活，其中一些代表性诗人，如阿赫玛托娃，所写的诗委婉细腻，语言简洁精练，很有艺术感染力。阿赫玛托娃的诗也被称为“室内抒情诗”，因为这些诗主要通过个人的感观写出，情调上比较超脱，与现实政治有较大的距离。未来派内部则可分成几个小的派别，有自我未来派、立体未来派、“诗歌顶楼”派和离心机派等。与别的现代派有所不同，未来派诗人在革命前的社会地位比较低微，是一些不得志的知识分子和青年诗人。他们打倒贵族资产阶级文学，否定一切旧的艺术。在最早一篇题为《给社会趣味一记耳光》的宣言中，他们宣称要“把普希金、陀斯妥耶夫斯基、托尔斯泰等等，全部从现代生活的轮船上扔出去”。同时，他们又坚决地与高尔基们、勃洛克们等当代所有作家决裂。这种极左的激进倾向，使他们在十月革命前后一段时期事实上与“无产阶级文化派”站到了一起。在艺术方面，未来派诗歌致力于语言的实验，认为诗的语言越抽象、越离奇越好，甚至公开表示“无意义的语言”是处在萌芽时期的未来的世界语，只有它们才能把人们联合起来。在 1914 年发表的一篇题为《鉴赏家的陷阱》的宣言中，他们对“新的创作原则”作了具体的阐述，内容有：一、否定语法和句法规则；二、取消标点符号；三、把元音理解为时间和空间，把辅音看做是色、声、味；四、摧毁过去的诗歌韵律，建立自由体。这种侧重于形式探索的倾向，使他们获得了形式主义者的称号。

俄国现代派诗歌，因其情调低沉和形式主义倾向而在十月革命后受到了批评和压制。象征派和阿克梅派的组织很快瓦解，但它们的一些成员作为个人还在创作，少数人，如象征派诗人勃洛克投向革命，参加了新生活的建设，写出了《十二个》这样歌颂红军战士的长诗，这部长诗在 20 世纪 20 年代中期被翻译到中国。阿克梅派的女诗人阿赫玛托娃在 20 世纪 20 年代还出版了两本诗集《车前草集》和《耶稣纪元》，到卫国战争时期又写出了一些爱国主义的诗篇和不少优美的抒情诗。立体未来派的著名诗人马雅可夫斯基，后来也创作了《列宁》这样优秀的抒情长诗，在思想与艺术上表现出了与时代同步的特点。

对中国的新诗而言，俄罗斯现代派的影响是潜在的，不那么显眼，这主要由内外两个因素决定。从中国内部的情况看，20 世纪 20 年代中国最紧迫的社会课题是完成“启蒙”和“救亡”的双重任务，因而文学中的颓废主义和形式主义缺少生长繁荣的合适土壤。从外部的因素看，现代派文学这时在苏联受到了批判，一切以苏联为依归的中国“革命文学”倡导者自然不可能把俄国的现代派诗歌热情地介绍过来，而中国自由主义诗人想借鉴现代派诗歌的艺术，一般都转向西方，很少关注赤色的俄罗斯文坛。这样，俄国现代派诗歌没能在中国引起广泛的关注和重视便在情理之中。不过，俄罗斯现代派诗人专注于诗歌语言的革新和试验，他们把形式理解为内容的重要方面，注重词的声音本身的意义，追求神秘的感觉，这些特点在随后的岁月里，尤其是在中国新时期对形式主义的偏见已在很大程度上消失了的时候，或直接或间接地通过西方现代派诗歌的曲折途径对中国的一些先锋诗人还是产生了不容忽视的影响。这些中国的先锋诗人在诗歌的语言表达及其策略上正进行着与俄罗斯现代派诗人一样的艰苦探索，对他们而言，后者不失为一座有待深入挖掘的艺术矿藏，并且事实上也的确从中借鉴了一些形式方面的技巧，如词的反逻辑组合、以诗句的节奏来暗示意义，等等。这里应该特别提及立体未来派诗人马雅可夫斯基，他在1920年代创作的《列宁》等诗作，大胆采用了与诗歌的激情性质相一致的“楼梯式”形式。这种独特的形式经马雅可夫斯基的实践，发展成为一种具有特定审美规范的诗体，到20世纪50年代，中国诗人郭小川直接借鉴了它，写出了诸如《向困难进军》这样大气磅礴的中国的“楼梯式”抒情篇章，以其强烈的节奏感表达了高昂的时代精神。

俄国的形式主义批评学派存在于1915—1930年间，它的出现是与处在先锋位置的未来主义诗歌合拍的。未来主义诗人提出的侧重诗歌语言革命的诗学主张，需要得到理论上的解释和论证，由此催生了一种相应地注重形式规律的批评方式。这使形式主义批评与当代艺术的经验直接联系起来了。作为一个批评流派，形式主义的命名来自它的对手加给它的指责，它的成员则是莫斯科语言学学会和彼得堡诗歌语言研究会的青年学者，代表人物有雅各布森、什克洛夫斯基等。

俄国形式主义理论涉及很多问题，但构成其理论体系的核心问题主要是两个：一是重新界定文艺的本质，提出一种新的文学观念；二是重新确定文学研究的对象、任务和方法，试图创建一套新的文艺学体系。

传统的文艺学建立在反映论的哲学基础上，强调文艺的本质是它的形象性。形式主义理论家反对这种观点，他们认为“形象思维无论如何不是一切艺术种类，甚至也不是语言艺术一切种类的共同点；形象不是那种自己的变化就构成诗歌运动本质的东西。”① 什克洛夫斯基写道：“被人称作艺术的东西的存在，就是

① ［俄］什克洛夫斯基：《艺术即手法》，译文见《外国文学评论》1989年第1期，第40页。

为了恢复对生活的感觉，为了感觉到事物，为了使石头变成石头的。艺术的目的是提供对事物的感觉——作为视觉的，而不是认识的感觉；艺术的手法是使事物‘奇特化’和增加感知难度及时间长度的困难形式的手法，因为在艺术中感知过程本身就是目的，这一过程应该延长。”① 在这里，什克洛夫斯基提出了两个重要的观点，一是艺术只涉及事物的视觉的感觉，与认识论无关；二是艺术的手法意在使事物陌生化，增加感知的困难和延长感知的时间，因为艺术的感知过程本身即是目的。由前一个观点导致形式主义者只关心诗句所呈现的视觉效果，反对对文学作哲学、心理学、传记学和社会学的研究；由后一个观点导致他们把兴趣转向语言学的方面，思考如何采取语言学的手段和叙事的策略来增加事物的新鲜感。什克洛夫斯基特别提到托尔斯泰的例子，认为托尔斯泰经常使用陌生化手法，如《霍尔斯托密尔》以马为叙事者，透过马的眼光看到人类社会的是非颠倒，给人一种新奇感。

形式主义者认为文学研究的对象不再是文学，而是“文学性”，也就是使一部作品成为文学作品的东西。它不是作品中的生活、心理、政治、哲学等，而是语言。形式主义者把语言分为两类，认为文学语言不负载一般语言的意义，也就是说，文学语言只有能指功能，而没有所指功能。他们根据结构主义语言学的基本观点，提出了全新的形式观念：“形式主义者抛开波捷勃尼亚的论点，从传统的形式—内容类比中解脱出来，从形式作为外壳、作为可以倾倒液体（内容）的容器的概念中解脱出来……

① ［俄］什克洛夫斯基：《艺术即手法》，译文见《外国文学评论》1989 年第 1 期，第 42 页。

因此，形式的概念便有了另一种意义，它并不要求有其他任何补充的概念，也不要求有任何类比。”[①] 也即形式不再是传统意义上的死板的外壳，而是本身就在变动的内容。

俄国形式主义理论的观点不乏前后矛盾之处。但这些人宣称并不谋求建立一种统一的方法论，而是要探索一些论点，根据这些论点去研究文学的特征，所以他们的体系是历史的，而不是凝固的。由于苏联一开始就批判形式主义的理论，所以形式主义的个别代表人物在 20 世纪 20 年代初移居捷克，形成了布拉格学派，也即通常所说的捷克结构主义。后来捷克结构主义超出了语言学研究的范围，进入了人文学科的许多领域，并延伸到美国、法国等地，成了一种世界性的社会思潮。显而易见，在这一发展演变的过程中，俄国形式主义者所确立的一些法则起了重要作用，虽然这些法则自身存在着片面性。

形式主义理论在中国的命运与它在苏联非常相似。在相当长的时期里，中苏两国都基于传统的关于内容与形式关系的观念而对形式主义理论开展批判，几乎没有它的生存空间。但在中国进入新时期以后，随着思想领域的宽松气氛越来越浓厚，西方结构主义和符号学等新潮理论汹涌而入，一度在评论文章里触目皆是“结构”、“功能”、“所指”、“能指”、“文本”、“符号”、“陌生化”等名词和概念。如果追根溯源，这些名词概念最早都出自俄国形式主义。于是，俄国形式主义的理论也引起了中国人的注意，并隔着遥远的时间在这块古老而年轻的土地上产生了实际的影响，使中国的文艺理论与批评实践突破了单一的模式，走向丰

---

① ［俄］艾亨鲍姆：《“形式方法”的理论》，［法］托多罗夫编选，蔡鸿滨译：《俄苏形式主义文论选》，中国社会科学出版社 1989 年版，第 29 页。

富和多元化，取得了一系列新的成果。

第三节　苏俄文学思潮与中国文学新现实主义规范的建立

俄国十月革命是一件世界性划时代的大事。它开辟了人类历史的一个崭新阶段，因而也在世界范围内划出了一个文学的新时代。苏联文学的发展经历了曲折的过程，其间产生的错综复杂的文艺思潮对世界不少国家的文学，尤其是对中国现代文学，产生了极其重大而深远的影响。中国左翼文学和后来的革命现实主义文学，可以说就是在苏联文艺思潮的影响下发展起来的。在此期间，苏联文艺界提出的各种口号，创作主张，理论观点，甚至概念和范畴，都及时地被介绍到中国，决定了中国左翼文艺思潮的发展方向，规范了中国革命现实主义文学的性质。本节主要回顾苏联文艺思潮对中国现代文学的影响过程，总结其中的经验教训。标题所谓“苏俄文艺思潮”，是因为考虑到在这一过程中，19世纪中叶的俄国民主主义美学和20世纪初俄国少数创作及批评流派也对中国左翼文学和革命现实主义文学的审美规范的形成产生了重要影响，因而将它们放在一起进行研究。

一　“拉普”与中国“革命文学”论争

1920年代中期，中国国内革命形势高涨，文艺界的部分共产党人和激进的革命民主主义者开始重新思考新文学的发展方向。他们不再满足于五四文学的人道主义和个性主义的内容，要求在新的思想基础上建设能够体现无产阶级利益的革命文学。众所周知，这最终引发了创造社、太阳社与鲁迅之间的一场“革命文学”论争。这场论争的社会根源在中国，但它的发生，无疑又是与苏联20世纪20年代的文艺思潮密切相关的。

俄国十月革命胜利后的一段时期，文艺界的情况非常复杂，各种团体林立，但从主要倾向上看，大致可以分为两大派。一派是从“无产阶级文化派”、“锻冶场”、“十月”到岗位派，以岗位派为核心形成了“拉普”；另一派是与岗位派对立的托洛茨基、沃隆斯基等人，在沃隆斯基的《红色处女地》、《探照灯》和《环》周围聚集了一批作家，他们结成一个新的文学团体，取名“山隘”。

无产阶级文化建设从一开始就面临着一个困难的实践问题：就政治斗争的需要而言，无产阶级必须强调自己的世界观与一切旧的意识形态的根本区别，突出其鲜明的阶级性；然而就无产阶级文化的建设而言，情况显然又绝不是如此简单。国家机器可以用革命暴力加以粉碎，新的文化则必须在现有的文化遗产基础上建设，不可能离开这一基础去凭空地“创造”。如何处理好建设无产阶级文化与继承人类文化遗产的关系？整个20世纪20年代苏联文艺界的大规模论争，基本上是围绕这一核心问题展开的。

“无产阶级文化派”的代表人物波格丹诺夫，根据他在《普遍组织起来的科学》一书中提出的所谓“普遍组织科学”，主张“创造无产阶级文化”。他认为，真理是“社会经验的组织”，而不是客观存在的反映；世界上的一切都是组织的过程，人类的一切活动都是组织活动。无产阶级的历史使命，就是要“和谐地、严谨地组织人类的全部生活”。他把这种“普遍组织科学”运用于文艺领域，认为文学艺术不是现实生活的再现，而是主观的阶级心理的体现。他的这种理论曾被写入无产阶级文化协会的

《无产阶级与艺术的决定》（以下简称《决定》），《决定》第一条就是“艺术通过活生生的形象的手段，不仅在认识领域，而且也在情感和志向的领域组织社会经验。因此，它乃是阶级社会中组织集体力量——阶级力量的最强有力的工具。”[①]波格丹诺夫把文艺当成组织阶级力量的工具，片面追求文艺的政治功利性，结果抹杀了它的审美特点。另一方面，波格丹诺夫对人类文化遗产采取了虚无主义的态度。他的逻辑是：每一个阶级只能创造自己的文化；无产阶级因为有自己的特殊任务和特别的理想，更须坚守自己的阶级立场，拒绝一切文化遗产。正是基于这种错误观点，无产阶级文化派坚决反对出版古典文学名著，甚至提出了“烧掉拉斐尔，捣毁博物馆，踏碎艺术之花”的口号。

对于无产阶级文化派的错误思想，列宁进行了坚决的斗争。1920年10月，无产阶级文化协会召开第一次全俄代表大会，列宁看到有关报道后立即为代表大会起草了一个“决议”草案，严肃指出他们企图“捏造自己的特殊的文化”，认为这“在理论上是错误的，在实践上是危险的”。同时严厉批评他们的所谓的“自治”主张，明确规定无产阶级文化协会的一切组织必须置于党和政府的领导之下[②]。列宁认为不能离开俄国社会的实际来奢谈“无产阶级文化”，在政治、经济、文化相当落后的俄国，“不是臆造新的无产阶级文化，而是根据马克思主义世界观和无产阶级在其专政时代的生活与斗争条件的观点，去发扬现有的文化的优秀典范，传统和成果”[③]。他把那些认为可以不用资本主

① 白嗣宏编：《无产阶级文化派资料选编》，中国社会科学出版社1983年版，第1页。

② 同上书，第128页。

③ 《列宁论文学与艺术》第2卷，人民文学出版社1960年版，第609页。

义的“材料”来建设新社会的人称之为“空谈家”、“饶舌者”，坚决反对无产阶级文化建设问题上的不切实际的空想和急躁冒进的行为。

由于列宁的坚决斗争，无产阶级文化派在组织上受到沉重打击，但它的思想影响并没有完全消除。相反，由于革命过程中始终存在着左倾思潮的现实土壤，无产阶级文化派的某些观点后来被岗位派和“拉普”吸收，又改头换面地发展成为一套新的系统理论。

岗位派是“拉普”的前身，两者都是强调无产阶级要建立自己的文学，要“制定思想上和形式上统一的艺术纲领”；认为“同路人”作家“只能歪曲地反映革命”，因而只能作为一种策略与他们进行有限合作，同时“必须经常揭露他们的动摇的小资产阶级面目”。[①] 稍后，他们进一步提出，无产阶级文化与文学的存在已是“无可辩驳的事实”；而且现在“只承认无产阶级文学已经不够了，还必须承认这一文学的领导权的原则，承认这一文学为了战胜和吞没形形色色的资产阶级与小资产阶级文学要进行顽强而系统的斗争的原则。”他们甚至宣称要在艺术领域进行一场“像政治经济领域中进行的那样的革命”[②]。这说明岗位派虽然在政治上反对“无产阶级文化派”，可是在思想文艺路线上其实与后者有许多共同之处。

与岗位派意见对立的是托洛茨基、沃隆斯基一派。托洛茨基

① 《无产阶级作家团体“十月”的思想纲领及艺术纲领》，《关于对资产阶级文学和对蹭派的关系》，载《在岗位上》1923 年第 1 期，《“拉普”资料汇编》（上），中国社会科学出版社 1981 年版，第 1—7 页。

② 《“拉普”资料汇编》（上），中国社会科学出版社 1981 年版，第 170—176 页。

于十月革命胜利后开始关心文艺问题，在《真理报》上发表了一系列文章，随后出版了《文学与革命》一书。他主要是不赞同“无产阶级文化”的提法。在他看来，无产阶级在革命前没有条件获得文化，在革命时期无暇建立自己的文化，革命胜利后由于很快要消灭一切阶级，因而也没有必要建立自己的阶级的文化。托洛茨基的一个主观意图，是想给文艺较多的自由，这是因为他比较重视文艺的自身的特点。他认为文艺是“余裕”的产物，主张团结“同路人”，充分发挥其创作的才能。这些观点与岗位派是针锋相对的。沃隆斯基对托洛茨基的文艺观作了出色的发挥，更多地研究了文学的内在规律。他力图将艺术创作的内在真理与马克思主义的阶级原则结合起来，认为艺术是对生活的认识，而凭借综合和感性的形象思维所创造出来的生活，比现实更接近真实。他认为艺术作品是以其想象的清新给读者以惊异和启示的，同时他很看重作家的才能，通过《红色处女地》团结了一大批“同路人”。但是，众所周知，随着苏联国内形势的变化，托洛茨基和沃隆斯基的文艺思想受到了清算。他们被清算的过程，也是“拉普”的影响不断扩大、逐渐占据主导地位的过程。

苏联 20 世纪 20 年代的这场文艺论争对中国文艺界产生了重大的影响，这是由两方面的因素决定的。一是苏联作为第一个社会主义国家，它在各个方面的探索对于世界各国的共产主义运动具有天然的榜样作用，它在文艺方面的动向也顺理成章地成了人们关注的重点。二是中国在 1920 年代中期出现了第一个革命高潮，客观的形势要求人们必须正视文学与革命的关系问题，重新确定文学的性质与功能。于是，一些共产主义知识分子和激进的民主主义者，提出了“革命文学”的口号，要求文学从五四时期的承担启蒙的使命转向为革命的政治斗争服务。适逢苏联的文艺论争也涉及了这方面的理论问题，而且论争中的各种意见通过不同的途径传入中国，这就自然地在中国文艺界激起了热烈的反应。

比较而言，转变了方向的创造社和后来的太阳社主要接受“无产阶级文化派”和“拉普”的影响，而鲁迅、茅盾等人则相对接近托洛茨基、沃隆斯基的观点。这表明，苏联20世纪20年代的文艺论争，几乎横向移植到中国重新演绎了一遍。说它横向“移植”，当然仅是一种比喻，因为中国的“革命文学”论争反映的毕竟是中国的革命实践，具有中国的内容和特色。

较早地用“无产阶级文化派”和“拉普”的理论相当系统地来论述革命文学本质的，是李初梨。1928年初，他在《怎样地建设革命文学》一文中写道：“文学，与其说它是自我的表现，毋宁说它是生活意志的要求。文学，与其说它是社会生活和表现，毋宁说它是反映阶级的实践的意欲。”“文学，有它的组织机能——一个阶级的武器。”① 关于文学的这些定性，显然是依据波格丹诺夫的“组织科学”理论而来的。那么，怎样才能成为一个“革命文学家”呢？李初梨提出：“我们先要审查他的动机。看他是‘为文学而革命’，还是‘为革命而文学’。”“假若他真是‘为革命而文学’的一个，他就应该干干净净地把从来他所有的一切布尔乔亚意德沃罗基完全地克服，牢牢地把握着无产阶级的世界观——战斗的唯物论，唯物的辩证法。”李初梨把“为革命而文学”与“为文学而革命”对立起来，为了“武器的艺术”而贬低“艺术的武器”，强调要获得“无产阶级的意识”，这些都是搬用岗位派和“拉普”的观点。其实，重视世界

① 李初梨：《怎样地建设革命文学》，《文化批判》第2号。

观对创作的指导作用，本是革命文学的一个基本特点。但李初梨在这里犯了与岗位派和“拉普”同样的错误，即为了抽象的革命原则而忽视了文学的审美特性。更重要的是，他对这些革命原则的理解和阐述又大多是教条式的，仅仅照搬一些马列主义的词句，而没有与中国的实际情况结合起来。因此，他的文章除了扩大一点“革命文学”的政治影响，对文学本身的发展反而产生了不少消极的作用。历史的经验证明，标榜自己的“马列主义”为唯一正确，把文学当成阶级斗争的工具，这除了会加剧革命文学内部的宗派主义情绪外，还会限制艺术想象的空间，束缚文学创作的活力，最终只会把革命文学赶进死胡同。

李初梨的观点在“革命文学”的倡导者中间，不是孤立的。这前后发表的许多提倡“革命文学”的文章，如冯乃超的《艺术与社会生活》，成仿吾的《从文学革命到革命文学》，蒋光慈的《关于革命文学》，钱杏邨的《死去了的阿 Q 时代》，麦克昂（郭沫若）的《留声机器的回声》，彭康的《革命文艺与大众文艺》等，都包含了与李初梨的文章大致相同的观点。由于把文艺理解为“阶级的实践的意欲”的表现，所以他们普遍地过分强调文艺的宣传作用，并以宣传的效果好坏来衡量文艺的价值高低，结果放逐了文艺的审美要素①。为了确保“革命文学”的政治方向，他们强调“无产阶级”世界观的指导作用，可是有时又犯了形而上学的错误，简单地把文学与政治、文学与阶级的关系理解为直接的，结果导致了艺术主体性的丧失，使文艺成为某种政治概念的图解。在世界观的改造和转

---

① 李初梨：“一切的文学，都是宣传。普遍地，而且不可逃避地是宣传；有时无意识地，然而常时故意地是宣传。”（《怎样地建设革命文学》）忻启介：“无产阶级的艺术，是有为无产阶级解放的宣传煽动的效果。宣传煽动的效果愈大，那么，这无产阶级艺术价值亦愈高。”（《无产阶级艺术论》）

变问题上，他们也过于简单化，认为只要获得无产阶级的“意识”，立即就能成为无产阶级的作家，这又导致在批评实践中经常表现出一种偏向，以为只有自己百分之百的正确，一切与自己意见不合的人都是“反革命”①。

创造社、太阳社在中国革命低潮时期大力倡导“革命文学”，对于建设“革命文学”的理论范畴，开启中国左翼文学思潮，立下了汗马功劳。他们理论的片面性，与20世纪20年代后半期中国共产党党内一度存在的左倾路线密切相关，也曲折地反映了革命者要求迅速改造不合理社会制度的急切心情，以及他们对国民党背叛革命的极大愤慨。但是，为创造社和太阳社提供理论的范式，明确参与思想论战的基本态度和方式的，却是苏联的岗位派和“拉普”。他们只关心文学与政治的关系，热衷于创作原则的争论，却忽略了文学的审美方面和创作本身的成绩，这也是与岗位派和“拉普”的错误相同的。甚至那种无限上纲上线、动不动就扣帽子、打棍子的论争方式，也是受了后者的影响。当然，由于两国处在不同的社会发展阶段上，论争的具体内容是有区别的。在中国，左翼文学阵营所关心的是“革命文学”的创作原则，苏联的岗位派和“拉普”所关注的重点则是如何实现对文学的领导权。同时，创造社和太阳社的成员，除了蒋光慈是从苏联直接受到影响，其余都是通过日本左翼文坛间接地接受苏联岗位派和“拉普”的观点，因而他们的理论活动又掺杂了强

---

① 郭沫若：“当一个留声机器——这是青年们的最好的信条。”为此，必须做到几点，“第一，要你接近那种声音，第二，要你无我，第三，要你能够活动。”“假若你以为因此而受了侮辱，那没有同你说话的余地，只好教请你们上断头台！”（《英雄树》）麦克昂（郭沫若）：“不怕他昨天还是资产阶级，只要他今天受了无产阶级精神的洗礼，那他所做的作品也就是普罗列塔利亚的文艺。”（《桌子的跳舞》）

调理论斗争，主张意识净化和分离结合的日本福本主义的影响。

创造社、太阳社因提倡“革命文学”而对鲁迅、茅盾等人展开批判，鲁迅等被迫作出正面的回应，从而引发了一场“革命文学”的论争。鲁迅说：“我有一件事要感谢创造社的，是他们‘挤’我看了几种科学底文艺论，明白了先前的文学史家们说了一大堆，还是纠缠不清的疑问。”① 鲁迅先从翻译入手，依据日译本转译了《文艺政策》，卢那察尔斯基《艺术论》和普列汉诺夫的《艺术论》，开始了“从别国窃得火来”的工作。《文艺政策》是俄共中央1924年5月召开的关于党的文艺政策的讨论会的记录，其中有俄共中央关于文艺政策的决议。从鲁迅的“译后记”可以看出，他对苏俄文艺论战中的各派观点已有相当全面的了解，并且把握到了论战的焦点是文艺的阶级性与文艺自身特点的关系问题。这说明鲁迅不是机械照搬一些“无产阶级文学”的教条，而是在深入考察了不同的文艺观点以后，再结合自己的创作经验，才确立起对无产阶级文学的认识的。因此，他这时的文艺观具有综合性的特点。

与创造社、太阳社相反，鲁迅此时的文艺思想是接近托洛茨基与沃隆斯基的。在《革命时代的文学》一文中，他说：“自然也有人以为文学于革命是有伟力的，但我个人总觉得怀疑，文学总是一种余裕的产物，可以表示一民族的文化，倒是真的。”他把革命对文学的影响分为三个阶段：在革命之前，所有的文学大致都是叫苦鸣不平，渐次变为怒吼的文学。“到了大革命的时代，文学没有了。没有了声音了。”“大家忙着革命，没有闲空谈文学了。”革命成功之后，才重新产生文学。这种“余裕论”

① 鲁迅：《〈三闲集〉序言》，人民文学出版社1980年版，第1页。

的文艺观，显然来自托洛茨基。在《〈十二个〉后记》中，他也曾称赞过托洛茨基“深解文艺”。

鲁迅认同托洛茨基，主要是因为托洛茨基比较重视文艺的特点和他对同路人采取了比较宽容的态度。但是在这些背后，肯定也隐藏着鲁迅自己对创造社、太阳社的教条主义和关门主义的不满。不过，重要的是，鲁迅没有从这里走到托洛茨基的取消主义的立场上去；相反，他从苏联看到了无产阶级文学的前途，认为这是“势所必至，平平常常，空嚷力禁，两皆无用”①。在“左联”五烈士牺牲后，他更加明确地表示：“现在，在中国，无产阶级的革命的文艺运动，其实就是惟一的文艺运动。”② 鲁迅看到无产阶级文学的存在，认为文学可以为革命服务，这是他早期启蒙主义文艺思想的延伸和发展，也是他在“革命文学”论争后能与创造社、太阳社携手合作的思想基础。可是，问题是与革命结合以后，文学还算不算文学，有没有自己的特点？在这一问题上，鲁迅赞同托洛茨基、沃隆斯基的观点，而与创造社、太阳社及苏联的岗位派存在分歧。他说：“一切文艺固然是宣传，而一切宣传却并非全是文艺，这正如一切花皆有色（我将白也算作色），而凡颜色未必都是花一样。革命之所以于口号，标语，布告，电报，教科书……之外，要用文艺者，就因为它是文艺。”③ 他强调要尊重文艺自身的规律性，反对标语口号的文学，

---

① 鲁迅：《〈现代新兴文学的诸问题〉小引》，《鲁迅全集》第17卷，人民文学出版社1973年版。

② 鲁迅：《黑暗中国的文艺界的现状》，《鲁迅全集》第4卷，人民文学出版社1982年版。

③ 鲁迅：《文艺与革命》，《鲁迅全集》第4卷，人民文学出版社1981年版，第84页。

这也正是托洛茨基和沃隆斯基的根本态度。鲁迅同时也反对“革命文学”的提倡者无限夸大文学的阶级性，他认为在阶级社会里，文学都带有阶级性，“但是，‘都带’，而非‘只有’。”[①] 只看到文学的阶级性，否认文学同时也包含人性的内容，把阶级性与普遍的人性完全对立起来，这是拒绝人类文化遗产、排斥“同路人”，乃至抹杀文学的审美特点的理论根源。鲁迅的这些意见，同样是与托洛茨基、沃隆斯基接近的。就在他翻译的《文艺政策》中，托洛茨基说有一段话，谈到普希金对于劳动者的价值。托洛茨基说：“无产阶级的立场，在普式庚那里是没有的。至于共产主义底心情的单元底表现，那就更没有。……然而普式庚也给自己的心情的那表现，却为几世纪间的艺术底以及心理底经验所充满，所综合，直到我们的时代，还是充分。”[②] 托洛茨基显然是认为，普希金表现贵族阶级世界观的作品，具有被劳动者所能理解和接受的人类共同的情感。

鲁迅从自身的创作经验出发，认同托洛茨基、沃隆斯基对于文艺规律性的重视，可又超越了托洛茨基不承认“无产阶级文学”存在可能性的立场，这表现了他最可宝贵的独立思考、探索创新的精神。在这一过程中，他广泛吸收了从普列汉诺夫到卢那察尔斯基的“科学底文艺论”，较好地解决了中国条件下的文学与革命的关系，把文学的战斗性与审美性统一起来，初步形成了他的革命文艺观。鲁迅的革命文艺观的形成过程，也是中国

---

① 鲁迅：《文学的阶级性》，《鲁迅全集》第4卷，人民文学出版社1981年版，第127页。

② 见《鲁迅全集》第17卷，人民文学出版社1973年版，第536—537页。

“革命文学”的理论克服片面性、“脱离‘符咒’的气味”①，走向成熟的过程。

二 “唯物辩证法创作方法”的传入

20世纪20年代中期，苏联文艺界还保持着各派自由争鸣的传统。岗位派虽然常犯错误，但他们具有敏锐的政治直觉和充当阶级先锋队的自觉性，所以总能够更多地得到来自俄共中央的支持。可是他们的极左倾向和狂妄态度也常常妨碍俄共路线的贯彻执行。所以1925年俄共中央作出《关于党在文学方面的政策》的决议，在表示要帮助无产阶级作家取得文学领导权的同时(这对于托洛茨基和沃隆斯基可不是什么好消息)，也批评了岗位派对待“同路人”的粗暴作风和对于艺术特点的忽视。这引起岗位派内部的分裂，少数激进分子拒不接受批评，被开除出团体。多数派则于1926年3月创办《在文学岗位上》，以表示与《在岗位上》的区别。同时，他们提出了“学习、创作和自我批评”的新口号。这标志着“拉普”进入了第二个时期。

“拉普”这时的首要目标当然仍是使无产阶级文学处于最高地位，并赋予它一种群众运动的性质，但对作为文化革命工具的无产阶级文学在艺术方面的问题也开始了一些探讨，如主张对虚构的性格进行“深刻的心理分析”，并把他们表现得像真正的“活人”，即既复杂又矛盾的个性。这就是所谓的“活人论”。由于文学岗位派对心理主义的偏爱，致使他们的有些言论后来遭到申斥，因为他们过分强调一个人的纯个人的品质，而忽视了政治

① 鲁迅：《〈现代新兴文学的诸问题〉小引》，《鲁迅全集》第17卷，人民文学出版社1973年版。

与社会的因素。为此，他们巧妙地引用黑格尔的关于一般只能存在于个别之中的话来为自己重视个性化心理作辩护。这句话按普列汉诺夫的解释，就成为：每一个个别人物的心理反映他整个社会阶级的心理。文学岗位派抓住这句话，并把普列汉诺夫的文学人物与他们的“活人”等同起来。

文学岗位派推荐的方法通称“心理现实主义”。这“现实主义”，主要是针对观念论的浪漫主义的，再加上“心理”两字，则表明他们对于创作中的直觉、想象、下意识等心理活动的兴趣。他们把浪漫主义等同于观念论加以否定，这是明显错误的；把“写活人”等同于“在文学中应用唯物主义文学问题”以及“无产阶级的领导权问题”，这也不正确。但当时苏联文坛确实存在着把文艺当成“时代精神传声筒”的严重现象，因而提倡“心理现实主义”就具有现实的针对性。重视直觉、想象乃至潜意识等创作心理的因素，虽然有可能转向非理性主义，进而否认世界观对创作的指导作用，可是深入研究这些心理因素，对于克服创作中的公式化、概念化的倾向也是有效的，至少具有潜在的积极意义。

文学岗位派对心理现实主义的偏爱，改变了他们对待人类文化遗产的态度，这反映在“学习古典作品”的口号里。他们劝告无产阶级作家向普希金多学习，尤其是向托尔斯泰学习，学习他的“心灵辩证法”，学习他探索一种心理状态如何过渡到另一种心理状态的卓越才能。与此同时，列宁提出的托尔斯泰“撕下一切假面具”的创作特点，引起了“拉普”的高度重视。他们把它作为无情地揭露现实的原则来加以特别提倡。这对于纠正当时苏联文艺界广泛流行的粉饰现实的现象，显然也具有积极的作用。后来，这一真实性原则碰上了现实政治的限度，不能像他们原来设想的那样可以用来毫无顾忌地揭破现实的一切假面具，他们才又对这一口号作了修正，把它限定在揭发一切阶级敌人的破坏活动方面。

"拉普"后期一项影响很大的举措，是大力提倡"辩证唯物主义的创作方法"。这一创作方法第一次正式提出，是在1928年5月全苏第一次无产阶级作家代表大会的决议中。文学岗位派坚信只要无产阶级文学从辩证唯物论的观点出发描写现实，就可以创造出伟大的作品，也"只有受辩证唯物主义方法指导的无产阶级作家能够创造一个具有特殊风格的无产阶级文学流派"①。关于这一创作方法的界定，事实上并不是严格一致的，总的说，文学岗位派强调"前卫的革命的世界观"，认为这能够保证正确地把握事物的本质，但他们又把世界观与"心理现实主义"、"直接印象"和"剥去一切假面"等主张结合在一起，以显示文艺的特殊性。中国"左联"刊物《北斗》1931年11月刊载的由冯雪峰所译的法捷耶夫《创作方法》一文，在谈到艺术的本质时，就认为艺术不是从抽象的途径来传达现象的本质，"而是藉直接的存在的具体的指示和表现来传达"，"由此创造成在其直接的所与性上的生活的幻象似的东西"。法捷耶夫的意思是，创作从感性印象开始，通过活的生活的幻象和感觉的具体性来阐明本质，否则作品就不成其为艺术。这里，并没有通常所认为的那样，把世界观与创作方法混为一谈。这说明，"拉普"后期在创作理论和实践方面的确做了一些有益的探索，虽然其最终目的仍是它一贯坚持的要加强文学的战斗性。正是由于提倡"活人论"和"剥去一切假面具"，

① 《文化革命和当代文学》（第一次全苏无产阶级作家代表大会决议，根据阿维尔巴赫同志的报告），《在文学岗位上》1928年第13、14期。

“拉普”后来多次受到内部左翼反对派和来自党本身的抨击。内部反对派（“文学阵线”和潘菲少夫—斯干塔夫斯基集团）从更左的立场认为有关直接印象的口号是“唯心主义”的理论，指责描写“活人”会导致过分关心个人的精神与感情问题，转移了作家对重大社会事件的注意力，甚至攻击文学岗位派搞阶级调和，是沃隆斯基主义。文学岗位派在斗争中最终取得了胜利，但这也强化了他们把自己看做是党在文学领域的代言人的意识和热衷于行政命令的粗暴作风，并且为了避开左翼反对派的攻击锋芒，为了与所谓的“沃隆斯基主义”划清界限，他们甚至提出了“没有同路人，只有同盟者或者敌人”的极左口号。不过，对“拉普”最有力的批评来自党本身。20世纪30年代初，斯大林主义开始在苏联社会生活的各个方面取得了绝对的支配权，所以面对来自党的批评，“拉普”被迫修正了自己的文艺路线，甚至被迫放弃稍早时候比较兼顾文艺特点的立场，开始直接用文艺去迎合党的政治路线，无条件地去歌颂社会主义的现实。由此可见，“拉普”后期的处境实际上非常尴尬：如果彻底地否定左翼反对派的意见，就意味着与党的反右倾路线对立；如果全面贯彻党的反右倾路线，又意味着彻底地否定自己。就在这左冲右突中，“拉普”不断地摇摆，而且进一步向左发展。

中国左翼文艺界在20世纪30年代初所了解的“拉普”，正是处于矛盾中的“拉普”。由于1930年11月在国际革命作家联盟第二次作家代表会议上，中国“左联”被吸收为成员，成为联盟的一个支部，与“拉普”建立了直接的组织联系（“拉普”在国际革命作家联盟中起主要的领导作用，直至它1932年4月被解散），所以“拉普”此一时期的文艺路线和文艺思想的矛盾性充分地反映在中国左翼文学运动中，并影响了中国左翼文艺运动的发展。

这种影响最集中地表现为提倡“辩证唯物主义创作方法”。从“左联”成立到“拉普”路线在苏联被清算的几年中，“辩证唯物主义创作方法”被反复强调是中国左翼文学的“法定”的创作方法。可是这一创作方法的具体内涵在中国并没有非常明确、权威的阐述，事实上不同阐释文本之间存在着微妙差异，构成了一种互补的关系。例如，“左联”执委会1931年11月通过的决议《中国无产阶级革命文学的新任务》中，专门有一节论述普罗文学的创作方法，其中写道：

> 在方法上，作家必须从无产阶级的观点，从无产阶级的世界观，来观察，来描写。作家必须成为一个唯物的辩证法论者。中国无产阶级革命文学的作家，指导者及批评家，必须现在就开始这方面的艰苦勤劳的学习。必须研究马克思列宁主义，研究一切伟大的文学遗产，研究苏联及其他国家的无产阶级的文学作品和批评。同时要和到现在为止的那些观念论，机械论，主观浪漫主义，粉饰主义，假的客观主义，标语口号主义的方法及文学批评斗争（特别要和观念论及浪漫主义斗争）。①

这里，世界观的指导作用，继承文学遗产，把浪漫主义等同于观念论并加以否定等等提法，都是与“拉普”路线一致的。然而是否有了正确的“观点”，“创作方法”的问题也就迎刃而解了呢？决议没有明确的说法。这一问题的深入回答，是由一些

① 《文学导报》第1卷第8期（1931年11月15日）。

著名的左翼理论家联系中国左翼文艺运动的实践作出的，其中功勋卓著的一位就是瞿秋白。

瞿秋白作为一名政治家，从中共最高领导岗位转到文艺战线后，主要是从革命斗争的角度来思考文学问题。所以他一开始就特别强调文学的通俗性，以使民众容易接受。他一度甚至以语言的不够大众化贬低了五四文学的成就。但瞿秋白从来没有否定过五四文学本身的反封建性质，这正是他后来高度评价鲁迅创作的现实主义成就的思想基础。由于他具有很高的文学素养，所以他对“辩证唯物主义创作方法”的阐述，比一般的左翼理论家较多地兼顾了文学自身的特点。如在《普洛大众文艺的现实问题》中，他写道：“如果仅仅把几句抽象的理论，用说书的体裁来写出来，就可以当做文艺作品，那就根本用不着普洛文学运动，因为这只是通俗的论文。文艺作品应当经过具体的形象——个别的人物和群众，个别的事变，个别的场合，个别的一定地方的一定时间的社会关系，用‘描写’‘表现’的方法，而不是用‘推论’‘归纳’的方法，去显露阶级的对立和斗争，历史的必然和发展。”这说明他较好地把握了作为世界观的辩证唯物主义与作为创作方法的现实主义的关系，与法捷耶夫比较强调艺术的形象性和个别性的观点是基本一致的。他据此还批评了茅盾的《三人行》，指出这篇小说的“创作方法是违反第亚力克谛——辩证法的，单就三种人物的生长和转变来看，都是没有恰切现实生活的发展过程的。”他主要是指作品的人物描写失之主观随意，人物转变的过程缺少内在的逻辑，造成了性格的前后不一致。

瞿秋白对左倾路线的危害性记忆犹新，对 20 世纪 30 年代初左翼文坛存在的问题有比较真切的感受，对苏联“拉普”的复杂性又相当了解，由于这些方面的有利条件，他对“拉普”反左的一面给予了较多的关注。就在上述1931年11月的决议中，“左联”提出了反对“观念论，机械论，主观浪漫主义，粉饰主义，假的客观主义，标语口号主义”等左倾空谈的任务，宣布把工作的重心放到创作上和开展自我批评方面以适应新的形势。这个决议，据茅盾回忆，瞿秋白花了不少的心血。因此，可以从这一决议中看出瞿秋白吸收了20世纪20年代末、30年代初“拉普”的一些理论成果，这些成果是在反击“拉普”内部的左翼反对派的过程中取得的，因而比较强调文学自身的特点。稍后，1932年3月9日“左联”秘书处又通过《关于左联目前具体工作的决议》，其中提出：“适合当前斗争的需要，创作的中心口号应当是：‘揭穿一切假面具’，‘表现革命的战斗的英雄’，‘文学的大众化’。”所谓“揭穿一切假面具”等提法，显然也是受“拉普”这一时期对创作方法的探讨之影响，它本身是包含了现实主义因素的。

其实，“拉普”1926年以后关于创作方法的探讨，早已在“左联”成立前通过太阳社介绍藏原惟人的“新写实主义”而折射到了中国。众所周知，日本的“新写实主义”包含了“无产阶级‘前卫’眼光”和“对于现实的客观的态度”两方面的内容，前者强调世界观，后者强调现实主义的方法。这与“拉普”后来既要突出文学的阶级性、又想对现实主义的真实性原则有所继承这一矛盾是非常相似的，而且后者的矛盾，正是日本“新写实主义”理论矛盾的一大思想根源。

面对一个左右摇摆、在矛盾中向“左”发展的“拉普”，中国的“左联”并没有忽视它这一时期在创作方法上对反现实主义的倾向所开展的批判，这主要是因为中国左翼文学本身存在着急需克服的“革命的浪漫谛克”倾向。这种倾向，是一些具有浪漫主义气质的革命作家，在五四浪漫主义思潮已经衰落的时候所推动的，他们试图调和浪漫主义的自我表现与革命的政治需要之间的矛盾，以适应新的形势。命名为“浪漫谛克”，说明它承袭了五四浪漫主义的传统，前面再冠以“革命”两字，则表明这种浪漫主义的思想基础已非五四时代的个性主义，而是革命的集体主义。但“革命”与“浪漫主义”是难以成功结合的。因为从浪漫主义这方面看，革命的浪漫谛克所表达的革命激情和革命意识是一种集团的激情和意识，这超出了表现自我的浪漫主义所能承担的限度。革命浪漫谛克的作家在气质上具有浪漫的倾向，但他们在理性上却是反对个人主义的浪漫主义，而且对五四浪漫主义采取了全盘否定的态度。这种深刻的矛盾，使他们的浪漫抒情难以酣畅淋漓，理性常常干扰乃至压抑了情感，使艺术感染力大打折扣。而站在现实主义的立场上，革命浪漫谛克的作品，那种缺乏可信性的人物性格的突变，主观化、概念化的毛病，同样表明它是失败的。无论从哪个方面看，革命的浪漫谛克都会受到责难，过渡事物不可避免的某种程度的混乱和不成熟性注定了它难以获得成功。一旦这种倾向成了左翼文学发展的一大障碍时，一个有效的办法，就是输入现实主义，清除主观的浪漫主义。这就不难理解，“拉普”提倡的“唯物辩证法创作方法”，为何立即引起了“左联”的高度重视——这一创作方法，从根本上否定“观念论”的“浪漫主义”，正好成为中国左翼文学阵营克服创作中广泛存在的“革命的浪漫谛克”倾向的理论武器（“左联”决议所称的“观念论”、“主观浪漫主义”等，就是指“革命的浪漫谛克”倾向）。在“拉普”原本是错误地批判浪漫主义的一种“左”的理论，到了中国却发挥了克服左倾浪漫谛克情绪的积极作用。很显然，对“左联”来说，这既是执行作为领导机关的“拉普”的决定，又是从中国的实际出发，以适应自己内在需要的一项重要举措。

1932年4月，华汉（阳翰生）重新出版小说《地泉》，瞿秋白、茅盾、郑伯奇、钱杏邨、作者本人分别作序，集中表达了如下的意向：克服“概念主义”、“脸谱主义”、“个人英雄主义”等“革命的浪漫谛克”，“坚决的走向唯物辩证法的创作方法的道上去”。瞿秋白甚至批评《地泉》“连庸俗的现实主义都没有做到，最肤浅，最浮面的描写，显然暴露出《地泉》不但不能够‘改变这个世界’的事业，甚至于也不能够‘解释这个世界’。因此《地泉》正是新兴文学应当研究的：不应当这样写的标本。”[①] 很明显，左翼文学的这些著名理论家，都是从克服主观浪漫主义、回归新现实主义的意义上来提倡“唯物辩证法创作方法”的，而且他们的努力的确收到了实际的效果。以丁玲的《水》的发表为标志，左翼文学开始转向对现实问题的研究，对社会现象进行阶级的分析，并与艺术上的细致描写结合起来，比较地成熟起来，产生了像《子夜》这样一批优秀的作品。因此，茅盾把《水》看做是丁玲本人和整个左翼文坛清算了“革命加恋爱”公式的一个界碑。

不过，关于创作方法的探讨在苏联也处于初始的阶段，许多定义失之简单化。如在“拉普”的阐释中，辩证唯物主义的创作方法就存在着过分强调世界观的重要性而忽视艺术方法的问题。这一先天的缺陷，容易使人在受到极左思潮影响的时候，为了表现革命的彻底性而导致一种错误的倾向，即从强调世界观的重要

---

① 瞿秋白：《革命的浪漫谛克》，《瞿秋白文集》第1卷，人民文学出版社1985年版，第475页。

性转向强调世界观的唯一决定力量，这就把世界观与创作方法混同起来，也就取消了创作方法的特殊意义。在中国，由于实际的需要，“拉普”的“揭穿一切假面具”等提法引起一些理论家注意，加以强调，使之向现实主义靠近，然而作为一个自成系统的创作方法，它毕竟存在着上述先天的不足。这一不足，很快也在中国的条件下产生了负面的效应。由于中国革命正处于风起云涌的关键时刻，革命的一大任务，是在尽可能广泛的社会生活领域，尤其是在思想领域扩大马克思列宁主义的影响。这样，一些急功近利的教条主义者，就不顾文艺自身的特点而让它简单地承担起宣传“马克思列宁主义”的使命。但问题在于，一味地强调按唯物辩证法的世界观去描写现实，而唯物辩证法的世界观事实上还没有被作家真正掌握，没有成为他们自己观察世界的活的灵魂，因而它只能变成一种教条。按教条来剪裁生活，而不是从真切的生活实感出发，结果必然产生概念化和脸谱化的作品。世界观不通过艺术的途径得到呈现，而是直接以世界观自身的面貌呈现出来，事实证明，这不可能产生任何真正感人的、有价值的艺术。唯物辩证法的创作方法，无疑助长了这种不良的倾向，正像法捷耶夫后来所承认的那样：“在许多批评家笔下，所谓辩证唯物主义方法变成某种表格式的、繁琐的概念，变成准绳、得心应手的‘护身符。’……另一方面，在许多批评家笔下，辩证唯物主义方法变成某种自我满足、变成目的本身。结果艺术作品的首要目的似乎就是实现完美纯正的辩证‘方法’，虽然还没有听说哪个作家做到这点。”①。这表明，这种创作方法从苏联引进到中国，既在一

① 转引自薛君智主编《欧美学者论苏俄文学》，社会科学文献出版社1996年版，第178页。

定程度上克服了中国左翼文学中的“观念论”、“革命的浪漫谛克”等不良的倾向，又产生了“机械论”、“假的客观主义”、“标语口号主义”等新的概念化、公式化问题。在这些老大难问题的背后，显然是“左”倾政治路线在起作用，正是后者构成了中国左翼文学接受“拉普”影响的现实基础。因此，要指望在文学的范围内单独地解决上述问题，是难以想象的，要指望辩证唯物主义创作方法自我杜绝这些问题的产生，似乎更加不切实际。

三 “社会主义现实主义”创作方法的确立

“转机”出现在1932年。这年4月联共（布）中央决定解散“拉普”及文学艺术领域中一切现有的无产阶级组织，另外筹组统一的苏联作家协会。为什么要解散“拉普”？有不同的说法，比较通行的是解散“拉普”时官方舆论的指责：“拉普”排挤打击“同路人”，犯了严重的宗派主义错误；辩证唯物主义创作方法存在重大的理论缺陷，这种缺陷导致以世界观代替创作方法，极大地妨碍了文学艺术在新形势下的发展。

宗派主义的确是“拉普”的一贯错误，其特点是：官僚化，擅权势利，排斥异己，搞小团体，对“同路人”执行错误的政策（连高尔基后来也成了他们攻击的目标）。辩证唯物主义创作方法也存在官方所指出的问题。但是，这些都构不成它被解散的最主要的理由。因为1929年初斯大林在《给“拉普”共产党员作家》的信中明确表示：“至于领导文学，你们，只有你们和你们的‘拉普’才有资格。”就在解散前一个月，党还表扬“拉普”的理论路线基本正确，是从列宁主义出发的①。相对于同一

① 《争取明确地提出理论及创作问题》，《真理报》1932年3月4日。

时期理论界的许多领导人正遭受残酷的迫害，这一事实说明“拉普”的政策多么符合党的路线。

可是，“斯大林的理论攻势不顾‘拉普’方针基本上属于正统观念，要求这个集团放弃依赖普列汉诺夫和德波林，放弃它有关创作过程的理论，承认其唯心主义错误源于‘活人’、‘和谐的人’和‘心理主义’等观念并且放弃它对别德内依和高尔基的论断。‘拉普’现在只好颂扬后者是无产阶级文学的奠基人和伟大作家，并赞成学习他的作品。……对‘拉普’的攻击以及它被迫的自我批评的结果是，它的虚弱的、派生的美学理论全部被摧毁，它有关现实主义是客观地、不加粉饰地再现现实的见解受到压制。‘拉普’的现实主义观念中的批判的脉络——它表现在推崇别德内依的艺术上——现在逐渐为无条件的歌颂社会主义劳动英雄所代替”。[①] 叶尔莫拉耶夫的这一判断是比较准确的。“拉普”的错误，很大程度上反映了苏共政治路线的特点；它的被解散，不是因为“左”，而是因为“右”，当然也因为它与苏联大多数作家关系非常紧张，不可能再有效地影响后者，还因为它长期来在文艺界建立了垄断性的权力，这在最高当局看来，不仅失去了通过它去领导全苏作家的价值，而且成了贯彻中央新的路线的重大障碍[②]。苏共中央政治局委员卡冈诺维奇在第17次党的代表大会（1934年1月26日至2月10日）上所作的报告透露了真相。报告的题目是《组织问题》，在谈到党的决议时，他说：

---

① ［苏联］赫尔曼·叶尔莫拉耶夫：《“拉普”——从兴起到解散》，《“拉普”资料汇编》（上），中国社会科学出版社1981年版，第396页。

② 参见马闪龙的《“拉普”的历史演变》，《当代文艺思潮》1984年第5期、第6期。

当然，本可以为共产党员在文学中的任务通过一次大的决议，本可以向“拉普”的人建议改变他们的方针。但这会仅仅停留为一个良好的意图。斯大林同志提问题的方式不同：他说，必须从组织上改变这一局势。

是在这之后提出了取消“拉普”，建立单一的作家协会的问题。……这样，组织问题的解决就保证了在文学中执行党的正确路线。①

否定了辩证唯物主义创作方法，解散了“拉普”，联共便着手建立新的作家协会，酝酿提出新的创作方法。这项工作是在斯大林的直接主持下完成的。“斯大林打电话给我，要我到他那儿去”，格隆斯基说：

在回答斯大林问题的时候，我首先表示坚决反对接受拉普的创作方法，强调不能把马克思列宁主义哲学（辩证唯物主义）机械地搬到艺术领域……最后我指出，我们的文学作为批判现实主义的继续和进一步发展，是在完全不同的历史下——无产阶级社会主义运动阶段形成的 。这个文学并非从一般的民族主义立场，而是从工人阶级立场，从工人为夺取的政权、为无产阶级专权、为用社会主义改造社会的斗争的立场看待一切社会现象……我建议把这种方法称为无产阶级社会主义的现实主义，更好的说法是共产主义现实主

① 转引自《“拉普”资料汇编》（上），中国社会科学出版社 1981 年版，第 410—411 页。

> 义。在这个创作方法的定义中，我说，我们要强调两点：第一，苏联文学的无产阶级本质；第二，为文学指明整个运动，整个工人阶级斗争的目标——共产主义。

斯大林同意格隆斯基所确定的“斗争目标”，但认为在现阶段还没有必要、也不应该提出共产主义的任务，他的意见是“把苏联文学艺术的创作方法叫做社会主义现实主义”。斯大林说：“这个定义的好处是：第一，简洁（总共只有两个词）；第二，明眼；第三，指出了文学发展的继承性（产生于资产阶级——一般民主主义运动的批判现实主义文学在无产阶级社会主义运动阶段过渡、转化为社会主义现实主义文学）。”① 于是，“社会主义现实主义”，作为苏联文学的基本创作方法被确定下来，并开始进行了大规模的讨论。1934年8月，第一次全苏作家代表大会通过的《苏联作家协会章程》，把这一创作方法正式表述为：“社会主义现实主义，作为苏联文学与苏联文学批评的基本方法，要求艺术家从现实的革命发展中真实地、历史地、具体地去描写现实，同时艺术描写的真实性和历史具体性必须与用社会主义精神从思想上改造和教育劳动人民的任务结合起来。社会主义现实主义保证艺术创作有特殊的可能性去表现创造的主动性，选择各种各样的形式、风格和体裁。”

从上述材料不难看出，解散“拉普”主要是一个政治的决定，批判“辩证唯物主义创作方法”则主要是出于解散它的政治需要。于是，在批判的过程中，出现了一种奇怪的现象：人们

---

① ［苏联］格隆斯基：《给奥甫恰连哥的回信》，倪蕊琴主编：《论中苏文学发展进程》，华东师范大学出版社1991年版，第343—345页。

只抓住“拉普”以世界观代替创作方法（一种可能性）这一机械论的缺陷，而对“拉普”的理论家们所提倡的现实主义口号，如“描写活人”、“撕下一切假面具”，或有意忽略，或作为唯心主义的心理现实主义加以否定。很显然，“拉普”犯了许多重大的错误，但这样的批判在学术上却是不够严谨的。同时，经斯大林批准的“社会主义现实主义”创作方法，重点仍在于规范政治与文学的关系，保证“苏联文学的无产阶级本质”；在此前提下，指出了它的“现实主义”性质和它与批判现实主义的历史继承性，这自然要比“辩证唯物主义创作方法”更贴近文学的特点。不过斯大林关于“社会主义现实主义”的论述，仍包含着在实践中不易处理好的矛盾统一的关系：他一方面强调“真实性”的原则，认为“艺术家首先应该真实地反映生活”，可是这“真实性”在他的字典里又是具有阶级性的：“如果他真实地反映我们的生活，那末他在生活中就不可能不觉察到，不可能不反映使生活走向社会主义的东西，这就是社会主义艺术，这就是社会主义现实主义。”①在苏联，事实上，“社会主义”的真正含义是由斯大林来界定的，斯大林所反对的东西都可以随时被扣上“反社会主义”的帽子。所以“社会主义现实主义”在实践中曾经蜕化为一种失去了主体的现实主义，即作家虽然可以面对生活的真实，但他必须经由“真实”自动地达到斯大林所规定的“社会主义”，否则你的“真实”还是成问题的。这等于给政治干预文学留下了余地。因此，“社会主义现实主义”后来在苏联

---

① 转引自［苏联］罗曼诺夫的《第一次全苏作家代表大会筹备期间党对文学的领导》，载苏共中央社会科学院文学理论和文学史教研室编的《学术论丛》1958年第39卷。

所起的作用，仍取决于政治与文学的关系处理是否得当。若政治与文学的关系正常，则它能取得相当的成就，否则像日丹诺夫时期，它充其量只是一根打击作家的政治棍子。

20世纪30年代初苏联文艺界的动态很快影响到了中国。联共中央公布解散“拉普”的决定不久，1932年底“左联”的《文学月报》第5、6期合刊上就介绍了有关的消息。同年11月，《文化月报》创刊号上也介绍了苏联文学界最新动向。基于苏联文艺界的形势发生了变化，中国共产党的一些领导人和“左联”的领导层开始反思中国左翼文学自身存在的问题。歌特（张闻天）在中共中央机关报《斗争》第30期上发表了著名的文章《文艺战线上的关门主义》，对“左联”的关门主义倾向提出了严肃的批评，明确指出当时的文艺界存在着中间力量，对他们不应当成敌人对待，而应加以团结和争取。他说：“凡不愿意做无产阶级煽动家的文学家，就只能做资产阶级的走狗。这种观点，显然把文学的范围大大缩小了，显然大大的束缚了文学家的‘自由’。”张闻天的这篇文章，以其作者的特殊地位而在左翼文艺界受到关注。冯雪峰写了《关于“第三种文学”的倾向与理论》一文，他接受张闻天的观点，开始改变对待正与之进行论争的胡秋原和苏汶的态度，承认他们不是敌人，而是同盟者。很明显，张闻天和冯雪峰的文章，反映了中国共产党人在新的形势下致力于克服文艺领域里的左倾教条主义的努力，但为他们提供理论依据和思想范式的无疑又是苏联对“拉普”的清算。

最早把“社会主义现实主义”介绍到中国来的，是1933年初《艺术新闻》上一篇短文，此文根据日本作家上田进的文章提供的材料写成。稍后，《国际每日文选》上一连连载了两篇题为《关于社会主义的现实》的译文。这些文章的影响都不大。真正引起左翼理论界广泛关注的，是周扬发表于 1933 年《现代》第 4 卷第 1 期上的《关于“社会主义现实主义与革命的浪漫主义”》。这篇文章根据苏联作家代表大会筹委会秘书长吉尔波丁的文章写成，对苏联清算“拉普”、提倡“社会主义现实主义”的情况作了详细的介绍。虽然它不是周扬独自取得的理论成果，但显然反映了周扬思考问题的重点，他对中国左翼文学理论界的看法和他对苏联文艺动态的个人理解。文章中提出的一些观点，规约了中国左翼文艺界所理解的“社会主义现实主义”的基本的理论构架。

文章首先否定了“拉普”的辩证唯物主义创作方法，理由有 3 条。第一条，它“忽视了艺术的特殊性，把艺术对于政治，对于意识形态的复杂而曲折的依存关系看成直线的，单纯的，换句话说，就是把创作方法的问题直线地还原为全部世界观的问题”。周扬认为艺术有其自身的规律性——“就是‘借形象的思维’；若没有形象，艺术就不能存在。”他赞同吉尔波丁的意见：“艺术家有时是违反他的世界观，通过对他的斗争，达到艺术上的正确而有益的结论的。”周扬认为这符合恩格斯关于现实主义的意见，即作家可以通过现实主义达到违反自己世界观和同情心的结论。第二条，它使“拉普”走向了组织上的宗派主义：“‘拉普’的批评家们常常用‘唯物辩证法的创作方法’这个抽象的烦琐哲学的公式去绳一切作家的作品。他们对于一个作品的评价并不根据于那作品的客观的真实性，现实主义和感动力量之多寡，而只根据于作者的主观态度如何，即：作者的世界观（方法）是否和他们的相合。他们所提出的艺术的方法简直就是关于创作问题的指令，宪法。结果，为唯物辩证法的创作方法的斗争就变成了唯物辩证法的歪曲，和创作实践的脱离，对于作家的创造性和幻想的拘束，压迫。从这里，就发生了'拉普'和许多作家之间的隔阂乃至不和。"第三条，它导致了一种错觉："一若作家只要背熟了唯物辩证法的命题，就可以认识现实，反映现实似的。""好像不先有完备的世界观就决不能产生好的作品似的。"周扬认为，世界观是在作家的努力及其社会的全实践中发展的，不能离开作品的真实性而单单为了辩证法的唯物论不够彻底，就一笔抹杀作品的全部价值。

周扬的观点与苏联对"拉普"的清算是基本一致的。他没有提到"拉普"的活人论、直接印象和"撕下一切假面具"等观点，也反映了苏联清算"拉普"时的官方立场。此后，"拉普"的错误在于它用辩证唯物主义世界观取代创作方法，这一观点在中国成了一个"常识"，影响深远。不过这篇文章也暴露了周扬的矛盾个性，即他虽然从政治的立场给文学定性，向文学提出要求，可是他的艺术修养其实很好，对艺术是相当懂行的。比如，他在这篇文章中对艺术的特殊性的强调，对世界观与创作方法的矛盾统一性的揭示①，都显示他对艺术规律的尊重。尤其是他指出作者的世界观是在自己的努力和社会实践中发展的，这意味着作家可以在创作中改造自己的世界观，不必脱离创作的过程而单独地先进行世界观的改造。在当

---

① 周扬在《关于"社会主义的现实主义与革命的浪漫主义"》一文中写道："成熟的前卫的马克思列宁主义的世界观，不用说，对于作家，是十分必要的，但作家若不在那具体性上了解生活，就决不能够把那生活在他的作品里面如实地具体化。就是要懂得辩证法，也非浸入辩证法地发展的现实自身中不可；仅仅是在书斋中研究了辩证法的命，就断不能算是真正懂得辩证法了。"这反映了他对世界观与创作方法矛盾统一关系的认识。他没有因两者的矛盾性而否定它们的统一性，也没有因它们的一致性而否认其存在着矛盾性，这是正确的。

时提出这样的见解是难能可贵的，而且也与他后来批判胡风的作家世界观可以在创作过程中改造的观点，前后存在着明显的差异。

《关于“社会主义现实主义与革命的浪漫主义”》后半部分的内容，是对社会主义现实主义创作方法的介绍，主要也是引用吉尔波丁的材料。周扬写道：“不在表面的琐事中，而在本质的，典型的姿态中，去描写客观的现实，一面描写出种种否定的肯定的要素，一面阐明其中一贯的社会主义革命的胜利的本质，把为人类的更好的将来而斗争的精神，灌输给读者，这才是社会主义的现实主义的道路。”他指出社会主义现实主义是发展的，不是空想出来的死规矩；是已经存在的苏联文学的文体、风格和样式，而不是凭空捏造的。社会主义现实主义的特征首先是它的真实性，其次是大众性和单纯性。这些既是吸收苏联理论界的研究成果，同时又是为了适应中国左翼文学所面临的实际任务而提出来的——在中国，为了使文艺成为动员群众、打击敌人的有力武器，首先要求它是通俗的，为大众所容易接受的。

周扬最后引述吉尔波丁的观点，认为革命的浪漫主义与社会主义的现实主义不是对立的，相反，革命的浪漫主义可以作为一种因素，当然也只能仅仅作为一种因素，包含在“社会主义现实主义”里面，以丰富这一基本的创作方法。这同样包含了周扬个人的一些思考，主要是他特别地强调了不能把现实主义看成文学上的唯物论，也不能把浪漫主义看成文学上的观念论，他写道：“这种分法是独断的。因为文学上的现实主义和浪漫主义并不是和哲学上的唯物论和观念论一致的。”同时，他又把这一观点与“革命的浪漫谛克”区别开来：“‘革命的浪漫主义’是和古典的资产阶级的浪漫主义乃至‘揭起革命的小资产阶级文学的旗帜’的所谓‘革命的浪漫谛克’没有任何共同之点的。”在文章的结尾，他特别地说明，“社会主义现实主义”的口号，是在苏联提出的，“假使把这个口号生吞活剥地应用到中国来，那是有极大的危险性的。”这些论述，表现了周扬比较严谨的思维风格。

周扬的文章发表后，“社会主义现实主义”正式取代了“唯物辩证法创作方法”，成为中国左翼文坛所尊奉的唯一创作方法，并展开了有关创作方法问题的广泛深入的讨论。这些讨论涉及一些重要的理论范畴，诸如形象思想、典型等，它们构成了中国的社会主义现实主义文艺理论体系的重要内容，并对中国现当代文学的发展产生了极其重大的、深远的影响。

四 “社会主义现实主义”在中国

“社会主义现实主义”的理论在苏联和中国都是围绕两个核心展开的：一个是保证文艺的无产阶级性质，发挥它的战斗作用；另一个是使无产阶级性质的体现和战斗作用的发挥符合文艺自身的特点。这两者又不是等量齐观的——前者规定了“社会主义现实主义”的本质，居于主导的位置，后者则是为了更好地实现这一本质而必须采取的手段，处在从属的地位。虽然一些理论家在具体的论述中运用辩证法的方法，把这两者统一起来，认为后一个方面是保证无产阶级文艺发挥战斗作用的必备条件，非常重要，但在实际批评中，总是把第一个方面放在首位，尤其是在它与艺术性的要求发生矛盾冲突的时候，更是强调要绝对地服从政治的要求。用中国曾经通行的语言来说，这叫做“政治标准第一，艺术标准第二”。把文艺的政治标准与艺术标准分割开来的做法，从思想方法上说，源自文艺的内容与形式两分法的传统观点。按照这种观点，形式仅仅是一个装内容的器皿，对它的修饰只是一种技巧性的活计，仅仅为了使内容表达得更为恰当。因此，形式（艺术标准）是从属性的，而非决定性的。这一基本思路，决定了在苏联和在中国都发生过政治对文艺的粗暴干涉。当然，苏联和中国的国情和社会发展阶段不同，两国的社会主义现实主义理论建树和创作成绩也各有特点。概括地说，苏联的社会主义现实主义侧重于从现实的革命发展中真实地、历史地、具体地去描写现实，并用社会主义精神从思想上去改造和教育劳动人民。在中国，社会主义现实主义则主要是首先解决文艺与新民主主义革命的关系问题。因此，中国的社会主义现实主义是以苏联的社会主义现实主义为蓝图，同时又接受了在此期间新发掘的马克思主义经典作家的文艺理论遗产，经过讨论和争鸣不断地丰富和发展起来的。

为了突出文艺的无产阶级性质，苏联理论界把列宁写于1905年的《党的组织与党的出版物》一文中的关键词“Партииная литература”从“党的文学”的意义上来理解。这篇文章原是列宁为了阐明无产阶级政党的办刊方针而写的，其中литература这个词既有“出版物”的意思，又有“文学”的意思。艾晓明在她的《中国左翼文学思潮探源》一书中认为，瞿秋白根据《列宁选集》俄文版第六卷《列甫·托尔斯泰像一面俄国革命的镜子》一文的编者注释译出列宁这篇文章的主要部分，受编者观点的影响把列宁的这篇文章误译成《党的组织与党的文学》。译文中“党的文学”中的“文学”一词在后来1982年第22期《红旗》杂志上新发表的译文中全部改译为“出版物”或“写作”，表明列宁原来的意思是说写作事业应成为党的工作的一部分，而不赞成简单地把文学等同于党的事业。在同一篇文章中，列宁在论述出版事业与党的关系时还用了一个“齿轮与螺丝钉”的比喻，但他立即又指出任何比喻都是有缺陷的：“我把写作事业比作螺丝钉，把生气勃勃的运动比作机器也是有缺陷的。”可是《列宁选集》第六卷的俄文编者在注释中把这个比喻后面的一句话省略了，所以瞿秋白的译文同样没有关于比喻是有缺陷的相关说明。这样，当瞿秋白的译文产生广泛影响的时候，列宁原是对于党的出版物的党性要求在中国左翼文艺界却变成了“党的文学的原则”，列宁对党报党刊的要求也相应地变成了对于一般文学家的要求，而且列宁本来是有条件的一个比喻现在成了绝对真理。这一切直接成了毛泽东《在延安文艺座谈会上的讲话》的重要理论依据，并且在《讲话》中被作了更为明确的界定：“无产阶级的文学艺术是无产阶级整个革命事业中的一部分，如同列宁所说，是‘整个机器的螺丝钉’。因此，党的文艺工作，在党的整个革命工作中的位置，是确定了的，摆好了的；是服从党在一定革命时期内所规定的革命任务的。反对这种摆法，一定要走到二元论或多元论……”①

其实，“党的文学”作为一个原则得以确立，既说明了苏联理论界受到“拉普”观点的影响，同时也反映了中国革命对文学的客观性要求，绝不仅仅是瞿秋白一个人“误译”的结果。中国历来重视文艺的教化功能，彻底反封建的五四文学也承担了思想启蒙的历史使命。到20世纪30年代，随着阶级斗争的大规模展开，文艺的这种教化功能被要求转化为宣传无产阶级革命的思想，从而产生了无产阶级文学。这种新的文学，采取了鲜明的

① 毛泽东：《在延安文艺座谈会上的讲话》，《毛泽东选集》第3卷，人民出版社1991年版，第865—866页。

阶级立场。“党的文学”，则是对于无产阶级文学的阶级性原则的最为集中、最为鲜明的理论概括。所以这个激进的口号经瞿秋白的手传入中国，马上就受到了左翼文艺阵营的高度重视，把它当作一个根本原则贯彻在理论建设和创作实践中。但它一旦付诸实施，就又很可能使文艺的艺术空间受到政治主题的侵占，文艺自身的规律受到忽视，列宁所强调的艺术家的个人想象和幻想的自由也难以得到保证。这是因为“党的文学”所强调的是文学的党性原则，为了突出文学的党性，左倾教条主义者在实践中很容易把这一原则理解为只要求有鲜明的无产阶级立场，而不必考虑艺术自身的特殊规律，并且以为越是立场鲜明就越能体现“党的文学”的精神。最为集中地反映这种片面性的，就是“文学为政治服务”的口号。“党的文学”必须为无产阶级政治服务，但在实践中，“为政治服务”的真实意思常常变成为具体的政治任务服务，甚至为某个领导人的个人政治意志服务。这最终为一些阴谋家所利用，使文艺横遭摧残。

按照中国革命的观点，在确定了文学的无产阶级党性原则以后，首要的任务就是使这一原则能在实践中有效地得到贯彻。在中国，这一任务是通过强调作家的世界观改造而落到实处的，即依据马克思主义的世界观来改造作家的思想，使无产阶级的战斗要求转化为作家内在的道德律令，使之产生一种政治的自觉性，从而从创作主体的方面保证了无产阶级文学的阶级特性。同样，为了使文学符合无产阶级的利益，完成它的战斗使命，无论在苏联还是在中国的左翼文艺界，都提出了一些相关的理论问题，如写本质、题材问题、歌颂与暴露、文艺大众化，等等。

“写本质”，就是通过艺术描写揭示生活的本质。一切与这种本质相左的描写都被认为是不真实的，甚至是错误的、反动的。可是何为“生活的本质”？这必须根据马克思主义的经典理论和现实的情势来确定。因而作家的创作与学习马克思列宁主义理论、关心现实政治紧密地联系起来了。但同时这又隐藏着一种危险，即裁定作品是否揭示了生活本质的权利，最后集中到了少数批评家的手里，作家却只能处在被动的地位，听候裁决。更重要的是这些批评家未必就真的掌握了真理，许多时候情况倒是相反，是挨批判的作家反而接近了生活的本质，或反映了生活本质的某一方面。这样，批评家的批判其实只是给作品贴上政治标签，体现的仅仅是政治运动的风向。在苏联和中国发生过多次的政治干预文艺和用行政手段解决文艺的争论，思想根源之一就是这种“写本质”论——批评家自以为真理在手，武断地指责和批判作家。他们没有想到生活的本质是无限丰富的，对它的揭示是一个无限的过程；作家和理论家只能各以自己的方式在实践中去努力接近，只能揭示其中很小的一个方面，谁也没有权利夸口说他完美地掌握和揭示了生活的全部本质。上述题材问题、歌颂与暴露的问题和文艺的大众化，其实也都是根据文艺从属于政治的基本原则提出来的。规定了题材，也即指定了描写的对象和范围，就可以保证文学能够最及时、最有力地去完成当前的政治任务。处理好歌颂与暴露的关系，也就保证了文学能够最大限度地满足现实政治的要求。实现文艺的大众化，则可以使文艺容易为最广大的人民群众所接受，最充分地发挥它的教育人民、打击敌人的战斗作用。可见，社会主义现实主义文艺体系中的一些重要范畴，都是与无产阶级革命的政治需要联系在一起的，都具有鲜明的阶级性，都是为了更好地为现实的政治服务。

不过，强调文学的无产阶级性质只是社会主义现实主义理论建设和创作实践的一个方面。事情还有另一个方面，即需要把文学的阶级性范畴纳入艺术自身的规律之中，使两者结合起来，让文艺的阶级倾向性通过艺术的方式得到体现。这两个方面构成了矛盾统一体，互相斗争和依存，从而在理论上保证了无产阶级文学（或社会主义现实主义的文学）既有鲜明的政治倾向性，又有相应的艺术性，实现了政治性与艺术性的统一。正是在这两者的结合上，苏联文学和中国左翼文学反映了各自的社会背景和文化传统，表现了不同的特点。

苏联的社会主义现实主义理论建设和创作，侧重于对社会主义生活作真实的反映，要求艺术家从现实的革命发展中真实地、历史地、具体地去描写现实，同时艺术描写的真实性和历史具体性必须与用社会主义精神从思想上改造和教育劳动人民的任务结合起来。由于斯大林在1936年已宣布在苏联消灭了阶级和建成了社会主义，认为这以后苏联社会不再存在对抗性的矛盾，甚至不存在前进中的矛盾，因而苏联的社会主义现实主义很快蜕化为“无冲突论”。中国的左翼文学则是承担着揭露黑暗政治、抨击反动当局、鼓动人民进行斗争的使命，所以“社会主义现实主义”创作方法中的“社会主义”，主要是作为一种文学发展的方向提出的，也即它提示了对现实持批判立场的左翼文学是朝着未来的社会主义方向前进的。因此，中国的左翼文学暂时没有粉饰现实的危险，它的局限性——概念化、公式化、脸谱化，等等，是以另一种方式出现的。更为重要的是，中国部分左翼理论家虽然也曾在自己的队伍内部以马列主义的权威自居，但对于苏联的文艺理论始终采取了虚心学习的态度，因而他们能够充分利用苏联马克思主义文艺理论的研究成果来提高自己的理论素养。这一点与中国的现实制约因素相结合，使中国左翼的文艺理论家得以在某种程度上避免了思想僵化的毛病，使他们能够把马列主义经典作家的文艺思想、苏联的马列主义文艺理论成果与俄罗斯19世纪批判现实主义美学和中国的现实需求、文化传统结合起来，通过不断的讨论和争论，逐步建立起中国的社会主义现实主义文艺理论体系。

在20世纪30年代以前，苏联理论界一直以为马列主义经典作家没有系统的文艺思想论著，始终把普列汉诺夫当做马克思主义文艺理论的权威，提出过“为普列汉诺夫正统而斗争”的口号。20世纪30年代初，“普列汉诺夫正统”受到批判，同时又发现了恩格斯致哈克奈斯的信和列宁论托尔斯泰的文章。恩格斯在致哈克奈斯的信中提出，现实主义除了细节的真实之外，还必须真实地再现典型环境中的典型性格。他认为哈克奈斯的《城市姑娘》所描写的性格，在她所给的范围之内是充分典型的，但是扩大到这些人物周围的环境，驱使他们行动的环境，那就不能说是典型的了。恩格斯同时又指出，现实主义作品中的倾向性要从情节的发展中暗示出来，倾向性越隐蔽越好。他还认为巴尔扎克不得不违反他的阶级同情和政治偏见，看到了自己所心爱的贵族不可避免的堕落，而描写了他们不配有更好的命运——这些，恩格斯认为是现实主义的伟大胜利。恩格斯的这些重要观点，涉及了现实主义文艺理论中的典型与典型环境，真实性与倾向性，创作方法与世界观的关系等极为重要的理论课题，事实上奠定了社会主义现实主义的理论基础。

最早系统地把恩格斯关于现实主义的论述介绍到中国来的，是瞿秋白。瞿秋白1932年编译了一本《“现实”——科学的文艺论文集》，其中就有恩格斯致哈克奈斯信的全文。周扬在1933年11月写的那篇题为《关于“社会主义现实主义与革命的浪漫主义”》的文章，也介绍了恩格斯关于典型的论述。不过周扬这时所理解的典型，主要是指排除了表面的非本质的琐事，而达到对社会主义革命的胜利本质的反映。这样的典型观，是与“写本质”论联系在一起的，忽视了典型的鲜明个性及其内涵的丰富性。但把典型问题与现实主义联系起来考察，对于社会主义现实主义理论的建设来说却是一大收获，并且在中国左翼文学阵营内引发了一场关于典型问题的很有意义的论争。

论争由胡风的文章引起。1935 年 5 月，胡风写了《什么是“典型”和“类型”》一文，认为典型是从人物所属的社会群体里面抽象出各样人物的个性，再具体化到一个人物里面，所以典型包含了普遍性与特殊性两个方面。“所谓普遍的，是对于那人物所属的社会群里的各个个体而说的；所谓特殊的，是对于别的社会群或别的社会群里的各个个体而说的。”① 他以阿 Q 为例，认为阿 Q 的性格对于辛亥革命前后及现在的少数落后地方的农村无产者来说是普遍的，而对于别的阶级或不同社会关系里的农民来说，又是特殊的。也就是说，所谓个性，仅是指一个人物的性格区别于另一群体的特殊性而言，而不是指这一性格本身就具有独一无二的特殊性。这显然是不对的。周扬不同意胡风的观点，他在 1936 年 1 月题为《现实主义试论》的文章中提出：“阿 Q 的性格就辛亥革命前后及现在落后的农民而言是普遍的，但是他的特殊性却并不在对于他所代表的农民以外的人群而言，而是就在他所代表的农民中，他也是一个特殊的存在……一句话，阿 Q 真是一个阿 Q，即所谓‘This one’了。”② 周扬强调

① 胡风：《什么是“典型”和“类型”》，《胡风评论集》，人民文学出版社 1984 年版，第 97 页。

② 周扬：《现实主义试论》，《周扬文集》第 1 卷，人民文学出版社 1984 年版，第 161 页。

典型的个性和特殊性，这比胡风最初的意见更接近典型的本质。但周扬受他实践理性精神的制约，在当时更关心典型的社会性和思想性一面。就在上述引文的后面，他加了一句话：典型“是作者用丰富的想象力把实际上已经存在或正在萌芽的某一社会群共同的性格，综合，夸大，给与最具体真实的表现的东西”。所以他对典型的个性面的考察仍然是不深入的。后来，胡风又相继发表了《现实主义底一“修正”》、《典型论底混乱》，部分地接受了周扬的意见，但总体上仍强调典型的普遍性一面，反驳周扬的观点。周扬则发表《典型与个性》，着重强调典型的个性，并且从创作的角度指出：“对于创作者，更不应在他们还没有获得深刻地观察和解剖个个具体的活生生的人的能力之前，就叫他们去做概括群体的不成熟的努力，那样，结果不独创造不出典型来，反而有使‘个性消解在原则里面’去的危险。”① 这显然要比他的《现实主义试论》更全面地揭示了典型的个性与共性的矛盾统一关系。通过论争，胡风和周扬的观点逐渐接近，促进了中国社会主义现实主义文艺理论的建设和创作的发展。

世界观与创作方法的关系，是社会主义现实主义理论建设的一个非常重要的课题。恩格斯在这一问题上倾向于认为创作方法对于世界观具有相对的独立性。他以巴尔扎克为例，说明一个现实主义作家可以违反自己的政治偏见写出他所同情的阶级不配有更好的命运，他称这是现实主义的伟大胜利。斯大林发挥了这一思想，认为只要真实地反映了生活，就可以达到马克思主义，但他又强调这必然会使作家自觉地反映出使生活走向社会主义的东

---

① 周扬：《典型与个性》，《周扬文集》第1卷，人民文学出版社1984年版，第166页。

西。在斯大林看来，历史朝向社会主义发展是不以人的意志为转移的，一个作家只有掌握了先进的世界观，才能透过现象看到本质，使自己的描写符合生活的真实。斯大林关于“写真实”的观点，与“拉普”把世界观等同于创作方法的错误划清了界线。但强烈的政治功利意识又决定了他绝不可能把创作方法与世界观的距离拉得过大，他要让无产阶级世界观成为苏联文艺社会主义性质的内在保证。因此，斯大林实际上采取了下述循环论证的方式：通过写真实就能达到马克思主义，但要真实地反映生活又必须先有马克思主义世界观的指导。这倒是给马克思主义世界观指导创作方法提供了理论依据。在中国，激烈的阶级斗争形势要求左翼文艺工作者更充分地发挥文艺的战斗武器的作用，因而他们在借鉴了恩格斯和斯大林关于现实主义的上述思想后，更多地肯定了世界观对创作方法的指导。具体地说，就是强调正确的世界观可以帮助作家把握生活的本质，可以使作家选取先进的创作方法，从而写出符合人民大众根本利益的作品。这从思想渊源上说，是在一定程度上受到了苏联“拉普”的影响，同时又基本上避免了“拉普”在这一问题上的极端性。可是在中国，某些时候也会有人在恩格斯的意义上来理解现实主义，强调现实主义创作方法对于世界观的相对独立性，强调作者不加粉饰地直面人生的勇气，强调对虚假理想和人类永恒秩序的怀疑态度。当然，这一般也就是人们正在反对教条主义，宣称要尊重艺术规律的时期。对于现实主义理解上的这种变化，从一个侧面勾画出了20世纪30年代以后中国现实主义文学发展的曲折历程。

在建设中国社会主义现实主义文艺理论体系的过程中，还必须看到以别林斯基、车尔尼雪夫斯基、杜勃罗留波夫为代表的俄国19世纪现实主义美学所发挥的重要的作用。早在20世纪30

年代前期，瞿秋白、周扬、冯雪峰、胡风等批评家就已开始接触别、车、杜的美学，周扬1937年还发表了题为《艺术与人生》的研究车尔尼雪夫斯基美学专著的论文。周扬等人看中别、车、杜，从根本上说，是因为后者作为俄国自然派文学的理论阐发者，比较出色地解决了文学为民族解放运动服务与文学争取自身艺术价值的矛盾。别、车、杜处在俄国社会从贵族革命阶段向平民革命阶段转移的重要时期，他们为革命民主主义的激情所鼓动，举起了果戈理的旗帜，引导人们面向现实的斗争。同时，他们又提出并且深入讨论了诸如“写真实”、“典型”、“形象思维”等切合艺术特性的现实主义的范畴，确立并且实践了“人民性”、“历史的美学的批评”等文学批评的重要原则和基本方法。他们找到了使革命民主主义文学通向艺术殿堂的美学桥梁，这就是现实主义。换言之，他们让文学的富有批判锋芒的主题通过“现实主义”的桥梁走进了由“写真实”、“形象思维”、“典型”等构成的艺术世界，使文学的战斗性与艺术性结合在一起。这些重大的成就后来受到了马列主义经典作家的赞赏。而对于20世纪30年代前期的中国左翼文艺理论家来说，他们迫切地需要解决的正是为战斗的无产阶级文学找到通向艺术世界的桥梁。这时，别、车、杜的理论成果无疑为他们指明了前进的方向，他们可以直接从中获取重要的启示，用“写真实”、“典型”、“形象思维”三大范畴来最大限度地克服创作中的公式化、概念化、脸谱化的毛病。这实际上体现了在此期间中国左翼文学运动清除苏联“拉普”路线消极影响的一种新动向和批评家个人在这方面的自觉努力，这一努力旨在使左翼文学增强其艺术性，同时又能保持其战斗性。

不过，共和国建立前周扬等人对别、车、杜的关注很大程度上只是一种个人的兴趣。真正在整个文艺界大张旗鼓地学习别、车、杜美学的，则始于新中国成立后的1956年。这一年毛泽东提出了“双百”方针，人们好像突然发现整个文坛存在着粉饰现实的倾向，创作中的概念化、公式化问题不仅没有消除，反而有加重的趋势，因而迫切需要恢复现实主义的传统。在这样的背景下，《文艺报》开始大规模地讨论“写真实”、“形象思维”、“典型”等理论问题，作为文艺方针调整的理论动力①，这就顺理成章地再次发现了别、车、杜。一个具体的成果，是出版了由周扬挂帅、以群主编的《文学的基本原理》。在这本教育部统编的高校教材中，别、车、杜的基本观点被大量引用，地位仅次于马列经典作家。通过这本教材，别、车、杜的美学产生了极为广泛的影响。但是深入考察，仍然可以发现，这时的别、车、杜其实已按照中国现时的需要作了改造，而且别、车、杜之间的差别也被一笔勾销了。很明显的是，别林斯基的艺术幻觉说、创作无意识论、灵感论、情致说等很有才气、且贴近艺术创作内在规律的思想被忽略，而车尔尼雪夫斯基在艺术美与生活美的关系问题上所持的机械论的观点，却被当作唯物主义美学来正面接受。这其中的原因不外乎两点，一是中国这时仅仅需要解决艺术与现实的关系问题，而不需要深入探讨艺术的内在规律和创作的心理奥秘；二是中国这时正在把幻觉、无意识、灵感、情致等范畴当作唯心主义的东西加以批判，而车尔尼雪夫斯基的“美在生活”的美学命题却可以直接拿来当作号召作家深入生活的理论根据。

① 这次调整的真正意义，是纠正对《在延安文艺座谈会上的讲话》的“左”的理解和发挥，克服只讲政治不问艺术的倾向。这当然不可能深入，因为当时任何人都不可能突破“文艺从属于政治”的大框框。

在中国左翼文艺理论家中，周扬和胡风是两个有代表性的人物。周扬具有政治家的智慧和敏锐，又不乏艺术的鉴赏力，文艺思想上主要是受苏联的影响。胡风并不缺少政治的热情，却较多书生的意气，文艺思想方面所受的影响较为复杂，前期偏爱过厨川白村，后来转向马列主义。由于个人气质不同和所受影响的略有差异，周扬和胡风在投身到左翼文学运动以后，虽然在文艺观的反映论哲学基础，文学的党性原则，以及重视形象性和典型化等基本方面取得了一致，却在其他许多重要问题上存在着分歧。周扬重在阐述现实与艺术的审美关系，强调作家掌握马列主义世界观以达到对生活本质的真实反映，探讨的主要是社会主义现实主义的外部规律；胡风则致力于从作家感性生命出发阐述社会主义现实主义的创作心理机制，即如何通过主体与对象相生相克的搏斗达到对生活本质的展示，强调的是作家的主观战斗精神。周扬要作家通过世界观的改造，从感情上接近劳动者，从而使作品真正为人民大众所喜闻乐见；胡风则认为作家的创作过程就是改造世界观的途径，不必离开创作的过程来谈世界观的改造。周扬强调重大题材的意义，要作家再现人民大众的可歌可泣的英勇壮举；胡风则反对“题材决定论”，认为重要的是把捉人的真实。在文学批评方式上，周扬是以理性的态度从党在一定时期的政治任务的高度来评价文学，重视文学的政治功能及发展的大方向等问题；胡风则偏重感性体验，重视对象的内在心理过程、人格的复合构造，也即比较看重人性的深度。周扬和胡风分别代表了社会主义现实主义理论和批评实践的两种模式。不言而喻，这两种模式的政治功能不同，在中国政治挂帅的年代里难免有不同的命运。

“社会主义现实主义”自20世纪30年代初从苏联传入中国

后，经过中间的阐释、争论等错综复杂的环节，到1942年毛泽东发表《在延安文艺座谈会上的讲话》，完成了一个大的发展阶段。《在延安文艺座谈会上的讲话》总结了自五四文学革命以来新文学发展的历史经验，整合了马列主义经典作家的文艺思想和中国左翼文艺界在消化吸收苏联文艺理论过程中所取得的思想成果，在中国革命的语境中形成了对后来影响深远的中国化的社会主义现实主义理论和实践范式。《在延安文艺座谈会上的讲话》对马列主义文艺思想的继承和发展，集中体现在下述几个方面：一是根据列宁的文学为千千万万劳动者服务的思想，提出了文艺的工农兵方向；二是依据苏联理论界在阐释列宁思想时得到的文学的党性原则，提出了文学为政治服务的口号；三是鉴于苏联"拉普"路线及中国左翼文艺运动中的失误和教训，提出了文艺源于生活又高于生活的辩证观点；四是结合中国的实际，以崭新的思路解决了文艺如何为工农兵服务的重大的理论问题，并指出了实践的途径，也即要求文艺家通过改造世界观、转变立场，从感情上接近人民大众，从而创造真正为工农兵所喜闻乐见的中国作风和中国气派。很明显，《在延安文艺座谈会上的讲话》是马列主义文艺思想与中国革命实践相结合的产物，但其中也包含着一些苏联左倾文艺观点的影响。在《在延安文艺座谈会上的讲话》精神的指导下，解放区作家和新中国的文艺工作者深入生活，自觉借鉴苏联社会主义文学的经验，反映中国人民的伟大斗争和共和国的社会主义建设，创造了具有中国特色但同时又打上了苏联文学烙印的宏大叙事模式。这种新的叙事模式的基本特点是：展现大规模阶级斗争的历史进程和革命的胜利前景，突出党的领导、赞美工农兵的英勇业绩、写生活的本质、典型塑造、大众化的风格，等等，它标志着中国现代文学进入了一个全新的发展阶段。同时，《在延安文艺座谈会上的讲话》的某些历史局限性，如片面强调文学从属于政治，坚持政治标准第一、艺术标准第二等，也造成了解放区和新中国文学的一些作品单纯地配合中心任务、图解政治的缺陷，这在某种意义上可以说是反映了苏联文学模式的负面影响。王蒙在谈到苏联文学的模式时说："苏联文学模式常常是真善美与假恶丑这两家的斗争，这是苏联的基本模式。或是社会主义的公民与资本主义的市侩作斗争，或是革新者与保守者的斗争，或是人道主义者与对人民漠不关心的人、官僚分子的斗争"，"在苏联文学中，往往真善美一方面的人是胸怀宽广的、无私的、伟大的、善良的、正直的、淳朴的、另外相反的一些人是懦弱的、奴颜婢膝的、自私的、虚伪的、阿谀奉承、八面玲珑的。……苏联文学中有许多可贵的东西，但它的这种文学模式往往并不符合，或者并不特别深刻的反映生活。另外，人们常常把感情、无私、爱都放在正极，相反把恨、自私、保守都放在负极，但人类的生活并不是这么简单。"① 王蒙说的是苏联文学的模式，但人们不难把它与中国许多作品的叙事方式对上号。历史铸就了《在延安文艺座谈会上的讲话》的突出地位，历史也注定了中国人民需要等到新时期才能纠正《在延安文艺座谈会上的讲话》的局限，克服苏联文学模式的负面影响，把中国文学推向风格多样、繁荣昌盛的新阶段。

① 王蒙：《小说家言》，《中国文化报》1986年9月17日。

第二章

20世纪中国文学对俄苏文学批评的接受

在中国与俄苏文学的关系中，中国20世纪文学批评对俄苏文学批评的接受，也是一个不可忽视的历史存在。这方面应该说有许多问题，比如因为历史原因，其间出现了影响关系中的移植、纠偏、阐发等现象，值得我们去总结和反思。此外，中国接受俄国文学批评的渠道和机制，立场和效应等，对我们今天接受外国文学批评，也都具有借鉴意义。

第一节　接受中的“移植”现象

所谓移植，就是我们常说的照搬，因为各种历史的原因，我们曾照搬过俄苏的文学批评，即把俄国的文学批评，不分对错好坏，一股脑儿的搬到中国来。中国“移植”俄苏文学批评，从时间上看，突出表现在两个时期，一是20世纪20年代中国早期革命文学批评对“无产阶级文化派”的接受和30年代中国左翼文学批评对“拉普”的接受；二是共和国成立前后，中国社会全盘苏化，文学批评也不例外。当时，它主要表现为批评政策的照搬和批评教材编写的照搬等。

一　中国早期革命文学批评对"无产阶级文化派"的接受

中国早期的革命文学批评，一般指20世纪20年代初早期共产党人的文学主张。1923年，《中国青年》在上海创刊，介绍马克思列宁主义著作，并结合实际革命工作，对新文学理论批评也给以极大的关注。在《中国青年》的周围，团结了一批中国早期革命文学批评者，如邓中夏、恽代英、萧楚女、沈泽民、李伟森、蒋光慈、茅盾等。中国早期革命文学批评深受俄苏"无产阶级文化派"的影响，这中间的经验和教训，是值得认真清理的。

（一）"无产阶级文化派"及其在20世纪20年代中国的传播

早在19世纪末20世纪初，特别是1905年俄国革命之后，随着工人运动的蓬勃发展，工人的文化运动也日趋高涨。在俄国社会民主工党的领导下，各地的工人文化教育工作，通过多种多样的形式迅速地开展起来。彼得格勒地区的工厂都建立了文化教育组织的俱乐部。1917年8月，在彼得格勒工厂工会第二次代表大会上，卢纳察尔斯基就提出了把分散进行的文化教育工作统一起来的问题，并要求建立一个统一的文化中心。1917年9月初，俄国社会民主工党彼得格勒市委成立了文化教育委员会，并于1917年10月16—19日召开了彼得格勒无产阶级文化教育组织第一次代表大会。这就是无产阶级文化协会的开端，也可以说是后来"无产阶级协会"的雏形，不过当时还没有无产阶级文化协会这个名称。1920年10月5—12日，在莫斯科召开了全俄无产阶级文化协会的第一次代表大会。随后，这一组织在各地建立了许多分会，它的活动在全俄范围内蓬勃发展了起来。该协会还拥有《无产阶级文化》等多种刊物和若干出版社。1922年后，由于列宁等的批评，“无产阶级文化派”逐渐偃旗息鼓。

“无产阶级文化派”的主要指导思想是波格丹诺夫（1873—1928）的“无产阶级文化理论”。波格丹诺夫是一位社会活动家、哲学家、经济学家兼作家。他1899年毕业于哈尔科夫大学医学系，19世纪90年代曾参加民粹派革命活动，1896年加入俄国社会民主工党，曾多次被选为俄共（布）中央委员，担任过《新生活报》、《前进报》等布尔什维克报纸的编辑，后因派别活动，于1909年被开除出布尔什维克党。十月革命后，他加入无产阶级文化协会。波格丹诺夫的主要理论著作是《文献学：普遍组织科学》，后又陆续发表《科学与工人阶级》（1918）、《论艺术遗产》（1918）和《工人阶级发展中的无产阶级文化因素》（1920）等文章，其基本理论主张是建立所谓“无产阶级哲学”、“无产阶级科学”、“无产阶级文化”。他在其《文献学：普遍组织科学》一书中，所阐述的“组织理论”、“组织科学”成为他后来竭力提倡的“无产阶级文化”理论的基础。

波格丹诺夫“普遍组织科学”的基本理论是，人类的所有活动都是组织活动，世界上的一切过程都是组织过程。任何真理，都不是客观存在的反映，而是“社会经验组织”；全部观念形态，不过是全部社会实践的组织形态，科学、文化和艺术，不过是“组织科学”的一些不同门类。具体到作家从事创作的过程，就是作家将生活的经验以生动的形象，按照一定的秩序组织起来，所以艺术实际上不过是组织的手段而已。所以波格丹诺夫认为：“艺术不仅在认识范围，并且也在情感和意向范围通过生动的形象组织社会经验。因此，它是组织集体力量的最强大的武器，而在阶级社会中则是组织阶级力量的最强大的武器。”[①]由于无产阶级的经验、生活和力量，同资产阶级历史上的一切阶级的经验、生活和力量都不相同，所以过去的艺术不能组织和教育无产阶级，无产阶级不能继承封建的、宗教的、专制主义的和资产阶级的艺术，而只能去创造自己的艺术，自己的文化和科学。波格丹诺夫的理论一度被写入无产阶级文化协会的《无产阶级与艺术》的决议，决议第一条便是“艺术通过活生生的形象的手段，不仅在认识领域，而且也在情感和志向的领域组织社会经验。因此，它乃是阶级社会中组织集体力量——阶级力量的最强有力的工具”[②]。

波格丹诺夫在20世纪20年代就进入中国文学批评家的视野，他们最早接触的可能是波格丹诺夫论著的俄文文本或英译本。鲁迅在《硬译与文学的阶级性》中曾说：“‘什么卢那卡尔斯基，蒲力汗诺夫’的书我不知道，若夫‘婆格达诺夫之类’的三篇论文和托罗兹基的半部《文学与革命》，则确有英文译本的了。”[③]其中的“婆格达诺夫”就是波格丹诺夫。他的《无产阶级诗歌》、《无产阶级艺术的批评》、《宗教、艺术与马克斯主义》等三篇论文曾译成英文，载英国伦敦《劳动月刊》，后由苏汶译成中文，加上画室译的《“无产者文化”宣言》，辑为《新艺术论》，于1929年由水沫书店出版。

---

① 郑异凡编译：《苏联“无产阶级文化派”论争资料》，人民出版社1980年版，第89页。

② 白嗣宏选编：《无产阶级文化派资料选编》，中国社会科学出版社1983年版，第1页。

③ 鲁迅：《硬译与文学的阶级性》，《萌芽月刊》第1卷第3号（1930年3月）。

（二）中国早期革命文学批评对“无产阶级文化派”的接受

无产阶级文化派及其理论在20世纪初期的俄苏影响很大，同时，它们对20世纪20年代的中国也产生了很大的影响，波格丹诺夫的理论被中国许多早期革命文学批评家所接受，例如蒋光慈、茅盾以及创造社的李初梨等，他们在其文学批评论文中，就明显地带有波格丹诺夫的影子。

茅盾在1925年写了《论无产阶级艺术》，该文共分五节，第一节探讨无产阶级艺术的历史形成；第二节论述了无产阶级艺术产生的条件，提出了一个艺术产生的公式：“新而活的意象+自己批评（即个人的选择）+社会的选择=艺术”；第三节探讨了无产阶级艺术的范畴；第四节是就苏联的文艺现象讨论无产阶级艺术的内容；最后一节是讨论无产阶级艺术的形式。这篇文章原来被看做是早期倡导无产阶级文学的力作，但是自20世纪80年代以来，人们对它发生了很多争论。先是白水纪子在《茅盾研究会会报》1988年第7期上撰文，将茅盾的《论无产阶级艺术》与波格丹诺夫《无产阶级艺术的批评》加以对照，意在说明茅盾的文章是根据波格丹诺夫的文章译作的。然后是李标晶在《杭州师范学院学报》1992年第2期上发表了《1925年前后茅盾文艺思想辨析—— 茅盾与波格丹诺夫文艺思想比较谈》，认为茅盾在“五卅”前后的文艺思想与波格丹诺夫的文学观是相去甚远的。后来，丁尔纲在《茅盾：翰墨人生八十秋》（长江文艺出版社，2000年版）和陈建华在《二十世纪中俄文学关系》（高等教育出版社，2002年版）又都对此有所论述。其中，陈建华在《二十世纪中俄文学关系》中认为，茅盾的《论无产阶级艺术》与波格丹诺夫的《无产阶级的艺术批评》“两文都强调无产阶级艺术意识的纯洁性，并从三个方面来界定无产阶级艺术的特征"[①]。波格丹诺夫所谈的三个方面分别是：第一，无产阶级的艺术和农民的艺术之间有本质的区别；第二，无产阶级艺术不能受军人意识的影响；第三，应当在无产阶级艺术和知识分子社会主义之间划一条分界线[②]。茅盾所谈的三个方面分别是：第一，无产阶级艺术和旧有的农民艺术是有极大的分别的；第二，无产阶级艺术没有兵士所有的憎根资产阶级个人的心理；第三，无产阶级艺术没有知识阶级所有的个人自由主义。很显然，这二者之间是有着很大的对应关系的。

蒋光慈1924年从苏联回国，回来后不久就写下了《无产阶级革命与文化》和《十月革命与俄罗斯文学》等文章。在《无产阶级革命与文化》中，他阐述了无产阶级必须而且能够创造出自己的阶级文化的思想，但是，他把无产阶级文化产生的立足点，放在经济基础与文化直接对应关系上，认为资本主义的文化"非有害于无产阶级，即与无产阶级没有关系"，这与波格丹诺夫的"过去的艺术不能组织和教育无产阶级，无产阶级不能继承封建的、宗教的、专制主义的和资产阶级的艺术，而只能去创造自己的艺术，自己的文化和科学"等思想如出一辙。后来，蒋光慈在《十月革命与俄罗斯文学》中热情推崇苏联无产阶级文学，然而在阐释无产阶级艺术这一概念时，却以"无产阶级文化派"的理论家波格丹诺夫和前期领导人列别杰夫—波良斯基的观点为依据。[③]

20世纪20年代后期，创造社成员发生了转向，他们改变原

---

① 陈建华：《20世纪中俄文学关系》，高等教育出版社2002年版，第112页。

② 白嗣宏选编：《无产阶级文化派资料选编》，中国社会科学出版社1983年版，第38页。

③ 陈建华：《20世纪中俄文学关系》，高等教育出版社2002年版，第112页。

来宣传的“为艺术而艺术”的主张，以激进的姿态提出了“革命文学”的口号。在谈到文学的定义时，他们对五四以来一直被肯定的两个口号“文学的任务在描写生活”和“文学是自我的表现”进行了猛烈的抨击，认为它们一个是“小有产者意识的把戏，机会主义者的念佛”，另一个是“观念上的幽灵，个人主义者的呓语”。后来，李初梨在《怎样地建设革命文学》中对给文学下的定义，可以说“代表了转换方向后的创造社同人对文学的理解”①。李初梨是这样给文学下定义的：“文学是生活意志的表现。文学有它的社会根据——阶级的背景。文学，有它的组织机能——一个阶级的武器。”② 其中的关键一点是，他们觉得应该重新明确文学的功能，这个功能就是文学的“组织机能”。后来，彭康又在《革命文艺与大众文艺》中提出“文艺是思想的组织化，同时又是感情的组织化”。③ 显然，这些理论都来源波格丹诺夫的“普遍组织科学”理论。

（三）中国接受“无产阶级文化派”的原因及其教训

俄苏无产阶级文化派的理论，其实存在很多错误的地方，首先它全盘否定文化遗产，主张从零开始，通过实验室制造“纯无产阶级文化”。波格丹诺夫在无产阶级文化协会里，竭力宣传他的“组织科学”理论，认为艺术是“集体经验”的活生生的形象的“组织”，认为不同阶级有“不同的组织形式”，无产阶级的“经验”不同于过去阶级的“经验”等。在这种错误理论的影响下，无产阶级文化协会里的许多理论家和诗人

---

① 艾晓明：《二十年代苏俄文艺论战和中国“革命文学”论争》，《中国社会科学》1987 年第 3 期，第 159 页。

② 李初梨：《怎样地建设革命文学》，《文化批判》第 2 号（1928 年 2 月）。

③ 彭康：《革命文艺与大众文艺》，《创造月刊》第 4 卷第 2 号。

对文化遗产采取了完全否定的态度。无产阶级文化派的错误还表现在学术思想上的庸俗社会学倾向。无产阶级文化派的口号是要创造“纯无产阶级文化”，“为纯无产阶级的思想体系而斗争”，并且认为，这种文化只有无产阶级本身才能创造出来。基于这种思想，“他们在组织上竭力排斥社会的其他阶级和阶层包括农民、知识分子等参加社会主义的文化建设，他们甚至把已经参加了协会的所谓非工人开除出去”①。当然无产阶级文化协会还有一点，一直受到人们尤其是列宁的批评，那就是要求独立。早在无产阶级文化协会成立时，其组织者就申明了协会的自治原则，提出要同政治“平列”的口号，1918 年他们通过的《无产阶级文化协会纲领》又再次强调了这点，但 1920 年俄共中央在“关于无产阶级文化协会”的信中对此提出了严厉的批评。

这样一个自身存在很多问题的文学理论流派，却对 20 世纪 20 年代的中国产生了强烈影响，其理论思想中的许多错误也被当时中国文学批评者照搬到了中国。例如，蒋光慈在无产阶级文学运动之初，就依据这一理论激烈指责了叶绍钧、郁达夫、冰心等小资产阶级知识分子作家。还有那些深受无产阶级文化派理论影响的创造社文学批评者们，在创作过程中倡导以“革命意识”和“阶级意识”来“组织”生活，使它们秩序化、系统化，抹杀个性的存在，使感情社会化、集体化，以达到文艺为政治观念服务的目的。“按照这一思路，一个作家只要获得了正确的阶级意识和世界观，即便不去更新自己的生活体验和感受，不去提炼

---

①　李辉凡：《二十世纪初俄苏文学思潮》，社会科学文献出版社 1993 年版，第 64 页。

生活材料，也照样能够创造出不朽的艺术作品。”[①] 这完全违背了艺术的客观规律，它造成的严重后果是，使得“革命文学”的倡导者们不但没有能够拿出像样的艺术作品，而且连他们最初所企求的“组织”大众投身革命，从事斗争的目的也未能达到。现在我们要反思的是，这样一个充满错误的文学理论流派的思想，为什么会被几乎“照搬”到了中国？

首先，从社会大环境来说，是因为当时中国的社会斗争激烈，革命文学批评者们需要那种“武器”式的批评，而“无产阶级文化派”的理论正好迎合了这种需要。20 世纪 20 年代中期之后，中国有些文学批评家已经试图用马克思主义的阶级论来解释文学现象，以前的“文学革命”也逐渐转变为“革命文学”。特别是 1927 年国共合作关系彻底破裂后，上海聚集了一批参加过革命实践活动的作家，加上一批从日本等地归国的激进的青年，这两部分人共同倡导革命文学运动。“倡导者们接受了当时共产党内左倾路线的影响，认为虽然革命陷于低潮，但无产阶级文学运动提倡能推动政治上的持续革命。”[②] 为了推动政治上的革命，革命文学批评者们开始寻找相关思想理论资源，而无产阶级文化派的理论就成了其来源之一。所以李初梨在《怎样地建设革命文学》中，即明确地提出文学的任务就是“反映阶级的实践和意欲”，认为只要将革命的意图加以形象化，就可以“当作组织的革命的工具去使用”。他们全盘否定五四新文学的传统，认为鲁迅写作的那个“阿 Q 时代早已死去”，新文学队伍要

---

① 汪剑钊：《中俄文字之交》，漓江出版社 1999 年版，第 67 页。

② 钱理群、温儒敏、吴福辉：《中国现代文学三十年》，北京大学出版社 1998 年版，第 194 页。

按阶级属性重新站队。

其次，从文学批评本身来说，是中国革命文学批评缺乏可资借鉴的过往经验，只能囫囵吞枣地从俄苏吸取，来不及仔细辨别甄选。茅盾在《我走过的道路》一书中说：

> 在一九二四年，邓中夏、恽代英和泽民等提出了革命文学的口号，之后我就考虑要写一篇以苏联的文学为借鉴的论述无产阶级革命文学的文章。我的目的，一则想对无产阶级艺术的各个方面试作一番探引；二则也有清理一番自己过去的文学艺术观点的意思，以便用“为无产阶级的艺术”来充实和修正“为人生的艺术”。当时我翻阅了大量英文书刊，了解十月革命后苏联文学艺术发展的情形。①

茅盾的本意是想对无产阶级革命文学作一些探讨，但是，中国的无产阶级革命文学1924年才刚刚提出，因此他要写好这方面的文章，无论是在对象材料还是理论资源上，都是非常欠缺的。这也就是他所说的：“我在写这篇文章时，引用了许多苏联的材料，讨论的也是当时苏联文学中存在的问题，这是因为在一九二五年中国还不存在无产阶级的艺术。”② 其实，他不但借鉴了苏联文学的材料，也借鉴了无产阶级文化派中波格丹诺夫的理论。当然，这在中国革命文学批评发展初期，理论原创能力尚待发展的情况下，这种“照搬”现在也无须太过苛责。

总体来看，中国早期革命文学批评对俄苏无产阶级文化派的

---

① 茅盾：《我走过的道路》（上），人民文学出版社1981年版，第286页。

② 同上书，第291页。

某些理论，是未加甄别的照搬，其中的许多错误思想，对中国文学和文学批评的发展，产生了不利的影响。

二　苏联文学决议与中国20世纪50年代初的文学批评

苏联自十月革命以来，在文学艺术方面形成了很多决议，例如，20世纪20年代有《关于无产阶级文化协会——俄共中央的信》、《关于党在文学方面的政策——俄共（布）中央一九二五年六月十八日的决议》，20世纪30年代有《关于改组文学艺术团体——联共（布）中央一九三二年四月二十三日的决议》等。后来，在不同的历史时期，联共（布）中央又针对具体的文艺问题，先后出台了很多文学决议。这些决议对中国文学批评的发展影响很大。

（一）苏联文学决议及其在20世纪50年代初中国的传播

二次大战结束后，苏联进入了社会发展的新时期，全体人民为实现恢复和发展国民经济新的五年计划（1946—1950）而奋斗。而1946—1949年，联共（布）中央就文学、音乐、电影和戏剧的现状及其发展作出了一系列的决议，这些决议先后有：《关于〈星〉和〈列宁格勒〉杂志——联共（布）中央一九四六年八月十四日的决议》、《苏联作家协会理事会主席团的决议》、《关于剧场上演节目及其改进办法——联共（布）中央一九四六年八月二十六日的决议》、《关于影片〈灿烂的生活〉——联共（布）中央一九四六年九月四日的决议》、《关于穆拉杰里的歌剧〈伟大的友谊〉——联共（布）中央一九四八年二月十日的决议》、《关于〈鳄鱼〉杂志——联共（布）中央一九四八年九月十一日的决议》、《关于〈旗〉杂志——联共（布）中央一九四九年一月十一日的决议》等，此外，联共

（布）中央主管意识形态的领导人日丹诺夫还就其中的某些决定作了专门的讲话或报告，如《关于〈星〉和〈列宁格勒〉两杂志的报告》、《在联共（布）中央召开的苏联音乐工作者会议上的开幕词》、《在联共（布）中央召开的苏联音乐工作者会议上的发言》等。

苏联的这些文学决议以及日丹诺夫的讲话或报告，是世界冷战时期的特殊产物，它们不但没有经受住时间和实践的考验，反而对苏联文学和文学批评的发展，产生了非常恶劣的后果。尽管在指出当时苏联文艺界存在的某些问题方面并非一无是处，但其主导面是错误的。总体来说，其错误和消极影响主要表现在以下几个方面：

其一，对作品内容评判的错误。苏联文学决议《关于〈星〉和〈列宁格勒〉两杂志》就曾批评左琴科在二战时期“不但毫未帮助苏联人民进行反抗德国侵略者的斗争，反而写了像《日出之前》这样令人作呕的东西。对这篇东西的评价，正如对左琴科全部文学‘创作’的评价一样，已在《布尔什维克》杂志里刊登过了”①。决议用政治的标准，对左琴科的《日出之前》评价非常之低。但事实上，《日出之前》是一种体裁新颖的科学小说。作家在作品中回忆了自己一百多件往事，也记述了其他人间俊杰与平民百姓的一些事迹。左琴科说，《日出之前》这部书，“是以医学和哲学的形式写我个人的生活”，这是“一部科研作品，科学著作，诚然，是用浅显的，有些非论证性的语言叙述的”。左琴科自幼孤僻内向，从青春期起精神抑郁症便一直困扰着他。他到处求医吃

① 《关于〈星〉和〈列宁格勒〉两杂志》，《苏联文学艺术问题》，人民文学出版社1959年版，第34页。

药都无济于事，博览群书查找病因时，他发现曾经与他同病相怜者还大有人在，如肖邦、果戈理、福楼拜、涅克拉索夫、谢德林，等等，于是他决心找出这种病因，给人们一把“幸福的钥匙”（《日出之前》的曾用名）。《日出之前》之所以遭到批判，原因是多方面的，但有人认为，没有读懂是重大而直接的原因。“斯大林是位颇有文学造诣的领袖人物，他对《日出之前》不能容忍的态度，首先是因为对科研小说这种体裁不理解，对这种文学史上不曾有过的文学样式不习惯，不宽容。”[①] 对于艺术中的探索，即使是不成熟的或失败的探索，也不应提到政治问题上来，但是决议对日尔蒙斯基、艾亨包姆、托马舍夫斯基等一批苏联学者及其著作，斥之为反人民的形式主义、现代颓废的资产阶级思想体系的残余和反现实主义的现代主义，认为他们“一直站在形式主义和唯美主义的立场上”，接受19世纪俄国维谢洛夫斯基的资产阶级文艺学的“指导”[②]。

其二，解决问题手段的错误。苏联文学决议一个很突出的弊病就是用政治式的宣判来解决文学问题。苏联当时用简单粗暴和行政命令的方式，来对待文艺中的思想问题和是非问题。例如，《关于〈星〉和〈列宁格勒〉两杂志》决议就对左琴科和阿赫玛托娃做出了无限上纲、狂风暴雨式的批判，骂他们是“文学无赖和渣滓”[③]，结果左琴科被苏联作协开除出会，停止刊登他

---

① 吕绍宗：《读20世纪文学名著中的奇书——〈日出之前〉》，《中华读书报》1999年10月28日。

② 叶水夫：《苏联文学史》（第一卷），中国社会科学出版社1994年版，第309页。

③ 《关于〈星〉和〈列宁格勒〉两杂志》，《苏联文学艺术问题》，人民文学出版社1959年版，第34页。

们的所有作品，连作协所发的食品供应证也被吊销，而这对他在战后供应困难时期更是莫大的打击。左琴科受到精神和物质的双重打击，出版社和杂志不仅不再出版他的著作，而且还逼他归还预支的稿费。他走投无路，只得重操旧业当鞋匠，并变卖家中杂物勉强度日。不仅如此，左琴科还不断受到各种形式的批判，在一次批判大会上他勉强带病毫不含糊地反驳对他的诬蔑。有人说他是“投机分子”，他回答说：“我是志愿参加红军的。”有人说他在战争期间逃离列宁格勒，他回答说：“我是奉命离开列宁格勒的。”他还提出在对德战争中苏联政府先后发给他五枚战斗勋章，表扬他的爱国行为。但在当时的情况下他最终无法为自己辩护，他只能悲叹说：“在这样的环境里，我的文学生涯和文学命运已走到尽头。我已无法摆脱绝境……我已经没有前途可言！……我的身心已远远超过疲惫！”就在这种完全绝望的心情中，左琴科走完了人生的道路，于1958年夏天去世。

其三，助长了文学创作中“无冲突论”的发展，给文学创作和文学批评设置了许多人为的禁区和清规戒律。其实，苏联的“无冲突论”思潮由来已久，并非始于战后。1941年1月31日，苏联作家巴甫连柯、列文在苏联作家协会党组举行的一次公开会议上，曾指出苏联文学中存在“无冲突论”的倾向：“冲突消失了，它已被偶然的和暂时的误会所代替”，“在我们这里开始形成了一种无冲突的特殊理论，把生活看得如同呼吸一般轻松，冲突变成了陈迹”，作家“害怕描写某些反面的、有害的和有罪的东西”①。但是，联共（布）中央关于文艺问题的一系列决议，以及日丹诺夫的多次讲话，更严重地妨碍了

① 见《文学报》1941年2月4日关于苏联作协党组会议的报导。

文学家、批评家的主动性和积极性，使得他们不敢越雷池半步，不敢描写生活的反面形象，不敢表现现实生活中的矛盾和冲突。作家对现实的缺点与困难采取回避态度，似乎除“好”与“更好”的冲突之外，苏联社会中的其他冲突已经烟消云散。结果导致文艺作品不仅不去塑造反面形象，不去把批判锋芒指向落后的和腐朽的事物，而且连幽默、讽刺、悲剧这样的形式和体裁也给取消了。同时，由于片面地强调写本质、写光明、写正面人物，抹杀生活本身发展的辩证法，“使文艺创作越来越概念化，公式化”①。

苏联的这些文学决议迅速地引起了中国文坛，特别是解放区文艺界的注意，于是这方面的材料被大量译介过来。1947—1949年短短两年左右的时间里，不计报刊上发表的，单单时代出版社和解放区的各出版机构出版的收集上述材料的译著就有十多种。比较重要的有：《战后苏联文学之路》、《联共（布）党的文艺政策》、《苏联文艺方向的新问题》、《苏联文艺问题》、《论苏联文艺与哲学的方向》、《苏联文艺政策选》、《论文学、艺术与哲学诸问题》、《大胆公开的批评》、《论苏联文学的高度思想原则》、《论文学批评的任务》、《提高苏维埃文学底思想性》等。② 建国之后，上述这些书籍大都又重新出版，1951 年文艺界进行整风学习时还将其中的主要决议和报告列为基本学习文件。此外，人民文学出版社于 1953 年又出版了《苏联文学艺术问题》，该书分三编，分别收录了苏联 20 世纪二三十年代、40 年代以及 50

---

① 叶水夫：《苏联文学史》（第二卷），中国社会科学出版社 1994 年版，第 6 页。

② 陈建华：《二十世纪中俄文学关系》，高等教育出版社 2002 年版，第 138 页。

年代党关于文学艺术问题的决议和相关领导人的讲话及文艺政策，其中包括联共（布）中央关于文学艺术的六个决议、《苏联作家协会章程》、苏联作家协会理事会主席团的决议以及马林科夫在联共（布）第19次代表大会上的总结报告，以及日丹诺夫在第一次苏联作家代表大会上的讲演、1946—1948年关于文学艺术的三次报告和演说。1959年，《苏联文学艺术问题》重版，除第二部分没有增减外，第一部分增加了《关于无产阶级文化协会（俄共中央的信）》一篇文章；第三部分则完全重新编造过，删去了收在旧版中的文章，补充了《苏联共产党中央委员会给第二次全苏作家代表大会的祝词》、赫鲁晓夫的《文学艺术要同人民生活保持密切的联系》、苏共中央1958年5月28日发布的一项决议《关于纠正歌剧〈伟大的友谊〉、〈波格丹·赫美尔尼茨基〉和〈全心全意〉的评价中的错误》等七篇文章。因此，苏联的文学决议和日丹诺夫的报告，以及相应的斗争手段在中国广为人知。

（二）苏联文学决议对中国1950年代初文学批评的影响

苏联的文学决议对中国文学批评影响很大，中国的许多文艺政策和文学批评就是对苏联的仿效。例如，1949年4月中共中央东北局做出的《关于萧军问题的决定》，就是苏联文学决议在中国的翻版。但是，苏联文学决议对中国文学批评的影响，更主要地是在建国之后的20世纪50年代初期，其表现在文学批评理论的政治化、解决文学问题手段的政治化以及无冲突论的流行等方面。

首先是文学批评理论的政治化。在第一次文代会上，就有人强调文艺工作者为党的政策服务的重要性，后来，周扬在一份报告中明确指出："文艺工作现在最大的问题就是缺乏上边的帮助，缺乏政治上的帮助，他们最需要政治方面的帮助，就是如何使他们注意政策问题，注意人民生活中哪些是正当的问题，哪些是不正当的问题，领导他们对生活中所发生的重大问题发生兴趣，帮助他们去表现。"[①] 这一提法与日丹诺夫的提法是非常接近的。中国文艺界1951年底开始的整风学习，有学者认为“差不多是延安文艺整风的延续”，“广泛的知识分子思想改造运动，普遍表现为或对权力话语的迎合，或因对权力话语的缄默而放逐批评”[②]。在此情景之下，“文艺界领导人照搬苏联文艺界的口号，移植苏联文艺界的概念；其他人是发挥领导人的提法，演绎领导人的观念”[③]。例如，邵荃麟在《论文艺创作与政策和任务相结合》中说：

> 十月革命后，列宁曾经和蔡特金谈起这个问题，指出十月革命后的苏联文艺必须提高到政策的水平上来。1934年，斯大林和高尔基确定社会主义现实主义为苏维埃作家的创作方法问题时，也特别指出这种创作方法的主要特征之一，即是必须与苏维埃政策相结合。前几年日丹诺夫在关于《星》和《列宁格勒》两杂志的报告中，又重申了列宁与斯大林的指示，并且更肯定地说：“我们要求我们的文学领导同志与作家同志，都应以苏维埃制度所赖以生存的东西为指针，

---

① 周扬：《在中国共产党第一次全国宣传工作会议上的报告》，《周扬文集》第1卷，人民文学出版社1984年版，第71页。

② 许道明：《中国现代文学批评史新编》，复旦大学出版社2002年版，第326页。

③ 白烨：《现实主义问题在当代中国的争论》，《当代文学研究资料与信息》1991年第3期，第38页。

即以政策为指针。"①

现在看来，这种文学批评完全脱离了正常的文学秩序而走上了政治的轨道，它要求文学与临时的政策相结合，把文学作为政治的附庸，可谓是后来愈演愈烈的文学工具论在新中国的发端。同时，我们可以明显地看出，这种政治化的文学批评理论来自于苏联，特别是与之时间相隔很近的苏联文学决议及其相关领导人的报告。

其次是解决文学问题手段的政治化。1951年6月，《文艺报》发表的冯雪峰批判萧也牧小说的文章，用的就是政治斗争语言，显示出用政治手段解决文学问题的倾向。文章认为萧也牧"对于我们的人民是没有丝毫真诚的爱和热情的"，"如果按照作者的这种态度来评定作者的阶级的话，那么，简直能够把他评为敌对的阶级了"，"这种态度在客观效果上是我们的阶级敌人对我们劳动人民的态度"，"我们如果把左琴科照片贴在牌子上面，您们不会不同意的罢?"② 后来，对胡风等人的批判，更是建国后用政治手段解决文学问题的典型案例。1952年舒芜先后在《长江日报》发表了《从头学习〈在延安座谈会上的讲话〉》和在《文艺报》上发表了《致路翎的公开信》，1953年，《文艺报》又发表了林默涵的《胡风反马克思主义的文艺思想》和何其芳的《现实主义的路，还是反现实主义的路?》等文章，展开了对胡风文艺思想的批判。为了应对来自各方面的种种指责，全

---

① 邵荃麟：《论文艺创作与政策和任务相结合》，《邵荃麟评论集》（上），人民文学出版社1981年版，第285页。

② 李定中（冯雪峰）：《反对玩弄人民的态度，反对新的低级趣味》，《文艺报》第2卷第5号（1951年）。

面阐述自己的文艺思想，1954 年 3 月至 7 月，胡风在其支持者的协助下，写出了《关于解放以来的文艺实践情况的报告》，报告分四个部分共 27 万字，通称“三十万言书”。但是，事情出现了人们没有想到的结果，1955 年 5 月 18 日胡风被捕，先后被捕入狱的达数十人，并以武力搜查到 135 封胡风等人的往来信件。胡风等人被定性为“反革命集团”，株连 2100 人，逮捕 92 人，隔离 62 人，停职反省 73 人，最后 78 人被确定为“胡风分子”，其中 23 人划为骨干分子。① 一场本是正常的文学批评理论的论争，大家彼此对某些文艺理论问题的观点有些不同，但最后的结果却是用政治化的手段给以解决，酿成了一场巨大的悲剧，里面的原因值得我们深思。在“全盘苏化”的氛围之下，苏联以文学决议解决问题的方式，肯定对之产生了重大的影响。

其三是写英雄人物的问题。建国初期，如何描写新中国的生活和人物，是当时许多作家所面临的一个重要问题。1951 年 4 月 22 日，陈荒煤在《长江日报》上发表了《为创造新的英雄典型而努力》，后又在《解放军文艺》（1951 年第 4 期）上发表了《创造伟大的人民解放军的英雄典型》。1952 年，胡耀邦在《解放军文艺》（1952 年第 1 期）发表了《表现新英雄人物是我们的创作方向》。这些文章引起了人们对新英雄人物创作的关注，对此，《文艺报》在 1952 年 5 月开辟了“关于创造新英雄人物问题的讨论”专栏。许多文学批评理论家“对文艺作品要创造英雄人物是没有疑义的，但对能不能在矛盾冲突中写英雄人物，能不能写英雄人物的缺点，如何正确处理英雄和群众的关系以及

---

① 许道明：《中国现代文学批评史新编》，复旦大学出版社 2002 年版，第 329 页。

写落后到转变的问题，却有不同的意见”[1]。后来，周扬在第二次文代会报告中，则明确提出表现新的英雄人物是“当前文艺创作的最主要的、最中心的任务”，并且指出“决不可把作品中表现反面人物和表现正面人物两者放在同等地位”。中国文学批评界之所以会发生关于创造新英雄人物问题的讨论，一是因为由于当时文艺界的某些领导人“把日丹诺夫式的用政治手段干预文艺工作看做是加强党对文艺工作领导的必要途径，这就导致了许多作家，尤其是一些老作家不得不或真诚地或诚惶诚恐地校准自己的创作方向”[2]。二是因为当时苏联文艺界的“无冲突论”正被中国文坛密切关注，苏联文艺界的不能塑造反面形象、不能批判落后和腐朽的事物的文学理论，影响了中国文学批评对写英雄人物问题的探讨。

（三）苏联文学决议影响中国文学批评的原因及效应

中国借鉴苏联文学决议来解决中国的文学问题，其中的原因肯定有很多，但最主要的则是当时的“全盘苏化”的历史大潮所致。毛泽东 1949 年 6 月在《论人民民主专政》一文中回忆中国的革命道路时说：

> 中国人找到马克思主义，是经过俄国人介绍的。在十月革命以前，中国人不但不知道列宁、斯大林，也不知道马克思、恩格斯。十月革命一声炮响，给我们送来了马克思列宁主义。十月革命帮助了全世界的也帮助了中国的先进分子，

① 王庆生：《中国当代文学》（上卷），华中师范大学出版社 1999 年版，第 64 页。

② 陈建华：《20 世纪中俄文学关系》，高等教育出版社 2002 年版，第 170 页。

> 用无产阶级的宇宙观作为观察国家命运的工具，重新考虑自己的问题。走俄国人的路——这就是结论。[①]

毛泽东认为，当“用无产阶级的宇宙观作为观察国家命运的工具，重新考虑自己的问题”时，“走俄国人的路”，就是“结论”，所以他最后说，“苏联共产党就是我们的最好的先生，我们必须向他们学习。”[②] 后来，R. 麦克法奈尔和费正清编的《剑桥中华人民共和国史》也认为：“在1949—1957年期间，中共领导集团普遍赞成接受苏联社会主义模式。这一模式提供了国家组织形式、以城市为中心的发展战略、现代军事技术以及在各个专门领域的政策和方法。”[③] 历史学家是从社会的各个方面来总体说的，事实上，在文学艺术这个专门的领域，“全盘苏化”就是当时的政策和方法。1952年，周扬应苏联文学杂志《旗帜》之邀，写了《社会主义现实主义——中国文学前进的道路》。周扬援引毛泽东在《论人民民主专政》一文中“走俄国人的路”的话，并且发挥说，“政治上如此，文学艺术上也是如此”。

苏联文学决议之所以会对中国20世纪50年代的文学批评产生如此强烈的影响，除了政治上的外部原因，应该说还有其自身的文化传递或发展逻辑。一般来说，外来的思想文化能够被本土吸收和融合，需要具备两个条件：“一是能够满足本土现实发展

---

① 毛泽东：《论人民民主专政》，《毛泽东选集》，人民出版社1991年版，第1471页。

② 同上书，第1481页。

③ 费正清、罗德里克·麦克法夸尔：《剑桥中华人民共和国史（1949—1965）》，中国社会科学出版社1990年版，第67页。

的迫切需要，二是能够和本土原有思想文化的发展轨迹相适应。”[①] 因此，苏联文学决议能够被20世纪50年代的中国所接受，首先是它确实为中国当时文学批评发展的现实所需要。建国之后，中国百废待兴，然而在很多领域却缺少必要的经验。文学艺术作为一个很重要的领域也是如此，那么，苏联文学决议的做法就是一个非常好的借鉴，所以中国文艺界的领导人就按照苏联的模式，来处理中国文学批评中所发生的新问题。例如，对电影《武训传》的批判，对《红楼梦》研究的批判，对萧也牧创作倾向的批判等，都带有苏联文学决议的影子。另外，苏联文学决议为20世纪50年代的中国所接受，也与中国原有的文学批评发展轨迹相吻合。中国传统文学批评中，历来存在着以政治功利为核心的文学工具论。无论是刘勰《文学雕龙》中的“原道”、“征圣”、“宗经”等，还是柳宗元的“文以明道”主张，以及众多文论家所认为的诗文可以观政，可以载道，等等，它们都带有重道轻文，夸大文学的社会功能的特点。到了20世纪上半期的革命战争年代，这种文学观在中国文坛表现得更加突出。因此，苏联的那种政治化的文学决议进入20世纪50年代的中国，非常符合当时中国某些文学批评的套数，几乎没有遭遇任何阻力也就是非常自然的事情了。

应该说，中国照搬苏联的文艺政策，在没有任何经验的情势下，迅速解决和处理了某些新出现的文艺问题。但是，这种照搬也留下许多的弊病，如被搬的东西是错误的，搬过来后又会造成新的错误。事实上，苏联文学决议对左琴科和阿赫玛托娃的批判

---

① 代迅：《断裂与延续——中国古代文论现代转换的历史回顾》，西南师范大学出版社2002年版，第158页。

后来就证明是错误的，他们的作品没有多久就又被刊登在苏联的报刊上。1958 年 5 月 28 日，苏共中央作出《关于纠正歌剧〈伟大的友谊〉、〈波格丹·赫美尔尼茨基〉和〈全心全意〉的评价中的错误》的决议，1988 年 10 月 20 日苏共中央政治局又作出撤销《关于〈星〉和〈列宁格勒〉两杂志》的决议。虽然对其他的决议，苏共中央没有发表新决议加以纠正，但是它们的那些错误内容、夸大之处和片面性，实际上早就被实践所否定了。这些错误的决议在苏联产生了很多消极影响，传到中国来后，同样也酿成了许多的错误甚至是悲剧。另外，中苏两国国情不同，有些东西即使在苏联是正确的，但搬至中国后也不一定适应，同样也会造成错误。

三　苏联模式与中国建国初期文学批评教材的编写

中国古代没有文学理论批评教材，因为中国古代的文学理论就包含在哲学、史学之中。中国文学理论批评教材的萌生，应该说是西学东渐后的产物。如果从 20 世纪 20 年代正式以文学概论、文学原理书名出版算起，中国文学批评教材至今已有 80 多年历史。共和国成立前，各种西方文学理论批评教材涌入中国，对中国文学批评教材的编写产生了重大的影响。总体来看，影响最大的是日本人本间久雄的《新文学概论》（后改名为《文学概论》）和美国人温彻斯特的《文学批评原理》。《新文学概论》由章锡琛译为中文，上海商务印书馆 1925 年 8 月出版，该书对我国文学理论批评教材的萌发起了借鉴和推动作用。《文学批评原理》由景昌极、钱堃新合译，上海商务印书馆 1924 年 10 月出版，该书的文学观点经常被征引进当时各种文学理论批评著述中。但是，共和国成立后，中国爆发了一场文艺学教学大讨论

（1951 年），批判了文艺学教学中的资产阶级观点，新中国成立前从西方引进的或自编的文学批评教材停用了。于是，在向苏联学习的口号下，中国文学理论批评教材的编写，也开始摒弃西方而进入“全盘苏化”时期。

（一）苏联文学批评教材及其在中国建国前后的译介

早在 20 世纪 30 年代，苏联文学批评家维诺格拉多夫的《新文学教程》就已开始进入中国。它是由楼逸夫根据日译本所译，上海天马书店 1937 年出版。同年，重庆读书出版社印行以群译本，该译本也是根据日译本所译。据说该书在苏联国内销行很广，以群在译后记中说它在苏联“是一部最风行的文学入门书，修正第二版，发行二十万部，还不能满足各方面的需要。”[①] 但是，因为中国当时的文学批评教材在体系和观点上多受温彻斯特和本间久雄著作的影响，《新文学教程》在中国反响并不大。

新中国成立后，苏联阿伯拉莫维奇等著的《文艺理论教学大纲》经曲秉诚、蒋锡金合译，由沈阳东北教育出版社出版。季摩菲耶夫的《文学原理》经查良铮翻译，1953 年由上海平明出版社印行。1954—1956 年，北京大学举办文艺理论研究班，请苏联专家毕达可夫授课，其讲稿《文艺学引论》经北京大学中文系译出，1958 年由高等教育出版社出版。苏联专家柯尔尊 1956—1957 年在北京师范大学授课，其讲稿《文学概论》经北京师范大学中文系外国文学教研组译出，1959 年由高等教育出版社出版印行。谢皮洛娃的《文艺学概论》经罗叶等译出，1958 年 12 月由人民文学出版社出版。瓦·斯卡尔仁斯卡娅在中国人民大学哲学系讲课的讲稿《马克思列宁主义美学》经潘文

① 以群：《〈新文学教程〉译后记》，读书出版社 1946 年版。

学等译出，1957 年由中国人民大学出版社出版。涅陀希文的《艺术概论》经杨成寅翻译，1958 年由北京朝花美术出版社出版。[①] 此外，上海新文艺出版社还出版了《文艺理论小译丛》(1—6) 集，里面辑收的都是译自苏联的文艺理论论文。总体来看，对 20 世纪 50 年代中国影响最大的，还是季摩菲耶夫的《文学原理》和毕达可夫的《文艺学引论》。

《文学原理》是苏联高等教育部批准的全苏大学语文系及师范学院语言系、文学系的唯一的文学理论教材。最早于 1934 年在苏联出第一版，1948 年莫斯科教育、教学书籍出版局再版。1953 年查良铮翻译了该书，上海平明出版社初分三册出版，后合为一部印行，1955 年 7 月，又出版了该译著的修订本。《文学原理》由三大部分构成。第一部分为“文学概论”，从政治和美学意义上回答文学的本质和特征，论述了文学的思维性、形象性和艺术性等；第二部分为“怎样分析文学作品”，论述了文学作品的内容与形式、主题与个性、结构与情节以及语言等；第三部分为“文学发展过程”，论述了文学的风格、潮流、方法以及文学的类型等问题。

《文艺学引论》是毕达可夫在中国的讲稿，全书共 43.2 万字，由“绪论”、“文学的一般学说”、“文学作品的构成”、“文学的发展过程”构成。“绪论”里主要谈文艺学课程的主要内容和任务，以及马克思列宁主义的文艺理论是文艺理论思想发展的最高阶段；“文学的一般学说”里主要谈到了作为意识形态的文学的典型性、形象性、党性、人民性等问题；“文

---

① 以上资料参见毛庆耆、董学文、杨福生的《中国文艺理论百年教程》，广东高等教育出版社 2004 年版，第 153 页。

学作品的构成”主要谈内容与形式的统一、思想与主题、结构与情节、文学作品的语言等问题；“文学的发展过程”主要谈文学与社会生活、文学风格、文学思潮以及社会主义现实主义等问题。季摩菲耶夫是当时苏联文艺学的权威，毕达可夫是他的学生，他们的文艺教材体系和文艺理论观点是一脉相承的。

综观当时从苏联传入中国的文学批评教材，有一些基本的或者说共同的特点。从基本观点来说，它们都认为文学是意识形态的一种：文学是生活的反映，其特点是以形象来反映生活，因此其理论核心是“形象”或“形象性”，即把形象性看成是文学的最本质的特征。季摩菲耶夫认为，在文学中人们称反映生活的典型人物为形象，形象是文艺反映生活的特有的形式，这是文学有别于其他意识形态的地方。他给“形象”下的定义是：“形象是具体的同时也是综合的人生图画，借助虚构而创造出来，并且具有美学意义。”① 从体例结构上来看，季摩菲耶夫的《文学原理》、毕达可夫的《文艺学引论》以及谢皮洛娃的《文艺学概论》和柯尔尊的《文学概论》基本上一样，都是由文学本质论、文学作品论、文学发展论结构而成。同时，这三个部分所包含的具体内容，也是基本一致的。“这种体例结构方式是当时苏联文学概论教材编写的一种基本体系结构。”② 从思想倾向来看，它们作为社会主义国家苏联的文学教材，都强调对文学的党性原则的强调和对文学的认识、教育以及社会改造作用的强调。社会主义现实主义这个概念被斯大林和高尔基提出来之后，季摩菲耶夫

① ［苏联］季摩菲耶夫著，查良铮译：《文学原理》，上海平明出版社1955年版，第68页。

② 毛庆耆、董学文、杨福生：《中国文艺理论百年教程》，广东高等教育出版社2004年版，第185页。

的《文学原理》就及时地将它纳入教材。而毕达可夫的《文艺学引论》比季摩菲耶夫的《文学原理》更强调文学的意识形态性，更强调文学的党性、人民性，强调文学的社会教育作用。毕氏《文艺学引论》的第一部分就专章《作为意识形态的文学》、《文学的党性》、《文学的人民性》等论述了这些问题。

（二）苏联模式对建国初文学批评教材编写的影响

新中国成立后我国文学理论批评教材的编著和使用，大致经历了两个大的阶段。第一阶段是20世纪50—70年代，甚至包括80年代初；第二阶段是20世纪80年代中期以后。第二阶段的特点是因为西方文化的大规模引进，引起当代文学观念的大变革，文学理论课程也开始重编教材，各种教材及理论体系出现多样化趋势。第一阶段的特点则主要是学习、借鉴苏联的文学批评教材，以之为蓝本来编写中国的文学批评教材。例如，巴人的《文学论稿》（上海新文艺出版社，1954）、北京师范大学的《文艺理论学习参考资料》（高等教育出版社，1956）、刘衍文的《文学概论》（新文艺出版社，1957）、李树谦、李景隆的《文学概论》（吉林人民出版社，1957）、冉欲达的《文艺学概论》（辽宁人民出版社，1957）、霍松林的《文艺学概论》（陕西人民出版社，1957）、蒋孔阳的《文学的基本常识》（中国青年出版社，1957）、徐中玉的《文学概论讲稿》（华东师范大学出版社，1957）、钟子翱的《文艺学概论》（北京师范大学出版社，1957）、李何林的《文艺理论常识讲话（初稿）》（高等教育出版社，1958）、山东大学中国语言文学系文艺理论教研组编的《文艺学新论》（山东人民出版社，1959）、湖南师范学院中国语言文学系文艺理论教研组编的《文艺理论（上册）》（湖南人民出版社，1959）。另外，20世纪60年代初，出现了一部集中全国文艺理论专家的力量编写的教材，这就是以群主编的《文学的基本原理》[①]。这部教材具有鲜明的“三统一”的时代特点：“一是统一组织编写（由教育部约请当时著名的文学理论专家学者和教师组成编写组进行编写）；二是统一思想观点（两部教材虽各有特点，但最基本的理论观点和体系框架差别不大）；三是统一推广使用，即作为全国统编教材在各高校普遍使用。”[②]

下面，以两部重点教材为例来分析苏联对中国文学批评教材编写的影响。

其一，巴人的《文学论稿》。这部文学批评教材据说是建国后我国自编的文学批评教材中最早的一部。1939—1940 年间，巴人写成《文学读本》，自称“全书纲要，大致取自苏联维诺格拉多夫的《新文学教程》，把其中各项问题扩大或缩小，而充实以‘中国的’内容”。[③] 1950 年 1 月，巴人将《文学读本》及其续集再版，更名为《文学初步》。1954 年，巴人又将《文学初步》加修订，更名为《文学论稿》，分上下册出版。《文学论稿》出版以后，多次修订印行，产生了很大的影响，但也受到了批判，后来在 1959 年又出了新版。《文学论稿》分为四篇，第一篇为《文学的社会基础》，它基本上与毕达可夫《文艺学引论》的第一部分的第一章相似，谈的是文学的意识形态性；第二篇为《文学的特征》，它基本上与毕达可夫《文艺学引论》的第一部

---

① 当时还有一部集中全国力量编写的文学批评教材，那就是蔡仪的《文学概论》，但是以群的《文学的基本原理》在 20 世纪 60 年代初由上海文艺出版社出版，但蔡仪的《文学概论》直到 1979 年才由人民文学出版社出版。

② 赖大仁：《也谈现行文学理论教材问题》，《光明日报》2002 年 8 月 14 日。

③ 程正民、程凯：《中国现代文学理论知识体系的建构》，北京大学出版社 2005 年版，第 116 页。

里除第一章之外的章节类似，谈的主要是文学的思想性、党性、艺术性、形象性等；第三篇为《文学的创造》，它基本上与毕达可夫《文艺学引论》的第二部相似，谈的是文学的主题、结构等问题；第四篇为《文学的形态》，它基本上与毕达可夫《文艺学引论》的第三部相似，谈的是文学的风格、流派、方法等。此外，巴人在新版中还借用了季摩菲耶夫对形象等一些范畴的定义。由此可见，巴人的《文学论稿》从头至尾都深受苏文学批评教材的影响。

其二，以群主编的《文学的基本原理》。以群是中国的马克思主义文学批评家，1933 年，他根据日本川口浩的《新兴文学概论》编写了《文学创作概论》，该书并无特别新奇之处，带有日本左翼文艺运动的激进色彩。1937 年，以群根据日本熊泽复六的日译本转译了苏联维诺格多夫的《新文学教程》。在《新文学教程》的影响下，1942 年以群写出了《文学底基础知识》一书，被认为“在某种程度上是维诺格拉多夫《新文学教程》的中国版”[①]。20 世纪 60 年代初，上海和华东地区部分高校的文学批评教师在以群的组织下，编写了《文学的基本原理》。《文学的基本原理》分四编，第一编论述文学的外部规律，即文学与社会生活、政治经济的关系以及文学的历史发展；第二编论述文学的内部规律，包括形象、典型与创作方法问题等；第三编论述文学作品的类型及其构成；第四编论述文学的批评与欣赏。以群领衔主编的《文学的基本原理》其中不少内容其实就来自于他以前的专著《文学底基础知识》，也就是说，它“先天性”地深

① 许道明：《中国现代文学批评史新编》，复旦大学出版社 2002 年版，第 385 页。

受苏联文学批评教材的影响。季摩菲耶夫的《文学原理》和毕达可夫的《文艺学引论》在20世纪50年代进入中国后，它们又影响了《文学的基本原理》的编写。季摩菲耶夫的《文学原理》这本教材的理论基础是反映论，理论核心是形象论，即认为文学是以形象来反映生活的，这一基本观点也正是新中国成立后一系列教材的理论基础和核心。而文学的一般原理、文学作品分析、文学的发展过程，也成了新中国成立后自编教材的基本体系和基本结构。从思想倾向来看，它们作为社会主义国家苏联的文学教材，都强调对文学的党性原则的强调和对文学的认识、教育以及社会改造作用的强调。当然，以群的《文学的基本原理》相比之前的自编教材已有了很大的改进，但在研究方法、基本体系等方面，它仍然沿袭的是苏联文学批评教材模式。

（三）中国文学批评教材照搬苏联模式的利弊

新中国成立初期照搬苏联的文学批评教材模式，其主要原因是国内高校文学理论教学急需教材，而新中国成立前的许多“西化”教材含有各种资产阶级观点，已不适用于新中国文学批评发展的实际，于是只有向苏联学习，用苏联的模式来编写中国的文学批评教材。现在看来，我们当时照搬苏联的文学批评教材，其中有益处，但也有弊病。总体来说，益处主要表现在以下两个方面：

其一，苏联的文学批评教材有完整而严谨的体系，对我国文学批评教材有示范作用；我国建国初期的文学批评教材，在体系上几乎无一不受苏联的影响。季摩菲耶夫在《文学原理》的第一部《文学概论》中说：

> 文学原理分为三个基本部分：第一部分确定文学的本

> 质，探讨作为意识形态之一的文学作品的品质和特性以及作为社会形态之一的文学作品的品质和特性及其在社会生活中的地位和任务。第二部分研究具体作品的结构，确定分析作品所应依据的原则和方法。第三部分建立分析文学发展过程所应依据的原则和方法。[①]

这就是我们前文所说的文学本质论、文学作品论、文学发展论“三论”体系。有学者认为，这个体系体现了两个结合点：“一是理论与实际的结合”，“二是逻辑与历史的结合”。季摩菲耶夫所提出的“这个体系之所以能够被中国文论体系教材普遍接受，至今仍有潜在的影响，因为这是一个相对完整和合理的体系”[②]。当然，后来以群主编的《文学的基本原理》增加了文学作品的欣赏和批评方面的问题，有人将其概括为“五论”，即本质论、作品论、发展论、创作论和批评鉴赏论，但是其基本框架应该说还是来自季摩菲耶夫。

其二，通过对文学与其他上层建筑及经济基础关系的阐述，使我们对文学有了宏观的视野和研究方法。在苏联的文学批评教材中，文学被看成是与哲学和社会科学一样的社会意识形态，由经济基础决定，同时反作用于经济基础。它们还认为，文学是客观生活的反映，是通过塑造形象来反映社会生活的，同时作家对客观生活的反映是有主观能动性的。这些就是苏联文学批评教材中的社会意识形态论、阶级论等学说。20 世纪 50 年代中国的文

---

① ［苏联］季摩菲耶夫著，查良铮译：《文学原理》的第一部《文学概论》，平明出版社 1955 年版，第 5 页。

② 程正民、程凯：《中国现代文学理论知识体系的建构》，北京大学出版社 2005 年版，第 129 页。

学批评教材，受苏联教材的影响，与我国二三十年代教材，甚至与整个西洋教材都有很大的区别，其最主要的就是“以唯物史观考察文学和一切文学艺术现象”①。1949年后，文学批评教材的突出特点，就在于以一种全新的、宏观的视野考察文学现象。

当然，中国在建国初期照搬苏联的文学批评教材模式，也给中国文学批评教材的发展带来许多消极的甚至是恶劣的影响，这种影响一方面是在照搬的过程中产生的，另一方面是苏联文学批评教材本身的弊病所造成的。具体来说，中国照搬的弊处主要表现在以下两个方面：

其一，苏联文学批评教材是外国文学批评教材，与中国的文学传统和文学现实缺少联系。其实，无论是欧美的文学理论，还是苏联的文学理论，对我们来说，它们都存在一个共同的缺点，那就是对中国或者说东方民族的文学理论的历史发展和文学作品都很陌生，在书中一般全无论述和引证。与之相关，苏联的文学批评教材中有些理论，它们是从苏联当时的文学实践中提炼的，但不一定适用中国的文学实际。在当时的环境之下，曾也有人看到照搬苏联文学批评教材的这种缺陷，例如当时北大中文系的杨晦教授。1954年毕达可夫来到北京大学，在中文系的文艺理论研究班讲授文艺学，胡经之作为本科高年级学生也去听课，他后来在《诲人不倦启后人》中回忆说：“当时杨晦老师提醒我：文艺理论是从文艺实践中来的，中国有自己的文艺实践，苏联的文艺理论只是作为我们的参考，不能照搬，还是要总结我们自己民

---

① 毛庆耆、董学文、杨福生：《中国文艺理论百年教程》，广东高等教育出版社2004年版，第155页。

族的东西。”①

其二，苏联文学批评教材中，有很多缺失，其对我国文学批评教材流毒甚远。苏联文学批评教材以哲学反映论为出发点，运用庸俗社会学方法，把文学当作一般的意识形态加以阐释，极力突出文学为政治服务的功能，没有注意到文学的审美特征。例如，苏联教材把文学问题都看成政治问题，把文艺界的斗争全看成阶级斗争，把思想性当成衡量文学作品的首要标准等。这种理论在我国一亮相，便同当时在我国文学理论界已占上风的文学工具论一拍即合，以无可怀疑的权威性取得了中国文论界的话语霸权，成为一家独尊的教材范本。甚至有学者认为：“即使在 50 年代末期我国学者霍松林、冉欲达等创编了四五种文学理论教材，但这些教材不可能不按照苏式理论的轨道运行。”②

第二节　接受中的“纠偏”现象

所谓纠偏，就是在接受俄苏文学批评的过程中，发现其有偏差和不妥之处而给予纠正。中国接受俄苏文学批评中的“纠偏”现象，大致有这么两类：一是在接受某类俄苏文学批评时，对另一种文学批评接受中的缺失进行了补救，如中国通过接受别、车、杜来纠正庸俗社会学批评；一是接受某类俄苏文学批评时，发现其缺失，直接对其进行纠正，例如胡风对俄苏文学批评缺失

① 胡经之：《诲人不倦启后人》，见《胡经之文丛》，作家出版社 2001 年版，第 424 页。

② 索松华：《20 世纪我国文学理论教材发展的四个时期》，《中国大学教学》2002 年第 6 期，第 42 页。

的纠正。

一　别、车、杜与中国 20 世纪文学批评

别林斯基、车尔尼雪夫斯基和杜勃罗留波夫是俄国革命民主主义批评家，是那个时代的进步思想界和文学界的领袖人物。他们的文学批评思想传入中国之后，引起很大的反响，被很多人所追从，但在某个时期，他们的思想又遭到批判，后来又曾被人们所冷落。别、车、杜在中国的戏剧性命运与中国 20 世纪文学批评的发展有很大的关系。

（一）别、车、杜的文学批评在中国的译介

别、车、杜最早进入中国大约是在五四时期，距今已有 80 多年的历程。其间，别、车、杜有过被中国学者热捧的时候，也有遭受批判的时候，根据在中国遭受的冷热不同境遇，我们可以将其在中国的传播分为五个时期。

其一，五四时期。别、车、杜五四时期在中国的传播，主要表现在两个方面，一是报纸杂志的译介，一是俄国文学史书里的介绍。报纸杂志的译介最典型的是田汉的《俄罗斯文学思潮之一瞥》。1919 年，田汉在《民铎》[①] 杂志发表《俄罗斯文学思潮之一瞥》，对别、车、杜三位分别作了介绍。文章称伯凌斯奇（即别林斯基）为"俄国近代思潮之黎明期一中枢人物"，认为"其批评方法至于科学哲学的基础之上"，"以促进社会之自觉，鼓动社会之生机"为己任，故而"尽其心力，务引文学入实社会，使艺术品之感化深浸润于实生活，自己亦由

① 《民铎》杂志原系中国留日学生学术研究会主办的一个大型刊物，1916 年在东京创办，1918 年后改在上海出版，1929 年停刊。

哲学的抽象世界投身于社会的劳动，其思想范围之阔，又足代表一伟大之时代”。同时，文章对车尔尼雪夫斯基和杜勃罗留波夫也作了简要介绍，称周尔尼塞福斯奇（即车尔尼雪夫斯基）为“急进派之中坚”，并论及了他的文学批评著作《艺术对现实的审美关系》和《俄国文学果戈里时期概观》，称多蒲乐留博夫（即杜勃罗留波夫）为“与周氏同为严格之批评家，虽性质温厚，而于社会生活则几别为一人”。[①] 1921 年《小说月报》出了“俄国文学研究”专刊，其中郭绍虞的《俄国美论与其文艺》是一篇论述俄国美学理论及其与文艺关系的文章。其中论述到了别林斯基、车尔尼雪夫斯基和杜勃罗留波夫这三位批评家。文章认为裴林斯基（别林斯基）一生的思想差不多起三种变化：“最初是鲜霖（谢林）哲学的思想，次为黑革尔（黑格尔）哲学的思想，最后为黑革尔哲学左派的思想。其前二时期都为纯艺术的主张，最后始有人生的倾向。”[②] 同时，该文对车尔尼雪夫斯基和杜勃罗留波夫等人的美学思想也作了介绍和分析。

介绍别、车、杜的文学史书籍则主要是瞿秋白的《俄国文学史》和郑振铎的《俄国文学史略》。瞿秋白 1922 年完成的《俄国文学史》里有专门一章《文学评论》谈到了俄国的文学理论和批评。瞿秋白认为倍林斯基（别林斯基）是“俄国真正的文学评论的鼻祖，他不但注意于文体，而且还注意及文学的思想，正正经经从事于文学评论的事业，那时正是十九世纪的

---

① 田汉：《俄罗斯文学思潮之一瞥》，《民铎》第 1 卷第 6、7 期合刊（1919 年）。

② 郭绍虞：《俄国文论与其文艺》，1921 年《小说月报》“俄国文学研究”专号，第 129 页。

四十年代，——社会思想最初活动的时期。”① 然后又谈到了赤尔纳塞夫斯基（车尔尼雪夫斯基）的《论艺术对于现实之美学关系》，并评述了他的“美是生活”的观点。同时，文章也论及了杜薄罗留白夫（杜勃罗留波夫）。1924 年，郑振铎在上海商务印书馆出版了《俄国文学史略》，该书专门有一章《文艺评论》对 19 世纪以降的俄国文学批评作了简要的介绍，其中就评述了别林斯基、车尔尼雪夫斯基和杜勃罗留波夫等人。例如，对别林斯基，作者认为“他不仅是一个文艺批评家，而且是俄国的青年的导师”，他的批评文字“蕴蓄着美与热情”，“以后俄国的为人生的艺术的思潮的磅礴，他可以说是一个最有力的鼓动者”。② 对杜勃罗留波夫，作者认为“他的伟大，不在他的批评主张，而在于他的纯洁坚定的伟大的人格。……所有他的文字，都使人感到一种道德的观念；他的人格强烈地与读者的心接触着。”③

其二，20 世纪三四十年代。如果说五四时期中国对别、车、杜还侧重于介绍的话，那么三四十年代中国则开始对他们论著原文进行翻译。例如，1930 年 8 月《小说月报》第 21 卷第 8 号刊登程鹤西翻译的《什么是“亚蒲洛席夫”式的生活》（即杜勃罗留波夫的文学论文《什么是奥勃洛摩夫性格?》）。1935 年，《译文》杂志第 2 卷 2 期，发表了周扬所译别林斯基《论自然派》，那是别林斯基《1847 俄国文学一瞥》中的一节，

① 瞿秋白：《瞿秋白文集》（文学编）第 2 卷，人民文学出版社 1986 年版，第 231 页。

② 郑振铎：《俄国文学史略》，上海商务印书馆 1924 年版，第 112—114 页。

③ 同上书，第 116—117 页。

也是“别林斯基的文学论文的最早中译文”①。1936年4月，在杜勃罗留波夫百年诞辰纪念之际，《译文》新1卷第2期特意开辟了“杜勃洛柳蒲夫诞生百年纪念”专栏，对这位批评家的文学思想和批评成就作了较为集中的介绍，刊出了他的论文《给诗人》、《什么时候才有好日子》（即《真正的白天何时到来?》一文的结论部分），同时还发表了苏联学者撰写的《杜勃洛柳蒲夫略传》。1936年，上海生活书店出版了《伯（别）林斯基文学批评集》（王凡西译），内收《论文学》、《论自然派》和《论果戈里底小说》等三篇论文，并附有译者“小引”和苏联《真理报》（1936年6月12日）为纪念别林斯基诞辰125周年发表的社论《伟大的俄国批评家》（张仲实译）。1942年，周扬翻译出版了车尔尼雪夫斯基《艺术对现实的审美关系》。

这个时期，中国学者著文介绍别、车、杜的热情更加高涨，其中最具有代表性的介绍者是周扬。1936年7月，周扬以“列斯”为笔名在《光明》杂志第1卷第4号上发表了《纪念别林斯基的125周年诞辰》，1937年，他在《希望》创刊号发表了《艺术与人生——车尔芮雪夫斯基》，该文高度评价了别、车、杜的理论价值，把他们都看做是“为人生的艺术旗帜之下发展过来”的卓越的批评家。1942年4月16日，周扬又在《解放日报》发表了《唯物主义的美学——介绍车尔尼舍夫斯基的美学》。此外，中国学者们还翻译了一些国外学者对别、车、杜的研究文章。例如，鲁迅翻译了普列汉诺夫的《车勒芮绥夫斯基

---

① 汪介之：《回望与沉思——俄苏文论在20世纪中国文坛》，北京大学出版社2005年版，第10页。

底文学观》，1930年2月发表于《文艺研究》第1期。[①] 1932年，瞿秋白翻译了普列汉诺夫的《别林斯基的百年纪念》，后由鲁迅将其编入《海上述林》（上卷）。1936年4月《译文》新1卷第2期上，发表了周扬翻译的沙可夫的《批评家杜勃洛柳蒲夫》。1936年5月，《译文》新1卷第3期又发表了吉尔波丁的《杜勃洛柳蒲夫论》。20世纪40年代，蒋路、叶水夫等人又翻译了苏联学者评论别、车、杜的一些论文，发表于上海时代出版社出版的《苏联文艺》月刊上。

其三，“十七年”时期。共和国成立后，别、车、杜理论著作受到了高度重视，开始有了较为系统的介绍。对于别林斯基，1952—1953年，上海时代出版社出版了满涛翻译的《别林斯基选集》第1、2卷，后又分别由人民文学出版社上海分社（1958，1959）、上海文艺出版社（1963）重印。1958年，新文艺出版社出版了梁真（穆旦）选译的《别林斯基论文学》。对于车尔尼雪夫斯基，1957年，人民文学出版社重新出版了周扬翻译的车尔尼雪夫斯基的《生活与美学》（1959、1962年重印）和缪灵珠翻译的车尔尼雪夫斯基《美学论文选》（1959年重印）。1958年，三联书店出版了周扬、缪灵珠、辛未艾、季谦等合译的《车尔尼雪夫斯基选集》（上卷，1958年；下卷，1959年）。1961年和1965年，上海文艺出版社和人民文学出版社上海分社出版了辛未艾翻译的《车尔尼雪夫斯基论文学》上卷和中卷。对于杜勃罗留波夫，1954年和1959年，新文艺出版社和上海文艺出版社先后出版了辛未艾翻译的《杜勃罗留波夫选

① 冯雪峰同年也翻译了该文，题为《文学及艺术的意义——车勒芮绥夫斯基底文学观》，发表于《小说月报》第21卷第2号。

集》。这些理论著作的总印数达数十万册之多。

同时，这个时期也出现了一些研究或评述别、车、杜的单篇论文，例如，1957 年周扬将他 1942 年所写的《唯物主义的美学——介绍车尔尼舍夫斯基的美学》修改后，重新以《关于车尔尼雪夫斯基和他的美学》为名发表。辛未艾也先后撰写了《关于车尔尼雪夫斯基》(1958)、《关于杜勃罗留波夫的生活与创作道路》(1961) 等文章，对这些俄国文学批评家的生平及文学批评理论进行了描述和概括。1961 年，在别林斯基诞辰 150 周年和杜勃罗留波夫逝世 100 周年的时候，《文艺报》当年第 8 期和第 11 期还先后发表了纪念文章：罗荪的《探索真理的伟大战士——别林斯基》、辛未艾的《略论杜勃罗留波夫的文学观》。后来，刘宁、汝信、苗力田、廖立等也发表文章，论述别、车、杜的文学批评思想。此外，朱光潜在他的《西方美学史》(1963，1964) 里，也对别林斯基和车尔尼雪夫斯基的美学思想和批评理论作了介绍。

其四，“文化大革命”时期。“文化大革命”开始后，别、车、杜的文学批评在中国的境遇出现了变化，由原来的被推崇变成了遭批判和谩骂。“四人帮”对别、车、杜的批判，是由姚文元亲自督战，“四人帮”在上海的写作班子披挂上阵来进行的。他们指责别、车、杜是“剥削制度的辩护士、资本主义的吹鼓手”，其理由是别、车、杜是“资产阶级”，没有把“历史引向共产主义的光明世界”，而是“要把历史拉进资本主义的黑暗深渊”。他们指责别、车、杜的思想是“资产阶级反动思想”、“资产阶级思想”，一律列为“全面专政”、“彻底决裂”的对象。他们还对别、车、杜进行人身攻击，骂其为资产阶级“侏儒”、“亡灵”、“僵尸”。他们搜罗种种谩骂字眼，什么“臭名昭著"、"腐朽透顶"、"恬不知耻"、"散发……霉烂味"，等等，以"批倒批臭"为唯一业绩。[1]

其五，20世纪70年代末以来。"四人帮"倒台之后，中国文学批评的发展开始"拨乱反正"，人们对别、车、杜的译介和研究又重新走入正常轨道。首先是别、车、杜的论著又得到系统的翻译。1978年，上海译文出版社开始出版辛未艾翻译的《车尔尼雪夫斯基论文学》（三卷四册），1979年开始出版满涛、辛未艾翻译的《别林斯基选集》（六卷），不久又重新出版了《杜勃罗留波夫选集》（二卷）和《杜勃罗留波夫文学论文选》，这些翻译工作使得别、车、杜的论著"较为完整地呈现在我国读者面前"[2]。其次，中国报刊上出现了大量研究别、车、杜文学批评思想的文章。这些文章"拨乱反正"，重新评价和定位了别、车、杜的现实主义文学批评。例如，辛未艾的《谈谈俄国三大批评家》、李尚信的《谈俄国革命民主主义美学》、程代熙的《略谈别林斯基的文学民族化思想》、杨汉池的《创作心理与文学的形象性》、汝信的《列宁是怎样评价车尔尼雪夫斯基的?》和钱中文的《推倒诬蔑，还其光辉——批判"四人帮"诽谤俄国革命民主主义者的种种谬论》等。1986年，马莹伯出版了《别、车、杜文艺思想论稿》，这是我国学者研究别、车、杜文学批评的一部专著。

别、车、杜及其文学批评在中国经历了几个不同的时期，其命运也出现了戏剧性的变化。到20世纪末期，我国学者研究别、

① 雷光：《正本清源，还其光辉——驳"四人帮"对车尔尼雪夫斯基的诽谤》，《天津师院学报》1978年第4期，第42页。

② 汪介之：《回望与沉思——俄苏文论在20世纪中国文坛》，北京大学出版社2005年版，第17页。

车、杜的热情开始趋于下降，相关论文数量开始减少。

（二）别、车、杜在中国20世纪境遇起伏的原因

别、车、杜为什么会被中国接受，又为什么会受到批判，最后又为什么会遭受冷落呢？

别、车、杜从五四时期进入中国后，很快受到中国学者的青睐，到了“十七年”，其在中国的地位之高，被人们称为“准马列”。后来有很多学者为了说明这点，他们以当时出版的以群主编的《文学的基本原理》的引用作为例证。据统计，全书中毛泽东被引证96次，马克思50次，恩格斯49次，列宁48次，斯大林10次。而别、车、杜也分别被引证了23、10、6次，别林斯基和车尔尼雪夫斯基的位次已赶上或超过斯大林。① 现在看来，别、车、杜之所以被中国学者接受并享有如此高的地位，主要是以下几个方面的原因：

其一，中国文学批评发展的现实需要。共和国成立前，中国革命文学批评的发展需要理论资源，尤其是二三十年代左翼与非左翼，甚至左翼内部进行文学论战之时，中国革命文学批评需要强大的理论支撑，这时作为俄国民主主义革命文学批评家的别、车、杜的输入就是一场文学批评的“及时雨”了。例如，鲁迅在1920年代末受到创造社的攻击时说：“我只希望有切实的人，肯译几部世界上已有定评的关于唯物史观的书……那么，论争起来，可以省说许多话。”② 事实上，鲁迅也是这么做的，为了正确回答当时无产阶级文学倡导运动中提出的种种问题，鲁迅当时

① 蔡同庆：《周扬接受车尔尼雪夫斯基美学的过程》，《成都大学学报》，2004年第2期，第35页。

② 鲁迅：《三闲集·文学的阶级性》，人民文学出版社1980年版，第115页。

购买和阅读了许多种马列主义文艺理论著作和社会科学书籍，并且自己亲自动手做翻译工作。他后来自述："我有一件事要感谢创造社的，是他们'挤'我看了几种科学底文艺论，明白了先前的文学史家们说了一大堆，还是纠缠不清的疑问。"[①] 在鲁迅的带动下，先是卢那卡尔斯基的《艺术论》、《文艺与批评》，普列汉诺夫的《艺术论》相继被翻译出版，不久之后，别、车、杜也开始进入中国学者的视野，鲁迅就曾将瞿秋白1932年翻译的普列汉诺夫的《别林斯基的百年纪念》编入《海上述林》（上卷）。

其二，别、车、杜文学批评的可利用性。中国革命文学批评的发展需要理论资源，而这种"革命性"的资源中国古代文论很难提供，国外的一般资产阶级文学批评也不能利用，这时，除了马列文论之外，最可利用的就是别、车、杜的文学批评了。例如，1942年毛泽东的《在延安文艺座谈会上的讲话》发表，文章提出了"人类的社会生活是文学艺术的唯一源泉"，而且"较之后者有不可比拟的生动丰富的内容"[②]，而车尔尼雪夫斯基的"美是生活"的观点，正好可以为之佐证。有学者把别、车、杜的可利用性又归纳为亲和性，而这种亲和性是指"这两者在不同时期的文学系统彼此交流或融合赖以发生的那种潜在基质，正是这些潜伏在各自身上的先验性基质才使这两者在日后能一见钟情"[③]，具体来说，这种亲和性在政治上表现为革命民主主义倾

① 鲁迅：《三闲集·序言》，人民文学出版社1980年版，第1页。

② 毛泽东：《在延安文艺座谈会上的讲话》，《毛泽东选集》（第3卷），人民出版社1991年版，第847页。

③ 夏中义：《别、车、杜在当代中国的命运》，《上海文论》1988年第5期，第4—19页。

向，艺术上表现为现实主义方法。

其三，马克思主义经典作家对别、车、杜的欣赏以及别、车、杜在苏联的崇高地位。马、恩、列等人对别、车、杜都曾给予很高的评价。例如，列宁曾赞誉别林斯基为俄国“解放运动中平民知识分子完全取代贵族的先驱”①。马克思曾称车尔尼雪夫斯基为“俄国的伟大学者和批评家，他的作品为俄国争得了真正的荣誉”②。恩格斯曾把车尔尼雪夫斯基和杜勃罗留波夫并称为“两个社会主义的莱辛”，认为产生了像“车尔尼雪夫斯基和杜勃罗留波夫这样的两个作家、两个社会主义的莱辛的国家，有着伟大的前途”③。此外，日丹诺夫在《关于〈星〉与〈列宁格勒〉两杂志的报告》中高度评价别、车、杜时说：“马克思主义的文学批评是别林斯基、车尔尼雪夫斯基、杜勃罗留波夫的伟大传统的继承者，它一向是现实主义的、具有社会倾向的艺术的守护者。”④ 既然苏联都给予别、车、杜如此高的地位，我们也就不难理解在“全盘苏化”的20世纪50年代初，别、车、杜在中国享有崇高的地位了。

“文化大革命”时期，别、车、杜被描绘成“文明剥削”的宣扬者和“资本主义的辩护士”，其现实主义的文艺思想都是为了“颂扬剥削阶级的现实生活”服务的。别、车、杜之所以受到“四人帮”及其写作班子的批判，其原因主要是“四人帮”

① 列宁：《列宁全集》第25卷，人民出版社1988年版，第98页。

② 马克思：《马克思恩格斯选集》第2卷，人民出版社1973年版，第213页。

③ 恩格斯：《马克思恩格斯论艺术》第2卷，人民文学出版社1963年版，第415页。

④ 人民文学出版社编辑部：《苏联文学艺术问题》，人民文学出版社1959年版，第55页。

要“借俄国革命民主主义者的头颅来拼凑杀人的檄文‘文艺黑线专政’论，为篡党夺权的大阴谋打缺口”①。这我们从当时的一个重要事件可以看出。1966年2月，江青召开了部队文艺工作座谈会，并形成了一个纪要，于1966年4月16日作为中共中央文件在中共党内发表，这一文件通常被称为《部队文艺工作座谈会纪要》，它是“文化大革命”时期中国文学发展的纲领性文件。座谈会纪要说：

> 要破除对所谓三十年代文艺的迷信。那时，左翼文艺运动政治上是王明的“左倾”机会主义路线，组织上是关门主义和宗派主义，文艺思想实际上是俄国资产阶级文艺评论家别林斯基、车尔尼雪夫斯基、杜勃罗留波夫以及戏剧方面的斯坦尼斯拉夫斯基的思想，他们是俄国沙皇时代资产阶级民主主义者，他们的思想不是马克思主义，而是资产阶级思想。资产阶级民主革命，是一个剥削阶级代替另一个剥削阶级的革命，因此，决不能把任何一个资产阶级革命家的思想，当成我们无产阶级思想运动、文艺运动的指导方针。②

这个左右当时中国文学发展的纲领性文件明确指出，别、车、杜的思想是资产阶级思想，不能把它当作我们无产阶级思想运动、文艺运动的指导方针，其关键原因是“四人帮”认为，新中国成立以来的中国文艺界“被一条反党反社会主义的黑线

---

① 李邦媛：《“四人帮”围攻别、车、杜的用心何在?》，《北方文学》1978年第10期，第72页。

② 《林彪同志委托江青同志召开的部队文艺工作座谈会纪要》，洪子诚主编：《中国当代文学史·史料选》，长江文艺出版社2002年版，第523页。

专了政。这条黑线就是资产阶级文艺思想、现代修正主义思想和所谓30年代文艺思想的结合”。而20世纪30年代文艺思想就是别林斯基等人的文艺思想，于是别、车、杜就成了中国“30年代文艺黑线的祖师爷”，他们的文艺思想是中国“文艺黑线”专政的指导思想。1967年1月，姚文元在《红旗》杂志第一期上发表长篇大论《评反革命两面派周扬》，该文在批判周扬时附带批判了别、车、杜：“因为你（指周扬，引者注）是个资产阶级，你是个洋买办，你要言必称洋人，言必称‘别、车、杜’（即别林斯基、车尔尼雪夫斯基、杜勃罗留波夫），才觉得舒服。”姚文元认为周扬是王明路线的执行者，而别、车、杜文学批评思想就是王明路线的资源，所以因为政治斗争的原因，别、车、杜在中国“文化大革命”时期遭到了批判。

到了20世纪80年代末期以来，别、车、杜逐渐淡出中国学者的视野，在新时期文坛遭受冷落，其原因也不外以下几个方面：一是随着社会的开放，西方众多文学批评的输入，使中国文学批评学者的视野更加开阔，不再局限于俄国的民主主义革命文学批评。这就如夏中义所说：“新时期文坛在辞别历史的同时又猛地撞开了世界之窗，波涛不绝的西方美学浪潮一次次地刷新文坛的视界”，“短短几年简直压缩了整个西方美学界花一世纪才走完的路程。极度饱和，当然也就无暇分心来顾盼别、车、杜了。”[①] 二是别、车、杜文学批评思想本身也存在一些不足，其历史地位受到学者们的冷静和客观评价。著名的西方文学批评家雷纳·韦勒克对车尔尼雪夫斯基的评论很有代表性，他是这样评

① 夏中义：《别、车、杜在当代中国的命运》，《上海文论》1988年第5期，第4页。

价车尔尼雪夫斯基："他这个人好像几乎没有审美感受力，一位疏浅严峻的思想家，即使谈论文学时也是偏重于眼前的政治问题。"因而不能把车尔尼雪夫斯基的"大部分文章称为文学批评"。而对车尔尼雪夫斯基的那篇著名论文，韦勒克也认为："至今为苏联和卢卡契推重的这篇著名学位论文卖弄大量定义以示治学严谨，它是一个外省后生目无余子的粗鲁表现，迄今为止世人认为伟大美妙、值得花费时间竭尽全力的一切，他都想嗤之以鼻。"[①] 雷纳·韦勒克在1980年代的中国相当有影响力，他与奥斯汀·沃伦合著的《文学理论》曾风靡一时，他的《近代文学批评史》也在20世纪80年代开始传入中国，因此，他对别、车、杜等人的客观评价，肯定会对思想已较为开放的20世纪80年代的中国学者产生影响，或者说20世纪80年代的中国学者已开始独立地思考问题，因此对别、车、杜重新做出客观的评价，发现了他们文学批评思想中的许多不足，从而逐渐疏远。

（三）别、车、杜对中国20世纪文学批评的贡献

别、车、杜虽然因各种原因在中国境遇起伏不定，但是，他们对中国文学批评的发展还是做出了很大的贡献。这个贡献具体表现在以下两个方面：

其一，别、车、杜的文学批评理论充实了中国的文学批评理论资源，促进了中国20世纪文学批评的发展。别、车、杜是俄国的革命民主主义者，他们的唯物主义美学和现实主义文艺理论是马克思主义以前的唯物主义美学、文艺理论发展的一个重要阶段和组成部分，在世界美学、文艺思想的发展史上具有十分重要

---

① ［美］雷纳·韦勒克著，杨自伍译：《近代文学批评史》第4卷，上海译文出版社1997年版，第279页。

的地位。他们从革命民主主义和唯物主义观点出发，深刻地总结了俄国现实主义文学形成和发展的丰富经验，确立了文学中的人民性和现实主义原则，以及历史的、审美的文学批评观。他们的美学和文学批评理论传入中国后，成为中国20世纪的文学批评理论资源库，很多中国学者据此演绎、生发和丰富自己的文学批评。

这方面最典型的代表可以说是周扬。周扬曾说："在美学上，我是车尔尼雪夫斯基的忠实信奉者。他的'美即生活'的有名公式包含着深刻的真理。"[①] 后来，车尔尼雪夫斯基的"美是生活"理论，就成了周扬文学批评的理论资源。他认为，文学艺术的源泉是生活，生活是第一位的，没有长期的生活积累和深切的生活体验，就不会有伟大的艺术作品产生。因此，他高度评价赵树理的文学创作，多次呼吁作家到生活中去实践、去锻炼，以便为进行艺术创作获取丰厚的生活素材。另外，周扬针对创作中的"千人一面"现象，提出典型并不是简简单单的脸谱化，而是个性化与典型化的统一。他说："个性化和典型化是统一的，没有个性化，你那个典型是根本站不住脚的，那人物是死的。"周扬的这种典型化理论就得益于车尔尼雪夫斯的现实主义文学批评理论中的典型论。周扬自己就说："车尔尼雪夫斯基讲过，典型是很多特征的集中，但这种集中，并不等于把酒提炼成酒精，如把酒提炼成酒精，酒就不是酒了，就不能喝了。"[②]

其二，别、车、杜的文学批评理论因其民主主义革命文学批

① 周扬：《文学与生活漫谈》，《周扬文集》第1卷，人民文学出版社1984年版，第325页。

② 周扬：《周扬文集》第3卷，人民文学出版社1990年版，第390页。

评的特殊理论身份，对中国某些极左文学批评理论起到了纠偏作用。中国文学批评在其发展过程中，曾出现过多次极左倾向。例如，20世纪30年代，苏联“拉普”的许多观念传到中国来后，对中国文学批评的发展产生了许多恶劣的影响，致使庸俗的社会学批评在中国文坛肆虐。然而，别、车、杜文学批评思想的传入，抑制了庸俗的社会学批评在中国的横行。胡风在20世纪80年代曾有过这么一段回忆：

> 当时支配苏联文学的是“拉普”，而它的理论是庸俗社会学（唯物辩证法的创作方法）的。后来苏联清算了它，我也花了两三年的时间才摆脱了它。到四十年代，我才读到了别林斯基和杜勃罗留波夫的文论。这才发现，苏联之所以能够清算了“拉普”，是依靠了当时发现的马克思和恩格斯论文学的几封信，同时也是依靠了这个文学理论传统。这就是社会主义现实主义的由来。提前读到马恩的信当然不可能，但提前读到别林斯基和杜勃罗留波夫，那是很有可能的。如果能那样，我的评论工作也许不至于那样贫乏和胆小。苏联文学界正是依靠了别林斯基所开创的传统才有实践根据地清算了“拉普”，而确立了社会主义现实主义的原则。①

胡风主要谈的是苏联清算“拉普”的错误思想是依靠的别、车、杜，其实中国纠正极左文学批评何尝又不是这样呢？有学者

① 胡风：《胡风全集》第7卷，《略谈我与外国文学》，湖北人民出版社1999年版，第263页。

在评说20世纪30年代中国的文学批评时就说："当时一部分左翼文艺工作者有时对马列文论的理解简单片面，在强调文艺的党性和阶级性时往往又忽略了艺术的规律和特性，介绍俄国革命民主主义文学理论批评对于纠正这种偏颇也是极为有益的。"[①] 解放后，周扬面对建国后文坛上公式化、概念化创作的严重泛滥，一度搬出别、车、杜的现实主义理论来为中国文坛补血，强调文学创作中"写真实"的重要性。翻阅周扬当时的一些与之有关的讲话或论文，我们便可以感觉到他通过输入别、车、杜来纠正文坛极左倾向的苦心。因为马克思、恩格斯对文学的论述不多，他们的思想只能作为当时文学批评的指导思想，在实际的运用过程中受到了一些人的歪曲，而别、车、杜的文学批评理论因其特殊身份，正好可用来与那些极左理论对抗。

纵观20世纪的中国文学批评，它在其百年历程中，曾接受过众多外来文学批评的影响。中国在接受某一种文学批评时，因历史原因而导致不正常接受或不正常发展，但又在接受另一种文学批评时对其进行了些许纠偏或补正。就如中国接受了"拉普"的文学批评理论，但不久又接受了别、车、杜的文学批评思想对其中某些错误进行了纠正。20世纪三四十年代有人提出全盘西化，五六十年代有人提出全盘苏化，20世纪80年代又有人提出全盘西化，20世纪90年代保守主义盛行，有人提出"复古"或与之类似的主张。这是文学批评发展过程中的一种非常有趣的现象，我们或许可以通过"纠偏"来回答，这个问题即当某一事物发展充分或过分的时候，必有另一种主张对其纠正，可能有点"物极必反"的味道。

---

① 刘宁：《俄国文学批评史》，译文出版社1999年版，第771页。

二 胡风与苏联文学批评在中国传播中的缺失

不可否认，苏联文学批评对中国文学批评影响巨大，但是苏联文学批评有其自身的缺陷，这个缺陷同样对中国文学批评的发展造成了不良影响。然而，中国有批评家敏锐地发现了这个问题，并一直试图通过自身的努力来纠正这个理论缺陷，这个批评家就是胡风，虽然他的努力最后成了一个悲剧。

（一）苏联模式文学批评的缺失及其对中国的影响

苏联文学批评在其发展过程中，逐渐形成了一种传统模式。什么是苏联文学批评的传统模式？王元骧在《立足反映论，超越反映论》中说，苏联文学批评的传统模式“从根本上说，是一种纯认识论或者说是唯科学主义的理论模式”[①]。他认为，苏联哲学家和文艺学家对于文艺的理解一般都根据别林斯基在《1847年俄国文学一瞥》中的一段话，即认为艺术与科学在性质上是一致的，都是对生活的认识，它们之间的差别根本不在内容，而是处理特定内容时所用的方法；哲学家用三段论式说话，艺术家以形象和图式说话，但他们说的都是同一件事。1932年出版的卢那察尔斯基主编的《文学百科辞典》、1934年米丁的《历史唯物论》中的有关部分，都沿袭了这种观点。归纳起来，苏联文学批评模式的具体内涵表现在社会意识形态论、反映论和阶级论三个方面。

所谓社会意识形态论，就是文学被看成是作为上层建筑的社会意识形态，由经济基础决定，同时反作用于经济基础。苏联文学批评认为，文学是社会结构的一个组成部分。社会结构，这里

① 王元骧：《文学理论与当代时代》，浙江大学出版社2002年版，第81页。

指由人类社会生活过程的各种要素或各个方面的总和构成的总体组织。在这个意义上，社会结构可以包括经济、政治、历史、哲学、宗教、文学及其他艺术等人类活动的各种形态。文学活动属于社会结构，因为它与经济、政治和哲学等其他形态一样，是人类社会生活过程的有机的一环。这种理论主要来自于经典马克思主义作家的有关论述。马克思、恩格斯在《德意志意识形态》中首先对社会意识的起源、发展及其与经济基础的关系作了系统的论述，强调从直接的物质生活资料的生发来考察现实生活过程和意识形态的生产。在《〈政治经济学批判〉序言》中，马克思第一次明确地论述了经济基础和上层建筑这对范畴及其相互关系，明确地指出法律、政治、宗教、哲学和艺术等意识形态属于上层建筑，为经济基础所制约和决定。此后，恩格斯在《费尔巴哈和德国古典哲学的终结》和他晚年关于历史唯物主义的通信中，又着重说明了经济基础以何种方式决定意识形态以及意识形态的相对独立性问题。继马克思、恩格斯之后，普列汉诺夫关于“中间环节”的理论，列宁关于唯物主义和意识形态具有党性的学说，都是“对马克思主义意识形态理论的具体发挥和发展”①。

所谓反映论，就是认为文学是对客观生活的反映，同时，作家对现实生活的反映是有主观能动性的。苏联文学批评认为，文学作为意识形态，不是唯心论者所谓内在理念或主观精神的外现，而是现实社会生活在头脑中的反映的产物。列宁说：“物、世界、环境是不依赖于我们而存在的。我们的感觉、我们的意识

① 陆贵山、周忠厚：《马克思主义文艺学概论》，花山文艺出版社 1999 年版，第 19 页。

只是外部世界的映象；不言而喻，没有被反映者，就不能有反映，被反映者是不依赖于反映者而存在的。”① 社会生活是文学创作的唯一源泉，离开了生活，文学就失去了客观基础，成为无源之水，无本之木，失去了最终的依据。同样，文学作品有各种各样的形态，但它们无一不是社会生活的反映。

所谓阶级论，就是认为作为上层建筑的文学是一定国家的经济发展和政治发展要求的反映，是受一定的社会利益所制约的，因此在阶级社会文学是有阶级性的。从事文学活动的作家或读者无不“隶属于一定阶级”，他“不是作为个人而是作为阶级的成员处于这种社会关系中”，因而他的情感、观点由整个阶级在它的物质条件和相应的社会关系的基础上创造和构成。他的话语总是或多或少、或明或暗地显现出在背后居于支配地位的特定阶级（也许是与其出身的阶级不同的另一阶级）的利益，以及阶级利益之间的冲突。

苏联文学批评就是根据社会意识形态论、反映论、阶级论来阐明文学的本质和作用的。这种认识符合历史唯物主义和辩证唯物主义的基本原理，能使我们科学地认识文学的本质和作用。苏联文学批评在向中国传播的过程中，一直被中国文学批评工作者们所推崇，甚至顶礼膜拜。但是，苏联文学批评有其重大的缺失，那就是过于强调文学的意识形态性和阶级性，没有充分注意到文学的特征，从而导致文学批评对人的忽视，对创造主体作用的忽视，文学成了政治的工具。程正民在《中国现代文学理论知识体系的建构》中认为，苏联文论向来强调文艺的阶级性，

---

① 列宁：《唯物主义和经验批判主义》，《列宁选集》第2卷，人民出版社1972年版，第65页。

突出文艺和革命事业的关系。这是苏联文论的特色，也是马克思主义文论的重要特色。由此带来的问题是在“左”的文艺思潮的影响下，在教条主义和庸俗社会学的影响下，人们常常把文艺和政治的问题简单化、庸俗化。在20世纪20—30年代，“拉普”领导人就完全忽视文艺的特点和创作规律，把文艺和政治混为一谈，使文艺沦为阶级斗争的工具，沦为政治宣传的工具。他们强调文艺是“特定阶级意识形态的产物”，是“阶级斗争的工具”，要在文艺界展开不调和的斗争，“进行一场政治领域那样的革命”。[①] 这个缺失在苏联文学批评中本来就存在，在向中国传播的过程中，人们都强调文学的社会反映论，这个缺失更加被忽略。

从20世纪20年代末期起，苏联文学批评开始源源不断地进入中国，例如，苏联早期领导人关于文学艺术的讲话、文章及相关言论，20世纪20年代以后苏联多种文学思潮与流派的观点和学说，包括无产阶级文化派思潮、庸俗社会学理论和“拉普”的文学观，20世纪30年代出现的社会主义现实主义理论，20世纪40年代的日丹诺夫主义等，这些对中国文学批评的发展产生了直接的影响。这种影响一方面表现在“中国文学中的马克思主义理论批评逐渐形成，并在文学的实践中发挥着举足轻重的作用”，另一方面“起源于庸俗社会学和无产阶级文化派思潮的各种极左的文学理论观点和文学批评实践，也一度被中国文学界的某些人当作马克思主义文学理论及其具体运用而接受下来”[②]，

---

① 程正民、程凯：《中国现代文学理论知识体系的建构》，北京大学出版社2005年版，第130页。

② 汪介之：《回顾与沉思——俄苏文论在20世纪中国文坛》，北京大学出版社2005年版，第4页。

强化了中国文学批评的政治化和工具化倾向。例如，在中国20世纪20年代末期的革命文学论争中，某些革命文学批评家对鲁迅等的批判，20世纪30年代有关典型的论争，以及共和国成立前后对胡风等人的批判，都应该说是苏联文学批评在中国传播中的缺失所导致。

（二）胡风对苏联文学批评缺失的补正

胡风的文学批评思想，受到了苏联文学批评的影响。曾有学者分析胡风文艺思想来源的时候，把它归之为三个方面：一是“夹有若干杂质的、主要是通过苏联介绍来的马克思主义文艺思想”；二是“鲁迅文艺思想”；三是“我国传统的‘文艺主要是表现感情’的文艺思想”。[①] 胡风自己在《我的小传》中说，“1929年秋到日本东京，接受了日本当时蓬勃发展的普罗文学运动和苏联文学的影响，加深了对新文学中以鲁迅精神为主导的革命传统的理解，虽然进了庆应大学英文科，但主要精力是从事马克思主义和普罗文学运动的学习和革命活动。”[②] 后来，胡风在教条机械论的包围中开始了社会主义现实主义的探求，编了一本地下丛刊《木屑文丛》，介绍了反映苏区斗争的小说和苏联社会主义的现实主义的理论等。20世纪80年代，胡风在《略谈我与外国文学》中又回忆说：“从1933年起，十多年间我在编刊物之外还写了评论。首先是日本普罗文学给了我影响，特别是藏原惟人从政治道德上衡量作家对人物的态度这一点启发了我，同时向苏联普罗文学探求。不幸的是，当时支配苏联文学的是‘拉普’，而它的理论是庸俗社会学（唯物辩证法的创作方法）的。

① 陈辽：《胡风文艺思想平议》，《中国文学》1985年第4期，第88页。

② 胡风：《胡风全集》第7卷，湖北人民出版社1999年版，第207页。

后来苏联清算了它，我也花了两三年的时间才摆脱了它。”[①] 1954年，胡风向党中央写了《三十万言书》，在《三十万言书》的第四部分《作为参考的建议》中，胡风引了一些参考材料，里面大多数就是苏联的许多文学决议及领导人讲话。这些事实说明，胡风一直关注并受着苏联文学批评的影响，同时胡风曾自觉摆脱了“拉普”的影响，远离苏联文学批评中的“缺失”。在共和国成立前后的文学批评活动中，胡风更是高扬自己的文学批评理论，与错误的文学批评思想作坚决的斗争。具体来说，胡风对苏联文学批评中缺失的纠正，主要表现在以下两个方面：

其一，高扬“主观战斗精神”，提倡“主客观化合论”。“主观精神”是胡风文艺思想的核心和突出的特点，但20世纪50年代批判胡风文艺思想的运动中使用最频繁的却是“主观战斗精神”，这个概念几乎成了胡风理论的代名词。“主观战斗精神”的理论表现在胡风1935年发表的《什么是“典型”和“类型”——答文学社问》和《为初执笔者的创作谈》、1940年的《今天，我们的中心问题是什么？》、1942年的《关于创造发展的二三感想》、1944年的《文艺工作的发展及其努力方向》以及1945年发表的《置身在为民主的斗争里面》等文章里。所谓“主观战斗精神”，胡风认为就是对“血肉的现实人生的搏斗”，这个搏斗既是“体现对象的摄取过程”，“也是克服对象的批判过程”，它一方面要求“主观力量的坚强”，另一方面也要求“作家向感性的对象深入”，并且“对于作家，思想立场不能停

---

① 胡风：《略谈我与外国文学》，《胡风全集》第7卷，湖北人民出版社1999年版，第263页。

止在逻辑概念上面，非得化合为实践的生活意志不可”。[①] 主客观化合论的雏形是在《为初执笔者的创作谈》中出现，该文是在阐释苏联文学顾问会著的《给初学写作者的一封信》和法捷耶夫的《我的创作经验》时借法捷耶夫的口所提出来的。胡风说：“形成作品的材料、印象，不但须是最令作家‘感动’的，而且还得跟一种基本的思想、观念，起了某种化学上的‘化合’。”[②] 有学者认为，苏联模式的文学批评对文艺的理解，“受了当时苏联哲学界流传的机械论和形而上学观点的影响”。其中的一个表现便是，对个别与一般之间的关系缺乏辩证的理解，看不到它们是以特殊为中介建立联系并互相转化的，“往往把一般规律简单地套用到个别事物上，因而忽略了从特殊层面上对文艺特殊性质和规律作深入的探讨，有意无意地把文艺当作只是一种概念和公式的图解”[③]。现在看来，胡风的“思想立场不能停止在逻辑概念上面”，就是对以反映论为原则的苏联模式文学批评某些偏颇的纠正。

其二，细致辨析社会主义现实主义理论，将“实践”观念引入文学理论之中。胡风在《三十万言书》中反驳林默涵的社会主义现实主义者“首先要具有工人阶级的立场和共产主义世界观”的观点时，充分阐述了“拉普”某些理论的错误。他说，拉普派的指导“理论”是：要求作家首先具有工人阶级即共产主义的世

① 胡风：《置身在为民主的斗争里面》，《胡风全集》第3卷，湖北人民出版社1999年版，第187页。

② 胡风：《为初执笔者的创作谈》，《胡风全集》第2卷，湖北人民出版社1999年版，第240页。

③ 王元骧：《立足反映论，超越反映论》，《文学理论与当代时代》，浙江大学出版社2002年版，第83页。

界观，要求作家用“唯物辩证法的创作方法”去创作。拉普派的统治对那以前的苏联文学起了严重的危害作用，为了清算拉普派的这种“理论”，斯大林提出了社会主义现实主义的口号，并且认为社会主义现实的本质意义就包括在斯大林的谈话里面。胡风在《三十万言书》中引用了斯大林的原话：“写真实！让作家在生活中学习罢！如果他能用高度的艺术形式反映出了生活真实，他就会达到马克思主义。”① 胡风在《三十万言书》中反驳林默涵的“对于社会主义现实主义者，创作方法和世界观是不可能分裂而只能是一元的”这个论断时，他又顺带批判了 A. 别里克的批评理论。胡风说，1950 年初，A. 别里克发表了一篇批评，那里面的论断之一，是把社会主义现实主义看成艺术创作的“党的方法”，提出“创作方法与革命的世界观的有机统一”。A. 别里克的批评在苏联被看做是新“拉普”派而遭到了批判，“对于仅仅的一篇文字，却火烧一样地当作新拉普派看待，展开了那么大的斗争，可以想见拉普派危害之大”②。胡风认为林默涵的要求社会主义现实主义者“首先要具有工人阶级的立场和共产主义世界观”这个理论是先验的唯心主义的，不是从历史条件和实践要求来理解这个概念。由于机械论（唯心论）抛弃了实践的理解，把世界观当作了一次完成的死硬的东西，抽象化了的东西，它就取消了具体作家世界复杂内容，对于实践的依存关系和矛盾情况，以及创作方法的相生相克的变化过程。胡风认为林默涵的理论是受了苏联拉普等错误思想的影响，因此他在辩驳的过程中，也批判了苏联文学批评中的错误理论思想。

---

① 胡风：《胡风三十万言书》，湖北人民出版社 2003 年版，第 105 页。

② 同上书，第 107 页。

（三）胡风文学批评对苏联文学批评缺失补正的意义

苏联文学批评在向中国传播的过程中，因“无产阶级文化派思潮”、“拉普”文学理论、庸俗社会学理论批评以及日丹诺夫主义等的影响，使得中国文学批评的发展出现了某些偏差。胡风的文学批评理论，可谓是对那些偏差或缺失的补正，归纳起来，胡风文学批评的“补正”意义主要体现在以下两个方面：

其一，恢复马克思文学批评的本来面目。苏联文学批评在向中国的传播过程中，因“无产阶级文化派思潮”、“拉普”文学理论、庸俗社会学理论批评以及日丹诺夫主义等的影响，使得中国文学批评（主要是马克思主义文学批评）的发展出现了某些偏差。在很长一段时间内，马克思主义文学批评在一些人眼中，只是单一的社会学批评，其实这是不正确的看法。四川大学冯宪光教授就认为，“马克思主义文学批评历来以意识形态的分析见长”，但它“在评论、分析文艺现象时，十分重视对其所体现的社会心理和审美心理的分析，从而形成在马克思主义基本原则指导下的心理分析的基本原则和方法”。[①] 马克思主义文学批评既关注文学的社会属性等外部因素，也关注审美心理、主体能动作用等文学精神现象。但是长期以来，因为苏联庸俗社会学文学批评的影响，人们却自觉不自觉地脱离主观能动性而片面夸大客观规律的决定作用，导致对主体方面的能动作用没有给予应有的研究和阐释。这样就造成了某种程度的错觉和误解，好像马克思、恩格斯著作中很少有关于主体的能动作用的论述，好像马克思主义忽视对审美主体的审美意识的积极能动作用的探讨，这是对马克思主义关

① 冯宪光：《马克思主义文艺批评的心理分析方法》，《四川大学学报》1997年第4期，第56页。

于主体能动性的见解的不应有的忽视。马克思、恩格斯的著作中也蕴藏着丰富的关于审美主体的能动作用的思想。而胡风的理论正是对马克思主义文学批评的主体能动性思想的凸显。

胡风的主体性理论所依据的就是马克思的《费尔巴哈论纲》、马克思恩格斯的《德意志意识形态》、恩格斯1844年给马克思的信等著作中有关“人”、“人的本质”、“人的情感活动”等的论述。因此有学者认为，胡风是一位信仰马克思主义的批评家，他的批评注重“在文艺作品底世界和现实人生底世界中间跋涉、探寻，从实际的生活来理解具体作品，解明一个作家、一篇作品，或一种文艺现象对于现世人生斗争所能给予的意义”。[①]与某些偏重于社会反映论的批评家不同，胡风在评论作家作品时，从不轻易运用“通过什么—反映什么”这种思考模式，他不乐于将复杂的文学现象简单地还原为政治经济现象，尽管他并不怀疑存在决定意识的真理。胡风关注的是作家创作过程中主体与客体的联结状况，也就是“主观精神”如何选择、把握和熔铸题材，又如何通过彼此的“相生相克”而“化合”为作品。正是以此为基点，胡风全面探讨了主体地位、作用以及主客体之间的关系，“从而有力地纠正了左翼文学运动忽视主体性的偏向，在20世纪中国文艺理论发展史上鲜明地突出了主体的地位”。[②] 甚至可以说，胡风以对创作主体和创作对象的具体而深入的研究，填补了世界范围内马克思主义文学批评在这一方面普遍存在的严重缺憾。

---

① 胡风：《文艺笔谈·序》，《胡风评论集》上册，人民文学出版社1984年版，第3页。

② 范际燕：《胡风文艺思想与马克思主义文艺理论》，《湖北大学学报》2000年第1期，第43页。

其二，在一定程度上抵制了苏联极左文学批评在中国的泛滥。胡风一贯主张继承五四现实主义传统，发挥作家的“主观战斗精神”，以反对当时文坛上存在的两种非现实主义倾向——主观公式主义和客观主义。所谓“主观公式主义”，胡风把它看成是一种创作“态度”与“看法”，即“从一个固定的抽象的观念中引申出来，不顾实际生活的千变万化的情形，无论在什么场合都把这个固定的看法套上去”，其特征是夸大了思想意识的能动性，满足于主题上表现一个现成的革命原则，以此套用生活，图解生活。这样作品中的人物形象，不是从生活中提炼出来的，而是从概念中演绎出来的，胡风称这样的人物是“纸扎的，是死的，是毫无艺术生命力的”。所谓“客观主义”，胡风有时又称之为“自然主义”。胡风使用“客观主义”的概念时，通常是指被动的“奴从现实”，即作家表现生活时，只想从对象的表面看到某种社会现象就满足了，在复杂的生活面前，不能发挥主观能动作用，去把握现实的本质意义，不能在创作中注入作家独特的理解和艺术个性、热情。这样的作品很少有感染力，“只是带着素朴的唯物主义的观点，在对象的表面中间随意地遨游”。“主观主义”强调主观上对革命原则的拥护和宣传，“客观主义”以生活素材来图解革命原则，同样起着宣传的功能，这两种表面上是截然相反的创作倾向，都代表了同一种思潮：“以抽象的革命原则来取代对客观生活的真灼认知，依靠现成的思想原则来取代作家个人对生活的独立思考和审美感受”①。主观主义和客观主义这两种思想之所以产生，除了中国文学批评发展的自身因素

① 王建珍：《胡风“主观战斗精神”谈》，《沧州师范专科学校学报》2004年第4期，第24页。

之外，应该说最主要的还是来自苏联文学批评极左思想的影响。

总之，胡风文学批评思想是20世纪中国很独特的一个存在，它的形成可能受了苏联文学批评的影响，但它同时又敏锐地注意到了苏联文学批评在中国传播中的缺失，并顽强地与之抗争，实行20世纪中国文学批评发展的自我“纠偏”，这也是胡风文学批评思想的历史价值之所在。

第三节　接受中的“阐发”现象

所谓阐发，就是中国在接受俄苏文学批评时，就其中某一点进行阐释和发展。中国对俄苏文学批评的阐发，几乎在每一个时期，都有其鲜明的代表。新中国成立前有周扬，他对俄苏的马克思主义文学批评进行阐发，使之适合于中国文学批评的发展。20世纪五六十年代有钱谷融，他以高尔基的文学批评理论为基点，大胆提出“文学是人学”。新时期以来，钱中文则对巴赫金进行了阐发，提出了“新理性精神”。

一　周扬对俄苏文学批评的接受及反思

在20世纪中国对俄苏文学批评的接受中，周扬应该说是一个不可忽视的对象。他从20世纪30年代登上文坛参加中国左翼作家联盟起，就开始译介俄苏的文学和文学批评理论，以至于有人说“周扬一生以介绍学习苏联始，以探索马克思主义理论问题终”[①]。因为中国对马克思主义文学批评的接受主要是通过俄

① 《编者的话》，《周扬集》，中国社会科学出版社2000年版，第3页。

苏文学批评来完成的，所以，对俄苏文学批评的接受可以说贯穿周扬文学批评活动的始终。

（一）周扬对俄苏文学批评的译、介、研

一个学者接受外国的文学批评，最基本的或者说最初始的表现可以分为三种情况，即翻译、介绍和研究。因为不管他以后是否赞同这种文学批评的理论或观点，他对该文学批评的翻译、介绍和研究本身，就已经是一种文学批评接受行动。同样，周扬对俄苏文学批评的接受，也首先表现在这三种活动之中。

其一，周扬对俄苏文学批评的翻译。周扬最初翻译的是小说等文学作品，如翻译柯伦泰的长篇小说《伟大的恋爱》（上海水沫书店，1930），与周立波合译顾米列夫斯基的小说《大学生私生活》（上海现代书局，1932）等。后来，他在翻译文学作品的同时，也开始翻译俄苏的文学批评理论作品，如1935年《译文》杂志第2卷第2期发表了周扬译的别林斯基的《论自然派》，那是别林斯基《1847年俄国文学一瞥》中的一节，也是别林斯基的文学论文的最早中译文。1936年《译文》新1卷第2期发表了周扬翻译的沙可夫的《批评家杜勃洛柳蒲夫》。周扬非常欣赏车尔尼雪夫斯基的理论，因此1942年翻译了他的《生活与美学》，该书最初由延安新华书店出版，1949年9月香港海洋书屋再版。1957年，人民文学出版社重新出版了周扬翻译的车尔尼雪夫斯基的《生活与美学》，并且于1959年、1962年两次重印。1979年6月，人民文学出版社再次出版了该书，改名为《艺术与现实的审美关系》。此外，1958年三联书店出版了周扬、缪灵珠、辛未艾、季谦等合译的《车尔尼雪夫斯基选集》（上卷，1958年；下卷，1959年）。

其二，周扬对俄苏文学批评的介绍。周扬在翻译俄苏文学批评论著的同时，他还编选了一些介绍俄苏文学批评的书籍。例如，他曾在20世纪30年代编选《高尔基创作四十年纪念论文集》，该书由上海良友图书印刷公司1933年10月20初版。在1940年代他编选了《马克思主义与文艺》，该书最初由解放社1944年5月出版，1946年3月又在大连大众书店出版，1947年5月安东东北书店翻版，1949年4月中原新华书店再版，解放社1949年9月再版。《马克思主义与文艺》一书辑录了普列汉诺夫、列宁、斯大林、高尔基等人的许多有关文学方面的言论。除了编选之外，周扬还亲自著文介绍俄苏文学批评。例如，1936年7月，周扬以“列斯”为笔名在《光明》杂志第1卷第4号上发表了《纪念别林斯基的125周年诞辰》。1937年，他在《希望》创刊号发表了《艺术与人生——车尔芮雪夫斯基》，该文高度评价了别、车、杜文学批评的理论价值，把他们都看做是“为人生的艺术旗帜之下发展过来”的卓越的批评家。1942年4月16日，周扬又在《解放日报》发表了《唯物主义的美学——介绍车尔尼舍夫斯基的美学》。1957年周扬将他1942年所写的《唯物主义的美学——介绍车尔尼舍夫斯基的美学》修改后，重新以《关于车尔尼雪夫斯基和他的美学》为名发表。

其三，周扬对俄苏文学批评的研究。周扬在翻译介绍苏联文学和文学批评的同时，还对之进行研究。例如他曾在《文学》1933年第1卷第3期上发表《十五年来的苏联文学》，在1933年2月22日《申报·自由谈》上发表《夏里宾与高尔基》，在《文学》1935年第4卷第1期上发表《高尔基的浪漫主义》等文章。如果说这些主要还是侧重研究俄苏文学的话，那么，发表于《现代》1933年第4卷第1期的《关于“社会主义的现实主义与革命的浪漫主义”——“唯物辩证法的创作方法”之否定》，就是标准的文学批评理论研究论文了。该文分析了苏联文学批评中的"唯物辩证法的创作方法"的错误，然后论述了苏联文坛提出社会主义现实主义的现实必要性、社会主义现实主义的基本特征，以及社会主义现实主义与革命的浪漫主义的关系等问题。1934年周扬还写了《高尔基论文学用语》，这篇文章的写作起因于高尔基与绥拉菲莫维奇关于潘菲洛夫的《布鲁斯基》的论战。论战是以文艺作品中的言语问题为中心，高尔基反对绥拉菲莫维奇无条件地称赞潘菲洛夫，因为《布鲁斯基》中的言语非常粗杂。周扬就在该文中研究和论述了高尔基关于文学用语的观点。此外，周扬还于1940年写了《〈马克思恩格斯列宁论艺术〉后记》（载《马克思恩格斯列宁论艺术》鲁迅艺术文学院1940年版）等文章，其中论述了列宁有关文学的见解。

（二）周扬对俄苏文学批评观点的接受

周扬不仅只是一个文学翻译工作者，他还是一位文学批评家。因此，他对俄苏文学批评的接受，还表现为对俄苏文学批评观点的接受。这种接受又可分为两种情况：

其一，周扬在自己的文学批评活动或所写的文学批评论文中，经常引用俄苏文学批评家的话语，作为自己文学批评观点的佐证。

20世纪30年代，周扬在《我们需要新的美学》中与梁实秋、朱光潜讨论关于"文学的美"等问题时，为了说明"凡是艺术作品都有着一定的意识内容。文学如此，音乐和图画也如此"[①]，引用普

① 周扬：《我们需要新的美学——对于梁实秋和朱光潜两先生关于"文学的美"的论辩的一个看法和感想》，《周扬文集》第1卷，人民文学出版社1984年版，第214页。

列汉诺夫关于印象派绘画的一段话来为自己的观点佐证。印象派画家对画作的意识内容漠不关心，认为光线就是绘画中的主人公。普列汉诺夫反驳时提出达·芬奇的《最后的晚餐》，认为假使达·芬奇艺术的兴味不集中在基督和他的门徒的灵魂的状态，而集中在光线效果的话，那我们看到的将不会是一幕感动的灵魂的戏剧，而只是一些描绘出色的光点，这样，画所唤起的印象就会不可比拟地贫弱，而达·芬奇的作品的价值就会大大地降低。周扬因此得出结论，梁实秋所说的鉴赏图画只会得到美感经验，牵涉不到思想和感情的话，是不确切的。

20 世纪 40 年代周扬写了《〈马克思主义与文艺〉序言》(载 1944 年 4 月 11 日《解放日报》)，这篇序言主要是为了阐释毛泽东的《在延安文艺座谈会上的讲话》的正确性，即阐述"毛泽东同志的这个讲话一方面很好地说明了马克思、恩格斯、列宁等人的文艺思想，另一方面，他们的文艺思想又恰好证实了毛泽东同志文艺理论的正确"①。该文的主要论点是文艺从群众中来，必须到群众中去。在论述文艺为什么是从群众中来的问题时，周扬大段引用了高尔基在苏联作家大会的报告中关于劳动创造文化的话语。在论述文艺为什么要到群众中去的问题时，周扬引用了列宁 1905 年写的《党的组织与党的文学》里有关真正自由的文学是"为千千万万劳动人民，为这些国家的精华、国家的力量、国家的未来服务"，接着又引用了列宁在十月革命后与蔡特金的谈话，"艺术是属于人民的。它必须在广大劳动群众的底层有其最深厚的根基。它必须为这些群众所了解和爱好。它必

① 周扬：《〈马克思主义与文艺〉序言》，《周扬文集》第 1 卷，人民文学出版社 1984 年版，第 454 页。

须结合这些群众的感情、思想和意志，并提高他们。它必须在群众中间唤起艺术家，并使他们得到发展。”[1]

共和国成立后，周扬更是在他的文学批评活动中大量引用俄国文学批评家的话语。例如，20世纪60年代，周扬主持编写了一套全国高等院校文科教材，以群主编的《文学的基本原理》一书，就大量引用列宁、斯大林、别林斯基、车尔尼雪夫斯基和杜勃罗留波夫的言论，其中列宁的话语被引用48次，别林斯基被引用23次，斯大林被引用10次，车尔尼雪夫斯基被引用10次，杜勃罗留波夫被引用6次。同时，该书还引用了屠格涅夫、列夫·托尔斯泰、契诃夫等俄苏作家的有关文学批评言论。此外，周扬还在其他的一些新中国成立后的文学批评文章或者是报告、讲话中引用了许多俄苏文学批评家的话语。

其二，周扬还常在自己的文章中直接陈述或变用俄苏文学批评家的观点。周扬写了很多文学批评论文，但其中不少文章的观点，可以说就是来源于俄苏文学批评家。

周扬对车尔尼雪夫斯基的介绍很多，他自己也说，“在艺术见解上，我最服膺Chernishevski（车尔尼雪夫斯基）的理论”[2]。事实上，周扬后来在很多文章中，都借用了车尔尼雪夫斯基的“美是生活”的观点。例如，他1941年在《解放日报》上发表了《文学与生活漫谈》一文。这篇文章的主要篇幅就是谈作家应该深入生活，周扬说：“我是主张创作家多体验实际生活的，

① 周扬：《〈马克思主义与文艺〉序言》，《周扬文集》第1卷，人民文学出版社1984年版，第459页。

② 周扬：《我所希望于〈战地〉的》，《周扬文集》第1卷，人民文学出版社1984年版，第232页。

不论是去前线，或去农村都好。”[①] 毛泽东的《在延安文艺座谈会上的讲话》发表于1942年，而周扬的这篇文章发表在其前一年。显然，周扬在文学与生活的关系中对生活的强调的观点来自车尔尼雪夫斯基的“美是生活”，因为周扬在这篇文章中明确地告诉大家，“在美学上，我是车尔尼雪夫斯基的忠实信奉者。他的‘美即生活’的有名公式包含着深刻的真理。”[②] 后来，周扬对赵树理创作的推崇，应该说也是这种“美是生活”观念的运用。

此外，周扬对别林斯基的观点接受或变用也很多。例如，别林斯基在谈艺术的特征时，曾提出过艺术与科学所反映的内容是一致的观点。他的原话是这样说的：“人们看到，艺术和科学不是同一件东西，却不知道，它们之间的差别根本不在内容，而在处理特定内容时所用的方法。哲学家用三段论法，诗人则用形象和图画说话，然而他们说的都是同一件事。”[③] 1933年，周扬在《现代》第3卷第1期发表了《文学的真实性》，他在该文中说：“文学，和科学，哲学一样，是客观现实的反映和认识，所不同的，只是文学是通过具体的形象去达到客观的真实的。”[④] 显然，周扬的“文学，和科学、哲学一样”的观点来自别林斯基。

（三）周扬对俄苏文学批评模式的接受

如果说周扬对俄苏文学批评的译、介、研，以及他在自己

---

① 周扬：《文学与生活漫谈》，《周扬文集》第1卷，人民文学出版社1984年版，第329页。

② 同上书，第325页。

③ ［俄］别林斯基著，满涛译：《1847年俄国文学一瞥》，《别林斯基选集》第2卷，时代出版社1952年版，第429页。

④ 周扬：《文学的真实性》，《周扬文集》第1卷，人民文学出版社1984年版，第58页。

的中国文学批评论文中，吸收俄苏文学批评资源，来强化或佐证自己的文学批评观点，还只是一种显性的、表层的接受的话，那么，他运用俄苏文学批评的思维方式来阐述自己的文学批评理论见解，则是对俄苏文学批评的一种潜性的、深层的接受了。

所谓俄苏文学批评模式，是指自19世纪初便在俄国流行的传统批评模式，它以重社会分析为主要特征，别林斯基、车尔尼雪夫斯基和杜勃罗留波夫为其开创者。进入20世纪后，其潮流包括马克思主义文学批评、现实主义（写实派）、庸俗社会学、无产阶级文化派、“拉普”、社会主义现实主义等理论批评形态。总括起来，它是“一种纯认识论或者说是唯科学主义的理论模式”①，其具体内涵表现为社会意识形态论、反映论和阶级论。这种模式后来演变成一种简单的密切配合政治思想的文学批评，而周扬就深受这种文学批评模式的影响。他于1942年所写的《关于车尔尼雪夫斯基和他的美学》和《王实味的文艺观与我们的文艺观》，1944年所写的《〈马克思主义与文艺〉序言》等文章中，就已表达出这种思想倾向，而他后来于1945年写的《关于政策与艺术——〈同志，你走错了路〉序言》和1946年所写的《论赵树理的文艺创作》就是这种思想倾向的实践之作。

《关于政策与艺术——〈同志，你走错了路〉序言》最初发表于1945年6月2日的《解放日报》。周扬认为，这个剧本的最大价值，或者说成功之处，就在于它将艺术与政治思想相结合。通过这篇序言，周扬明确提出，“艺术反映政治，在解放区来

---

① 王元骧：《文学理论与当代时代》，浙江大学出版社2002年版，第81页。

说，具体地就是反映各种政策在人民中实行的过程与结果。"[①]艺术作品如何才能反映政治，他认为这就要求文艺工作者自己获得和掌握政策思想，要求艺术创造与政策思想相结合。当然，周扬也在该文中指出："这并不是要求艺术作品变成政治论文式的，简单地用艺术语言来解说政策，那样，就会剥夺了艺术创造的生命，剩下的只有抽象的概念，加上艺术外衣了。这就是创作上的公式主义，标语口号主义。"[②] 但是，周扬虽然强调避免公式主义和标语口号主义，但他要求文学创作与政策思想相结合，实际上已经不可避免地会导致公式主义和标语口号主义，而且他这种文学批评实践本身，就是对当时政策的密切配合。

《论赵树理的创作》原载 1946 年 8 月 26 日的《解放日报》，它是周扬这一阶段最重要的也是最有影响的评论文章。文章首先阐明了当前的政治形势，认为"在被解放了的广大农村中，经历了而且正在经历着巨大的变化。农民与地主之间进行了微妙而剧烈的斗争"，"这是现阶段中国社会的最大最深刻的变化，一种由旧中国到新中国的变化"[③]。然后分析了赵树理的《小二黑结婚》、《李有才板话》和《李家庄的变迁》三篇小说，认为它们在人物的创造和语言的创造上具有值得研究和学习的地方。最后，周扬在文中总结说："'文艺座谈会'以后，艺术各部门都达到了重要的收获，是毛泽东文艺思想在创作上的实践的一个胜

① 周扬：《关于政策与艺术》，《周扬文集》第 1 卷，人民文学出版社 1984 年版，第 476 页。

② 同上书，第 477 页。

③ 周扬：《论赵树理的创作》，《周扬文集》第 1 卷，人民文学出版社 1984 年版，第 486 页。

利。我欢迎这个胜利，拥护这个胜利！”[①] 这就说明了周扬分析根据地文学中所出现的新题材和新人物，也是为了配合当前的政治形势和政策任务的。

新中国成立后，周扬的文学批评在相当长一段时期内，也总是配合着政治形势和任务，缺乏独立性和创造性。例如，他1950年写的《论〈红旗歌〉》、1951年写的《从〈龙须沟〉学习什么?》、1954年写的《文艺思想问题》、1958年写的《文艺战线上的一场大辩论》、1962年写的《为最广大的人民群众服务》等文章，大多是对当时政治形势和任务的配合。当然，20世纪70年代末之后，周扬又先后发表了《三次伟大的思想解放运动》、《关于马克思主义的几个理论问题的探讨》等论文。这些论文突破了周扬以前在文学批评活动中经常运用的苏联模式，而是重新正视历史上长期存在过的“左”倾教条主义把马克思主义变成僵死教条而造成蒙昧状况，强调破除迷信，解放思想，要以发展的眼光看待马克思主义。尤其是他在纪念马克思逝世一百周年的大会上作的《关于马克思主义的几个理论问题的探讨》的报告，对人道主义和异化问题作了大胆探讨，表现了其敢于追求真理的一面。

（四）周扬接受俄苏文学批评之反思

周扬对俄苏文学批评的接受，是20世纪中国接受俄苏文学批评的一个重要个案，具有高度的代表性。如果理清了周扬接受俄苏文学的脉络及其背后的意蕴，就可以剖析一个时代文学批评发展的潮流。那么，我们对周扬接受俄苏文学批评可以

---

① 周扬：《论赵树理的创作》，《周扬文集》第1卷，人民文学出版社1984年版，第498页。

作出哪些反思呢？

其一，周扬接受俄苏文学批评的现实目的。周扬对俄苏文学批评作了大量的译、介、研，而且在自己的文学批评活动中熟练运用俄苏文学批评资源。但是，周扬为什么要接受俄苏文学批评呢？也就是说，周扬接受俄苏文学批评有何现实目的？

周扬接受俄苏文学批评，可以说是为了接受马克思主义文学批评。周扬一生的文学理论批评活动，贯穿着对马克思主义文学理论批评的论证、宣传和运用。然而，他的马克思主义文学批评活动的理论资源，在很大程度上是通过接受俄苏文学批评来实现的。因为马克思、恩格斯等直接谈论文学的著作不多，而俄国的别、车、杜等的民主主义文学批评曾受到马克思和恩格斯的高度称赞，苏联的文学批评又被认为是对马克思主义文学批评的继承和发展，所以周扬翻译了车尔尼雪夫斯基和他的美学著作《艺术与现实的审美关系》、在《马克思主义与文艺》一书中选录了许多俄国文学批评家的许多文章，还著文对俄苏的许多文学批评家的观点和著作作了大量的介绍，等等。

周扬接受俄苏文学批评，也是为了建设中国自己的文学批评。周扬曾在《对文艺工作的希望和对作家的要求》中说："根据历史的经验，欧洲的文艺复兴也好，盛唐的文艺复兴也好，大体上都是研究了古代，大量吸收外来的东西以后形成的。不研究古代，不大量吸收外来的东西，很难设想能有一个文化的高潮。"① 周扬这个话的意思很清楚，要建设好中国自己的文艺，就得向古代和向外国学习。他后来在一次文艺工作座谈会更是很

① 周扬：《对文艺工作的希望和对作家的要求》，《周扬文集》第 3 卷，人民文学出版社 1990 年版，第 71 页。

明确地提出了这点："我们的立足点是工农兵，要一手伸向古代，一手伸向国外，继承人类宝贵的遗产"[①]。这些都是周扬在新中国成立之后的讲话，他这些强调吸收外国文学和文学批评的话语，可以解释他为什么要接受俄国文学批评。

其二，周扬接受俄苏文学批评时的文学空间。既然周扬接受俄苏文学批评是为了接受马克思主义文学批评和从外国文学批评中汲取营养来发展中国自己的文学批评，但他为什么不通过接受西方其他国家的文学批评来达到自己的目的呢？例如，德国、日本、美国或西方其他国家的文学批评。这就涉及周扬接受俄苏文学批评的文学空间问题。所谓文学空间，一般是"指文学作为人类艺术地掌握世界的一种精神形态，其存在和发展的空间"[②]。这里的文学空间则是指中国接受俄苏文学批评以及俄苏文学批评在中国的传播和发展的空间。周扬登上文坛的第一篇文学批评论文《辛克来的杰作：〈林莽〉》[③]是介绍和分析美国文学的，他之所以从介绍美国文学转向俄苏文学及其批评，新中国成立前可能与他的政治身份以及解放区文学空间对俄苏文学的推崇有关，而新中国成立后则更多的是因为当时文学空间对欧美文学及批评的排斥。

例如，20世纪50年代，周扬曾多次在讲话中谈到向苏联学习的同时，也要向欧美学习。1955年他在《人民日报》上发表《纪念〈草叶集〉和〈堂·吉诃德〉——在世界名著〈草叶集〉出版一百周年、〈堂·吉诃德〉出版三百五十周年纪念大会上的

---

① 周扬：《在文艺工作座谈会上的讲话》，《周扬文集》第3卷，人民文学出版社1990年版，第345页。

② 钱念孙：《重建文学空间》，《学术界》2004年第1期，第263页。

③ 该文原载1929年2月1日《北新》半月刊，第3卷第3号，署名起应。

报告》[1]。1956 年 3 月，他又在文艺工作座谈会上说："一定要向资本主义国家学习。我们不只学习苏联，也要学习资本主义国家中那些进步的艺术。"[2] 这些话本来都是很有道理的，但在当时"全盘苏化"的文学空间里，周扬的这种声音是微弱的。"文化大革命"爆发后，这些话语更是成了别人攻击他的靶子。例如，姚文元在《红旗》1967 年第 1 期上发表了《评反革命两面派周扬》，上海革命大批判写作小组在《红旗》1970 年第 4 期上发表了《鼓吹资产阶级文艺就是复辟资本主义——驳周扬吹捧资产阶级"文艺复兴"、"启蒙运动"、"批判现实主义"的反动理论》等。这些都是不正常的文学空间状态，在建设我国的当代文学批评时，值得反省。

其三，周扬接受俄苏文学批评的历史影响。周扬是新中国成立前后文艺界的主要领导人，其地位在文艺界举足轻重。长期以来，许多人对周扬的文学批评产生一种片面印象，将他的言行（20 世纪 80 年代的除外）都归于"左"的行列，只看到了它所产生的消极影响。其实，周扬接受俄苏文学批评所产生的影响应该是双重的。

一方面，因为各种历史原因，周扬接受了和发展了俄苏文学批评中的许多错误东西，如前所述，他把别林斯基谈到艺术与科学内容一致的观点，变通为"文学的真理和政治的真理是一个，其差别，只是前者是通过形象去反映真理的"[3]，还有他所接受的所谓苏联文学批评模式，这些都加剧了文学批评的政治化。他

① 该文原载《人民日报》1955 年 11 月 27 日。

② 《中国当代文学史·史料选》（下），长江文艺出版社 2002 年版，第 541 页。

③ 周扬：《文学的真实性》，《周扬文集》第 1 卷，人民文学出版社 1984 年版，第 58 页。

也因此写了《反人民、反历史的内容和反现实主义的艺术》、《我们必须战斗》、《文艺战线上的一场大辩论》、《我国社会主义文学艺术的道路》等文学批评文章，紧跟政治形势，对许多人和事做出了错误的批评。以致有学者说周扬在中国文坛“开创了一种密切配合政治思想、政策思想的文艺批评模式。这种模式影响深长，既为建国后文艺批评提供了范本，确定了流向，也潜隐日后恶性发展以至毁灭文艺的种子”①。

另一方面，周扬也接受了俄苏文学批评中的一些合理成分，包括他对车尔尼雪夫斯基某些思想的接受，以及他对苏联“解冻文学”思潮中的某些文学批评思想的接受等。例如，中国第二次文代会就是在苏联“解冻文学”思潮爆发的背景下召开的。周扬受苏联文学思潮影响，在报告中指出，要在最大限度上保证作家在题材选择、表现形式和个人风格上的完全自由等。后来，从1961年到1962年不满两年的时间里，他先后领导召开了北京新侨会议、广州会议、大连会议，亲自主持制定了《文艺八条》，参与起草了《为最广大的人民群众服务》的社论，还作了一些报告和讲话。他的这些活动，可以说把新中国成立后被批判的东西作了一番修整，重新确立了它们作为艺术真理的地位。比如要给作家以创作的民主与自由，要允许反映社会生活的阴暗面、“写真实”，要允许人物、题材多样化、要扩大文艺服务范围、由为工农兵到为全体人民，等等。这些都在一定程度上，促进了当时文学和文学批评的发展。

① 许道明：《中国现代文学批评史新编》，复旦大学出版社2002年版，第271页。

二　钱谷融接受高尔基文学批评之反思——以《论“文学是人学”》为例

高尔基是俄苏著名的作家和文学批评家，其最早传入中国的文学批评论文是《文学与现在的俄罗斯》。该文由郑振铎翻译，刊登于1920年10月1日出版的《新青年》第8卷第2号上。此后，他的文学批评论著不断输入中国，被中国众多学者所接受，对20世纪中国文学批评产生了深远的影响。钱谷融就是受高尔基影响的中国文学批评学者之一，在20世纪50年代，他对高尔基文学批评的接受，非常具有代表性，但其中也有些问题值得我们反思：钱谷融当时为什么会接受高尔基？在高尔基的众多文学批评思想中，钱谷融为什么会偏重接受其人学思想？钱谷融是如何接受高尔基的？对于这些问题，可以结合钱谷融的《论“文学是人学”》一文来分析。

（一）钱谷融接受高尔基文学批评的原因

钱谷融于1957年写了《论“文学是人学”》一文，该文共有3万多字，原载《文艺月报》（上海）1957年第5期。钱在《论“文学是人学”》中明确指出，他写这篇文章，“就是想为高尔基的这一意见作一些必要的阐释，并根据这一意见，来观察目前文艺界所争论的一些问题”①。因此，这篇文章应该是钱谷融接受高尔基文学批评思想的作品。那么，钱谷融为什么会写出这篇论文，或者进一步说，钱谷融为什么接受高尔基的文学批评呢？

钱谷融后来多次谈到过他当时写《论“文学是人学”》时的情况，例如他在《艺术·人·真诚：钱谷融论文自选集》中就

① 钱谷融：《论“文学是人学”》，人民文学出版社1981年版，第2页。

收录了《我怎样写〈论“文学是人学”〉》、《关于〈论“文学是人学”〉》、《〈论“文学是人学”〉发表的前前后后》等文章，此外他还在一些访谈里面也谈到了当时写《论“文学是人学”》时的有关情况。对于写这篇文章的起因，他说：

> 一九五七年三月华东师范大学召开了一次大规模的学术讨论会，全国各地许多兄弟院校都推派了代表来参加。校、系各级领导在此之前早就为召开这次会议作了多方面的准备，并多次郑重地向教师们发出号召，要他们提交论文。我在各方面的一再动员和敦促下，遂勉力于那年的二月初写成了《论“文学是人学”》一文。现在回想起来，如果不是在那里刚宣布不久的“双百方针”的精神的鼓舞下，如果没有当时那种活泼的学术空气的推动，单凭一般的号召和动员，我也不一定会写。即使写，文章的面貌，恐怕也将大大的不同了。①

显然，这只是钱谷融写《论“文学是人学”》的外在机缘。如果没有当时华东师范大学召开的那次学术讨论会，钱谷融可能不会写这篇文章，但是钱谷融写文章可以有很多方面的内容可写，他为什么要接受和阐释高尔基的文学批评，而不是外国其他文学批评家或我国的其他先贤呢？例如，钱谷融就曾在一封书信中向别人解释说，丹纳（Hippolyte Adolphe Tain）在其所写的英文版的《英国文学史》一书的序言中说过 Literature，it is the

① 钱谷融：《艺术·人·真诚：钱谷融论文自选集》，华东师范大学出版社1995年版，第9页。

study of man 的话[①]。当然，这封信是钱谷融后来所写，他早年写《论“文学是人学”》的时候，或许还没见过丹纳的这句话。但是，论述文学中“人学”思想的文学批评家，我国近现代以来就有王国维、胡适、周作人等人。王国维之所以被很多学者认为是中国现代文学批评的肇始者之一，关键就在于他的文学批评关注着人，关注着人生的痛苦与解脱，而《〈红楼梦〉评论》就是他“人学”批评的典范之作。胡适也关注着文学中的“人学”思想。1918 年 6 月 15 日他在《新青年》上发表《易卜生主义》，大力宣扬易卜生的个人主义，主张个人须要充分发扬自己的天才性，要充分发展自己的个性，高扬健全的个性主义的大旗。周作人更是从 1918 年开始，在《新青年》上接连发表了《人的文学》、《新文学的要求》和《平民文学》等文章，在“人的文学”的启蒙主题下，更加详细地阐述了“人的文学”是五四新文学区别于传统文学的最主要的特质。而且钱谷融自己也说，文学是“人学”“这句话也并不是高尔基一个人的新发明，过去许许多多的哲人，许许多多的文学大师都曾表示过类似的意见”[②]。但为什么他们都没有进入钱谷融的视野，成为《论“文学是人学”》阐释的起点或基础呢？这里面有两个原因。

其一，与当时的文学环境有关。新中国成立后，中国文学界以极大的热情全面介绍俄苏文学。曾有人作过一个统计：“从 1949 年 10 月至 1958 年 12 月，中国共译出俄苏文学作品达 3526 种（不计报刊上所载的作品），印数达 8200 万册以上，它们分

---

① 钱谷融：《以简代文——致李岭同志的一封信》，《文艺理论研究》2003 年第 4 期，第 50 页。

② 钱谷融：《论“文学是人学”》，人民文学出版社 1981 年版，第 1 页。

别占同时期全部外国文学作品译介种数的三分之二和印数的四分之三。”[①] 而在这些俄苏文学作品中，高尔基作品的翻译又雄踞榜首，各种版本的出版总数达百余种。文学批评论著的翻译也是如此，高尔基的许多文学批评著作，在 1949 年前基本上都已有翻译。1949 年之后，我国对高尔基文学批评著作的译介朝着系统化的方向发展，以前出版的一些论著译本也开始重译、修订或补充后重新出版，其文学批评思想在中国受到高度重视。与之相反，胡适、周作人等在当时受到批评，地位是相当低的。因此，高尔基与胡适、周作人等两者对照，前者自然而然就成了当时钱谷融的接受对象，也就是他这篇文学论文的阐释起点。

其二，与当时的政治环境有关。钱谷融之所以借高尔基之口来谈文学是人学，与当时的政治气候是有很大的关系的。“十七年”的文学批评，处于政治文化的规约之中，它“直接延续的仍是 1940 年代以来延安的传统，战时的文艺思想和建设一个现代民族国家的总体需求，也成为当代文艺学研究的主导思想”[②]。在当时的政治环境之下，文学批评中那种对“人”的个体思想的阐释是不被允许的。钱谷融后来也回忆说：“从《论‘文学是人学’》一文的发表并受到批判以来，已经二十多年过去了。在这段漫长的岁月里，特别是在林彪、‘四人帮’横行的十多年里，‘文学是人学’这句话是绝对不能提的。”[③] 因此，钱谷融为了表达自己的思想，他抬出在当时中国享有崇高地位的高尔基，

① 陈建华：《二十世纪中俄文学关系》，高等教育出版社 2002 年版，第 157 页。

② 孟繁华：《中国 20 世纪文艺学学术史》（第三部），上海文艺出版社 2001 年版，第 3 页。

③ 钱谷融：《艺术·人·真诚：钱谷融论文自选集》，华东师范大学出版社 1995 年版，第 120 页。

顺着他的思路往下说，应该是最明智、最有效的一种做法。

（二）钱谷融接受高尔基文学批评的角度

高尔基的文学批评思想是丰富的，然而很长一段时间内，无论是在当时的苏联还是中国，人们对高尔基文学批评的理解和接受却是肤浅的。俄罗斯著名作家特里丰诺夫在20世纪六七十年代曾多次对读者说过这样几句话：高尔基是一座森林，这里有乔木、灌木、花草、野兽，而现在我们关于高尔基的了解只好像是在这座树林里找到了蘑菇。在俄罗斯是这种情况，在中国也是如此。

中国对高尔基文学批评的理解，关注的主要是创作经验、文学修养、文学创作方法、文学的社会作用和意义的论述等方面的内容。例如，1935年上海龙虎书店出版了廖仲贤编译的《给青年作家——高尔基论文选集》，1936年上海天马书店出版了楼适夷转译的《我的文学修养》，上海读书生活出版社出版了以群转译的《高尔基给文学青年的信》，1937年上海联华书局出版了齐生等译的《我怎样学习》，上海读书生活出版社出版了以群、荃麟合译的《怎样写作——高尔基文艺书信集》，1941年重庆读书出版社出版了以群译的《给初学写作者》，1943年重庆读书出版社出版了戈宝权译的《我怎样学习写作》，等等。新中国成立之后，中国对高尔基论著的翻译，开始朝着系统化的方向发展，一批高尔基的重要文学论著相继问世。例如，1956年上海新文艺出版社出版了缪灵珠翻译的《俄国文学史》，1958年人民文学出版社出版了孟昌、曹葆华合译的《文学论文选》，1959年人民文学出版社又出版了巴金、曹葆华合译的《回忆录选》，1962年和1965年人民文学出版社又出版了曹葆华、渠建明合译的《文学书简》（上、下卷）等。在当时许多人的意识中，“高尔基的文学思想，集中到一点，似乎就是提倡文学发挥歌颂人民、打击敌人的作用”①。这种认识由为数众多的评论者所反复强调，久而久之，便成为人们理解高尔基文学见解的基本框架，它限制了人们去进一步探索作家的丰富思想和多方面的批评成果。因此，在很长一段时期内，中国文坛都是称高尔基为“革命的海燕”、“社会主义现实主义的奠基人”，同时出现了《高尔基是社会主义现实主义的旗帜》、《社会主义现实主义的奠基者——高尔基》等文章。但是，钱谷融对高尔基的理解和接受，却与当时众人有些不同。

钱谷融在《论“文学是人学”》中，选择的却是高尔基的“人学”角度。他开篇就说，“高尔基曾经作过这样的建议：把文学叫做‘人学’。我们在说明文学必须以人为描写的中心，必须创造出生动的典型形象时，也常常引用高尔基的这一意见。”②然后，钱谷融在《论“文学是人学”》一文里谈了五个问题，即关于文学的任务、关于作家的世界观与创作方法、关于评价文学作品的标准、关于各种创作方法的区别、关于人物的典型性与阶级性。他认为谈文学最后必然要归结到作家对人的看法、作品对人的影响上。而上面这五个问题，也就是在这一点上统一起来了：文学的任务是在于影响人、教育人；作家对人的看法、作家的美学理想和人道主义精神，就是作家的世界观中对创作起决定作用的部分；就是评价文学作品的好坏的一个最基本、最必要的标准；就是区分各种不同的创作方法的主要依据；而一个作家只

① 汪介之：《回望与沉思——俄苏文论在20世纪中国文坛》，北京大学出版社2005年版，第154页。

② 钱谷融：《论“文学是人学”》，人民文学出版社1981年版，第1页。

要写出了人物的真正的个性，写出了他与社会现实的具体联系，也就写出了典型。

那么，当众人都在强调高尔基的“歌颂人民、打击敌人”的文学思想时，钱谷融为什么却要选择其“人学”思想来予以解释和阐发呢？钱谷融对此作出的理论上的解释是，“文学是人学”是理解一切文学问题的一把总钥匙，理论家离开了这把钥匙，就无法解释文艺上的一系列的现象；创作家忘记了这把钥匙，就写不出激动人心的真正的艺术作品来。而许多人却“只知道逗留在强调写人的重要一点上，再也不能向前多走一步”[1]。他更加深入地解释说，文学的对象和题材是人，是处在各种复杂关系中的人，这是常识。但一般人往往把描写人仅仅看做是文学的一种手段，一种工具。他们之所以在文学中描写人，不过是为了达到他要反映“整体现实”的目的，完成他要反映“整体现实”的任务。

钱谷融的这种解释应该是针对现实的有感而发。中国当代文坛对文学的性质或文学其他上层建筑关系的确认，一直以毛泽东在《在延安文艺座谈会上的讲话》中提出的“文艺从属于政治”为基石，所以佛克马说：“当代中国的文学批评的流行趋势是由毛泽东的《在延安文艺座谈会上的讲话》（1942）一文所决定的。从1949年至毛泽东逝世的1976年，可以当做中国历史上的一个时期，在这个时期里，毛泽东文艺理论在各种变化莫测的政治潮汐中是唯一变化的主流和单独存在下来的思想流派。”[2] 事

① 钱谷融：《论“文学是人学”》，人民文学出版社1981年版，第1页。

② ［荷］佛克马·易布思著，林书武等译：《二十世纪文学理论》，生活·读书·新知三联书店1988年版，第119页。

实上，也正是因为政治的原因，中国当代文坛在 20 世纪 50 年代初，发生了几次大的文艺批判运动。在这些运动中，文学中的“人”遭到任意践踏，它成了反映当时政治现实的工具，胡风的文艺思想受到批判就是典型的例证。而“在特殊的历史环境中，钱谷融清醒地意识到了政治和阶级尺度评判文学的武断和暴力，使得文学丧失了作为文学的特质，因此，他以独特而富有激情的语言深入阐述了自己的文学主张，呼唤一种真正的‘人的文学’的观念。”[①] 后来钱谷融回忆说，他的《论“文学是人学”》在受到批判时，“会上有同志在发言中说到我的某些观点与胡风很相类似这样的话，以群同志连忙叮嘱各报记者在报道中不要提这句话，说这太可怕了”[②]。当时人们对胡风的文艺思想是不理解的，而我们今天看来，钱谷融与胡风的思想有着某些共同的地方，即都是对文学中“人”的地位的确认。因此，在 1957 年“百花齐放”的短暂的“春天”里，钱谷融之所以接受高尔基的“人学”思想，应该说包含有对当时文坛上的“非人”现象批判的因素。

（三）钱谷融接受高尔基文学批评的方法

钱谷融选择了从人学的角度来接受高尔基的文学批评，但是，他是如何来领会和接受高尔基的思想的呢？钱谷融在《论“文学是人学”》里谈了五个问题，从而来说明文学之所以是人学的原因。但是，钱谷融对高尔基“人学”思想的接受绝对不是照搬，否则就不会出现 20 世纪 80 年代围绕《论“文学是人

① 季进、曾一果：《钱谷融先生的文学思想述论》，《文学评论》2005 年第 2 期，第 168 页。

② 钱谷融：《艺术·人·真诚：钱谷融论文自选集》，华东师范大学出版社 1995 年版，第 131 页。

学”》的那场争论。

这场争论主要是因高尔基是否说过“文学是人学”的话而起的。刘保端先是在《新文学论丛》1980 年第 1 期上发表《高尔基如是说》，后来又在《文学评论》1982 年第 3 期上发表《关于“文学是人学”问题》，他对高尔基是否说过“文学是人学”这句话提出了异议，认为高尔基没有说过“文学是人学”这句话。刘保端列举了几段高尔基关于“人学”的讲话。高尔基第一次使用“人学”一词是 1928 年 6 月 12 日在苏联地方志学中央局庆祝大会上致答词时说的，他的原话是：“敬爱的同志们，首先我感谢你们给予我的荣誉，把我选为你们地方志学大家庭的一员。感谢你们。我还是想，我的主要工作，我毕生的工作不是地方志学，而是人学。”① 后来，高尔基又说过：“不要以为我把文学贬低成了《方志学》，（顺便说一句，《方志学》也是非常重要的事情），不，我认为这种文学是《民学》，即人学的最好的源泉。”②（当然，关于后面这段话中某些词语的翻译，他们二人有不同的看法。）从而，刘保端认为高尔基没有说过“文学是人学”的话。

钱谷融后来在《关于〈论“文学是人学”〉》（《新文学论丛》1981 年第 1 期）等文章中解释说，高尔基没有说过“文学是人学”的原话，中国学者了解和引用这句话是通过季摩菲耶夫的《文学原理》来完成的。但是，这并不等于说高尔基没有表达过“文学是人学”的意思，通过高尔基的许多作品以及讲

---

① 刘保端：《关于“文学是人学”问题》，《文学评论》1982 年第 3 期，第 136 页。

② ［苏联］高尔基著，孟昌、曹葆华译：《谈技艺》，《高尔基选集·文学论文选》，人民文学出版社 1960 年版，第 165 页。

话可以知道，“文学是人学”是对高尔基文学批评思想的概括。确实，高尔基曾多次谈到过文学中的“人学”。例如，钱谷融在《论“文学是人学”》的第一部分中，就引用了高尔基在《读者》中关于文学中“人”的话语：“文学的目的是要帮助人了解他自己，提高他的自信心，并且发展他追求真理的意向，和人们身上的庸俗习气作斗争，发现他们身上好的品质，在他们心灵中激发起羞耻、愤怒、勇气，竭力使人们变为强有力的、高尚的、并且使人们能够用美的神圣的精神鼓舞自己的生活。”[①] 在第三部分中又引用了高尔基在《我怎样学习写作》中的话语。高尔基说，文学“自古以来，到处就都张着‘摄取人的心灵’的网子，而且现在还是张着的”[②]。

这就是说，高尔基没有说过“文学是人学”的原话，但他表达过这种意思。钱谷融就对高尔基的文学批评思想进行了总结发展，明确提出了“文学是人学”，然后用高尔基的文学是“人学”这一理论，对中国文学中的许多现象进行了分析。例如，钱谷融用“文学是人学”分析了《红楼梦》。他认为，曹雪芹写《红楼梦》不是因为要反映封建社会日趋崩溃的征兆，不是为了反映官僚士大夫阶级的必然没落的命运，而是因为受到了对于贾宝玉、林黛玉等的一种无法排解的、异常深厚复杂的感情的驱迫。他还用“文学是人学”思想分析了李后主的诗词，认为李后主的诗词所写的都是他个人的哀乐，既没有为人民之意，也绝少为国家之心，亡国以后，更是充满了哀愁和感伤，充满了对旧

---

① 钱谷融：《论“文学是人学”》，人民文学出版社1981年版，第5页。

② ［苏联］高尔基著，戈宝权译：《我怎样学习写作》，生活·读书·新知三联书店1951年版，第3页。

日生活的追忆和怀恋。但是，文学作品本来主要就是表现人的悲欢离合的感情，表现人对于幸福生活的憧憬和向往，对于不幸的遭遇的悲欢、不平的，这也是钱谷融所说的人道主义精神。在《论“文学是人学”》的第五部分，钱谷融还用“人学”理论分析了鲁迅《阿Q正传》中的阿Q，对当时争论的典型问题作出了解释。

这样看来，钱谷融的《论“文学是人学”》之所以多年来一直受到世人的称赞，除了他在当时的政治环境中敢于犯忌提出“文学是人学”之外，还与他那种治学方法有关。高尔基是俄苏的文学批评家，但钱谷融具有“世界文学”的眼光，他承认文学理论批评作为一门科学，具有人类“普适性”，然后用不同国家和民族的文学理论进行相互阐释。他为了论证“文学是人学”，举了巴尔扎克、托尔斯泰、左拉、莫泊桑等人的例子，引用了美国作家马尔兹（Albert Maltz）的话语，分析了中国众多的古典文学作品。这实际上是我们现在所提倡的比较文学研究中的阐释法。当今许多学者说，比较文学的发展现已进入第三阶段，即从法国学派的影响研究、美国学派的平行研究进入中国学派的阐发研究。阐发研究是正在发展中的新型研究方法，它对不同民族、不同国家的文学和文学批评进行相互阐发，相互说明，以期达到对文学研究新的层面上的理解。钱谷融对高尔基“文学是人学”的阐发研究范式，对中国比较文学批评的发展也是一种启示。

当很多人随大潮地接受高尔基的“与政治相吻合”的一面时，钱谷融却接受其“人学”思想，我们从中可以学到钱谷融的敏锐的学术眼光。当政治把环境把“人学”视为禁区时，钱谷融却大胆借高尔基之口提出“文学是人学”，我们从中可以学到他敢于追求真理的勇气。当许多人对高尔基思想只是照搬的时候，他却以世界性的眼光对之进行了扩展和阐发，能够在前人的基础上继续前进，我们可以从中感悟到他的超俗的思维能力。这些，无论是对我们建设中国自己的文学批评，还是接受外国文学批评，都具有巨大的启示意义。事实上，中国对高尔基的接受和研究，至今还存在某些不足，虽然我国在 20 世纪 80 年代翻译出版了二十卷的《高尔基文集》，但是我们的翻译工作的依据一直是苏联出版的高尔基著作，而列宁以后的几代苏联领导人和文化官员出于对文学的庸俗社会学的理解，竭力把高尔基打扮成他们政策的鼓吹者和执行者以供苏联作家们学习效仿。为此，他们一方面肆意删改高尔基的作品（连特写《列宁》这样的作品也遭到了有关部门的刀笔加工），或者干脆扣押高尔基的作品，不予再版或发表（如政论集《不合时宜的思想》和大量特写、短评、书信）。正是这些被删掉、被改动的地方，被扣押不予发表的作品表现了作家大胆、复杂、深邃、隐秘的思想。没有了这些，“我们所接受的就只能是一个被阉割了的、被片面化了的高尔基”[①]。这些都是我们继续向钱谷融学习的理由。

第四节　接受俄苏文学批评的得失

20 世纪中国接受俄苏文学批评，从接受机制来说，它包括假借日本渠道的二级接受模式。这种接受有其弊端，但在当时历

① 余一中：《我们应当怎样接受高尔基——兼谈 20 世纪俄罗斯文学研究的某些问题》，《当代外国文学》1997 年第 3 期，第 127 页。

史条件下，也有其贡献。从接受效应来说，俄苏文学批评具有相对中国传统文学批评的异质性，它的进入促进了中国文学批评的现代转型。但是，苏联的庸俗社会学批评也助长中国20世纪文学批评中的工具论倾向。

一 中国接受俄苏文学批评的日本渠道评析

在中国对俄苏文学批评的接受史上，有一个非常奇特的现象，那就是中国接受俄苏文学批评经常不是从俄文直接获得，而是辗转通过日文、英文等来接受的。例如，波格丹诺夫的《无产阶级诗歌》、《无产阶级艺术的批评》、《宗教、艺术与马克斯主义》等三篇论文就是先被人译成英文，载于英国伦敦《劳动月刊》，后由苏汶从英文转译成中文，辑为《新艺术论》于1929年由水沫书店出版。普列汉诺夫的《艺术论》也是被人译成英文后，再被林柏从英文转译过来，于1929年4月由上海南强书局出版，内收《论艺术》、《论原始民族的艺术》和《再论原始民族的艺术》等三篇文章，也就是普列汉诺夫的《没有地址的信》（1899—1900）中的三篇书信体论文。但是，中国接受俄苏文学批评，在某个时期，更多的是通过日本这条渠道来完成的。

（一）通过将日文译本转译成中文来接受俄苏文学批评

中国接受俄苏文学批评，有很多是在日本人将俄苏文学批评原著翻译成日文后，再被中国那些精通日文的学者，将日文译本转译成中文来实现的。俄国的许多文学批评家及其论著进入中国，都经历了这样一个迂回历程。

首先是普列汉诺夫。1929年8月，上海水沫书店出版了冯雪峰翻译的普列汉诺夫的《艺术与社会生活》，这本书是普列汉诺夫晚年的一部重要文艺论著，而冯雪峰就是从日本学者藏原惟人的日译本转译的。此外，冯雪峰在同一时期还从藏原惟人的日译文转译了普列汉诺夫的《论法兰西底悲剧与演剧》和《文学及艺术底意义——车勒芮绥夫司基底文学观》。前者是普列汉诺夫的《从社会学观点论18世纪法国戏剧文学和法国绘画》（1905）一文的节译，译文连载于《朝花旬刊》1929年第1卷第7至8期；后者为普列汉诺夫的著作《尼·加·车尔尼雪夫斯基》（1909）的第1部第3篇的第1章，刊登在《小说月报》1930年第21卷第2号。

除了冯雪峰外，鲁迅当时也很关注普列汉诺夫，他与冯雪峰一样，也是从日文接受的。1930年2月，鲁迅翻译了普列汉诺夫的《车勒芮绥夫斯基的文学》第一章即《尼·加·车尔尼雪夫斯基》第1部第3篇的第1章的一部分，由《文艺研究》杂志1930年第2期刊出。1930年7月，上海光华书局又出版了鲁迅从藏原惟人的日译本转译的普列汉诺夫的《艺术论》。这个译本所收的文章，除了林柏的译本中所收的三篇外，还附有普列汉诺夫的《论文集〈二十年间〉第三版序》。鲁迅为自己翻译的《艺术论》写了一篇序言，首先介绍了普列汉诺夫的生平、思想和主要著述，进而论及收入该书的几篇文章所体现的作者的文艺观。《论文集〈二十年间〉第三版序》是鲁迅从藏原惟人所译的《阶级社会的艺术》一书中转译的，译文曾单独发表于1929年7月出版的《春潮》月刊第1卷第7期。

同时，胡秋原也从日文转译了普列汉诺夫的一些论著。例如，1930年7月出刊的《现代文学》第1卷第1期，发表了胡秋原翻译的《蒲力汗诺夫论艺术之本质》。1932年，胡秋原编译了《唯物史观艺术论——朴列汗诺夫及其艺术理论之研究》一书，由上海神州国光社出版。该书厚达800余页，含“绪言”、

“艺术理论家朴列汗诺夫之性质”、“艺术之本质”、“艺术与经济”、“艺术之起源”、“艺术之进化与发展”、“文艺底个性与社会性之考察”、“朴列汗诺夫之方法论”等10章，对普列汉诺夫的文艺思想和文艺批评作了较为全面的评述。另外，此书还附有胡秋原从日文转译的《朴列汗诺夫传》以及和普列汉诺夫的文艺思想有关的文章6篇，如《艺术与无产阶级》、《政治底价值与艺术底价值》、《文艺起源论》和《革命文学问题》等。

其次是弗里契。1930年，冯雪峰从藏原惟人的日译本转译的弗里契的《艺术社会学之任务及诸问题》，由《萌芽月刊》第1卷第1期、第2期连载。这篇译文随后不久又以《艺术社会学底任务及问题》为书名，于1930年8月由上海大江书铺作为“文艺理论小丛书”之一出版发行。此书乃弗里契的《艺术社会学》一书的概要。冯雪峰还翻译了弗里契的另一篇文章《巴黎公社的艺术政策》，刊登于《萌芽月刊》第1卷第3期（1930年3月出版）。

不久之后，弗里契的《艺术社会学》全书又被天行（刘呐鸥）和胡秋原从昇曙梦的日译本重译。天行（刘呐鸥）翻译的《艺术社会学》于1930年10月由上海水沫书店初版，1947年8月上海作家书屋再版。胡秋原翻译的《艺术社会学》于1931年5月由上海神州国光社初版，1933年重印，上海言行出版社1938年11月再版。刘呐鸥的译本是作为“马克思主义文艺论丛”之一出版的，胡秋原译本的1938年版本也是作为“唯物史观艺术理论丛书”之一印行的。1932年，胡秋原翻译了弗里契的《蒲力汗诺夫与艺术之辩证发展问题》，由《读书杂志》第2卷第9期发表。

其三是卢那察尔斯基。1929年5月，冯雪峰从日译文转译了卢那察尔斯基的《艺术之社会的基础》一书，作为“科学的艺术论丛书”之一种，由上海水沫书店出版。书中收有《艺术之社会的基础》、《关于艺术的对话》和《新倾向艺术论》（即《艺术及其最新形式》）等三篇论文。1929 年，鲁迅译了卢那察尔斯基的《艺术论》和《文艺与批评》两本书。其中，《艺术论》是从日本学者昇曙梦的日译本转译的，内收《艺术与社会主义》、《艺术与产业》、《艺术与阶级》、《美及其种类》和《艺术与生活》等 5 篇文章，作为“艺术理论丛书”之一种，由上海大江书铺出版。《文艺与批评》一书收入的《艺术是怎样地发生的》、《托尔斯泰之死与少年欧罗巴》、《托尔斯泰与马克思》、《今日的艺术与明日的艺术》、《苏维埃国家与艺术》、《关于科学底文艺批评之任务的纲要》等 6 篇文章，均系译者选译自各种日文书刊，后辑成一册，同样被列入“科学的艺术论丛书”，由上海水沫书店出版。

其四是高尔基。1930 年，上海光华书局出版了鲁迅选编的《戈里基文录》，它是中国出版的第一本高尔基文论与批评文集。书中收有高尔基的论文 7 篇，并附有《戈里基自传》和柯刚写的《玛克辛·戈里基》两篇文字。这些文章的译者是鲁迅（许遐）、柔石、侍桁、冯雪峰、沈端先等人，他们都是从日文译出。不久，林林从日文转译了高尔基的《文学论》，1936 年质文社在东京出版，上海光明书局国内经销。逸夫（楼适夷）从日文转译了高尔基的《我的文学修养》，上海天马书店 1936 年出版。以群转译了《高尔基给文学青年的信》，上海读书生活出版社 1936 年出版。

此外，还有许多俄苏的文学批评家如布哈林、托尔斯泰、沃罗夫斯基、维诺格拉多夫等也通过日本渠道被介绍进中国。例如，1929年画室（冯雪峰）从日译本转译的伏洛夫司基（沃罗夫斯基）的《作家论》一书，由上海昆仑书店出版。书中包括《巴札洛夫和沙宁——关于二种虚无主义》、《戈理基论》两篇论文。其中，前者是沃罗夫斯基关于屠格涅夫的《父与子》和阿尔志跋绥夫的《沙宁》两部小说的比较研究，后者是关于高尔基的评论。这个译本后面还附有弗里契的文章《文艺批评家的伏洛夫司基》。1930年，冯雪峰的这个译本经译者对译文略加修改，书名改为《社会的作家论》，著者译名改为"伏洛夫斯基"，被作为"科学的艺术论丛书"之一种，由上海光华书局重新出版。"拉普"后期的主要领导人之一法捷耶夫的《创作方法论》，是一篇全面阐释"辩证唯物主义创作方法"、号召"为了艺术文学上的辩证派的唯物论"而斗争的文章。该文在1931年就由冯雪峰从日文转译到我国来，刊载于《北斗》月刊第1卷第3期（译者署名何丹仁）。1928年，鲁迅从日文转译布哈林的《苏维埃联邦从Maxim Gorky期待着什么？》（即《我们期望从高尔基那里得到什么》）一文，刊载于当年7月出版的《奔流》第1卷第2期上。胡风从日语转译出列夫·托尔斯泰论文学与艺术的言论，以《关于文学与艺术》为题，发表于1936年6月出版的《译文》新1卷第4期。该译文后来又收入他辑译的《人与文学》一书（桂林文艺出版社，1943年）。

除了专著外，俄苏的文学批评教材也通过日本进入中国。例如，苏联文学批评家维诺格拉多夫的《新文学教程》被楼逸夫根据日译本转译成中文，被上海天马书店1937年出版。同年，重庆读书出版社印行了以群译本，该译本也是根据日译本所译。该书在苏联国内销行很广，以群在译后记中说它在苏联"是一部最风行的文学入门书，修正第二版，发行二十万部，还不能满足各方面的需要。”①

（二）通过翻译日本的研究论著来接受俄苏文学批评

20 世纪初期，日本许多学者写出了一些研究俄苏文学批评的著作，中国精通日文的学者将这些论著又翻译成中文，使得中国文坛得以接受俄苏文学批评。这也就是说，中国接受俄苏文学批评，有很多是通过将日本学者研究和介绍俄苏文学批评的论著翻译成中文来完成的。

日本早期研究俄苏文学批评的学者，首推昇曙梦。他完成了许多研究和介绍俄苏文学批评的论著，而中国学者也很早就开始了将他的论著翻译成中文。例如，他论述“无产阶级文化派”掀起的无产阶级文学运动的专著《新俄的无产阶级文学》，就由画室（冯雪峰）译为中文，于 1927 年由上海北新书局出版。昇曙梦研究俄苏文学及批评的代表作是《现代俄国文艺思潮》和《俄国现代思潮及文学》，这两本书也先后被译成中文。《现代俄国文艺思潮》由陈淑达译出，上海华通书局 1929 年出版。该书是一本小册子，概述了 19 世纪至 20 世纪前 20 年俄国文艺思潮发展的脉络。内容包括“国民文学的构成和写实主义的确立”、“1840 年代思潮”、“1860 年代思潮”、“民情主义思潮”、“田园文明的挽歌”、“马克思主义的思潮”、“近代主义的思潮”、“都会文艺思潮”、“革命文坛的各流派”、“无产阶级的文学”、“共产党的文艺政策”等章节。《俄国现代思潮及文学》由许涤非译出，上海现代书局 1939 年出版。昇曙梦的该书日文原著初版于 1915 年，修订于 1923 年，论述了 19 世纪末和 20 世纪初俄国文学思潮。作者在该书中译本序言中称：“本书乃是我过去的著作

① 以群：《〈新文学教程〉译后记》，读书出版社 1946 年版。

中最倾注心力的一部，乃是综合了过去长期间的研究的东西。网罗于本书中的时代，主要乃是近代象征主义时代，这时代于种种的意义上，是我所最感到魅惑的时代，所以能抱着非常的兴味而埋首于研究。那研究的结晶，便出现成为本书，所以，此后像这样的著作，我究竟还能不能写出，几乎连我自己也不确切知道。虽然像是自称自赞，但关于这时代的研究，如同本书那样完备的，就连俄国本也还没有。"[①] 此外，昇曙梦的《高尔基评传》(胡雪译，开明书店出版)、《高尔基与中国》（新中国文艺社编译）也曾被译成中文出版。

冈泽秀虎也是日本著名的俄苏文学批评研究专家，他毕业于日本早稻田大学俄罗斯文学科，专攻俄国文学理论批评。著有《苏俄文学理论》一书，及《文艺科学上社会学的方法》等论文。冈泽秀虎的《苏俄文学理论》中的某些章节曾在日本的刊物上发表过，也曾有中国学者将其译成中文。如该书绪论及第一章，曾以《苏俄文学理论研究》为题，发表于早稻田大学文学部会编纂的《文学思想研究》第 8 卷中，中国学者杨浩将其翻译刊于《北新》第 5 卷第 44 期。第二章曾以《苏俄十年间的文学理论研究》为题，连载于《文艺战线》第 6 卷各号，也曾有中国学者按期译出，刊于《小说月报》第 20 卷 3 月以后各号。后来，陈雪帆（陈望道）将其《苏俄文学理论》全书译成中文，先是 1930 年由大江书铺出版，后于 1935 年改由开明书店出版，1940 年开明书店再版。初版时译者署名陈雪帆，再版便改为陈望道。全书内容包括绪论、正文和附录。序文主要介绍革命后俄

① 昇曙梦：《写给中译本的序》，《俄国现代文艺思潮及文学》，许涤非译，上海现代书局 1939 年版。

国文学的概况，并将其分为三个时期。第一章论述的是第一期的文学理论，主要介绍了普罗列答利亚文学论、左翼未来派的理论、“锻冶厂”的文学论等。第二章论述的是第二期的文学理论，主要介绍了“十月”派的文学理论、“在哨岗”的极左文学论、托洛茨基的文学论、列夫的文学论等。第三章论述的第三期的文学理论，主要介绍了卢那察尔斯基文学论。陈望道认为：“征引繁富和译文明快是本书原本二大特色，借此足证著确是‘力求做忠实的介绍者’，借此也使本书成为一本质实详明的俄国现代文艺批评史。”[1] 此外，冈泽秀虎的《郭果尔研究》等后来也被译成中文。

藏原惟人和外村史郎也是日本著名的文学理论批评学者，此二人曾辑译了不少俄苏文学著作，而他们所辑译的许多书籍，后来又被中国学者译成中文。例如，1928 年 9 月，画室（冯雪峰）从日文转译的，由藏原惟人、外村史郎辑译的《新俄的文艺政策》一书，由上海光华书局出版，其内容是 1924 年 5 月 9 日俄共（布）文艺政策专题讨论会的发言记录。里面收有卢那察尔斯基 1924 年 5 月 9 日在关于俄共（布）文艺政策专题讨论会上的发言。1930 年 6 月，由鲁迅翻译、同样由藏原惟人和外村史郎编选的《文艺政策》一书，由上海书沫书店出版（当年 10 月再版）。书中除收录了《关于对文艺的党的政策》（即 1924 年 5 月 9 日俄共［布］文艺政策专题讨论会发言记录）之外，还收有《观念形态战线和文艺》（即 1925 年 1 月第一次全苏无产阶级作家会议决议）、《关于党在文学方面的政策》（俄共［布］

① 陈望道：《译后杂记》，［日］冈泽秀虎：《俄苏文学理论》，开明书店 1940 年版，第 380 页。

中央 1925 年 6 月 18 日决议）等文件。收入《文艺政策》中的所有文献资料，都曾连载于 1928 年 6 至 8 月出版的《奔流》月刊第 1 卷第 1 至 3 期。以上几种译文集，虽不是对“拉普”理论的集中译介，而只是包含了“拉普”主要领导人的文章和言论，却使中国广大文学界人士得以了解到“拉普”的基本理论主张。

尤其值得一提的是，苏联的“社会主义现实主义”的口号，最初也是通过日本而传入中国的。1933 年 2 月出版的《艺术新闻》（周刊）第 2 期，刊登了林琪从日本《普洛文学》1933 年 2 月号翻译的一篇报道《苏俄文学的新口号》，首次向中国读者介绍了“社会主义现实主义”这一口号在苏联的出现。1933 年 8 月 31 日的《国际每日文选》第 31 号，刊登了从日本研究者上田进的《苏联文学底近况》一文中翻译的格隆斯基和吉尔波丁（组织委员会秘书长）在苏联作家协会组织委员会第一次全体会议上的发言片断。1940 年 10 月，希望书店出版了日本学者森山启著、林焕平翻译的《社会主义的现实主义论》。这本书包括《关于创作理论的二三问题》、《关于创作方法之现在的问题》、《社会主义的现实主义之“批判”》、《“否定的现实主义”批判》、《艺术方法与科学方法小感》、《创作方法与艺术家的世界观》、《艺术上的现实主义与哲学上的唯物论》等七篇论文，从不同角度探讨“社会主义现实主义”问题。这本书还将第一次苏联作家代表大会通过的《苏联作家协会章程》作为附录予以收入。此外，日本尾濑敬止的《新俄艺术概观》也被雷通群译成中文，由上海新宇宙书店 1930 年出版。

（三）中国通过日本接受俄苏文学批评之反思

由此看来，中国接受俄苏文学批评，有很多是以日本为渠道来实现的。那么，中国接受一个国家的文学理论批评，为什么要绕道第三国来进行，其间又有什么得失呢？我们首先来看一下当时的历史情境。

其一，中国通过日本接受俄苏文学批评的时间主要集中于20世纪上半期。在近代以前的漫长历史中，中国和日本同属于汉字文化圈的成员，日本文化受到中国文化的广泛影响。但是，甲午战败之后，中国朝野震惊，日本形象提升。特别是庚子事变之后，中国人认识到，要学西方，必先学日本。于是留日学生源源东渡，东文学校纷纷开设。有学者形容当时的情况是："男子留日，女子留日，兄弟留日，父子留日，夫妇留日，全家留日，公费留日，自费留日，青年留日，老年留日，秀才留日，举人留日，进士留日。一时间，留学日本，狂潮翻卷，蔚为壮观。"[①] 留学日本热必然带来日文书籍翻译热，有人对晚清的日文书籍翻译作了一个不完全统计：1896—1911年15年间，中国翻译日文书籍至少1014种。这个数字，远远超过此前半个世纪中国翻译西文书籍数字的总和，也大大超过同时期中国翻译西文书籍的数量。以1902—1904年为例，译自英文的共89种，占全国译书总数16%；译自德文的24种，占4%；译自法文的17种，占3%，而译自日文的有321种，占总数60%。[②] 这个情势一直延续到20世纪40年代。日文书籍的翻译之所以出现这样的热潮，梁启超曾认为这与日文易学，日书易译有关。"学英文者经五六年始成，其初学成也尚多窒碍，犹未必能读其政治学、资生学、智学、群学等之书也。而学日本文者，数日而小成，数月而大成，日本之学，已尽为我

① 熊月之：《西学东渐与晚清社会》，上海人民出版社1995年版，第639页。
② 同上书，第640页。

所有矣，天下之事，孰有快于此者？”[①] 这样看来，20 世纪上半期的日本对西学接受较多，而中国当时的翻译人才也多是精通日文，所以出现了中国接受俄苏文学批评也绕道日本的现象。

其二，中国通过日本来接受俄苏文学批评的内容主要集中于无产阶级文学批评。如果对中国绕道日本所接受的俄苏文学批评作个归纳，我们可以很清楚地看到，无论是转译的俄苏文学批评论著，还是翻译的日本学者的研究论著，几乎都集中于俄苏“十月”革命前后的文学批评。例如，中国学者所转译的俄苏文学批评，大都是普列汉诺夫、弗里契、高尔基、卢那察尔斯基等人的论著；中国学者翻译的日本学者的论著，也大都是研究“十月”革命前后的文学批评情况，如昇曙梦的《新俄的无产阶级文学》、《现代俄国文艺思潮》和《俄国现代思潮及文学》，冈泽秀虎的《苏俄文学理论》，藏原惟人和外村史郎辑译的《新俄的文艺政策》等，都是如此。日本的俄苏文学批评翻译者和研究者，如昇曙梦、冈泽秀虎、藏原惟人和外村史郎等，主要是一些倾向和同情无产阶级文学运动的学者，中国的俄苏文学批评接受者也都主要是一些崇尚和从事无产阶级文学运动的革命家和学者，如鲁迅、冯雪峰、胡风、陈望道等。当时中国也有少数懂俄语的人才，但之所以会出现中国从日本接受俄苏文学批评的情况，主要是当时日本的无产阶级文学运动成绩要强于中国。有学者就说：“日本无产阶级文学起步早于中国，当中国新文学开始转向革命文学时，日本无产阶级文学已有了 6 年的历史，积累了一些经验，所以对日本无产阶级文学的翻译、介绍，对于中国新

① 梁启超：《论学日本文之益》，《清议报全编》卷 4，第 73 页。

文学来说，主要是一种学习、借鉴过程。”①

中国学者假道日本接受俄苏文学批评，肯定有其不甚便当之处，事实上，就是那些翻译或接受者自己，也认识到了其不足的地方。例如，胡秋原在神州国光社出版了《唯物史观艺术论》，有780页之多，梁实秋称其是一部巨著。但是，胡秋原的这本研究普列汉诺夫及其艺术理论的著作，是根据一些日译本来完成的。梁实秋在《普列汉诺夫及其艺术理论——读胡秋原著〈唯物史观艺术论〉》中就说了这样几句话：

> 胡先生之研究唯物史观艺术论与普列汉诺夫是根据一些日本人的译本，胡先生一面认为这是“遗恨”，一面又说：“不过外村史郎，藏原惟人，升曙梦，川内唯彦等氏，都是日本斯学的权威，可信的名译，这或者足以使我得免于罪戾。”那么，我们读者也自然是满意的了。②

从梁实秋的上述话语我们得知，胡秋原对自己不懂俄文，从日文资料研究俄苏文学批评是引以为“遗恨”的。但是，包括胡秋原在内的许多人，认为日本的许多学者是俄苏文学批评的权威，因此，他们在翻译和研究俄苏文学批评的过程中，又尽可能地完整准备地传达日本学者的意见。例如，鲁迅翻译的《文艺与批评》一书中，收有一篇《关于科学底文艺批评之任务的提要》，这是卢那察尔斯基写的一篇论文。鲁迅从日本藏原惟人的

---

① 方长安：《选择·接受·转化——晚清至20世纪30年代初中国文学流变与日本文学关系》，武汉大学出版社2003年版，第269页。

② 梁实秋：《普列诺夫汉及其艺术理论——读胡秋原著〈唯物史观艺术论〉》，天津《益世报·文学周刊》第23、24期（1933年4月29日、5月6日）。

日译文转译过来后，在自己写的“译者附记”中引用了藏原惟人的“译者按语”中的一段话：“这是作者显示了马克斯主义文艺批评基准的重要的论文。我们将苏联和日本的社会底发展阶段之不同，放在念头上之后，能够从这里学得非常之多的物事。”接着这段话之后，鲁迅写道：

> 这是也可以移赠中国的读者们的。还有，我们也曾有过以马克斯主义文艺批评自命的批评家了，但在所写的判决书中，同时也一并告发了自己。这一篇提要，即可以据以批评近来中国之所谓同种的“批评”。必须更有真切的批评，这才有真的新文艺和新批评的产生的希望。[①]

中国的翻译者之所以翻译、介绍俄苏文学批评，就是为了对中国当前的文学批评有所增益，但是，为了不使文学论著在译介的过程中，有所变形和曲解，他们尽可能地在译介过程中指出其背景和中国可资借鉴的地方。例如，冯雪峰也是如此。1930 年，上海光华书局重新出版了冯雪峰翻译的《社会的作家论》，冯雪峰在“题引”中就引用了日译本序言中的一段话：“现在在我国，跟着无产阶级文学底泼辣的抬头和进击，对于旧文学的真正从马克思主义的立场的，严正而峻烈的批评也紧要起来了；当此，倘这个拙译能给予一些意义，对于译者是望外之喜。”紧接着这段引文之后，冯雪峰写道：“我想，这几句在序文之类里极易看见的颇公式的话，大约也可以移到这里来说。因为在我们中

---

① 鲁迅：《〈文艺与批评〉译者附记》，《鲁迅全集》第 10 卷，人民文学出版社 1981 年版，第 302 页。

国，对于现存的文学作家，也有人试以猛烈的批评——但有谁真正用过马克思主义的批评方法吗？那种学者的可厌态度当然是可以抛弃的，但最要紧的是在用‘马克思主义的 X 光线’——像本书著者所用的——去照澈现存文学的一切；经了这种透视，才能使批评不成为谩骂，却是峻烈的批评。”①

总之，因为时代条件、地理位置和语言等多方面的因素，中国对俄苏文学批评的接受，在一个相当长的历史时期内，是通过日文转译的。“这种特殊的接受路径，不仅决定了中国马克思主义文学理论家、批评家们独特的理论素养、知识结构、思维习惯和关注侧重，而且在很大程度上制约了一个长时期内中国文学与文化生活的基本格局。”② 鲁迅后来也认识到了这种转译的不足，他说，“懂某一国文，最好是译某一国文学，这主张是断无错误的”，而且认为“待到将来各种名作有了直接译本，则重译本便是应该淘汰的时候”③。事实也是这样，如冯雪峰翻译的普列汉诺夫的《艺术与社会生活》，1929 年 8 月由上海水沫书店出版。这本书是译者从日本学者藏原惟人的日译本转译的，是普列汉诺夫晚年的一部重要文艺论著。冯雪峰将这本书翻译得很好，后经修订多次再版，但是，20 世纪 60 年代从俄文本直接翻译的汉译本出现以后，冯雪峰的译本也就渐渐被人们忘记了，然而转译本的历史贡献却是不能抹杀的。

---

① 冯雪峰：《〈社会的作家论〉题引》，《雪峰文集》第 2 卷，人民文学出版社 1983 年版，第 753—754 页。

② 汪介之：《回望与沉思——俄苏文论在 20 世纪中国文坛》，北京大学出版社 2005 年版，第 55—56 页。

③ 鲁迅：《论重译》，《申报·自由谈》1934 年 6 月 27 日。

二　俄苏文学批评与中国文学批评的现代转型

中国文学批评进入20世纪之后，发生了现代转型。笔者认为，中国文学批评的现代转型，是朝着两个方向转的，一是科学化，一是人本化。[①] 中国文学批评之所以会发生现代转型，其中原因之一便是国外文学批评的刺激。俄苏文学批评从文化根源上来说，属于与中国文学批评异质的西方文学批评。因此，中国接受俄苏文学批评时，也接受了其中许多与中国传统文学批评质地相异的因素，也就是说，俄苏文学批评也促进和强化了中国文学批评的现代转型。

（一）俄苏文学批评输入中的“科学理性”因素

所谓异质性，是指中西文学批评“从根本质地上相异的东西”。曹顺庆认为：“就中国与西方文论而言，它们代表着不同的文明，在基本文化机制、知识体系和文论话语上是从根本上就相异的（而西方各国文论则是同根的文明）。”[②] 这种异质文学批评话语，在互相遭遇时，会产生相互激荡的态势，并相互对话，形成互识、互证、互补的多元视角下的杂语共生状态，并进一步催生新的文学批评话语。

我国古代的文学批评，由于其直觉思维和整体把握的方式及长于辩证逻辑，使得它用许多成对的美学范畴诸如情与理、形与神、虚与实等来对文学艺术的特征、构成、布局予以把握和描述，而这些范畴大多却“只可意会、不可言传”，具有相

---

① 庄桂成：《论中国文学批评视野下的现代转型》，《华中师范大学学报》2004年第2期，第89页。

② 曹顺庆：《比较诗学的重要突破——〈中国文论思辨思维〉序》，《中国比较文学》2004年第4期，第140页。

当大的弹性和张力；还有许多概念、术语如气、神韵、风骨、情采、性灵等同样显示出灵活性、多义性、多功能性、整体性的特点。这是因为统于一尊的经学思维方式遏制了思维的个性化，神秘的直觉代替了思维的理性化，笼统的整体直观妨碍了思维的精确性。

但是，中国20世纪文学批评“打破了传统整体直觉思维的格局，引入了西方科学思维方式……使文学批评出现了重事实、重演绎，强调理性分析和逻辑实证的特征；在概念范畴上则力求遣词造句的严密准确，使之具有稳定性、精确性和解析性。西方包含着大量新术语、新句法、逻辑性强的语言系统开始引进，并在中国来自现实生活、出于人们口头的白话的基础上加以改造，这对于纠正古代汉语言文学家，许多概念范畴含混不精确，系统推理缺乏明确的规范程序的弊病有重大作用。”①

王国维就是如此，而且他自己也意识到了这个问题。例如，他在《论新学语之输入》中就说，“西洋人之特质，思辨的也，科学的也，长于抽象而精于分类；对世界一切有形无形之事物，无往而不用综括及分析之二法”，可是“吾国人之所长，宁在于实践之方面，而理论之方面则以具体的知识为满足。至分类之事，则除迫于实际之需要外，殆不欲穷究之也”，“故我中国肖辩论而无名学，有文学而无文法，足以见抽象与分类二者，皆我国人之所不长”。事实上抽象分类、分析综合的科学方法，对学术研究是十分重要的。所以他指出，为了推进我国的学术研究，“今日所最急者在授世界最进步学问之大

① 黄曼君：《中国20世纪文学理论批评史》，中国文联出版社2002年版，第64页。

略，使知研究之方法。”① 因此，自20世纪初以来，西方文学批评中的与中国传统文学批评质地相异的东西，逐渐进入中国文学批评中，这种异质性就是中国传统文学批评所缺少的科学理性。

到了20世纪二三十年代，随着俄苏文学批评进入中国，西方文学批评异质性对中国文学批评的影响加强。俄苏文学批评从文化根源上来说，属于与中国文学批评异质的西方文学批评。因此，中国接受俄苏文学批评时，也接受了其中许多与中国传统文学批评质地相异的科学理性等因素。20世纪20年代末30年代初，由冯雪峰主编，上海水沫书店和光华书局出版的“科学的艺术论丛书”中，就有许多是俄苏文学批评论著。例如：

1. 普列汉诺夫：《艺术论》，鲁迅译，光华书局1930年。

2. 普列汉诺夫：《艺术与社会生活》，冯雪峰译，水沫书店1929年。

3. 波格丹诺夫：《新艺术论》，苏汶译，水沫书店1929年。

4. 卢那察尔斯基：《艺术之社会的基础》，冯雪峰译，水沫书店1929年。

5. 卢那察尔斯基：《文艺与批评》，鲁迅译，水沫书店1929年。

6. 弗里契：《艺术社会学》，天行（刘呐鸥）译，水沫书店1930年。

7. 沃罗夫斯基：《社会的作家论》，画室（冯雪峰）译，光华书局1930年。

8. 藏原惟人、外村史郎辑译：《文艺政策》，鲁迅译，水沫

---

① 王国维：《论新学语之输入》，周锡山编：《王国维文学美学论著集》，北岳文艺出版社1987年版，第111页。

书店1930年。

自从现代文学观念被引入中国之后，建立一种科学的文学批评，或者说以科学的方法研究文学就成为中国现代文学批评的一种追求。如果说五四及其以前对科学的信仰多指向自然科学意义上的科学，相应地，对文学的科学认识也主要是将科学研究的观察、归纳、演绎原则应用到文学研究上，甚至以文学为科学研究的工具和手段，但是，到了俄苏文学批评大规模进入中国，以社会科学方法研究文学、艺术的尝试渐渐多起来。马克思主义作为一种强有力的社会科学思潮也推动着从社会、经济根源去解释意识形态的倾向，“许多马克思主义理论家已开始将辩证唯物主义的原则应用于文学、艺术的研究，并取得了初步成果。这些新的思想和方法很快在东方——首先是在日本——引发新一轮文学认识上的变革，并涌现了一批早期成果”[①]。而这些浸透了马克思主义科学理性精神的文学批评论著，后来都转道日本或直接被介绍进入中国。

例如，《文学原理》是苏联文艺理论家季莫菲耶夫的论著，1934年出版，1948年再版，1953年被译成中文。全书分为三大部分，近30万字。作者希望在此书中以马克思列宁主义的科学方法分析研究文学现象和问题，找出文学的一般原则或规律，以此建立文学研究的科学基础。《文学原理》被译成中文时，译者在序言中就说：“全国解放以来，我国的大学和中学的文学课堂上，以及广大的爱好文学的读者群中，都感到一个迫切的需要：要掌握新的文学理论，要获得马列主义的文学科学的知识……作

① 程正民、程凯：《中国现代文学理论知识体系的建构》，北京大学出版社2005年版，第63页。

者（按：指季摩菲耶夫）想从文学的复杂现象中，抽出文学作品和文学发展的规律，使文学的研究，可以和自然科学的研究一样的精确化。”①

（二）俄苏文学批评输入中的“审美—人学”因素

中国古代文学批评主要是处于工具论思想笼罩之下，忽视作为个体的人的思想。中国古代由于处在封建专制社会，“人”的自觉意识受到束缚，虽然从事文学写作的人多，但文学的自觉性却不强，大多把文学视为儒家之“道”的附庸、教化的工具。19世纪虽然产生了一些变化，但与人文精神的曲折发展一样，文学的自觉性也是处在曲折发展的过程中。这种状况一直持续到19世纪末，“士大夫纷纷把学习西方作为救国的手段，在西学的影响下，人文精神有了新的理论体系、价值观念，因而也有了较大的发展，形成一股重要的思潮”。② 因此，自20世纪初开始，我国许多文学批评家突破工具论的束缚，大胆论述文学中“人学”思想，例如王国维、胡适、周作人等都是如此。王国维之所以被很多学者认为是中国现代文学批评的肇始者之一，关键就在于他的文学批评关注着人，关注着人生的痛苦与解脱，而《〈红楼梦〉评论》就是他“人学”批评的典范之作。胡适也关注着文学中的“人学”思想。1918年6月15日他在《新青年》上发表《易卜生主义》，大力宣扬易卜生的个人主义，主张个人要充分发扬自己的天才性，要充分发展自己的个性，高扬健全的个性主义的大旗。周作人更是从1918年开始，在《新青年》上

① ［苏联］季摩菲耶夫：《文学原理·译者的话》，上海平明出版社1953年版，第1页。

② 陈伯海：《近四百年中国文学思潮史》，东方出版中心1997年版，第387页。

接连发表了《人的文学》、《新文学的要求》和《平民文学》等文章，在“人的文学”的启蒙主题下，更加详细地阐述了“人的文学”是五四新文学区别于传统文学的最主要的特质。五四之后，俄苏某些文学批评家思想，也强化了中国文学批评中的人学思想。

俄苏的文学批评向来蕴涵着丰富的审美和人学因素。19世纪的别林斯基就提出过“历史的、审美的”文学批评观，运用这些观点和方法广泛评论了俄国文学的历史和现状，包括民间文学、戏剧、美术以及外国文学艺术流派等各个方面。别林斯基非常强调美学批评与历史批评的结合，他在《关于批评的讲话》一文中明确指出：“不涉及美学的历史的批评，以及反之，不涉及历史的美学批评，都将是片面的，因而也是错误的。批评应该只有一个，它的多方面的看法应该渊源于同一个源泉，同一个体系，同一个对艺术的观照。”[①] 19世纪中期，俄国还出现了纯美主义文学批评流派。这个流派以德鲁日宁等人为代表，他们推崇普希金的创作。德鲁日宁认为，普希金是一个“温和的”、“钟情的”，具有“微笑才能”，描写“光明图景”的作家，他在创作时既“没有预先提出思想”，也“没有竭力灌输某种抽象的理论”。德鲁日宁等人奠定了纯美主义批评流派从“纯艺术论”观点评论普希金作品的理论基础，得到了一些作家和批评家的支持，在俄罗斯产生了相当广泛的影响。

陀思妥耶夫斯基的文学批评更是非常强调审美和人学。他认为，艺术与现实有着密切的关系，但它们是通过人来作中介的。

---

① ［俄］别林斯基著，满涛译：《别林斯基选集》第3卷，上海译文出版社1980年版，第595页。

陀思妥耶夫斯基的小说，无一不是以“人”作为艺术表现的基点，以“人”作为现实和理想的化身。“以完全的现实主义在人身上发现人”——这是作家的一句名言，也是他评定文学作品高下的一条准则。他说：“人们称我为心理学家，不对，我只是最高意义上的现实主义者，即刻画人的心灵深处的全部奥秘。”①对“人”的特别的关注，对心灵的深刻挖掘，是陀思妥耶夫斯基文学创作和文学批评的特点。在20世纪中国影响很大的高尔基，更是非常重视文学批评中的“人学”因素。1895年，高尔基在小说《读者》中就提出：“文学的目的，是帮助人了解自己本身，提高他的自信心”；“一般地说，文学的任务——是使人变得高尚”。进入20世纪后，高尔基再次重申：“文学艺术的一般任务是什么呢？就是把人身上最好的、优美的、诚实的也即高贵的东西，用色彩、词句、声音、形式表现出来……比如说，我的任务就是激起人对自己的自豪感。”②

20世纪50年代，俄罗斯文学和文学批评经过较长时期的压抑之后，进入一个新的时代。在文学创作领域，“解冻文学”开风气之先，打破了长时期以来的沉闷空气。在文学批评领域，现实主义和人道主义传统得到回归。1953年4月16日，女诗人奥·弗·别尔戈丽茨在《文学报》上发表《谈谈抒情诗》一文，指出以往一个长时期内的文学作品，特别是诗歌缺乏感染力，主要原因在于“没有人”，“没有抒情主人公”，而这恰恰是“缺乏主要的东西”。“她的文章事实上触及了文学作为人学的人道主

---

① ［俄］陀思妥耶夫斯基著，冯增义、徐振亚译：《陀思妥耶夫斯基论艺术》，漓江出版社1988年版，第390页。

② 转引自张杰、汪介之《20世纪俄罗斯文学批评史》，译林出版社2000年版，第129页。

义与现实主义的关系问题”[①]。后来，老作家伊·爱伦堡在发表小说《解冻》前，写了《谈作家的工作》一文，提出文学的功能在于帮助人们“更充分地认识人的内心世界”，因此文学就应当写“活生生的人”，写日常生活事件，“揭示隐藏在人的心灵深处的光明与黑暗的斗争”，反映世界的复杂性。这标示着文学批评中的人学意识在俄苏的全面回归。接着，俄苏文学批评中的审美学派又出现了。审美学派产生于20世纪50—60年代的关于文艺的审美本质问题的大讨论。理论界一般认为，文艺审美本质的讨论始于斯托洛维奇的学位论文《论艺术审美本质的几个问题》（1955）和布罗夫的专著《艺术的审美实质》（1956）。审美学派的批评家反对文艺的意识形态本质论，主张文艺的本质是审美。文艺的审美本质表现在两个方面：一是文艺反映客观存在的审美属性，二是文艺是艺术家创造性活动的结果，作品的艺术性的高低是衡量它的审美价值的尺度。

（三）“异质性”与中国现代文学批评的转型

中国文学批评从20世纪初就开始转型，但是，转型是一个艰难的历程，不可能一蹴而就。正是因为有了后来俄苏文学批评中的“异质性”因素的强烈而持久的刺激，才导致了中国文学批评的“现代性”逐渐萌生。当然，转型是各种外国文学批评刺激的结果，不只是俄苏文学批评一己之力，然而对20世纪中国影响最大的还是俄苏文学批评，20世纪20年代之后，中国文学批评的变动，大都与俄苏文学批评有着直接或间接的关系。

中国文学批评的现代转型，就是中国文学批评从“古代”

① 张杰、汪介之：《20世纪俄罗斯文学批评史》，译林出版社2000年版，第364页。

型的文学批评，转化为“现代”型的文学批评，这个转型的方向就是科学化和人本化。

所谓文学批评的科学化，是指让文学批评成为一门科学，成为实现人类对世界的规律性把握，也就是实现“思维和存在”在规律层次上的统一。韦勒克在谈及批评到底是一门艺术还是一门科学时指出：“批评家不是艺术家，批评不是艺术（近代严格意义上的艺术）。批评的目的是理智上的认知，它并不像音乐或诗歌那样创造一个虚构的想象世界。批评是理性的认识，或以这样的认识为其目的。”① 金克木则说得更直接：“文艺本身不是科学。你要研究这个文学作品，研究这个艺术品，拿它当作一个客观对象来加以分析，那么这就是科学，可以叫做文艺的科学、文学的科学、艺术的科学。”② 确实，中国20世纪之前的文学批评不是“科学化”的文学批评，它是一种感悟式、印象式的文学批评。此前的文学批评家往往采用直观领悟和内省体验的方式，这与中国哲学的思维方式有密切关系。中国哲学注重人的内心修炼。儒家追求内心世界的“乐”与“和”，道家追求描写世界的“忘”与“适”，禅宗追求自性与顿悟，讲的都是一个直觉体验的问题。因此，我国传统文学批评混淆了批评和艺术的界限，现代转型的方向之一就是从艺术转向科学。

而在这个历程之中，俄苏文学批评功不可没。如前所述，20世纪20年代起，俄苏各种“科学的文学论”丛书传入中国，使得中国文学批评学者也试着用社会学的方法解释文学的根本问

① ［美］雷纳·韦勒克著，丁泓、余徵译：《批评的诸种概念》，四川文艺出版社1988年版，第38页。

② 金克木：《艺术科学丛谈》，生活·读书·新知三联书店1986年版，第69页。

题，开始把文学置于社会科学的框架中去理解，使得中国出现了众多的以马克思主义“唯物史观”为理论基础的文学论。到了20世纪50年代，各种俄苏文学批评教材传入中国，它们更加强化了中国文学批评中的科学化因素。苏联的文学批评教材有科学严谨的体系，对我国文学批评教材有示范作用；新中国成立初期的文学批评教材，在体系上几乎无一不受苏联的影响。苏联文学批评理论通过对文学与其他上层建筑及经济基础关系的阐述，使我们对文学有了宏观的视野和研究方法。在苏联文学批评教材中，文学被看成是与哲学和社会科学一样的社会意识形态，由经济基础决定，同时反作用于经济基础。到了20世纪80年代之后，因特殊历史原因迟缓传入的俄国形式主义文学批评，其科学精细的形式分析，对我国当代文学批评也产生了强烈的影响。

所谓文学批评的人本化，就是把人当做文学研究的核心、出发点和归宿，通过对人本身的研究来探寻文学的本质及其他文学研究问题。俄苏文学之所以在世界上有很高的地位，是由于其文学的人本因素。同样，俄苏文学批评之所以在世界文学批评的长河中也占有一席之地，也是因为其文学批评中的人学和审美因素，或者说是对人的审美分析。虽然俄苏文学批评中曾有过一些庸俗的社会学批评，但它并不能代表俄苏文学批评的全部。曾有学者把20世纪俄苏文学批评的潮流分为三股：一是以重视社会分析为主要特征的社会批评潮流，它包括马克思主义文学批评、现实主义（写实派）、庸俗社会学、无产阶级文化派、“拉普”、社会主义现实主义等理论批评形态；二是以探讨文学与人的心灵世界、文学与历史文化关系为基本目的的历史文化批评潮流，如象征主义、宗教文化批评和历史诗学等派别以及与之相关的那部分批评家；三是强调艺术审美功能、重艺术形式研究的审美批评潮流，属于这一潮流的主要有阿克梅主义、未来主义、俄国形式主义、布拉格学派、审美学派和莫斯科—塔尔图符号学派等。[①] 这些是20世纪的俄苏文学批评，此外还有19世纪的文学批评，它们中的许多就催生了中国文学批评中的人本因素。

最典型的是高尔基对中国文学批评的影响。胡风是中国20世纪中期的著名文学批评家，1943年他辑译了《人与文学》（桂林文艺出版社，1943年），里面就有高尔基有关人学的文学论文或涉及人学的文学理论和批评文字。胡风认为，文学不仅要同敌人作斗争，不仅要服从于、服务于社会政治斗争，而且还要揭示人民群众中的“精神奴役创伤”，以达到改造国民性的目的。由此出发，他在论及高尔基时，特别强调的是后者的文学是“人学”的思想。胡风认为，高尔基的伟大在于，他始终肯定人的价值，主张以文学改造人生，帮助人洗去“历史遗毒”，“追求‘无限地爱人们和世界的’，在至高的意义上说的‘强的’‘善良的’人”。[②] 钱谷融也是受高尔基人学思想影响的中国文学批评家。1957年，他根据高尔基的人学理论，写出了著名《论“文学是人学”》。该文共有3万多字，原载《文艺月报》（上海）1957年第5期。钱在《论“文学是人学”》中明确指出，他写这篇文章，“就是想为高尔基的这一意见作一些必要的阐释，并根据这一意见，来观察目前文艺界所争论的一些问题”[③]。

此外，苏联的“解冻文学”等也对中国文学批评中的“人

---

① 张杰、汪介之：《20世纪俄罗斯文学批评史》，译林出版社2000年版，第6页。

② 转引自汪介之《回望与沉思——俄苏文论在20世纪中国文坛》，北京大学出版社2005年版，第154页。

③ 钱谷融：《论“文学是人学”》，人民文学出版社1981年版，第2页。

学”思想产生了重要的影响，包括20世纪50年代中期的中国文学和文学批评“短暂的春天”，以及20世纪70年代末80年代初的文学思想解放，都不能说与之无关。

朱光潜1944年曾写过一篇文章《谈翻译》，在谈到翻译国外文学批评著作的重要性时，他说，“没有一个重要的作家的生平有一部详细而且精确的传记可参考，没有一部重要作品曾经被人作过系统的研究和分析，没有一部完整而有见解的文学史，除《文心雕龙》以外，没有一部有哲学观点或科学方法的理论书籍。我们以往偏在注疏评点上做工夫，不失之支离破碎，便失之陈腐浅陋。”因此，他认为中国需要放宽眼界，多吸收一点新的力量，最好是学文学的人都能精通一两种外国文。但是他又说：“为多数人设想，这一层不易办到，不得已而思其次，我们必须作大规模的系统的翻译。”① 也就是说，中国文学批评与外国文学批评质地有些不同，我们需要吸收国外文学批评，从而来改造中国文学批评，从注疏评点转向科学方法的系统研究，这也就是中国文学批评的现代转型。事实上，中国对俄苏文学批评的接受就是如此。

三　俄苏文学批评与20世纪中国文学批评的工具论

20世纪中国对俄苏文学批评的接受，促进了中国文学批评的现代转型。但是，任何一种事物的影响都是双重的，俄苏文学批评的传入，既有对中国文学批评发展积极的一面，也有其不利的一面。如前文所说，俄苏文学批评中的某些因素促进了中国文

① 朱光潜：《谈翻译》，《翻译研究论文集》，外语教学与研究出版社1984年版，第353页。

学批评的人本化，然而，中国对俄苏文学批评中某些内容的接受，也恶化了20世纪中国文学批评的工具论倾向。

（一）文学与革命：20世纪中国文学批评工具论的初始

20世纪20年代，中国文坛出现了一股倡导“革命文学”的潮流，这股潮流不同于五四时期的“文学革命”，其核心是一种激进的政治文化观念，后来被人们称为中国左翼文学批评。有学者把中国左翼文学批评划分四个阶段：一是初始阶段（1922—1927年底）；二是高潮阶段（1928年初—1930年3月）；三是变化阶段（1930年3月—1931与1932年之交）；四是发展阶段（1932年上半年—1936年10月）。中国左翼文学思潮的涌动，正值20世纪二三十年代国际无产阶级文学运动的高涨时期，它的整个发生与发展过程，与当时声势浩大的国际左翼文学思潮息息相关。以至有学者说，“没有国际左翼文学思潮的影响，就没有中国左翼文学运动”①。但是，受国际思潮特别是俄苏文学思潮影响的中国左翼文学批评，出现了严重的工具论倾向。

1923—1924年间，共产党人邓中夏、恽代英、萧楚女等人在《中国青年》上，发表了一系列谈文艺问题的文章，其中有邓中夏的《新诗人的棒喝》、《贡献于新诗人之前》，恽代英的《文艺与革命》，萧楚女的《艺术与生活》等。在这些文章中，他们批判了“文艺无目的论”，提出了“革命文学”的概念，并要求文学为革命服务。例如，邓中夏认为人是有感情的动物，当生活受到压迫，要进行反抗，就会发生革命。这就需要进行政治的和经济的斗争。这时，借助于有说服力的艺术或娴熟的新闻报

① 林伟民：《中国左翼文学思潮》，华东师范大学出版社2005年版，第55页。

道，可以达到这个目的，而“文学却是最有效用的工具”①。

到了20世纪20年代末期，中国文坛出现了关于“革命文学”的论争，许多文学批评工作者更加强调“文学工具论”。他们狭隘地理解“革命文学”的理论性质，片面夸大“革命文学”的社会功能，忽视文学的艺术审美属性。例如，李初梨在《怎样地建设革命文学》中，要使“革命文学”变成“斗争的武器”，变成“机关枪、迫击炮”。他夸大文学的“教导”和“宣传”作用，认为革命文学“有时无意识地，然而常时故意地是宣传”②。忻启介也在《无产阶级艺术论》中认为“宣传的煽动效果愈大，那么这无产阶级艺术价值愈高”③。当时，表现最为突出的是钱杏邨。他的文学批评的最大特点，是崇尚反抗的、战斗的“力的文艺”，贬抑轻盈、柔美的“抒情文学”。但是，什么是“力的文艺”，他认为只有正面描写了革命时代，表现无产阶级革命时代的斗争、反抗、复仇、罢工等活动的作品，才属于“力的文艺”。这样，钱杏邨在他的《现代中国文学作家》批评论集中，以“力的文艺”的标准来评判作品，因而大批五四新文学作家只能属于“死去了的阿Q时代”④。

瞿秋白是20世纪30年代左翼阵营内较为有代表性的批评家。1932年，他对钱杏邨等人的文学批评提出了反批评。瞿秋白认为，“钱杏邨的错误并不在于他提出文艺的政治化，而在于

① 邓中夏：《贡献于新诗人之前》，《中国青年》1923年12月第10期。

② 李初梨：《怎样地建设革命文学》，《文化批判》第2号（1928年2月15日）。

③ 忻启介：《无产阶级艺术论》，《流沙》半月刊，第4期（1928年5月1日）。

④ 钱杏邨：《死去了的阿Q时代》，《“革命文学”论争资料选编》（上），上海文艺出版社1981年版，第182页。

他实际上取消了文艺，放弃了文艺的特殊工具……进一层说，以前钱杏邨等受着波格唐诺夫，未来派等等的影响，认为艺术能够组织生活，甚至于能够创造生活，这固然是错误。可是这个错误也并不在于他要求文艺和生活联系起来，却在于他认错了这里的特殊的联系方式。这种波格唐诺夫主义的错误，意识可以组织实质，于是乎只要有一种上好的文艺，一切问题都可以解决了。”[①]瞿秋白指出了钱杏邨等人的文学工具论的来源，但并不反对文艺政治化倾向，他所持的仍然是文学为政治革命服务的观点，也就是说，瞿秋白所使用的仍然是文学工具论。

（二）文学与政治：20世纪中国文学批评工具论的延续

新中国成立后，文学的工具论得到了延续，但在具体表现形式上，它已从文学为革命服务更改为文学从属于政治。对文学与政治的关系问题，20世纪50年代的时候，还为此发生过一场争论。

1950年，阿垅在《文艺学习》杂志第1期上，发表了《论倾向性》一文。他认为，就艺术创作和艺术作品而言，艺术与政治是“一元论的”，即两者“不是‘两种不同的原素’，而是一个同一的东西；不是‘结合’的，而是统一的，不是艺术加政治，而是艺术即政治”[②]。他最后的结论是，把作品的艺术性和政治性分开，片面地向作品要求政治倾向性是从概念出发，违背了艺术真实性的原则，势必会导致创作中的教条主义和公式主义。尚且不说阿垅对文学与政治关系的阐述是否完全正确，但就

① 易嘉（瞿秋白）：《文艺的自由和文学家的不自由》，《现代》第1卷第6号（1932年10月）。

② 阿垅：《论倾向性》，《文艺学习》1950年第1期。

是这样较为“骑墙”的中性观点，不久就遭到更为激进的陈涌的批评。陈涌在《论文艺与政治的关系》一文中认为，阿垅对政治与艺术的统一“作了鲁莽的歪曲”，“艺术即政治”的观点是“纯粹唯心论的观点”。它在表面上反对为艺术而艺术，“但实质上，却是也同时反对艺术为政治服务的”①。这非常明确地告诉大家，陈涌是认为文学应该为政治服务的，而这也是当时大多数文学批评工作者的看法。

后来，邵荃麟又对文艺与政治的关系作了专题阐述。他在《文艺报》第3卷第1期上发表了《论文艺创作与政策和任务相结合》，把“文艺服从于政治”具体化为“文艺创作如何与政策相结合”。他认为，政治是现实生活的集中体现，而政策又是政治的具体表现，因此，文艺与现实生活的关系就集中体现在文艺创作与政策的紧密结合上。邵荃麟在论述这一问题时，首先引经据典，为自己的论点寻找坚实的基础。他说：“十月革命后，列宁曾经和蔡特金谈起这个问题，指出十月革命后的苏联文艺必须提高到政策的水平上来。1934年，斯大林和高尔基确定社会主义现实主义为苏维埃作家的创作方法问题时，也特别指出这种创作方法的主要特征之一，即是必须与苏维埃政策相结合。前几年日丹诺夫在关于《星》和《列宁格勒》两杂志的报告中，又重申了列宁与斯大林的指示，并且更肯定地说：‘我们要求我们的文学领导同志与作家同志，都应以苏维埃制度所赖以生存的东西为指针，即以政策为指针。’”②

---

① 陈涌：《论文艺与政治的关系——评阿垅的〈论倾向性〉》，《人民日报》1950年3月12日。

② 邵荃麟：《邵荃麟评论集》（上），人民文学出版社1981年版，第285页。

这一时期苏联对中国文学批评工具论的影响，还特别表现在文学批评手段的政治化上。如前文所述，1951 年 6 月，《文艺报》发表的冯雪峰批判萧也牧的小说，用的就是政治斗争语言，有明显的用政治手段解决文学问题的倾向。文章认为萧也牧“对于我们的人民是没有丝毫真诚的爱和热情的”，“如果按照作者的这种态度来评定作者的阶级的话，那么，简直能够把他评为敌对的阶级了”，“这种态度在客观效果上是我们的阶级敌人对我们劳动人民的态度”，“我们如果把左琴科照片贴在牌子上面，您们不会不同意的罢”？[①] 后来，对胡风等人的批判，更是新中国成立后用政治手段解决文学问题的典型案例。1952 年舒芜先后在《长江日报》发表了《从头学习〈在延安座谈会上的讲话〉》和在《文艺报》上发表了《致路翎的公开信》，1953 年，《文艺报》又发表了林默涵的《胡风反马克思主义的文艺思想》和何其芳的《现实主义的路，还是反现实主义的路？》等文章，展开了对胡风文艺思想的批判。为了应对来自各方面的种种指责，全面阐述自己的文艺思想，1954 年 3 月至 7 月，胡风在其支持者的协助下，写出了《关于解放以来的文艺实践情况的报告》，报告分四个部分共 27 万字，通称“三十万言书”。但是，事情出现了人们没有想到的结果，1955 年 5 月 18 日胡风被捕，先后被捕入狱的达数十人，并以武力搜查到 135 封胡风等人的往来信件。胡风等人被定性为“反革命集团”，株连 2100 人，逮捕 92 人，隔离 62 人，停职反省 73 人，最后 78 人被

① 李定中（冯雪峰）：《反对玩弄人民的态度，反对新的低级趣味》，《文艺报》1951 年第 2 卷 5 期。

确定为“胡风分子”，其中23人划为骨干分子。[①] 一场本是正常的文学批评理论的论争，大家彼此对某些文艺理论问题的观点有些不同，但最后的结果却是用政治化的手段来给以解决，并且酿成了一场巨大的悲剧，里面的原因值得我们深思。在“全盘苏化”的氛围之下，苏联文学决议解决问题的方式，肯定对之产生了重大的影响。

（三）20世纪中国文学批评的工具论倾向之反思

20世纪中国文学批评中为什么会出现工具论倾向，这里面原因是复杂的。既可能有中国古代“文以载道”观的残余影响，例如郭沫若在1930年就说：“古人说，‘文以载道’，在文学革命的当时虽曾尽力加以抨击，其实这个公式倒是一点也不错的。‘道’就是时代的社会意识。”[②] 同时，也与外国某些文学批评的刺激具有密切关系。例如，美国作家辛克莱的“文艺宣传”说，就曾影响了中国的许多文学批评工作者。但是，那种外国文学批评的刺激，更多是来自俄苏文学批评。俄苏文学批评之所以会对中国文学批评的工具论产生影响，与以下两个方面的因素有关：

其一，俄苏文学批评中原本就存在工具论思想。俄苏文学批评给人类留下了许多宝贵的遗产，它们在世界文学批评史上熠熠生辉，但同时，也给人们留下许多遗毒，这以苏联时期的庸俗社会学批评为代表。所谓庸俗社会学批评，是一种起源于片面解释马克思主义关于意识形态的阶级制约性原理，从而导致历史—文学进程简单化、庸俗化的文学批评。这一批评的基本特点是，“把文学创作和经济基

① 许道明：《中国现代文学批评史新编》，复旦大学出版社2002年版，第329页。

② 郭沫若：《文学革命之回顾》，《文艺讲座》1930年4月10日第1册。

础、作家的阶级属性之间的关系庸俗化，把文学看成社会学的‘形象化插图’”。[①] 苏联的庸俗社会学批评中，就存有大量的文学工具论思想。

例如，无产阶级文化派的灵魂人物波格丹诺夫曾提出所谓“组织形态学”，认为世界的统一性不在于物质性，而在于所谓“组织性”。“人类生活的全部内容，就是组织自然界外部力量，组织人类集体力量和组织经验”，而“‘纯阶级’的无产阶级文化”就应当是“无产阶级主要的组织工具”。[②]“劳动阶级”要“把它的经验用它的整个人生方式和用它的创造工作组织成阶级意识”[③]。全俄“无产阶级文化教育组织”在 1918 年 9 月第一次会议的决议《无产阶级与艺术》的第一条，据此指明，文艺“乃是阶级社会中组织集体力量——阶级力量的最强有力的工具”[④]。全俄无产阶级文化协会在 1923 年《艺术问题提纲》中仍然开宗明义地在第一条中说：“在阶级社会条件下，艺术是资产阶级统治的强大工具之一。对无产阶级来说，它是无产阶级斗争的工具。”[⑤]

苏联的庸俗社会学批评还体现在许多文学决议中。苏联文学决议最大的弊病就是用政治式的宣判来解决文学问题或者说把文

---

① 张杰、汪介之：《20 世纪俄罗斯文学批评史》，译林出版社 2000 年版，第 266 页。

② ［苏联］苏沃罗夫：《列宁和布尔什维克党反对波格丹诺夫“组织科学”斗争史略》，见《无产阶级文化派资料选编》，中国社会科学出版社 1983 年版，第 310 页。

③ ［俄］波格丹诺夫：《宗教、艺术与马克思主义》，见《无产阶级文化派资料选编》，中国社会科学出版社 1983 年版，第 56 页。

④ 《无产阶级文化派资料选编》，中国社会科学出版社 1983 年版，第 1 页。

⑤ 《关于纲领问题》的第 2 部分，见《无产阶级文化派资料选编》，中国社会科学出版社 1983 年版，第 3 页。

学当做政治斗争的工具。苏联当时用简单粗暴和行政命令的方式，来对待文艺中的思想问题和是非问题。例如，《关于〈星〉和〈列宁格勒〉两杂志》决议就对左琴科和阿赫玛托娃做出了无限上纲、狂风暴雨式的批判，骂他是“文学无赖和渣滓”①，结果左琴科被苏联作协开除，停止刊登他们的所有作品，连作协所发的食品供应证也被吊销了，而这在战后供应困难时期更是莫大的打击。左琴科受到精神和物质的双重打击，出版社和杂志不仅不再出版他的著作，而且还逼他归还预支稿费。他走投无路，只得重操旧业当鞋匠，并变卖家中杂物勉强度日。苏联文学决议对安娜·阿赫玛托娃的批判也是如此。

其二，中国接受俄苏文学批评时的功利立场。所谓接受的功利立场，是指中国在接受俄苏文学批评时，出于一种社会功利主义态度，出于为革命发展或社会建设服务的目的。例如中国对无产阶级文化派和“拉普”、对社会主义现实主义、甚至对列宁的文学批评思想等的接受，应该说都是基于功利主义的立场。在这种功利主义接受态度下，文学工具论的思想被凸显和强化。

例如，1951年对电影《武训传》的批判，被认为是“学习苏联在文艺领域的管理经验的一次尝试，它的指导思想和具体方式都有着日丹诺夫主义的明显影响”②。例如，邵荃麟在《论文艺创作与政策和任务相结合》中就说：

> 这一年来，文艺批评的风气一般地说是较前提高了。但

① 《关于〈星〉和〈列宁格勒〉两杂志》，《苏联文学艺术问题》，人民文学出版社1959年版，第34页。

② 汪介之：《回望与沉思——俄苏文论在20世纪中国文坛》，北京大学出版社2005年版，第200页。

是有领导的、有组织的自我批评，像这次对《武训传》所展开的批评，却是很少。这可以说是我们文艺工作上的弱点之一。我觉得，我们应该好好学习一下苏联的经验。1946年，联共中央书记日丹诺夫同志作《关于〈星〉和〈列宁格勒〉两杂志所犯错误》的报告以后，苏联文学界、戏剧界、音乐界、美术界全面展开了为苏维埃文学艺术的思想纯洁性的斗争。①

这样看来，中国接受苏联文学批评，在很多时候不是从审美的角度出发，不是从学理的角度来建设和发展文学批评，而是出于功利的实用态度，为如何从政治或政策的角度处理文学问题，或者是与文学相关的政治问题。这就使得文学工具论更加突出。

总之，20世纪中国文学批评的工具论倾向，是一个非常突出的弊病，其中的原因有很多，但俄苏文学批评的影响，绝对是其中不可忽视的因素。这同时也告诉我们，中国文学批评在外国文学批评的时候，要吸其精华，除其糟粕，要以理性的、审美的眼光来接受吸纳。

---

① 邵荃麟：《论文艺创作与政策和任务相结合》，《邵荃麟评论集》上册，人民文学出版社1981年版，第285页。

第三章

俄苏形式主义理论与世纪末中国文论转型

20世纪80年代以来，虽然中国文学批评理论的外部影响主要来自于西欧和北美，但是俄苏文学批评理论的影响也是不可忽视的因素。新时期以来影响中国的主要是现代主义及后现代主义文学批评理论，前者以俄国形式主义为代表，后者以苏联的巴赫金理论为代表。俄国形式主义为我国文学批评理论由现实主义向现代主义的转型提供了理论武器，而且还在近来的后现代主义语境中起到了纠偏的作用；而苏联的巴赫金理论则与西方解构理论一起形成合力影响了中国文论的后现代转型，为中国文论走出单一的审美/形式误区提供了一个宽广的视野，为中国文学批评理论的重构提供了一个可资借鉴的资源。俄国形式主义、巴赫金理论对中国文学批评理论的影响并不是已经隐入文学批评理论之中了，而将是一个继续发酵的课题。在全球化语境之中，在大国崛起的背景之下，对俄国形式主义、巴赫金理论在中国的传播与接受作进一步的考察，对我国文学批评理论的重建无疑具有重要的意义。

第一节　先锋批评与俄国形式主义文论

20世纪80年代中后期，中国先锋批评随着先锋文学的出现而露出地表。这一批评范式以形式为文学本体，以文体为批评对象，主要阐释先锋作家作品[①]，极大地改变了中国文学批评的格局。它的形成无疑受到俄国形式主义的影响。然而，激进的20世纪80年代，研究者被逐新的情结所驱驰，来不及对这一过程予以梳理；20世纪90年代以来，由于先锋批评的新变，研究者赋予了其后现代意义，凸显了其思想上的先锋性[②]，而遮蔽了俄国形式主义文论在先锋批评形成中所具有的发生学意义，从而不能在原初的意义上阐释先锋批评的形成过程。回到20世纪80年代的现场，厘清俄国形式主义对先锋批评产生影响的内在契机，梳理该文论对先锋批评所产生的深层次影响，辨明该文论如何转换成中国本土理论批评自我言说有机成分的过程，将有助于我们加深对中国当代文论转型过程的理解。

一

虽然钱钟书早在20世纪40年代就已经注意到了俄国形式主

---

① 杨扬：《先锋文学、先锋批评在当代》，《东方》1995年第6期。

② 魏天祥主编：《九十年代文艺新变化研究》，中共中央党校出版社2000年5月，第107页。

义派主将什克洛夫斯基的“陌生化”理论，[①] 但只是到了20世纪80年代中后期，俄国形式主义在中国得以传播并在文学创作及批评领域产生影响的内在要求才逐渐成熟。

这一内在要求首要的就是文学批评学术地位的重新界定。20世纪80年代中期，随着思想解放运动的开展，尤其是“实践是检验真理的唯一标准”的讨论，文学批评开始排除政治的干扰，寻找自己的学科定位。朱寨在《中国新文艺大系（1976—1982）·理论二集·导言》中就说：“过去的文学评论沦为政治思想的囚徒，而现在，文学批评应该而且已经回到了健康发展的轨道上，文艺批评成了真正的文艺批评”。[②] 当时批评所要反对的主要是以政治观念和道德观念评判作品的外在性，具体表现为两个方面：一是文本意义的外在性。批评的核心之一是接受者对文本的阐释，这种阐释具有很强的个体性和内在性。而以政治和道德为标准的批评，个体的阅读转化成了集体的阅读。集体所强调的是使集体所赖以维系的公共意识，在中国的语境下就是主流意识形态及伦理观念。对此南帆指出，这种文本解读方式，虽然“理解了一部文学作品在政治方面所呈现的一切意蕴，却未必已经完全理解这部作品的美学意义”。“这向人们显示：文学批评的疆土中绝不仅仅是政治的评判。”他在同一篇文章中还指出：“偏执的将道德的评判视为文学批评的全部内容，批评家将同样

① 钱钟书在《谈艺录》中介绍道：“近世俄国形式主义文评家希克洛夫斯基（Victor Shklovsky）等以为文词最易袭故蹈常，落套刻板（habitualization automatization），故作者须使熟者生（defamiliarization）或亦曰使文者野（rebarbarization）。”同时，他还用“陌生化”理论来解释文学史，“文章之革故鼎新，道无他，曰以不文为文，以文为诗而已。”钱钟书：《谈艺录》，中华书局1984年版，第320、36页。

② 朱寨：《中国新文艺大系（1976—1982）·理论二集·导言》，中国文联出版公司1986年版。

陷于窘境。”[①] 二是批评主体的缺失。文本的意义是批评主体和本文对话的产物，意识形态批评中批评主体的知识系统、气质、嗜好、病史、恋爱经历、亲子关系，等等，都被批评家隐藏起来，而更多地是从政治的角度来开掘文本的政治意义。面对这样一种主体性缺失的批评，吴亮指出：“方法首先是一种态度、信念，来源于人生经历和主体需要，对批评对象的深入，实际上也就是对批评主体自身研究的深入。因此，首先应当确立自己的存在，然后才决定方法的运用。所谓方法，实际上就是找到沟通主体与客体途径的问题。”[②] 先锋批评家这种疏离政治的意识和寻找文学自身的精神与俄国形式主义所表现出来的那种怀疑、反叛的心声，发生了心灵的共鸣，而自觉地倾向俄国形式主义。

其次，先锋批评之所以接受俄国形式主义的影响，也与中国当代文学的本体意识觉醒有关。1985 年《文学评论》第 4 期推出了“我的文学观”专栏，试图寻找文学的真正本体。批评家们意识到要使文学批评学科独立，首先必须确立其不同于其他学科独特的研究对象，这是一个学科得以独立的先决条件。在他们看来，反映论指导下的文学是认识论的一部分，是知识论的附庸，而文学批评则成了哲学观点、政治观点、伦理判断的冶炼场。要确立文学的真正本体，必须从文学的内部去寻找。恰碰其时，韦勒克的《文学批评原理》（1984 年）在国内出版，该书主张文学内部规律的研究，新批评的另一主将约翰·克娄·兰色姆将新批评提倡的对文本细读的方法称为“本体论”研究。先

① 南帆：《文学批评的研究方法和研究目标》，《文学评论》1985 年第 4 期。

② 陆梅林、盛同主编：《新时期文艺论争辑要》（上），重庆出版社 1991 年版，第 5 页。

锋批评家们就借用了这一术语来指称他们所提倡的理论批评。而新批评的理论源头是俄国形式主义，先锋批评与雅各布森的观点就这样相遇了，即“文学学科的对象并非文学，而是‘文学性’，即使一部既定作品成为文学作品的特性”。[①] 这一特性不在别处，就在本文之中。现在看来，尽管先锋批评对文学本体的寻找具有鲜明的本质主义特征，也存在将内部研究与本体论等同的误读，但正是这一误读，使当代文学与批评的本体发生了位移，促成了俄国形式主义被进一步接受。同时，随着文学观念的变化，20 世纪 80 年代中期，创作也发生了很大的变化。以马原、莫言为代表的第一代及以格非、孙甘露为代表的第二代先锋小说家们的创作，在叙事方式、语言及结构形式上进行了大胆的探索与创新。新的文学形式的出项，需要对其进行阐释。而形式主义理论正好符合了先锋批评家们阐释的需要。

如果说对文学和批评回到文学自身的诉求是形式主义得以被看取的显性要求，那么批评家们的科学主义诉求则是先锋批评与形式主义内在的逻辑契合点。“科学”与“文化”是 20 世纪 80 年代思想界的两面大旗，前者反映着批评家们对现代化的追求，后者反映着批评家们对自我身份的认同，也是想象性民族寓言的延续。20 世纪 80 年代伴随着国家的现代化进程，文学也提出了现代化的要求，但是 20 世纪 80 年代的先锋批评家们在那个激进的年代还来不及反思物质的现代化与精神现代化的区别，不能达到对科学的理性反思，在文学研究中所采用的是一种自然科学的方法，以达到文学批评的明晰性、确凿性。20 世纪 80 年代中期

① ［法］托多洛夫编，蔡鸿滨译：《俄苏形式主义文论选》，中国社会科学出版社 1989 年版，第 24 页。

的“新方法热”中，借用自然科学中的观念和方法成了这次文学批评“革命”的核心。[①] 刘再复在 1985 年“厦门全国文学评论方法论讨论会”上发言认为，当时世界范围内出现了 20 世纪第二次从自然科学奔向社会科学的伟大潮流，这股潮流对包括文学研究在内的社会科学各部门产生了巨大冲击和影响。他指出，这将迫使人们“重新思考原有的思维模式，移动固定的审视世界的观察点，改变习惯性的思维，并超越常规科学规范的限制”。[②] 当年，文艺界先后在北京、厦门、扬州、武汉等地召开了一系列全国性的学术会议，专题讨论文艺学方法论问题。其中讨论的核心问题就是在文学中借用自然科学的问题。如在厦门会议上引起较大争论的议题是：“自然科学与文学研究能否联姻？如何联姻？”扬州会议上讨论的问题是：“如何看待文学研究引进、移植系统论、控制论、信息论等科学方法问题”；在武汉会议上，除了涉及前面的问题外，还由程代熙、施用勤在大会上介绍了形式主义派别中的结构主义。[③] 一时间，自然科学方法在文学研究中的运用成为更新文学批评理论的主要思路。

就文学本身而言，20 世纪 30 年代以来，反映论一直占据着中国文论的主流，该理论认为文学是对现实的反映，而且反映得愈真实，文学的价值愈高，考察文学也是从认识论与知识论的角度去考虑。这种文学批评方法本身就含有科学方法的成分。俄国形式主义由于是在西方 20 世纪哲学的科学主义转向下的产物，所以在方法上具有科学化的特点。20 世纪 80 年代中后期，先锋

① 贺桂梅：《批评的增长与危机》，山西教育出版社 1999 年版，第 174 页。

② 梅林编：《新时期文艺论争辑要》（上），重庆出版社 1991 年版，第 52 页。

③ 陆梅林、盛同主编：《新时期文艺论争辑要》（上），重庆出版社 1991 年版，第 1—33 页。

批评家们对文学研究中科学方法的重视，无疑为形式主义在中国被借鉴和传播提供了方法论基础。

二

俄国形式主义影响先锋批评的第一个层面是批评的态度。中国传统的文学批评家所持的是一种介入态度。介入是对我们生活于其中的社会及文化世界的一种维系并有助于它完整的态度。在这种态度里，面对无限丰富的文学，面对无限多样的社会生活，批评家们在价值与事实的选择中，始终取价值判断而轻事实认知；真理则成了权威默启的真理；在应然与实然中，始终以应然的态度去从事文学的理论批评建设，对事实进行规约。所持的价值标准是社会的标准，这种标准是以社会整体的理想为鹄的的。这种价值的组成部分其一是传统的教化观在批评家思想中的潜在实现。这种教化观从先秦时期孔子的“主文谲谏”，论诗的“兴、观、群、怨”，到晚清梁启超提倡政治小说，主张“熏、浸、刺、提”，文学“通常是指文治教化之学的全部内容”。[①] 现代以来，建立一个个新神话的企图，又使批评家们采取了介入的态度。具体而言，先是启蒙与救亡的叙事，到当代，文学被要求在“真实地、历史具体地描写革命发展中的现实”的前提下，必须“用社会主义精神从思想上改造和教育劳动人民”。对文学的这种认识和要求，使批评家们在面对文学作品时，要有更多的承担。林兴宅曾总结这种文学批评观的逻辑推理三段式为：1. 文艺是客观生活的反映——强调文学内容的再现性，导致生活决定艺术的结论；2. 文艺是社会生活本质的集中概括的反映——

① 王齐洲：《中国文学观念的符号学探源》，《中国社会科学》1999 年第 1 期。

强调文学的认知性、真理性，导致思想先行，内容第一的结论；3. 文艺是按照一定的阶级利益和政治路线对生活的能动反映——强调文学的社会意识形态，导致世界观决定创作，政治决定艺术的结论。[①] 批评家们在进行文学批评时，往往是一种代言人的角色。这种代言人是为着一个共同的理想与神话服务的，这种理想与神话形成了一种宏大叙事话语体系，批评只是其中的一部分。

俄国形式主义的传播使中国的先锋批评家们的态度由介入转向自由。自由，或称非介入、超脱，是对我们周围事物所持的一种漠然的检视态度，是对我们置身其中的自然世界的一种认识。虽然中国的先锋批评家们并没有如俄国形式主义者那样决绝地宣称“在历来独立于生活的艺术领域里，飘扬在堡垒上空的旗帜的颜色是决不可能反映出来的”。[②] 但是，先锋批评家们远离政治，崇尚科学，使他们处于了一种自由的境地。先锋批评家们的自由态度表现在这样几个方面：其一是主体的选择性。主体不再作为神话、宏大叙事的代言人，不再必须以社会的标准对文学作价值判断，而只是以一种漠然的检视的态度，完成对本文的事实认知，或作个人的趣味（审美）判断。其二是对真理的态度。真理不再是权威的默启或神示，不再是外在于主体和客体本身的东西，真理是相符、对应的真理，是一种事实与话语而不是话语与价值的关系，人类由此产生的则是认识。其三是个人言说。形式主义所带给先锋批评家们的远不是一个看取文学、文学理论及

---

① 林兴宅：《我们时代的文艺理论》，《读书》1986 年第 12 期，1987 年第 1 期。

② ［法］托多洛夫编，蔡鸿滨译：《俄苏形式主义文论选》，中国社会科学出版社 1989 年版，第 2 页。

文学批评的新的视角，而是开启了一扇门，这扇门所面对的是一片旷野，它导向无数条道路。

俄国形式主义改变中国先锋批评的第二个层面是内在文学观念的变革。这种变革并非是指文学找到了一个能替代原来文学观念的东西，而是对文学观念如何产生的认识。对于文学的观念，批评家们原来是一种信仰的态度，认为文学有一种最终的衡量标准，有一种最好的、最科学的文学理论存在。俄国形式主义动摇的不仅仅是先锋批评家们原来所依据的反映论的根基，而是从根本上发现，文学及批评本身都只是一种言说，这种言说在很大程度上是与真实、真理无关的，只是建构的东西而已。借用形式主义者描述文学的概念来说，理论本身也是“手法”的结果，是对现实材料的言说与加工，就如文学被黑格尔看做是第二自然一样，理论与批评亦如此。陈晓明就说：“批评是一项智力活动，一种敏锐的艺术感觉与复杂的知识的融合。”① 李洁非、张陵也认为：“西方‘语言学转向’后的人文哲学在20世纪80年代的传入，在使一些先锋作家意识到文学的语言‘虚构’本质的同时，也使一些批评家意识到承认不承认理论的假说性，是现代与古典的思想方法一个基本不同点”，并得出“只存在语言真实”这样一种文学观念。② 这样一来，批评家们就站在了文学创作和理论的御座之上，来指挥着文学理论与批评。就俄国形式主义对中国先锋批评的影响来说，具体的文学观念的改变，只是一种显性的影响，这种对文学理论体系本身如何生成的认识，是对文学

① 陈晓明：《我的批评观》，《南方文坛》1998年第2期，第1页。

② 李洁非、张陵：《再现真实：一个结构语言学的反诘》，《上海文学》1988年第2期。

深层的影响和改变。

俄国形式主义影响先锋批评的第三个层面是批评范式的变化。这种变化主要体现为语言、结构形式、叙事方式所形成的文体成为文学理论批评的新对象。这种文体研究显然区别于以往文学理论批评中对形式和技巧的探索，而直接成为一种本体论批评。这是因为，研究者并不是在内容与形式相割裂的意义上谈论形式因素，他们把形式的形成过程同时看做是内容展开的过程，始终在二者相互融洽、相互作用的意义上来认识和探索文体的生成与构成。程德培在论述何立伟、贾平凹、阿城等人的语言追求后指出，在这些作家那里，“语言不仅是一种表达‘符号’，而且还是结合着个人及地区、民族历史及思维方式的”。[①] 罗强烈在《主体与文学语言的选择》[②] 中认为，作家们在文学语言上的不同选择，是“基于主体对经验世界的面貌的不同理解”。同时这种文体研究并不限于作品的既定形式，它还包括着作品的生成方式，属于一个涵盖着创作准备到创作结果的整体过程中的许多艺术问题的动态系统。如郑万隆的《主体构思和开放性结构》[③]，毛时安的《淡化：一种艺术现象》[④] 以及孟悦、季红真的《叙事方法——形式化了的小说审美特征》[⑤] 等都分别从结构形式和叙事方式上，分析了新时期小说如何生成的。

---

① 程德培：《当前小说创作中的新因素》，《黄河》1985 年第 3 期。

② 罗强烈：《主体与文学语言的选择》，《文艺研究》1986 年第 5 期。

③ 郑万隆：《主体构思和开放性结构》，《福建文学》1985 年第 6 期。

④ 毛时安：《淡化：一种艺术现象》，《当代文艺探索》1987 年第 2 期。

⑤ 孟悦、季红真：《叙事方法——形式化了的小说审美特征》，《上海文学》1986 年第 10 期。

新的批评范式的形成使中国文学批评适应创作的发展呈现为崭新的面貌。新的批评范式被广泛应用于对“新时期文学”的批评。孟悦在《叙述与历史》[①] 中在大的历史跨度中对叙事与历史的密切关系作了深入的思考。陈晓明在《无边的挑战——中国先锋小说的后现代性》[②] 一书中对先锋小说的语言、叙事转换角度、叙事的转换策略、叙事在文体中的变形和夸张进行了多角度的陈述。赵毅衡的《小说叙述中的转述语》[③]、周英雄对莫言的长篇小说《天堂蒜薹之歌》的叙述层面的分析[④]、程德培的《受指与能指的双重角色》[⑤]、李劼的《论当代新潮小说的语言结构》[⑥]、《论小说语言的故事功能》[⑦] 等都是从文体的角度，对新时期文学的研究。同时新的批评范式还被应用于对认为是千篇一律、千人一面的“十七年”和“文革”期间的作品进行批评。孟悦就在《性别表象与民族神话》[⑧] 一文中以《白毛女》、《青春之歌》、《党费》、《三月雪》、《龙江颂》、《海港》、《杜鹃山》等曾被广大读者熟悉的作品为例，从主题、性别、阶级、差异、主体这几方面探讨了中国主流叙事中意识形态国家机器的生成与生效机制。

---

① 孟悦：《叙述与历史》，陕西教育出版社 1991 年版，第 29 页。

② 陈晓明：《无边的挑战——中国先锋小说的后现代性》，时代文艺出版社 1993 年版。

③ 赵毅衡：《小说叙述中的转述语》，《文艺研究》1987 年第 5 期。

④ 周英雄：《酒国的虚实（试看莫言叙述的策略）》，《比较文学与小说诠释》，北京大学出版社 1990 年版。

⑤ 程德培：《受指与能指的双重角色》，《文艺研究》1989 年第 5 期。

⑥ 李劼：《论当代新潮小说的语言结构》，《文学评论》1988 年第 5 期。

⑦ 李劼：《论小说语言的故事功能》，《上海文论》1988 年第 2 期。

⑧ 孟悦：《性别表象与民族神话》，《二十一世纪》1991 年第 4 期。

三

先锋批评注重主体的独立、文本的细读与批评的审美性与科学化，这些特征表明它接近俄国形式主义。但任何一种接受都不是在白纸上写字，即使在看似简单的对俄国形式主义的“转述”层面，也不是一种机械地对“它者”的复述，而是复杂的深具选择性意蕴的双向互动的文化行为，期间，接受影响者并非将自己先行具有的“前理解”及“接受视野”消弭干净，而是必然受到被时代的、民族的审美心理控制下的接受主体的内在心理制约。这种接受主体的内在心理机制是接受主体在接受俄国形式主义时的过滤器，它制约着中国先锋批评家对俄国形式主义的选择与转化，催生了中国先锋批评的独特风貌。

中国先锋批评家筛选俄国形式主义的第一个方面的文化过滤机制，是时代的审美需求。俄国形式主义要在文学研究中确立作为研究对象的文学问题，即寻找文学的主人公，主要的是反对宗教哲学批评和学院派批评。20世纪初期，统治俄国文学批评界的是宗教哲学批评和学院批评。宗教哲学批评从对文学作品的体验入手，以文艺批评为哲学思想起飞的“跳板”，直接飞跃到纯理念的本体界中。在方法论上存在固有缺陷——形而上学主观主义。它的彼岸性、神秘主义和主观主义，与20世纪初俄国文艺中要求革新自身方法论基础的普遍趋向日益呈二律背反之势。俄国学院派文艺学以实证主义为方法论基础。他们认为自然科学才是真正的科学探索，因果决定论才是可资参照的逻辑基础。然而，他们在具体批评实践中又把文学史的研究差不多全部等同于作家的传记、心理学研究，试图确定的是作家与作品的同一性，文学研究成了细致考证诗人生平的琐碎细节，以此既回避了文学与社会的大问题，又避免了对作品的美学分析。在形式主义者看来，无论是象征派的宗教哲学批评还是心理主义的学院派文艺学，在实践中都表现为用外在于文艺学的、别的学科的价值体系、价值范畴，取代以文学作品本身为主体的、文艺学自身的价值体系和目的论。因而，必须为文学寻找到真正的主人公。形式主义的主将之一雅各布森从语言学的前提出发，认为“文学科学的对象不是文学，而是‘文学性’，也就是说使一部作品成为文学作品的东西。”① 在雅各布森看来，文学中其他一切都是变化的，或者不是文学所独有的，只有从文学的语言中才能确定文学本身的特性。在文学研究中，“对象应是研究区别于其他一切材料的文学作品的特殊性，而不考虑这样一种情况，即其他材料可以通过它的次要特点，提出在其他科学中利用它作为补充对象的理由和权利”。② 什克洛夫斯基则是从审美心理的角度来论述“文学性”，文学性实质上体现为“在艺术中，认识过程就是目的本身，而且这一过程应当延长。艺术就是感受事物制作的方法，而艺术中所创造的东西是不重要的”。③ 因而，他认为文学的特性在于文学是“陌生化”了的形式。就连形式主义的超越者巴赫金认为：“如果批评者忘记了，文学中不存在哲学，而存在哲学化的过程，不存在认识，而只有认识的过程；如果他把内容中非艺术的思想成分本身教条化——这就是一种极为糟糕的事

① ［法］托多洛夫编，蔡鸿滨译：《俄苏形式主义文论选》，中国社会科学出版社 1989 年版，第 24 页。

② 同上。

③ ［俄］什克洛夫斯基：《散文理论》，《环》出版社 1925 年版，第 16 页。转引自《早期苏联文艺界的形式主义理论》，见《苏联文学》1983 年第 4 期。

情。”① 也同样强调的是文学对读者来说是一种感受，感受本身就是文学的目的，而不是认知性的内容或思想。

同样是寻找文学的主人公，俄国形式主义文论得益于欧洲的语言论转向和分析哲学的背景，而可以对文学对象本身直接进行建构；再加上苏联刚建国时对意识形态的控制还不严，使文学批评得以自由的发展。俄国形式主义文论要处理的仅仅是学科之间的关系，特别是在初期，是以一个纯学术问题的面目出现的。

而中国的先锋批评家们要承担双重的任务：一方面要对反映论进行反思；另一方面要排除政治对文学的干预，所以是以学术问题和政治问题的双重面目出现的。指导中国文学理论批评的反映论虽然具有辩证、能动的特点，但是中国的主观公式主义和教条主义者们在评论文学时，往往用外在的理论去宰割文学，批评中注重文学描写与现实的对应关系，作品反映的历史本质，同时强调文学在社会中的教育作用，对作品的审美分析却不重视。就此而言，中国先锋批评和俄国形式主义具有共同的学理要求。但是，不同之处在于中国的反映论是由政治来赋予合法性的，因而先锋批评要确立文学研究的对象，就必须处理好文学与政治的关系。这一背离的进程在“十七年”中就开始了，而到了新时期，这一进程更具有理论上的自觉。在先锋批评家们对反映论中的真实性理论提出质疑的同时，批评界就对文学理论在认识论框架内对之进行着修正。1979 年，《上海文学》第 4 期发表了《上海文学》评论员文章《为文艺正名——驳“文艺是阶级斗争的工具”说》，虽然文章的理论武器仍然是认识论的，认为“文艺同理论

① ［苏联］巴赫金著，邓勇、陈松岩译：《文艺学中的形式方法》，中国文联出版公司 1992 年版，第 28 页。

思维一样，是人类掌握世界的一种方式”，要求用真实性理论来衡量文学作品，但提出文艺要按自身的规律来运作，使之远离政治，这就为讨论文学本身的问题扫清了道路。随之，文学界又就文艺与意识形态、形象思维等及人性和人道主义等问题进行了讨论，进一步冲击和淡化了文学中的政治性因素，要求“将文艺从政治的腰带上解下来”,[①] 而直接进入对文学本身的建构。不过，先锋批评对政治的背离仍然具有意识形态背景，这是因为先锋批评所提出的文学的独立并没有脱离意识形态元话语，这一话语就是现代化。先锋批评强调文学的独立并不是从文学本身出发的，而是将形式批评看做是现代化的一种设计方案，正是在这一点先锋批评配合了主流意识形态的现代化话语。而这也使中国先锋批评具有了独特的风貌。

中国先锋批评家筛选俄国形式主义的第二个方面的文化过滤机制，是文论传统的制约。俄国形式主义文论的逻辑起点是区分“诗语”和“日常用语”的不同。形式主义为了确立诗学的独特地位，确立文学研究的对象，从俄国未来派诗歌的“无意义语”现象中得到灵感。什克洛夫斯基在俄国形式主义的纲领性宣言——《语词的复活》中认为，实用语言在自身之外、在思想传达和人际交流中找到它的价值，是及物的，它是手段不是目的，或者说是外在目的的。相反，诗语在自身找到证明及其所有价值，是不及物的，它本身就是它的目的，而不再是一个手段，它是自主的或者说是自在目的的。正因为这样，诗语本身并不是用来指涉一个对象、一个客体，即不是客体的表意符号，而有着自身内在的目的。文学之所以运用形

① 夏中义：《历史无可避讳》，《文学评论》1989 年第 4 期。

象，其目的在于完成文学自身的使命，即使文学具有可感性。形式主义正是从诗语入手，从诗语与日常语言的区别开始，经由诗语的音位学研究，过渡到对文学作品的材料和技巧的研究，尤其是散文作品中的故事、情节和主题的研究，最后扩大到文学史的研究。

中国先锋批评则是以区分艺术真实与生活真实作为突破口的。“写真实”问题作为现实主义的基本要求，一直被理论家们强调、政策所规定，也一直是被讨论得最多的核心问题之一。新时期以前的讨论都是在现实主义的框架之内进行的，所涉及的问题主要包括“写真实”与社会主义现实主义、“写真实”与“写本质”、“文艺的真实性与倾向性”、“写真实与典型化”，等等。所有这些讨论的共同指向的都是在承认写真实的前提下讨论如何在创作、批评中体现“写真实”。1980 年，李玉铭、韩志君在《红旗》第 4 期上发表《对“写真实说”的质疑》一文指出：“文学应当具有真实性，但具有真实性的东西并不一定就是文学。”该文第一次以审视的眼光对文艺真实和生活真实的关系进行了反思。然而，在当时的环境下，这一问题没有引向对文学特性的深入探讨。他们的终点成为先锋批评家们的起点。1985 年先锋批评家们在关于文艺学方法论讨论及关于文学本体论讨论中进一步沿着“文学”与“生活”的关系这一思路前进。孙绍振指出：“创作之所以称得上是创作，就是从摆脱对生活的被动依附开始的。只有摆脱了被动状态，重视生活与艺术的矛盾，作家才可能获得创作所必需的内在自由。”因而“研究艺术形象的逻辑起点应该在这里。只有在这里，才是以探求文学对象本身的内部矛盾为中心，也就是以对象的内部要素、内部结构、内部协同功能为中心，外部信息的输入是通过内部结构才起调节作用的。”[①] 先锋批评家们的讨论以探讨文艺的特殊规律为出发点，突破了反映论，而在更高的层次上来反思文艺真实与生活真实的关系。

中国的先锋批评在本体论理论形成的过程中，其进程与俄国形式主义文论有着很大的不同。中国的先锋批评由于更多地接受了“新批评”和“结构主义”的影响，以及本土化的压力，一方面摒弃了俄国形式主义初期对诗语音位学的研究，而直接进入了对手法与本文结构的分析。这一方面是因为中国历来是一个意义化的国度，对纯形式缺乏接受的土壤；另一个原因是由于中西语言的差异，西方语言是一种表音语系，体现为言（音）、意深度系列，而汉语则是表意语系，体现为言（音）、像、意深度系列，在借鉴上存在着语言上的差异。另一方面，中国的先锋批评在对形式主义的接受上，实际上主张的是“有意味的形式”，而这种意味在俄国形式主义者看来，是一种心理的事实，是操作后的产品，即形式手法是针对接受者的心理而言的；而先锋批评家们则将其看作为一种文化制约的产物。形式，在它的背后，是内在积淀的文化和意义，是这两者的出产物。因而，俄国形式主义笔下的形式是可能性的生发地，而在中国先锋批评家们的笔下，则是文化和意义的物化形态。

中国先锋批评家筛选俄国形式主义的第三个方面的文化过滤机制，是传统审美心理的过滤。俄国形式主义基于心理和语言的前提，而直接对文学的语言和手法进行分析。俄国形式主义文论充分体现了分析方法的特点，在文学研究中将文本与作者、社

---

① 陆梅林、盛同主编：《新时期文艺论争辑要》，重庆出版社 1991 年版，第 712 页。

会、接受者分离开来，详细分析文学语言和手法的“陌生化”特点。什克洛夫斯基在《艺术作为手法》中就举出了大量的“陌生化”的例子。在该文中，他分析托尔斯泰的《霍斯托密尔》时发现，故事是假托一匹马而展开的，事物是按这头牲口的感觉，而不是根据人的感觉奇特化的。[①] 进而，俄国形式主义者进一步扩大到对文学作品中的手法问题进行仔细的分析，包括文学结构中的理由的作用，以及情节和本事的区别。在实用批评中，俄国形式主义者也是以“陌生化”理论为前提，对之进行分析。艾亨鲍姆的实用批评文章《果戈里的〈外套〉是怎样写成的》就分析了《外套》中所采用的为达到陌生化效果而采用的一些手法。

中国的先锋批评在论述形式时，除了强调形式本身的自律以外，始终结合着形式的他律来进行论述。先锋批评家们之所以看取形式主义，就其动机而言，一方面在于对文学自身的寻找，另一方面是为了背离政治对文学的干预，但并不是否定意义，如果说否定意义的话，也是否定政治意义，在论述中，始终强调形式本身的意蕴，强调形式与文化传承、社会现实及作家的表意的联系。李泽厚在《美的历程》[②] 一书中，用“演化”、“溶化”、“积淀”等概念勾勒了中国古代艺术发展的美学历程，认为形式是一种民族精神的积淀。腾守尧在为《艺术》[③] 作序时认为：“形式之所以‘有意味’，乃是因为它们本质上是积淀了社会内容的形式。”“形式，它之所以能够吸引人，必定是因为其中有

① 参阅［法］托多洛夫编，蔡鸿滨译：《俄苏形式主义文论选》，中国社会科学出版社 1989 年版，第 66 页。

② 李泽厚：《美的历程》，中国社会科学出版社 1984 年版。

③ ［英］克莱夫·贝尔，薛华译：《艺术》，中国文联出版公司 1984 年版。

一种符合人之本性的规律，有一种主体的东西，它见出的有机统一、多样变化、韵律节奏必定是在某种程度上与人的自然形态、知觉倾向、情感变化规律有着相同形、相一致、相合拍的地方。”钱谷融认为：“任何对象都是一种生命存在的形式。”[①] 面对新潮小说的语言探索，先锋批评家们的批评也并非仅仅是强调形式本身。吴方将这种语言试验概括为“文体——文学语言本身也不再仅仅有修辞意义，它成为艺术生命的活力源泉之一。”[②] 周介人则认为语言试验的原因在于“我们深深感到无法把人的全部本质力量，统统纳入词语系统来加以明确的表达。于是，我们探讨能不能充分运用语言的艺术来克服语言的局限，运用语词来表达缺乏语词的情景状态。”[③] 不唯论述语言如此，论述结构和叙述方式上也认为，结构就是一种负载和凝聚着生活内蕴和作家情感的审美形式，并非一种纯技巧性的剪裁手段。吴方就认为：“营造意象、表现感情不能不注意语言符号的形式结构关系，文学表达所给予内涵的是另一种专门的、很难和根本不可能另有替换的形式结构。有这种审美化的形式结构，才能传达出不尽之意来。”[④] 程德培论述新潮小说时认为：“历来的小说观念都是灌输和审美心理定式的产物，它由规范、权威、秩序和习惯共同支撑，近年来，小说实践以他们本身的存在，孕育出新的小说观念和它的副产品来。生活，以及小说家对生活的感觉、态度、经验和再创性构制，已经展示出他们莫可名状的原生状态和整体

---

① 钱谷融：《关于艺术性问题——兼评“有意味的形式”》，《文艺理论研究》1986 年第 1 期。

② 吴方：《小说文体试验功能及其评价》，《文艺报》1986 年 5 月 24 日。

③ 周介人：《文学探讨的当代意识背景》，《文学自由谈》1986 年第 1 期 。

④ 吴方：《小说文体试验功能及其评价》，《文艺报》1986 年 5 月 24 日。

感。”这是一种“双重的尊重”，“既尊重生活无情的客观性，又尊重每一个小说家个人经验的自在性和本源性”。[①]

中国的先锋批评家们对先锋文学的批评正如吴亮所说：“这里所强调的‘形式研究’，乃是将它作为小说家和人类把握世界方式的外化形态来考虑的，它本身含有人类精神实践的全部复杂内容。形式，绝不单纯是一种纯客体，而是艺术创造精神的物化，它渗透了社会和人的心灵。因此，研究形式其实也就是研究社会、历史、文化和人类精神复杂构成的一条重要途径。”[②]

1928年，雅各布森和迪尼亚诺夫在《新列夫》杂志发表《语言文学研究中的若干问题》对形式主义固有的经验主义方法论立场，作了来自内部的迟到的严肃反省。1930年，什克洛夫斯基在《文学报》上发表《一个科学错误的纪念碑》，第一个站出来宣布放弃奥波亚茨[③]学说。俄国形式主义运动在苏联猝然而终。反思的开始就是结束。而由于形式主义在中国是从反思开始的，始终有文化与“意味”来连接文学本身与外部社会，因而中国的先锋批评能很快超越俄国形式主义，将其纳入理论批评的自我言说之中，并很快在20世纪90年代初对批评进行了转换。俄国形式主义在两国的不同遭遇表明“文学和批评都不能在自身找到它们的目的；如果能找到的话，国家就不会想到要来干涉

① 程德培：《当代小说：一次探索的新浪潮》，《小说界》1986年第3期。

② 吴亮：《探索小说集·代后记》，上海文艺出版社、香港三联书店1986年版，第653—654页。

③ 奥波亚兹是1914年在彼得堡出现的诗歌语言理论研究会的俄语缩写（опояз）的音译。

它了。”[①] 同时也说明“任何一种外来的影响所起的作用，其实只是激活了影响接受者自身发展的一种潜在可能性”，[②] 所产生的新质是外来文化和本土文化对话的结果而不可能是全然的移植，全球化与本土化是同步完成的过程。

第二节　形式主义接受中的思维问题

思想变化最根本的就是思维方式的变化。俄国形式主义对于中国的文论转型而言，其意义并不仅仅在于催生了中国先锋批评，更重要的是改变了中国文论建构中的本质主义思维。本节将进一步考察中国当代文论建构中如何克服二元对立与本质主义思维一步一步接纳俄国形式主义的过程，阐明俄国形式主义之于中国20世纪末文论转型的意义。

一

俄国形式主义是作为传统文学观的变革者开始其在中国的理论旅行的，但最初遭到国内文论界的拒斥。

新时期伊始，“文学为政治服务”这一口号受到质疑，批评界对走向极端的反映论文学观与庸俗社会学批评方法普遍感到不满，希望变革文学观念、改进文学批评方法，使文学及批评回到自身。于是，“别求新声于异邦”，文论界大量译介西方的文学

① ［法］托多洛夫著，王东亮、王晨阳译：《批评的批评》，生活·读书·新知三联书店2002年版，第25页。

② 陈国恩：《20世纪中国文学与中外文化》，长江文艺出版社2004年版，第2页。

理论。1983年，张隆溪在《读书》杂志第8期上发表《艺术旗帜上的颜色：俄国形式主义与捷克结构主义》一文，首次将俄国形式主义介绍进国内[①]。

但几乎就在同时，李辉凡发表《早期苏联文艺界的形式主义理论》一文，对俄国形式主义进行了批判。作为研究苏联文学的专家，他20世纪五六十年代虽然曾到苏联进修，但是，由于俄国形式主义在一个相当长的时期内几乎完全被排斥在苏联时代的各种文学理论史、批评史著作之外，只是在谈到那个时代被批判过的各种资产阶级文艺思潮时，有些著作才附带提及形式主义流派，因而他所依据的主要是苏联时期卢纳察尔斯基等对形式主义的批判文章以及他翻译过的巴赫金的《文艺学中的形式方法》[②]一书中对俄国形式主义的转述。文章最直接的材料来自于什克洛夫斯基的《散文理论》（1925年版）[③]，但由于该书是俄国形式主义早期的论著，不可避免地存在着偏激和矫枉过正的特点。这导致他对俄国形式主义的认识不够全面。他所认识的俄国形式主义“主张艺术至上、形式第一，认为形式与内容无关，甚至认为形式决定内容”。[④]这种认识虽然不够全面，但也基本上能反映俄国形式主义的主要观点。不过导致对俄国形式主义拒

① 除了钱钟书早在20世纪40年代就已经注意到了俄苏形式主义主将什克洛夫斯基的“陌生化”理论，另外1936年11月出版的《中苏文化》第1卷第6期也曾刊登过“苏联文艺上形式主义论战特辑”，介绍过当时苏联国内批判形式主义的情况。但都缺少对俄国形式主义正面、系统的介绍。

② ［苏联］巴赫金著，李辉凡译：《文艺学中的形式方法》，漓江出版社1989年版。

③ 该书由“前言”和《艺术即手法》、《情节编构手法和一般风格手法的联系》两篇文章组成，1925年出版，1929年再版，1982年经过增补大量的分析性实例及反思内容后再版。

④ 李辉凡：《早期苏联文艺界的形式主义理论》，《苏联文学》1983年第4期。

斥的主要原因却在于对文学与生活、内容与形式的不同看法。李辉凡认为“对艺术来说，不论是新内容还是新形式，都是由时代、历史决定的，而不是由几个形式主义理论家主观臆想出来的”，并且强调“文学不是自然科学，也不是纯语言现象，而是具有高度党性和阶级性的意识形态和上层建筑，它是不能脱离人类的现实生活的”。[①] 基于这样的文学观，文章评判道：“它们（形式主义）乃是资本主义走向没落时期的征兆在文艺上的反映，其基本特点就是脱离现实生活、反对思想内容，追求奇特的、怪诞的表现形式。”“这种理论的认识论根源是形而上学和唯心主义”。甚至认为俄国形式主义对“年幼的苏联文艺的发展产生过十分不良的影响”，是“苏联早期文艺理论发展中的一块绊脚石”。[②]

相对而言，同时期的接受文章虽然少了李辉凡文章的政治气息，但还是用生活决定艺术、内容决定形式来批判俄国形式主义。比如沈治指出，“单纯靠‘形式方法’来揭示艺术本质是行不通的……就创作实践而言，形式主义一旦成了作家的创作原则，则作品便丧失了价值。”[③] 陈圣生、林泰指出：“由于俄国形式主义者在寻找文学的一般规律时，只看到所谓的‘文学性’，即：使一部作品成为艺术品的手法或构造原则，实际上把文学作品的整体（尤其是思想内容）置于不顾，因此不能十分公允地评价文学的艺术价值。”[④] 虽然当时也有论者强调形式与内容的辩证统一，比如胡经之、张首映认为：“艺术，就一般事物来

① 李辉凡：《早期苏联文艺界的形式主义理论》，《苏联文学》1983 年第 4 期。

② 同上。

③ 沈治：《苏联文学中的形式主义学派》，《语文导报》1985 年第 7 期。

④ 陈圣生、林泰：《“俄国形式主义”》，《作品与争鸣》1984 年第 3 期。

说，是内容与形式的统一”，但接着批判道：“形式主义者重形式，忽视内容，这是它们的特点，同时也是致命伤……形式诚然可以制约内容、表现内容，但是，形式不过是艺术内容的物化形态和结构方式；脱离了内容，形式也没有凭托的对象。我们反对对艺术内容做形而上学的肢解，也一样反对对艺术形式作无内容的研究。”①

应该说，造成这种接受中拒斥的深层原因在于思维习惯的差异。我国传统的反映论文学观在方法论上是一种发生学研究，即强调文学的源泉来源于生活，生活之于文学是第一性的；而俄国形式主义是一种差异研究，强调文学作为第二自然所具有的特点。从本质上说这两种研究文学的出发点都是对文学本质的说明，然而，由于非此即彼的二元对立思维的影响，导致我国文论界对俄国形式主义采取了一种拒斥的态度。而且这种思维即使在我国文论向内转之后，仍然影响着对俄国形式主义的接受。

二

20 世纪 80 年代末 90 年代初，国内文论开始向内转，注重文本、形式在文学研究中的重要性。这在一定意义上促进了对俄国形式主义的接受。不过，在接受过程中，接受者的二元对立和本质主义思维并没有改变。

通过考察当时的接受文本，我们可以发现，对立性接受是当时主要的接受方式之一。这种接受方式的主要特点就在于在接受俄国形式主义的同时否定了原来所持的文学观念。

这种接受思维主要体现在对俄国形式主义形式本体论的接受

① 胡经之、张首映：《形式主义文艺理论》，《文学知识》1986 年第 1 期。

上。1990年，谢天振在《上海文论》第5期上发表了《什克洛夫斯基与俄国形式主义》一文，文后还有他翻译的被称为俄国形式主义纲领性文件的由什克洛夫斯基撰写的《艺术作为手法》。什氏的文章主要是通过对形象思维论的批判来确立形式本体论。谢天振在自己的评述中显然全盘接受了什氏的差异论思维及形式本体论。他强调“各门科学的区别首先在于他们的研究对象，而不是思维方式”，因此他认为“什克洛夫斯基对形象思维论的批判是正确的，因为后者不是根据对象的不同，而是根据思维方式的不同去区分艺术与非艺术，这显然是错误的”。[①] 无独有偶，张无屐、孙逸行呼吁道：“我们必须承认以‘差异论模式’为其理论框架的俄国形式主义文论把文艺学研究从陈旧的概念和体系中解放了出来，是‘对艺术作品应优先考虑事项的一个大颠倒’，不啻为一场‘批评的革命’，因为从本质上讲，文学就是文学，它是自主、自足、自律的实体”；同时他们也否定了文学本质的其他样态，文学“不是我们借以认识其他事物的窗口”。[②] 杨金才在《文学的自律性：追求与建构——俄国形式主义文学批评实质论》一文中也指出，形式本体论“从根本上改变了以往研究文艺必须以文学的政治、道德等为主要内容的文学观，从而形成一种全新的文学思维模式，即只有文学艺术本身特有的规律才能恰当地说明文学作品”。[③] 应该说形象思维论与差异论所确立的不同的文学本体都是文学本质的一种，承认后

---

① 谢天振：《什克洛夫斯基与俄国形式主义》，《上海文论》1990年第5期。

② 张无屐、孙逸行：《差异论模式：意义与局限——俄国形式主义文论研究》，《学术界》1995年第6期。

③ 杨金才：《文学的自律性：追求与建构——俄国形式主义文学批评实质论》，《四川外语学院学报》1995年第3期。

者并不意味着同时否定前者，二者是可以多元并存的。

实际上，批评界更多持一种补充性接受思维。这种接受思维否定了俄国形式主义的形式本体论，但接受了俄国形式主义的形式批评方法，始终将该方法作为社会历史批评的补充和完善，但从来没有上升到本体论的高度。正如苏宏斌所说，对俄国形式主义“研究成果的吸收几乎每一步都必须是批判地、颠倒地进行”。①

1983 年，张隆溪就在《艺术旗帜上的颜色：俄国形式主义与捷克结构主义》一文中表达了俄国形式主义对国内文论的补充作用。他当时留学哈佛大学，接触到由莱芒与里斯于 20 世纪 60 年代编译的《俄国形式主义批评：四篇论文》，这些文章包括什克洛夫斯基《作为技巧的艺术》等俄国形式主义早期的理论文章，至于俄国形式主义者后期对于自身的反思及有关文学历时性的文学史的研究则付之阙如。文章实际上回避了对文学本体的回答，不过在他看来，“文学形式的研究和文学与社会、历史环境的研究不应当互相排斥，而应当互为补充”，“形式的分析完全有权成为严肃的文学研究的重要部分”。② 他针对国内现实指出：“从实际情形来看，批判了形式主义，往往连文学形式的分析也一并取消，似乎一谈形式就是资产阶级的唯美主义和形式主义，结果完全无力对作品进行艺术分析……在这种倾向影响之下，批评从概念出发，不接触文学作品的具体实际。创作也从概念出发，似乎忘记了文学是语言的艺术，于是产生出不少缺乏完

① 苏宏斌：《应该怎样对待形式主义的理论》，《文艺理论与批评》1994 年第 3 期。

② 张隆溪：《艺术旗帜上的颜色：俄国形式主义与捷克结构主义》，《读书》1983 年第 8 期。

美的艺术形式、图解概念的公式化作品。”①

如果说张隆溪还以介绍为主的话，钱佼汝则针对现实大力提倡形式批评方法。他是英语文学专家，曾留学澳洲，并在美国做过高级访问学者。他的资料来源除了莱芒与里斯合编的《俄国形式主义批评：四篇论文》外，还有维·埃利希编译的《俄国形式主义：历史与理论》，两书都于20世纪60年代在英语界出版。由于前书包括了俄国形式主义后期对包括文学史在内的历时性研究成果，因而钱佼汝比张隆溪对俄国形式主义的了解更为全面。该文最有意义之处在于更新国内文学批评方法的意图。钱佼汝认为，文学艺术的内容和形式本来是融为一体的，因此在批评实践中，无论是割断文学和外部世界的联系，只注意形式，而把文学的内容拒之于批评门外，还是一味强调内容而置形式于不顾，把内容当作游离于作品之外的现实加以评析，并以此为标准来判断作品的价值，都不是真正的科学的批评。但是，国内批评界“一方面心安理得地撇开形式奢谈内容，另一方面则把较多涉及艺术形式的批评理论斥之为‘形式主义’，甚至是颓废的‘为艺术而艺术’的资产阶级唯美主义等等”。因此，“就我国目前文学批评的现状而言，更为实际的恐怕还不是结构主义批评，神话原型批评或后结构主义的解构主义批评这类批评模式，而是经历过类似我国的文艺斗争实际，最终仍被证明有一定生命力的俄国形式主义批评理论”。②

诗歌语言研究和叙事手法研究是形式批评方法主要关注点，

---

① 张隆溪：《艺术旗帜上的颜色：俄国形式主义与捷克结构主义》，《读书》1983年第8期。

② 钱佼汝：《“文学性”和“陌生化”：俄国形式主义早期的两大理论支柱》，《外国文学评论》1989年第1期。

它使诸如语音、音位、语法、音响、韵律、程序、技巧等成为文学批评的对象。虽然国内的批评家大都认为将语言和手法作为文学的本体，从纯技术的角度对文学进行研究并不能完全对文学进行说明，但是普遍认为可以作为社会批评的有益补充。范玉刚在《论俄国形式主义文论》一文中依据存在论文学观认为，文学研究不但是对文学活动把握，更是对人类活动的审视、关照，从中折射的乃是人与世界的特定关系，因而俄国形式主义关于“语言学诗学研究”、“文学作为形式”及“文学语言学本体论”根本上颠倒了文学“质的规定性”、“本源”和现象之间的关系，但是“语言是最坚实的支点和出发点，任何忽视文学语言的文艺学都是不完全的。语言不能作为文学本体，并不能忽视对文学语言研究的重要性。结合我们汉语言的诗性资质，借鉴俄国形式主义文论对文学语言的研究，以文学语言为文学语言的出发点，又不是诗学的语言学化，以理解文学活动为宗旨的文艺学就会可能”。[①] 李自修在《故事：情节的张本——俄国形式主义散文理论简述》一文中详细介绍了俄国形式主义的散文[②]理论之后，指出文学批评是一种多层次的多元思维活动，任何一个学派的理论都很难囊括整个这一领域。“因此，既应该允许文本从生成（即创作过程）到实现（即接受过程）整个流程的宏观研究，又允许某一层次的微观研究。既允许对文学的社会本质或作为社会—文化现象材料表征的文本的外部运动（即他律性）的研究，又允许对文学的审美特殊本质或作为完整自足体的文本内部运动（即自律性）的研究。”俄国形式主义作为一种微观的、自律性

① 范玉刚：《论俄国形式主义文论》，《江海学刊》1996 年第 1 期。

② 这里的散文泛指一切叙事类作品。

的研究，“它的局部有效性却似乎是显而易见的”。[①] 刘志友则将什克洛夫斯基的散文理论误读为“创作论”，这显然与受到国内文论从注重“写什么”到“怎么写”的转型的影响有关。在他看来，“艺术手法尽管最终指向艺术目的，为实现目的服务，是实现目的的手段，但它的价值却不仅在于手段。它自身也具有目的价值。因为它在艺术的曲折过程中常常呈现既是手段又是目的的双重功能。”[②]

这两种接受思维都存在不足。前者是典型的非此即彼思维，虽然在对待俄国形式主义的态度上与对之拒斥不同，但在思维方式上是同一的，即用一种本质观代替另外一种本质观。如果考虑到当时的文论界要排除政治对文学的干扰这一历史语境，我们应承认其合理性的话，那么，我们仍应对这种思维报以反思的态度。而后者则割裂了本体论与方法论，将俄国形式主义的形式本体论与形式批评方法区别对待，否定了形式主义的本体论而接受其方法论，从而出现了文学的人文本体与形式批评方法的理论嫁接。方法论是以本体论为指导的，如果将两者割裂开来，则理论成为没有实践的理论，方法成为没有理论指导的方法。质而言之，两种思维方式都是一元论坚持者，只相信文学只有单一的不变的本体。这显然违背多元主义的精神。

三

20 世纪 90 年代以来，国内文论经历社会历史批评的正题和

---

① 李自修：《故事：情节的张本——俄国形式主义散文理论简述》，《山东师大学报》（社科版）1989 年第 4 期。

② 刘志友：《怎样写：使事物陌生化 使形式难化——略论什克洛夫斯基形式主义艺术“创作论”》，《新疆大学学报》1992 年第 2 期。

形式批评的反题之后，出现了走向合题的趋势。随之，国内接受者也注重揭示俄国形式主义的综合性品格。接受者开始超越二元对立与本质主义思维。

应该说，对俄国形式主义作出综合性解读是从关注其理论本身的游移开始的。俄国形式主义是以其科学化、技术化为特色的，这已成为国内接受者的共识，从一定意义上说，对俄国形式主义的拒斥与接受都是建基于这一认识之上的。不过透过俄国形式主义者表面决绝的姿态，我们仍可以发现他们理论中的游移和模糊。一方面，俄国形式主义对传统文学批评所坚持的科学实证主义立场进行了不遗余力的批判，而另一方面，则在与未来主义和象征主义的辩驳中扛起了科学实证主义的大旗；一方面通过可感性将文学与外部经验连接起来，另一方面又通过形式将文学与外界隔离开来；明明是从对“没有形象就没有艺术”[①] 的传统观念发难来创立陌生化理论的，什克洛夫斯基却说：“我个人认为，只要哪儿有形象，那儿就有陌生化。”[②] 仿佛忘了陌生化的前提就是非形象化。以至于詹姆逊把握不住“被陌生化的究竟是内容还是形式”。[③] 国内接受者此前一直强调俄国形式主义的科学化、技术化的一面，而忽视了其人本主义和心理主义的内涵。

2003 年杨帆的文章《陌生化，或者不是形式主义：从陌生

---

① ［俄］什克洛夫斯基等著，方珊等译：《俄国形式主义文论选》，生活·读书·新知三联书店 1989 年版，第 2 页。

② 同上书，第 22 页。

③ ［美］弗雷德里克·詹姆逊著，钱佼汝、李自修译：《语言的牢笼》，百花洲文艺出版社 1995 年版，第 63 页。

化理论透视俄国形式主义》[①] 首先对俄国形式主义的纯形式解读提出了不同的看法。他的解读是从俄国形式主义的陌生化的定义开始的。在俄国形式主义者看来形式是以陌生化为基础的，而陌生化是“使人恢复对生活的感觉，就是为使人感受事物，使石头显示出石头的质感”，“艺术的技巧就是使对象陌生，使形式变得困难，增加感觉的难度和时间长度，因为感觉过程本身就是审美目的，必须设法延长”。[②] 然而，俄国形式主义者的理论旨趣主要集中在如何通过技巧使形式陌生化上，更多的是以一种批评理论的面目出现的，而对如何感受事物、感受什么样的事物以及这是一种什么样的感受则缺少论述。杨文正是在这一点上对俄国形式主义作出了新的阐释。文章敏锐地觉察到了俄国形式主义和胡塞尔现象学之间的联系，从而认为陌生化的感受就是“恢复人对事物原初的陌生感觉”，“不承诺任何理论，力求将已有的认知、概念还原为必须重新审核阐明的状态”，[③] 在这个广阔的空间里，审美者“更能发掘生活的意义，从而丰富对生活的感受”，“各种各样的审美感受及相应的审美经验将会伴随人们对意义的把握而产生”。[④] 因而文章认为陌生化的形式与传统的与内容相割裂的形式有着本质的区别，是具有深刻人本主义内涵的形式。

同样，邹元江《关于俄国形式主义与陌生化问题的再检讨》

---

① 杨帆：《陌生化，或者不是形式主义：从陌生化理论透视俄国形式主义》，《学术界》2003 年第 3 期。

② ［法］托多罗夫编，蔡鸿滨译：《俄苏形式主义文论选》，中国社会科学出版社 1989 年版，第 65 页。

③ 杨帆：《陌生化，或者不是形式主义：从陌生化理论透视俄国形式主义》，《学术界》2003 年第 3 期。

④ 同上。

一文对俄国形式主义的陌生化理论作出了与杨帆相同的解读，不过，他将俄国形式主义对内容与形式二分的超越放在西方文论发展的历史中来检视。他指出，西方传统的艺术内容与形式的二元论并不具有价值对等的二元性，而只具有价值偏向的主从性，即形式对于广义内容表象的工具性、非本质性。可以说无论是对形而上的“理式”、“理念”的模仿显现论，还是对自然主义的“生活”、“自然”的反映复制论，都是以广义的内容为中心的。只有在俄国形式主义这里，形式与内容才真正做到了辩证的统一。因为“陌生化的程序目的性总是基于艺术家创造的不可重复性”，“感知本身便是对被感知事物的一种创造”，而所创造的事物之所以能被我们认识，是因为“它重新唤起了我们的想象力”。[①] 这样，程序（形式）与内容就达到了辩证的统一。

从一定意义上说，对俄国形式主义的这种解读是一种存在主义美学式的误读，虽然这种误读通过赋予俄国形式主义的形式以人类个体心灵内在诗化的特征，从而将个体与社会历史条件的血缘关系抹去了，但是超越了以往接受中对内容与形式的割裂，在俄国形式主义的接受史上无疑具有重要的意义。但是，这种综合视野仍然比较狭窄，他们只是完成了文学内部内容与形式的综合，而文学与其外部的社会生活及历史如何综合，仍然是有待解决的问题。

四

俄国形式主义接受中的思维问题从一定意义上来说也是当

---

① 邹元江：《关于俄国形式主义与陌生化问题的再检讨》，《东南大学学报》2004 年第 2 期。

代文论转型所面临的问题。新时期以来，国内文论一直在寻找文学的本质：因反对政治而提倡文学的（纯）审美（向内转），反对社会历史批评；因文学缺少人文精神，又提倡文化批评（向外转），忽视了审美/形式批评；21 世纪以降，又为文化批评的大行其道而忧心忡忡，而大声疾呼文学研究要回到“文学本身”。文论建构就陷入了这种建构、解构、再建构、再解构的逻辑怪圈，始终没有跳出本质主义及二元对立的思维模式。

要走出这个怪圈，关键是要改变我们的形而上学的本质主义思维。这种思维相信文学研究存在终极目的，所有的文学研究都从这里生发出来并指向该目的。其他的研究都是次要的，有了主次之分，就有了二元对立。在笔者看来，所谓文学的本质、本体，或者说文学自身、文学性，本身并非是文学某一要素，甚而整个文学活动的客观属性，而是人对文学活动的抽象建构。人所先在就有的知识、信仰、价值观念等参与了文学本质的构成。从这个角度来说，文学的本质其实就是一种“错觉”，它不可能成为研究的终极目的。它只是一个所指不断滑动的能指，所谓文学的本质是一个由滑动的所指组成的集合，用维特根斯坦的话来说，这个集合里的元素具有“家族类似”的特征。比如我国古代文论中先秦的“主文谲谏”、魏晋的“诗缘情”、宋朝的“以文学为诗、以才学为诗”，甚至现代的文学为政治服务、文学组织生活，等等，都是所谓文学本质这一家族中的成员。从这个意义上说，俄国形式主义接受及当代文论建构中文学的人文本体与形式本体就失去了对立的思维基础。

当然，这并不意味着要像反本质主义那样彻底排除本质性“错觉”。“因为我们必须把某些错觉当成我们历史行为的一个条件加以接受，同时我们把一个角色假定为历史过程的行为者”。①所以，尽管文学本质的每一次建构都会由于存在一些无法包容的事实而发生内爆，但文学本质这一“错觉”的建构、内爆、再建构过程，却使得文学研究超越了探索文学本质的表面的目的，从而指向了人类文明活动的延续。

因此，缩小文学本质的逻辑内涵，扩大文学本质的逻辑外延，文学建构中的本质主义和二元对立思维才可能被超越，而对俄国形式主义的理解和接受或许也才有可能开辟出新的价值维度，向我们呈现新的理论意义。

第三节　后现代语境中的传播与接受

20 世纪 80 年代末 90 年代初，俄国形式主义被我国批评界作为文学现代化的一种设计方案而广泛接受，成为一种时髦的话语。然而，20 世纪 90 年代以来，随着文化研究的兴起以及思想界对现代化的反思，后现代思潮悄然降临，俄国形式主义的接受语境也遽然而变。但是，俄国形式主义并没有退出中国文论建构的舞台，仍然参与着中国文论的重构。本节将从 20 世纪 90 年代以来批评界对俄国形式主义评价态度的转变切入，描述 20 世纪 90 年代以来批评界对俄国形式主义从“抑”到“尊”的转变过程，说明 20 世纪 90 年代以来文学观念的转变对俄国形式主义传播接受所产生的影响及俄国形式主义在我国文学批评理论重构中

① ［斯洛文尼亚］齐泽克著，Slavoj Zizek、季广茂译：《意识形态的崇高客体》，中央编译出版社 2002 年版，第 3 页。

所起的作用。

一

从一定意义上说，中国的批评家从来就没有在真正意义上接受过俄国形式主义。正如苏宏斌所说，对俄国形式主义“研究成果的吸收几乎每一步都必须是批判地、颠倒地进行”。① 即使在20世纪80年代末90年代初，俄国形式主义被广泛推崇的时候，对其的接受也不是从本体论到方法论的一体接受，而是或取其文学自律的本体论以达到文学和政治疏离的目的，或者取其方法论以补充社会历史批评的不足。但都有一个共同的前提，就是无论本体论还是方法论，都必须是建基于作家、社会生活对文学意义的决定之上。质而言之，反映的是传统批评与现代批评的冲突与融合。而20世纪90年代以来，对俄国形式主义的批判则体现出现代主义和后现代主义冲突的特征。批评家普遍用后现代文学观来訾议俄国形式主义。

对俄国形式主义的反思是从文学作品的意义生成机制开始的。俄国形式主义认为，文学作品的意义由两部分组成：一是认为所谓意义实为一种阅读感受——“陌生化”；二是认为获得什么感受是由文学手段规定妥当的——“文学性”，有什么样的手段就有什么样的相应感受。如果只有前一判断，俄国形式主义就成了读者决定论，这就成了具有后现代性质的接受理论。可俄国形式主义恰恰认为手段具有决定力量，可以说意义由手段派生，意义是手段的效果，由此才能保证文学的自律。苏冰对此评论

---

① 苏宏斌：《应该怎样对待形式主义的理论》，《文艺理论与批评》1994年第3期。

道："俄国形式主义者虽然频频谈论'感受'，坚定不变的逻辑原则却是客观主义的，他们相信，有什么样的手段和组织就有什么样的意义。"①

针对俄国形式主义意义理论中的这种内在的矛盾和局限，刘万勇在《俄国形式主义的"陌生化"与艺术接受》一文对此用接受美学的理论进行了反思。刘文首先肯定了俄国形式主义的"陌生化"理论超越传统意义理论的意义，但接着指出，陌生化效果的产生与功能的实现是不能单纯从形式着眼的，必须依赖于读者的感觉和体验。然而，在俄国形式主义的理论建构之下，经过陌生化处理后的多层次、多维度的形式结构已经客观地具有了文学之为文学的特质，根本不需要读者对作品重新阐释和建构，他们特别注意排除任何主观反映，因为他们认为主观反映是不科学的。因此，这等于把读者冷落在一旁，让他们消极地观察着、等待着客观的科学分析向他展示文本的各个特征。而问题在于，思维材料本身是不能被感知的，技巧本身也不能成为感知的内容，因为它本身也是为了创造可感性的。如此，"艺术接受可能就变成了某种纯心理—生理意义上的空洞感觉。艺术接受在这里完全被肢解、被损害，甚至还比不上传统意义上所说的刺激—反映理论"。② 这里，"可感性"之所以显得如此空洞和粗糙，正是俄国形式主义在理论建构上过分强调文学自律而削足适履的结果。

当然，如果将俄国形式主义看作完全自我封闭的意义系统，

---

① 苏冰：《意义理论：从俄国形式主义到新批评》，《文艺研究》1996年第5期。

② 刘万勇：《俄国形式主义的"陌生化"与艺术接受》，《山西大学学报》1999年第2期。

显然也是不全面的。因为俄国形式主义在谈论“陌生化”时，也强调“互文性”对文本产生意义时的作用。什克洛夫斯基早在《艺术作为手法》一文中就曾指出：“各诗歌流派的全部活动不过是积累和发现新的手法，以便安排和设计语言材料，而且安排形象远远超过创造形象。”① 也就是说，任何作者的创作都是对其他文本的有意无意的改写，任何作品都不能脱离与其他作品的相互关系。不过俄国形式主义意义上的“互文性”与后现代意义上的“互文性”有着很大的差别。张无屐、孙逸行在《差异论模式：意义与局限——俄国形式主义文论研究》一文中指出，形式主义意义上的“互文性”虽然强调任何词语乃至任何文本的意义都超出自身，但是其意义指向仍然是其他文本，而不是文本以外的什么东西。相反，俄国形式主义的意义理论特别强调“文本性”与“非文本性”之间的质的差异，强调叙述的自足性力量。但后现代意义上的“互文性”特别强调“文本性”系统与“非文本性”系统之间的互文性。文章最后认为，俄国形式主义“没有看到形式与意识形态之间既相互疏离又相互渗透的关系。也就是说，俄国形式主义者的研究存在着把结构研究和历史研究，把共时性研究与历史性研究相对立的缺陷”。②

在对俄国形式主义的意义理论进行置喙时，接受者同时对俄国形式主义的形式分析方法进行了批判，不过这种批判是借助巴赫金的理论来进行的。其实巴赫金的理论在 20 世纪 80 年代末 90 年代初就被国内学者借用来批评俄国形式主义，不过由于当

① ［俄］什克洛夫斯基等著，方珊等译：《俄苏形式主义文论选》，中国社会科学出版社 1989 年版，第 60 页。

② 张无屐、孙逸行：《差异论模式：意义与局限——俄国形式主义文论研究》，《学术界》1995 年第 6 期。

时对巴赫金的认识还局限于将其理论看作一个传统意义上的创作问题，他的对俄国形式主义的批判还没有引起学界的重视，不过，随着他的论文《文学创作中的内容、材料和形式问题》及专著《文艺学中的形式方法》在国内的发表和出版，再加上将他的对话理论、狂欢化理论及超语言研究纳入后现代视野，批评界也开始注意到了他对俄国形式主义的批评，并通过对这一批评的介绍来批判俄国形式主义。比如曾军在《在审美与技术之间：巴赫金对形式主义“纯技术（语言）”方法的批评》一文中就介绍了巴赫金对俄国形式主义“纯技术（语言）分析”方法的批评，包括：本体化背谬、审美性缺失、创新性丧失。在曾军看来，巴赫金对俄国形式主义的批判中，“引入话语主体及其活动实现了对语言方法的超越；在他的具体文学研究中，又发展成为主体间对话的复调小说理论，并在对复调的历史追溯和情景还原中，发现了来自民间的狂欢化因素，而这些，正是巴赫金‘超技术（语言）’批评的成功实践”。[①] 同样，黄玫的《巴赫金与俄国形式主义的诗学对话》也介绍了巴赫金与俄国形式主义在诗语问题与审美对象问题上的交锋。针对巴赫金的所定义的审美客体的内涵，即它既包括了俄国形式主义所谓的文本及其手法，同时也包括形式主义不屑一顾的文本的意义以及文本之外与之相关的很多因素，黄玫认为巴赫金对俄国形式主义的偏颇之处所进行的补充，“使得两者至今仍具有相得益彰的现实价值，目前还没有完美的理论可以取而代之”。[②]

① 曾军：《在审美与技术之间：巴赫金对形式主义“纯技术（语言）”方法的批评》，《华中师范大学学报》2001 年第 3 期。

② 黄玫：《巴赫金与俄国形式主义的诗学对话》，《俄罗斯文艺》2001 年第 2 期。

以上对俄国形式主义的批评表明，20 世纪 90 年代以来，随着新的文化氛围的形成，俄国形式主义那种以现代性为标榜的静态的、自律的文学研究已被动态的互文性的文学研究所超越。

二

从俄国形式主义传播接受的情况来看，20 世纪 90 年代以来俄国形式主义是受到人们忽视的，批评界普遍存在着过分注重文学的外部研究的弊端。然而过则必反，20 世纪 90 年代以来逐渐兴盛的文化研究，引起了很多文学研究者的忧虑和关切，他们担心文学研究“最后要被文化研究完全吞没”，“甚至连文学科学能否成立都令其研究者感到疑惑”。[①] 可以说文学研究面临着和当初俄国形式主义面临的同样问题——文学研究的对象到底是什么。这样，在 20 世纪末新世纪初，一些学者重新发现了俄国形式主义的价值，希望以此来补文化研究之弊。

不过，相较于 20 世纪 80 年代对俄国形式主义的接受而言，这次接受具有新的含义，如果说上次是在文学“自律”这一点上实现与俄国形式主义的对接的话，这次却是因形式主义“它律”的一面而受到重视。

其实，俄国形式主义对文学“它律”的融合是有迹可寻的。一方面俄国形式主义者在以决绝的姿态表述他们的理论时，我们可以发现他们理论中的游移和模糊，这本身就为外部因素的融入留下了后门。比如他们在通过形式将文学与外界隔离开来的同时，又通过可感性将文学与外部经验连接起来；明明是从对

① 马生龙：《俄国形式主义“文学性”概念之反思》，《晋阳学刊》2005 年第 1 期。

“没有形象就没有艺术”① 的传统观念发难来创立陌生化理论的，什克洛夫斯基却说：“我个人认为，只要哪儿有形象，那儿就有陌生化。”② 仿佛忘了陌生化的前提就是非形象化。以至于詹姆逊把握不住“被陌生化的究竟是内容还是形式”。③ 另一方面，俄国形式主义后期对自己理论的修正也使俄国形式主义具有了人文的面目。1997 年 12 月，集中体现什克洛夫斯基对早期形式主义理论反思的《散文理论》由百花洲文艺出版社出版，使国内学界对俄国形式主义理论有了更全面的认识。这些都导致对俄国形式主义的重新“叙述”，使俄国形式主义既具有了审美价值，又具有了人文、历史内涵。而这正弥补了文化研究过分注重外部研究的不足。

2003 年杨帆的文章《陌生化，或者不是形式主义：从陌生化理论透视俄国形式主义》首先对俄国形式主义的纯形式解读提出了不同的看法。他的解读是从俄国形式主义的陌生化的定义开始的。在俄国形式主义者看来形式是以陌生化为基础的，而陌生化是“使人恢复对生活的感觉，就是为使人感受事物，使石头显示出石头的质感”，“艺术的技巧就是使对象陌生，使形式变得困难，增加感觉的难度和时间长度，因为感觉过程本身就是审美目的，必须设法延长”。④ 然而，俄国形式主义者的理论旨趣

① 马生龙：《俄国形式主义“文学性”概念之反思》，《晋阳学刊》2005 年第 1 期。

② ［俄］什克洛夫斯基等著，方珊等译：《俄国形式主义文论选》，生活·读书·新知三联书店 1989 年版，第 2、22 页。

③ ［美］弗雷德里克·詹姆逊著，钱佼汝、李自修译：《语言的牢笼》，百花洲文艺出版社 1995 年版，第 63 页。

④ ［法］托多罗夫编，蔡鸿滨译：《俄苏形式主义文论选》，中国社会科学出版社 1989 年版，第 65 页。

主要集中在如何通过技巧使形式陌生化上，更多的是以一种批评理论的面目出现的，而对如何感受事物、感受什么样的事物以及这是一种什么样的感受则缺少论述。杨文正是在这一点上对俄国形式主义作出了新的阐释。文章敏锐地觉察到了俄国形式主义和胡塞尔现象学之间的联系，从而认为陌生化的感受就是"恢复人对事物原初的陌生感觉"，"不承诺任何理论，力求将已有的认知、概念还原为必须重新审核阐明的状态"，① 在这个广阔的空间里，审美者"更能发掘生活的意义，从而丰富对生活的感受"，"各种各样的审美感受及相应的审美经验将会伴随人们对意义的把握而产生"。② 因而文章认为陌生化的形式与传统的与内容相割裂的形式有着本质的区别，是具有深刻人本主义内涵的形式。

同样，邹元江《关于俄国形式主义与陌生化问题的再检讨》一文对俄国形式主义的陌生化理论作出了与杨帆相同的解读，不过，他将俄国形式主义对内容与形式二分的超越放在西方文论发展的历史中来检视。他指出，西方传统的艺术内容与形式的二元论并不具有价值对等的二元性，而只具有价值偏向的主从性，即形式对于广义内容表象的工具性、非本质性。可以说无论是对形而上的"理式"、"理念"的模仿显现论，还是对自然主义的"生活"、"自然"的反映复制论，都是以广义的内容为中心的。只有在俄国形式主义这里，形式与内容才真正做到了辩证的统一。因为"陌生化的程序目的性总是基于艺术家创造的不可重

---

① ［法］托多罗夫编，蔡鸿滨译：《俄苏形式主义文论选》，中国社会科学出版社 1989 年版，第 65 页。

② 杨帆：《陌生化，或者不是形式主义：从陌生化理论透视俄国形式主义》，《学术界》2003 年第 3 期。

复性”，“感知本身便是对被感知事物的一种创造”，而所创造的事物之所以能被我们认识，是因为“它重新唤起了我们的想象力”。[①] 这样，程序（形式）与内容就达到了辩证的统一。

从这些接受中我们不难发现现代主义对后现代主义的抵抗与妥协。这可以从接受者的两难处境反映出来，一方面，接受者希望通过确定形式作为文学研究的本体，恢复文学研究的特异性，为文学研究划定一个稳定的逻辑营盘，这是典型的现代性学术研究的思维；另一方面，在后现代的张力之下，又不愿意将文学封闭起来，重走现代化的学术道路（现代学术是以各学科的分治为基础的），因而赋予形式以与外部连接的功能。不过这种连接并不是一种彻底的连接，因为我们仔细考察后会发现，包括杨帆和邹元江在内的接受者对俄国形式主义所作的其实是一种存在主义式的误读，这是现代性的另外一种表现形式，不过，虽然这种误读通过赋予俄国形式主义的形式以人类个体心灵内在诗化的特征，从而将个体与社会历史条件的血缘关系抹去了，但是超越了以往接受中对内容与形式的割裂，在俄国形式主义的接受史上无疑具有重要的意义。但是，这种综合视野仍然比较狭窄，他们只是完成了文学内部内容与形式的综合，而文学与其外部的社会生活及历史如何综合，仍然是有待解决的问题。

三

一种批评风尚的形成，是当时文化心态的直接反映，文人心态又和社会、政治及审美思潮的变化有关，20 世纪 90 年代以来

---

① 邹元江：《关于俄国形式主义与陌生化问题的再检讨》，《东南大学学报》2004 年第 2 期。

出现的对俄国形式主义从“抑”到“尊”的接受走向，是我国文学批评从现代型向后现代型转型，从而走向成熟的起点，但却有着深层的社会、文化及审美方面的多重动因。

文学批评的科学化是20世纪80年代俄国形式主义被接受的内在要求。现代型文学批评是以牢固的学科基础为前提的。自文艺复兴以来，西方各学科的发展是以不同的研究对象分而治之的，各学科为自身划定不同于它者的逻辑营盘。文学批评也开始走上这一科学化的道路，俄国形式主义就是这一科学化道路上的重要产品。20世纪80年代，在我国向西方学习现代化的过程中，由于俄国形式主义一方面以其“文学性”理论强调文学自律，顺应了知识分子将文学从政治剥离开来的要求；另一方面则是在批评中注重对文本的技术因素——“形式”的分析，这被知识分子认为是文学的一种现代化方案，因而被广泛接受。一时间“文体学”研究、“修辞论美学”、“形式美学”研究在先锋文学创作的推波助澜下成为批评和研究中的显学。

然而，20世纪90年代以来，随着后现代思潮开始在国内撒播，文学理论批评也出现了不同的观念。后现代理论致力于摧毁学科基础、打破学科界限，表现在文学批评理论上就是：一方面对以形式研究为特征的纯文学观念的摒弃，批评和理论更注重对文学的人文与社会历史意蕴进行阐释，比如强调文本意识形态特征的“症候阅读”等；另一方面就是以文化研究的兴起为标志的文学批评的扩界，如对广告、服饰、选美等的研究等，以及边缘经验的书写，如女性研究、生态批评等。这一由“内”向“外”的转变自然使俄国形式主义失去了接受期待，不再成为某种时髦的话语，渐趋式微。相反，新的文学批评的范型为批判俄国形式主义提供了新的理论武器。

解构的鹄的并不是导致永久的失范，最终是引向建构的。按照库恩的说法，“一种规范经过革命向另一种规范逐步过渡，正是成熟科学的通常发展模式”。① 文学批评理论的失范以及将要被文化研究淹没的现状，正是文学批评理论重新建构的一个契机。当然，重建并不是在沙滩上的重建，必定要在甄别已有成果的基础上进行重建，这样，批评家标举“回到文本”的口号重新提醒人们重视俄国形式主义的价值，就有了内在的合理性。

当我们注意到对俄国形式主义的再次接受已经在进行“自律”与“它律”的融合时，就表明我国文学批评理论的重建迈出了坚实的第一步。这也是俄国形式主义在我国传播与接受的意义之所在。

第四节　接受中的主体性问题与巴赫金形象

这里所谓的接受是指对巴赫金的接受。作为俄国形式主义的超越者，巴赫金在他的理论中将俄国形式主义推进到了一个新的高度。一方面他将俄国形式主义的“文学性/形式”理论发展为“超语言学”研究；另一方面他将俄国形式主义意义生成的“陌生化”方式发展为“对话理论”，进而归纳出“狂欢化”理论。伴随俄国形式主义的传播与接受，巴赫金理论也传入国内，参与我国20世纪末文论的转型。

巴赫金的理论自从被朱莉娅·克利斯蒂娃和茨维坦·托多洛

① ［美］T. S. 库恩著，李宝恒、纪树立译：《科学革命的结构》，上海科学技术出版社1980年版，第10页。

夫在20世纪60年代介绍到西方以来，就开始在世界各地旅行。欧洲大陆学者和英美专家在接受巴赫金时，无不力图结合本国的问题用自己的眼光来看取巴赫金，形成自己眼中的巴赫金形象，从而在世界巴赫金接受的对话中发出自己的声音。可是，当我们考察巴赫金在我国的传播和接受时，就会发现我国接受者在接受中经历了一个主体性从坚守到迷失的过程。巴赫金在我国接受过程中其理论的命名、接受话题的形成、所依据的知识谱系甚至问题意识，无不受到他者/西方眼光的左右，使他者/西方的眼光最后影响和决定着中国巴赫金形象的形成。我国的学者们最终没有形成自己的巴赫金形象，他们所接受的实际上是他人之镜中的巴赫金形象，进而使我国接受者在世界巴赫金接受的对话中失去了自己的声音。

一

我国学者眼中的巴赫金最初是作为陀斯妥耶夫斯基的研究者被认识的。1982年，夏仲翼在该年的《世界文学》第4期上发表《陀斯妥耶夫斯基的〈地下室手记〉和小说复调结构问题》，其中提到了巴赫金对陀斯妥耶夫斯基创作中复调问题的论述，并在同期发表了他翻译的巴赫金《陀斯妥耶夫斯基诗学问题》中的第一章，以《陀斯妥耶夫斯基的复调小说和评论界对它的阐述》为题发表。随后，巴赫金思想本身开始作为被认识的对象。早期对巴赫金的认识中，接受者们是用传统的现实主义的知识谱系来看取巴赫金，并试图用现实主义理论来整合与批判巴赫金思想。

最初，接受者们感兴趣的话题是巴赫金的复调理论。他们将复调理论看作为一个创作问题，将该理论的讨论限定在小说创作问题的结构方面，即叙事策略之上。国内巴赫金的最初接受者钱中文在谈论巴赫金的复调理论的文章《“复调小说”及其理论问题》时，就是以“巴赫金的叙述理论之一”为文章的副题的。同时，他还对复调小说理论提出了自己的不同看法，一方面认为巴赫金所概括的小说的复调并非是一种对独白的取代现象，在复调化时期，独白同样存在的，认为在复调化时期的小说创作“在结构上固然有开放性的特点，对白性极强，但就整体而论，它并不排斥独白的因素，即叙述因素”。[①] 皇甫修文也主要从叙述角度来理解巴赫金的“复调理论”，在论及“复调理论”的意义时他说：“陀斯妥耶夫斯基小说创作的革命意义在于：它的复调小说改变了传统小说由作者统领全局的局面，从而带来叙述方式的种种闪展腾挪的变化，诸如由叙述语式形成的小说视角的诸多变化，由叙述语态形成的小说文体风格的变异，以及由叙述中作者与人物，隐含作者与隐含读者、叙述者与叙述对象所形成的小说的特殊结构关系，等等。”[②] 对于复调理论的核心——作者与“主人公”关系问题。早期的接受者主要是从现实主义的“典型论”来解读巴赫金笔下的主人公，而实际上，巴赫金笔下的主人公在巴赫金的整体思想中并非是一个人物塑造问题，而是人类的思想（意识）如何产生/形成的问题——即在对话中形成。接受者们在充分认识到巴赫金理论对于小说创作理论上的拓新之外，同时又用现实主义创作的理论来批判他的理论。钱中文就注意到在巴赫金的论述中关于作者与主人公前后矛盾的地方，

① 钱中文：《“复调小说”及其理论问题——巴赫金的叙述理论之一》，《文艺理论研究》1983 年第 4 期。

② 皇甫修文：《巴赫金理论对小说艺术发展的意义》，《延边大学学报》1991 年第 3 期。

巴赫金一方面将原来的客体化的主人公主观化，即让主人公摆脱作者，而独立发展自我的意识，另一方面，钱中文又注意到了巴赫金对主人公独立性中的相对性的论述，比如“创作者的意识时时处处存在于小说之中”，“在这里，我们要预见到一个可能出现的误会，让人觉得，主人公的独立性，可能会与他整体作为文艺作品的因素相矛盾。由此，他自始至终为作家所创造。事实上，不存在这样的矛盾，因为我们是在艺术构思范围内来确定主人公的自由的。”①

如果说钱中文在接受活动中比较全面客观地接受了巴赫金对陀斯妥耶夫斯基的分析的话，那么，宋大图和张杰在同一问题上则以现实主义的两条原则，即历史感与倾向性来置喙巴赫金关于作者与主人公关系的理论。宋大图以为巴赫金所构造的小说世界中，“只有在取消作者立场的积极性之后才可能成立”，② 同时认为陀斯妥耶夫斯基的复调小说的成因正“在于陀斯妥耶夫斯基世界观的内在矛盾。”而他的复调小说正是这种世界观内在矛盾的外化。认为巴赫金错误的方法论即“非历史化”使他得出了错误的结论。③ 张杰则认为“缺乏作者主观意识的‘艺术性是荒谬可笑的’”，认为“陀斯妥耶夫斯基小说创作中的复调小说现象首先是作者本人的复调思想的反映。”④ 宋大图和张杰接受思维可以看出现实主义创作原则中“用先进的思想去改造人们的

---

① 钱中文：《复调小说：主人公与作者——巴赫金的叙述理论》，《外国文学评论》1987 年第 1 期。

② 宋大图：《巴赫金的复调理论和陀斯妥耶夫斯基的作者立场》，《外国文学评论》1987 年第 1 期。

③ 同上。

④ 张杰：《复调小说的作者意识与对话关系——也谈巴赫金的复调理论》，《外国文学评论》1989 年第 4 期。

思想”的影子。

这一时期，在巴赫金接受活动中的问题也是中国的问题。在中国当代文论话语转型过程中，文学主体性问题的讨论曾是20世纪80年代的一个热点。在“主体性”讨论热中，巴赫金的理论同样是中国“主体论”的参与者及暗辩者。巴赫金的理论对中国的主体性理论讨论中学术话语从“主体性”转向“主体间性”起到了作用。钱中文在披露他的心迹时说：“说实在的，正是国内文学理论界提出的问题，使我对巴赫金产生了兴趣的。《作者与主人公》一文及另外一些文章，正是前几年关于文学‘主体性’的讨论使我写成的。我采用了避免直接卷入的形式，但巴赫金提出的暗中辩论体的运用却是不少的。我这样做，为的是让自己少招来一些麻烦。”[①] 显然接受者们在接受的时候，是就中国的问题来有针对性地介绍巴赫金理论的。

很显然，中国接受者对巴赫金早期的接受是用已有的知识背景——现实主义理论来解读巴赫金。从一定意义上来说，巴赫金是中国人眼中的巴赫金。在巴赫金的接受活动中，一般称之为文艺理论家，而所引出的话题，则集中于中国的传统文论之内，并用传统文论的标准去批判巴赫金理论。如对复调理论及其核心作者与主人公的关系，都是用反映论中作者的倾向性去逆巴赫金之意。可以说还保持着一定的接受中的主体性。

二

然而，中国对巴赫金的接受在20世纪80年代末期开始丧失

① 钱中文：《误解要避免，“误差”却是必要的》，《外国文学评论》1989年第4期。

了接受的主体性，而受到西方接受视角的影响。可以说在前期是希望用中国的眼光来解决中国的问题。然而，在后期，我们会发现，接受者在接受巴赫金时，不仅在视角上是西方的，而且在话题上，也是西方的话题。

这一改变是从一场争论开始的。1987 年 1 月，《外国文学评论》创刊号上发表了钱中文的《复调小说：主人公与作者——巴赫金的叙述理论》及宋大图的《巴赫金的复调理论和陀斯妥耶夫斯基的作者立场》两篇争鸣文章，两文都是在现实主义视角下来解读巴赫金。1989 年 1 月，社会科学院的英美文学研究者黄梅也以《也谈巴赫金》一文加入了讨论。黄文的出现在中国的巴赫金接受史中具有重要意义，该文不仅改变了中国接受巴赫金的视角，而且影响了中国巴赫金接受中的话题的形成。我们先看她的资料来源，一是前述夏仲翼翻译的巴赫金的《陀斯妥耶夫斯基诗学问题》的第一章译文；一是麦克尔·霍奎斯特的巴赫金论文英译本《对白式想象》。后者收入了巴赫金的四篇文章，即《长篇小说的话语》（1934—1935）、《长篇小说的时间形式和空间体形式》（1937—1938）、《长篇小说话语的发端》（1940）、《史诗与小说》（1941）。我国 1998 年出版的《巴赫金全集》将以上文章收入到第 3 卷。这组文章是巴赫金流放时期的一些代表作。这一组文章与以前的《审美活动中的作者与主人公》、《生活话语与艺术话语》、《陀斯妥耶夫斯基创作问题》等在逻辑上是一脉相承的。然而，巴赫金在这组文章中将他的研究进一步深化了。首先是复调问题。巴赫金在《史诗与小说》中抛开了“独白小说”与“复调小说”的提法，而将小说作为一个整体与史诗加以对比。他认为，史诗表现一个完结的、封闭的过去，囿于传统，远离现实中的人生；而小说恰恰相反，以种种方式关联人们当前的生活和经验，是开放的、无结论的，因而，从史诗到小说“世界断然地、不可逆转地复调化了”。[①] 巴赫金这些文章有意义的地方在于，他的研究不同于我国学者们将巴赫金的复调理论看作为一个创作问题，而是用体裁诗学的方法，寻绎小说体裁中各要素形成的历史，来寻找小说作为一个整体的特点，因而也有人称其理论为体裁诗学。西方对巴赫金的认识就是从这些文章开始的，他们对巴赫金的认识自然会有异于我国学者的认识。黄梅的文章显然注意到了这个差异，因而她说：“在这个意义上，‘复调小说’与其说是一种文学创作理论，不如说是一种读书方法”。[②] 固然，黄梅的这种看法也存在值得商讨之处，但是，她的介绍，对中国学者扩大视野，拓展思路，跳出传统的从创作理论上来解读巴赫金具有重大意义。其次是关于作者与主人公的问题。这一问题我国学者最初也是从创作理论的角度来解读的。黄的文章则是将作者与主人公的关系纳入巴赫金的言谈理论来解读，将作者与主人公的关系纳入对话理论中去解读，使作者与主人公的关系问题成为一个人类的思想/意识如何产生的问题，而相异于我国学者从创作者的倾向性和如何塑造典型形象的角度来认识二者的关系。黄梅对于巴赫金的认识，虽然有不全面和偏差之处，但是具有巨大的接受史意义，具体言之，其一是视角的转换。中国学者接受巴赫金的现实主义视角被他者/西方的视角所代替。其二是接受话题的超越。复调及作者与主人公的关系问题不再是接受中的主要话题，对话理论则成为接受

---

① ［苏联］巴赫金著，白春仁译：《史诗与小说》，《巴赫金全集》第 3 卷，河北教育出版社 1998 年版，第 509 页。

② 黄梅：《也说巴赫金》，《外国文学评论》1989 年第 1 期。

中的主要话题。其三是接受中的命名。巴赫金的理论不再用复调来命名，而用对话理论来指称巴赫金的理论。

三

20 世纪 90 年代以来，由于国内思想界的失范，文论的失语，对巴赫金的接受更加依赖于他者的视角。因各自的理论和文化背景的不同，欧洲大陆和英美形成了对巴赫金的不同的认识，这些都不同程度地影响和制约着中国的接受者。

法国人眼中的巴赫金在 20 世纪 90 年代曾影响着中国的接受者。法国学者于 20 世纪 60 年代首先发现了巴赫金的价值。法国发现巴赫金的时候，正是结构主义的高潮，形式主义盛行，法国人自然用形式主义的眼光来看取巴赫金的理论。由于巴赫金理论用历史分析的方法谈论形式，对法国的结构主义叙事学有着深化和救弊的作用，因而他们将巴赫金看做是结构主义合乎逻辑的发展。法国对巴赫金的认识，经由赵一凡的两篇文章介绍到国内来，一是发表在《读书》1990 年第 4 期上的《巴赫金：语言与思想的对话》，一是刊登在《外国文学研究集刊》第 14 辑上的《巴赫金研究在西方》。可以看出赵一凡的文章在将巴赫金介绍进国内时，是有他的用意的。中国的文论从 20 世纪 80 年代到 90 年代，经历了一个从文本分析到解构再到社会历史的辩证过程。赵文的意图很显然是想用巴赫金的理论来进一步发展中国文论中的文本分析一派。因而，虽然在当时他也接触到了美国作家麦克尔·霍奎斯特与卡特琳娜·克拉克合著的巴赫金传记《米哈伊尔·巴赫金》，但并没有从解构的角度来解读巴赫金，虽然该书主要是一本解构主义之作。他所看取的是巴赫金理论中“打通文本与环境、个人与社会”

的作用。[1] 这也是法国人最初看取巴赫金理论的地方。从形式主义的角度来认识巴赫金，国内主要接受的是提出“互文性”理论的朱莉娅·克利斯蒂娃和提倡对话批评的茨维坦·托多罗夫眼中的巴赫金。1967 年，布拉格小组的外围成员朱莉娅·克利斯蒂娃移居法国后，在巴黎《批评》杂志上发表了《巴赫金：词语、对话与小说》，促成西方将《拉伯雷》及《陀斯妥耶夫斯基诗学问题》在 1968—1970 年间迅速译成法文和英文。托多罗夫同样具有形式主义背景。从赵一凡的文章看来，他显然接触到了托多罗夫的两本书，一是《批评的批评》，该书 1984 年在法国出版，中译本 1988 年由三联书店出版，另一本是《巴赫金、对话理论及其他》，该书 1981 年在法国出版，中译本由百花文艺出版社 2001 年出版。这两本书都对巴赫金作了形式主义的介绍。1985 年第 1 期《外国文学报道》也曾有托多罗夫谈巴赫金的文章发表，题为《托多罗夫谈巴赫金》。以上两位专家的文章和专著都是将巴赫金理论与结构主义嫁接，认为他的体裁诗学为冰冷的结构主义找回了历史和死去的作者，并认为对话思想是巴赫金理论的核心。

自此，巴赫金被称为对话理论家，国内接受者开始用形式主义的眼光接受巴赫金。董小英的博士论文《再登巴比伦塔——巴赫金与对话理论》[2] 就是一种典型的形式主义解读。从一定意义上来说，该文是对赵一凡文章的扩展。她所用来看取巴赫金的知识背景，不再是现实主义理论，而是西方文论，尤其是结构主义叙事学。她在引言的题词中就引用了法国结构

① 赵一凡：《巴赫金：语言与思想的对话》，《读书》1990 年第 4 期。

② 董小英：《再登巴比伦塔——巴赫金与对话理论》，三联出版社 1994 年版。

主义重镇罗兰·巴特的表述："有了人类历史本身，就有了叙事。"在确定巴赫金的意义时，她将巴赫金完全纳入了20世纪西方的学术传统，认为巴赫金是对西方语言学、符号学、俄国形式主义、结构主义及叙事学和逻辑学的发展，是对一切话语对话性的揭示。而这些都是西方20世纪文论的主要发展方向。另外，董小英在论文中完全以西方现代派的作品作为解读的对象。显示出巴赫金对话理论与西方对象的同一性，而使得巴赫金本身对中国而言是一件异域的事实。从接受史的角度来看，这些都无不显示出接受者接受主体性的丧失和问题意识的缺位。

巴赫金的理论在20世纪80年代被英美学者作了解构主义的解读，巴赫金形象的这一面也在20世纪90年代影响着中国巴赫金形象的形成。英美学者挖掘了巴赫金《拉伯雷研究》及《陀斯妥耶夫斯基诗学问题》的第四章的内容，将巴赫金看作是一个解构英雄，从而发掘了巴赫金的另一面。而20世纪90年代，后现代思潮在国内文论界流行，这一同样来自西方的思潮虽然是与中国的现实问题相结合，但是这一思潮本身却为中国的学者提供了一种方法论上的指导，即用解构的眼光来审视接受对象，使国内的学者们进行了视角的转换。而另一个事实则在于1992年在我国出版了美国学者麦克尔·霍奎斯特和卡特琳娜·克拉克合著的《米哈伊尔·巴赫金》的中译本。[①] 该书在英语世界出版于1984年，当时英语世界正受着德理达、福柯等为代表的解构思想的影响，因而，带有鲜明的解构思想

① ［美］麦克尔·霍奎斯特、卡特琳娜·克拉克著，语冰译：《米哈伊尔·巴赫金》，中国人民大学出版社1992年版。

的印记。该书将巴赫金解读为一个毕生专注于对“多样性、偶发性和差异性”作思考的英雄，[①] 认为巴赫金所理想的社会状态就是“狂欢节”状态。在这个状态下，人们都平等对话。该书在国内的出版与国内的现状正相适应，国内正处于一种多语混杂的时期。巴赫金“狂欢化”思想可以说是巴赫金对话理论的现实展开，在巴赫金看来，“狂欢节”是最利于平等对话的场景。这一思想与当时国内要求建立几种对话的要求相适应。一是要在国内建立一种平等对话的学术氛围，二是对本质主义所体现的二元对立思维进行结构，三是对主流意识、民间文化及精英文化的合理处理，四是外来文化问题。从一定意义来说，也是20世纪80年代主体性问题的扩展与延续。该书被认为是当时世界上最具权威的巴赫金研究专著。由于上述原因，国内对巴赫金的接受和研究在接受对象上从巴赫金的对话理论将重点转移到了巴赫金的“狂欢化”理论。这种接受对象的转移，是与话题的转移相伴而产生的。而其中的这些话题显然是西方话题。

1995年，夏忠宪在《外国文学评论》第1期上发表了《拉伯雷与民间文化、狂欢化——巴赫金论拉伯雷》的文章，可以说是研究巴赫金狂欢化理论的一篇发轫之作，揭开了中国巴赫金认识中的解构时期，如同对巴赫金的对话理论的认识一样，对巴赫金狂欢化的认识同样具有西方的眼光。夏忠宪是国内研究巴赫金狂欢化诗学比较着力的一位学者。我们来看他的狂欢化研究专

---

① ［美］麦克尔·霍奎斯特、卡特琳娜·克拉克著，语冰译：《米哈伊尔·巴赫金》，中国人民大学出版社1992年版，第7页。

著《巴赫金狂欢化诗学研究》。[①] 他所认识的巴赫金主要在该书的第一章“颠覆与建构”中得以被描述。他具体从三个维度即思维方式、叙事学及人文科学的方法来分别给巴赫金定位。第一节主要是将巴赫金放在西方思维方式的演变中来认识，认为他是对西方传统的形而上学思维方法与20世纪解构思想的合理发展，是对以上两种均含偏颇的思维方式的合理超越。具体比较了德理达与巴赫金的思想异同。他对巴赫金的这一认识并没有超出《米哈伊尔·巴赫金》一书中的认识，所依据的知识谱系是相同的，两者之间的借鉴关系是很明显的。第二节则主要从叙事学的角度来给巴赫金定位。这里的论述仍然延续了此前的方式，将其放在形式主义、布拉格及巴黎太凯尔集团的发展序列来认识他。在谈到巴赫金的研究方法时，他结合西方文论的大背景来考察，他认为西方20世纪的文学批评有两大方向，一是以形式主义、新批评为代表的文学研究的“向内转”的一条线索，以及20世纪50年代起萌生的以原型批评为先兆的“向外转”倾向，包括后结构主义、新历史主义、文化批评，等等，而巴赫金的批评居于其中。不难看出在夏忠宪的认识中，巴赫金显然是西方人眼中的巴赫金。

相对而言，刘康对巴赫金的解读较夏忠宪的论文更注重中国的问题。但如果我们抛开理论运用的一面，单看刘康对巴赫金理论的认识的话，就会发现刘康实际上也是将巴赫金的理论解读成了解构主义理论。他的《对话的喧声——巴赫金的文化转型理论》[②] 中对

① 夏忠宪：《巴赫金狂欢化诗学研究》，北京师范大学出版社2000年版。

② 刘康：《对话的喧声——巴赫金的文化转型理论·结语·理论与批评未完成的对话》，中国人民大学出版社1995年版。

巴赫金的认识是一种典型的后现代阐释学性的，易言之，是对巴赫金理论作了创造性误读。在巴赫金看来，对话性是所有语言的应然状态，而且小说这种文体是最具有对话性的，它的体现，并非在一个特定（特殊）的时候，而是在任何情况下都应该产生的。然而，刘康则将对话显现的特殊状态，即社会转型时期，作为对话的主要内容，从而用来解读中国20世纪的文学。刘康对巴赫金的解读，是与他对中国现状的认识分不开的，他说："把巴赫金理论对文化转型问题突出和强调，是出于我对中国现代与当代文化（主要是文学创作与批评）的认识，我觉得巴赫金复调理论、小说话语理论等等，都是他对于文化断裂、变化和转型时期的语言杂多现象的理论把握。而这种把握用来了解和认识中国近现代以及当代文化的转型也是十分贴切的。"①

四

巴赫金接受中主体性的丧失从一定意义上来说不过是20世纪以来中国文论转型的一个缩影。20世纪中期以来，中国的传统的文论的形成可以说是以民族国家的建立为基础的非殖民化运动，该运动热衷于清除西方强加在我们身上的话语、思维模式和概念，从而建立自己的话语和思维模式，找到自己民族的声音。然而，随着时代的发展，以现实主义为内核的传统文论一方面失去了解释文学、理论对象的能力，丧失解释对象的有效性，另一方面又缺乏创生性，从而使整个文论呈现出一种失语的状态。中国的学者在外国文学研究中失去了赖以根据的

---

① 刘康：《对话的喧声——巴赫金的文化转型理论·结语·理论与批评未完成的对话》，中国人民大学出版社1995年版，第247页。

知识背景，缺乏与西方不同的视角、立场和观点，缺少原创性。因此，在巴赫金的接受中，只能接受他人之镜中的巴赫金形象，而缺少能拿出去对话的中国之镜中的巴赫金。如果说这种研究具有某种文化殖民倾向，也许并不过分。因为这种模式迫使人们以西方的观点看待世界，包括看待理论。

诚然，巴赫金的接受在中国是与问题相连接的，比如说复调问题与中国的主体性问题，对话理论与中国社会的转型问题，狂欢化理论与价值多元化问题以及新世纪以来人文科学的方法论问题。但是，在接受过程中，这些问题要么被隐藏起来，如主体性问题，要么并非中国土生土长的话题，如结构问题。可以说巴赫金接受过程中的问题与话题并非中国自己的话题，而是西方的话题，如形式主义问题，解构问题。更不用说中国的学者所使用的是纯然西方人的眼光来解读巴赫金。这样的接受，无论具有多么浓厚的本土色彩，都必然是西方文化触角的延伸。

在笔者看来，要解决在外国文论接受中的主体性问题，关键是重新建构我国新的文论。这是因为文论决定着我们看取对象的知识平台和视角。这种建构首先是一种动态性的、局部性的。我们不能企图一劳永逸地建构一种在现在以及将来任何时候都适用的文论，文论的稳定性只能是一种动态中的稳定。我们也不能试图建构一种放之四海皆准的文论，任何文论都只能用来解释一部分的文学现象，而不可能解释全部，否则就会导入本质主义的泥潭。其次，这种建构中的主体性并不等同于本土性。主体性并不是所谓纯粹的“华夏之声”，在这个问题上一味地刚愎自用只能引起新的闭关自守、新的夜郎自大和“中国中心论”。最后，这种建构的资源应是开放性的。无论是中国的古典文论、五四传统、新中国成立以来的文论还是国外的文论，都应是我们建构新的文论的资源。主体性并非建立在一种单一的文化基础之上，而是一种复合性的主体。

从这种意义上来说，我国巴赫金接受中的主体性的丧失对我们而言，既是一种危机，同时也是一种建构新的主体性的机遇。

第四章

俄苏文学文论传播中的现代期刊

文学的传播离不开媒介。媒介的性质和特点，也会对文学的跨国传播产生重大的影响。在20世纪大部分时间里，最为重要的媒介是报纸和期刊。报纸，尤其是期刊，在俄苏文学和文论向中国的传播中扮演了非常重要的角色。本章将要探讨的，就是中国现代一些期刊在传播俄苏文学和文论中所起的作用，研究这些期刊的政治倾向、编辑方针如何影响到对译介对象的选择，并通过栏目的设置等影响到了俄苏文学和文论在中国的传播。我们可以通过中国现代期刊关注俄苏文学和文论的重点转移和态度变化，观察中国现代文学成长和发展的历程，从而更充分地理解中国现代文学所选择的道路。

第一节 《新青年》与俄苏文化译介

胡适曾在其主编的《努力周报》上发表《与高一涵等四位的信》，这样评价《新青年》："二十五年来，只有三个杂志可代表三个时代，可以说是创造了三个新时代：一是《时务报》；一是《新民从报》；一是《新青年》。而《民报》与《甲寅》

还算不上。”[①] 如果说《时务报》代表与创造了戊戌变法的时代，《新民丛报》代表与创造了辛亥革命的时代，那么《新青年》就代表与创造了五四时代。《新青年》这种“创造一个时代”的特殊荣耀，是与其卓越的翻译研究工作分不开的。五四时期，《新青年》作为一份文化期刊，在文化的译介与文学的翻译方面，都处于高屋建瓴的地位，而这种介绍与翻译，事实上又为当时中国的价值重建，包括文学观念的革新与发展，提供了知识背景。可以说，《新青年》是在文化的革新中推动了文学革命的进程。因此，它十分重视对俄苏社会文化的译介，并且随着革命形势的发展，最终走向对纯粹的马克思主义及无产阶级革命文化的介绍。它发表的众多非文学的翻译作品，对于文学革命的探讨、启示之功，甚至超过文学作品本身。从某种意义上说，文学革命首先是文化与思想上的革新，在文化与思想的遮蔽式影响之下，文学实践才逐渐启程。

一　栏目设置与翻译

《新青年》创刊于 1915 年 9 月，初名《青年杂志》，出至第 1 卷 6 号后休刊半年，同年 9 月 1 日复刊，从第 2 卷 1 号起更名《新青年》。于 1918 年 1 月出 4 卷 1 号，开始了编辑集议制时期，1919 年 1 月改行轮流主编制。1919 年年底陈独秀出狱后，《新青年》的政治色彩逐渐浓厚，自 7 卷 6 号开始，已经鲜见胡适等人的影子，自 8 卷 1 号开始，则成为上海共产主义小组的机关刊物，设立了俄罗斯研究专栏，至 1922 年 7 月 9 卷 6 号休刊。

① 胡适：《给〈努力周刊〉编辑部的信》，《努力周报》1923 年 10 月 21 日第 75 期。

1923 年 6 月之后改出季刊与不定期刊，成为中国共产党中央委员会主办的理论刊物。作为一份现代期刊，《新青年》在翻译方面贡献很大，在推进中国现代性进程方面也为当时其他期刊所难以企及。俄罗斯的经济、政治、社会、文化，包括文学的种种状况，是当时的中国求之若渴的异域资源，自然也成为《新青年》译介的主要对象。从创刊到 9 卷 6 号，《新青年》前后设置了“国内大事记”、“国外大事记”、“通信”、“世界说苑”、“剧”、“诗歌”、“女子问题”、“附记”、“译诗”、“讨论”、“马克思研究”、“俄罗斯研究”、“选录”、“注音字母讨论”、“文学评论”、“读者论坛”、“随感录”、“书报介绍”、“社会调查”、“小说”等二十多个栏目，其中直接涉及俄罗斯文化译介的有“国外大事记”、“国内大事记”、“译诗”、“剧”、“马克思研究”、“俄罗斯研究”、“选录”、“随感录”等栏目，间接关涉俄罗斯文化的栏目则更多。一份栏目的清单，已可以反映《新青年》译介俄罗斯的重点以及译介的方式。

《新青年》栏目中专门翻译俄苏文学作品的并不多，但是译介的成绩不容小觑。“剧”、“译诗”、“小说”等栏目专门翻译外国的文学作品，其中俄苏文学占了很大比重，这为刚刚起步的新文学接触俄罗斯文学搭建了便利的桥梁。此外，“译者按”与“翻译附识”也是引人注目的亮点。《青年杂志》1915 年 9 月 15 日出版的创刊号上，发表了陈嘏翻译的屠格涅夫的《春潮》，作品后面就写了“译者按”，说“屠尔格涅甫氏乃俄国近代杰出之文豪也。其隆名与托尔斯泰想颉颃……著作亡虑数十百种，咸为欧美人所宝贵。称欧洲近代思想与文学者，无不及屠尔格涅甫之名，其文章乃咀嚼近代矛盾之文明，而扬其反抗之声音也。此篇为其短篇中之佳作，崇尚人格，描写纯爱，意精词赅，两臻其极，各国皆有译本。”[①]《新青年》第6卷第1号发表了周作人翻译的梭罗古勃的《铁圈》，并写有“附识”，以比较文学的眼光，既介绍了作家作品，也阐述了译者的文学观及美学思想。周作人在翻译科罗连珂的《玛加尔的梦》后写道：“这篇里写自然的美与自然的残酷，人性的罪恶与人性的高贵，两面都到，是写实主义后的理想派文学的一篇代表作品，在这里面，悲剧喜剧已经分不清界限，便是诗与小说也几乎合而为一了。”[②] 这可以说是对译作的价值所做的画龙点睛式的评价。这类附志、译后，是当时译者从事评论活动的重要方式，应当予以重视。以简赅的阐述来帮助读者深化对作品及作家精神本质的理解，这种做法可以说是新文学翻译家们的一个创举。

“俄罗斯研究”是《新青年》成为上海共产主义小组的机关刊物后所设立的专栏，是一个全面研究俄罗斯经济、政治、社会、文化等各方面情况的译介重地。自设立后就长期成为刊物的重头栏目，每一期的内容都纷繁丰富。从8卷1号到9卷6号共12期刊物中，“俄罗斯研究”出了7期，发表文章35篇，占该12期所译介的文章总数的近70%。从文章的具体内容来看，这35篇文章涉及了俄罗斯政治、经济与社会生活的方方面面，几乎是对俄罗斯做全景式的文化研究。无论就《新青年》的办刊宗旨还是栏目的社会效用而言，“俄罗斯研究”都不辱使命，且成为刊物在政治道路上策马狂奔的征兆。后来的《新青年》季刊与不定期刊，其实就是一种扩大化与全盘化的“俄罗斯研究”——那上面再也没

① ［俄］屠格涅夫著，陈嘏译：《春潮·译者按》，《青年杂志》1915年9月15日创刊号。

② ［俄］科罗连珂著，周作人译：《玛加尔的梦》，《新青年》1920年9月1日第8卷2号。

有前期与中期时候俄苏文艺作品的影踪，反倒是一心一意介绍与研究苏联的社会主义运动一类政治问题去了。

无独有偶，在“俄罗斯研究”之外，《新青年》还有“国内大事记”、“国外大事记”、“选录”等栏目担负过类似的译介任务。如果说“俄罗斯研究”还是后期栏目的话，那么“国内大事记”与“国外大事记”则是从创刊以来就开设的重要栏目。如1卷2号的“国内大事记”登载了署名“记者”的《中俄之交涉种种》，2卷1号“国外大事记”登载的《俄议会开会》、2号的《苏教育会提倡少年团》、3卷2号的《俄罗斯新政府之设施》，等等，从它们的介绍兴趣来看，后期的“俄罗斯研究”几乎是与之一脉相承的，只不过“俄罗斯研究”专事研究俄国之事罢了。在这些主要栏目以外，还有一些补充性质的栏目，比如“选录”栏目，同样涉及俄苏文学的译介，比如9卷6号选录于《觉悟》的《俄罗斯革命和唯物史观》一文，但是这毕竟只是前面那些拳头栏目之外的有益的补充与点缀，就分量及意义而言，是难以与前者相提并论的。

还有一些栏目，如“随感录”与“通信”等，以一种特殊的文体形式，履行着译介、研究俄罗斯文学的职责。陈平原在《〈读书〉的文体》一文中曾经谈到：“对于报刊来说，‘文体’的重要性，一点不亚于‘内容’或‘立场’。因为找到恰当的对象（故事或论题）不容易，找到恰当的文体更难——对于社会的影响，后者或许更长远。”[①] 他在《“妙手”如何“著文章”——为〈新青年〉创刊九十周年而作》一文中，就认为“随感录”是一种“兼及政治与文学、痛快淋漓、寸铁杀人的文体，充分凸显了五四

① 《南方周末》2006年2月16日第27版。

新文化人的一贯追求——政治表述的文学化"[①]。"随感录"栏目本来主要是陈独秀、鲁迅、钱玄同等知识分子关注生活、表达见解的场域，全部随感录中有将近百则由他们三人所作，他们对社会生活的关注各有不同，内容上处于多元并存的阶段。但从第7卷开始，"随感录"栏目色彩逐渐明晰，语调逐渐统一，比如《随感录八十五·俄国的精神》、《随感录九十三·劳动者的知识从哪里来?》等，政治意识尤其是马克思主义倾向逐渐明朗起来——这与当时中国知识分子的思想变化息息相关。五四运动的兴起使他们开始认识到，西方列强所谓的普遍人权，不过是一种骗局，这种观念的变化投射到思想文化领域，直接引起"救亡"压倒"启蒙"的思潮的勃兴，并促成一部分知识分子开始由自由主义转向，逐渐了解和亲和马克思主义。可以说，"随感录"政治意识的增加，直接宣示了《新青年》某种转变的开始。与此极为类似的是"通信"栏目。在创刊伊始，该栏目主要是"质析疑难发舒意见之用"，凡是大众来函，陈独秀是知无不言，言无不尽地予以答复，可惜这种状况并不持久，在《新青年》进入北大同人集议制之后，"通信"栏目就逐渐变成编辑同人们登载私函、对谈阔论的私家花园，启蒙者们或列出阵营，攻防交错，或激烈论述，混做一团，而外面的来信，则常常随便打发过去。从第7卷开始，这种精英化的栏目开始走向萎缩，先后有8期没有设置"通信"，数量大不如前，复信率持续走低，作为一个栏目而存在的"通信"已经注定了飘零之势。与此同时，另一个对读者开放的讨论栏目"读者论坛"也被取消。而对俄苏文化的译介则成为一时风尚，很多栏

---

① 陈平原：《"妙手"如何著"文章"——为〈新青年〉创刊九十周年而作》，《同舟共进》2005年第5期，第41页。

目变成陈独秀与党内同志探讨马列主义、关注俄苏情况的专栏。胡适在目睹《新青年》的走势与栏目的变迁后，曾写信给李大钊、鲁迅、钱玄同、陶孟和等八人，慨叹《新青年》差不多已成了 Soviet Russia 的汉译本了。

二 俄苏问题的译介及意义

《新青年》对俄苏问题的研究，是接受俄苏文化的重要组成部分，成为俄苏文学能够影响中国新文学的一种基础。相对于俄国文学作品的翻译来说，《新青年》的俄苏问题研究占据了相当大的比重，经笔者统计，共有 18 个大的问题研究涉及俄罗斯，且译介成绩较为显著。其中 10 大类（除文学作品外）如下表：

表 4－1 **《新青年》问题译介情况表**

名称	俄国革命	马列专题	共产国际	哲学专题	人物传记	中国革命	世界革命	民族问题	劳工运动	农民运动	文学作品
篇目	61 篇	38 篇	13 篇	9 篇	8 篇	7 篇	6 篇	5 篇	5 篇	5 篇	20 篇
备注		含马克思研究 18 篇									

此外，有妇女运动问题 3 篇，政党问题、中俄外交问题、国际关系问题、经济问题各 2 篇，社会科学、中国政治、青年运动各 1 篇（上表所列的文章是指涉及俄苏国情、文化的介绍文章或者为俄苏作家所撰的文章）。表中另列出翻译俄苏文学作品的数量，是为了与俄苏问题的译介情况做比较。可以看出，相对于屈指可数的文学文艺作品译介而言，《新青年》对俄苏问题的研究、译介真有满天飞舞之势。

然而，对这些问题的译介仅仅只是单纯的学理研究，还是在研究的面目之下隐藏着更深的苦衷呢？先来看看《新青年》所涉及的一些其他问题，这些问题有“新银行问题”、“人口专号问题”、“孔教问题”、“文字改革问题”、“文学改良问题”、“女子贞节问题”，等等，看上去还算是比较纯粹的问题研究。但是此后发表的“俄罗斯革命与我国国民之觉悟”（3卷2号）、“今日中国之政治问题”（5卷1号）、“劳动节纪念专号”中的“劳工状况问题”（6号）以及“欧美劳动问题”、“工读互助团问题”、“俄国革命问题”、“马列专题”、“共产国际”、“劳工运动”问题，等等，则显示出了不同的倾向——在看似有学理可循的“问题”研究之下，明显地涌动着一种关注劳工阶级与下层民众（无产阶级）的“主义”潜流。

事实上，从《新青年》创刊以来，“问题”与“主义”就颉颃顿挫，抑扬起伏，一直处于胶着状态。陈独秀在创刊伊始就抱有浓厚的政治情节，这种政治初衷使他在办刊路途上即便遭遇千难万险，也不仅没有丝毫的偃旗息鼓之意，反倒是增长了热战方酣的勇气。胡适则受到欧美学术思想的影响，偏重于对问题做学理的探究。两者比较而言，陈独秀秉承了晚清思想革命的民主意识，有着决绝的革命思想，这为他以后接受马克思主义，成为共产主义在中国的宣传人之一奠定了思想基础；胡适则借助于西方现代人文意识，走的是渐进改良的路子，谋求的是“中国的文艺复兴”。这种一开始就存在的根本分歧为日后的“问题与主义”之争埋下了导火索。可以说，《新青年》中“主义”的宣讲只是囿于时局的束缚而暂时地以“问题”研究的面目出现，其实《新青年》一开始就在做着“谈主义”的铺垫工作。这样我们就能理解，为什么《新青年》对于研究国内外的社会问题如此感兴趣，也明白了《新青年》偏重于研究俄罗斯问题、介绍俄国社会，并最终变成专门宣扬马克思主义与无产阶级文化思想的理论阵地的原因。

《新青年》第7卷后，出狱的陈独秀重整旗鼓，刊物的“色彩逐渐明朗起来”，到7卷6号时，胡适等人在《新青年》已销声匿迹，惟能慨叹：“那个以鼓吹‘文艺复兴’和‘文学革命’为宗旨的《新青年》杂志，就逐渐变成个中国共产党的机关报；我们在北大之内反而没有个杂志可以发表文章了。”[①]（但是，与《新青年》互相配合的另一份杂志《每周评论》，自第26期后却为胡适所掌控，成了胡适全面施展自己的翻译理想的新阵地）此前的《新青年》，虽也提倡“马克思学说”，宣扬“劳工神圣”，可终究是将其局限在思想文化的层面，并隐藏于“问题”研究的外表之下。作为整体的杂志，它对各种主义仍是兼容并包的。而如今，潜隐变成公开，众声喧哗转为一枝独秀——对马列主义、无产阶级思想以及俄苏社会问题的介绍与研究，成了《新青年》中皇皇大者，占据压倒性的优势。反观《新青年》的俄苏问题译介之路，借用陈平原先生的话说，正是“政治表述的文学化”的最好体现。

然而《新青年》对于俄苏文学及社会文化的译介与研究，最终逸出了这种“政治表述的文学化”的框束，径直朝着更为根本、更为终极的目标——政治绝尘而去，“文学化”的工具最终由于时局的变化和革命形势的高涨而遭到摒弃。《新青年》季刊与不定期刊改为瞿秋白编撰，成为研究与介绍马克思主义与苏联政治、经济政策的重要阵地，列宁与斯大林的讲话及文章频频发表，世界革命运动的浪潮被跟踪报道。《新青年》的这种译介

① 《胡适口述自传》，唐德刚注释，安徽教育出版社1999年版，第215页。

取向，自然不脱其深厚的社会文化原因，同时也在思想文化层面、历史文化层面与社会政治层面等对中国文坛乃至中国社会产生了深远的影响。

三　俄苏作品的译介及倾向

如果要考察《新青年》对俄苏文学作品的翻译成绩与倾向，那么首先就有必要了解，这份刊物对待文学作品是采取何种态度，换言之，就是文学作品在刊物所有作品中究竟占据什么样的比重。鉴于《新青年》季刊与不定期刊刊登的文学作品少之又少，因此笔者把文学作品的统计范围锁定在一至九卷上。

表 4－2　　《新青年》文学作品与其他作品比重

卷 类	1 卷	2 卷	3 卷	4 卷	5 卷	6 卷	7 卷	8 卷	9 卷	总计
文学作品	15	18	16	36	45	41	27	39	24	261
其他作品	76	69	69	61	88	110	104	136	99	812
文学所占比率	16%	21%	19%	37%	34%	27%	21%	22%	20%	24%

从表 4－2 可以看出，《新青年》登载文学作品在作品总量中的比率平均下来约为 24%，其中前三卷的文学作品比重最低，占作品总数的比重不到 20%，4 至 6 卷的文学作品比重最高，约占 33%，后三卷文学作品的比重又开始下降，平均比率为 21%。这种比率的变化状况与 4 至 6 卷为北大同人集体编辑有直接的关系，此一时期的《新青年》受胡适等北大同人的影响较为显著，因此更为重视文学作品的翻译与创作。胡适等积极倡导白话文的使用与文学革命，自然需要大量的文学作品作为改革的辅证。而前 3

卷与后3卷的编辑重心都是落在陈独秀的身上，因此这两段时期的文学作品所占比重也大致持平，都在20%上下浮动。可以看出，陈独秀对待文学作品的态度其实是一以贯之：醉翁之意不在酒，文学并不是陈独秀追求的目标，他真正贯彻始终竭力寻求的，乃是在相对于文学的另一面，即对社会政治问题的用力之上。

表4－3　　　**《新青年》文学作品翻译与创作比较图**

类＼卷	1卷	2卷	3卷	4卷	5卷	6卷	7卷	8卷	9卷	总计
创作数	3	8	11	28	29	30	16	29	14	168
翻译数	12	10	5	8	16	11	11	32	39	144
翻译比重	80%	56%	31%	22%	36%	27%	41%	52%	74%	46%

表4－3揭示了《新青年》刊登的文学作品中翻译与创作的对比关系。从总体来看，翻译与创作的比重接近持平。前后各两卷的翻译比重较高，但是结合表2可以知道，该4卷的文学作品总量比重相对偏低；3卷到7卷的翻译比重较低，但是这些卷次的文学作品总量较高。因此就翻译文学作品在各个阶段的绝对数量而言，大体是保持了稳定的比率，没有出现大起大落。由此推测，《新青年》编辑群体对于翻译文学拥有较为稳定的认知。为了促成中国文学的转型，也为了给文学革命提供优秀的文学范本，他们已经将翻译外国文学作品变成了一种持续的努力。在《新青年》前前后后翻译的近三十个国家或者民族的文学作品中，昂然前居者是日本、俄国、英国、挪威与法国五个国家的文学译作。包括翻译的组诗在内，俄国文学译作共有16篇，此外还有文艺译作3篇。这些译作具体的卷次分布及译作者情况，统计如表4－4所示：

表 4－4　　**俄国文学作品翻译分析图**

译者 篇数 作者	周作人	陈嘏	胡适	鲁迅	沈泽民	曹靖华
屠格涅夫		2①				
梭罗古勃	2②					
库普林	2③				1(9 卷 1 号《快乐》)	
安德列夫	1（7 卷 1 号《齿痛》）					
托尔斯泰	1（5 卷 5 号《空大鼓》）					
柯罗连科	1(8 卷 2 号《玛加尔的梦—基督降生节的故事》)					
阿尔志跋绥夫				1(8 卷 4 号《幸福》)		
契诃夫	1(6 卷 2 号《可爱的人》)					1（季刊 2 期《狗熊》）
泰来夏甫			1(2 卷 1 号《决斗》)			
爱罗先珂				1(9 卷 4 号《狭的笼》)		
Pantshenko. V	1（7 卷 2 号《狗熊》）					

① 指的 1 卷 1 号至 4 号的《春潮》与 1 卷 5 号至 2 卷 2 号的《初恋》，皆为连载。

② 指的 4 卷 3 号的《童子 Lin 之奇迹》和 6 卷 1 号的《铁圈》。

③ 指的 4 卷 4 号的《皇帝的公园》和 7 卷 5 号的《晚间的来客》。

从这些译作的分布情况来看，各卷数量比较均衡。同时，翻译的队伍也比较稳定，除了表 4－4 所列的周作人、胡适、鲁迅等 6 人之外，还有刘半农与陈独秀等人。在这些人当中，既有文学革命的旗手干将，也有推进新文学发展的后起之秀。周氏兄弟、胡适、刘半农与陈独秀等人，无疑是文学革命的主要推动者，他们在新文学之始，就以《新青年》为阵地，从众多的外国文学中选中俄罗斯文学予以重点地介绍与引进，实在是经过一番仔细的比较后，得出的结果。俄罗斯文学深厚的人道主义与爱国主义积淀，俄国与中国颇为相似的国情，以及“十月革命”对于灾难深重的国人的精神鼓舞，都使得中国新文学的发展，必然地要以俄国文学作为精神上的导师。而沈泽民、茅盾、郑振铎、曹靖华与蒋光赤等人，也开始在《新青年》的翻译文学中崭露头角。此后，茅盾等人组成文学研究会，他们对于俄苏文学的翻译抱负，在《小说月报》与《文学周报》上面等到进一步的实现；蒋光赤从日本留学归来，接受了苏俄“无产阶级文化派”与“拉普”文艺理论的影响，在国内成立太阳社，积极发展革命文学；还有曹靖华等人，有比较深厚的俄苏文学修养，在翻译领域中兢兢业业地从事如鲁迅所说的“移植花卉”的工作，并在俄苏文学翻译史上留下了不可磨灭的功绩。

在众多的俄苏作家中，屠格涅夫、契诃夫、梭罗古勃、库普林、安德列夫以及托尔斯泰的作品得到了译者们的青睐。屠格涅夫是俄罗斯第一位获得欧洲声誉的杰出作家，他具有鲜明俄罗斯特色的创作，准确而又深入地反映了 19 世纪俄罗斯的社会生活，同时闪耀着人性的光彩。他的作品在关注社会现实的同时，艺术上的成就也相当突出，这可能正是陈嘏翻译《春潮》与《初恋》

的主要原因。《初恋》带有屠格涅夫自身经验的痕迹，描写父与子同时对公爵小姐齐娜依达的恋情。这篇作品中对于青春的叩问、对于人生的思考，深深地引起了读者的共鸣。写于1871年的《春潮》从情节看似乎只是一个感人的爱情故事，但是在艺术上却不失为成功之作，人物形象刻画得相当成功。契诃夫是俄罗斯著名的批判现实的作家，他的短篇小说深刻反映了19世纪20世纪之交俄国社会的现实，表现出对俄国专制体制和国民性的批判、对底层平民生存境遇的关注以及对于未来生活的憧憬和向往。至于托尔斯泰，作品中更是秉持着对人类精神家园孜孜不倦地求索，蕴涵着俄罗斯民族“精神远胜于物质”的特性以及对人生终极目标的渴望和追求……总的看来，这些俄罗斯作家大多具有民主主义和人道主义的倾向，他们对反动的俄国政府有着尖锐的批判和无情的抨击，对于小人物的生命与辛酸有着本能的悲悯与伟大的博爱，他们的作品体现了俄国文学传统中深厚的现实责任感、平民化的理想夙愿以及对存在的深刻怀疑之精神——这也正是五四精神的主导方向。

中国新文学受到这股俄苏文学的影响，获得了重大的发展。不少名家横空出世，在他们身上，多少笼罩着俄苏文学的光影。新文学史上诸多作家，比如郁达夫、沈从文、巴金、茅盾，等等，无不可以从俄苏文学中找到他们创作中某些艺术因素的滥觞。以《新青年》的编辑之一，新文学的一代巨匠鲁迅先生为例，就深受来自北国的异域文学之影响。他自言所受安得列夫与阿尔志跋绥夫的影响最为深刻。短篇小说《药》没有正面描写革命者叱咤风云的斗争事迹，而是根据当时流传于民间的所谓人血馒头能治愈痨病的说法，构思了一个小业主买了革命者的鲜血给儿子治痨病的悲剧，深刻地揭示了民众之愚昧、麻木。这显然是受到了安特列夫短篇小说《齿痛》的影响。据孙伏园在《鲁迅先生二三事·药》中回忆说："鲁迅先生和我说过，在西洋文艺中也有和《药》相类的作品，例如俄国的安特列夫，有一篇《齿痛》，描写耶稣在各各他钉在十字架的那一天，各各他附近还有一个商人患着齿痛，他也和老栓小栓们一样，觉得自己的疾病，比起一个革命者的冤死来，重要得多。"① ——《齿痛》虚写了耶稣的死，实写了般妥别太的愚昧；《药》虚写了夏瑜的死，实写了华老栓的愚昧，这是鲁迅受到《齿痛》影响的证据。此外，鲁迅在《中国新文学大系·小说二集·序言》中谈道："而且《药》的收束，也分明的留着安特莱夫式的阴冷。"② 道出了《药》的结尾受到安特列夫的影响。安特列夫的小说有种寂静阴冷的气质，让人感到窒息，而鲁迅的《药》同样使人感到阴冷。但是鲁迅在《药》的结尾"不恤用了曲笔在《药》的瑜儿的坟上凭空添上一个花环，以删削些黑暗，装点些欢容，使作品比较的显出若干亮色"③，表现出了对于安特列夫的反向接受。花环不仅抒发生者的热望，而且表达对死者的悼念，使作品发出乐观主义的光辉——鲁迅从俄苏文学中积极吸取着养分，而选择性的甄别、接受过程也在同步进行之中。

郁达夫则深受屠格涅夫作品的影响，不仅仅他的作品主人公与屠格涅夫笔下的"多余人"形象非常相似，就是弥漫在作品中的那种带有几分颓废似的忧伤，也直接能看出受屠格涅夫的影

---

① 孙伏园：《鲁迅先生二三事》，湖南人民出版社 1980 年版，第 13 页。

② 鲁迅：《〈中国新文学大系〉小说二集序》，《鲁迅全集》第 6 卷，人民文学出版社 2005 年版，第 247 页。

③ 鲁迅：《呐喊〈自序〉》，《鲁迅全集》第 1 卷，人民文学出版社 2005 年版，第 441 页。

响。茅盾20世纪20年代早期宣传自然主义，是想借此以提倡写实，但同是写实，左拉与托尔斯泰就相当不同。茅盾声明，他是“更近于托尔斯泰”的。他的注重社会分析的长篇小说《子夜》，与托尔斯泰的风格十分类似。无独有偶，巴金一生都与列夫·托尔斯泰维系着精神的交往。早在1921年，巴金17岁时，他就在自己的家里与朋友们办了一个周刊，名为《平民之声》，从第4期起便开始连载他写的《托尔斯泰的生平和学说》。1928年巴金在巴黎时，应胡愈之之邀为《东方杂志》纪念托尔斯泰百年诞辰从法文转译了托洛茨基有关托尔斯泰的文章。他研究过托尔斯泰的生平，倾心阅读过他的小说，撰写过他的传记，几十年间多次在文章中回忆他阅读《复活》和《战争与和平》时心灵所经受的震撼和感动。

第二节 《小说月报》与俄苏文学翻译

五四以后，中国掀起了俄苏文学翻译的高潮，晓风在《介绍〈小说月报〉号外〈俄国文学研究〉》中指出：“介绍一国的，却要算俄国是第一个适当的国。因为俄国的近代文学史，几乎全部充塞着人生的喊声，与中国习俗适成反比，最能医中国顽劣的作家的头脑。”[①] 在译介俄苏文学的浪潮中，以文学研究会同人为主力的《小说月报》的表现引人注目，1921年改革后径直成为研究与译介俄苏文学、宣扬与发展新文学的重要战场，并

① 晓风：《介绍〈小说月报〉号外〈俄国文学研究〉》，《民国日报·觉悟》1921年10月18日。

取得重大成果。《小说月报》与《新青年》一个最大的不同，在于后者是文学革命时期国内影响最大的文化刊物，而前者则是新文学起步时期国内最大的纯文学期刊。《小说月报》不像《新青年》那样，以文化的革新与思想的启蒙推动中国文学革命的进程，因此对于俄苏的文化思想与社会问题的译介，并不是它的重心。它选择的是以更为直观的方式，从文学翻译入手，通过引进俄苏的文艺思想与先进文学，达到革新国内落后的文艺思想、振兴衰鄙的国内文学的目的。在20世纪20年代的俄苏文学翻译史上，《小说月报》的翻译实绩最为突出，并由此促成了中国文学观念的发展以及“为人生”文学的勃兴。

一　栏目设置对翻译俄苏文学的影响

茅盾曾把《小说月报》的栏目列为六类，一评论，二研究，三译丛，四创作，五特载，六杂载，可见对评论、研究与翻译的极端重视。统观《小说月报》的译介情况，在俄苏文学翻译方面，众多栏目中除了“译丛”（包括译诗与译文）等栏目专事翻译俄苏文学作品外，其他则多是用力于俄苏文学的评论与研究。革新后《小说月报》在栏目设置上精密细致，至终刊一共设立了35种栏目，其中涉及俄苏文学翻译的就有“译丛”、“书报介绍”、“海外文坛消息”、“通讯”、“文学家研究”、“评论”、“选录”、“战后文艺新潮”等15种，将近一半之多。从栏目功能上看，“译丛”、“海外文坛消息”、“插图”等，不仅负责译介俄苏作家的作品，而且囊括了这些作家的遗像手迹、出版广告、政治逃亡、时事见解等各种内容。而“文学家研究”、“评论”、“战后文艺新潮”等专门译介文艺思想的专栏，则为中国读者介绍了不少中俄文艺家的文艺观点。“诗歌及戏剧”与“通讯”两个栏目也值得一提，前者突破了小说译介一元化的主宰，为新诗与戏剧吸取异域资源、进行创作实践奠定了基础。“通讯”栏则经常对翻译问题、“为人生的艺术”等问题进行讨论，一定程度上促进了俄苏文学在中国的转化与融合进程。在这15种栏目中，“译丛”、“海外文坛消息”、“通讯”（通信）从早期便开始设立并且几乎延续至终刊，由于编辑更换的原因，“海外文坛消息”曾经被“现代文坛杂话”所代替，但是时间不长，而且二者趋向其实相近。“论文”、“评论”（批评）、“文学家研究”、“战后文艺新潮”、“选录”等栏目是半途设立的，而且不定期出现，这样的安排不仅使栏目设置更加灵活，而且也更能够适应俄苏及国内文坛时势的变动发展，有利于随时刊登有较强现实针对性的论文及研究文章。

在这些栏目中，“译丛”、“海外文坛消息”、“文学家研究”、“论文”与“评论”在译介上成绩最为显著。“译丛”主要翻译俄苏文学作品，其成绩将在下文提及。“海外文坛消息”主要介绍世界文坛的各种讯息，其中介绍俄苏文坛的最多，加上与之近似的“现代文坛杂话”在内，总计有60多则。这些消息从介绍俄苏作家的近作或遗作，到介绍俄国革命小说与剧院的近况，不一而足，琐碎但全面。它们不属于作品或文论的译介，但是却在正规的文艺译介之外，起到背景补充的作用，这种对于俄苏文坛全方位的介绍，为国内带来了最接近真实的俄苏文化氛围以及接受语境，对于翻译的辅助之功不言自明。“文学家研究”专栏曾不定期地登载了研究俄苏重要作家的文章，13卷1号是研究陀思妥耶夫斯基的思想，3号是屠格涅夫的生平传略，14卷11号是研究奥斯特洛夫斯基的文章。与此类似的是专门的作家纪念专辑，21卷的马雅可夫斯基和22卷的陀思妥耶夫斯基纪念，都集中刊登多篇研究文章，其实是另一种形态的“文学家研究”。“论文”与“评论”栏目也有多篇关于俄苏文论的文章发表，但是相对于“文学家研究”致力于微观的作家作品研究，这两个栏目主要是探讨比较宏观的文艺问题——可以看出，通过这些栏目的安排，《小说月报》是从理论到作品、从宏观到微观、从文艺接受到背景渲染，几乎多管齐下地展开译介工作。无论就译介的广度还是力度而言，同时期没有刊物可以与之比肩（《新青年》的栏目设置政治化倾向太浓，创造社刊物则专事翻译文艺评论，而忽略了作品的翻译），何况《小说月报》还有各国文学研究专号以及现代世界文学号（20 卷 7、8 号）等出版，简直就可以说是当时翻译文学的豪门巨户。

此外不能忘记的是“编辑余谈”。茅盾曾充分利用“编辑余谈”、“最后一页”进行文学点评，第 12 卷 1 号在翻译的安德列夫的《邻人之爱》后，茅盾用“雁冰附记”加以点评：“托尔斯泰的目光只在原始的人类，高尔基只在下级社会，契诃夫只在上中级社会，安德列夫却是范围深广，不只限于一个阶段，而且狂的与非狂的人们，都被他包罗进了。他自然只好算是写实主义的作家，然而他的作品中含神秘气味与象征色彩的也很多。如《兰沙勒司》和本篇，都很有象征的色彩了。”① ——评论虽然很短，但无疑起到了画龙点睛的作用，对于促进国内文坛对俄苏文学的正确理解与接受大有裨益。

① ［俄］安德列夫著，沈泽民译：《邻人之爱·雁冰附记》，《小说月报》第 12 卷 1 号（1921 年）。

二 俄苏作品翻译与“为人生”文学思潮

《小说月报》前后翻译的文学作品，如果不计重译与同一作品的连载在内，总计约有120多篇，其中包括散文5篇（包括散文诗），戏剧两篇，诗歌7篇，童话寓言8篇。译介的论文有39篇，作家传记与纪念文章24篇。传播的海外文坛消息与现代文坛杂话等共有67则，如表4－5所示。《小说月报》翻译的俄苏文学作品、文论作品以及介绍的俄苏文坛消息、杂话，数目都不少，其中又以文学作品为多。除了众多的小说翻译之外，还译介了7首诗歌：屠格涅夫的诗《麻雀》、冬芬译的《赤色的诗歌》、《伏尔加与村人的儿子米苦拉》、《孟罗的农民英雄以得亚和英雄斯维亚多哥尔》、梭罗古勃的《骡子与夜莺》、布洛克的《十二个》、烈尔蒙托甫的《岩石》；5篇散文（散文诗）：屠格涅夫的《叫花子》、《工人和白手的人》、《二年以后》、《门槛》、科布林的《怀契诃夫》；两个剧本：普希金的《莫萨特与沙莱里》、安得列夫的《邻人之爱》；8篇寓言童话：梭罗古勃的《锁钥》、《独立之树叶》、《平等》以及克鲁洛夫的《天鹅梭鱼与螃蟹》、《箱子》、《雨云》、《杜鹃鸟与鹰》以及爱罗生诃的《世界的火灾》。文论中则有多篇关于俄苏作家的研究与纪念专辑，它们包括号外《俄罗斯研究》中的《俄国四大文学家合传》、《近代俄国文学家三十人合传》，以及陀斯妥耶夫斯基（13卷1号，22卷4号）、屠格涅夫（13卷3号）、奥斯特洛夫斯基（14卷11号）、契诃夫（17卷10号，20卷12号）、托尔斯泰（19卷12号）、玛耶阔夫斯基（21卷12号）等作家的纪念专辑与研究文章。

表 4－5　　　　《小说月报》翻译作品一览表

作品类型	文学作品（125 篇）					文论作品（67 篇）		消息杂话(66 则)
	小说	诗歌	散文	戏剧	童话寓言	论文	作家研究	文坛消息杂话与其他附录
数目	103 篇	7 篇	5 篇	2 篇	8 篇	39 篇	24 篇	
备注								包括“海外文坛消息”、“现代文坛杂话”等内容

据资料载，“截至一九二九年三月三十一日为止，连五四前一些文言译本在内，我国共译了俄国作家三十八位，连新俄八位，共得四十六位。”① 而仅仅一份《俄国文学研究》，就已经刊载了 25 位俄国作家的 28 篇文学作品。从《小说月报》译介的作家数目来说，几乎将 20 世纪 30 年代前译入中国的俄苏作家罗致尽尽，而且译介已经走向系统化。屠格涅夫、契诃夫、安德列夫等最受人青睐，其作品也相对集中地被介绍。“连载”的现象非常突出，屠格涅夫的《猎人笔记》、《罗亭》，阿尔志跋绥夫的《沙宁》、《工人绥惠略夫》、《朝影》以及安德列夫的《海洋》都是连载刊发。另外，路卜洵的《灰色马》与安德列夫的《红笑》出现了重译现象：《灰色马》在 1922 年和 1930 年分别由西谛和映波翻译，《红笑》在 1924 年和 1929 年分别由郑振铎和梅川翻译。

表 4－6 所列，是被中国译者翻译得最多的几位俄苏文学家、文论家与日本文论家。在这些作家的篇目中，很多是连载

① 铭：《又一篇账单》，《文学》第 2 卷 3 号（1934 年），第 363 页。

的作品，比如说屠格涅夫与阿尔志跋绥夫，都有两部以上的作品被连载，《猎人笔记》连载了25节，《沙宁》则连载了47节。在文论方面，翻译相对较多的是日本昇曙梦与冈泽秀虎，以及俄罗斯的克鲁泡特金的作品。由陈雪帆翻译的冈泽秀虎著的《苏俄十年间的文学研究》一文，连载了6期；昇曙梦的4篇文章是《俄罗斯文学里托尔斯泰底地位》（号外）、《近代俄罗斯文学底主潮》（号外）、《最近之高尔基》（19卷8号）、《同高尔基谈话》（20卷8号）；克鲁泡特金的2篇文章是《阿蒲罗摩夫主义》（号外）、《俄国的批评文学》（号外），此外有陈著翻译的《克鲁泡特金的〈柴霍甫论〉》（17卷10号）、沈泽民著的《克鲁泡特金的俄国文学论》。后来还翻译了无产阶级文化派的领导人波格丹诺夫的论文《诗的唯物解释》、马克思主义文艺批评家普列汉诺夫的《文学及艺术的意义——车尔尼雪夫斯基的文学观》以及杜勃罗留波夫的论文《什么是亚蒲洛摩夫式的生活》等文章。

表4-6 **《小说月报》翻译最多的俄苏作家、文论家及中国译者一览表**

	第一位	第二位	第三位	第四位	第五位	第六位	第七位
作家	契诃夫	屠格涅夫	高尔基	安德列夫	梭罗古勃	阿尔志跋绥夫	克鲁洛夫
数量	25篇	9篇	8篇	6篇	6篇	5篇	5篇
文艺家	［日］昇曙梦	克鲁泡特金	［日］冈泽秀虎	沙洛维甫	波格丹诺夫	普列汉诺夫	杜勃罗留波夫
数量	4篇	2篇	1篇	1篇	1篇	1篇	1篇
译者	郑振铎	耿济之	赵景深	鲁迅	沈泽民	胡愈之	瞿秋白
数量	16篇	15篇	7篇	7篇	5篇	5篇	3篇

丰硕的译介成绩离不开优秀的翻译队伍，除了一些著名译者比如鲁迅、周作人、茅盾、郑振铎等人仍在利用其他语种转译俄国文学作品之外，另一些精通俄语的译者比如瞿秋白、耿济之、沈颖等加入了《小说月报》的翻译队伍，从而扭转了早期单纯依靠转译的局面，为更加准确地接受俄苏文学奠定了基础。在《小说月报》的译者当中，郑振铎、耿济之、茅盾兄弟、赵景深、鲁迅及瞿秋白等人的翻译成绩相对突出，表4－6所列，是这些译者所翻译的俄苏文学作品的数目，除此之外，他们还翻译了不少俄苏文论作品，一些译者自己还撰写了研究俄苏文学与文艺思想的论文，在研究、翻译等多个领域都做得相当出色。比如郑振铎除翻译了十多篇文学作品外，还撰写了论文《俄国文学的起源时代》（登载于号外《俄罗斯文学研究》）、《文学大纲之十九世纪的俄国文学》（17卷9号）、《俄国文学史略》（连载于14卷5号至9号）、《〈灰色马〉译者引言》（13卷7号）、《阿尔跋绥夫与〈沙宁〉》（15卷5号）等文章。耿济之在翻译《猎人笔记》等作品之外，还写了《〈猎人笔记〉研究》、《俄国四大文学家合传》、《拜伦对于俄国文学的影响》，并翻译了万雷萨夫的《什么是做文学家必须的条件?》（13卷9号）、《奥斯特洛夫斯基评传》（14卷11号）等文章。另外，鲁迅、沈泽民、瞿秋白、张闻天、夏丏尊等人，都发表过自己撰写的或者翻译的论文。茅盾与赵景深二人，还在传播俄苏文坛的新闻消息（即“海外文坛消息”、“现代文坛杂话”等栏目）中出力很多，一半以上的俄苏文坛消息都是他们介绍过来的。

从表4－6可以看出，《小说月报》里翻译的俄苏作家，以

19世纪末20世纪初这段时间的居多，比如契诃夫、安德列夫、阿尔志跋绥夫、高尔基、梭罗古勃等人。之前的俄罗斯作家也有介绍，比如普希金、屠格涅夫，但是数量明显没有前者众多。究其原因，与世纪之交的俄国复杂特殊的政治社会环境大有关系。当时俄国封建体制的摇摇欲坠使有识之士探索民族发展道路的热情空前高涨，知识界大量引入西方社会思潮，并借以重新审视本民族的历史与文化，俄罗斯民族的现代意识开始觉醒，这一切都在世纪之交的俄罗斯文坛中体现出来。毫无疑问，这些与五四时期的中国国情有太多的相似。中国的新文学要想唤醒民族的现代意识、重新审视民族的历史与文化、并建立新的“人的文学”，则19世纪20世纪之交的俄罗斯文学，实在是最为恰当的借鉴榜样。

从中国文学自身的发展历史来看，五四时期是除旧布新的历史转折点，也是各种复杂的文学力量相互纠缠、角力的时期，旧的文学死而未僵，新的“人的文学”生而未壮。新文学的每一步前行，都必须得奋力撕破沿袭千年的陈旧文学规范的重重束缚，而这仅仅依靠国内的文学力量，是远远不够的。举凡历史的转折时期，支撑人们将革新的大旗打下去的，必定是存在于远方的并不渺茫的希望，而于中国的新文学而言，这种希望，恰恰来自于已经取得辉煌成就的俄罗斯文学。俄罗斯文学中那种关爱与同情的气质、直面生活与战胜困难的勇气、深厚的人道主义关怀、对被欺辱、被损害的弱者的同情、对灵魂与存在的终极叩问，都深深地启发了中国新文学，为新文学最终取代旧文学增添了生猛的力量。鲁迅在《〈竖琴〉前记》中说：“俄国的文学，从尼古拉斯二世时候以来，就是‘为人生’的，无论它的主意是在探究，或在解决，或者堕入神秘，沦于颓唐，而其主流还是一个：为人生。”[①]《小说月报》翻译的俄苏文学，大多暗合这一标准。比如屠格涅夫就十分善于把握时代的脉搏，敏锐地发现新的重大社会现象，其作品闪耀着人性的光泽。其成名作《猎人笔记》关注的就是农奴制下农民同地主的关系。作者以深厚的人道主义，表现俄国农民的民族特征、他们的精神品质和才华，描写他们在农奴制下贫困无权、备受压榨的境况，揭露了地主阶级的凶残本性。

此外，阿尔志跋绥夫的作品也受到重视。1924 年郑振铎翻译的《沙（萨）宁》连载于《小说月报》。萨宁是一个不仇恨任何人，也不为任何人而痛苦的人，他对一切都抱着无所谓的态度。他光明正大地追求享乐，毫不遮掩地袒露心胸。他高大有力，为所欲为，与此同时，又很孤独无聊、漂泊不定。这一形象因出现在俄国 1905 年革命之后，曾被解读成俄国文化精英整体“堕落”的象征。但是，萨宁所体现出来的气质和性格，不也是知识分子步出思想困境的一种方式吗？刘文飞在《〈萨宁〉译序》中这样分析：“在二十世纪之初，浓烈的世纪末情绪在俄国知识界弥漫，人们在失望中挣扎，在彷徨中求索，于是，作为一种反拨，尼采和叔本华的‘自由意志’理论和‘超人哲学’赢得了空前的共鸣，萨宁的形象就是在这样的社会思潮中出现的，因此，这一人物所体现出来的气质和性格，也是知识分子步出思想困境的一种选择，一种方式。另一方面，萨宁身上所体现出的个人主义，也是俄国知识分子个性觉醒的一个新标志，超越党派和集团的利益去合理地追求自己的幸福，在与周围环境的冲突中

① 鲁迅：《竖琴前记》，《鲁迅全集》第 4 卷，人民文学出版社 2005 年版，第 443 页。

捍卫自我存在的价值，这本身就是一种成功。”“萨宁和十九世纪俄国文学中的‘多余人’形象一样，既是一种苦闷、失落，乃至堕落的象征，同时也体现着某种抗议，蕴涵着某种积极意义。”① ——这可能也正是《萨宁》被译入中国的原因。

阿尔志跋绥夫的另一重要小说《工人绥惠略夫》于 1920 年被鲁迅从德文转译，连载于《小说月报》1921 年 7 至 12 期上，后又出了单行本。《工人绥惠略夫》写在《萨宁》发表之后，讲的是一位在革命失败后遭到追捕的工人革命者，在逃亡途中四处遭遇冷漠，甚至被他曾立志为之献身的民众所出卖，最后，在剧院中被抓到的他，绝望地举枪向观众胡乱射击。在《译了〈工人绥惠略夫〉之后》一文中，鲁迅对这篇小说做了这样的归纳：“人是生物，生命便是第一义，改革者为了许多不幸者们，‘将一生最宝贵的去做牺牲’，‘为了共同事业跑到死里去’，只剩下一个绥惠略夫了。而绥惠略夫也只是偷活在追蹑里，包围过来的便是灭亡；这苦楚，不但与幸福者不相通，便是与所谓‘不幸者们’也全不相通，他们反帮了追蹑者来加迫害，欣幸他的死亡，而‘在另一方面，也正如幸福者一般地糟蹋生活’。”② 为民众而斗争的人却得不到民众的理解和支持，鲁迅在这里看到了“改造国民性”的必要性和迫切性。他在《两地书·四》中曾说：“……要彻底地毁坏这种大势的，就容易变成‘个人的无政府主义者’，如《工人绥惠略夫》里所描写的绥惠略夫就是。这一类人物的运命，在现在——也许虽在将来——是要救群众，而

① 刘文飞：《〈萨宁〉译序》，阿尔志跋绥夫著，刘文飞译：《萨宁》，译林出版社 2002 年版。

② 鲁迅：《译了〈工人绥惠略夫〉之后》，《鲁迅全集》第 10 卷，人民文学出版社 2005 年版，第 183 页。

反被群众所迫害，终至于成了单身，忿激之余，一转而仇视一切，无论对谁都开枪，自己也归于毁灭。”① 鲁迅不赞同这种举动，却很能理解个中原由，“然而绥惠略夫临末的思想却太可怕。他先是为社会做事，社会倒迫害他，甚至于要杀害他，他于是一变而为向社会复仇了，一切是仇恨，一切都破坏。中国这样破坏一切的人还不见有，大约也不会有的，我也并不希望其有。但中国向来有别一种破坏的人，所以我们不去破坏的，便常常受破坏。”② 在绥惠略夫身上，多少寄寓了鲁迅有关现实社会的看法。也许正是这一点，促使鲁迅动手翻译了《工人绥惠略夫》。

与此同步的，是俄苏文学“为人生”的文学观念和写实主义的创作原则传入我国，且径直引发了新文学“为人生”文学思潮的勃兴。《小说月报》曾发表周作人的《文学上的俄国与中国》，对俄国文学的发展历史以及中俄文学的大体特征进行了分析与比较，认为“中国的特别国情与西欧稍异。与俄国却多相同的地方”，所以中国将来的文学，当然也是与俄国相同的“社会的人生的文学”③，从理论上论证了中国文学接受俄国“社会人生的文学”的合理性与必然性。茅盾则从颠覆传统文学“文以载道”的载道论和“文学是消遣”的游戏论的目的出发，宣扬“为人生”文学观念。他认为中国旧文学“思想上一个最大的错误就是游戏的消遣的金钱主义的文学观念”，所以新文学家必须要明白“文学是为人生写作的”④。此外，写实主义创作方

① 鲁迅：《两地书·四》，《鲁迅全集》第 11 卷，人民文学出版社 2005 年版，第 20 页。

② 培良：《记鲁迅先生的谈话》，《语丝》1926 年 8 月 28 日第 94 期。

③ 周作人：《文学上的俄国与中国》，《小说月报号外俄国文学研究》1921 年。

④ 沈雁冰：《自然主义与中国现代小说》，《小说月报》13 卷 7 号（1922 年）。

法作为对中国旧派小说“记账式”的叙述和“向壁虚构”的恶劣习气的有力反驳，在中国也得到适时的传播。西谛认为：“现在我们的文艺界正泛滥了无数的矫揉的非真实的叙写的作品；尖锐的写实作品的介绍实为这个病象最好的药治品。”① 只是在《小说月报》的编辑内部，对于写实主义的见解还存在分歧。茅盾所提倡的，是一种纯客观、不掺杂任何主观情愫的自然写实原则；而郑振铎等人，却倾向于在写实中注入作者的主观理想和情绪，认为：“文学中最重要的元素是情绪，不是思想。文学之所以能感化人，完全是情绪的感化力。”② 耿济之也认为：“屠格涅夫的文学作品最适合吾人说明人生文学之用，因为他的作品并不像托尔斯泰，陀思妥耶夫斯基似的太偏于思想与主义的一面，却是纯粹艺术的描写；又不像极端客观的写实派似的只作赤裸裸的描写，而不顾到作者的思想方面，却在纯艺术中表现时代的潮流和人生的趋向。”从而提出：“文学是不应该绝对客观，而应当参以主观的理想。”③ ——这种编辑内部的探讨，有利于澄明《小说月报》在翻译俄苏作品时所依循的理路，也为促进新文学写实主义的健康发展贡献了力量。

在此之外，俄罗斯文学高度的艺术成就，也是中国新文学家进行翻译的一个原因。屠格涅夫作品中优美的抒情、精致细腻的文笔、刻画入微的心理描写；契诃夫辛辣的讽刺；果戈理“含泪的微笑”、安德列夫作品的阴冷，等等，都深深地吸引了中国的新文学家，他们在翻译中学习与借鉴，反过来又催进了翻译的

---

① 西谛：《阿志巴绥夫与〈沙宁〉》，《小说月报》15 卷 5 号（1924 年）。

② 西谛：《文学的使命》，《时事新报》1921 年 6 月 20 日。

③ 耿济之：《〈前夜〉序》，贾植芳等编：《文学研究会资料》上册，河南人民出版社 1985 年版，第 74—75 页。

深入发展。《小说月报》的编辑、译者群体，如表6所列的郑振铎、耿济之、赵景深、鲁迅、沈泽民、胡愈之、瞿秋白等人，清一色是新文学运动中活跃的健将，人人都是学识了得，素养极高，在注重借鉴俄苏文学"为人生"的主题之外，对于其艺术上的考察，可以说也是一种自觉的追求。他们对于俄苏文学的采撷已经很具艺术眼光，翻译了很多俄苏文学的精品，这无疑与他们自身的艺术修养密不可分。

俄苏作品的翻译，很快在国内掀起"为人生"文学思潮。新文学创作者深受俄国文学的熏陶与影响，创作"人的文学"。他们的作品成为"为人生"文学的中坚，而这些作品，很多是在《小说月报》上首发，比如鲁迅的《在酒楼上》，冰心的《超人》，王统照的《沉船》，叶圣陶的《潘先生在难中》，丁玲的《莎非女士的日记》，沈从文的《柏子》以及茅盾后来发表的中篇《幻灭》、《动摇》与《追求》，长篇《虹》，老舍的长篇《老张的哲学》、《赵子曰》、《二马》和巴金的中篇《灭亡》，等等，均已尽脱旧文学的陈陋习气，折射着平民文学与人道主义的光辉。不少新文学家把俄苏文学的气质融入自己的创作风格中，郁达夫深受屠格涅夫的影响，在作品中常常出现感伤而细腻的抒情描写，而且他所创造的一系列人物形象，比如《沉沦》中的"我"、《南迁》中的伊人、《茫茫夜》中的于质夫、《过去》中的李子白时、《迷羊》中的王介成，等等，都能让人看到屠格涅夫笔下的"多余人"罗亭的影子。此外，如鲁迅、沈从文、巴金、叶紫等，都从俄苏文学中吸取营养化入自己的创作。还有读者以读后感的形式对译介的俄苏文章做出反馈，比如14卷6号登出了两篇《爱罗生诃君的〈"爱"字的疮〉》的读后感，对14卷3号鲁迅译的《"爱"字的疮》做出评论，从而取得了新文学中读者群与作者群的沟通。

三　俄苏文论的接受与文艺争鸣

《小说月报》对俄苏文论的研究与译介也十分注重，这种研究与译介主要包括以下两种类型：第一种是对俄苏作家或作品的研究，所占比重相当之大。《俄国文学研究》发表了耿济之的《俄国四大文学家合传》，详尽介绍了果戈理、托尔斯泰、屠格涅夫与陀思妥耶夫斯基的生平及创作倾向，随后又发表了沈雁冰的《近代俄国文学家三十人合传》，于是对俄苏作家及作品的研究一时蔚为《小说月报》之大流，至终刊共计发表此类论文二十多篇，其中重要的有鲁迅的《阿尔志跋绥夫》、张闻天的《托尔斯泰的艺术观》、沈雁冰的《陀思妥耶夫斯基的思想》、谢天逸的《屠格涅夫传略》、郑振铎的《〈灰色马〉译者引言》、西谛的《阿志巴绥夫与〈沙宁〉》等。此外还有作为专栏推出的“文学家研究”的一系列文章，比如14卷11号关于阿史德洛夫斯基（奥斯特洛夫斯基）的两篇研究文章、21卷12号的三篇关于马雅可夫斯基的研究文章，等等。第二种类型是译介了一些主要由俄国著者或者他国著者著述的关于俄苏文论问题的理论文章，这类文章的数量虽不比前者多，但是意义也不容低估。其中有沙洛维甫的《十九世纪俄国文学的背景》、克鲁泡特金的《俄国的批评文学》和《阿蒲罗摩夫主义》、万雷萨夫的《什么是文学家必须的条件?》、杜勃罗留波夫的论文《什么是“亚蒲洛席夫”式的生活?》、白克许的《苏俄革命在戏剧上的反映》、凡伊斯白罗特的《苏俄文艺概论》、普列汉诺夫的《文学及艺术的意义——车勒芮绥夫斯基的文学观》、波格丹诺夫的《诗的唯物解释》。日本学者昇曙梦的《近代俄罗斯文学的主潮》、《俄罗斯文学里托尔斯泰的地位》、《最近之高尔基》和冈泽秀虎的《苏俄十年间的文学论研究》也在月报上刊载。我国学者的少数研究文章也刊登出来，比如郭绍虞的《俄国美论及其文艺》。郑振铎则从 14 卷 5 号开始连载其著作《俄国文学史略》，在 17 卷 9 号又发表《文学大纲之十九世纪的俄国文学》，对俄国文学史进行较为全面的介绍。

仔细考察这两类论文，不难看出，第一类的俄苏作家及作品研究在对象选择上恪守了一条隐性规则，即唯有反映社会革命及具备现实思想倾向的写实主义作家作品才在译介之列，而像俄苏浪漫派、现代派的诸多优秀作品则少有人问津。《灰色马》是描写俄国虚无党活动的小说，反映了俄国十月革命前的社会气氛与思想状况，奥斯特洛夫斯基是坚持人民戏剧观的剧作家，马雅可夫斯基则更是苏联无产阶级诗歌的奠基人。同时，随着时代的发展，《小说月报》的译介趋向不断发生变化，除了 19 世纪俄罗斯文论继续译入中国以外，十月革命后的苏俄文艺思想的译介比重也逐年增加。后期《小说月报》中，苏联作家马雅可夫斯基、高尔基等得到了专门的研究与介绍，苏联文艺家普列汉诺夫、波格丹诺夫的文论作品也被译入中国文坛，如 20 卷 4 号就发表了刘穆翻译的波格丹诺夫的《诗的唯物解释》一文。

《小说月报》的这种译介取向，与当时的中国现状密切相关。经历“五四”洗礼，国人“求新声于异邦”以医治国民灵魂、引领民族自强的思潮兴起，对俄苏反映人生的写实作品自然十分渴求。随着十月革命的胜利，苏俄的成功经验正好成为国情与之近同的中国人的学习榜样，译介苏联的文学作品、研究苏联的文艺思想也就成了向苏俄取经的一个组成部分。反过来，《小说月报》的译介成绩又给国内的文艺界输入了新鲜的血液，并且引发了此起彼伏的文艺论争——任何外来思想的植入，都要在接受国寻找同声相应的土壤，并且经历艰难的融合期，俄苏文艺概莫能外，何况1920年代苏联文学界自身也正处在多种文艺思想的混乱交锋之中，无产阶级文化派与拉普等庸俗社会学的极左思潮一度很有市场。中国新文学由于处于对俄苏文学的学步阶段，自然无力甄别真伪，去粗取精，这种混乱状态，直接间接地引发我国文坛的混乱的文艺论争。

首先是沈雁冰与鸳鸯蝴蝶派之间狼烟突起。沈雁冰在《小说月报》上宣扬“为人生”的文学观念，他在《自然主义与中国现代小说》（《小说月报》13卷7号）一文中得出结论：鸳鸯蝴蝶派的作品“思想上的一个最大的错误，就是游戏的消遣的金钱主义的文学观念”。叶圣陶与胡愈之也分别在《文学旬刊》上发表文章加以声援（胡愈之在《文学旬刊》第4号发表《文学事业的堕落》、叶圣陶在《文学旬刊》第5号上发表《侮辱人们的人》），认为鸳鸯蝴蝶派的文学是无耻的、出卖人格的文学，不仅侮辱了自己、侮辱了别人，还侮辱了文学。由此与胡寄尘、张舍我等展开论争。在这场论战中，沈雁冰们得到了来自新文学阵营的支持，就是创造社的郭沫若、成仿吾等人，也纷纷撰文予以声援。可以说，这场论战，其实质是新旧文学观念的论战，胜败将直接影响到新文学在中国读者中的普及进程。事实上，论战最后也是以新文学阵营的胜利而告终，并且在一定程度上，对中国读者识破鸳蝴派作品的本质，转而拥抱新文学，起到了促进的作用。

此后是文研会与创造社的论争。这场论争很大程度上是文人帮派间的意气之争，但也涉及一些翻译主张与文学见解的争论。创造社很早对文学研究会“垄断”文坛就心怀不满，郁达夫与郭沫若分别发表《艺文私见》与《海外归鸿》，提倡天才的文艺观，认为当下中国的文坛“幼稚到十二万分”，“要拿一个主义，整齐天下所有的作家，简直可以说是狂妄了”。批判的矛头，实际上直接对准了文学研究会。稍后，郭沫若发表了《论文学的研究与介绍》，对沈雁冰、郑振铎在《小说月报》中所提及的翻译应分轻重缓急一事表示不满，视其为一种“专擅君主的态度”①。郁达夫则写了小说《血与泪》，对郑振铎的“血与泪”的文学观念嗤笑有加，认为文学不应该陷入功利主义的泥沼，否则离文学的精神太远。对此，沈雁冰在《文学旬刊》与《小说月报》上撰写了《介绍外国文学作品的目的》与《文学与政治社会》，对于翻译的目的以及文学作品的政治意义与社会色彩做了申述，回应了创造社的批评，显露出比较进步的文学观念。

此外，茅盾作为《小说月报》译介俄苏文艺的干将之一，对当时苏联兴起的无产阶级文学曾做过认真的研究，因此当创造、太阳二社作家出现左的倾向时，他敏锐地指出文学标语口号化的弊端。可惜创造、太阳二社认为这是“含有恶意的攻击”，反对的是“整个无产阶级的宣传文学”②，由此掀起与沈雁冰的论战。与此类似的还有创造、太阳二社攻击鲁迅的论战。当时正是“左”倾思潮泛滥之际，苏联“拉普”派全盘否定过去的文化遗产，排斥“同路人”作家，瞿秋白也主观认定革命形势“不断高涨”，否认大革命失败的事实，将小资产阶级看做是革命的障碍。这些促成了创造、太阳二社自以为是、唯我独革的思想弱点与小团体主义不良意识的形成，也是造成他们攻击鲁迅的

---

① 刘炎生：《中国现代文学论争史》，广东人民出版社1999年版，第111页。

② 同上书，第255页。

直接原因。鲁迅为了掌握论战武器，从日译本入手转译了《文艺政策》、卢那察尔斯基的《艺术论》和普列汉诺夫的《艺术论》。他的文艺思想较为接近托洛茨基与沃隆斯基，强调尊重文艺自身的规律性，反对标语口号式的革命文学。由此他撰写了《我的态度年纪与气量》、《文学与革命》、《文学的阶级性》等文章，不客气地批评了创造、太阳二社的左倾思想。

四　译介的缺陷及影响

《小说月报》的译介也存在缺陷：一是接受视野的狭窄，片面强调与接受“为人生”的写实文学，而忽略了对俄苏其他文学类型的译介，俄苏浪漫派、现代派的诸多优秀作品少人问津。其二是译介工作容易在理论与创作关系上失衡。茅盾早在《新旧文学评议之评议》中就认为文学应该重思想不重形式，其实潜藏着理论第一的观念。第三是翻译的混乱与失误现象仍然存在。人名术语的翻译并不规范与统一，例如阿尔志跋绥夫与阿巴绥夫，屠格涅夫与杜介涅夫等同名异译的现象依然存在。为此，郑振铎针对翻译时出现的文学家名字、文学史上的地名、文学作品的名称、文学作品的人名地名以及批评文学诸名词五个方面译介混乱的情况，提出了审定文学名词，统一翻译用语的建议。[①]《小说月报》12卷3号、4号、5号连载郑振铎的《译文学的三个问题》、茅盾的回应文章《译文学书方法的讨论》以及沈泽民的《译文学书之问题的讨论》，对译介问题展开了颇具声势的专题讨论，对文学书译介的可能性、方法与重译问题展开了理论争鸣，为矫正混乱迷茫的译介之弊作出了贡献。

---

① 郑振铎：《审定文学上名词的提议》，《小说月报》12卷6号（1921年）。

但是译介的缺陷毕竟将一些局限带入了新文学的创作之中，最突出的表现就是创作上的生硬模仿之风盛行。1921 年茅盾指出："自从前年以来，西洋式的短篇小说陆续出来，数目已经不少，但是有价值的实在不多。一般的缺点，依我看来，尚不在表现的不充分，而在缺少活气和个性。此弊在读了翻译的或原文的小说便下笔做小说，纯是摹仿，而不去独立创造……"① 对中国文学单纯模仿外国作品的创作习气进行批评。在一封汪敬熙致沈雁冰的信中也谈到："近日吾国所谓人道主义的作者都多少三点令人不满意的地方。一是材料范围太狭。小说的材料不外乎妇女问题，'丘八'问题等等。二是眼光太浅，写妇女的生活，写兵匪的生活，全不是从他们自身的生活上着想，而是拿着一个一定的人生观去批评他们表面上的生活。三是写的不自然。小说中人物的言语行动都是生硬不堪……"② 茅盾对此大有同感。创作的问题源自接受的问题，片面接受为人生的文学，必然使创作的目光囿于一隅，而译介时对思想观念的重视，又很容易催生出图解观念的失败作品。新文学到了 20 世纪 30 年代，仍然出现一些像"华汉三部曲"一样的拿着理念去套文学创作的现象，从此处就可以找到其思想根源了。

随着革命形势的发展，以及苏联文艺论争诸思想陆续进入中国文学，后期《小说月报》逐渐偏重于对无产阶级革命文艺的译介。1932 年《小说月报》因战事停刊后，这种译介趋势则在 1933 年 7 月创刊的《文学》中得到继承与发展。《文学》译介

---

① 郎损：《新文学研究者的责任与努力》，《小说月报》12 卷 2 号（1921 年）。

② 汪敬熙：《为什么中国今日没有好小说出现》，《小说月报》13 卷 7 号（1922 年）。

的俄苏文学中，古典俄罗斯作家作品大量减少，而苏联无产阶级革命作家的作品比重相对增加。这与20世纪30年代苏俄文艺思想的发展，以及国内译介俄苏文学新的形势背景息息相关，同时也标志着在新的历史时期，我国文坛对俄苏文学的译介进入了一个崭新的阶段。

第三节　鲁迅系刊物与俄苏文学的翻译

在20世纪20年代翻译介绍俄苏文学和文论的工作中，鲁迅占据着相当重要的位置，也正是鲁迅第一个为中国窃来了俄罗斯文学的"普罗米修斯之火"。他早期所作的《摩罗诗力说》在分析19世纪几位最伟大的革命浪漫诗人的诗作时，重点介绍了普希金和莱蒙托夫。1909年在鲁迅和周作人合译的《域外小说集》中，又翻译了俄国作家安特来夫和迦尔洵的作品。1921年他翻译了俄国作家阿尔志跋绥夫的中篇小说《工人绥惠略夫》，并且积极支持热心苏俄文学的新秀韦素园、李霁野等出版译作，帮助他们创办未名社。鲁迅后来的小说创作，大多是受了俄国人的影响，他说："那时就知道了俄国文学是我们的导师和朋友。因为从那里面，看见了被压迫者的善良的灵魂，的心酸，的挣扎。"[①] ——据统计，鲁迅总共翻译过14个国家近百位作家200多种作品，其中俄苏文学是最多的，将近占据了鲁迅全部翻译工作的2/3。

---

① 鲁迅：《南腔北调集·祝中俄文字之交》，《鲁迅全集》第4卷，人民文学出版社2005年版，第473页。

在刚刚踏上翻译之路的时候，鲁迅便为自己立下了“改良思想，补助文明”的明确目标，意思就是，一方面要通过翻译的途径，将新思想介绍给读者，给他们以思想观念的启蒙；另一方面也以翻译为利器，改造中国的旧文化，满足新文学建设的需要。这样的出发点，决定了鲁迅在翻译对象的选择上，非常重视那些具有革命思想，充盈着人道主义精神的作品，俄罗斯文学所体现的“为人生”的理想，以及坚强不屈的反抗气质，正可以满足鲁迅翻译的需要。台静农曾说道：“周作人先生的《关于鲁迅》文中，说得很详细了，他爱斯拉夫民族的传统，那种坚实的反抗精神，同时他也同情于被压迫民族的沉重的气息。”① 在刚刚着手翻译俄苏文学的时候，鲁迅依靠兴趣的引导，偏重翻译一些俄苏文学作品，给国人介绍新的文学观念与表现形式。随着时代的发展，也因着鲁迅自身思想的进步，以及陷于与创造社、太阳社等文学团体的论战的原因，鲁迅的翻译逐渐转向俄苏文艺作品，尤其是向无产阶级文艺思想靠拢，并且从中找到了理论武器，纠正了当时国内对于无产阶级文艺的认识上的偏差。可以说，在新文学从文学革命到革命文学的历史转型中，鲁迅及鲁迅系刊物所从事的翻译活动，是发挥了重要的作用的。

一　鲁迅的俄苏文学译介观

“五四”运动之后，为个性主义思想所吸引的鲁迅，在其创作中逐渐把个性解放问题纳入了更大的社会问题中，强调不谋求社会的根本改造与解放，就不可能有个人的个性解放，从而显示

① 《鲁迅先生的一生——在重庆鲁迅逝世二周年纪念大会上的一个报告》，载《抗战文艺》1938 年 10 月 29 日。

了自身思想的发展趋向：逐渐脱离英美文化思想的核心，向俄国爱国主义、人道主义传统靠拢。鲁迅的俄苏文学译介观便是建构在这样的思想背景之下。1920年代鲁迅较为著名的关于翻译的文章是：《域外小说集·序》（群益书社重印版，1920.3.20），《热风·不懂的音译》（1922.11.6），《二心集·“硬译”与“文学的阶级性”》（1930.1.24）。《域外小说集·序》就很能反映出当时鲁迅对翻译外国文学的态度和目的：

> 我们在日本留学的时候，有一种茫漠的希望：以为文艺是可以转移性情，改造社会的。因为这意见，便自然而然的想到介绍外国新文学这一件事。①
>
> 《域外小说集》为书，词致朴讷，不足方近世名人译本，特收录至审慎，移译亦期弗失文情。异域文术新宗，由此始入华土。使有士卓特，不为常俗所囿，必将犁然有当于心。按邦国时期，籀读其心声，以相度神思之所在，则此虽大涛之微沤与，而性解思惟，实寓于此。中国译界，亦由是无迟莫之感矣。②

鲁迅不是兴之所至地为翻译而翻译，他翻译是要为改造社会而服务。具体而言，就是一方面要为中国人民输送精神食粮，另一方面要为中国文学提供改革的范本。因此从一开始，他就比较注重“反抗和叫喊”的被压迫民族的文学作品，到后来则积极

---

① 周作人：《域外小说集序》，《鲁迅全集》第10卷，人民文学出版社2005年版，第176页。

② 鲁迅：《〈域外小说集〉序言》，《鲁迅全集》第10卷，人民文学出版社2005年版，第168页。

翻译、介绍马克思主义文艺理论和苏联革命文艺。除了自己翻译之外，鲁迅还在自己编辑的刊物上邀请别人翻译介绍马克思主义文艺理论方面的文章，并把这种工作的意义，比作是希腊神话中普罗米修斯盗窃天火施予人间。在摧毁旧文化体系、并使读者适应新文化体系的过程中，俄国文学的广泛流传在某种程度上确实像流向人间的天火，它烧毁了中国旧文学中陈旧鄙陋的思维模式，向中国文坛带来了一种新的文学表现手段与文学观念。

由这种为改造社会而服务的现实目的出发，鲁迅的译介态度十分严肃较真，对于翻译工作怀着高度的责任感，为后来的翻译者做出了很好的榜样。他在《且介亭杂文二集》里深有感触地说："我向来总以为翻译比创作容易，因为至少是无须构想。但到真的一译，就会遇着难关，譬如一个名词或动词，写不出，创作的时候可以回避，翻译上却不成，也还得想，一直弄得头昏眼花，好象在脑子里面摸一个急于要开箱子的钥匙，却没有。严又陵说，'一名之立，旬月踌躇'，是他的经验之谈，的的确确的。"① 他对于清末民初林纾式译法非常不满，认为其对外国作品"削鼻剜眼"，是不严谨的翻译方法，会为国人接受外国文学的精髓带来重重障碍。鲁迅主张直译与硬译，强调尊重原作的真实性，要求"宁信而不顺"，反对不顾原文的意思，率尔操瓢式的胡译，其实质就是强调要尊重外国文学作品的文本本身，以最终达到借助外国优秀文学来改造中国旧文学的目的。鲁迅主张的直译，也并不是一味地照搬原文，他后来也是逐渐认识到意译的一定合理之处。此外，他还主张重译，对于国内译界"反复斟酌，竞译出精品"

① 鲁迅：《"题未定"草》，《鲁迅全集》第6卷，人民文学出版社2005年版，第362页。

充满期待。鲁迅曾将重译比作是赛跑，认为没有重译的翻译，就好像没有对手的赛跑一样，无论跑者是怎样的一个蹩脚的货色，也总是可以拿到第一的。而唯有重译，唯有比较，才能发现彼此的不足，从而促成真正精品的问世。可以说，作为一名翻译巨匠，鲁迅的翻译观念起点甚高而不断演进，为翻译文学的翻译方法做出了很大的贡献。而且，他还积极支持那些有着共同翻译爱好的文学青年，资助与指导他们从事文学翻译，其中最可一提的便是未名社——这是新文学史第一个真正意义上专门以翻译外国文学为己任的文学社团，他们特别注重翻译介绍俄国文学和十月革命之后的苏联文学，为我国介绍俄苏文学做出了巨大的贡献。

鲁迅在俄苏文学作品的翻译上，带有很强的选择性。他对于俄国文学的喜爱，更多的是偏爱部分作家，比如阿尔志跋绥夫与安德列夫。在阿尔志跋绥夫的《工人绥惠略夫》之后，鲁迅还翻译了他的另外三篇作品，分别是短篇小说《幸福》和《医生》，以及散文《巴什庚之死》。《幸福》写一个丑陋的妓女为了获得几个卢布，甘愿脱光衣服在雪地中忍受一个变态者的棍击，当她遍体鳞伤地走近夜茶馆，想到了“吃，暖，安心和烧酒”，内心便“已经充满了幸福的感情”。《医生》写一个犹太医生经过激烈的思想斗争终于违背医生的天职，拒绝抢救那个迫害过犹太人的警察厅长。《巴什庚之死》则是一篇悼念文章，巴什庚的死亡使阿尔志跋绥夫既体验了深切的哀痛，也感觉到了死神的迫近，在那篇散文中，他的这些体验构成了一段感人的倾诉。这种被损害者的心理感情，以及绥惠略夫（《工人绥惠略夫》）们所流露出的令人战栗的悲观绝望，恐怕引起了鲁迅深深的共鸣，那在“无路可走的境遇里，不能不寻出一条可走的路来”的思想，成为鲁迅作品的一个重要主题。

《壁下译丛》是标志鲁迅思想发生转变的重要译作，这本集子里面的文艺论文，已经逐渐从纵横论道发展到了对无产阶级文艺的关注。此时的鲁迅，逐渐向《艺术论》的无产阶级文艺论说，以及《十月》、《毁灭》这类描写无产阶级的文学作品走去。《壁下译丛》收入文艺译文 25 篇，后半部分逐渐将兴趣转向俄苏文艺和新兴的无产阶级文艺。这段时期，鲁迅先是翻译了日本片上伸的“无产阶级文艺理论”，继而是苏联卢那卡尔斯基的《艺术论》，接着是俄国著名早期马克思主义理论家普列汉诺夫的《艺术论》，然后是卢氏《文艺与批评》，最后是苏联关于文艺的会议集和决议的《文艺政策》。这些文艺译作有很多就是发表在鲁迅主编或参编的刊物上，既引导着这些刊物的翻译方向，也标记着鲁迅思想的发展轨迹。

二 鲁迅系刊物的状况与译介成绩

鲁迅在 1920 年代主编或者参编了多种文学期刊：1924 年鲁迅在北京参与创办了由北新书局出版发行的《语丝》周刊，为该刊 16 位撰稿人之一，1927 年 12 月鲁迅接编《语丝》，从第 4 卷第 1 期编至第 4 卷第 51 期，后由柔石接编；1925 年鲁迅在京创办《莽原》周刊，附《京报》发行，1925 年 11 月 27 号出至第 32 期停刊，1926 年 1 月 10 号《莽原》复刊，改出半月刊，由未名社出版、鲁迅编辑，1926 年 8 月交由韦素园接编；1928 年《未名》半月刊创刊于北京，由未名社编辑、未名社出版部印行，1930 年 4 月 30 号出至第 2 卷第 9—12 期合刊号终刊，共出两卷凡 24 期；1928 年 6 月 20 日鲁迅在上海与郁达夫合作创办并主编《奔流》月刊，上海北新书局发行，鲁迅设计封面并题写刊名，1929 年 12 月 20 日出至第 2 卷第 5 期终刊；1928 年鲁迅与柔石在上海创办《朝花周刊》，后又于1929年6月创办《朝花旬刊》；此外，北新书局的《北新》刊物，鲁迅也常莅临指导，对其产生了不容忽视的影响。

从某种意义上说，20世纪20年代纷乱的文学局面就是一场大规模的“杂志之战”，对于作家来说，杂志和报纸就意味着他们创作的生命本身，成为他们重要的生存空间。鲁迅所编辑或者参加编辑的刊物，都比较重视翻译与倡导翻译。鲁迅写小说，始于1911年的《怀旧》，晚于翻译；终于1935年12月的《采薇》、《出关》、《起死》，又早于翻译。观鲁迅一生，翻译外国文学与文论其实在他的生命中占据着重要地位。他此期参与的文学期刊，大约可以分为两种类型，一是《语丝》、《莽原》等以杂文为主的专业期刊；一是《北新》、《未名》、《奔流》、《朝花》等以翻译为主的专业期刊，比较而言，后者也许更能体现鲁迅的意志与情怀。如果就译介俄苏文学的绝对数量而言，《未名》、《朝花》翻译的较少，《语丝》、《莽原》、《北新》、《奔流》翻译的较多，数据统计：《未名》译介了4篇，《朝花》译介了（关于俄苏文学的文章）12篇，《语丝》译介了33篇，《莽原》（周刊、半月刊）34篇，《北新》54篇，《奔流》30篇。因这六种主要杂志中有三种是由北新书局负责出版，所以本文拟以此为分类标准，对这些刊物分而论之。

（一）鲁迅与北新书局系列刊物

北新书局于1925年3月在鲁迅支持下成立。书局开张后，鲁迅常到书局给予指导，他的著作几乎统交北新书局出版，此外还主持出版郁达夫、谢冰心著作及《奔流》、《青年界》、《活叶文选》等刊物。北新书局经常出现在鲁迅日记和书信中，许广平曾说：“对于某某书店（指北新书局），先生和它的历史关系最为深厚。先生为它尽力，为它打定了良好基础，总不想使它受到损害。”① 1926 年 8 月《北新》周刊创刊于上海，由孙福熙主编，北新书局出版发行；第 2 卷起改半月刊，由潘梓年、石民等编辑，1930 年 12 月终刊，共出 124 期。《北新》是北新书局因出版业务需要所办，刊物内容涉及政治、经济、文化诸方面，而以书刊评介和序跋文为大宗，且以较大篇幅发表外国文学译作和文艺评论。其中翻译的俄苏文学作品有十几篇，占 1/3，主要是契诃夫、屠格涅夫、库普林、马耶诃夫斯基的作品。对俄苏作家及作品的研究、对俄苏文艺的探讨、尤其是对苏联社会问题及无产阶级进步作家文艺观的译介，用力比较明显。

表 4－7　　**《北新》翻译情况表**

文学作品（注②）	契诃夫	屠格涅夫	库普林	高尔基	阿尔志跋绥夫	马雅可夫斯基
	4 篇	2 篇	2 篇	1 篇	1 篇	1 篇
文论作品（注③）	卢那察尔斯基	托洛茨基	藏原惟人［日］	黑田辰男［日］	茂森唯士［日］	博立策
	2 篇	1 篇	1 篇	1 篇	1 篇	1 篇

其中契诃夫的 4 篇文章是小品《人生真奇妙》、《恐怖——我的朋友的故事》、《夜间的调情》、《〈契诃夫随笔〉抄》；屠格涅夫的两篇作品是《够了》、《屠格涅夫散文诗抄》；此外有库普林的《月

① 许广平：《十年携手共艰危——许广平忆鲁迅》，河北教育出版社 2001 年版，第 38 页。

② 除表中所列，还有苏联莱阿夫伦支的《在沙漠上》、阿开抵艾菲成柯的《厌世的幼童》、希什克夫的《悲剧中的喜剧》、克鲁泡特金的《农奴的故事》、卡斯特夫《我们于钢铁中生长出来》、斐定《冰川》。

③ 除表中所列，还有 A. B. Magil 著的《玛耶可夫斯基》等文章。

桂》、《杀人者》，高尔基的《恶魔》，阿尔志跋绥夫的《结婚论》，马耶可夫斯基的《我们的进行曲》。文论方面主要翻译了卢那察尔斯基的《唯物论者的文化观》、《艺术是怎样产生的》，托洛茨基的《俄国的前途》，藏原惟人的《俄国文学之最顶点的要素》，《关于绥蒙略夫及其代表作〈饥饿〉》，博立策的《评托尔斯泰主义》等。此外，是多篇对苏俄社会问题与文坛讯息的介绍。

1924 年 11 月 17 日，《语丝》周刊在北京创刊，《语丝》周刊可分为前后两个阶段：从创刊到 1927 年被查封，刊物设在北京，是为前期；从 1927 年底到 1930 年停刊，刊物设在上海，是为后期，鲁迅主编《语丝》就始自 1927 年底。以《语丝》周刊为纽带的语丝社，是一个思想倾向和文学态度比较相近的同人团体，除《语丝》外，《莽原》和《京报副刊》也是他们的重要阵地。《语丝》周刊“本无所谓一定的目标，统一的战线”，只是为同人提供一个发表作品的园地，刊物主要以“文明批评”与“社会批评”为宗旨，倡导“文学为主，学术为辅”的思想定位。

表 4－8　**《语丝》翻译俄苏文学作品一览表**

作者	契诃夫	屠格涅夫	高尔基	普希金	毕勒涅克	莱蒙托夫
数目	8 篇	4 篇	1 篇	1 篇	1 篇	1 篇
篇目	《两个朋友》等 8 篇①	《春天的树林》等 4 篇②	《人的生命》	《春》	《信州早杂记》	《帆》

① 指的是《两个朋友》、《浪费的课》、《歌女》、《亚纽塔》、衣萍摘录的三篇《〈契诃夫随笔〉抄》以及契诃夫夫人所作的《关于契诃夫的几句话》。

② 指的是散文诗《春天的树林》、《乞丐》（5 卷 17 期）与《呆子》、《你该听傻瓜的审判》（5 卷 30 期）。

以杂文创作与社会文明批评为主旨的《语丝》杂志，在俄苏文学的翻译方面，成绩却不容小觑。它一共翻译了30多篇俄苏文章，重点在译介俄苏名家如契诃夫、屠格涅夫等人的作品。此外，刊载了5篇关于陀斯妥耶夫斯基的文章（包括陀斯妥耶夫斯基的几封信笺）。在文论方面，比较重要的译作是鲁迅翻译的卢那察尔斯基的《艺术与阶级》、不文翻译的《叶赛宁倾向底清算》以及其撰写的《苏联文坛近事——马克思派与非马克思派的文学论争》，还有日本作者的3篇论文：冈泽秀虎的《苏俄普罗文学发达史》、米川正夫的《最近的苏联文学》、黑田辰男的《革命十年间苏俄诗的轮廓》。

《语丝》翻译俄苏文学的方向大体确定，既注重介绍俄苏著名作家的文章，又保持了对俄苏文艺的关注。因着自身"社会批评"与"文明批评"的宗旨，以及对杂文创作的提倡，《语丝》的翻译对象，相对重视具有类似精神气质的俄苏作品，这也许是其翻译了大量契诃夫作品的原因之一。随着时势的发展，不光鲁迅在接触与学习卢那察尔斯基、普列汉诺夫等人的马克思主义文艺批评观，就是整个新文学，都在向十月革命后的苏联寻求文艺资源。从鲁迅等人的译作来看，在文艺方面，《语丝》表现出了对马克思主义文艺思想的关注。

北新印行的另一大型文艺月刊《奔流》，是鲁迅、郁达夫编辑的文艺月刊，共出15期。鲁迅为编辑《奔流》，投入了很大气力。关于这个刊物，许广平曾说："他（鲁迅）初到上海，以编《奔流》花的力量为最多，每月一期，从编辑、校对，以至自己翻译，写编校后记……都由他一人亲力亲为，目的无非是为了把新鲜的血液灌输到旧中国去，希望从翻译里补充点新鲜力量。”① 鲁迅为该刊写编校后记12则，自第2卷第2期起改称《编辑后记》。12则“后记”是鲁迅在每期编校过程中，对本期所刊文章的说明。有的对本期内容和托尔斯泰作了简要介绍，称托尔斯泰是“十九世纪俄国的巨人”，对当时我国文坛某些人指责托尔斯泰的做法，予以批评，涉及了无产阶级应该如何对待和估价文化遗产的问题，显示出鲁迅根据马克思主义的原理做出的可贵思考。有的则感慨当时中外文化交流落后的状况，表现出鲁迅对中外文化交流工作的高度重视。这些“后记”涉及的中外古今作家、艺术家及其作品繁多，所议论的问题大多是重要的文艺理论问题，写来却自由灵活，要言不繁，闪耀着思想锋芒。

鲁迅发表在该刊的稿件，特别地注重介绍苏联的文艺理论，在《奔流》翻译的共计30篇俄苏文章中，他一人译了10篇。1928年5月他开始翻译《苏俄的文艺政策》，6月20日就开始在《奔流》创刊号上发表，从《奔流》1卷1期至5期，以及以后的1卷7期、1卷10期、2卷1期，连载了6篇《苏俄的文艺政策》、1篇《关于文艺政策上党的政策》和1篇《文艺政策附录》。另两篇一是讨论高尔基对与苏维埃联邦的启示与意义，一是《青湖记游》。此外，《奔流》研究托尔斯泰的文章有8篇，1卷7期设置了托尔斯泰纪念专辑，登载了7篇研究介绍托尔斯泰的文章。刊物对高尔基也比较重视，刊载了他的作品《一个秋夜》、《叶曼良·披略延》以及鲁迅翻译的《苏维埃联邦从高尔基期待什么?》、洛扬译的《玛克辛·高尔基论》。由于《奔流》

① 许广平：《为革命文化事业而奋斗》，《鲁迅回忆录》，作家出版社1961年版，第152页。

是 1928 年之后创刊，刊物已经更多受到革命文学的影响，对于苏联文艺政策以及苏联的无产阶级作家非常关注，文学作品的翻译则相对减少。

这几份刊物在翻译对象的选择上，大体上比较固定。尤其是对俄苏文艺作品的选择，是围绕着俄苏马克思主义文学批评观进行译介的。卢那察尔斯基、托洛茨基等人的思想，通过这些刊物与中国读者见面，而这与鲁迅的翻译努力密不可分。他把自己对俄苏文艺的思考与选择，通过期刊的方式表达出来，事实证明，鲁迅的选择是正确的，对中国文坛也起到了很重要的建设作用。

（二）鲁迅与《莽原》、《未名》以及《朝花》

《莽原》是鲁迅编辑的刊物中最早的一种。1925 年 4 月 24 日在北京创刊，开始是周刊，随《京报》发行。鲁迅后来说起创办《莽原》的缘由——“1925 年 10 月间，北京突然有莽原社出现，这其实不过是不满于《京报副刊》编辑者的一群，另设《莽原周刊》，却仍附《京报》发行，聊以快意的团体。奔走最力者为高长虹，中坚的小说作者也还是黄鹏基、尚钺、向培良三个，而鲁迅是被推为编辑的。但声援的很不少，在小说方面，有文炳、沅君、霁野、静农、小酩、青雨等。”[①] 鲁迅主张创办《莽原》的更深层次的社会背景是：“我早就很希望中国的青年站出来，对于中国的社会，文明，都毫无忌惮地加以批评，因此曾编印《莽原周刊》，作为发言之地，可惜来说话的竟很少。在别的刊物上，倒大抵是对于反抗者的打击，这实

① 《〈中国新文学大系〉小说二集序》，《鲁迅全集》第 6 卷，人民文学出版社 2005 年版，第 258 页。

在是使我怕敢想下去的。"[①] 在给许广平的信中，鲁迅直截了当地指明《莽原》宗旨——"中国现今文坛的状况，实在不佳，但究竟做诗及小说者尚有人。最缺少的是'文明批评'和'社会批评'，我之以《莽原》起哄，大半也就为了想由此引些新的这一种批语者来，虽在割去敝舌之后，也还有人说话，继续撕去旧社会的假面。可惜所收的至今为止的稿子，也还是小说多。"[②] 从中可以看出，在鲁迅的预想中，《莽原》杂志的定位是与《语丝》趋同的，提倡的都是"文明批评"和"社会批评"。作为《莽原》的"编辑先生"，鲁迅一直大力搜求的，乃是评论性质的杂文文体，"然而咱们的《莽原》也很窘，寄来的多是小说与诗，评论很少，倘不小心，也容易变成文艺杂志的。我虽然被称为'编辑先生'，非常骄气，但每星期被逼作文，却很感痛苦，因为这就像先前学校只能感的星期考试。你如有议论，敢乞源源寄来，不胜荣幸感激涕零之至！"[③]

《莽原》前后共翻译俄苏文章 38 篇，其中以翻译俄苏文学作品居多，文艺研究的文章仅有 8 篇，且从 1927 年第 2 卷 1 期才开始陆续刊登。文学作品翻译的比较多的俄苏作家是安特列夫、梭罗古勃、高尔基、阿尔志跋绥夫。安特莱夫的 4 篇作品是《马赛曲》、《巨人》、《微笑》、《在小火车上》，梭罗古勃的 4 篇作品是《邂逅》、《小小的白花》、《往绮玛忤去的路上》、《小诗

① 鲁迅：《华盖集 · 题记》，《鲁迅全集》第 3 卷，人民文学出版社 2005 年版，第 4 页。

② 《两地书 · 一七》，《鲁迅全集》第 11 卷，人民文学出版社 2005 年版，第 64 页。

③ 《两地书 · 一九》，《鲁迅全集》第 11 卷，人民文学出版社 2005 年版，第 70 页。

三首》，高尔基的作品是《海莺歌》、《埃黛钧丝》，此外还有陀斯妥耶夫斯基的《阿列伊》，阿尔志跋绥夫的《巴什庚之死》（鲁迅翻译），屠格涅夫的《门槛》，契里珂夫的《椽上的一朵小花》、《献花的女神——回忆契诃夫》，科罗连坷的《小小的火》，赛甫琳娜的《两个朋友》，撒浮诺夫的《这是很久了》，阿洛塞夫的《兵》等。鲁迅对于俄苏文学的喜爱，更多地集中在一些比较特别的作家，比如安特莱夫、阿尔志跋绥夫等人身上——《莽原》对俄苏作品的翻译，很大程度上正是鲁迅翻译兴趣的一种表现。

文艺论文则几乎全部翻译托洛茨基的文章，包括《无产阶级的文化与无产阶级的艺术》、《未来主义》、《〈文学与革命〉引言》等作品。托洛茨基是苏联时期著名政治家，红军的缔造者之一，他的思想，在当时的苏联影响很大。他认为无产阶级在掌握政权后，在文化建设方面，其主要任务是要建设团结一切积极力量的全民的文化，而不是无产阶级专门的阶级文化。因此，他认为在当时的苏联，要团结一切可以团结的力量，不可歧视“同路人作家”。这种思想与卢那察尔斯基、沃隆斯基等人有着共同的地方。鲁迅受到他们的影响，对于文学的看法，不断向马克思主义文艺思想靠近，为以后在革命文学论争中掌握正确的理论武器，纠正国内的左倾革命文艺观，奠定了基础。

未名社是中国新文学史上一个以翻译介绍外国文学为己任的翻译文学团体，被鲁迅赞扬为“一个实地劳作，不尚叫嚣的小团体”①。它的成员虽然不多，主要只有韦素园、曹靖华、李霁

① 《曹靖华译〈苏联作家七人集〉序》，《鲁迅全集》第6卷，人民文学出版社2005年版，第553页。

野等人，但却都是卓有成效的翻译文学工作者，他们对新文学的主要贡献不在创作，而在翻译。甚至可以说，未名社就是本着要为翻译文学争一席之地、要壮大中国的翻译文学、从而建设中国新文学的目的而成立的。鲁迅正是未名社的组织者与创始人，未名社的翻译文学活动，也是在鲁迅的直接领导下开展起来的。1928 年《未名》半月刊创刊于北京，由未名社编辑、未名社出版部印行，1930 年 4 月 30 号出至第 2 卷第 9—12 期合刊号终刊，共出两卷凡 24 期。虽然《未名》半月刊仅仅翻译了 4 篇俄苏文章，但是这并不能代表未名社对于俄苏文学翻译的功绩。事实上，未名社的成员多对俄苏文学抱有浓厚的兴趣，俄苏文学翻译占据了他们译作的多数。虽然《未名》半月刊上登载的俄苏作品不多，但是在期刊之外，未名社翻译的俄苏文学著作数量却不小，而且其中的一些人，比如曹靖华，在以后的文学生涯中不断地继续与拓展了这种俄苏文学的译介工作，可以说在俄苏文学翻译史上贡献巨大。另外，《未名》半月刊上俄苏译作数量不多的另一原因，大概跟 1928 年特殊的国内政治环境有着关联。我们知道，1928 年不仅仅是革命文学兴起的时候，同时也是蒋介石发动反革命政变，使国内处于白色恐怖笼罩之下的年头。这样的时代背景之下，未名社的进步翻译家所翻译的俄苏作品，尤其是苏联文学与无产阶级文艺思想，必然在发表刊行的过程中遭受种种掣肘与威胁，难能达到顺畅自由的程度。1928 年未名社遭到反动派的查封，几个青年丧生，便是血淋淋的证据。因此，对于特定环境之下的文学期刊，考察其翻译文学功绩，不能不注意到它们“功夫在期刊之外”的苦心与成绩。

如果说在未名社，鲁迅影响了韦素园、李霁野、曹靖华等一批有着翻译爱好的文学青年，共同从事文学翻译，那么在《朝花》，鲁迅则是与柔石一道，开展着俄苏文学的翻译工作。《朝花》翻译的俄苏文章一共有 12 篇。其中有 4 篇《俄罗斯通信》，2 篇普列汉诺夫的《论法兰西底悲剧与演剧》，2 篇闵予转译的《托尔斯泰》，以及 4 篇苏俄文学作品。从中可以看到，鲁迅在翻译文学方面，不仅不遗余力，而且很注意对新的翻译人才的培养。他把自己对待翻译文学的态度，自己的翻译经验与翻译方法，身体力行地传授给新进的翻译力量，从而使一种鲁迅式的译风在新文学的接受史上产生了很深远的影响。这种鲁迅式的译风，强调的正是对于翻译文学认真负责的态度、百折不挠的翻译精神以及为改造当下社会、为现实斗争服务的务实的翻译宗旨。而与青年译者们在文学期刊中的共事与同勉，为这种译风的传承提供了理想的现实载体——到了解放后，那种对于苏联文学的一丝不苟的译介与接受，还能看到这些翻译先驱者们筚路蓝缕的身影。

三　鲁迅的译介动机及影响

鲁迅在《叶紫作〈丰收〉序》中说到："在我自己，却与其看薄凯契阿（薄伽丘）、雨果的书，宁可看契诃夫、高尔基的书。因为它更新，和我们的世界更接近。"[①] 鲁迅将 19 世纪的俄国文学看做是"为人生"的文学，他说："无论它的主意是在探究，或在解决，或者堕入神秘，沦于颓唐，其主流还是一个：为人生。"[②] 而且许多事情和中国很相像，可以引导中国的知识界

① 《叶紫作〈丰收〉序》，《鲁迅全集》第 6 卷，人民文学出版社 2005 年版，第 227—228 页。

② 鲁迅：《竖琴前记》，《鲁迅全集》第 4 卷，人民文学出版社 2005 年版，第 443 页。

更好地认识中国的现实社会。这也正是鲁迅从事俄苏文学翻译的一个出发点，即将这种“为人生”的文学介绍到中国来，以启迪人民陈旧的思想，扭转文坛颓靡的文风，促进革命的前进与发展。

此外，可能还因为俄苏文学的艺术风格打动了鲁迅。为什么鲁迅从未译过俄国大文豪托尔斯泰、屠格涅夫、陀思妥耶夫斯基的一篇作品，却偏爱于翻译在俄国文学史上地位并不高的安特列夫和阿尔志跋绥夫的作品呢？就是因为这些作家的艺术风格跟鲁迅的内心有着某种暗合之处。安德列夫及阿尔志跋绥夫的创作，介乎现实主义与表现主义、象征主义之间，鲁迅的兴趣恐怕也在于此。他说：“安特来夫的创作里，又都含着严肃的现实性以及深刻和纤细，使象征印象主义与写实主义相调和。俄国作家中，没有一个人能够如他的创作一般，消融了内面世界与外面表现之差，而现出灵肉一致的境地。他的著作是虽然很有象征印象气息，而仍然不失其现实性的。”① 这话也完全可以用来评述鲁迅的某些小说。阿尔志跋绥夫所处的时代，是俄国知识分子空前彷徨的时代，国家的专制统治让人窒息，1905 年革命的失败、残酷的世界大战及动荡的十月革命，这样的时代背景，直接导致了悲观主义、虚无主义、无政府主义等思潮的产生，它们在文学中的反映，往往就是阿尔志跋绥夫式的挑逗与绝望。这比较符合鲁迅的“口味”：写主人公与环境的对立，写主人公近乎绝望的抗争，也正是鲁迅创作的重要主题。

佛克马在《俄国文学对鲁迅的影响》一文中，从另一角度

---

① 《〈黯淡的烟霭里〉译者附记》，《鲁迅全集》第 10 卷，人民文学出版社 2005 年版，第 201 页。

对此做出了分析，他认为鲁迅的很多翻译小说，是由鲁迅自身的某种兴趣或偏好决定的。他说："首先，鲁迅只懂德语和日语，因而他所接触的只是部分被译为这两种文字的作品。其次，人们一贯认为，鲁迅喜欢翻译批评社会的作品。但是，他对于产生这种文学的国家之复杂的社会条件并不十分了解。其实，社会批评并不一定都是'进步的'。贝尔辛认为，鲁迅翻译的很多小说，与其说具有革命性，不如说更具有感伤情调。另外，鲁迅的选择很可能还出于某种个人的偏好，即他喜欢书里的插图（画册、木版画）。"① 佛克马还特别论述了鲁迅对于俄国文学的取舍，并由此展示出鲁迅的文学倾向："俄国文学不但加速了传统文化体系的崩溃，也介绍了一些新的价值标准。可以大致把它们分为以下三类：浪漫主义、现实主义、象征主义及颓废派。在鲁迅所推崇并翻译的俄国作品中，属于浪漫主义和象征主义流派的居多；对于现实主义流派的作品，鲁迅则翻译和介绍的很少。这一事实可为理解鲁迅的文学创作提供一条线索。"② 这样的见解，在"为人生"、"为社会"的鲁迅研究视阈之外，向我们揭示了鲁迅从事翻译的别种原因，也很有其合理性。

至于鲁迅重视翻译苏联文艺理论与介绍马克思主义文艺思想的原因，则是因为感受中国文坛的发展大势，同时也是他自身思想发展进步的结果。在与创造社、太阳社以及新月社的论战中，鲁迅不断学习与翻译了苏俄的无产阶级文艺理论，正如他后来在《三闲集·序言》里面所总结的："我有一件事要感谢创造社的，

---

① ［荷］D. 佛马克著，叶坦·谢力红译：《俄国文学对鲁迅的影响》，乐黛云编：《国外鲁迅研究论集》（1960—1981），北京大学出版社 1981 年版，第 285 页。

② 同上书，第 279—280 页。

是他们‘挤’我看了几种科学的文艺论，明白了先前的文学史家们说了一大堆，还是纠缠不清的疑问。并且因此译了一本普列汉诺夫的《艺术论》，以救正我——还因我而及于别人——的只信进化的偏颇。”①

鲁迅自己写小说，显然就是从安德列夫、阿尔志跋绥夫、果戈理等人那里得到启发。他在《〈中国新文学大系〉小说二集序》中曾说：“《药》的收束，也分明的留着安特莱夫式的阴冷。”其实不止是《药》，《呐喊》、《彷徨》、《野草》中亦多有此种氛围。此外，鲁迅笔下的多数人物，与果戈理、冈察洛夫、迦尔洵、阿尔志跋绥夫等作家塑造出来的狂人骗子、恐怖分子、零余者一样，都属于广大的被侮辱、被压迫的阶层。这些小人物们揭示了一种很重要的世界观，是中国文学中的一个新因素，并对中国文学产生了深远的影响。

第四节 “创造”、“太阳”与“新月”的三种态度

以郭沫若、成仿吾为代表的创造社，以蒋光赤为代表的太阳社，以及以胡适、徐志摩、陈西滢为代表的欧美派自由主义知识分子，是活跃在20世纪20年代中国文坛的三股重要的文学力量，他们各自占据着不少的文学期刊或者报纸副刊，作为宣扬自己文学抱负与政治理想的战场。他们对待俄苏文学文化的态度是不相同的。前期创造社强调文学应该忠实于自己“内心的要

① 鲁迅：《三闲集·序言》，《鲁迅全集》第4卷，人民文学出版社2005年版，第19页。

求”，表现出浪漫主义和唯美主义的倾向，在翻译方面他们注重的是关于翻译方法与翻译批评的论争；后期创造社的成员开始倾向革命，创造社出现了整体的转向，开始与1928年创立的太阳社一道，共肩革命文学的重任，因而对于俄苏的作品、俄苏的文艺、俄苏的社会问题表现出了远超前期的关注。太阳社自蒋光赤创社以来，就径直成为无产阶级文学的宣传者，太阳社的几份刊物，尤其是《海风周报》，在翻译苏联文学作品与苏联的无产阶级文艺思想方面非常用力，而且方向特别集中。而以《努力周报》、《现代评论》、《新月》月报等为阵营的欧美派自由主义知识分子，因为自身留学欧美的文化背景，以及富裕宽松的上层社会的生活环境，因而在革命与改良两者间总是倾向于后者，他们对于俄苏文学（尤其是苏联文学）翻译用力不多，兴趣也并不在此。然而有他们参与的一系列翻译论争，对于澄清一些基本的翻译问题有廓清之功，因而也间接地为翻译俄苏文学贡献了力量。

一　前期创造社的翻译批评与翻译心理嬗变

我们在谈及有关创造社的文学翻译时，最直接的印象是郭沫若在1921年1月上旬给《时事新报·学灯》的编辑李石岑的信中说到：“我觉得国内人士只注重媒婆，而不注重处子；只注重翻译，而不注重产生……翻译事业于我国青黄不接的现代颇有急切之必要，虽身居海外，亦略能审识，不过只能作为一种附属的事业，总不能使其凌越创造、研究之上，而狂振其暴威……总之，处女应当尊重，媒婆应当稍加遏抑。”① 进而郭沫若把创造

① 郭沫若：《致李石岑》，载《时事新报·学灯》1921年1月15日。

比作“处女”，把翻译比作“媒婆”。鲁迅在《二心集·上海文艺之一瞥——八月十二日在社会科学研究会讲》一文中也认为创造社“崇创作，恶翻译，尤其憎恶重译”[①]。就创造社的整体风格与艺术倾向来看，鲁迅所言不虚。尤其是前期创造社，翻译文章的比例不大，且这些译作，还多是一些有关翻译批评或者翻译方法论争的类型——这和创造社异军突起、依靠凌厉的批评在文坛拼出血路的思维方式十分合拍。其中一些关于翻译方法的争论，实则是创造社参与论战的一种手段，激越的意气之争往往胜过冷静的真理之辩。不少人常由批评译品进而批评译者、攻击译者人格与翻译动机。郭沫若就曾说过：“指摘一部错译的功劳，比翻译500部错译的功劳更大!”[②] 完全可说是一种“英雄主义”的批评风采。鲁迅批评创造社作家找文学研究会作家的翻译之错，“倘被发现一处误译，有时竟至于特做一篇长长的专论”。[③] 茅盾于创造社的翻译论争看得甚为清楚，评述得也比较客观，他认为那其实“是整个论战中最无积极意义的一部分”，但是“它在客观上还是起到了一点作用，例如刺激了大家去学好外文，去努力提高译品的质量等”。[④]

创造社的翻译观一开始便与文学研究会大相迥异。一方面，创造社大谈特谈的“应该多创作，少翻译”的言论，遭到了文学研究会的反驳。郑振铎形象地把翻译比作“奶娘”：“翻译者

① 鲁迅：《上海文艺之一瞥》，《鲁迅全集》第4卷，人民文学出版社2005年版，第302页。

② 郭沫若：《论翻译的标准》，《创造周报》1923年7月14日第10期。

③ 鲁迅：《上海文艺之一瞥》，《鲁迅全集》第4卷，人民文学出版社2005年版，第302页。

④ 孙中田等编：《茅盾研究资料》（上），中国社会科学出版社1983年版，第271页。

在一国的文学史变化更急骤的时代，常是一个最需要的人……但是翻译者的工作的重要却更进一步而有类于‘奶娘’。”[①] 茅盾作为文学研究会的主角之一，也积极地参与了这场论争，他在《小说月报》上发表评论，谈到：“我觉得翻译文学作品和创造一般地重要，而在尚未有成熟的‘人的文学’之邦像现在的我国，翻译尤为重要，否则，将以何者疗救灵魂的贫乏，修补人性的缺陷呢?”他明确指出：“当今之时，翻译的重要不亚于创作。西洋人研究文学艺术所得的成绩，我相信，我们很可以或者一定要采用……翻译就像是手段，由这手段可以达到我们的目的……我们的新文学。”[②] 而在创造社方面，直到 1925 年，成仿吾还在《今后的觉悟》一文中挖苦文研会等人，说他们“因为自己不能创作，便尽力劝人从事翻译。他们的用心无非是一方面冷却他们对于创作的信仰与努力，他一方面想借此，勉强遮饰自己不能创作的隐痛，暗地里也想借此多少扩张他们那不三不四的翻译品的行销”[③]。另一方面，当茅盾们以毋庸置疑的语气强调着“直译”的“无讨论之必要”的时候，郭沫若却把注意力投向了翻译者自身所具有的与原作相同或者相近的生活“情趣”，他的《茵梦湖》改译得相当成功，深受当时的文学青年的欢迎，究其原因，就是“要多谢我游西湖的那一段经验，我是靠着自己在西湖所感受的情趣，把那茵梦湖的情趣再现了出来”[④]。从某种意义上

① 西谛：《翻译与创作》，《文学旬刊》1923 年 7 月 2 日第 78 期。

② 记者：《一年来的感想与明年的计划》，《小说月报》第 12 卷第 12 期（1921 年 12 月 10 日）。

③ 成仿吾：《今后的觉悟》，《洪水》半月刊，第 1 卷第 3 期（1925 年 10 月 16 日）。

④ 郭沫若：《郭沫若自传》，安徽文艺出版社 1997 年版，第 263 页。

说，这就是一种意译的翻译文学观，其与直译的区别，实际上就是对待翻译文学的归化与异化的分歧。另外，在翻译作品的选择上，创造社也别具硕见。首先，他们认为翻译文学应该体现的是“个性解放”式的时代精神，而非仅仅去翻译被侮辱被损害者的文学。翻译者应该选择那些自己的个性能够对译品产生“神会”的作品，而非拘泥于“为人生”、“救时弊”的现实主义文学；其次，他们认为译品的选择应该求“真”，要慎重选择原书，尽量避免重译。正是出于这些原因，我们看到了创造社与胡适、鲁迅、文学研究会之间关于翻译的论争频频爆发，也会发现创造社所迻译的作品大多来自那些强国巨邦，那些文学思潮异常先进活跃的文艺强势国家，而非文学研究会所钟情的北欧、俄苏等弱小国家的文学。据统计，前期创造社的重要刊物《创造》季刊和《创造周报》一共翻译外国文章 23 篇，其中英国最多，达 7 篇，其次是德国与法国，分别是 5 篇与 4 篇，俄罗斯文章译介的数量不多，只有两篇。

创造社的浪漫主义倾向，一是表现在他们的译作方面，更多地翻译介绍西方浪漫主义作家作品与文学思潮，一是表现在他们的翻译作风上，具有一种特别的激情与创造性。在创作上的浪漫主义倾向，无形之中位移到翻译上，使得创造社的翻译文学同样携带着一股浪漫之风。但是，正如胡适 1921 年初见郭沫若便觉得此人诗才横溢，却“思想不大清楚”一样，[①] 以郭沫若等人为核心的创造社的浪漫激情的特点，使得他们与胡适等人相比，多的是随意与不羁，少的却是理性与冷静。天才型的诗人在创作时，其诗情是兴也勃焉，亡也忽焉，他们对于翻译文学的理解，

① 胡适：《胡适日记》，中华书局 1985 年版，第 136 页。

只怕也循蹈了类似的规律。另外，创造社同人不比胡适等留欧学者，能够投身名门，采学正宗（比如胡适之就学于杜威，梁实秋之投师于白壁德，徐志摩之问道于罗素）——创造社同人只能以日本为学习西学的中介，更多依靠自己来对西方文学作出主观想象与理解，因而缺乏学术上的渊源与起承，当然就难以在学理观念上立足坚稳。于是，在时代的风潮跌宕起伏之际，创造社思想的转变也非常疾速，翻译观念的转变，只是其中的一宗。郭沫若 1924 年就开始与泛神论决裂。他翻译了日本著名经济学家河上肇博士的《社会组织和社会革命》，对以后转向马克思主义起了很大的作用。1924 年 8 月，在写给成仿吾的信中，他自信地宣布："我现在成了个彻底的马克思主义的信徒了！马克思主义在我们所处的这个时代是唯一的宝筏。"① ——这也标志着创造社翻译观念的转变，开始由翻译西方浪漫主义作品转向侧重十月革命之后的俄苏文学文艺。郭沫若开始对自己的"翻译媒婆论"与"意译"翻译文学观进行反思与改进，在如何做到既忠实于翻译原作，又方便中国受众之接受这两方面，他是下了很大的功夫的。

二　转向之后——向俄苏文学的靠拢及其影响

创造社 10 年活动期间，经营过多份刊物，其中比较有影响的有《创造季刊》、《创造周报》、《创造月刊》、《文化批判》、《洪水》等。《创造周报》停刊后不久，《洪水》周刊遂于 1924 年 8 月 20 日创刊，内容偏重于批评，由上海泰东图书局发行，但只出了 1 期。1925 年夏周全平、洪为法等人酝酿复刊，改为

---

① 郭沫若：《郭沫若全集》第 16 卷，人民文学出版社 1989 年版，第 8 页。

半月刊，第1号于1925年9月出版，1927年12月终刊，共出3卷，计36期。《洪水》半月刊曾开展了对郭沫若《马克思进文庙》（刊于第1卷第7期）的讨论，发表了成仿吾《完成我们的文学革命》、郁达夫《无产阶级专政和无产阶级的文学》（第3卷第26期）以及毛尹若《马克思社会阶级观简说》（第3卷第28期）等文，预示了在第一次国内革命战争时期创造社开始“转换方向”。

在《洪水》半月刊发行期间和停刊后，创造社同人又致力于《创造月刊》和《文化批判》的编纂工作，它们正是创造社后期最具代表性的期刊。《创造月刊》创刊于1926年3月16日，1929年1月10日停刊，共出2卷，第1卷出12期，第2卷出6期。创刊初期内容、性质也大体如同《创造》季刊，但从第2卷起经过改革，起了质的变化，即从“纯文艺的杂志”转变为提倡革命文学的“战斗的阵营”。郁达夫在《创造月刊》创刊词中表述了创刊的原因是：“消极的就想以我们无力的同情，来安慰安慰那些正直的惨败的人生的战士，积极的就想以我们的微弱的呼声，来促进改革这不合理的目下的社会的组成。”[①] 比之于《创造》季刊豪情万丈的发刊词“打破社会因袭，主张艺术独立，愿与天下之无名作家，共兴起而造成中国未来只国民文学”[②]，不难看出，前期群英聚首、昂首天外的创造雄风已渐归平实，创造社同人也不再追求所谓纯粹的艺术，而是逐渐萌生出了对于社会的抱负。在第2卷，《创造月刊》发表了《新的开场》，王独清讲到：“我们认清了艺术底职务是要促社会底自觉，

① 《〈创造月刊〉卷头语》，《创造月刊》第1卷1期（1926年3月16日）。

② 《纯文学季刊〈创造〉季刊出版预告》，《时事新报》（1921年9月29日）。

艺术决不能为少数者所私有，决不能只作少数特权者底生活和感情的面镜。我们认清了艺术若不去到多数底大队里面，他底根本便不能成立。”[①] 由此，创造社旗帜鲜明地确立了艺术的社会功利性，并且把社会批判与文化批判作为期刊的主要内容。这期间，其成员以及刊物的论述模式转向了注重群体与社会的革命论述与创作，大量介绍苏联十月革命文学的文字出现在刊物之上。甚至，此时的刊物封面与文章插图也都呈现出普罗工农的艺术色彩：以工人与工厂为主题的苏派版画，强调劳工被剥削的苦痛以及群众力量之强大的图像诉求，等等。

在创造社的后期刊物中，以《创造月刊》翻译的俄苏文章最多，虽然翻译的绝对数量相当有限，但是考虑到创造社同人对于翻译与创作关系的偏激认识，再比较其前期《创造》季刊与《创造周报》的译介成绩，可以看出，后期创造社无论是翻译观念还是译介实绩，都已经取得不小发展，且对俄苏的翻译逐渐集中于对苏联文艺及无产阶级作家的理论研究。《创造月刊》翻译的文章中，研究高尔基的论文有 2 篇，分别是倭罗夫斯基的论文《高尔基论》及塞尔菲莫维奇的论文《高尔基是同我们一道的吗?》。还有朱镜我翻译的卢那卡尔斯基著的《关于马克思主义文艺批评之大纲》与嘉生译的伊理支著的《托尔斯泰—俄罗斯革命明镜》。此外有一篇段可情写的《旅行列宁格勒》的游记。除此之外，从第 1 卷第 2 期开始，《创造月刊》连载了蒋光赤所写的《十月革命与俄罗斯文学》一文，第 1 卷第 3 期发表了郭沫若的《革命与文学》、第 1 卷第 9 期发表了成仿吾的《从文学革命到革命文学》。在《从文学革命到革命文学》一文中，成仿

① 王独清:《新的开场》,《创造月刊》, 第 2 卷 1 期（1928 年 8 月 10 日）。

吾宣称“有闲阶级”发动的“文学革命”已经到了一个“分野”的时期，现在应是革命的阶层负起责任的时候了，从而疾呼“从文学革命到革命文学”。“革命文学”的主张得到创造社全体成员的积极响应，从第2卷第1期起，刊登了冯乃超《冷静的头脑——评驳梁实秋的〈文学与革命〉》及杜荃《文艺战线上的封建余孽——批评鲁迅的〈我的态度气量和年纪〉》等，并由此与1928年1月15日创刊的《文化批判》、1928年1月1日创刊的《太阳月刊》一起，同鲁迅等展开了关于革命文学的论争。

本来，在1928年1月间，鲁迅和创造社的郭沫若、郑伯奇等曾决定组成联合阵线，恢复《创造周报》，并在元旦出版的《创造月刊》第1卷第8期上发表了以鲁迅为首，郭沫若、成仿吾、郑伯奇、蒋光慈都列名的《〈创造周报〉复活宣言》。但从日本弃学回国的创造社新成员们却认为这不足以代表一个“新的阶段”，遂废除前议，另外出版偏重政治理论与文艺批评的《文化批判》，以冯乃超、李初梨、彭康、朱镜我等为主要撰稿人。冯、李等创造社的新成员，在日本留学期间，接受的是经过日本转手翻译的苏联“无产阶级文化派”与“拉普”的文艺理论。“无产阶级文化派”鼓吹历史虚无主义，主张全盘否定文化遗产，企图在“空地上”建立一种纯粹的“无产阶级文化”，以庸俗化的观点指导创作，排斥任何个人的心理表现，因而显露出极度虚夸、浮泛与狂妄的特点，并成为20世纪俄罗斯文学极左思潮的滥觞。“拉普”是1925年成立的“俄罗斯无产阶级作家联合会”的简称，是当时苏联最大的文学团体，核心人物是阿维尔巴赫、法捷耶夫、叶尔米洛夫等人。“拉普”推行的是宗派主义路线，唯我独“左”，唯我独“革”，粗暴地攻击包括高尔基在内的所谓“同路人”作家，认为“同路人”作家只能歪曲地反映革命。他们常常把政治口号直接搬到文学创作上来，过分强调文艺的社会宣传功用，并且以宣传效果的好坏来衡量文艺的高下，把文艺理解成为政治概念的图解，倡导“辩证唯物主义创作方法”。这些文艺思想经过日本“纳普”的左倾阐释，被成仿吾、李初梨等人所接受，因此他们在回国后，踌躇满志，全盘否定中国的文化与历史，要在一个完全崭新的空地上建立他们的革命文学。鲁迅等老一辈的文学家，在他们眼中，都成了“封建余孽”，是必须打倒的对象，而决非可以联合的朋友。

冯乃超提倡无产阶级艺术的文章《艺术与社会生活》发表在《文化批判》月刊第 1 期，该文将“五四”以来的新文学，除他们自己阵营里的郭沫若之外，统统加以否定，并且点名批评了鲁迅、叶圣陶、郁达夫等人，认为鲁迅“常从幽暗的酒家的楼头，醉眼陶然地眺望窗外的人生……”将鲁迅刻画成时代的落伍者加以奚落。与此同时，郭沫若也以杜荃的化名，在 1928 年 8 月《创造月刊》第 2 卷 1 期上发表《文艺战线上的封建余孽》一文，给鲁迅戴上了“封建余孽”的帽子。创造社的成仿吾、李初梨，乃至太阳社的蒋光赤、钱杏邨等，纷纷撰文[①]，在论证革命文学是历史发展的必然、符合新文学发展的规律之同时，亦不忘反手一棒，把鲁迅打成革命文学的障碍、“非革命文学的势力”而非难之。

面对这些突加之罪，鲁迅当然不能坐视，他于 1928 年 2 月 23 日撰写了《“醉眼”中的“朦胧”》一文，对创造社的指责进

① 成仿吾：《从文学革命到革命文学》（《创造月刊》1 卷 9 期）；李初梨：《怎样地建设革命文学？》（《文化批判》第 2 期）；蒋光赤：《关于革命文学》（《太阳月刊》1928 年 2 月号）；钱杏邨：《死去了的阿 Q 时代》（《太阳月刊》1928 年 3 月号、5 月号）。

行反驳，不想却引来了更为强烈的批判[①]。为了掌握论战的理论武器，更是为了弄清楚创造社所宣扬的一系列革命文学的概念，鲁迅对马克思主义理论与无产阶级的文艺思想进行了刻苦的学习。早在1925年，鲁迅就翻译了厨川白村的《出了象牙之塔》，开始在思想上对接受无产阶级文艺理论做了准备。稍后的《壁下译丛》，已逐渐将兴趣转向俄苏文艺和新兴的无产阶级文艺。这段时期，从他所翻译的文艺作品也可以看出，苏联卢那卡尔斯基的《艺术论》、《艺术与阶级》、俄国著名早期马克思主义理论家普列汉诺夫的《艺术论》、托洛斯基的《无产阶级的文化与无产阶级的艺术》、卢氏的《文艺与批评》以及苏联关于文艺的会议集和决议的《苏俄的文艺政策》等，纷纷进入了鲁迅翻译或者学习的视野。普列汉诺夫与卢那卡尔斯基是俄苏马克思主义文学批评的主要代表，力图用马克思主义观点回答革命文学发展中出现的一系列问题，他们对“无产阶级文化派”否定文化遗产的虚无主义倾向进行了坚决的斗争，对“拉普”把文艺看成政治的附庸的错误思想也做出了批评，显露出对于文艺的真知灼见。鲁迅从他们身上，以及托洛斯基与“山隘派”的沃隆斯基身上，弄清了革命文学的理论，感受到了批评的力量。他强调要尊重文艺自身的规律，反对标语口号式的文学，同时反对无限夸大文学的阶级性。他认为在阶级性之外，还应该看到文学的人性。把阶级性和普遍的人性绝对地对立起来，是拒绝人类的遗

---

① 冯乃超：《人道主义者怎样地防卫着自己》（《文化批判》月刊第4期）；成仿吾：《毕竟是“醉眼陶然”罢了》（《文化批判》月刊第4期）；彭康：《“除掉”鲁迅的“除掉”》（《文化批判》月刊第4期）。

产，排斥“同路人”作家，乃至抹杀文学的审美特点的理论根源[①]，而这些，正是鲁迅与创造社成员在文艺观念上的根本分歧所在。为了矫正当时中国文坛对于“革命文学”认识的片面性，鲁迅一面把普列汉诺夫、卢那卡尔斯基以及托洛斯基等人的文章或者著作翻译到中国来，一面则以论战的方式，相继写出了《我的态度气量和年纪》、《革命咖啡店》、《文坛的掌故》、《文学阶级性》以及《文学与革命》等文章，在批评创造社、太阳社种种错误的同时，也对革命文艺的一些问题作了中肯的分析。

三 《太阳月刊》、《海风周报》、《新流月报》对于俄苏文学的接受

除后期创造社之外，1928 年创立的太阳社也是翻译俄苏无产阶级文学与苏联文艺的重镇。蒋光慈从莫斯科留学归来后，在上海与阿英、孟超等发起成立太阳社，创刊《太阳月刊》，创立春野书店，提倡无产阶级文学。《太阳月刊》停刊后，又主编《时代文艺》与《海风周报》，同时主编《新流月报》（后改名《拓荒者》）。此外主编《太阳小丛书》4 种，《拓荒丛书》3 种，《中国新兴文学短篇创作选》3 种。后期创造社成员在倡导“革命文学”的口号之外，于革命文学其实并无多大的实绩，倒是蒋光慈笔耕甚勤，在翻译、创作方面都做了不小的努力，无愧是革命文学的先行者。20 世纪 20 年代初，他就介绍过《十月革命与俄罗斯文学》，虔信“虽然无产阶级革命一时不能创造成全人类的新文化（因为阶级一时不能消灭），然而无产阶级革命却开

① 陈国恩：《“拉普”和中国左翼文学批评》，《中国现代文学的历史与文化透视》，武汉大学出版社 2005 年版，第 46—47 页。

辟了创造全人类的新文化之一条途径”。[①]

太阳社以倡导革命文学而闻名，所办的期刊中，对于俄苏文学的翻译也远较创造社为多，而且翻译方向比较明确，那就是集中火力翻译苏联文学作品与无产阶级文艺——但是却忽视了对古典俄罗斯文学的介绍。钱杏邨在《海风周报》第 9 期《关于文艺批评》一文中说到：“因着全部文坛的发展，使青年的读者对于他们以前所忽视的翻译小说渐渐感到兴味了。但是，我们目前所有的翻译，究竟能代表什么呢？由于历史的必然性，最惹起读者注意的，不外改良主义的代言者高斯华绥，虚无主义的代言者阿志巴绥夫，不彻底的人道主义的卑污说教者托尔斯泰，进步的贵族的代言者屠格涅夫，以及紧密的穿着从来的小资产阶级——民治主义的靴子的易卜生……一类作家的著作。这些著作是在不断的影响着我们的读者。当然，我们应当尊敬这些伟大的作家的著作，我们应当很精细地研究他们留给我们的最丰富的遗产，我们深切的知道这些伟大的作品对于无产阶级文学的建设是有巨大的力量的。然而，我们不能不应用 Marxism 的社会学分析的方法把他们分析一下，为着青年的读者，为着我们对于时代的任务，也是为着无产阶级文艺的前途。”[②] ——托尔斯泰成了人道主义的卑污的说教者，屠格涅夫成了进步的贵族的代言人，以至于这些古典俄罗斯作家悉数需要“重新分析一下”，言语之中，厚此薄彼的取向其实十分明显。而在第五期林伯修翻译的拍高根所著的《俄罗斯文学——序日译〈无产阶级文学论〉》中，更曾有这

① 蒋光赤：《无产阶级革命与文化》，《蒋光赤文集》第 4 卷，上海文艺出版社 1988 年版，第 140 页。

② 钱杏邨：《关于文艺批评》，《海风周报》1929 年 3 月 3 日第 9 期。

样明白的宣告："属于十月革命以前的这些文学，都是成于知识阶级所创造的。在那里劳动阶级底境遇虽有革命的气分，然在心理的方面却为对于劳动阶级无关心的思想家所描写着。直到十月革命之后，无产阶级始能够亲自用自己的言语表明自己的感情气分及要求了。指示着俄罗斯的无产阶级文学的本书（无产阶级文学论）对于日本底读者最能够证明：俄罗斯底劳动阶级自身之中怎样地蕴藏着伟大的精神的力哩。"① ——可以说，太阳社对于苏俄文艺的关心，从一开始就集中在十月革命之后的苏俄文坛，尤其是苏联时期的文学与文艺作品。

太阳社刊物的翻译实践也佐证了他们的翻译趋向与政治选择。比较而言，《太阳月刊》翻译的俄苏作品较少，《海风周报》却在俄苏文学翻译中贡献较大，一共翻译了13篇文章，包括林伯修翻译的苏联拍高根所著的《理论与批评》（连载）、《俄罗斯文学（批评）》，苏联卢那卡尔斯基的文艺论文《艺术之社会的基础》（连载）、《关于文艺批评的任务之论纲》，陈直夫转译自秋田雨雀的《苏联之艺术概观》，钱杏邨的批评《安得利夫与〈红笑〉》，李铁郎的《读了高尔基的〈我的童年〉以后》，辛克莱的《关于高尔基》。此外，则是4篇文学作品：包括［苏］里别丁斯基著的《一周间》、［苏］曹斯前珂的《最后的老爷》、［苏］赛甫林娜的《信》、［俄］富曼诺夫的《狱囚》。太阳社对苏联文学，尤其是无产阶级文艺的翻译热情，是与20世纪20年代末特殊的政治社会背景有着联系，同时与它自身的观念追求息息相关。太阳社创社以来大力追求和推行的，就是革命文学的观

① ［日］拍高根著，林伯修译：《俄罗斯文学——序日译〈无产阶级文学论〉》，《海风周报》1929年1月27日第5期。

念，他们首先很重视革命文学的理论，因而偏重于翻译苏联的文艺思想，从中吸取资源与营养；其次，他们也在文艺理论的影响下倡导中国革命文学的创作，比如推行“革命加恋爱”的文学模式。

事实上，太阳社虽对翻译俄苏文论很用力，但是对于俄苏文论的理解却发生了偏颇，这既与20世纪20年代俄苏文艺自身尚处于混乱、矛盾之中有一定关系，同时也与太阳社的激进、急躁的革命情绪不无关联。一方面，太阳社对于俄国文艺的关注，其目的是要向苏联寻求先验性的革命文学观念，但是，他们这种寻求的结果，却是对无产阶级文艺的左倾的、至少是片面的理解。另一方面，在20世纪20年代末国内革命的低潮时期，输入苏联无产阶级的观念思想，无疑能起到振奋人心的作用，但于革命文学初建之期，过于关注观念层面的东西，则又往往会对艺术层面的借鉴流于疏忽。从上文所引的钱杏邨的文章与林伯修的译作中，我们可以看出太阳社在接受俄苏文学资源时对于十月革命以前作家的偏见与漠视，这些作家的创作从根本上说，到底与太阳社所宣扬的革命理念隔了一点距离——这种片面的接受，无疑为太阳社的文学创作，甚至中国文学的发展带来了负面的影响。二三十年代中国文坛涌现了许多“革命加恋爱”的普罗文学，图解革命观念，拼贴人物脸谱，思想走向激进，艺术失之粗糙，不能不说与太阳社这种译介风气有着牵扯。

但是，太阳社也从理论的狂飙与创作的贫乏中反思译介的缺陷，并逐渐地向古典俄罗斯的艺术精神回归。比如蒋光赤，在认识到自己创作艺术上的粗糙之后，就开始了对新的美学原则的反思，他连载于《太阳》月刊上的《罪人》，已经可以看出陀斯妥耶夫斯基的影子。有论者认为，蒋光赤的创作与翻译体现了一种错位性的特征，"其一，革命文学观念的激进性和艺术层面的贫弱构成一种错位，即创作的主观要求和这种要求实现的可能性之间的错位；其二，这种错位表现在创作者自身观念的矛盾，蒋光赤在认同革命文学时，对于传统表现了一种矛盾心态。"① ——可惜的是，蒋光赤的这种对于创作、翻译的反思，及对于古典俄罗斯文学艺术的回眸，却因为生命的早逝而归于终结，也因此未能在太阳社中形成大的影响。相反，时代革命的形势，裹挟着太阳社在既有的翻译道路上狂奔而去，并很快融入了20世纪30年代的左翼文化氛围之中。

四　从《努力周报》到《新月》——欧美派对俄苏文学的接受

所谓"欧美派文人"指的是活跃于当时文坛的一批曾经有过游学欧美经历的自由主义知识分子，他们归国后大多担任大学教师，其政治思想与文艺创作在当时的思想界与文学界产生了重要影响。这一派自由主义知识分子在20世纪20年代是以《努力周报》、《现代评论》、徐志摩主编时期的《晨报副刊》以及《新月月刊》为集散地的。《努力周报》停刊后，《现代评论》于1924年在北京创刊。《现代评论》的性质与《努力周报》类似，所不同的是，它的作者面更宽，内容更丰富，存在时间更长，影响也更大。所刊载的文章涉及教育改革、学生运动、经济独立、科学研究、土地人口、种族问题、政治宣传、国际评论等诸多领域，可见作者群的通与博。其实，无论是《努力周报》

---

① 陈春生：《错位性：20、30年代中国革命文学接受俄苏文学的一个突出特点》，《齐齐哈尔大学学报》2001年第1期，第24页。

还是《现代评论》，都是自由主义知识分子宣扬英美政治文化理想的平台。1923 年 10 月 31 日《努力周报》终刊后，《现代评论》和改由徐志摩主编的《晨报副刊》就成了英美派新的耕作园地。1928 年 3 月 10 日，《现代评论》即将终刊，《新月》月刊又正式发行，这也标志着 20 世纪 20 年代自由主义知识分子的最后一块根据地的诞生。《新月》月刊从发刊开始，就几乎将《晨报副刊》倾向文艺和《现代评论》倾向政论的不同特点融于一身。

《现代评论》是以政论时评为主的综合性同人刊物，从 1924 年 12 月创刊到 1928 年 12 月终刊的四年间，共有 40 余篇翻译批评文章，对于 20 世纪 20 年代的翻译活动作了探讨。在整体上，《现代评论》的翻译批评充分关注的大多是英文、法文作品，而很少注意到当时中国翻译界声势浩大的俄罗斯文学及马克思主义著作翻译热潮，这除了语言力量的不足外，还与“现代评论派”多有游历欧美的背景、抱有自由主义的政治立场及文化心态有关。《现代评论》有两个比较固定的栏目，一个是“时事短评”，一个是“通信”。“时事短评”主要是针对当时社会上的一些热点问题发表意见，那些讨论问题的文章占据了大量版面，有的时候为了研究国税问题而甚至专门开设“国税会议特别增刊”。至于文学创作，比重已经很小，遑论对于俄苏文学的翻译与介绍。考察其原因，除了受《现代评论》与《晨报副刊》分工不同的限制（《晨报副刊》注重文艺创作，《现代评论》注重政论时评）外，还与“现代评论”派的文化态度有关。《现代评论》第 2 卷第 44 期顾昂若写的《给我点新鲜空气》一文认为：“新文化运动与欧洲启蒙时期能‘同其效用’，有着革新的精神，却不能与欧洲文艺复兴时期‘同其性质’，因而缺乏研究的精神，以致学术界能以摧枯拉朽之势推进思想的启蒙和大解放，以革新精神大胆吸收和引进西学，却又因为在‘狂飙突进’的时代风潮之下缺乏理性的研究精神而使其间产生的译品谬误较多。”① 所以，“理性的研究精神”就成了“现代评论”派着重追求的东西。他们更侧重以理性和科学的态度，通过学理启蒙这一途径，引进先进科学文化，以改造国民精神结构、重建民族文化和文化理想，而绝非只是做简单的文学作品的翻译。据笔者统计，《现代评论》翻译的一共24篇俄苏文章中，有22篇是关注与研究俄苏社会问题的，这些问题广泛涉及俄苏社会的外交政策、资本制度、司法制度、婚姻习俗、言论自由、苏联理论等各个方面，从中很可看出胡适“问题研究”的影子。

与《努力周报》、《现代评论》对待俄苏文学的翻译态度一样（《努力周报》总共就翻译了俄苏作品两篇），新月社的俄苏文学翻译成绩也不显著。新月社是20世纪二三十年代很有影响的一个文学社团，成员有梁启超、胡适、徐志摩、余上沅、丁西林、林徽音等人，1927年春胡适、徐志摩等人在上海筹办《新月》月刊，新月社正式开始活动，并引起海内外文化界广泛关注。1931年11月徐志摩逝世，新月社活动日见衰减，于1933年6月出完第4卷第7期后停刊，新月社宣告解散。《新月》月刊比较重视纯文学作品的翻译，而且翻译的密度也比较大，几乎每一期都有译作发表。但是尽管他们翻译了西方许多诗歌、戏剧、小说、散文及文学评论，从俄苏文学中选择作品的，却少之又少。《新月》月刊总共翻译的涉及俄苏的文章6篇，包括托洛

① 顾昂若：《给我点新鲜空气》，《现代评论》第2卷第44期（1925年10月14日）。

茨基的《俄国之真相》、徐志摩译的《杜威论革命》（游俄印象之一）、Semion Rapoport 的《论译俄国小说》（毕树棠译）、高尔斯华绥的《完成》（顾仲彝译）及黄肇年译的《苏俄统治下之国民自由》。从某种意义上讲，这些自由主义知识分子的刊物，对于俄苏文学的译介之功，决不是表现在直接的接受、翻译之上，而是存在于在构建一个科学、进步的翻译环境上的用力。至少，这些刊物对于翻译方法的论争，就为其他文学杂志更好地翻译俄苏文学、介绍俄苏文化做了一种有益的铺垫。

20 世纪 20 年代的俄苏文化译介因着时代的发展及具体刊物文化理念的不同，呈现各有所重的现象。《新青年》从事的文化译介与文学翻译，目的是想为中国的价值重建，包括文学观念的革新与发展，提供知识背景与精神资源，它包含了为新文学发展奠基的意思，但又不局限于此，在文学之外，它有更高的社会政治诉求，不仅开启民智，补助文明，而且推动了马克思主义在中国的发展。革新后的《小说月报》则直接从文学翻译的领域入手，通过研究俄苏文艺思想及文学作品，来达到革新国内落后的文艺思想、振兴衰鄙的国内文学的目的，并促成了“为人生”文学思潮的勃兴。鲁迅系刊物具有“启蒙思想，补助文明”的翻译目标、向“被压迫、被侮辱”的弱小民族的文学凝眸的翻译兴趣，并且体现出逐步向苏联文学作品和无产阶级文艺思想靠拢的翻译趋向。创造社对于翻译文学的批评及翻译方法的论争，为翻译走向更准确、更完善的境地做了贡献，后期它转向俄苏无产阶级文艺思想，并想以之来催动国内无产阶级文学的发展，但是他们所接触到的，更多的却是苏联“无产阶级文化派”及“拉普”的文艺思想，用之于指导国内的革命文学，反倒催生了诸多弊端。太阳社的核心人物蒋光赤从苏俄归来，对俄苏文学有着更为直观、相对准确的理解。但是特殊的时代环境，使太阳社从一开始就朝着倡导革命文学的方向而去，他们译介了苏联的文艺思想，翻译了苏联的文学作品，为革命文学注入了力量，同时，也因为对苏联文学的片面注重及片面理解，导致了革命文学在具体的操作层面上陷入了激进的弊端之中。

第五节　“左联”十年论争与俄苏文学文论传播中的期刊

“左联”十年的文艺论争与俄苏文学文论的传播息息相关。对此，学术界已做了相当深入的研究。不过，此类研究往往忽视了传播俄苏文学与文论的重要媒介——期刊在其中所起的重大作用。本节将围绕“左联”十年中几次大的文艺论争，对中国期刊翻译介绍俄苏文学和文论的情况，包括俄苏文艺政策和文坛消息的介绍，做一系统考察，用实证的方法，借助数据的统计，探讨这一时期的期刊如何通过译介俄苏文学和文论从而有力地影响了这些文艺论争的，试图向人们展示中国现代文学的一个新的维度。

一　“革命文学”的论争

（一）1917 年初至 1928 年初的期刊译介俄苏文学与文论的特点

外来文艺思想的传播和产生影响，是一个逐渐积累的过程。探讨“革命文学”论争与俄苏文学文论在中国传播的关系，之所以要划定 1917 年初到 1928 年初的时间界限，是因为 1917 年初，《新青年》、《小说月报》、《文学周报》等开始大量译介俄苏文学及文论，而伴随着创造社的突变和“太阳社”的成立而发生的“革命文学”论争则在1928年初走向了高潮。1930年春“左联”成立时，关于“革命文学”的论争已基本上烟消云散，1928年至1930年期刊对俄苏文学文论的大量译介主要是为下一阶段的论争做准备，因而此处暂不予讨论。

1917—1928年，中国期刊开始成规模地译介俄苏文学文论。这一时期刊物译介俄苏文学文论的特点，影响到了“革命文学”论争的发生和发展。由于此阶段持续的时间较长，期刊译介俄苏文艺的数量多，内容复杂，为论述的方便，特对期刊译介的俄苏文学文论进行归类，制作了表4-9。以下的分析就是以附表4-9的数据为基础的。

1. 重视名家名作的翻译，无产阶级作家作品译介不多

“名家名作”是指在文学史上具有重大影响的作家和作品，如托尔斯泰、契诃夫、库普林、安得列夫等作家及其作品。据表4-9，此阶段大部分期刊都注重作家作品的介绍，它在所译介的作品类型中远远超过其他三类。这时期“俄苏文学作品（诗歌、小说、散文、戏剧）”的翻译为229篇，文论的译介有98篇，文坛消息38篇，时政要闻175篇。其中作家作品的翻译占这一阶段所翻译作品的一半多。我们还可发现，期刊偏重于译介名家名作，而较少关注名气一般的作家作品，表4-9中俄苏文学作品类“其他”一栏就是这类名气较小的作家作品。在所翻译的229篇作品中，名家的作品173篇，而“其他”只有53篇，前者是后者的3倍多。这显然是因为接受外国的文学一般首先是从名家名作的翻译开始的，就像我们要了解唐朝文学必要知道李白杜甫的诗歌，要掌握明清文学必得知道“四大名著”。俄罗斯的一些著名作家如托尔斯泰、屠格涅夫、契诃夫、陀斯妥耶夫斯基

的作品在这个时期极受期刊编辑的青睐。托尔斯泰的《我们要怎么办呢?》、《复活》等代表作及系列中短篇小说在这时期得到了大量的译介。为了有助于读者对这位大师的了解，在其小说获得大量翻译的同时，期刊还注重对他的思想与生平的介绍，如《小说月报》专门开设了“托尔斯泰百年纪念”专栏。作为俄罗斯的著名作家，契诃夫的小说和戏剧在中国也极受欢迎，他的作品在1949年以前差不多全部译介到中国了，而他大部分作品却是在现代文学史的第一个10年里翻译过来的，当时差不多每家期刊都刊载过契诃夫的作品，《小说世界》所译介的俄苏文学中基本上以契诃夫的作品为主。屠格涅夫是俄罗斯自然派的鼻祖，他作品的写实风格最受当时中国人的欢迎，如其他几位俄罗斯文学大家一样，差不多每家期刊都有对他作品的翻译和介绍，如《猎人日记》、《罗亭》等名作都是这个时期传到中国的。陀思妥耶夫斯基的作品也有大量译介，《文学周报》更是大力翻译这位文学大师的作品，在第19、20期为他设了作品专栏。同时，根据表4-9，我们发现，期刊对无产阶级文学和左派倾向的作品介绍很少，只有17篇，远远少于名家名作与“其他”类的作家作品。如作为当时译介俄苏文学作品量最大的《小说月报》，共译介“俄苏文学作品”90篇，而具有“左派倾向”的作品却只有7篇，也远远少于“其他”类的24篇；就是那些具有左派倾向的刊物，虽然也较重视俄苏文学的译介，但其所占比率也并不高，如鲁迅所扶持的《莽原》，在其所译介的14篇“俄苏文学作品”中，“名家名作”就有8篇，“其他”类占有5篇，而“左派倾向”的作品只有2篇（注：笔者为了分类的明确，将作为名家的左翼倾向的作家作品既归属于“名家名作”类，也归属于“左派倾向”类。因此，这2篇“左派倾向”的作品中也包括1篇“名家名作”。）另以具体作家，比如高尔基为例，在一些重要的期刊，如《新青年》、《文学周报》、《努力周报》等，不见他的作品翻译。有少数期刊虽也刊发了他的一些作品，但是相对于上述名家，就显得稍逊一筹了，如《改造》译介了契诃夫与托尔斯泰的好些作品，可是高尔基的作品仅有《赞Lenin》一篇。到了第二个10年，各种类型的期刊不但大量译介高尔基的文学作品和文艺论著，同时文坛消息中有关高尔基的新闻也往往处于一个较重要的位置。这说明在第一个10年，期刊编辑还没有意识到作为无产阶级伟大作家高尔基的重要性。

2. 苏联时政要闻的介绍占相当比重

据表4-9，我们发现这一阶段有关苏联的政治要闻及政论文的译介有175篇，在所有类型的译介中数量占先，只有“俄苏文学作品”可与之相比。如《每周评论》所涉及介绍的俄苏作品13篇，就全为“苏联政论及时政要闻”；《国民》所译介的作品4篇，苏联政论要闻就占了3篇；《解放与改造》所译介的42篇文章中，时政要闻就为30篇。这些足以说明刊物对苏联时政要闻的重视。而且从前后变化来说，此期的时政要闻介绍也超过中国现代文学史第二个10年。据统计，在1928年1月—1934年7月期间，刊物所介绍的时政要闻只有30篇，是所译介的作品总数666篇的4.5%，而1917年初—1927年初为32.41%（175篇与540篇之比）。这种变化与“十月”革命成功这一重大事情有关。“十月”革命的成功，震惊了全世界，当时处于水深火热之中的中国民众感受到了这一翻天覆地的变化。在寻求富国强民道路的过程中，他们非常羡慕这世界上第一个无产阶级专政的国家，而期刊为国人及时地了解这一巨大的变动提供了极大的便利。其中尤以《新青年》所译介的时政要闻最多，所占的比重也最大。《新青年》翻译文学作品 16 篇，翻译文论 7 篇，文坛消息 3 篇，而时政要闻竟有 107 篇，其数量不但远远高出其他期刊，而且与它自身刊发的其他类翻译作品相比也占绝对优势。它的译介可以说是全方位的，不但介绍了苏维埃俄罗斯在国际上的地位与处境，也细述了它国内的教育、就业、经济政策、妇女问题，以及一些重要领导人的政治见解等，几乎每一卷都有介绍，并在第 8 卷设有三期“俄罗斯研究”专号。此外，因为当时大家非常关注“十月”革命的成功，因而这方面的译介文章占了相当的比重，如《新青年》发表的《俄罗斯革命之五年》、《俄罗斯革命和唯物史观》、《俄国革命之哲学的基础》等。这些看似与文学论争没有关系的背景知识事实上为提高民众的思想水平、为“革命文学”论争的发生起到了铺垫作用。

3. 马克思主义文论的译介数量偏少

1917 年“十月”革命胜利前后，苏联文学界出现了空前活跃的景象，流派纷争，各种口号和主张层出不穷。同时，马克思列宁主义思想在这场纷争中也得到了大力的传播。但是，从表 4 - 9 我们可以发现，在这段时期传入中国的俄苏论文相对同期俄苏文学作品的翻译与国情介绍来说，只占很少的一部分，仅 98 篇，只高出文坛消息译介的数量。这些论文涉及作家作品的评介及无产阶级文艺思想等方面，不管是哪一方面，都介绍得不够充分。其中无产阶级文论的译介更是单薄，只有《苏俄革命在戏剧上的反应》、《诗的唯物解释》、《新俄的文学》、《柴霍夫的革命性》等 17 篇文章，《小说月报》和《莽原》就占了 13 篇，其他 19 家期刊总共才译介了 4 篇，远远低于“其他”类的文论译介。这时期对列宁、普列汉诺夫、托洛茨基等苏联高层领导的文艺观点的介绍，相对于他们在无产阶级文论方面所作的贡献来说，显然偏少。这种忽视文论译介特别是无产阶级文论译介的情况，与“革命文学”论争的参与者不能全面了解、掌握无产阶级文艺观并把它们转化为论争中的有力武器有很大的关系。究其原因，主要是这一时期期刊的编辑指导方针不带明显的阶级倾向性，比较笼统。比如《每周评论》在《发刊词》中明白宣布其宗旨“就是‘主张公理，反对强权’八个大字”，表现了鲜明的反帝反封建的民主主义倾向；《少年中国》主张“本科学的精神，为社会的活动，以创造‘少年中国’”[①]；《解放与改造》声明：“我们当首先从事于解放：就是使现在的自我完全从以前的自我解放出来；同时使现在的世界也从以前的世界解放出来。”[②] 《小说月报》提倡“为人生的艺术”；《一般》的编辑方针为“对于各种主义，都用平行比较研究，给一般人作指导，救济思想界混沌的现状”[③]。从这些期刊的编辑宗旨中，我们不难得出结论，此时期的期刊注重以文艺来创造新的人生，往往持资产阶级民主主义的立场，较少无产阶级的意识。在这样的思想观念指导下，期刊不注重文论特别是无产阶级文论的译介也就在情理之中。此外，苏联虽然建立了无产阶级的政权，但是马克思主义的文艺遗产和列宁的文艺思想还来不及系统整理和深入发掘，这也影响了无产阶级文论在当时中国的传播。

（二）期刊译介俄苏文学与文论对论争的影响

“革命文学”论争正是在俄苏文学文论传播的这一背景中发

① 陈荒煤：《中国现代文学期刊目录汇编》（上），天津人民出版社 1988 年版，第 67 页。

② 同上书，第 84 页。

③ 同上书，第 810 页。

生的，中国期刊对俄苏文学文论的译介影响了这一场论争的发生与发展。

1. 建构了论争的知识背景

一场参与人数众多的“革命文学”论争，是由多方面因素引发的。《新青年》等诸多期刊对苏俄政治、经济、文化的介绍则为这场论争提供了知识背景，或者说为论争做了意识形态的准备。苏联社会的蓬勃发展使中国民众十分仰慕，在相当大的范围内逐渐形成了一切以苏联为是的价值取向，并由敬仰苏联而热爱俄罗斯文化，尤其是俄罗斯民主主义文学及文艺思想成了中国进步文化人士所崇尚的对象。其影响所及，使“革命文学”论争者竞相引用俄苏评论家的观点，或以俄苏文学的例证来支持自己的观点，诚如鲁迅在《“醉眼”中的朦胧》里所讽刺的：“知道跟着人称托尔斯泰为‘最卑污的说教人’。”[①] 不仅是托尔斯泰，别的俄罗斯文学名家成了中国文化人士心目中的权威，如侍衍为了让自己的观点更有说服力，便引用了“一位最能表现时代的伟大底作家屠格涅夫的话，来教训教训这群无聊底人们”[②]。冰禅在他的《革命文学问题》中以安得列夫、托尔斯泰等作家及其作品为例，认为“俄罗斯一些伟大的作家，个个是忠实于艺术者，同时也个个是忠实于人生者”[③]。这些人中，有的是因为通晓外语或者在国外留学而掌握了俄苏文学的知识，但并非所有参与论争的人都具有这种条件和经历，而且一般的民众更没有这样的便利。大多数人显然主要是通过期刊的译介才了解俄苏文学

① 李何林：《中国文艺论战》，陕西人民出版社 1984 年版，第 22 页。

② 同上书，第 36 页。

③ 同上书，第 55 页。

和文论的，由此形成了他们关于文学的价值观念。可见期刊在俄苏文学和文论的传播与接受中起到了一种桥梁作用。没有这一座桥梁，“革命文学”的论争可能就不容易发生，至少会是另一种局面。

2. 促进了对理论问题的重视

“革命文学”论争的积极成果主要不在于澄清了当时论争者所争辩的“革命”与“文学”的关系问题，而是让大家明白了一个重要的事实，即论争者理论修养的欠缺，从而感悟到了加以弥补的紧迫性，开始着手系统地翻译苏联的文艺论著，以满足自己和他人的需要。比如鲁迅，他在《〈三闲集〉序言》里写道：“我有一件事要感谢创造社的，是他们‘挤’我看了几种科学底文艺论，明白了先前的文学史家们说了一大堆，还是纠缠不清的疑问。并且因此译了一本蒲力汉诺夫的《艺术论》，以救正我——还因我而及于别人——的只信进化论的偏颇。”①

加强理论修养的一个目的，是为了加强新文艺的建设。但当主要的问题变为应该建设一种什么样的新文艺时，苏联的“辩证唯物主义创作方法”开始通过期刊的译介传入了中国，为中国的文艺建设提供了一种新的理论资源，从而规约了人们对文艺问题的思考。辩证唯物主义创作方法的提出是与当时期刊对俄苏文论的译介分不开的。这个口号原是“拉普”于20世纪20年代中后期提出来的。作为20年代苏联最大、最有影响力的一个文学团体，“拉普”领导了无产阶级作家国际联络局工作，同世界上许多国家的无产阶级文学运动建立了广泛的联系。正在积极

① 李何林：《近二十年中国文艺思潮论》，陕西人民出版社1982年版，第174页。

向苏联无产阶级文艺看齐的中国左派文艺人士关注和接受这一创作方法是顺理成章的事，而期刊的翻译和介绍起了极为重要的作用。

早在1924年4月，沈雁冰在《小说月报》上发表了《俄国的新写实主义及其他》一文，已经提到了文学创作方法问题。麦克昂（郭沫若）在《留声机器的回音》中也大力提倡“辩证法的唯物论”。而鲁迅于1928年中在《奔流》上所发表的《苏俄的文艺政策》对当时苏联文坛上的一些现象做了比较全面的介绍。苏联文论及文艺政策的译介为当时的中国人了解苏联文坛状况及发展趋势提供了重要的帮助。从沈雁冰提出创作方法问题到20世纪20年代末，中国文艺界经历了从五四式写实主义到辩证唯物主义创作方法的转变。辩证唯物主义创作方法本身虽带有“左”的特点，在实际创作中容易诱发以世界观代替创作方法、让作家去表现观念形态的所谓生活本质，从而造成概念化的毛病，但在中国当时它却起了积极的作用，因为事实上是由它克服了当时的所谓革命浪漫谛克的流行。激情过后现理性，茅盾在《从牯另岭到东京》中再次谈到了文艺创作方法问题，回顾了自己通过期刊的译介对“新写实主义”的了解过程，他论述了“新写实主义”出现的缘由及应用于中国社会的可行性。这种客观理性地分析外来的文学观念，与“革命文学”论争中的无谓争执比较起来不能不说是一种进步，也可以说是“革命文学”论争后进步文艺界人士趋向成熟和理性的一个表现。

3. 助长了论争中的简单盲从倾向

不过，“革命文学”论争中也出现过一些严重的问题，这从源头上考察，其实也是与当时的期刊对俄苏文学和文论的译介状况相关的。由于这一时期刊物的编者对俄苏文学文论了解还不深人，译介不够全面，特别是无产阶级文论的译介太少，从而给“革命文学”论争带来了负面的影响。这一问题首先引起鲁迅的关注，他后来在1930年的《“硬译”与文学的阶级性》一文中写道：“藏原惟人是从俄文直接译过许多文艺理论和小说的，于我个人就极有裨益。我希望中国也有一两个这样的诚实的俄文翻译者，陆续译出好书来，不仅自骂一声‘混蛋’就算尽了革命文学家的责任。”① 由于翻译的缺失导致理论修养的欠缺，像鲁迅所指出的，一些“革命文学家”有时不是以理服人，而是用“王婆骂街”来维护自己的观点。如克兴在《评驳甘人的〈拉杂一篇〉》中的论辩就近乎谩骂：“中国旧文坛底一些健将，趣味文学家，手淫文学家鲁迅先生甘人君一干人物于是起了极大的恐慌，未免惊醒了他的醉眼朦胧，搅乱了他抄《小说旧闻》底清兴。”② 有的论辩还有人身攻击之嫌，如成仿吾在《毕竟是“醉眼陶然”罢了》一文中讽刺鲁迅为堂·吉诃德：“我们中国的唐吉诃德，不仅害了神经错乱与夸大妄想症，而且同时还在‘醉眼陶然’。”③ 这种不以事实为依据、而以强辩甚至攻击的态度来阐发自己观点的例子很多，后期创造社与太阳社的一些成员是突出的代表。有时连鲁迅也会出于激愤而“不以理服人”，如他在与新月社的论战中就激愤地说：“倘以表现最普遍的人性的文学为至高，则表现最普遍的动物形——营养，呼吸，运动，生殖——的文学，或者除去‘运动’，表现生物性的文学，必当更在其上。”④ 理论修养不足的后果，还导致论争者经常以实用主

---

① 《文学运动史料选》（3），上海教育出版社1979年版，第74页。

② 李何林：《中国文艺论战》，陕西人民出版社1984年版，第145页。

③ 同上书，第166页。

④ 《文学运动史料选》（3），上海教育出版社1979年版，第68页。

义的态度引经据典以支持自己的观点，像鲁迅在《上海文艺界一瞥》中所说的："要人帮忙时用克鲁巴金的互助论，要和人争闹的时候就用达尔文的生存竞争说。"① 如冰禅在《革命文学问题》中，同时引用了马克思、普列汉诺夫、列宁、托洛茨基、布哈林等人的观点，其实他所引的这些人的思想虽有某种联系，但在相当程度上是存在重大差异的，冰禅一股脑儿地引用，反而暴露的是幼稚。幼稚还表现在论争的过程中，双方都无力解决对方所提出的问题，这在李何林的著作《近二十年中国文艺思潮论中》有很精当的论述：

> 创造社在当时所发表的'唯物的文艺论'，不过粗粗的解释了上层文化与下层经济基础的关系，和文艺与经济及社会环境的关系；至于上下层文化的相互关系或影响上层文化各部门见错综复杂的关系，以及文艺的错综复杂的反映客观世界，都没有较详的解释或分析。以至不但鲁迅的阶级性始终不定，即冰禅所提出的十九世纪和二十世纪几位世界著名作家及其作品的社会作用究竟如何，也未能解答……②

值得注意的还有，这一阶段的期刊虽然译介了大量的苏联文学作品，却很少有对苏联文学现象、苏联文艺政策及苏联的作家作品进行评论的文章。通过对资料的整理，我们发现这方面的文章只有寥寥几篇，如《小说月报》14 卷第 6 号的读后感《爱罗

---

① 《文学运动史料选》(2)，上海教育出版社 1979 年版，第 227 页。

② 李何林：《近二十年中国文艺思潮论》，陕西人民出版社 1982 年版，第 172 页。

生珂君的〈“爱”字的疮〉》及14卷第11号的《〈灰色马〉与俄国社会运动》，还有《文学周报》第52期载有仲特的《谈〈工人绥惠略夫〉》等。这方面的不足对读者及论争参与者也有一种潜在的负面影响，使他们在接受苏联文艺时往往处于较被动的状态，缺乏独立判断的能力。反映到论争中，便是对苏联文艺政策的盲从，即如鲁迅所说的：“他们对于中国社会，未曾加以细密的分析，便将在苏维埃政权之下才能运用的方法，来机械的运用了。”①

“十月”革命胜利前后乃至整个20世纪20年代，苏联国内的文艺运动和文艺思想斗争是非常活跃的，其中也存在着不少宗派主义的意气之争。期间虽有列宁对波格丹诺夫为代表的“无产阶级文化派”的批判，苏共中央也就文艺问题做出了决议，但实际情况是“左”的文艺思潮从来没有停止过。苏联的这种文艺斗争风气影响了全世界无产阶级文艺运动，中国的“革命文学”论争中的左倾与这种影响也有很大的关系。具体的表现，就是以苏联的主导文艺思潮作为自己的理论依据，一味地盲从。如“创造社”一再提倡艺术“应该为提高无产阶级底生活水准，当作组织的，斗争的工具去使用”②，说苏联“无产阶级文化派”波格丹诺夫的艺术是“组织社会经验”的观点的翻版。“创造社”提出“无产阶级文学的形式问题”，以规定“无产阶级文学的形式”，这种机械的形式论观点是“拉普”的前身“岗位派”的主张之一。麦克昂（郭沫若）在他的《英雄树》中提到“阶级文艺是途中文艺”，郁达夫在《无产阶级专政和无产阶级文

---

① 《文学运动史料选》(2)，上海教育出版社1979年版，第227页。

② 《“革命文学”论争资料选编》(上)，人民文学出版社1981年版，第77页。

学》一文末尾断定“真正无产阶级的文学，必须由无产阶级者自己来创造，而这创造成功之日，必在无产阶级握有政权的时候”①。表达的都是托洛茨基的观点，即托洛茨基所说的“无产阶级文化不仅现在没有，将来也不会有”的意思。此外，他们对鲁迅、茅盾的攻击与苏联“拉普”对待“同路人”的极端排斥的态度也如出一辙。“革命文学”论争过程中的简单盲从现象，当然是被动接受苏联文艺观点的结果，然而与同一时期刊物被动地译介俄苏文学和文论又有很大的关系。由于期刊本身较为普遍地缺乏明确的理论指导，因而未能有意识地引导读者对苏联文艺现象进行深入的批判分析，所造成的影响就是一些论争的参与者对苏联文艺倾向的被动追随，而不是独立地去做出判断。

二　与新月派、自由人、“第三种人”的论争和“文艺大众化”的讨论

1928 年初至 1934 年中，中国文坛先后发生了左翼与新月派、“左联”与自由人、“第三种人”的论争和关于文艺大众化的讨论。这一阶段期刊译介俄苏文学和文论的情况也对这些论争产生了重要影响，而且与上一个 10 年的情形相比，这种影响甚至更为直接。

（一）1928 年初至 1934 年中期的期刊译介俄苏文学与文论的特点

选定这个时间段，是因为这几次论争主要集中在这一时期，此后也就散为余响了。同时也因为 1934 年 9 月苏联召开第一次全苏作家代表大会，作家的创作统一于“社会主义现实主义”，

① 李何林：《中国文艺论战》，陕西人民出版社 1984 年版，第 71 页。

开始了一个新的阶段。这些影响到了中国期刊对俄苏文学与文论的译介，出现了与前一阶段明显不同的新面貌。“革命文学”论争前期，大多数期刊的阶级倾向性并不自觉。但是1928年以后，由于中国社会政治阵营的对立和斗争急剧地加强，许多期刊明显地表现出了不同的阶级倾向（这里把不表明自己阶级立场的期刊也看作是一种倾向）。此外，据资料可以发现，从1932年5月开始，对苏联无产阶级文论的译介相对减少。从表4－11可以看到1928年1月至1932年4月，无产阶级文论的译介数为70篇，译介的文章总数为588篇，占11.9%；据表4－12，1932年5月至1934年7月，无产阶级文论23篇，译介的文章总数为232篇，占1.99%。考虑到更细致地分析这一阶段的期刊译介苏联文学与文论的特点，我们以1932年4月为分界点，对1928年—1934年7月的文论进行两段统计，由此探讨译介俄苏文学文论的编辑策略对这一时期文学论争的影响。

为便于说明问题，采用两种方式对这一时期的期刊进行统计分析：一种是按照期刊的倾向分类，另一种是按照期刊存在的时间段分类。按期刊倾向进行统计，制作了表4－10，按期刊存在的时间段统计，制作了1928年1月至1932年4月的表4－11和1932年5月至1934年7月的表4－12。同时，各表仍分“作家作品”、“文论”、“文坛动态”、“时政要闻”等栏，并继续划分出“名家名作”与“左派倾向作家作品”，以便与上个阶段期刊译介的特点进行对比。“文论”一项也同样划分出了“无产阶级文论”、“中国读者评论”及俄苏非无产阶级文论的“其他”一类，因为“无产阶级文论”译介的状况直接影响了这一阶段的文学论争，而“中国读者评论”体现了中国读者逐渐走向成熟，对论争起到了积极推动的作用。要特别说明的是，纳入统计的并非这一阶段的全部期刊，一些译介俄苏文学与文论数量很少的期刊不在统计的范围内。由于它们译介的数量很少，几乎可以忽略不计，所以其缺位不会影响整个的统计分析。

1. 按照期刊倾向分类（参见表 4 – 10）

① 倾向左翼的刊物

这些期刊存在时间短。《未名》半月刊从 1928 年 1 月创刊到 1930 年 4 月终刊，为时两年多一点；《奔流》1928 年 6 月创刊，1929 年 12 月终刊，为时一年半；《大众文艺》1928 年创刊，1930 年 6 月终刊，为时一年多。另外几种期刊都一年不到，其中《引擎》仅出了一期。期刊存在时间短，当然与经费不足有关，但主要还是由于国民党政府的封杀。由于这些期刊大都是理论的热切呼唤者，因而存在时间虽短，却积极地译介无产阶级文论，如《新文艺》翻译了普列汉诺夫的《无产阶级运动与资产阶级艺术》、卢那察尔斯基的《普希金论》、弗里契的《艺术风格之社会学的实际》等苏联无产阶级文论，《海风周报》刊载了卢那察尔斯基的另外几篇著名文论，《奔流》连载了鲁迅翻译的《苏俄的文艺政策》等。这类文章共计 26 篇，为这一时期这类期刊整个所译介文论总数的 34%，高出同人期刊同类 8%。很显然，这为左翼人士的马克思主义理论修养的提高创造了条件，但也预示了他们在后来的论争中追随苏联文艺政策的必然性。与此相对应的是，这类期刊对俄苏作家作品的翻译，包括俄苏名家名作与倾向左翼的作家作品，如高尔基的《普雷曹夫》、《二十六个和一个》，阿·托尔斯泰的散文随笔《十月革命给了我一切》，曹西钦珂的《一个快活的奇遇》等，与文论的译介等量齐观，前者为 56 篇，后者为 59 篇。文论译介中不但有苏联无产阶级文论，也有其他国家和中国读者或评论家对苏联作家作品的评论，如《春潮》所刊载的《陀氏〈主妇〉译文正说》、《关于〈新俄大学生日记〉》，《朝花》所连载译介的德国评论文《托尔斯泰》等。重文论而忽视作品翻译，原是激进主义者的特点。倾向左翼的这些刊物能在重视文论译介的同时十分重视作家作品的翻译，说明其在新文艺建设的问题上已经相当理性。

②“左联”刊物

“左联”的期刊存在时间更短，平均一般不到一年。作为具有组织性和战斗力的“左联”期刊，它们在译介俄苏文论的同时，也能注重俄苏文学作品的翻译，占译介总数的38.21%，高出倾向左翼期刊3.2个百分点。不过根据表4－9，我们可以发现，“左联”期刊译介的基本上都是“十月”革命前后具有左派倾向的作家作品。这一时期其所译介的作品总数为47篇，而其中非左派倾向的作品仅有3篇，即为《春光》所译介的莱奥托夫的小说《在烟火旁》与莱蒙托夫的诗歌《囚徒》、《天使》。同时，“左联”期刊很注重俄苏文学作品的介绍和评论。就拿《文化月报》第1卷第1号来看，其所刊登的文坛消息9篇中有3篇是有关苏联文学的，在“文化情报”专栏里，有《拉普撤销》、《高尔基日》与《日剧团赴俄》三则有关苏联方面的消息；所刊发的作品评论共17篇，其中有关俄苏文学评论的就有9篇，如敢言的《请看王礼锡的〈列宁主义〉》，日本作者上进田的《苏联文学理论及文学批评的现状》等中外学者的文评。此外，“中国读者评论”相对于第一个10年和其他类型的期刊，也更倾向于对苏联无产阶级作家作品的评论。这表明左翼文艺界已经充分意识到了无产阶级文学的重要性，但另一方面也表现出译介单一化的缺陷。

③ 同人期刊

一般是由爱国人士创办，往往更关注读者的审美需求，因而能较全面地译介苏联文学作品并能比较及时地介绍苏联文坛的消息。据表4－10，我们可以看到，此类期刊关于苏联文坛的消息数量远远高于同期的其他两类期刊，这为中国读者全面及时地了解苏联文坛动态提供了积极的帮助。作为爱国而又能敏锐、理性地把握文坛动态的期刊，它们的译作既有“十月”革命前的一些名家名作，对“十月”革命后的无产阶级作家作品也不排斥，两者的数量大致相等。此外，它们在译介文学作品及文学评论的同时，常常发表中国读者对苏联文论及作家作品的评价，表现出积极主动的编辑态度。如创办于1928年的《春潮》编者在《编辑室的话》中写道：“我们的态度原着重在我们民族的病根的发掘，苦闷的表现，忠实的灵魂的扩张，进步的生活的要求：总之是以发表真挚的思想文艺的著述为主旨。”与《春潮》的编辑方针相类似的还有《文艺新闻》，这个期刊不仅仅刊载文艺新闻，还兼有对文艺、时事、社会思潮的评述。在一般的文化报道与评述之外，此刊还设有一些专栏，其中“代表言论”一栏集中体现了它的爱国民主主义的政治思想倾向，即如它在创刊号上所声明的办刊宗旨一样，是“致力于文化之报告与批判”。可以看出，这种编辑方针对它们“兼容并包”的译介有很大的影响。

2. 按照期刊的时间段分类

① 1928年1月—1932年4月

以1932年为界，是因为苏联文坛上发生了一个重大事件，即“拉普”的解散。这一事件影响到中国，“左联”停止对“第三种人”和“自由人”的批判就与此有关，这以后中国期刊对俄苏文学与文论的译介出现了新的特点。

从表 4－10 可以发现，这一时期的刊物对“名家作品”的翻译为 100 篇，占此时译介的“俄苏文学（包括诗歌、小说、戏剧、散文）”总数的 45.25%，而上个阶段（即 1917 年初—1928 年 1 月期间）占总数的 75.55%。与此形成对照的是，左派倾向的作品译介数从前一个阶段的 17 篇一跃升为 108 篇，占此一时期作品总译介数的 48.9%。这表明这一时期俄苏文学名家名作的译介相对减少，而左派倾向的作家作品的译介迅猛增长。这一时期，不但倾向左翼的期刊和“左联”的期刊译介了大量苏联无产阶级著名作家作品，同人期刊也在翻译名家作品的同时，介绍了一些苏联无产阶级的作家作品。这种情形显然与苏联“十月”革命后无产阶级的国际地位提高有关，也与中国共产党领导的革命斗争影响急剧扩大密切相关。这一阶段译介俄苏文学和文论还有一个显著特点，就是无产阶级文论译介比重的加大。据表 4－11，这一阶段“无产阶级文论”译介为 70 篇。一些重要的苏联无产阶级文论开始通过刊物的译介传入到中国，如卢那查尔斯基的《唯物论者的文化观》、《艺术是怎样产生的》、《艺术之社会的基础》、《现代资产阶级的艺术》，列宁的《列宁致高尔基书》，普列汉诺夫的《无产阶级运动与资产阶级艺术》，弗里契的《艺术之社会的意义》，高尔基的《高尔基对布洛克的批评》，等等，占这一时期所译介的文论总数的 31.67%，而上一个阶段“无产阶级文论”仅占 17.34%。之所以如此，当与文艺界人士意识到“革命文学”论争中理论修养不足有很大关系。如鲁迅在《对于左翼作家联盟的意见》中说的：“那时候就等待有一个能操马克思主义批评的枪法的人来阻击我的，然而他终于没有出现①。”因而就“自己来补充

① 《文学运动史料选》（2），上海教育出版社 1979 年版，第 191 页。

这个缺陷”，使“想操这刀子来阻击我的人，也能阻击在致命的地方”[①]。此外，这也与刊物编辑者意识到普罗文学已经深入人心有关，比如他们关于期刊的编辑方针就有这样的声明：“在编辑的一方面，同人等不愿自己和读者都萎靡着永远做一个苟安偷乐的读书人，所以对于本刊第二卷起的编辑方针也决定换一精神。”总之，苏联无产阶级文论，如普列汉诺夫、卢那察尔斯基及苏联政坛重要人物的文艺评论、联共文艺政策等，在这个阶段得到了有力的传播。当然，除了文论译介与文学作品的翻译外，大量刊发苏联文坛的消息也是这一阶段期刊编辑的重要特点。这一时期苏联文坛消息 115 篇，占期刊译介总篇数的 19.56%，远远高于前一个阶段的 7.04%（见表 4－9）。如《奔流》、《现代文学》、《拓荒者》等不同类型的期刊都辟有专门的栏目发表国内外文坛消息，对在世界上处于重要位置的苏联文坛动向的关注当然是题中应有之义。这类文坛消息大量发布，为国人熟悉了解苏联的文艺动向起着积极的作用，也为论争者提供了一种崭新的文学背景。

② 1932 年 5 月—1934 年 7 月

1932 年 4 月 23 日联共中央《关于改组文学艺术团体》的决议发表后，“拉普”解散。从表 4－12 可知，这个阶段的俄苏文论译介 73 篇，有华西里科夫斯基的《社会主义现实主义论》，弗里契的《弗洛伊特主义与艺术》，卢那查尔斯基的《高尔基与托尔斯基》及《社会主义的写实主义的风格问题》等，是同一时期刊物译介俄苏文学与文论总数的 31.47%。而上个阶段（即

---

① 李何林：《近二十年中国文艺思潮论》，陕西人民出版社 1982 年版，第 187 页。

1928 年 1 月—1932 年 4 月期间）则为 37.65%。这说明，相对于上一个阶段来说，由于“拉普”的解散、期刊与读者趋于理性化，译介俄苏文论，无论是绝对数还是比率，都呈下降之势。不过，这一时期的刊物对苏联无产阶级文论的译介只是相对地减少，即由原来占文论总数的 31.67% 减少至 31.5%。一些重要的无产阶级文论家，如卢那察尔斯基等人的作品在这个阶段也在继续译介，特别是苏联文坛上关于“社会主义现实主义创作方法”的讨论，在这个阶段被及时地介绍到中国。这说明文论的译介还是占很大比重，国人对苏联文艺的接受也在进一步加强。由于接受苏联文艺已经历相当长的一段时间，期刊与读者均能较理性地看待苏联文学，因而从上个时间段开始，评论苏联文学的文章逐步增多。据统计，1917 年 4 月至 1928 年 1 月左右，中国读者所发表的关于苏联文艺现象的评论文章篇数占所译介的“苏俄文论（理论、批评、史论）”作品总数的 9.26%。而据表 4 - 10 与表 4 - 11，1928 年 1 月至 1932 年 4 月左右，这个比率升为 10.03%；1932 年 5 月—1934 年 7 月期间，此比率进一步上升至 28.77%（见表 4 - 12）。这表明，相对上一个 10 年来说，读者与期刊更为积极地参与了对俄苏文学的接受过程。此外，这一时期对“俄苏文学（诗歌、小说、戏剧、散文）”作家作品译介的比率（相对同期译介的所有作品的总数）进一步降低。三个时间段（参考表 4 - 9—表 4 - 12），即 1917 年初到 1928 年 1 月，1928 年 2 月到 1932 年 4 月，1934 年 5 月到 1934 年 9 月，俄苏文学作品的译介比率呈现直线下滑的趋势，即为 42.41% →37.59% →27.15%，由此可以看出编者和读者的理性批判能力在逐步提高。虽然作家作品翻译的比率总的说来下降了，但是左派倾向的作家作品翻译还是呈现较强劲的势头。比较表 4 - 11 及表

4-12可以看出，左派倾向作品的翻译与同一时期“俄苏文学（诗歌、小说、戏剧、散文）”作品翻译总数的比率呈现上升趋势，即为48.87%→60.32%而1917—1927年这个比率为7.42%。这说明具有无产阶级倾向的作家作品得到了更为有力的传播，也反映出读者对无产阶级文学渴求的程度在提高。虽然有些作品是译者为了满足“衣食”问题而翻译的，但正因为有了读者的喜爱，这些译作才会有市场。这个时期苏俄文艺翻译的另一个特点是，苏联时政要闻远远少于第一个十年，这也许是因为读者已不满足于一般地了解苏联的社会现状，期刊的编辑者要通过对作品与文论的译介来提高国民的文学素质与思想觉悟。思想的趋于成熟，是这个阶段的文学论争水准高出前一个阶段的重要原因。

（二）期刊译介俄苏文学与文论对论争的影响

1. 确立了马列主义文艺思想的主导地位

在1928—1934年间发生的左翼与新月派的论争和“左联”对“自由人”胡秋原、“第三种人”苏汶的论争及“左联”内部关于“文艺大众化”的讨论中，期刊译介俄苏文学与文论对在中国文坛上确立马列主义文艺思想的主导地位起了极其重要的作用。

首先，译介苏俄文学与文论、介绍苏联文坛及社会现状，扩大了马列主义文艺思想的影响。很多“左联”成员都是在接受了苏联文学及苏联革命的影响后加入“左联”的，他们投入这些由左翼力量主导的论争时也就自然而然地传达了其所受到的苏联文学的影响。如以《第三种人的出路在哪里》一文参加与“第三种人”论争的金丁就是“受‘普罗’文学影响”[①] 才到

① 《“左联”回忆录》，中国社会科学出版社1982年版，第182页。

"左联"根据地上海的。我们虽不可说这种影响会以一种直接的、明显的形式反映在论争中，但是肯定会潜在地影响作者的观点及论争的方式，而这种潜在的影响为马列主义文艺思想主导地位的确立提供了重要条件。

其次，这场没有硝烟的战争之所以以马列主义文艺思想取得了主导地位而告终，除了马列主义文艺思想自身的真理性外，也是由于俄苏文学在中国大量传播，民众的思想受到了引导，他们认识到马列主义文艺思想是具有真理性的文艺思想。此时不管是"第三种人"的苏汶还是"自由人"的胡秋原，更不用说那些以马列主义文艺思想正统自居的左派理论家如瞿秋白、周扬等，都是以马列主义文艺观作为自己论争武器的。如从胡秋原的《阿狗文艺论》就可以看出非"左联"成员的他对苏联作家、文论家及其作品十分熟悉了解，而且与胡秋原的论争之所以发生，如苏汶在《关于〈文新〉与胡秋原的文艺论辩》中所说的："起初当然是导源于俄罗斯。一些名字长得不容易记清楚的人们争论着，在我们还没有梦想到天下有这么一个问题的时候就争论着。"[①] 不错，在这场论争中，参与者无不引用苏联无产阶级文论及相关背景，不管是论争的哪一方都视自己为马列主义文艺观的正宗，而这些背景知识的获取与当时期刊大量刊发的苏联文论、文学作品及苏联文坛消息是分不开的。如《文艺新闻》还在国内外一些城市设有通讯员，为人们及时提供了大量文艺新闻，从正面积极报道苏联左翼文艺动态。苏俄文学及文论的大量传入和深入人心，自然为马列主义文艺思想的迅速传播和扩大影响创造了条件。

---

① 《文学运动史料选》（3），上海教育出版社 1979 年版，第 128 页。

2. 提高了论争的理论水平

鲁迅等人从“革命文学”论争中吸取了经验教训，着手翻译苏联的文论。这些努力在这个阶段取得了重大的成效，反映在论争中，就表现出不同于上一阶段的特点，即主要地不是依靠拙劣的攻击维护自己的观点，而是以无产阶级文论作为论争的武器。如这个时期“中国的普列汉诺夫”瞿秋白针对胡秋原的《阿狗文艺论》及苏汶的《关于〈文新〉与胡秋原的论辩》等文，不是以讽刺、谩骂的手法加以回击，而是一方面接受他们一些合理的观点，另一方面，又能以客观的分析指出钱杏邨观点中积极的方面，即“他总还是一个竭力要想替新兴阶级服务的小资产阶级知识分子……”① 在这篇文章中，瞿秋白已经能够辩证地看待如普列汉诺夫等苏联无产阶级文论家的观点。普列汉诺夫是苏联无产阶级早期著名的文论家，“他不仅用马克思主义观点解释了各种文艺现象的特点，而且阐明了这些现象产生、发展和衰亡的原因”。② 但是普列汉诺夫的观点中也存在客观主义和机械论的成分。瞿秋白在客观地评价普列汉诺夫文艺观点的同时，能灵活地将它应用到论争中，并指出胡秋原观点的缺陷所在：“所以胡秋原的理论是一种虚伪的客观主义，他恰好把普列汉诺夫理论中的优点清洗了出去，而把普列汉诺夫的孟塞维克主义发展到最大限度——变成了资产阶级的虚伪的客观主义。”③ 总之，从这篇文章，我们看到了一个能辩证地分析问题的中国无产阶级文论家的形象。这也是当时中国左翼理论家无产阶级文艺理论修

① 《文学运动史料选》(3)，上海教育出版社 1979 年版，第 139 页。

② 李辉凡：《二十世纪初俄苏文学思潮》，社会科学文献出版社 1993 版，第 318 页。

③ 《文学运动史料选》(3)，上海教育出版社 1979 年版，第 140 页。

养提高的一个重要标志。

与上一个阶段相比，这个阶段的期刊一般经常发表读者对苏联文坛现象及俄苏作家作品的评论，表明期刊对俄苏文学文论的译介转换到了较主动的位置，对读者的认识能力的增强起到了重要的导向作用。诚如关露所言："'左联'人除了学习苏联社会主义文艺理论和伟大无产阶级革命导师的著作而外，还阅读俄国革命民主主义思想家别林斯基、车尔尼雪夫斯基和杜勃罗留波夫的著作，接受了他们深刻的先进思想影响，丰富了自己的知识和艺术思想。"① 因而，相对于前一个时期来说，此阶段的一些论争虽然还可以看到盲从苏联的现象，但是由于论争者理论修养的普遍提高，论争也就从较被动的局面转向主动的局面。这不仅体现在论争双方较少以此前的那种谩骂或混用不同文论家观点的方法参与论争，而且也体现在论争理论水准的提高，如关于"辩证唯物主义创作方法"讨论的深化。创作方法论问题的探讨，在苏联文坛上曾引起过很大的关注，从"拉普"提出"辩证唯物主义方法"再到"社会主义现实主义创作方法"的提出，其中经历了许多曲折。但是在中国，关于"辩证唯物主义创作方法"的讨论，虽然也存在着左倾和僵化的观点，可是茅盾、钱杏邨等人发起的对华汉《地泉》三部曲的批判，就已经开始克服早期文艺家的幼稚，可以说是作者理论修养提高的表现。到周扬发表《关于"社会主义的现实主义与革命的浪漫主义"——"唯物辩证法的创作方法"之否定》一文，中国左翼文艺家的理论水平提高到了一个新水平，"社会主义现实主义创作方法"已经普遍地被左翼文艺界所接受

① 《左联回忆录》，中国社会科学出版社 1982 年版，第 243 页。

了。这种转变是建立在当时期刊对这种创作方法的大量介绍基础之上的。从表4－12我们可以看到，此阶段对无产阶级文论介绍处于活跃的状态，而且这些文论很大一部分就是关于创作方法的讨论。因而可以说，俄苏文学与文论的译介，是中国文艺界理论水平提高的基础。

3. 没能完全克服“左倾”盲从现象

从这一时期刊物的文坛消息及文论译介情况可以发现，“拉普”在中国具有广泛的影响力，它的一些文艺方针及文艺观点在“左联”及倾向左翼的期刊上得到传播，连同人期刊也不例外。甚至在苏联已经清算了“拉普”后，中国文坛仍在传播它的文艺观点。所以这一时期的期刊所传播的苏联文论，与苏联文艺界的真实情形并非完全吻合，有一个时间差。其实当时苏联文坛很有影响力的并非仅有“拉普”一家，以沃隆斯基为代表的《红色处女地》一派也很有势力。中国的期刊一度只知道“拉普”，这样的编辑方针必然会对这一时期的相关论争产生片面的影响。如在“文艺大众化”问题的讨论中，周扬在他的《关于文学大众化》一文中，提到了文艺大众化问题的提出与国际革命作家第二次国际会议的关于殖民地普罗革命文学的决议之间的关系问题。这个会议是由“拉普”主导的，因而也必然反映“拉普”的一些观点。周扬在文章中所强调的“我们要尽量采用国际普罗文学的新的大众形式，如上面所举的报告文学、群众朗读剧等”[①] 以及文艺作品的“鼓动性”、“活人论”等观点，其实都是“拉普”的核心文艺观点。“活人论”在当时的苏联除了“拉普”对它积极推崇外，其他文学团体和作家几乎对它都持否

① 《文学运动史料选》（3），上海教育出版社1979年版，第411页。

定的态度。此外，在与“第三种人”、“自由人”的论争中，“左联”也受“拉普”的影响犯了“左倾”的错误。如同“拉普”对“同路人”大肆攻击一样，“左联”对苏汶与胡秋原也展开了猛烈的批判。虽然在某种程度上说，这是为了维护无产阶级立场的坚定性，但另一方面这又缩小了同盟者的战线。可以说，“拉普”所犯的一些错误，常常影响到“左联”。这种“巧合”，不难从期刊片面追随苏联文艺思潮的编辑方针中找到源头。

总而言之，这一阶段期刊的编辑具有更为明显的追随苏联文艺政策的特点，它的负面影响表现为论争过程中的教条主义和机械论。不过，这种追随的姿态也产生了一种较为积极的效果，那就是在苏联清算“拉普”后，“左联”停止了对“第三种人”的批判，从而在以后的论争中能较理性地吸取苏联文艺理论的积极成果。由于苏联解散了“拉普”，“国际革命作家联盟”也停止了活动。张闻天把苏联文坛的这一重大事件与中国的文艺界情况联系起来，发表了《关于文艺上的关门主义》一文，直接导致了对“第三种人”批判的结束。因此，可以说“左联”时期的文艺论争与苏联文坛的形势是息息相关的，而中国的期刊在衔接中苏文艺的关系方面起到了极为重要的作用，具体地说，就是比较长期的潜移默化效果与短期的立竿见影的直接效应。

三 “两个口号”的论争

“两个口号”的论争既与文人相轻的传统有一定的联系，也与左翼文艺运动内部存在的宗派主义和关门主义有重大关系。一提及这两种主义，我们自然会想起苏共主导第三国际对当时中国文坛的影响。这种影响的重要途径之一便是期刊，这可以上溯到1917年的《新青年》，下延至1936年的一些刊物。由于1917—

1934 年 7 月间期刊对俄苏文学与文论的译介特点已在上文做过分析，因而这里仅考察 1934 年 8 月至 1936 年上半年这一时间段期刊的编辑特点，然后结合上文对 1934 年前的期刊编辑特点的分析来考察“两个口号”论争中期刊所起的作用。

（一）1934—1936 年的期刊译介俄苏文学与文论的特点

1934 年 9 月，苏联召开了第一次全苏作家代表大会，正式确定了“社会主义现实主义创作方法”的主导地位。苏联文艺政策的这一重大调整，对中国当时的期刊译介俄苏文学与文论产生了直接的影响。下文将分别考察国民党系统的期刊、同人期刊、“左联”及倾向左翼的期刊译介俄苏文学与文论的特点。这种区分与前文考察第二个阶段论争时根据期刊倾向进行区分有相似之处，但有一点显著的不同，那就是把原来没有涉及的国民党支持的期刊单独列为一类。之所以如此，是因为相对上一个阶段国民党支持的期刊对俄苏文艺只是零散的介绍来说，这一阶段国民党支持的期刊对俄苏文学作品的译介比较多，因此要做一个分析。不管这些期刊的译介动机如何，从客观方面来说，它们为俄苏文艺译介这项大工程提供了片瓦。此外，倾向左翼的期刊，由于它们在译介俄苏文学与文论时所起的作用与“左联”期刊大体相同，为了论述的方便，归在同一类。与上两个阶段不同，这个阶段对苏联文学及文论的译介状况分析不是以表格的形式进行的，这是因为这一阶段时间较短，期刊译介数量也有限，可以较容易地把握俄苏文学及文论的译介状况。

1. 国民党支持的期刊

这类期刊有相当一部分译介了苏联文艺，这一方面是因为苏联文艺深得中国人的喜爱，另一方面也正如茅盾所指出的：“这不是对民族解放运动表示支持，而是他们把欧、亚一些国家民族特点的文艺，自以‘民族主义文艺’的同调或者援手的缘故。”①不过这在客观上有助于民众知识水平和审美能力的提高，为建构这一阶段文学论争所需的俄苏文艺背景知识提供了间接的帮助。这些期刊是《文艺月刊》、《中国文学》、《矛盾》等。它们所译介的俄苏文艺，一般以文学作品为主，如《中国文学》所翻译的就只是4篇俄苏小说。《文艺月刊》在1934年1月至1935年4月所译介的12篇作品中有3篇为小说，其他的几篇主要是一些文坛消息。《矛盾》译介的作品共有8篇，小说3篇，其中《三只丝袜》在共出版的5期中连载了4期，“文坛消息”1篇，作家介绍2篇，文论译介2篇。通过对这些译作的分析，不管是哪种类型的作品都与国民党所提倡的“民族主义文艺运动”的主题相关。它们或者是表达民族主义的主题，如《文艺月刊》中的《国赋的母亲》、《仆人》及《伊万杀子》，或者是俄罗斯文学史上一些著名作家的作品，如契诃夫、托尔斯泰、高尔基等人的小说。这些期刊对苏联社会及文坛状况、对苏联文艺政策介绍得很少，特别是对苏联无产阶级文论的译介几乎没有，除非苏联国内一些特别重要的且不带无产阶级意识形态的消息才偶有刊发。显而易见，这正是此类期刊的突出特点，它是由其反对“普罗文学”、赞扬“民主主义文学”的立场所决定的。

2. 同人期刊

这类期刊译介俄苏文学与文论时继承了上个阶段的一些特点，即是本着“以忠实恳挚的态度为新文学的建设而努力”来

① 陈荒煤：《中国现代文学期刊目录汇编》（上），天津人民出版社1988年版，第1319页。

进行“世界文学的研究、介绍与批评”的。[①] 它们刊载了一些俄苏文学作品，这些作品并非如国民党支持的期刊那样以服务于“民族主义文艺”的目的因而不可避免地显得单一片面，它们不但译介俄罗斯文学名家的作品，也大量译介“十月”革命前后的无产阶级文学作品。如《现代》于 1934 年 3 月至 1935 年 4 月所翻译的文学作品共有 5 篇，都是苏联无产阶级作家的作品或反映无产阶级生活的作品。《文学季刊》除了连载陀思妥耶夫斯基的《白痴》和屠格涅夫的《散文随笔》，也有左琴科的小说《恐怖之夜》及高尔基的《天蓝的生活》。同人期刊译介俄苏文学与文论的另一个显著特点是，文学作品的翻译相对来说比较少，而是以文论译介及苏联社会现状及苏联文艺动态的介绍为主。这一方面有益于提高国人的文艺理论修养，另一方面也为国人全面及时地了解苏联社会及文学状况作出了贡献。以《青年界》这份期刊为例，在 1934 年 5 月至 1936 年 7 月，译介有关苏联的 7 篇作品中，除了一篇安特列夫的《诗选》，其他六篇都是对苏联文学名家的介绍及对苏联文艺政策的解释。《现代》于 1934 年 3 月至 1935 年 4 月译介的作品共有 10 篇，其中所翻译的文学作品共有 5 篇，另外几篇为文论及文坛消息。《文学季刊》的文学作品介绍 4 篇，文学论著 4 篇。通过比较，我们可以看出，这些特点与上个阶段的译介基本相同。但此阶段的同人期刊在介绍苏联文艺的同时，对在苏联文艺界引起热烈争论的“社会主义现实主义”创作方法介绍得很少。而这也正是这类期刊不同于“左联”期刊及倾向左翼的期刊的一个显著特点。其中的原因，我们不难明白，作为一种综合性的期刊，对无产阶级文论缺乏相应

① 《文学季刊发刊词》，《文学季刊》1934 年创刊号。

的热情和敏锐性是由其本身的性质所决定的。

3. “左联”及倾向左翼的期刊

《文学》、《当代文学》、《东流》、《译文》、《太白》、《春光》等期刊与前一阶段的译介特点相近，但是也表现出了此阶段左翼期刊追随苏联文艺政策所体现出来的独特性。1934 年 4 月，苏联召开了第一次全苏作家代表大会，“社会主义的现实主义”成了唯一合法的创作方法，因此左翼期刊译介了大量有关创作方法的文章。如《文学》有周扬译介的作家论《高尔基的浪漫主义》，高纷转译日本西三郎的书评《俄国文学的现实主义发达》；《东流》的第 2 卷第 1 期有欧阳凡海译的《现实主义与心理主义的表现》及无名译的《托尔斯泰与现实主义》，第 2 卷第 2 期有以人译的《法捷耶夫论现实主义》；《译文》第 2 卷第 2 期有周扬译的《论自然派》；《夜莺》第 1 卷第 1 期有《屠格涅夫底现实主义》，第 1 卷第 3 期有法捷耶夫的《新现实与新文学》；《东方文艺》的第 1 卷第 2 期有吉尔波的《苏维埃文学地新现实主义》。总之，相对整个苏俄文论的译介来说，“社会主义现实主义创作方法”在中国得到了较集中的介绍。此外，这些期刊在译介上也保持了前一阶段左翼期刊的一贯特点，除了《译文》注重对文学作品的介绍外，其他期刊对文学作品如诗歌小说散文的介绍往往处于较从属的位置，而更注重苏联文艺政策及苏联文论的译介。拿《东流》来说，它创刊于 1934 年 8 月，多达 11 期有对苏联文艺作品的介绍，译介的作品 31 篇，但涉及作家作品翻译的只有 6 篇，其他的则分别为文学创作方法论、作家介绍、文坛消息等。再如《文学》，1934 年 1 月至 1936 年 6 月有关苏联文艺的译介有 46 篇，作家作品的介绍只有 5 篇，其他的则为“论文”、“补白”、“杂文杂记”或“书评”形式出现的专栏对作家作品的评论及对苏联文艺创作方法的介绍，或者是以“文坛展望”或“补白”的形式出现的对苏联文坛消息的介绍；6 篇文论中，有 5 篇是无产阶级文论。《当代文学》有限的 4 篇译作中，只有一篇小说。《文学新地》仅有的两篇译作是卢那察尔斯基与列宁的文论。《杂文》的 11 篇译作中，有关文学创作方法的就有 6 篇。几乎没有对革命民主主义文论家作品的介绍。紧跟苏联文坛译介大量苏联无产阶级文艺理论，是这些期刊的特点。这反映了左翼理论界在接受苏联文学过程中对理论问题的强烈兴趣，也就理所当然地直接影响了“两个口号”的论争。

（二）期刊译介俄苏文学与文论对论争的影响

1. 向苏联的文艺观看齐

“两个口号”论争中，不管双方的立场是什么，甚至以徐行为代表的机械论者，都唯苏联的马首是瞻。在这些论争文章中，我们不难发现他们对苏联社会、文学及文艺理论的推崇，苏联文艺思想成了他们据以判断口号优劣的一个重要标准。对苏联文艺现象与苏联国情的把握，当然离不开近 20 年来期刊对苏联社会及文学乃至时政要闻的介绍。从《新青年》开始大力介绍俄苏文学与文论以来，许多期刊都积极跟进。参考表 4 - 9—表 4 - 12，我们可以看到，这 20 年来期刊对苏联的译介是全方位的，不但大力译介作家作品和文艺理论，而且也注重苏联文坛消息的介绍，为国民及时了解苏联文坛提供了极大的便利。尤为重要的是，这些期刊通过刊登有关苏联的政治要闻及政界领导的论著，为读者打开了一扇了解苏联社会的窗口。“两个口号”的论争既是文人相轻习性的传统文化因素使然，也为抗日的现实情况所诱使，而苏联这个社会主义国家政治文化的发展也为论争提供了一种重要的标准和知识谱系。这些因素共同构成了论争的话语背景。

表 4－9　　1917 年初至 1928 年 1 月的统计

分类 / 刊名	俄苏作品（诗歌小说散文戏剧）					俄苏文论（理论、批评、史论）				苏联文坛动态	苏联政论要闻	合计
	名家名作（包括左派名家名作）	左派名家名作	左派倾向作品（包括左派名家名作）	其他	合计	苏联无产阶级文论	其他					
							中国读者评论（数据已计入右栏）	各国评论（不含苏联无产阶级文论）	合计			
*《新青年》1917.4—1924.8	11		1	4	16	1	2	6	7	3	96	122
《每周评论》											13	13
《新潮》	4	2	2	1	5						3	8
《国民》	1				1						3	4
《少年中国》	1			0	1	0		2	2			3
《解放与改造》	1			1	2	0	5	10	10	0	30	42
《新社会》	3	1	1	1	4						2	6
《曙光》	6	1	1	2	8			1	1		18	27
*《小说月报》1921.1—1927.12	65	6	7	24	90	8	30	45	53	31	0	174
*《文学周报》1921.5—1927.12	8	1	1	7	15	1	10	12	13			28

续表

分类 / 刊名	俄苏作品(诗歌小说散文戏剧)					俄苏文论(理论、批评、史论)				苏联文坛动态	苏联政论要闻	合计
	名家名作(包括左派名家名作)	左派名家名作	左派倾向作品(包括左派名家名作)	其他	合计	苏联无产阶级文论	其他：中国读者评论(数据已计入右栏)	其他：各国评论(不含苏联无产阶级文论)	合计			
《戏剧》				1	1					4		5
《努力周报》	1				1							1
《小说世界》	39			1	40							40
《文艺周刊》	7			0	7							7
*《语丝》1925. 2—1927. 12	5			1	6	1	2	2				8
《莽原》(周刊)	8	2	2	4	12	1	1	1				13
《莽原》(半月刊)	8	1	2	5	14	5	1	1	6			20
*《创造月刊》1926. 4—1928. 1						1			1			1
《沉钟》	1			1	2							2
《现代评论》	1				1						10	11

续表

分类 / 刊名	俄苏作品（诗歌小说散文戏剧）					俄苏文论（理论、批评、史论）				苏联文坛动态	苏联政论要闻	合计
	名家名作（包括左派名家名作）	左派名家名作	左派倾向作品（包括左派名家名作）	其他	合计	苏联无产阶级文论	其他：中国读者评论（数据已计入右栏）	其他：各国评论（不含苏联无产阶级文论）	合计			
*《北新》1926.10—1927.12	3				3	1		1	2			5
合计	173	14	17	53	229	17	50	81	98	38	175	540

说明：

①本文4个表格的统计数据均来自陈荒煤主编的《中国现代文学期刊目录汇编》（上），天津人民出版社1988年版。

②*表示对该刊只统计了这一阶段译介俄苏文学文论的数据，其他时间段的译介数据没有统计在内，下同。

③“左派名家名作”指既属于“左派倾向作品”又属于“名家名作”，其数据同时计入“名家名作”和“左翼倾向作品”，因而俄苏文学作品“合计”一栏的数据是（“名家名作”－“左派名家名作”）＋“左派名家名作”＋（“左派倾向作品”－“左派名家名作”）＋“其他”，下同。

④作品中的“其他”是指一般作品，即既不属于“左派倾向作家作品”，又不属于“名家名作”，下同。

⑤“苏联无产阶级文论”包括苏联无产阶级文论、文艺政策、文学理论及对作家作品的评论，下同。

⑥“中国读者的评论”不分作者的阶级倾向，其数据已计入“各国评论”栏，单独列出是为了说明中国评论家的思想成熟度。因此，俄苏文论的合计数是“苏联无产阶级文论”与“各国评论”之和，不能计入“中国读者评论”一栏的数据，下同。

⑦“各国评论”，指苏联无产阶级文论以外、包括苏联非无产阶级文论在内的世界各国的有关苏联的文学评论，下同。

⑧ 此表时间段为1917年初至1928年1月的统计，个别期刊稍有出入。

表 4－10　**按期刊倾向分类的 1928 年 1 月至 1934 年 7 月的统计**

	刊名＼分类	俄苏文学（诗歌小说戏剧散文）					俄苏文论（理论、批评、史论）				苏联文坛动态	苏联政论要闻	合计
		名家名作（包括左派名家名作）	左派名家名作	左派倾向作品（包括左派名家名作）	其他	合计	苏联无产阶级文论	其他：中国读者评论（计入右栏）	其他：各国评论（不含苏联无产阶级文论）	合计			
倾向左翼的期刊	《未名》			1		1	2		1	3			4
	《奔流》	9	4	4	4	13	6		6	12			25
	《大众文艺》	6	6	11	2	13		1	1	1	1		15
	《朝花》	1	1	3	2	5	1	1	1	2			7
	《新流》	1	1	3		3							3
	《引擎》	1				1			1	1			2
	*《文学》1933. 7—1934. 5	4	4	5	1	6	2	2	3	5	24		35
	《涛声》				1	1			4	4			5
	《文艺新闻》						2		6	8	19	1	28
	《新文艺》	3	3	6	2	8	8	1	2	10			18
	《春潮》	2	1	2		3	1	4	7	8			11
	*《创造》1928. 1—1929. 10						4			4			4
	《太阳》	1	1	2		2		1	1	1			3
	小计	28	21	37	12	56	26	10	33	59	44	1	160

续表

刊名＼分类		俄苏文学（诗歌小说戏剧散文）					俄苏文论（理论、批评、史论）				苏联文坛动态	苏联政论要闻	合计
								其他					
		名家名作（包括左派名家名作）	左派名家名作	左派倾向作品（包括左派名家名作）	其他	合计	苏联无产阶级文论	中国读者评论（计入右栏）	各国评论（不含苏联无产阶级文论）	合计			
左联期刊	《萌芽》	4	4	9		9	5	1	2	7	5	5	26
	《拓荒者》			17		17	11	3	3	14	1		32
	《北斗》	1	1	2		2	1			1			3
	《文学月报》	1	1	9	0	9	3	3	4	7	6		22
	《文化月报》						3	4	6	9	2	2	13
	《文学杂志》			2		2	2			2			4
	《文艺月报》	2	2	2		2	2		1	3	7		12
	《春光》	5	2	2	1	6	4		1	5			11
	小计	13	10	43	1	47	31	11	17	48	21	7	123

续表

	分类/刊名	俄苏文学（诗歌小说戏剧散文）					俄苏文论（理论、批评、史论）				苏联文坛动态	苏联政论要闻	合计
		名家名作（包括左派名家名作）	左派名家名作	左派倾向作品（包括左派名家名作）	其他	合计	苏联无产阶级文论	其他		合计			
								中国读者评论（计入右栏）	各国评论（不含苏联无产阶级文论）				
同人期刊	*《小说月报》1928.1—1931.12	9	2	10	9	26	7	6	17	24	39	1	90
同人期刊	*《文学周报》1928.1—1929.12	7	1	8	6	20		12	14	14	5		39
同人期刊	*《语丝》1928.2—1930.2	6				6	1	1	10	11	1		18
同人期刊	*《北新》1928.2—1930.11	9	2	4	3	14	2	4	16	18	5	15	52
同人期刊	《幻州》			1	2	3						2	5
同人期刊	《真善美》	13	2	2		13	1	2	2	3	1	2	19

续表

分类 / 刊名		俄苏文学(诗歌小说戏剧散文)					俄苏文论(理论、批评、史论)				苏联文坛动态	苏联政论要闻	合计
		名家名作(包括左派名家名作)	左派名家名作	左派倾向作品(包括左派名家名作)	其他	合计	苏联无产阶级文论	其他		合计			
								中国读者评论(计入右栏)	各国评论(不含苏联无产阶级文论)				
同人期刊	《新月》	1				1		2	3	3	3		7
	《现代小说》	9	3	4	3	13	2	2	4	6	4		23
	《开明》	2				2	1	1	3	4			6
	《乐群》	1	1	1		2	3		2	5			7
	《红黑》	2				2							2
	《人间》				1	1							1
	《华严》	1				1							1
	《现代文学》	3	1	4		6	1	3	8	9	14		29
	《读书月刊》	2	1	1	3	5		2	4	4	5	1	15
	《青年界》	6	1	1	1	7		3	7	7	6	1	21
	《新时代》	5	3	3	1	6			3	3	10		19
	《现代》	5	2	7	2	12	2	3	11	13	4		29
	小计	77	21	49	34	149	20	41	109	129	117	22	417
三类期刊总计		113	50	126	44	243	77	62	154	231	162	30	666

说明:此表时间段为1928年1月至1934年7月,个别期刊稍有出入。

表 4－11　**按时间段分类的 1928 年 1 月至 1932 年 4 月的统计**

分类／刊名	俄苏文学(诗歌小说戏剧散文)					俄苏文论(理论、批评、史论)				苏联文坛动态	苏联政论要闻	合计
							其他					
	名家名作(包括左派名家名作)	左派名家名作	左派作品(包括左派名家名作)	其他	合计	苏联无产阶级文论	中国读者评论(计入右栏)	各国评论(不含苏联无产阶级文论)	合计			
*《小说月报》1928.1—1931.12	9	2	10	9	26	7	6	17	24	39	1	90
*《文学周报》1928.1—1929.12	7	1	8	6	20		12	14	14	5		39
*《语丝》1928.2—1930.2	6				6	1	1	10	11	1		18
*《创造》1928.8—1929.10						4			4			4
*《北新》1928.2—1930.11	9	2	4	3	14	2	4	16	18	5	15	52
《泰东》	1			1	2						2	3
《真善美》	13	2	2		13	1	2	2	3	1	2	19
《太阳》	1	1	2		2		1	1	1			3
《未名》			1		1	2		1	3			4

续表

分类 刊名	俄苏文学（诗歌小说戏剧散文）					俄苏文论（理论、批评、史论）				苏联文坛动态	苏联政论要闻	合计
	名家名作（包括左派名家名作）	左派名家名作	左派作品（包括左派名家名作）	其他	合计	苏联无产阶级文论	其他		合计			
							中国读者评论（计入右栏）	各国评论（不含苏联无产阶级文论）				
《文化批判》							1	1	1			1
《现代小说》	9	3	4	3	13	2	2	4	6	4		23
《新月》	1				1		2	3	3	3		7
《我们》	2	2	2		2							2
《畸形》	1	1	1		1							1
《奔流》	9	4	4	4	13	6		6	12			25
《开明》	2				2	1	1	3	4			6
《思想》			1		1						4	5
《大众文艺》	6	6	11	2	13		1	1	1	1		15
《乐群》	1	1	1		1	3		2	5			6
《春潮》	2	1	2		3	1	4	7	8			11

续表

分类 / 刊名	俄苏文学（诗歌小说戏剧散文）					俄苏文论（理论、批评、史论）				苏联文坛动态	苏联政论要闻	合计
	名家名作（包括左派名家名作）	左派名家名作	左派作品（包括左派名家名作）	其他	合计	苏联无产阶级文论	其他		合计			
							中国读者评论（计入右栏）	各国评论（不含苏联无产阶级文论）				
《熔炉》						1			1			1
《朝花》	1	1	3	2	5	1	1	1	2			7
《海风周报》			3	1	4	2	3	7	9	1		14
《红黑》	2				2							2
《人间》				1	1							1
《华严》	1				1							1
《新流》	1	1	3		3							3
《引擎》	1				1			1	1			2
《戏剧》				1	1	1		3	4			5
《南国月刊》						1	1	6	7			8
《南国周刊》						1	3	3	4			4
《新文艺》	3	3	6	2	8	8	1	2	10			18
《萌芽》	4	4	9		9	5	1	2	7	5	5	26

续表

分类 刊名	俄苏文学(诗歌小说戏剧散文)					俄苏文论(理论、批评、史论)				苏联文坛动态	苏联政论要闻	合计
	名家名作(包括左派名家名作)	左派名家名作	左派作品(包括左派名家名作)	其他	合计	苏联无产阶级文论	其他		合计			
							中国读者评论(计入右栏)	各国评论(不含苏联无产阶级文论)				
《拓荒者》			17		17	11	3	3	14	1		32
《艺术》							2	2	2			2
《文艺讲座》						4	1	5	9			9
《骆驼草》			1		1							1
《沙仑》						1			1			1
《开展》	1				1							1
《现代文学》	3	1	4		6	1	3	8	9	14		29
*《文艺月刊》1930.9—1932.4	2		1	2	5			2	2			7
《读书月刊》	2	1	1	3	5		2	4	4	5	1	15
《当代文艺》			5		5			1	1			6
《文艺新闻》						2		6	8	19	1	28
*《青年界》1931.3—1931.7	4			1	5			2	2	2		9

续表

分类 / 刊名	俄苏文学(诗歌小说戏剧散文)					俄苏文论(理论、批评、史论)				苏联文坛动态	苏联政论要闻	合计
	名家名作(包括左派名家名作)	左派名家名作	左派作品(包括左派名家名作)	其他	合计	苏联无产阶级文论	其他		合计			
							中国读者评论(计入右栏)	各国评论(不含苏联无产阶级文论)				
《现代文学评论》	1				1			1	1	4		6
《前哨》							1	1	1	1		2
《创作》	1				1							1
*《新时代》1931.8—1932.6	2			1	3			3	3	4		10
《北斗》	1	1	2		2	1			1			3
合计	100	38	108	41	221	70	59	151	221	115	31	588

说明:此表时间段为 1928 年 1 月至 1932 年 4 月,个别期刊考虑到连载译作的完整性稍有出入。

表 4－12　**按时间段分类的 1932 年 5 月至 1934 年 7 月的统计**

分类 / 刊名	俄苏文学(诗歌小说戏剧散文)					俄苏文论(理论、批评、史论)				苏联文坛动态	苏联政论及要闻	合计
	名家名作(包括左派名家名作)	左派名家名作	左派倾向作品(包括左派名家名作)	其他	合计	苏联无产阶级文论	其他		合计			
							中国读者评论(计入右栏)	各国评论(不含苏联无产阶级文论)				
*《文艺月刊》1933.1—1934.6	3	2	2	1	4			3	3	20		27
*《青年界》1932.10—1934.6	2	1	1		2		3	5	5	4	1	12
*《新时代》1932.7—1933.8	3	3	3		3					6		9
《涛声》				1	1			4	4			5
《矛盾》	3		2		5	1	2	5	6	2		13
《现代》	5	2	7	2	12	2	3	11	13	4		29
《文学月报》	1	1	9	0	9	3	3	4	7	6		22
《文艺茶话》	1				1							1
《小说月刊》				1	1		3	3	3	1		5
《文化月报》						3	4	6	9	2	2	13
《无名文艺》				1	1							1
《艺术新闻》				1	1					4		5

续表

分类 / 刊名	俄苏文学（诗歌小说戏剧散文）					俄苏文论（理论、批评、史论）				苏联文坛动态	苏联政论及要闻	合计
	名家名作（包括左派名家名作）	左派名家名作	左派倾向作品（包括左派名家名作）	其他	合计	苏联无产阶级文论	其他		合计			
							中国读者评论（计入右栏）	各国评论（不含苏联无产阶级文论）				
《文学杂志》			2		2	2			2			4
《文艺月报》	2	2	2		2	2		1	3	7		12
《文艺情报》			1		1			1	9	9		11
*《文学》1933.7—1934.5	4	4	5	1	6	2	2	3	5	24		35
《文艺春秋》								2	2			2
《文艺》	1	1	2		2	4	1	1	5			7
《文化列车》										4		4
《中国文学》	2			2	4							4
《春光》	5	2	2	1	6	4		1	5			11
合计	32	18	38	11	63	23	21	50	73	93	3	232

说明：此表时间段为1932年5月至1934年7月，个别期刊稍有出入。

翻开一部“两个口号”的论争史，以苏联的政治文化思想为论据的论辩随手拈来。如代表机械论一方的徐行在他的《我们现在需要什么文学》中这样写道：“如伊利契在《社会主义与战争》和其他各种文献中所说一样”、“在苏联实行新经济政策的时候，曾经在文坛出现了取消主义。他的代表人物瓦朗斯基于一九二四年是这样说过”、“故当时苏联勃洛作家大会认为‘谈到文学领域内似乎可以有各种文学思想派别的和平合作和平竞赛，是一种反动的乌托邦’”、“苏联作家协会的章程上有这样的话……”[①] 如此等等地引述苏联的文坛动向、文艺观点及政治方针，不难看出苏联的社会文化背景构成了他参与论争的重要依据。而“国防文学”的一方也希图从苏联政治文化观念中找到自己的理论依据以证明自己这个口号的正确和正当性，如周扬的《关于国防文学》，就以“他‘刚巧’忘记了这位先哲自己就曾经夸耀过大俄罗斯民族，一点儿也没有轻视过民族的感情”[②] 来批驳徐行的观点。此外，周扬的文章也不断引用俄罗斯“先哲们”的文艺观作为自己的根据。虽然我们不能说这些知识的获取全都是期刊译介的功劳，因为论争者自己也可以通过所掌握的外语来获取这种知识，或者是通过其他的途径获得，但这毕竟只是很少的一部分，作为一个知识群体，他们整个的文化眼界的开阔，还是离不开期刊这一广泛的途径，甚至那些通过自己掌握的外语直接获取这些知识者，其本人就是这些期刊译介苏联文学及文论的骨干力量，因而可以说期刊所起的作用虽然是潜移默化的，但却是至关重要的。

---

① 《文学运动史料选》(3)，上海教育出版社 1979 年版，第 277—281 页。

② 同上书，第 229 页。

2. 加强了论争的理性色彩

首先，体现在论争的双方都能就自己所提出的口号做出一番较理性的解释。如“民族革命战争的大众文学”与“国防文学”双方都说明了这两种文学各自的主题和创作方法问题。胡风在《人民大众向文学要求什么》中提到了其所依据的创作方法是“动的现实主义的方法”，其主题是“统一了一切社会纠纷的主题”①。周扬在《关于国防文学》中同样说道：“国防的主题应当成为汉奸以外的一切作家作品之最中心的主题……主题的问题和方法的问题不可分离，国防文学的创作必须采取进步的现实主义的方法。”② 可见，双方不但提出了自己的主张，并且都加以理性的、缜密的论证，各包含着一些合理的因素，成为当时历史条件下具有某种正确性的主张。“革命文学”论争时期不但未能提出较具体的理论观点，更未能解答对方的质问，就是论争过程中也总是违背鲁迅的“恐吓与辱骂绝不是斗争”的原则。由此可以看出相对以前的论争来说，这个阶段的论争更趋于理性化。

其次，理性色彩的强化体现在论争双方对“同路人”都不再采取简单棒杀的态度，而是希望联合文艺界的一切爱国者走向抗日。如“国防文学”的拥护者立波在《关于“国防文学”》中提出：“在国防文学的旗帜下面，一定要除去一切狭窄的宗派思想和意气；凡中国人，只要不是万恶不赦的卖国卖民族的明中暗里的汉奸，只要不是甘心做亡国奴的猪犬，都是国防文学的营盘里面的战友。国防文学营盘里的人和朋友的通行证，上面只有

---

① 《文学运动史料选》(3)，上海教育出版社1979年版，第284页。

② 同上书，第290页。

简单的两句话：我是中国人！我反对汉奸和外敌!"[①] 虽然还有像徐行那种反对联合一切可以抗日的同仁的机械论者存在，但是这毕竟是极少数，而在周扬和郭沫若清算机械论的文章发表后，徐行们也就再没有发表什么意见。从这些论争的文章中，我们不难看出，虽然实际的情况有出入，但双方在主观上先后都表示要反对"宗派主义"和"关门主义"，这是一个事实。如周扬在《关于国防文学》中批判徐行就是因为"他的意见正代表着一部分'左'的宗派主义"，而耳耶在他的《创作活动底路标》中质问周扬的一句话也是："周扬先生自己底意见究竟超出了'一切宗派主义'的范围没有呢?"[②]

其三，论争的结束虽然是国内抗日大环境使然，另一方面也与苏联在第一次作家代表大会提出的联合统一的文艺政策有间接的关系。因为联合已是大势所趋、深入人心的事了。而这种思想的深入人心与期刊积极主动的译介方针是分不开——那就是紧跟苏联文艺政策，学习先进的文艺理论为己所用。同时，在这一学习过程中又提倡具体情况具体对待，对"国防文学"口号的辩证看待，就是证明。如立波在《关于"国防文学"》中谈到："国防文学原为苏联所倡导。可是，它移到中国来，并不是毫无考虑的袭取，它有着客观情势的要求，除了少数明暗的汉奸，谁不要防卫我们的可爱的中国？同时他也有着和苏联的国防文学不同的任务……"[③]

论争中理性色彩的加强是与苏联文论的译介有关的。苏联文

① 《文学运动史料选》(3)，上海教育出版社1979年版，第266页。

② 同上书，第327页。

③ 同上书，第265页。

坛在1932年解散了“拉普”等文学派别，提出了“社会主义现实主义的创作方法”。“两个口号”论争中，对立的双方都提倡这一创作方法，主张把它应用到创作中来。通过表4－12及1934年中期之后所译介的苏俄文学资料的考察，我们可以看到很多期刊对这一创作方法都有译介，关于创作方法的问题已引起广泛的关注。这就十分清楚：左翼内部两拨人的一场论争，直接受到了期刊所译介的苏联文艺政策及创作口号的影响。即使是上文所提到的双方都提倡团结文艺界一切人走向抗日的观点，也受到了苏联解散各种文学派别、提倡统一的“社会主义现实主义创作方法”及反对“宗派主义”和“关门主义”的影响。如萧三（当时“左联”派往苏联的作家代表，关于苏联文坛政策的一些情况大多是他传到国内，并在期刊上发表的）在《我为“左联”在国外做了些什么?》一文中所说的：“何况我当时也想学苏联的样：解散‘拉普’，组织更广泛的统一的作家协会，不更好些吗?”①“左联”解散的很大一部分原因就是“学样”的结果，但这同时也是造成论争的直接原因。

3. 论争中的“宗派主义”和“关门主义”现象

这次论争中所提出的两个口号，都是要求文艺界组织广泛的抗日民族统一战线，都要求反映广泛的现实生活，如“民族革命战争的大众文学”的拥护者之一路丁在《现实形势和民族革命战争的大众文学》一文中提到了它的内容范围是：“并不是狭义的把文学的范围缩小，而是动的现实主义的一个发展：一个和目前现实生活的配合，现在生活主流的集中表现。”②

---

① 《左联回忆录》，中国社会科学出版社1982年版，第181页。

② 《文学运动史料选》（3），上海教育出版社1979年版，第489页。

"国防文学"的支持者郭沫若在《国防·污池·炼狱》中谈到"国防文学"的内容是这样的:"我觉得国防文艺应该是多样的统一,而不是一色的涂抹。这儿应该包含着各种各样的文艺作品,有纯粹社会主义的一支与狭义爱国主义的,但只要不是卖国的,不是为帝国主义作伥的东西,因而,'国防文学'最好定义为非卖国的文艺,或反帝的文艺。"① 可见,两者的思想观点和主张本没有很大的差别,但是为何又发生激烈的争论呢?因为他们"不是首先从抗日国防的政治上去广泛联合作家,而是要在文学口号上去联合作家。"② 也就是你站在哪一方你就会支持谁的口号,而不是你支持什么口号你就站在谁的一方,口号只是虚设的,这就反映出了这场论争仍然存在"宗派主义"和"关门主义"。出现这种情况,原因复杂,其中重要的一点是与这一阶段左翼期刊对苏联文艺及文论的译介存在某种片面性相关,这种片面性主要表现为对苏联文艺及文艺政策的亦步亦趋的追随。苏联自从"十月"革命胜利以后,文艺界一直存在着"宗派主义"和"关门主义"的现象,众多的派别为了维护自己在文坛上的盟主地位,总是排挤他派,不管对方的观点正确与否一味地排斥,唯我独尊。通过中国期刊的译介,这种二元对立的思维模式影响到了论争的双方,使其中的一些人为了争苏联文艺思想的正统而粗暴地抨击对方,造成同一战线中的盟友一度反目成仇。因而,这也可以说是苏联的"宗派主义"和"关门主义"在中国文坛找到了存活的土壤。

---

① 李何林:《近二十年中国文艺思潮论》,陕西人民出版社 1982 年版,第 416 页。

② 陈瘦竹:《左联文学论文集》,南京大学学报编辑部 1980 年版,第 11 页。

总之，中国“左联”十年的文学论争自有其得失，我们不可否认国际大环境与国内时局的影响，同时与文人相轻的传统也有很大的关系。但是，通过对现代文学史前 20 年期刊在传播俄苏文学与文论的特点进行分析，我们可以发现一个不容置疑的事实，那就是期刊对俄苏文学与文论的传播不但在广度上而且从深度上影响到了这些论争。本书的目的，是对此予以清理，并借历史的经验以提醒当下的理论界要通过一斑以观全豹，重视俄苏文学及文论对中国现代乃至当代文学所产生的重要影响，重视期刊的传播对中国现代文学乃至当前文学发展的重大影响。

第六节　20 世纪 50 年代文艺论争与苏联文论传播中的《文艺报》

20 世纪 50 年代的中国为了建构一体化的意识形态，在文艺领域持续地开展了思想批判运动。这既是国内政治斗争的反映，也是引进苏联文艺思想的一个结果，而《文艺报》作为宣传中国共产党文艺方针、路线、政策的一个重要阵地，在传播苏联文论以引导国内文艺论争方面无疑起了极为重要的作用，从而影响了中国文艺的发展。

一　现实主义问题的论争

1953 年，在中华文学艺术工作者第二次代表大会上，社会主义现实主义被正式确定为文学艺术创作和批评的最高准则。稍后，关于社会主义现实主义的论争起源于对这一权威概念的两次质疑。第一次是胡风挑起的。与一般强调无产阶级世界观对社会主义现实主义创作方法的决定作用有所不同，胡风强调现实主义创作中的主观战斗精神。胡风的观点引起了激烈的论争，《文艺报》1953年第2、3期分别发表林默涵的《胡风的反马克思主义的文艺思想》和何其芳的《现实主义的路，还是反现实主义的路?》两篇文章，批判胡风的文艺思想。胡风则写了近三十万言的《关于解放以来的文艺实践情况的报告》，反驳林默涵与何其芳，重申自己的文艺观点。不久，《文艺报》第1、2期合刊附发胡风的《意见书》，并从1955年第3期起，连续4期发表了大量的批判文章。苏联文艺界也密切关注这场论争，《真理报》及时报导了胡风事件，《文艺报》很快转发了《真理报》的报导，于1955年第13期发表了消息《苏联〈真理报〉报导我国人民反对胡风反革命集团的斗争》。可以看出，《文艺报》刊发苏联文讯是想借重当时苏联在意识形态方面的权威性从正面引导国内理论界，以影响论争的方向。

第二次是在1956年前后。随着苏共二十大批判斯大林的个人崇拜，苏联文艺界开始批判“无冲突论”和粉饰现实的倾向，提出了“干预生活”的口号。“干预生活”的口号和解冻文学的一些作品被译介到中国，促进了中国文艺界宽松活跃氛围的形成。《文艺报》在传播苏联“干预生活”的口号和解冻文学的过程中起到了桥梁作用。1956年前后，《文艺报》刊发了《苏联共产党（布）中央委员会书记马林科夫在苏联共产党（布）第十九次代表大会上所作〈苏联共产党（布）中央委员会的报告〉中关于文学艺术部分的摘录》、《西蒙诺夫论苏联文学中的几个问题》、《真理报》专论《把思想水平和艺术技巧提得更高一些》、法捷耶夫的《谈文学》等，这些文章都强调写真实，要反映生活中的矛盾。在这样的背景下，秦兆阳于1956年发表《现实主义——广阔的道路》一文，从理论上辨析“社会主义现实主义”的定义的缺陷和阐释理解中的混乱。秦兆阳对“社会主义现实主义”这一概念的批评引起了文艺界广泛的论争。张光年在《文艺报》上发表《社会主义现实主义存在着、发展着》，对秦兆阳的文章提出质疑。1958年，《文艺报》连续发表茅盾的《夜读偶记——关于社会主义现实主义及其他》。在这篇总结性的文章里，茅盾对现实主义的基本特征及其历史轨迹作了深入阐释，他的目的是维护现实主义的正统性，维护社会主义现实主义的合理性。1955年第1、2期《文艺报》发表《第二次全苏作家代表大会向苏联共产党中央委员会致电》，指出“社会主义现实主义是人类艺术发展史上的一个新阶段”，“社会主义现实主义的方法是作家充分发挥个性、采取多种风格和各种不同的创作走向竞赛的先决条件，必须坚持不懈地寻求新的艺术方法来最好地表现我们的思想的伟大真理和我们的生活的丰富和多样性。”可以看出，《文艺报》推动了文艺论争，又试图通过译介苏联有关社会主义现实主义的理论文章引导国内文艺界沿着社会主义现实主义的创作道路前进。

在20世纪50年代，社会主义现实主义的问题涉及“两结合”的创作方法，《文艺报》所做的一项重要工作，就是从苏联文艺思想中寻找“两结合”创作方法的理论根据。在苏联，早就提出了现实主义和浪漫主义相结合的观点。日丹诺夫在苏联第一次作家代表大会上发言时指出：“革命的浪漫主义应作为一个组成部分列入文学的创造里去”，他主张“把最严肃的、最冷静的实际工作跟最伟大的英雄气概和雄伟的远景结合起来”①。高

① 崔志远：《现实主义的当代中国命运》，人民文学出版社2005年版，第273页。

尔基是最早探讨两结合问题的理论家，他提出：“是否应该寻找一种可能性，把现实主义和浪漫主义结合成第三种东西，即能够用更鲜明的色彩来描绘英雄的时代生活，并用更崇高更适当的语调来论它的第三种东西。”① 1959 年在苏联第三次作家代表大会上，苏联文化部部长米哈洛夫也认为浪漫主义精神和社会主义现实主义并不矛盾，没有伟大的幻想和高尚的理想，社会主义现实主义将会显得贫乏。②

《文艺报》1958 年第 9 期开辟《诗人们笔谈革命的现实主义和革命的浪漫主义相结合——向毛主席的诗词学习，向大跃进的歌谣学习》的栏目，第 21 期发表了《各报刊关于革命现实主义和革命浪漫主义结合问题的讨论》。为了把讨论推向深入，《文艺报》编委会从 1958 年 10 月到 12 月举行 7 次座谈会，邀请当时在北京的文学家、理论家和高校师生等 140 多人讨论关于革命现实主义和革命浪漫主义相结合的问题。1959 年第 1 期又发表《本刊举行关于革命的现实主义和革命的浪漫主义相结合问题座谈会讨论要点的报告》，对革命的现实主义和革命的浪漫主义相结合的问题进行了总结。在此过程中，《文艺报》对苏联关于现实主义和浪漫主义结合问题的讨论作出迅速反应。1959 年《文艺报》第 11、12 期转载苏联第二次作家代表大会的 4 篇重要发言，分别是特瓦尔朵夫斯基的《关键的问题——在苏联第三次作家代表大会上的发言》、波列伏依的《最高的创作自由——在苏联第三次作家代表大会上的发言》、冈察尔的《我们时代的浪

① 《高尔基选集·文学论文选》，人民文学出版社 1959 年版，第 113 页。

② 崔志远：《现实主义的当代中国命运》，人民文学出版社 2005 年版，第 276 页。

漫精神——在苏联第三次作家代表大会上的发言（摘要）》、诺维钦科的《关于浪漫主义和现实主义——在苏联第三次作家代表大会上的发言（摘要）》。这4篇文章都强调现实主义和浪漫主义相结合创作方法的科学性，从而加强了国内文艺界对“两结合”方法的认同，使“两结合”创作方法取代社会主义现实主义而成为20世纪50年代末以后指导文艺创作的基本方法。

二　真实性问题的论争

关于真实性问题的论争是和现实主义论争紧密联系在一起的。1956年，在“双百”方针的影响下，秦兆阳、胡风、陈涌、于晴、蔡田、唐挚、冯雪峰等对新中国成立以来文坛充斥平庸的、公式化和概念化的作品不满，他们质疑社会主义现实主义存在的根据，主张以“真实性”为文学创作和理论批评的最高标准。为此，他们提出了“写真实”和“干预生活”的创作口号，提出大胆揭露生活中的矛盾和冲突，关于文艺真实性的论争由此开始。当时《文艺报》发表的关于真实性问题论争影响比较大的文章有：1956年第23期钟惦棐的《电影的锣鼓》，1957年第4期于晴的《文艺批评的路》，1957年第8、9期蔡田的《现实主义，还是公式主义?》，1957年第10期唐挚的《繁琐公式可以指导创作吗？——与周扬同志商榷几个关于创造英雄人物的论点》。值得注意的是，由于提出了“双百”方针，此时的《文艺报》没有像它此前维护社会主义现实主义的权威性那样顽固地维护灰色的、概念化的文学观念。《文艺报》在此前后刊发了大量苏联的文章，传播苏联解冻文学兴起后关于真实性的文艺观点，设法从苏联的文章中寻找艺术真实性的理论根据。《文艺报》1952年13期发表塔拉森柯夫的《艺术的真实》，1952年14

期发表索弗罗洛夫的《争取生活的真实》，1953 年 16 期发表戈尔卡柯夫的《感情的真实性》，1953 年第 18 期发表道布伯申考的《真实的法则》，这些文章站在拥护的立场回答了论争中的真实性问题。如塔拉森柯夫在《艺术的真实》中写道："为了刻画真实的人物，作家必须了解生活的各个方面，仔细研究生活，洞察社会发展过程的实质，必须能够真实地写出在改变和向前发展中的现实面貌。"塔拉森柯夫主张真实地、深入地了解生活，这与中国国内提倡文学真实性的观点没有本质的区别。索弗罗洛夫在《争取生活的真实》一文中一针见血地指出苏联许多作家的作品脱离现实："许多作家都已丧失了苏维埃艺术家的主要特性——忠实于生活的现实，他们都似乎只急于想把我们的生活予以诗一般的美化，而对于生活中那些否定的现象，对于那些伪善者，已不予注意。对于我们的人民——共产主义建设者——正在顽强地和尖锐地斗争着的那些缺点，也都忽视不见了。"索弗罗洛夫要求作家不回避生活中的矛盾和冲突，大胆揭露生活中的阴暗面和缺点，"只有那样新颖、真实、能吸引人的剧本才能够以自己的尖锐性和真实性，以自己能接近人民思想与渴望的东西而抓住观众"。《文艺报》通过译介苏联文论，表现出拥护真实性的立场，试图为真实性的观点找到合法的根据。

这种情形在特写问题上表现得更为明显。20 世纪 50 年代初期，特写在苏联受到重视，作家们主张特写要如同新闻般地真实再现生活，反映生活中的矛盾与冲突，揭露一切阻碍社会主义革命和建设的消极现象。《文艺报》成了传播苏联特写的阵地，无论是苏联关于特写的动态还是关于特写的理论都大力译介过来，如 1954 年第 22 期刊载《苏联召开全苏特写创作会议》的消息，报道了苏联特写创作发展的情况，1955 年第 23 期译介《集体化农村中的新事物和文学的任务》，此文把特写分为两类，深入论述了不同特写的特征。《文艺报》1955 年第 7、8 期发表了刘宾雁翻译的瓦·奥维奇金的论文《谈特写》，这篇文章详尽介绍了特写这种文学式样的意义，以及特写作家应具有怎样的对待生活的态度，并把特写称为“侦察兵式”的文体。《文艺报》1956 年第 8 期发表刘宾雁的散文《和奥维奇金在一起的日子》，向中国读者展现了这位作家的风貌，介绍了他有关文学特写的思想。在苏联众多的文学问题中，《文艺报》把目光投向特写，旨在为真实性问题推波助澜，营造国内比较自由宽松的创作环境，促进写真实的文学浪潮的兴起。

三　典型问题的论争

典型问题是当时激烈争论的又一焦点。其实这一争论由来已久。早在 1935 年，胡风就写作了《关于创作经验》、《什么是典型和类型》、《给初学写作者的一封信》、《为初执笔者的创作谈》等文章，批评当时一些作者不注重典型问题，并提出了自己对典型问题的初步看法。1936 年 1 月 1 日，《文学》杂志第 6 卷第 1 号发表了周扬的《现实主义试论》，周扬不同意胡风的观点。胡风与周扬关于典型问题的论争，主要在两个方面：一是典型人物的普遍性与特殊性及其相互关系问题；二是典型形象的塑造问题。关于前者，胡风依据高尔基的观点认为所谓普遍的，是对于那个人物所属的社会群里的各个个体而言的，所谓特殊的，是对于别的社会群或别的社会群里的各个个体而言的。周扬对于典型的普遍性的理解，与胡风并无理论上的分歧，但他认为典型特殊性不仅是和其他阶层相区别，同时也和本阶层其他的人相区别。在《现实主义试论》中，他对胡风的理论缺陷做了分析和修正，指出阿 Q 的性格就辛亥前后以及现在落后的农民而言是普遍的，但是他的特殊却并不在对于他所代表的农民以外的人群而言，而是就在他所代表的农民中，他也是一个特殊的存在，他有他自己独特的经历，独特的生活样式，自己特殊的心理、容貌、习惯、姿势、语调，等等。胡风不同意周扬对自己的修正，于是又写了《现实主义底一“修正”》反驳周扬的观点。

关于典型形象的塑造问题，胡风与周扬也存在分歧。胡风认为艺术的概括对典型化最重要，他主张要在对象的类的平均中提取典型的品质，而周扬则认为人物个性对典型的形成必不可少。胡风要求在各个个体中抽出普遍性的因素，也即通过综合和概括创造典型，而周扬则主张以“个人的特殊性”反映对象的普遍性从而创造典型。当然，周扬 20 世纪 50 年代对自己的典型理论也做了修正，把典型归结为“一定社会力量的本质”，只强调典型的普遍性，从而导致了一个阶级一个典型的结论，而胡风仍然坚持自己 20 世纪 30 年代的典型理论。胡风和周扬关于典型的论争发生在我国典型理论初创阶段，他们各有建树，但也程度不同地存在着一些理论上的偏颇，这对于我国现代文学理论建设和马克思主义文艺典型理论的中国化是具有意义的，并为以后的典型理论的发展奠定了基础。

在 20 世纪 50 年代，典型问题是一个十分活跃的理论话题。1956 年，《文艺报》在第 8、9、10 三期开设“关于典型问题的讨论”专栏，相继发表《艺术典型与社会本质》、《关于典型问题的初步理解》、《影片中的艺术内容》、《艺术形象的个性化》、《对艺术问题的一些感想》、《典型问题随感》、《关于文学艺术特征的一些问题》等文。概括起来，一种观点是把典型看做是一定社会力量的本质，一定时代和阶级的代表，如巴人在《典型问题随感》中也持这样的观点。另一种观点是把典型看做是共性与个性的统一。在这里，共性是指社会的、历史的、时代的或阶级的阶层的和社会集团的共性和共同的本质特征，而个性是指表现共性的个别事物和人物形象的具体个别的性格特征，代表人物有王愚。此外，还有何其芳的共名说。

早在中国展开关于文学典型的论争之前，苏联文艺界已就此问题展开了激烈的讨论。马林科夫在苏共十九大报告中把典型看做是表现一定社会力量本质的事物，《共产党人》杂志则在 1955 年第 18 期发表专论《关于文学艺术中的典型问题》，对马林科夫的观点提出尖锐的批评。这些情况引起了《文艺报》的密切关注。1952 年第 20 期《文艺报》转发了一则消息，题目是《马林科夫在苏共第十九次代表大会上的报告中关于文学艺术的指示》，把文艺界的目光吸引到典型问题上来。1952 年第 21 期刊登了《苏联共产党（布）中央委员会书记马林科夫在苏联共产党（布）第十九次代表大会上所作〈苏联共产党（布）中央委员会的报告〉关于文学艺术部分的摘录》，把马林科夫报告中关于文学艺术的部分译介过来。此后，《文艺报》多次发表苏联文艺界的消息，积极译介苏联重要的理论文章，如 1955 年第 22 期译介了苏尔科夫的《文学的党性和作家的劳动》，1956 年第 10 期译介塔马尔钦科的《个性和典型》，引导典型问题争论的开展。在苏联文艺观的影响下，国内掀起了典型问题论争的高潮，《文艺报》也趁热打铁，开辟了“关于典型问题的讨论”的专栏，发表了张光年的《艺术典型与社会本质》、林默涵的《关于典型问题的初步理解》、钟惦棐的《影片中的艺术内容》、黄药眠的《对典型问题的一些感想》、陈涌的《关于文学艺术特征的一些问题》、巴人的《典型问题随感》、王愚的《艺术形象的个性化》、李幼苏的《艺术中的个别和一般》等大量文章。这些文章的观点大都没有超出《共产党人》专论之外，但张光年、钟惦棐、林默涵等人的文章联系我国文艺的实际情况提出了一些较为新颖的见解。如张光年批评了“一个阶级只有一个典型”、“一个社会力量只有一个典型”的错误公式[①]，钟惦棐对当时的“和社会历史本质相一致”的机械观点进行了分析[②]，林默涵认为：“不能设想，社会主义现实主义者没有和新的现实、和先进事物相吻合的先进的世界观，而能够担负起这样的任务。”[③]

与典型问题联系在一起，塑造英雄形象的论争也受到了苏联文艺观的影响。1952 年 5 月，《文艺报》开辟“关于创造新英雄人物问题的讨论”，讨论的焦点集中在能不能写英雄人物的缺点，以及如何正确处理英雄和群众的关系以及写从落后到先进的转变等。在此期间，阿·苏尔科夫在第二次全苏作家代表大会上做了题为《苏联文学的现状和任务》的报告，批判了理想的性格说，用多个反问强调英雄人物历经磨难从有缺点向先进的转变过程。国内许多文艺家也从理论上、创作实践上阐述了创造英雄形象的一些问题。如能不能在矛盾冲突中写英雄人物，能不能写英雄人物的缺点，如何正确处理英雄和群众的关系以及写落后到先进的转变等关于创造英雄形象的一些基本问题，这些文艺家从理论上进行了阐述。冯雪峰的意见尤其值得注意，他在《英雄和群众及其他》中把创造正面的、新人物的艺术形象看做是最紧迫的任务，同时认为反面形象同正面形象一样，都具有教育和鼓舞作用，因

---

① 张光年：《艺术典型与社会本质》，《文艺报》1956 年第 8 期，第 12 页。

② 钟惦棐：《影片中的艺术内容》，《文艺报》1956 年第 8 期，第 17 页。

③ 林默涵：《关于典型问题的初步理解》，《文艺报》1956 年第 8 期，第 15 页。

为反面形象可以增进读者对生活的全面认识，并激发其进行批判和斗争[①]。在苏联文艺思想的影响下，《文艺报》组织的讨论使人们对创造英雄形象有了更加明确的认识，澄清了一些糊涂思想。

四　《文艺报》的贡献和局限

在20世纪50年代译介苏联文论、引导国内的文艺论争中，《文艺报》的作用是十分突出的。首先，它发挥着思想导向的作用。《文艺报》是中国作协的机关报，它代表的是中国共产党的声音，其权威性不言而喻。苏联文艺思想大多是通过这个权威的渠道传播到国内来的，这些文艺思想被介绍到中国后，成了影响20世纪50年代国内文艺论争的一个重要因素。为了强化这个导向作用，《文艺报》借重作协的行政权力，组织文学家、批评家对异己的文学思想进行批判，体现了政治权力的意志。《文艺报》有时也发表一些不同于主流文艺观的文章，但目的是为了树立批判的靶子，让人们更好地认清非主流观点的危害，从而维护正统的文学规范。当时最高当局也十分关注文坛动态和《文艺报》的思想动向，如果《文艺报》在论争中偏离了主流意识形态的要求，其负责人免不了被撤职，从丁玲、陈企霞、冯雪峰这些《文艺报》的主编一个个被批判、被调离，就可以看出这一点，这也从反面证明了当时《文艺报》地位的重要性。

其次，《文艺报》通过译介苏联文论为国内的文艺论争构建了一个知识背景。每次论争展开之前，《文艺报》往往大量译介苏联政治、经济、文化、文艺理论的文章以及苏联领导人的文艺

① 冯雪峰：《英雄和群众及其他》，《冯雪峰论文集》（下），人民文学出版社1981年版，第68页。

思想，为国内的论争推波助澜。参与论争的国内学者和作家也喜欢从苏联文学、文艺理论中寻找思想资源以支撑自己的观点。如关于真实性问题的论争，《文艺报》先声夺人，刊发了大量苏联文章，这些文章实际上都是态度鲜明地维护文学的真实性原则的，从而为论争提供了一个恰当的知识背景，导致国内关于真实性的论争一开始几乎都是异口同声地要效法苏联文学去反映生活的真实。有时，《文艺报》还通过译介苏联文学理论来诱发国内的文学论争，关于形象思维的论争即是一例。形象思维的概念虽然在1930年代传入我国，茅盾、周扬、胡风等理论家对这个问题均有所论及，但文艺界对此并没有给予应有的重视，更没有展开广泛的讨论。1956年《文艺报》第5、6期刊登周扬的《建设社会主义文学的任务》和康濯的《关于两年来反映当前农村生活的小说》，这两篇文章极力倡导形象思维。《文艺报》又发表苏联《共产党人》的专论，对形象思维大加肯定，使国内的文艺理论家和研究者注意到这一问题，并产生了浓厚的兴趣，因而使关于形象思维的论争成为当时国内的一个理论热点。

三是促进了社会主义文学理论的发展。20世纪50年代，《文艺报》探讨的都是关于社会主义文学的重要理论问题，对社会主义文学方向的确立具有至关重要的影响。这些理论问题有的是20世纪二三十年代提出，但由于历史的原因没有深入下去，有的是刚从苏联传入还没有来得及消化吸收，《文艺报》为这些问题的探讨提供了重要的舞台。它总是积极主动地介入到论争中，或者译介苏联文学理论为论争提供根据，或者刊载国内重要论文表明主流的立场，或者由编辑部直接组织大规模的讨论，刊出讨论会的纪要，这些形式多样的方法促进了问题探讨的深化。如关于典型问题的讨论，当时《文艺报》发表的许多文章从各个不同的角度探讨典型问题，把典型理论推进到一个新的高度。又如关于社会主义现实主义的论争触及社会主义现实主义的根本问题，不仅对社会主义现实主义定义的合理性一面有了更加充分的认识，而且对于这一定义的缺陷以及由它引起的思想混乱有了深入的认识。像秦兆阳这样从理论上辨析社会主义现实主义的理论缺陷以及由此所造成的阐释理解的混乱，已远远超过20世纪30年代对于这一问题的认识水平。20世纪50年代《文艺报》对于一些重要文学理论问题的探讨之深，范围之广，是此前少见的，它促进了社会主义文学理论的发展与成熟。

四是助长了向苏联一边倒的盲从倾向。中国20世纪50年代在政治、经济、文化上都实行了向苏联一边倒的策略，文学当然也皈依于苏联的社会主义文学理论体系。20世纪50年代的中国文学在对待外国文学的态度上非常特别，对苏联文学敞开大门，而把欧美自文艺复兴以来的辉煌文学成就基本拒之门外，甚至统统斥之为反动没落的文学。这使得《文艺报》在20世纪50年代译介外国文学时，总是把苏联文学的译介放在重要的位置，不仅大量译介苏联的文艺政策、重要的理论，并且还及时刊发苏联的文坛消息，介绍重要的作家、文艺理论家。法捷耶夫、西蒙诺夫、爱伦堡、别林斯基、杰米扬·别德内依、果戈理、普多夫金、肖洛霍夫、苏尔科夫等在苏（俄）文坛上举足轻重的文艺理论家和文学家都得到专门的介绍，《苏斯洛夫同志在苏联共产党（布）第十九次代表大会上发言中关于文学艺术问题的意见》、法捷耶夫的《苏联文学艺术工作的任务》、特瓦尔朵夫斯基的《关键的问题——在苏联第三次作家代表大会上的发言》、波列伏依的《最高的创作自由——在苏联第三次作家代表大会上的发言》、冈察尔的《我们时代的浪漫精神——在第三次全苏作家代表大会上的发言（摘要）》等苏联作家代表大会的重要报告和决议在《文艺报》上纷纷刊出，还有苏联《真理报》、《文学报》、《艺术报》的专论，如《真理报》社论《把思想水平和艺术技巧提得更高些》、《群众的艺术创作》、《关于〈青年近卫军〉底新版本》、《克服戏剧创作的落后现象》、《文学报》专论《文学语言中的几个问题》、《社会主义现实主义文学的新成就》、《艺术报》社论《提高影评水平》，都被《文艺报》及时地刊载出来。《文艺报》从 1953 年第 1 期起，开辟新书刊专栏，《钢铁是怎样炼成的》、《茹尔宾一家》、《青年近卫军》、《沼地上的火焰》、《光明普照大地》等苏联重要的文学作品或者新近出版的作品接二连三的得到专门介绍。除此之外，还有别林斯基、车尔尼雪夫斯基等俄罗斯著名美学家文艺理论家的文学思想以及重要论著也经常被介绍。

这种一边倒的状况，导致了简单盲从的倾向，使中国的理论家对苏联的文学理论没有经过仔细辨析就全盘接受。这些理论中有的是关于苏联社会主义文学理论和民主主义文论的精华，也有一些是机械狭隘的文艺思想，而我们常常不加辨别地从苏联直接把它们移植过来，将其置于绝对权威的高度。如社会主义现实主义就是周扬从苏联原封不动地照搬过来的，在相当长的时期里一直作为指导我们文学创作和批评的最高准则，至于社会主义现实主义本身包含的教条主义、公式化、概念化倾向没有引起充分的重视，一度还动用行政权力干预对社会主义现实主义创作方法的反思。20 世纪 50 年代文学创作中公式化、概念化的缺陷，显然与这种简单盲从倾向不无关系。针对当时文艺界简单盲从苏联的倾向，秦兆阳、巴人等曾经表示了不满。秦兆阳在《现实主义——广阔的道路》一文中指出："文学的现实主义，不是任何人所定的法律，它是在文学艺术实践中所形成、所遵循的一种法则。它以严格地忠实于现实，艺术真实地反映现实，并反转来影响现实为自己的任务。”[①]“必须考虑到如何充分发挥文学艺术的特点，不要简单地把文学艺术当作某种概念的传声筒，而应考虑到它首先必须是艺术的、真实的，然后它才是文学艺术，才能更好地起到文学这一武器的作用。”[②] 这是在“双百”方针提出后文艺界短暂存在的春天气候中发出的清醒的声音，但由于众所周知的原因，这种反思的观点很快遭到了批判，简单盲从苏联倾向的克服还要等待一个新的历史机遇。

① 秦兆阳：《现实主义——广阔的道路》，《文学探路集》，人民文学出版社1984年版，第136页。

② 同上书，第147页。

第五章

陀思妥耶夫斯基在现代中国的接受

“有一些雄伟宏大的世界文学大师，他们拥有巨大的影响力，但是往往很难在某一点上模仿他或学习他，对于他们的接受更多是一种潜移默化的感染和不形于外的思想和艺术的熏陶。这也是一种接受，而且是一种显示了更深层次的客观对象潜力的接受。”① 中国新文学对陀思妥耶夫斯基的接受，就属于这样一种接受。

第一节　新文学语境中的陀思妥耶夫斯基

一　关于陀思妥耶夫斯基的译介

陀思妥耶夫斯基最早出现在中国人的视野中，是一篇题为《虚无党小史》的文章。此文 1907 年 1 月揭载于日本东京出版的《民报》第 11 期，由清末革命家廖仲恺翻译，译名中将 Dostoyevskii 译为陶德全。11 年后，即 1908 年 1 月，周作人在

① 智量：《论文学的民族接受》，《俄国文学与中国》，华东师范大学出版社 1991 年版，第 9 页。

《新青年》发表一篇译自英国 W. B. Trutes 的文学论文《陀思妥夫斯奇之小说》，并在“译者按”中加上自己的评论，正式开始了陀氏作为一个文学家在中国的译介之旅。从那时到新中国成立，据统计，陀氏的作品共有 28 部先后被译介过来。这其中有短篇小说《诚实的贼》、《圣诞树和婚礼》、《淑女》、《女房东》、《温静的灵魂》、《乞儿》、《农夫马伊列》、《家人》、《九封信的小说》、《荒唐人的梦》、《彼得堡的梦》、《在另一个世界里》、《马尔蔑那多夫的故事》、《白夜》、《醉》、《小英雄》、《穷人》、《赌徒》，长篇小说则是《白痴》、《罪与罚》、《卡拉马佐夫兄弟》、《少年》、《地下室手记》、《死屋手记》、《被侮辱与被损害的》，另有杂文《杜斯退夫斯基给阿尔车夫斯基夫人的信》等。介绍陀氏生平的文章共 5 篇，作者是胡愈之、孙俍工、郭则虬。评论陀氏思想与创作特色的作品共 25 篇，评论者包括中国现代文学史上最负盛名的作家和评论家周作人、茅盾、郑振铎、胡愈之、鲁迅、瞿秋白、罗翟、何柄棣、蒋启藩、韦丛芜等。关于陀氏作品评论的文章共 13 篇，涉及陀氏的 4 部作品，即《被侮辱与被损害的》、《罪与罚》、《白痴》、《卡拉马佐夫兄弟》。①

从陀氏作品在中国的译介情况来看，除少数作品如《家人》、《荒唐人的梦》、《九封信的小说》是孤本外，大多数作品都有多个版本和译者，如《诚实的贼》，除了在《民国日报·觉悟》、《晨报·副刊》和《小说月报》、《真善美》等刊物上发表过，还有未名出版部、上海水沫书店、上海现代书

① 李万春：《中国陀思妥耶夫斯基译介文章要目索引》，《外国文学研究》1986 年第 5 期，第 134—137 页。

局、上海北新书局4个版本，译者包括乔辛英、文农、陈大悲、李霁野、王古鲁、孙仲岳、张友松。从陀氏作品的译介年代上看，整个20世纪20年代，可看作是陀氏作品译介的早期，翻译的大都是一些影响不大的短篇小说，刊载在《小说月报》、《东方杂志》、《学生杂志》、《晨报·副刊》这种新文学杂志，评论方面主要是一些关于作家生平、创作经历的简要描述，涉及作品的思想及艺术特点方面的文章较少，少数的几篇也大都是翻译外国评论家的文章。20世纪30年代是陀氏译介的繁荣期，陀氏的主要作品，除《双重人格》外，几乎都有翻译，一些代表作品更是在短时间内多次再版。但创作的评论，大都比较浅显。20世纪40年代是陀氏译介的成熟期。陀氏的主要作品在这一时期被多次翻译或重版，对陀氏的研究也不再限于前两个阶段的泛泛而论，而是侧重于对具体作品的分析研究。这一时期，几部代表作分别以读后感、引言、译者序的形式得到了精细的解读，其中不乏精彩的分析，但总的来说，大多仅限于片断式的感悟，理论体系还没有建构起来，而且深度也不够。陀氏的译介到20世纪80年代以后，才进入了一个新的阶段，取得了重要的成果。

二　文学的民族接受问题

对外来文学的接受，有一个民族接受和个人接受问题。从表面上看，两者都要符合主客体结合的基本认识论，但民族主观和个人主观却存在根本性的差异。基于一些显而易见的事实，文学的民族接受不可能仅局限于方法、技巧、语言这些具体形式的模仿上，而更多的是在思潮、流派、思想倾向和艺术观念等大的问题方面的借鉴和吸收。因此，“一个民族的文学对于外国文学，往往是从大处着眼的接受，往往是吸收了另一民族文学中总的共同性的主要特征。尤其是在两种文学最初接触的时候，这种抽取异民族文学中某一方面的共性特点的接受方式表现得尤为明显。”① 从中国对俄国文学的接受过程可以发现，中国新文学主要是从社会批判意识和人道主义精神两个方面来理解和接受俄国文学的。作为译介俄国文学的先驱之一，鲁迅视俄国文学为我们的导师和朋友，他在论述俄国文学中谈到“被压迫者的善良的灵魂，的酸辛，的挣扎”，从而明白了一个大道理，即“世界上只有两种人：压迫者和被压迫者”。② 鲁迅推崇俄国文学有两点：一是“描绘社会人生之黑暗”的社会批判意识，二是“以不可见之泪痕悲色，振其邦人”的人道主义情怀。因此，我们不难理解为何在相当长的一段历史时期内，对于普希金、果戈理、托尔斯泰、屠格涅夫这些风格迥异，各有特色的伟大作家，我国文学界是只见森林，不识树木，把他们统统当作人道主义的代言人输入，他们各自的创作个性，无论思想倾向、道德理念，还是艺术手法、创作技巧方面的独特性，都被当作次要部分，不予重视。

中国新文学的先驱者，将俄国文学的主要特征定义为“为人生”：“俄国的文学，从尼古拉斯二世以来，就是‘为人生’的，无论它的主要是在探究，或在解决，或者堕入神秘，沦于颓唐，而其主流还是一个：‘为人生’。这一种思想，在大约二十年前即与中国一部分文艺介绍者合流，陀思妥夫斯基、都介涅

① 智量：《论文学的民族接受》，《俄国文学与中国》，华东师范大学出版社1991年版，第4页。

② 鲁迅：《祝中俄文字之交》，《南腔北调集》，《鲁迅全集》第4卷，人民文学出版社1958年版，第351页。

夫、契诃夫、托尔斯泰之名，渐渐出现于文学上，并且陆续翻译了他们的一些作品。”① “为人生”的俄国文学给中国新文学作家带来了极大的震动：“我们岂不知道那时的大俄罗斯帝国也正在侵略中国，然而从文学里明白了一件大事，是世界上有两种人：压迫者和被压迫者！从现在看来，这是谁都明白，不足道的，但在那里，却是一个大发现，正不亚于古人的发现了火的可照暗夜，煮东西。”② 他们从中受到了极为重要的思想启发。

“为人生”之所以成为俄国文学的优良传统，是由俄国人民长期身处黑暗社会的现实处境决定的。19 世纪的俄国，社会矛盾异常尖锐，俄国的人民解放运动逐渐兴起，文学的独特特性使它在意识形态领域拥有天然的宣传优势，很多俄国思想界、文化界的精英知识分子集结于文学领域，把文学当作自由思想的阵地，启发民众，改造社会。围绕“为人生”这个指导思想，俄国文学表现出现实批判、民主主义和人道主义三个方面的特点。俄罗斯作家——无论是出身贵族、地主家庭的普希金、托尔斯泰、屠格涅夫，还是平民知识分子契诃夫、陀思妥耶夫斯基——虽然各自的人生信仰、政治观点截然不同，但都具有浓厚的社会参与意识和强烈的民主主义精神。李大钊就认为，俄国文学的特质主要表现在浓厚的社会色彩和发达的人道主义两个方面。他高度赞赏这种特质：“足以加增革命潮流之气势，而为其胚胎酝酿之主因”③，称“文学之于俄国社会，乃为社会的沉夜黑暗中之

① 鲁迅：《〈竖琴〉前记》，《南腔北调集》，《鲁迅全集》第 4 卷，人民文学出版社 1958 年版，第 330 页。

② 鲁迅：《祝中俄文字之交》，《南腔北调集》，《鲁迅全集》第 4 卷，人民文学出版社 1958 年版。

③ 李大钊：《俄罗斯文学与革命》，《人民文学》1979 年第 5 期，第 3 页。

一线光辉，为自由之警钟，为革命之先声”。[①]

“为人生”是俄国文学的优良传统和主要特征，这也是俄国文学后来居上，击败其他域外文学，最终被中国新文学确立为楷模的重要原因。“为人生”的俄国文学对中国新文学产生过重大影响，甚至在某种程度上决定了中国新文学作家的总体创作面貌。一方面，从大处着眼的民族输入模式有利于文学接受者的借鉴和模仿，这种文学理念成为中国新文学的指导思想，众多作家通过自觉践行这一信念，创作出许多优秀的作品。另一方面，这种过于抽象化和简单化的接受模式，阻止了我们去深入探索俄国文学中更深层次的民族内涵。诚如有学者所言，当我们用自己民族的主观去把外国文学具体化时，我们就不可避免地忽略了“俄国文学中浓厚的民族宗教意识和一种自我忏悔式的内向型的心理传统”,[②] 这种接受的后果是把这个内蕴深厚的民族文学简化成“一种单纯的无神论和治国化民的外向型文学。”[③]

三　对陀思妥耶夫斯基的接受标准

一个民族对于外来文学的接受，往往从大处着眼，抽取外来民族文学的总体特质，这已成为一种普遍的接受规律，陀思妥耶夫斯基的接受也符合这一普遍规律。陀氏在现代长达 30 年的时间内一直被中国新文学界定义为“为人生”的作家，充分说明中国新文学对他的接受条件正是基于他与俄国文学的共性特征。在文学与社会人生和民族现实休戚相关的客观环境中，俄国

---

① 李大钊：《俄罗斯文学与革命》，《人民文学》1979 年第 5 期，第 3 页。

② 智量：《论文学的民族接受》，《俄国文学与中国》，华东师范大学出版社 1991 年版，第 12 页。

③ 同上。

“为人生”文学的现实批判、民主主义和人道主义基本内涵化作三大指标，决定中国新文学对外国作家、作品的输入和衡量标准，陀氏的译介和传播也必然被纳入这一观念体系。

首先，强烈的现实批判意识是陀氏获得接纳的基本前提。陀氏出身于城市平民家庭，本人经历了拘禁、判刑、流放、苦役种种折磨，加之他生活的时代恰处于俄国由农奴制向资本主义制度过渡的激烈转变期，所以陀氏的作品大多立足于社会现实，对社群分化、家庭解体、伦理价值失落、传统道德崩溃诸多问题进行强烈的批判。从陀氏作品的翻译数量和影响范围来看，最受中国评论家和翻译家青睐的是《穷人》、《被侮辱与被损害的》、《死屋手记》和《罪与罚》。这些小说不但多次重版，在有关陀氏的评论文章中也几乎占据了半壁江山。《穷人》脱胎于“写实家鼻祖”果戈理的《外套》，但是陀氏“描写的城市无产者的愁惨生活，比起果戈理《外套》里的小书记的生活，只有过之，决无不及”。[①]《被侮辱与被损害的》是那样分明和强烈地“显示出一种社会阶层的情感——平民和贵族之间不可调和的一种决绝的冲突”[②]，作家“愤怒地喊出了对于被侮辱与被损害的人们生活和幸福的神圣权利底要求，和对于侮辱与损害别人的人们作出最憎恨的诅咒”。[③]长篇纪实小说《死屋手记》以“令人不能忍受的苛虐与大悲苦之心，从旁边透露了沙皇俄罗斯的罪恶，黑暗，

---

① 郎损：《陀斯妥耶夫斯基在俄国文学史上的地位》，《小说月报》第13卷，第21页。

② 邵荃麟：《被侮辱与被损害的·译者志》，人民文学出版社1981年版，第1页。

③ 郎损：《陀斯妥耶夫斯基在俄国文学史上的地位》，《小说月报》第13卷，第21页。

苦痛，绝望，疯狂和恐怖，像一座活地狱似的”。[①] 因此，当他人批评陀氏阴郁、冷酷的文风和近乎病态的心理描写时，鲁迅从中看到了一个“俄国专制时代的神经病者”的尖锐批判。

第二，在文学被民族神话、英雄史诗或上流社会长期占据的精英叙事时代，陀氏将渺小卑微的下等贱民的生活纳入文学作品，从他身上体现的民主主义精神获得中国新文学作家众口一致的称赞。19 世纪中叶的俄国文学，着力描绘下层贫民生活的作品并不多见，古典主义作家中，陀氏是最早把处于都市底层的“抹布”阶层写进小说的作家。他的作品“全是描写下等阶级人们的生活——在富贵人们、贵族、地主、资本家、宪兵、官僚践踏下的生活、思想和遭遇。以前作家不屑于提及这些小人物，即便有也是取鄙视态度。但陀的小说主人公全是酒徒穷汉乞丐小偷一类人，抱了极恳切的精神，伟大的同情，去写他们‘纯洁的内心’和‘光耀的灵魂’。他发现出那些为人不齿的被侮辱者虽然行为不端，灵魂却是光明的，因此他作品完满的‘友爱’精神使人大大地感动。”[②] 不仅如此，陀氏还善写出“抹布”者的灵魂，酒鬼、闲人、窃贼、杀人犯、娼妓同普通人一样，也爱道德、也有罪恶，他们本是平常人，因不意的灾难而堕落，又因自己的堕落而悲叹。“陀氏专写这类下等堕落人的灵魂，发掘其灵魂中的美好存在，这是陀著作的精义。”[③]

---

① 芦焚：《关于陀思妥耶夫斯基的一点感想》，《萧萧》1941 年第 1 期，第 26 页。

② 佛朗：《陀思妥耶夫斯基的罪与罚》，《读书生活》第 2 卷 3 期，第 121—122 页。

③ ［英］W. B. Trites 著，周作人译：《陀斯妥夫斯奇之小说》，《新青年》第 4 卷 1 期，第 45—55 页。

第三，博大的人道主义精神是确立陀氏崇高地位的关键因素。尽管中国的介绍者对陀氏的艺术技巧多有责难，认为他的小说不符合一般小说的定义，但同时又都将他推崇为俄国最伟大的作家：陀思妥耶夫斯基和托尔斯泰是俄国 19 世纪文学的双柱，任什么样的作家，都没有他们那样的感动人，那样的深挚的被民众所爱。虽然从艺术方面来看，他的作品有点粗率、凌乱，远不如屠格涅夫，冈察洛夫及托尔斯泰诸人的精美。但艺术的好坏，对于陀思妥耶夫斯基的伟大，并无什么关系。陀思妥耶夫斯基的伟大，在于他的博大的人道精神，在于他的为不齿的被侮辱的上帝之子说话。正是这种深厚的人道主义情怀使胡愈之认为，最能代表俄罗斯民族的伟大作家不是屠格涅夫、托尔斯泰、果戈理和高尔基，“他们都只代表俄民族性格的一部分或一方面，能完全代表此旷野民族伟大精神，能贯彻第三帝国国民神秘之心，是陀思妥耶夫斯基”。①

第二节　关于“人”的对话：陀思妥耶夫斯基与鲁迅

一　“人”是一种秘密

“人是一种秘密。这种秘密需要破解，即使你一辈子都在破解这种秘密，你也不要说你浪费了时间；我正在研究这种秘密，

① 胡愈之：《陀思妥耶夫斯基的一生》，《东方杂志》第 18 卷 23 号（1921 年），第 74 页。

因为我想做一个人。”[1]

（一）人类的奥秘探索者

陀氏懂得只有当人的心灵处于与天地融合的命定状态时，才能平息永恒忧伤。然而他同时明白人不愿意遵守规矩，他们喜欢破坏自己的精神本性，因此，人的世界不可避免地成了“沾染邪念的天上神灵的炼狱”。他被判流放后，曾在狱中写信给哥哥：“‘那里的人都很单纯’，鼓励我的人这样说。可是与复杂的人比起来，我却更怕单纯的人。”[2] 害怕单纯甚于复杂，明知走向炼狱也不愿循规蹈矩，陀氏放弃追求心灵和谐，一生沉溺于破解“人”的秘密。为破解“人”的秘密，他甚至可以“做一个疯子，让人们去狂怒，让他们来医治我，使我变得聪明。”[3] 他也不接受别人赋予他“心理学家”的称号。在他眼里，心理学用一种看似逻辑严密的理性分析，忽视人的情感体验，这是一种“物化”研究，是对人的莫大侮辱。他说自己“是一个更高意义上的现实主义者”，想要描写“所有人类灵魂的奥秘”。陀氏引领读者穿透人的灵魂幽深处，让他们惊恐地发现：在甚深的灵魂里，魔鬼与上帝如影随形，共同主宰最真实的人性。

通过对人类灵魂的严酷审视，陀氏逼迫我们面对这样一个现实：人并非如理想主义者所希冀的那样，能成为理智、坚定、自主、充满善意、积极追求自身幸福的“万物灵长”。跟高度理性相比，人其实更容易屈从自己的本能，听凭意愿行事。《死屋手

① ［俄］陀思妥耶夫斯基著，冯增义、徐振亚译：《给米·米·陀思妥耶夫斯基的信》，《陀思妥耶夫斯基书信选》，人民文学出版社 1986 年版，第 9 页。

② 同上书，第 58 页。

③ 同上书，第 4 页。

记》中的彼得罗夫为了图一时之快，刺死了殴打自己的上校，从而落得个苦役犯的下场。《白痴》中的娜斯塔霞明明知道跟罗果静必然会走向毁灭，却不愿接受梅思金公爵的重生之爱。死刑犯临刑前信誓旦旦：如果生命能再次归还，他将会珍惜每一分钟。如愿以偿后，他虚掷浪费过无数的一分钟，甚至认为人的天性就不适合过“精打细算”的日子。人其实相当软弱，“宗教大法官”中，当人类必须在自由和面包之间做出抉择，软弱的人类毫不犹疑地选择后者，他们甚至甘愿受奴役，俯首顺从权利、神秘、奇迹三大统治力量。同软弱一样，人的天性也值得怀疑，每个人的心底都潜伏着罪恶：“我盼望混乱。我净想放火烧房子。我老想象着我怎样走过去，偷偷儿地点着它，一定要偷偷儿点着。人们在忙着灭火，而房子还在那儿燃烧。我心里知道，却一句不说。”“要是我穷，我说不定会杀死什么人，而即使有钱，也说不定会杀人的!”① 很难想象这番话出自一个长相甜美、受众人宠爱的小姑娘之口，这是人类灵魂难以触及的一道深渊。跟恶之深渊相随的，是人嗜好折磨的病态心理：“我愿意有人折磨我，娶了我去，然后就折磨我，骗我，离开我，抛弃我。”② 娜斯塔霞、卡捷琳娜、阿格拉雅、丽莎、德米特里、伊凡，他们无一不是从既折磨别人，亦被人折磨中获取极大的满足者，尽管有抽身离去的机会，却沉溺其间自甘受虐，这种“爱痛苦更甚于爱幸福”的变态心理也是人类与生俱来的天性之一。

同人文主义者对人毫无保留地赞美、肯定、张扬、崇拜相

① ［俄］陀思妥耶夫斯基著，耿济之译：《卡拉马佐夫兄弟》，人民文学出版社1981年版，第877—880页。

② 同上。

比，陀氏对人和人性的看法要悲观和复杂得多。他既能捕捉罪孽深重者未被磨灭的“神性之光”，也能透视操行高尚者灵魂幽深处隐藏的“毒蛇”。道德极端堕落如斯塔夫罗金，常冷酷自剖，尚未泯灭羞耻之心。至纯至善如阿辽沙，身上同样流着奢侈放荡、粗暴不仁的卡拉马佐夫家族血液。“魔鬼同上帝在进行斗争，而斗争的战场就是人心”。[①] 德米特里无法理解，一个人如何能同时横跨圣母玛丽亚和所多玛城两个深渊。这种横跨两种理想并在它们之间摇来荡去的体验同样深深的折磨读者，这既是陀氏让人敬服的伟大之处，也是他让人无法卒读的残酷之处。正如何怀宏所言：“他要正视有关人的一切，包括那些人们不愿意正视的东西，他也不是要说出定论，说出有关人的‘最后的话’，而主要是说出自己对于人的困惑和苦恼。”[②]

（二）中国的灵魂审判官

在中国新文学作家群中，最有可能与陀氏进行精神对话的作家当属鲁迅。鲁迅对陀氏有着极大的兴趣和热情，他曾大量接触过陀氏的作品和研究资料。据一些文献资料记载，他不仅收藏了大量德文、日文和中文的陀氏原著，还购买过纪德、昇曙梦、梅列日科夫斯基、舍斯托夫等人的评论著作。鲁迅对国内陀氏的介绍与研究工作给予过热情的帮助与支持。在他主编的很多刊物中，都发表过与陀氏有关的译介性文章。陀氏第一篇中译本《穷人》的出版，就是在他的大力支持与参与下完成的。而且他还多次在著作、书信、日记中提及陀氏，在广州授课时也经常给

---

① ［俄］陀思妥耶夫斯基著，耿济之译：《卡拉马佐夫兄弟》，人民文学出版社1981年版，第154页。

② 何怀宏：《道德·上帝与人——陀思妥耶夫斯基的问题》，新华出版社1999年版，第237页。

学生讲述陀氏的著作。此外，鲁迅与陀氏之间还有一个非常巧合的渊源——他们的生忌辰竟然都是同一年，这种冥冥之间的偶然安排，说得玄一点，好像是鲁迅的精神气质与陀氏存在某种隐秘的相通处。鲁迅的研究者林贤治说鲁迅对陀氏有一种知己般的深刻理解。的确，在鲁迅为数不多的几篇陀氏专论中，他对陀氏本人及作品的认识和洞悉程度，即使在半个世纪后的今天，仍显示出让人惊叹的深度。这其中若没有深刻持久的思想共鸣和心灵感应，没有特殊的文学关联，是决不能达到如此程度的。

鲁迅与陀氏的最大文学关联在于"人"的问题。俄国流亡思想家森科夫斯基曾说："与其说是上帝折磨着陀思妥耶夫斯基，不如说是人在折磨着他"。[①]《卡拉马佐夫兄弟》中的伊凡为了孩子的眼泪，宁可放弃天国的门票。同陀氏一样，鲁迅也是一个人本主义作家。由于面临的现实国情不一样，鲁迅对人的关注首先从争夺"人的价格"出发：一要顾生存，二要求温饱，三是谋发展。[②] 在这基础之上，个体生命的尊严和权利成为鲁迅的捍卫对象。任何时候，他都不允许压制和践踏任何一个个体生命，哪怕期许理想天堂或是黄金世界也不行。珍惜生命、尊重个性是鲁迅"人"的思想的本质和核心。正是从这一思想出发，鲁迅坚决抵制中庸式的虚伪礼赞，执意逼视众生的灵魂深处，揪出那隐藏面相下的真实。鲁迅从陀氏的冷酷自审中获取极大的启发力量，他打破了"瞒和骗"的惯常文艺，逼迫读者和他小说的人物，连同他自己，正视人心、人性的卑污，承受精神的苦

---

① 何怀宏：《道德·上帝与人——陀思妥耶夫斯基的问题》，新华出版社 1999 年版，第 235 页。

② 鲁迅：《文化偏至论》，《鲁迅全集》第 1 卷，人民文学出版社 1981 年版，第 56 页。

刑，当之无愧地成为中国最伟大的灵魂审判官：中华民族“最缺乏的东西是诚和爱——换句话说，便是深中了诈伪无耻和猜疑相贼的毛病。口号只管很好听，标语和宣言只管很好看，书本上只管说得冠冕堂皇、天花乱坠，但按之实际，却完全不是这么回事。”① 中国道德太缺乏相爱互助的心思，“便是‘孝’、‘烈’这类道德，也都是旁人毫不负责，一味收拾幼者、弱者的方法”。② 倘若再看看中国野史，听听民间故事，那更加“令人毛骨悚然，觉得不像是活在人间”。③ 比起缺乏友爱的道德，中庸之道下的民族病态心理更加可悲。许多戏迷都喜欢看男人扮女人，因为男人从中看见了“扮女人”，女人从中看见了“男人扮”，这似男非男、似女非女的艺术之所以成为“中国的最伟大最永久的艺术”④，因为它暗中满足了封建性压抑下的性变态心理。与性变态的阴暗可悲相比，人性的极度残忍和冷酷则令人惊心且可怖。祥林嫂的阿毛不幸被狼吃了，街头上的老女人听说后，特意寻过来要听她的这段悲惨故事。说到悲惨处，她们也一同陪着掉几滴眼泪，然后叹息一番，满足的离去。不要迷惑于那几滴泪的温情，那只是一种自我崇高化的满足。祥林嫂的“不幸”事实上已成为这些乡村老女人难得的消遣故事，她们在鉴赏祥林嫂的痛苦过程中获得了宣泄，同时又在咀嚼她的悲哀中转

---

① 许寿裳：《回忆鲁迅》，《鲁迅回忆录》（上册），北京出版社 1999 年版，第 487—488 页。

② 鲁迅：《我们现在怎样做父亲》，《坟》，《鲁迅全集》第 1 卷，人民文学出版社 1956 年版，第 254 页。

③ 鲁迅：《病后杂谈》，《且介亭杂文》，《鲁迅全集》第 6 卷，人民文学出版社 1958 年版，第 133 页。

④ 鲁迅：《论照相之类》，《坟》，《鲁迅全集》第 1 卷，人民文学出版社 1956 年版，第 294 页。

移了自己的不幸。当祥林嫂的痛苦被咀嚼殆尽后，她立即成为大家厌烦和唾弃的对象，她们不再假惺惺地同情她，而是施以“又冷又尖”的笑，这中间显示出令人不堪卒目的人性残忍（《祝福》）；有着如此残忍的人性，所以中国人视杀人为极富享受的文化盛宴，残暴、血腥的刑罚成为万民狂欢的盛典，让老百姓们如痴如醉。面对革命者夏瑜的被杀，人们“像久饿的人见了食物一般，眼里闪出一种攫取的光”（《药》）。这种骨子里的“嗜血性”，这种既凶残又卑怯的野兽之欲让人触目惊心。

鲁迅曾说：“多有不自满的种族，永远前进，永远有希望。多有不知责人不知反省的人的种族，祸哉祸哉。”① 正是出于这种认识，鲁迅对“既是人的灵魂的伟大的审问者，同时也一定是伟大的犯人”② 的陀氏，保持深深的敬服。陀氏“将小说中的男男女女，放在万难忍受的境遇里，一一试炼他们灵魂”③ 的伟大问责，曾经在鲁迅对中国国民劣根性的挖掘中留下深刻的印迹，而陀氏“将自己也加以精神底苦刑，从年青时候起，一直拷问到死灭”④ 的残酷自省，已经成为鲁迅自我反省的精神向标。有人说鲁迅说话尖刻，一生只知批评别人。鲁迅却说：“我知道我自己，我解剖自己并不比解剖别人留情面”⑤。所以茅盾认为：“鲁迅板着脸，专剥露别人的虚伪的外套，然而我们并不

① 鲁迅：《随感录·六十一·不满》，《热风》，《鲁迅全集》第1卷，人民文学出版社1956年版，第427页。

② 鲁迅：《穷人小引》，《集外集》，《鲁迅全集》第7卷，人民文学出版社1958年版，第95页。

③ 同上书，第94页。

④ 同上书，第95页。

⑤ 鲁迅：《答有恒先生》，《鲁迅全集》第3卷，人民文学出版社1956年版，第346页。

以为可厌，就因为他也严格地自己批评自己。”[①] 比如在激烈抨击封建思想荼毒时，鲁迅同样责备自己的不能幸免：“我曾经看过许多旧书，正苦于背了这些古老的鬼魂，摆脱不开，时常感到一种使人气闷的沉重，就是思想上，也何尝不是中些庄周、韩非的毒。”[②] “我自己总觉得我的灵魂里有毒气和鬼气，我极憎恶他，想除去他，而不能，我虽然竭力遮蔽着，总还恐怕传染给别人，我之所以对于和我往来较多的人有时不免觉得悲哀者以此。”[③] 他毫不留情的批判自己的伪牺牲精神：“我时时说些自己的事情，怎样地在‘碰壁’。怎样地在做蜗牛，好像全世界的苦恼，萃于一身，在替大众受罪似的，也正是中产的知识阶级分子的坏脾气。”[④] 他对廉价口号的清醒认识：“现在倘再发那些四平八稳的‘救救孩子’似的议论，连我自己听去，也觉得空空洞洞了。”[⑤] 由杨树达来袭一事，他“意外地发露了人对人——至少他对我和我对他——互相猜疑的真面目”，恳切地责备自己“太易于猜疑，太易于愤怒”[⑥]。鲁迅多次感慨“中国人总不肯研

---

① 茅盾：《鲁迅论》，《茅盾论中国现代作家作品》，北京大学出版社 1980 年版，第 51 页。

② 鲁迅：《写在坟后面》，《鲁迅全集》第 1 卷，人民文学出版社 1956 年版，第 362 页。

③ 鲁迅：《致李秉中》，《鲁迅全集》第 9 卷，人民文学出版社 1958 年版，第 312 页。

④ 鲁迅：《序言》，《鲁迅全集》第 4 卷，人民文学出版社 1958 年版，第 151 页。

⑤ 鲁迅：《答有恒先生》，《鲁迅全集》第 3 卷，人民文学出版社 1956 年版，第 346 页。

⑥ 鲁迅：《关于杨君袭来事件的辩证》，《鲁迅全集》第 7 卷，人民文学出版社 1958 年版，第 49 页。

究自己”、“中国人偏不肯研究自己”的怯弱心理和敷衍态度,[①]直至临终前他还谆谆告诫:“我们应该有‘自知’之明,我们应该有知人之明。”[②]因此,即使解剖自己是一种酷烈的惨痛,他选择义无反顾地抉心自食,追其本味。所以沈雁冰在论到鲁迅时才会说:“我们也不要忘记,鲁迅是站在路旁边,老实不客气的剥脱我们男男女女,同时他也老实不客气的剥脱自己。他不是一个站在云端的‘超人’,嘴角上挂着庄严的冷笑,来指斥世人的愚笨卑劣的,他不是这样的‘圣哲’!他是实实地生根在我们这愚笨卑劣的人世间,忍住了悲悯的热泪,用冷讽的微笑,一遍一遍不惮烦地向我们解释人类是如何脆弱,世事是多么矛盾!他决不忘记自己也分有这本性上的脆弱和潜伏的矛盾。”[③]

二　寻求“人”的价值信念

(一)“人”不能没有上帝

“人类存在的秘密并不在于仅仅单纯的活着,而在于为什么活着。当对自己为什么活着缺乏坚定的信念时,人是不愿意活着的,宁可自杀,也不愿意留在世上。”[④]围绕人的生存意义问题,陀氏从理性思考和宗教体验两个对立视角展开了探讨,前者的代表有拉斯柯尔尼科夫、地下室人、伊鲍里特、基里洛夫、伊凡·

---

① 鲁迅:《马上支日记》,《鲁迅全集》第3卷,人民文学出版社1956年版,第246页。

② 鲁迅:《立此存照》,《鲁迅全集》第6卷,人民文学出版社1958年版,第507页。

③ 茅盾:《鲁迅论》,《茅盾论中国现代作家作品》,北京大学出版社1980年版,第48页。

④ [俄] 陀思妥耶夫斯基著,耿济之译:《卡拉马佐夫兄弟》,人民文学出版社1981年版,第380—381页。

卡拉马佐夫，后者包括索尼娅、梅思金公爵、沙托夫、佐西玛长老、阿辽沙·卡拉马佐夫等。他的探索的结果是：那些理性思考者不仅没能以自己的信念和行动解决人之根本问题，反而一个个走向犯罪、堕落、崩溃或自杀，他们一生总是处在道德和良知的不断煎熬中，痛苦不堪；而另外一些温顺驯服的人，如索尼亚、佐西玛——他们用爱来克服恨、用受苦来赢取和平，再如梅思金和阿辽沙——他们从不责备任何人、也从不裁判任何人，却以博大善良的灵魂为苦难的现实世界投入圣洁的光芒，悄无声息却源源不断地温暖着芸芸众生。考察陀氏本人的心路历程，可以发现他一直徘徊在怀疑和信仰的两端："没有人心中的矛盾像陀思妥耶夫斯基的矛盾反差得这样强烈，其程度就如山巅之于深渊。同一个灵魂中，他既是所有人当中最虔信的信徒，又是极端的无神论者……他的虔信是流淌于世界两极间、是非两极间的汹涌澎湃的变幻之河。"① 但是，俄罗斯人那种特殊的宗教感情——即使一切信仰都消歇之后，这种宗教感情依然留存在俄罗斯人心中，和业已深深浸入陀氏骨肉的宗教意识，使他最终将基督理想确立为自己的价值信仰，怀着向上帝接近的渴望，他把基督的神性当作人性的最高形态和终极目标。

人并非天生就懂得博爱并乐于奉献和无私无畏。人的怜悯，尤其是对病人和垂死之人的怜悯，在古代世界中极为罕见。古希腊哲学家柏拉图要因为疾病不能再工作的穷人去死，另一个罗马哲学家普劳图斯则认为不能给行乞的人提供食物。历史学家研究人类的文明进程时发现，在西方世界，关心人类疾苦在很大程度

① ［奥］茨威格著，申文林译：《三大师》，安徽文艺出版社 2000 年版，第 162 页。

上应归功于基督教。陀氏的小说《白痴》就塑造出梅思金公爵这样一位无可比拟、无限美好的基督式人物。陀氏曾在自己的书信中表示，希望通过塑造一个十全十美的人物，来呼唤现代文明世界远未形成的美的理想，在他看来，这种理想只在上帝创造的永恒奇迹中存在。在这部小说中，梅思金通过四次偶遇，完成了对基督信仰的认识。初次是公爵与无神论者的偶遇，天生愚钝的公爵与才识渊博的学者在火车上聊天，学者自称不信仰上帝，并发表很多高深的理论，公爵深感钦佩，但又隐约觉得这番宏论存在某些似是而非的东西。第二次谈到一个农民，他因贪恋朋友的一块手表竟鬼使神差的将朋友杀害，这位本性纯良的人在杀人前还不忘画十字架、向基督暗中哀祷。第三次描述了一位士兵，这位醉鬼为了换取 20 戈比的酒钱，毫不犹豫地将贴身之物——一个锡制的十字架——谎称银制品卖掉。最后一次偶遇发生在公爵与一位母亲之间，他在乡村旅行遇到一位年轻的妈妈，她在自己孩子绽放微笑时，无比虔诚地向心口画了一个十字架，公爵很惊异，她解释道："一个母亲看见她的婴儿初次微笑，心里的那份喜悦正和上帝在天上每次看见罪人在他面前诚心诚意地祷告时感到的喜悦一样。"① 这是一个非常平凡的农妇，然而梅思金公爵却从她的口中听到了最深刻、同时也是最精微的宗教思想，这种思想充分提示了基督教的真谛：即关于视上帝如我们的亲父，关于上帝对人们的喜悦如父亲对亲生孩儿一样的整个概念，这就是基督教最主要的思想。陀氏借梅思金表达了自己的宗教态度："我们不能把宗教情感的实质归属到任何推理或无神论中去，它

① ［俄］陀思妥耶夫斯基著，荣如德译：《白痴》，上海译文出版社 2006 年版，第 215—216 页。

与任何的罪行和错误都毫不相干；这里有别的东西，永远会有别的东西；这里有一些无神论永远也说不对头的东西。但重要的是，你可以在俄国人的心中最明显地，最迅速地看出这一点来。”①

在陀氏笔下，那些看似极其坚强、极其理性的人，其实内心深处是渴望宗教感情的。最激进的叛逆者伊凡也承认“上帝”的美好意义：“神妙的不是上帝是否确实存在，也不是人创造了上帝，还是上帝创造了人，而是上帝必不可少的这个思想居然会钻到人这样一种野蛮而凶恶的动物头脑中去，因为这个思想实在太神圣太感人太英明了，它给人类增添了太多的光彩。”② 伏尔泰也说如果上帝不存在，应该把它造出来。因为人一旦失去上帝，就会被群魔附身。“上帝必不可少”的思想之所以深入人心，因为人类的良知需要一柄高悬的道德之剑来指引，如果这柄道德之剑不复存在，人类的灾难便无以穷尽。正如何怀宏所言：“没有了上帝，也就没有了永生，也就不可能有稳定的道德秩序。”③也许在道德失范的初期，人类还会保留某种习惯性的循规蹈矩，保留某种对外在的法律惩罚的畏惧，“但却不会有一种根本的道德动机、不会有一种对于最后惩罚的恐惧”。④ 而保持一种对最终审判的恐惧是必要的，如果没有它，罪人犯罪就没有任何阻挡，还有那些犯下不为人所知的罪行的人，就不会由于内心

① ［俄］陀思妥耶夫斯基著，荣如德译：《白痴》，上海译文出版社 2006 年版，第 215—216 页。

② ［俄］陀思妥耶夫斯基著，耿济之译：《卡拉马佐夫兄弟》，人民文学出版社 1981 年版，第 351 页。

③ 何怀宏：《道德·上帝与人——陀思妥耶夫斯基的问题》，新华出版社 1999 年版，第 200 页。

④ 同上书，第 201 页。

的不安和恐惧而忏悔自己的罪行，因为法律的处罚是有可能逃避的，道德的内心制裁也能够在内心得到化解，只有在上帝的面前，人所犯的罪才无可遁形，永生的罚也无可逃避。所以伊凡·卡拉马佐夫认为若无上帝，一切皆可为，基里洛夫也说："假如上帝存在，一切便取决于他，我不能做任何有违他意愿的事情。而如果他不存在，一切便取决于我，我必须肯定我的独立性。"①什么是一切皆可为？在私生子斯麦尔佳科夫那里，意味着利用老卡拉马佐夫与德米特里与伊凡之间错综复杂的矛盾利益冲突，偷偷杀死赐予自己的屈辱生命，却一直不愿承认自己的亲生父亲。如何能肯定自己的独立性？在拉斯柯尔尼科夫那里，是允许自我超越道德、法律障碍，实践所谓的"超人"思想，他认为自己有权主宰和决定他人的性命，甚至自许这是一种帮助社会的英雄主义行径。陀氏看到人类打着除恶的名义制造出更多的恶行，所以他坚持上帝不能缺席的信念，他坚信在这个世界上，没有什么能比基督更美好、更深刻、更可爱、更智慧、更坚毅和更完善。如果有人向他证明，基督存在于真理之外，而且毫不相干，那么他宁愿"与基督而不是与真理在一起"。②

（二）"人"应当信仰生命

面对现实的苦难和人的生存困境，陀氏是走向彼岸世界寻求精神皈依，鲁迅虽也对此岸世界投以否定的目光，但由于中国不存在俄国式的基督，中国人君临的是"礼"，不是"神"，他最终没有认同陀氏那种超验的绝对价值形态。不过，作为一个同等

① ［俄］陀思妥耶夫斯基著，藏仲伦译：《群魔》，译林出版社 2002 年版，第 758 页。

② ［俄］陀思妥耶夫斯基著，冯增义、徐振亚译：《给娜·德·冯维辛娜的信》，《陀思妥耶夫斯基书信选》，人民文学出版社 1986 年版，第 64 页。

伟大的人道主义作家和一个同等深刻的人类大爱者，鲁迅虽然不禀有陀思妥耶夫斯基式的宗教情怀，但他对陀氏基督式的博爱思想给予了充分的肯定，他说："爱是何等地纯洁，而又何其有搅扰诅咒之心呵！而作者其时只有二十四岁，却尤是惊人的事。天才的心诚然是博大的。"[①] 可以说，鲁迅对陀氏的价值信念是持认同态度的，只是由于中西方传统文化知识背景的差异，限制了他对陀氏的进一步理解和接受，也由于中华民族历来缺乏宗教信仰，使他难以获得心灵相通的情感体验。与陀氏终生执著于生存意义的追问相同，鲁迅也希望赋予现实人生某种价值信念，这既是鼓励他为民族未来继续战斗的力量，也是支撑他自己在荒诞世界中生存下去的理由。陀氏在"上帝的圣爱"中找到了精神皈依，此岸世界的苦难和不幸在基督式的忍从中一一获得化解；鲁迅则在"生命形而上学"中寻求价值指引，此岸世界的荒诞和虚无被一种鲁迅式的绝望反抗解构殆尽。

鲁迅的"生命形而上学"是一种由中国传统的儒、道家生命观和西方各种生命学说杂糅而成的历史生命论。一方面，鲁迅继承了儒家"未知生，焉知死"、"未能事人、焉能事鬼"的乐生精神，和道家"道大、天大、地大、人亦大"的生命本体论立场，对待生表现出极其昂扬的态度，崇尚生命的飞扬之致。他将争夺生存权当作人的第一法则，喊出："苟且阻碍这前途者，无论是古今，是人是鬼，是《三坟》《五典》，百宋千元、天球河图，金人玉佛、祖传刃散、秘制膏药，全都踏倒他！"[②] 另一

① 鲁迅：《穷人小引》，《鲁迅全集》第 7 卷 ，人民文学出版社 1958 年版，第 95 页。

② 鲁迅：《忽然想到（五）》，《鲁迅全集》第 3 卷，人民文学出版社 1956 年版，第 16 页。

方面，鲁迅接受了西方的生命进化论学说。只要有新的生命去取代旧的生命，就是社会历史的进步。在这里，个体生命的死亡不再是生命本身有限性的边界，而是与整个人类生命融为一体，成为人类生命的再生。因此，“过去的生命已经死亡。我对这死亡有大欢喜，因为我藉此知道它曾经存活。死亡的生命已经朽腐。我对这朽腐有大欢喜，因为我藉此知道它还非空虚”。[①] 他坚信“后起的生命，总比以前的生命更有意义，更近于完全，因此也更有价值，更可宝贵，前者的生命，应该牺牲于他”。[②] 就这样，西方的生命进化论和儒、道的生命观在鲁迅那里被奇妙组合成了一种“生命形而上学”。这种“生命形而上学”本质上是一种历史生命论。鲁迅关注的远不是个体生命的死亡，而是人类生命的生存，“想到人类的灭亡是一件大寂寞大悲哀的事；然而若干人们的灭亡，却并非寂寞悲哀的事”。[③] 因此，只要人类生命存在，个体生命的死亡便算不了什么，鲁迅试图超越个体生命的有限性而寻求无限永恒的皈依，他把人类生命看作是对个体生命的终有一死性的超越，在他看来，唯有生命本身才是最终极的实在。鲁迅这种通过生和死的超越感受去追问生命“本味”的突进方式，后来又转化为他的“反抗绝望”信念的主要理论基础。

鲁迅的“绝望”，来自他对“历史—现实”、“传统—自我”、“启蒙—拯救”的关系的惊人洞见。鲁迅对“过去—现在”

---

① 鲁迅：《题辞》，《鲁迅全集》第 2 卷，人民文学出版社 1982 年版，第 159 页。

② 鲁迅：《我们现在怎样做父亲》，《鲁迅全集》第 1 卷，人民文学出版社 1956 年版，第 255 页。

③ 鲁迅：《随感录·六十六·生命的路》，《鲁迅全集》第 1 卷，人民文学出版社 1956 年版，第 434 页。

的联系有独特的感受和发现。他一再谈到："历史上都写着中国的灵魂，指示着将来的命运"[①]，"试将记五代，南宋，明末的事情的，和现今的状况一比较，就当惊心动魄于何其相似之甚，仿佛时间的流驶，独与我们中国无关"。[②] 他对"传统—自我"之间藕断丝连的影响也一直保持清醒的目光，"我曾经看过许多旧书，正苦于背了这些古老的鬼魂，思想上也何尝不中些庄周、韩非的毒"。[③]"我自己总觉得我的灵魂里有毒气和鬼气，我极憎恶他，想除去他，而不能"。[④] 启蒙与被启蒙者、拯救者与被拯救者之间的难以沟通，相互隔膜甚至相互敌视，是鲁迅最为痛心的事。夏瑜的鲜血给愚昧者做了药引，革命者的牺牲只换取麻木看客的视众材料，甚至连本该天真纯善的孩子，也拿着芦柴棒，对着愿为他牺牲一切的人喊："杀"！种种惊人的洞见，对鲁迅的"希望"信念构成了极大的打击，使鲁迅不禁怀疑希望也是一种自欺的虚妄。在《野草》中，"我"告别一切天堂、地狱、黄金世界，却处于一种无家可归的惶惑之中；"我"要反抗，却陷于无物之阵；"我"要追求，却不过是走向死亡；"我"渴望理解，却置身于冷漠与纸糊的假冠之中，"我"憎恶这个罪恶的世界，却又不得不承认自己与这个世界的联系。这是一种无处不在的绝望，但汪晖认为，恰恰是这种无可挽回的绝望处境唤起了鲁迅对生命意义的再认识，从而发现生命的意义就存在于对绝望的反抗

---

① 鲁迅：《忽然想到（四）》，《鲁迅全集》第 4 卷，人民文学出版社 1958 年版，第 13 页。

② 同上。

③ 鲁迅：《写在坟后面》，《鲁迅全集》第 1 卷，人民文学出版社 1956 年版，第 362 页。

④ 鲁迅：《致李秉中》，《鲁迅全集》第 9 卷，人民文学出版社 1958 年版，第 312 页。

之中。如他所说，鲁迅把个人生存的悲剧性理解与赋予生命和世界以意义的思考联系在一起，在孤独、寂寞、惶惑、苦闷、焦虑的情绪体验中获得对生命和世界的全新理解，从“绝望之为虚妄，正与希望相同”的辩证思维走向“终于不能证实：惟黑暗与虚无乃是实有”的超越感受，最后形成了他“反抗绝望”的生命哲学。

第三节　情欲是一种罪孽：陀思妥耶夫斯基与郁达夫

以往的研究者很少将陀思妥耶夫斯基纳入郁达夫的接受视野，但从郁达夫为数不多的谈论陀氏的言语中，我们不难看出他对陀氏的关注和钦佩。郁达夫曾在一篇回顾创作生涯的文章中，谈到自己对俄罗斯文学的接触经由屠格涅夫到托尔斯泰再到陀思妥耶夫斯基的过程，他说：“和西洋文学的接触开始了，以后就急转直下，从杜儿葛纳夫到托尔斯泰，从托尔斯泰到陀思妥耶夫斯基、高尔基、契可夫。”[①] 1921 年他为郭沫若翻译的《茵梦蝴》作序，在序言中再次提到陀氏，说他的小说是“严冬的风雪，盛夏的狂雷”，而且非常羡慕陀氏作品那种读后“能发狂发疯的力度”。此外，周作人的一番比较也从某个侧面证实了郁达夫对陀氏的借鉴之意，这是郁达夫自己记录下来的，他说：“晚上在家里看书，接到了周作人的来信，系赞我这一回的创作《过去》

---

① 郁达夫：《五六年来创作生活的回顾》，《达夫全集》第 4 卷，上海开明书店 1928 年版，第 47 页。

的，他说我的作风变了，《过去》是可与 Dostoiffski Garsin 相比的杰作，描写女性，很有独到的地方，我真觉得汗颜，以后要努力一点，使他的赞词能够不至落空。”[①] 郁达夫除了为陀氏的伟大声名所倾倒，他与陀氏在人生经历、性格气质诸方面的相似之处也构成了他接受陀思妥耶夫斯基的心理动因。郁达夫的一生，经历过很多的坎坷与悲苦，他曾在自传中将自己的出生比作“一出结构并不好而尚未完成的悲剧”。陀氏的一生，更是注定为承受苦难而来：阴暗的童年、双亲的早逝、死刑架、监狱、流放、疾病、贫穷，几乎无一幸免。两人在家境败落、体质虚弱、染有恶疾、爱情受挫、婚姻不幸、幼年失亲、中年失子、以文为生、生活困顿等诸多人生际遇上有着惊人的相似，又因为承载着这么多的苦难，两人吸聚痛苦的精神特性都异于常人，他们的艺术灵感，很大程度也与各自对生活的痛苦的敏锐感受分不开。因此，郁达夫对陀氏的接受总的说来是基于自己的气质禀赋和性格特征方面的因素。他跟鲁迅不同，前者作为一个人本主义作家，对陀氏的借鉴主要立足于对“人的灵魂”的探险和对“人的价值”追求两个方面。而郁达夫是一个生性敏感、长于感知的浪漫主义作家，因此他是从更感性、更具体的角度，即有关人的情欲冲动这个方面，与陀氏开展跨时空对话的。

一　情欲冲动是人的本能

人的情欲冲动被基督教视为一种原始的罪孽，人类的始祖亚当和夏娃就是因为偷尝禁果被上帝驱逐出伊甸园，情欲冲动从而

① 郁达夫：《日记九种·穷冬日记》1927 年 2 月 15 日，《郁达夫全集》第 12 卷，浙江文艺出版社 1992 年版，第 111 页。

成为人之本能，人为这与生俱来的“原罪”终生受罚。陀思妥耶夫斯基接受了基督教的“原欲”思想，将情欲比喻成一只“罪恶的昆虫”，塑造了很多情欲旺盛的恶魔式人物，最典型代表莫过于卡拉马佐夫父子。老卡拉马佐夫是一个既恶劣又荒唐，在情欲方面残忍得像恶魔一样的人，为了自己丑陋、粗鄙的情欲，他可以公开和儿子抢情人，为了维持下作的生活，他对待每一戈比都无比的贪婪，他爱这种龌龊的生活，认为它无比的甜蜜，即使用天堂来换都不舍得放弃。长子德米特里在情欲方面丝毫不逊色于父亲，他爱淫荡、堕落的下流生活，母亲遗留下来的财产被他挥霍一空，丝毫没有半点悔意，为了一个“毫无怜悯心”的奸诈女人，他甚至产生谋害父亲、夺取家产的罪念，他向阿辽沙坦承：每逢他陷入最深、最荒淫无耻之中时，他不会停住步伐，弃恶从善，相反他要让自己头朝地、脚朝天掉进这个深渊，索性一直掉下去，他甚至会因为堕落得这样可耻而感到高兴，会把它当作自己的光彩的事，而且就在这样的耻辱中，用唱赞美诗来为自己庆贺。① 米卡对自己的堕落本能有清醒的认识，其实这种本能是任何人都无法避免的。放荡不羁、粗野狂暴的性冲动不只有在堕落的老费多尔和德米特里身上流淌，洁身自好、意志坚定的伊凡身上同样燃烧着强烈的情欲之火，他对卡捷琳娜·伊凡诺芙娜既痴迷又怨恨的复杂情感，就是情欲冲动的充分体现。伊凡难逃情关，尚属正常，但圣洁如天使的阿辽沙，心底也潜伏着一只情欲的昆虫，这种发现让人震撼：当德米特里向阿辽沙讲述他的“下流”故事时，他看到阿辽沙的脸红了，以为

① ［俄］陀思妥耶夫斯基著，耿济之译：《卡拉马佐夫兄弟》，人民文学出版社1981年版，第152页。

他瞧不起自己，但阿辽沙却告白自己与他完全一样：“我们完全是顺着同样的阶梯往上走。我还在最下一层，而你是在上面，大概是第十三层吧。这是我的看法。但不管怎样我们是一样的，完全类似的情况。谁只要一踏上最低的一层，就一定会升到最高的一层上去的。”[①] 德米特里问阿辽沙应不应该踏上这条欲望之梯，他的回答是“谁只要能做到——就应该根本不踏上去。”德米特里继续追问：“你呢，你能么?”“大概不能。”连上帝之灵都不能阻止人类的情欲冲动，这是一个可怕的发现，然而更可怕的事实是，人的情欲本能在野蛮爆发时产生的毁灭力量。当人的情欲本能恣意爆发时，它能轻易冲出人为设置的樊篱，丝毫不受理智、伦理道德、羞耻和良知的控制，肆无忌惮地摧毁一切，很多人被这种本能欲望带进了罪恶深渊，再也无法回头。佐西玛长老的“神秘访客”就是一个典型例子：他曾因自己疯狂的情欲对一个有钱的太太犯下了极可怕的罪行。那是一个年轻貌美的寡妇，他对她极为热恋，狂热地追求她。但是她的心已经属意另一个男人，她拒绝了他的求婚，而且拒绝再接待他。他无法忍受自己的爱慕者竟要成为别人的太太，继而在一种强烈的嫉恨情绪支配下杀死了他的情人，并且成功地将罪行转嫁给她的仆人。对于自己的杀人，起初他只觉得遗憾，因为杀死了情人也就断送了他的爱情，但情欲之火还留在他的血管里。然而结婚生子后，曾经的罪行开始像恶魔的影子一般纠缠不休，时常出现在他的脑际，折磨着他的良心，他用尽一切方法都不能清除这种痛苦。他的情欲冲动带他走上了犯罪道路，他为这个隐秘罪行整整煎熬了14

---

① ［俄］陀思妥耶夫斯基著，耿济之译：《卡拉马佐夫兄弟》，人民文学出版社1981年版，第156—157页。

年，直至死去。另一个走向毁灭深渊的人是罗果静，他对娜斯塔霞充满着疯狂的贪欲和爱恋，这种爱欲摧毁了他的理智，造成对娜斯塔霞不惜一切的占有和支配欲望，最后终因不堪忍受失去她的恐惧和绝望，在杀死心上人后精神崩溃。情欲冲动有时还会冲破伦理和道德的底线，酿成弑父惨案。卡拉马佐夫家族的成员纠缠于情欲之间，父子、兄弟毫无亲情可言，彼此仇恨，互相算计，德米特里视父亲为最大的敌人，一心想杀死他后夺得家产，与情人过逍遥快活的日子，伊凡冷眼旁观父兄争斗，期望从两败俱伤中收取渔翁之利，夺取米卡的未婚妻和财产，三人相残给斯麦尔佳科夫提供了绝佳的机会，最终酿成弑父惨剧。

跟陀氏一样，郁达夫也认为人类的情欲冲动是不可回避的，“诸本能之中，对我们的生命最危险而同时又最重要的，是性本能。恋爱、性欲、结婚，这三重难关，实在是我们人类的宿命的三种死的循环舞蹈。”[①] 他把爱欲之情看做是“直接摇动我们的内部生命”的最强大之力。在《读劳伦斯的小说》一文中，他写道：“空虚，空虚，人生万事，原不过是一个空虚！唯其是如此，所以大家在拼命的寻欢作乐，满足官能，而最有把握的实际，还是男女间的性的交流！”[②] 在这种观念指导下，性冲动和性苦闷在郁达夫的作品中占据了重要分量，被情欲强烈纠葛的主人公成了郁达夫小说的标签，以至于他一度被人称作“肉欲作家”。《沉沦》中的“他”受春情复苏，万物萌动的季节影响，从始祖那里遗传来的苦闷一日强过一日。走在路上，看到两个穿

---

① 郁达夫：《论戏剧》，《郁达夫文集》第5卷，花城出版社1982年版，第57页。

② 郁达夫：《读劳伦斯的小说》，《郁达夫文集》第5卷，花城出版社1982年版，第221页。

红裙的女学生，“他”的呼吸会蓦然紧缩，胸口怦怦乱跳。回到旅舍，中年妇人赤裸裸的形体挥之不去，他在被窝里，将平时所见的“伊扶”化作成种种幻想，偷偷地自慰。到了晚上，当听见浴室传来刹刹的泼水声，他慌张得连鞋都顾不上穿，幽手幽脚藏在门口，贪婪地偷窥老板女儿“雪样的乳峰”和“肥白的大腿”。这本是一个非常高尚洁净的人，然而他的智力和良心在欲望面前失足了，在邪念的诱惑下，他偷听男女田间的野合，甚至放浪召妓……《茫茫夜》里的于质夫安顿好学校的事情后，压抑许久的性欲，竟又重新抬头。当他的性欲发作时，他完全成了无理性的野兽，每晚非要到外面乱跑乱跳走上一圈，偷看几位女性，才能勉强将冲动压制下去。学生闹事的那天晚上，被委派维持秩序的于质夫，在性欲的突然发作下，偷偷溜出学校，如“饿犬”般游荡街头。这一晚，于质夫发现了一位颇有姿色的杂货店妇人，他的欲望在变态自虐中获得满足：他先是买了一枚妇人用熟的缝衣针，接着又向妇人索要一方旧帕，回去后，他立马把这骗来的“两件宝物”从怀中取出，掩在自家的口鼻上，在女人气味的强烈刺激下，他拿着针子狠命的往脸上刺，看看手帕上的猩红的血迹，闻闻旧手帕和针子的香味，想想那主人的态度，他觉得一身快感，把他的全身都浸遍了。

与陀氏笔下那些极度放纵的人相比，郁达夫的主人公显得非常隐忍和压抑，他们几乎从未快意享受过放荡的生活，相反这对他们来说意味着堕落，让他们深感羞耻。放肆张扬势必会导致行为上的无所顾忌，隐忍压抑只会在内心深处激起漩涡。因此，情欲的暴风雨将陀氏的人物一个个引向毁灭之途，在郁达夫那里，只呈现不同程度的心理扭曲：《沉沦》中的“他”，一方面是性冲动诱惑下的偷偷自慰，一方面是深自痛悔的自我谴责；既难抵偷窥邪念的诱惑，又羞辱得自打嘴巴；既聚精会神地偷看男女田间的野合，耳边又响起“道性”的责难：“你去死罢，你去死罢，你怎么下流到这地步”；既贪婪日本妇人围裙下的肥白大腿，又辱骂自己是“畜生！狗贼！卑怯的人”。于质夫们既害怕别人戳破自己道貌岸然的假面，又难以压制发自本能的“下流性癖”，既放纵于自己沉溺最灰暗、最迷乱的淫乱生活，狎妓自醉，又深深诅咒这种无耻，甚至称自己是“以金钱来蹂躏人的禽兽”。

陀氏的情欲描写，主要立足于基督教“原罪”文化，他提醒人们重视情欲冲动所带来的灾难后果，郁达夫则立足于中国传统的“性不洁”文化，希望人们关注身处本能和道德冲突下的病态心理。纵观郁达夫的作品，一方面有着对情欲本能出自天性的渴望，另一方面，却受着道德、理性的强烈制约，激烈谴责自我本能。这种矛盾主要来自两个方面，一是西方现代思想与中国传统观念的文化对抗，二是个人享乐与社会责任之间的道义冲突。“性不洁”观念在中国传统文化中根深蒂固，从“万恶淫为首”、“存天理，去人欲”的儒家礼学，到超脱尘世、无情无欲的道家理想，再到戒淫戒色，戒除七情六欲的佛家清规，中国传统道德所尊奉的儒、道、佛三家，均是压抑或鄙视性的。虽然日本文化对“性”持开放态度，郁达夫也一度受此影响喊出性的需求，但作为一个深受中国传统文化熏陶的知识分子，传统文化早已内化为他的思维方式和行为准则。此外，个人享受和社会责任之间也存在某种突出矛盾，性的沉沦与成就事业是必然冲突的，由于沉迷于性的追求，人可以不要知识、不要名誉，也不能顾及对社会的责任和道义。郁达夫笔下的人物一次次痛苦自责，恐惧“沉沦”，力图控制“沉沦”，然而，却终究还是不得不

“沉沦”，这一精神上难以排解的痛苦使他们一个个心灵扭曲，痛苦不堪。

二 本能冲动的引导和升华

社会学家把情欲看成人类对自我的一种积极寻求，陀氏却认为这种寻求注定会失败。在他眼里，对情欲的渴求导致了人被情欲奴役，寻求的同时迷失了自我，严重者甚至以毁灭告终。基于“原欲”说，陀氏不能否认人的情欲本能，但为了避免人类遭罚，他希望为这种罪孽指明一条出路，即寻求用一种至纯至善的基督式的怜悯之爱来净化人类的本能冲动，他笔下很多人物都在践行这种自甘牺牲、无欲无求的“圣爱”。如《被侮辱与被损害的》中的娜塔莎，为了仇人之子不惜和老父决裂，她所爱的人是一个毫无担当、自私自利的“孩子”，她很清楚阿辽沙不能给自己带来幸福，他三心二意、优柔寡断，理所当然地享受娜塔莎的付出，从不懂得珍惜和回报，娜塔莎对此却毫无怨言，当得知阿辽沙去寻花问柳时，她竟然为之感到快乐，因为阿辽沙“像别的大人一样了”。娜塔莎对阿辽沙的爱超越了男女之情，她可以轻易原谅阿辽沙的一切，原谅他对自己的不忠，甚至为他爱上自己的情敌卡佳，这几乎达到了宽容的极致。在娜塔莎的身上，人们看到一种圣母般的情怀，这种温情脉脉、贤淑慈祥的爱是对普通男女尘世情欲的超度。同样，在“穷人”杰符施金那里，人的世俗情欲被升华为一种博大无私的心灵之爱。杰符施金只是一个贫穷的公务员，领着微薄的收入，生活极度节俭，但为了接济孤女瓦莲卡，他卖掉礼服，宁愿自己在寒冷的冬天没有衣服穿，也要从自己微薄的生活费中尽力缩减出一点余钱，为她买糖果，买衣服。当瓦莲卡准备嫁给贝科夫时，他到处奔走，替她购置嫁妆，以致病倒了还咒骂自己："现在正是要你出力奔跑的要紧关头，你却得了感冒，真见鬼。"他对瓦莲卡的爱没有丝毫占有之欲，为了她的名誉，他克制自己不与她亲近，只借着礼拜天做弥撒的机会，从她撩开的窗帘中匆匆地看她一眼。杰符施金对瓦莲卡的爱是至纯至善的，这种爱充满着诗意，令人感动。他对瓦莲卡的爱如同上帝的光辉一样圣洁，他爱她如同一个父亲爱亲生的女儿那样，关心她，帮助她，从衣食起居到身体状况，她生活中任何一点细微的变化都牵动着他的心，他爱她不是为了自己，而是为了她，他竭尽全力要使瓦莲卡得到幸福，虽然他自己的现实处境让他无能为力，但这种无私奉献不图回报的纯粹的爱，是瓦莲卡苦难人生中仅有的一线光明，温暖着她不幸的心灵。另一个用基督圣爱来洗涤和抑制情欲的陌生力量的人是梅思金公爵。他爱娜斯塔霞，不是因为她非凡的美貌，而是为她那不能被摧毁的高贵禀赋，为她曾经承受和现在还在承受的痛苦经历。"娜的脸上老有一种足以使他肠断的气质。为她忍受痛苦的感觉，从未离开过他的心田。"① 当娜斯塔霞被一群无耻之徒怀着各种卑鄙目的像物品一样推来推去时，惟有梅思金为她感到悲哀和沉痛。他不在乎娜斯塔霞是托茨基的情妇、她在世人眼中的狼藉声名，也不惧怕跟娜斯塔霞在一起声誉受损，前途毁灭，他执意要娶娜斯塔霞，并将她的接受视为一种荣幸，"我愿意为您去死，我不允许任何人说您的一句闲话"。② 当娜斯塔

① ［俄］陀思妥耶夫斯基著，荣如德译：《白痴》，上海译文出版社 2006 年版，第 340 页。

② 同上书，第 161 页。

霞决定跟罗果静在一起时，他祝福他们，帮助他们，当娜斯塔霞因恐惧一次次逃离罗果静时，他又义无反顾地接纳她。当娜斯塔霞因与他的未婚妻阿格拉涅发生争吵，被刺激得歇斯底里时，他选择了留在娜斯塔霞的身旁，“他目不转睛地望着她，用两只手抚摩着她的头发和面庞，宛如爱抚一个小孩子似的。她呵呵地笑，他也笑，她流着眼泪，他也哭。他什么话都不说，却注意听着她急促、兴奋、不连贯的喃喃絮语，安详地微笑着。只要稍有一点点感觉到她又开始忧伤或哭泣，责备或抱怨，马上又重新抚摩她的头发，温柔地摸着她的面颊，又是安慰，又是劝说，犹如哄小孩子一般。”[①] 梅思金对娜斯塔霞的爱情实际上是脱离世俗、不掺杂任何情欲的深深怜悯，是一种基督似的圣爱。这种圣爱使他从没将罗果静当作情敌，他怜悯罗果静对娜斯塔霞那由炽烈情欲构成的不幸爱情，同样流着眼泪亲吻在情欲所奴役下的罗果静，而罗果静也是在疯狂妒忌梅思金，甚至一度想杀死他后，由衷地承认梅思金的怜悯之爱要比他占有之欲来得更加伟大。

在面对人类的情欲本能方面，郁达夫跟陀氏殊途同归，两者都希望为人类的原始冲动寻找一个合理的引导途径。基于不同的文化背景，郁达夫用传统士大夫的忧国忧民情怀代替了陀氏渊源深厚的宗教情感，如果说陀氏指明的出路是一种至纯至善、不包含任何私念的基督式的净化之爱的话，那么郁达夫则找到了一种至理至性，以国家社会为重的民族式的升华之爱。在具体操作时，郁达夫的解决方式与陀氏有鲜明的区别，陀氏用一种对比的手法，如通过梅思金和罗果静，杰符施金和贝科夫，娜塔沙和阿

---

① ［俄］陀思妥耶夫斯基著，荣如德译：《白痴》，上海译文出版社 2006 年版，第 556 页。

辽沙，将世俗式情欲和基督圣爱进行比照，从而让人感受到一种纯净高洁的爱。而郁达夫主要采取一种自我斗争的方式，通过个人与国家、享乐与道义之间的矛盾和冲突，向人们展示主人公内心从不曾忘却的民族责任感。纵观郁达夫小说的主人公，在他们性苦闷的身后隐藏着更复杂的生存苦闷，而这种生存苦闷又与对国家、民族羸弱不振的深深忧患和沉重痛惜紧密相连。于质夫、伊人们是具有爱国思想的知识分子，他们拥有较高的知识水平，抱着救国图强的心愿留学日本，异国他乡的生活见闻激发了他们强烈的民族自尊心。《沉沦》中，每当“他”的日本同学在那里欢笑的时候，“他”总要疑心他们是否在讥笑他，他们在那里谈天的时候，若有人偶然看他一眼，“他”会立即面红心跳，以为他们是在奚落他。面对青楼侍女一句随意的询问“你府上是什么地方？”他那清瘦的面上，立即浮现出一层红色，接着全身发起抖来，甚至连眼泪都快滚出来了，他的心中涌起一种强烈的民族自卑感：“日本人轻视中国人，同我们轻视猪狗一样。日本人都叫中国人作‘支那人’，这‘支那人’三个字，在日本，比我们骂人的‘贱贼’还更难听，如今在一个如花的少女前头，他不得不自认说‘我是支那人’了。”因为弱国子民的身份，“他”时时警觉别人的歧视和讥笑，当他觉得连最底层的妓女都瞧不起自己时，他再也抑制不了自己的愤怒：“狗才！俗物！你们都敢于来欺侮我么？复仇复仇，我总要复你们的仇。世间哪里有真心的女子！那侍女的负心东西，你竟敢把我丢了么？罢了罢了，我再也不爱女人了，我再也不爱女人了。我就爱我的祖国，我就把我的祖国当作了情人吧。”无论是《沉沦》、《南迁》，还是《胃病》、《茫茫夜》，郁达夫笔下的他们都是由于孤独和忧郁，渴求用情爱来温暖自己的心，但在“轻视中国人如同我们轻视猪狗”

一样的异国，这种情爱需求自然是得不到的，由此引出了性苦闷的病态心理，但他感受到的性苦闷，往往是和对民族地位衰弱的悲愤、对祖国命运的关怀，以及对乡土的怀念交织在一起，而且，还是作为这种种愁绪无法排遣之时，对现实不满情绪的一种发泄。所以，郁达夫笔下的主人公，究其根底，仍以一种对国家、对民族的强烈责任感战胜了自己的个人情欲，我们可以感受到于质夫们在饱尝民族屈辱的痛苦后，被激发起的民族自尊感和那颗跳荡的爱国赤心。他们为祖国的贫穷衰弱痛苦哀鸣，“中国呀中国！你怎么不富强起来，我不能再隐忍过去了”。他们为日本人对“支那人”恶意侮辱的态度深感悲愤，发出复仇的呐喊：“他们都是日本人，他们都是我的仇敌，我总有一天来复仇。我总要复他们的仇。”《沉沦》中的“他”决心跳海，走到海边，眼望西天，仍然不忘向那明星底下的故国，抛尽“骤雨似的眼泪”，在长叹一声后发出裂人心肺的喊声：“祖国呀！祖国！我的死是你害的！你快富起来，强起来罢！你还有许多儿女在那里受苦呢！”《茫茫夜》、《风铃》中的于质夫，在国外住了十多年，“消磨了玫瑰似的青春，受尽了不少的欺凌”，终于带着一颗被凌辱的隐痛心灵，重新投回到祖国的怀抱，他们都是把自己的个人解放心愿建立在渴望国家、民族富强的基础上。一方面，郁达夫笔下的青年学子，接受了西方先进的个性解放思想，加之出于一个自然人的正常欲望，他们不可避免对情欲怀着强烈的渴求之心；另一方面，沉沦情欲与成就事业有着必然的冲突，追求个人享乐与服务社会之间产生了深刻的矛盾。然而在这场艰难的拉锯战中，郁达夫选择了后者：“在这一个外国大洪水里游泳挣扎着的我这意志薄弱的青年，却终于深深地，深深地固持保有着了两件东西，没有被周围的环境所征服，那就是：一个过去曾有四千年历史传统在背后的大汉民族的头脑，和一颗鲜血淋漓地在脉动着的中国人的心。”①

第四节 对苦难的美学观照：陀思妥耶夫斯基与路翎

路翎是一个受俄苏文学影响很深的人，在俄苏作家群中，陀思妥耶夫斯基是研究界公认的对路翎创作产生重要影响的作家之一。钱理群等人编著的《中国现代文学三十年》这样评价两者的关系：“路翎小说的心理刻画，在揭示人的灵魂的复杂、丰富性方面就别具特殊价值；他运用错杂的表现人物心理深度和广度的写法，在掌握大起大落的心理节奏，处理人物之间的心灵感应的波澜方面，显出一种陀思妥耶夫斯基的气质，也使中国的现代小说在他手中与世界的文学潮流更接近。”② 的确，在中国新文学的作家群里面，路翎是最具“陀思妥耶夫斯基气质”的一位作家。路翎本人非常喜爱陀氏的《穷人》和《罪与罚》，从他的创作来看，无论是“父亲”形象、家族题材、还是主观内省、灵魂搏斗，抑或是心理分析、意识流手法的运用，陀氏的影响是显而易见的。不过这些只是路翎借鉴陀氏的一些具体方面，他们之间其实还存在更深刻的联系。路翎在谈到外国文学对自己的影响时，曾说：“这并不是说，在我和外国作家之间，可作类比和我向他们学习的具体的形象很多，而是说，这些名著的美学境界

① 郁达夫：《郁达夫文集》第 8 卷，花城出版社 1983 年版，第 225 页。
② 钱理群：《中国现代文学三十年》，北京大学出版社 2005 年版，第 506 页。

是给了我帮助的。"[①] 从路翎的这段自述中可知，他对陀氏的接受绝不是停留于某些具体形象，他们的相通主要体现在更深层的美学境界上，更准确地说，就是两人都表现出对苦难的一种发自本能的美学观照。众所周知，陀氏的一生是为承受苦难而来：阴暗的童年、双亲的早逝、死刑架、监狱、流放、疾病、贫穷，几乎无一幸免，他仿佛化成一尊苦难的雕像。而苦难之于路翎，早已相当深厚地沉积在他的情感深处。他幼年丧父，曾经无比哀痛地说："我没有父亲，我不知道他是什么样的人：长子或是矮子，快乐的或是愁苦的。"[②] 刚刚懂事，他跟随母亲到了继父的家里，当时的记忆是："在小时候，我就有绰号叫'拖油瓶'，我底童年是在压抑、神经质、对世界的不可解的爱和憎恨里度过的，匆匆地度过的。"[③] 步入社会后，民族浩劫、家园残破的现实苦难与沉重的历史积淀再一次侵袭他的心灵。路翎因自身的残酷境遇很早就领受了苦难，同时又在细心研究苦难时成为自己苦难的主人，因此他的小说跟陀氏的一样，具有了一种深重的苦难况味。

一　人生的苦难宿命

尼·别尔嘉耶夫指出："苦难问题是陀思妥耶夫斯基作品的中心。"[④] 在陀氏的每一篇小说中，都洋溢着深重的苦难气息，即

① 路翎：《我与外国文学》，《路翎晚年作品集》，东方出版中心 1998 年版，第 303—315 页。

② 晓风：《胡风路翎文学书简》，安徽文艺出版社 1994 年版，第 8 页。

③ 同上。

④ ［俄］尼·别尔嘉耶夫著，雷永生、邱守娟译：《俄罗斯思想》，生活·读书·新知三联书店 1995 年版，第 77 页。

使坚韧强悍如鲁迅，有时也不堪忍受这份沉重："陀思妥夫斯基将自己作品中的人物们，有时也委实太置之万难忍受的，没有活路的，不堪设想的境地，使他们什么事都做不出来。用了精神的苦刑，送他们到那犯罪，痴呆，酗酒，发狂，自杀的路上去。有时候，竟至于似乎并无目的，只为了手造的牺牲者的苦恼，而使他受苦，在骇人的卑污的状态上，表示出人们的心来。"[①] 亲手制造苦难，甚至残忍地将主人公施以精神酷刑，只为了最大限度地展示人心。因此，"苦难"一词对陀思妥耶夫斯基而言，不仅仅是社会学意义上的，更主要是哲学意义上的，是他对人类生存状态的关注和焦虑，也是对人的灵魂深渊的凝视与思索。在陀氏看来，除了社会和自身的原因外，人类不幸的根源还因为基督教的原罪意识，正是那种时刻意识自己有罪的罪感心理，让苦难自人类诞生那日起就相伴而生，成为人类无从逃脱的宿命。陀氏对苦难的形而上的宗教体验，使他笔下的苦难超越了世俗层面，呈现出一种"神圣化"的意味，即叶尔米洛夫所说的"苦难的理想化"。在陀氏笔下，苦难不再是一种难以忍受的现实处境，而是人类自觉追求和倾心向往的宗教境界，人们热爱苦难，渴求苦难，对它充满了虔诚的膜拜之心。如《罪与罚》中的杜尼亚：她希望自己成为一个殉难的人，当人们用烧得通红的大钳子烙她的胸膛时，她不会感到痛苦，反而会露出笑容来，她渴望赶快为了某一个人去受苦受难，要是达不到受难的目的，她可能会选择从窗户里跳下去。也许传统的人类学知识无法解释这一切，因为它忘记了人们有时也会有混乱和痛苦的需要。梅思金在初次看到

① 鲁迅：《穷人小引》，《鲁迅全集》第 7 卷，人民文学出版社 1958 年版，第 330 页。

娜斯塔霞的照片后便深深地爱上了她，公爵不是被娜斯塔霞光彩照人的美貌所吸引，触动他心弦的恰恰是掩饰于这张光彩面容背后的落寞与苦痛，以及娜斯塔霞内心深藏的那份苦难经历。拉斯柯尼科夫之所以跪倒在苏涅的脚下，是为了向全人类的一切苦难致敬。地下室人爱苦难爱到狂热的程度，甚至为它甘愿放弃一切幸福。陀氏是一个无怨无悔的朝圣者，他用自己的人生证明：苦难能孕育出花一样的美丽，这种光彩夺目、摄人心魂的美能让人心甘情愿为之受难。因为属于陀氏的那朵无与伦比的艺术之花就盛开在深沉的苦难中，廉价的幸福无法拥有这样的威力，所以叶尔米洛夫在谈到陀思妥耶夫斯基时说："这颗灵魂爱上痛苦，因为除了痛苦，已经没有东西可以使它活下去，也就是说，可以使它爱。"① 这是一种独特的"陀思妥耶夫斯基气质"，它不仅与俄罗斯作家在农民苦难问题上与人性和基督之间的严厉自省有关，而且还把这种倾向推向了既为众人责难又为众人钦佩的极端。

与陀思妥耶夫斯基对"苦难"进行哲学意味的审视相通的，还有他对苦难的反常规认识态度。同是描写人间苦难和悲惨画面，雨果把19世纪的三大问题——贫穷使男子潦倒，饥饿使妇女堕落，黑暗使儿童羸弱——看成是因法律和习俗所造成的社会压迫的结果。他在《悲惨世界》一书的序言中写道："只要这世界还有愚昧，人类的苦难处境便是永恒的。"雨果显然深受苏格拉底"无知即罪恶"思想的影响，把人类的苦难归咎于愚昧无知。陀思妥耶夫斯基的看法恰恰相反，同"知识即美德"的乐观主义不同，他一直在反思智力对于人的巨大诱惑，以及由此导

① ［苏联］叶尔米洛夫著，满涛译：《陀思妥耶夫斯基论》，上海译文出版社1985年版，第1页。

致的灾难性后果。灾难之一是，在智力协助下，人的本质力量变得日趋强大，伴随着人类征服自然的进程，人的野心也在无限膨胀，渴求成为世界主人的贪欲最终会摧毁这个赖以生存的世界。智力的另一个灾难是诱惑人长期思考一些永无答案的问题：人到底是什么？他是从哪里来的，他要到哪里去？他在诞生之前是什么，他在死亡之后又成为什么？他要达到什么样的真理，真理是什么？这种追问永久地困扰着人类，使他们焦灼不安，心灵无从安谧，越来越远离上帝赐予的永福之地。对待苦难，陀氏摒弃了欧几里得式的理性认识，他从宗教热忱和原罪意识出发感受人类苦难，用自己的本能和直觉去表达人和世界之间那种神秘莫测的命运关系。因此，在陀氏对苦难的执迷态度里，除去社会热忱、道德执著之外，主要体现了一种昏热虚妄的宗教激情和痛苦的神秘感，以及对欧洲人文主义，尤其是个性主义欲望的怀疑和恐惧。此外，陀氏对苦难的描绘分明还伴随着精细的雕刻与玩味，混合着痛楚的快感，以及一种绞合着耻辱式的自尊，以至于有学者认为陀氏对苦难的态度是既玩味又观照、既陶醉又超越，这种姿态甚至比他对人民苦难历史的记录要更加引人注目，令人惊讶、困惑，并为之震惊。①

路翎生于乱世，长于忧患，苦涩的人生经历使他感受到生命中无穷无尽、难以摆脱的痛苦，从而试图通过文学作品来展示苦难。在路翎眼里，人世是荒凉而渺茫的，人们饱经风霜，却不能明白自己，亦不能理解他人，这是何其辛酸的事，因而苦难成为

① 许子东：《陀思妥耶夫斯基和张贤亮》，《文艺理论研究》1986年第1期，第44页。

人类的必然宿命。[①] 路翎对苦难的感受不同于一般的现实主义作家，而与存在主义达成某种精神上的相通。存在主义从现代意识和现代哲学出发，认为苦难不限于生老病死的人生本相和特定时代的社会生活，它主要呈现为诸如异化、迷惘感、荒诞感、孤独感、失落感之类的所谓“现代人的精神创伤”，以及现代人类深刻的精神危机。同样，苦难之于路翎，不仅仅是悲惨的社会处境或现实生活，更多时候已被内化成一种隐秘、深广的内心体验，他的笔下经常呈现出无可归依的飘零感、深深隔阂于他人的孤独感，以及被人群所漠视的弃置感。[②] 因此，正如“苦难”一词对陀氏主要意味着哲学上的意义而不仅仅是社会学上的意义一样，路翎的苦难除了是一种社会现实、人生现实外，更主要是一种心灵现实和情感现实。

在宇宙万物间，人是最可悲的动物：他们怀揣虚幻的梦想，向往失落的天堂，每个人都是永远的过客，不满足于停留在一处，离开家人和故土，不断地奔走、追寻，却又无法到达理想中的天堂，于是漂泊流浪就成为人类不可避免的一种生存状态。在路翎的小说世界中，人不论社会地位如何高下，生活境遇怎样悬殊，在精神本质上都是漂泊的、孤独的。在这里，无所归依的旷野式流浪随处可见：“走近这个村镇时，蒋纯祖心中是燃烧着这种销毁的，软弱的热情。他想，自己假若死去的话——这是无疑的，他凄凉地想——那么朱谷良便必定会带着冷酷的面容从他底尸身走开，像走开那位父亲和他底女儿一样。在夜里刮起大风来的时候，他底尸体像一切尸体一样，躺在旷野中，而野狼在旷野中奔驰。

① 路翎：《财主底儿女们》（下），人民文学出版社 1985 年版，第 725 页。

② 朱珩青：《路翎小说选·序》，作家出版社 1992 年版，第 1 页。

没有人知道他是谁，没有人知道他是曾经那样宝贵地生活过。他来了，又去了，从摇篮到坟墓的路程很短，他在人间不留遗迹。”[①]在路翎笔下，人注定要走上这么一条漂泊的流浪之路，“逃亡到这样的荒野里，他们这一群是和世界隔绝了——他们觉得是如此。在最初，他们以为很快便会到达一个地方，虽然不知是什么地方，却知道那是人类在生活着的、有他们底朋友和希望的地方。在这个共同的希望下，他们结集起来。但在三天的路程里，由于荒凉的旷野，并由于他们所做的那一切破坏，他们底感觉便有了变化。他们觉得他们已经完全隔绝了人世；他们是走在可怕的路程上了，不知道自己是从什么地方来，也不知道要到什么地方去。”[②] 在旷野中，人已经无所依托，不过是“被天意安排在毁灭的道路上的可怕的符号”，老天爷冥冥中注定了人在“广漠的大地上的一个盲目的漂泊者”的命运。除了无处不在的漂泊感，路翎笔下的人物——无论是敏感的知识分子、困苦的工人，还是庸俗的商人、愚钝的农民，在精神上都处于一种绝对孤独的状态。比如金素痕，她是一个淫荡、狠毒的女人，对财产的贪婪简直达到令人发指的程度，可谁想到就是这样一个冷酷的人，竟然也会感到孤独的痛苦。她为了钱财嫁到蒋家，她和蒋蔚祖就如同地狱里的两个幽灵互相纠缠、怨恨，组成世界上最怪诞、最暴乱的一对夫妻。金素痕渴望显赫的家庭地位、财产和对亲族的支配权，在这份炽烈欲望的驱动下，她挟制蒋蔚祖，与蒋三捷和蒋家姐妹展开了惊心动魄的家产争夺战，最后她的精明和冷酷帮助她取得了胜利。然而这个胜利并没有带来预想中的满足，反而让她

① 路翎：《财主底儿女们》（下），人民文学出版社1985年版，第678页。

② 同上书，第697页。

意外地看到自己的悲哀。金素痕曾得意于自己的家政天才，嫁入蒋家后一直为它而奋斗，并为此投靠了父亲和父亲的南京社会，在南京社会那段荒唐、绝望的糜烂生活中，她热切地周旋和算计，由着这种势力她得到了想得到的财产，同样由着这种势力，她毁灭了自己的家庭和人生。金素痕习惯于虚伪，也习惯于赤裸裸的自私，因为她以为她是靠自己，也就是靠这个社会一切有利于自己的人生活着，但在财产到手后，经历儿子被蒋家姊妹残酷地争夺和丈夫发疯逃跑后，她蓦然醒悟过来，想要成为一个真正的妻子和母亲，然而一切都已经不可挽回，此时她真正感到孤独的痛苦，等待金素痕的是可怕的孤独和荒凉的未来。在路翎的世界里，孤独是人的一种普遍感受，在某些人那里，它甚至还成为一种自觉追求和美妙体验。比如汪卓伦，在他的一切表现里，充满着一种孤独的自觉，他虽然对别人非常亲切，但同时又"庄重的保卫自己孤独的内心"。多年来，汪卓伦一个人孤独地生活，不能够再适应别人，当蒋淑媛有意促成他和姐姐蒋淑华的婚姻时，他竟然感到一种深重的悲哀。他对自己的单调生活有着明白的意识，他不关心各种社会事变，只希望在静穆的乡间，慢慢消度自己的人生，与寂寞和死亡相比，他更恐惧婚姻和家庭生活。较之家庭幸福，他宁愿选择那种死灰的孤寂。孤独之所以会成为人的自觉追求，因为它确实在某些时候，能赋予人一种隐秘的美妙体验。父亲去世后，蒋蔚祖把自己禁闭于一个"深沉的洞穴"中，在濒于毁灭的疯狂中仔细玩味起生命的孤独。彻悟后的蒋蔚祖淡漠一切事物，他淡漠妻子金素痕的悔恨、淡漠兄弟姊妹的担忧、淡漠生活过的家园和城市，他把自己推向一个更大、更严酷的孤独境地，即从"他是永恒地孤独"的信念中获得"极大的酷爱"。蒋纯祖把孤独的漂泊感当作一种"甜蜜的凄凉”，蒋淑华也时常沉醉于一个人的世界，不愿他人分享。也许孤独代表了一份人生况味，如同人们希望从苦难中认识真理一样，他们还常常需要从孤独中体味悲凉，并把它当作人生的一种救济。

二　苦难的救赎之道

面对苦难，陀氏笔下的人物通常面临两种抉择：是骄傲地复仇，还是谦卑地忍从？前者的代表是拉斯柯尔尼科夫，他不堪忍受弱肉强食的丛林法则，愤而向社会道德和自己的良心宣战。后者是索尼娅——一个为家人甘愿牺牲自己的献祭者。事实上，这也曾经是摆在陀氏面前的最艰难的抉择。“在尼古拉的苦役和兵役那样的对他的人格的极度屈辱之下，具有莫大自尊心的陀思妥耶夫斯基要活下去，就是说，要保持对自己的尊敬和正视自己的可能。就只能在下面的两个条件中选择其一：或者仍旧继续抗议，坚持先前的信念，骄傲地忍受一切屈辱，或者自欺欺人地为自己所受的屈辱辩解，使屈辱甚至显得好像是天赐的恩惠一般。”[①] 陀氏选择了谦卑地忍从。谦卑这个词不断出现在他的《书信集》和作品中：他为什么会拒绝我呢？我根本就不是在强求，我只是在谦卑的恳求。（1869 年 11 月 23 日）我不强求，我谦卑的恳求。（1869 年 12 月 7 日）我发出最谦卑的请求。（1870 年 2 月 12 日）他常常以某种谦卑让我吃惊。（《少年》）她出于谦卑而嫁给我。（《少年》）

与谦卑相一致的，是对一切苦难和重压的毫无怨尤的顺从。

---

① ［苏联］叶尔米洛夫著，满涛译：《陀思妥耶夫斯基论》，上海译文出版社 1985 年版。

鲁迅曾说："医学者往往用病态度来解释陀的作品……但是，即使他是神经病者，也是俄国专制时代的神经病者，倘若谁身受了和他相类的重压，那么，愈身受，也就会愈懂得他那夹着夸张的真实，热到发冷的热情，快要破裂的忍从，于是爱他起来的罢"。[①] 陀氏作品中描写的那种对于横逆之祸的真正的忍从在中国人身上是没有的。在中国，百分之百的忍从，也许只能在"节妇"的身上偶然发现，但即便是节妇的忍从，大抵也只具备一个忍从的形式。而陀氏的这种"快要破裂的忍从"存在于每一个俄罗斯人的心灵深处，它将俄罗斯的民族信仰和陀氏独特的人生经历沟通起来。在陀氏长达 4 年的监狱生涯里，《福音书》是他唯一可以接触到的读物，对福音书的阅读和思考，伴随了陀氏一生，他后来所写的所有作品，全都渗透着福音书的教理，并将它深深灌输给自己笔下的人物。

《罪与罚》中的索尼娅就是这么一个忍从的"圣母"：面对颓丧堕落的酒鬼父亲和脾气乖戾的继母，为了维持全家人的生活，养活父亲、继母和一群没有血缘关系的弟妹，她默默承担起家庭重任，忍受耻辱做了妓女。索尼娅从不怨恨任何人，面对客人的凌辱、邻人的诽谤，家人的误解和朋友的欺骗，她忍受着不该忍受的痛苦，过着自己不想过的生活，即使在痛苦和屈辱中看不到一丝希望，她也从不把坏人的欺侮，绝望的处境以及别人的忘恩负义作为自己报复社会的借口。她的善良让继母感到羞愧，扑倒在她的腿上亲吻她的脚趾。她的温顺感动了拉斯柯尔尼科夫，他跪倒在她的脚下为自己的罪行忏悔。面对人生的苦难，陀

① 鲁迅：《陀氏妥耶夫斯基的事》，《鲁迅全集》第 6 卷，人民文学出版社 1958 年版，第 328 页。

氏自始至终、从头到尾贯穿着这样一个思想：骄傲的复仇让人遭罚，谦卑的忍从使人圣化。《群魔》中斯塔夫罗金之所以被扭曲本性，沉迷于从道德败坏中寻找快乐和满足、嘲笑一切，主要原因在于“他的骄傲过早受了损伤”，他为自己被损伤的骄傲选择嘲弄世界的复仇方式，然而最终只报复到自己。因此彼得罗夫娜感叹道：假如尼古拉身边有一个霍拉旭，一个于谦卑中显示出崇高的霍拉旭在他身边，也许他早就可以摆脱那毁了他一生的可恶的嘲笑。同样骄傲的拉斯柯尔尼科夫在面对社会苦难时，最初也选择了复仇，选择与自己的良心为敌，然而复仇没有让他摆脱困境，相反却陷入更深的灾难，承受心灵的百般煎熬，痛苦不堪，后来他在索尼娅的感召下走向驯服，终于获得心灵的祥和。谦卑的忍从在陀氏眼里不是一种懦弱的表现，而恰恰代表真正的坚强，一种通过牺牲自我、忘却自我来拯救他人的力量，一种征服世界的温和的爱。所以陀氏把苦难看成一个过程，当人用谦卑和忍从担负起他人的罪孽时，当人能宽恕一切时，这个世界就获得了最高形式的和谐，这是陀氏走上救赎之道的信仰：凡想保全生命的，必丢失，凡奉献生命的（放弃生命的），必真正救活生命。

面对苦难，路翎的笔下也有温顺和忍从，在蒋淑华身上，我们可以看到索尼娅的影子。她是蒋家四姐妹中最不幸的一位，老人起初非常疼爱她，骂走了一切求婚者，后来又和她决裂。失去青春和爱情的蒋淑华染上了病，伴随老母亲居住在南京，尽管内心非常孤独、寂寞，但在幼小的弟妹面前，她就像一个真正的母亲，给予他们无私的关爱，她照料他们的生活，替他们缝制衣服，给叛逆的兄弟提供经济支援。蒋淑华的这种默默付出，让姊妹们感到痛苦和愧疚，在她面前，她们觉得自己的幸福是有罪的，她们希望看见她欢乐，甚至希望看见她发怒，但她从不这样，她永远带着艰苦的温柔，以高尚的安命态度出现在她们中间。她也不怨恨父亲，如果说她曾有所悔恨的话，姊妹们都知道，她悔恨的绝不是父亲的专断和蛮横，而是自己和父亲之间的冲突。当大姐蒋淑珍烦恼于家庭琐事和丈夫不忠时，当妹妹蒋淑媛、蒋秀菊或为引起社会注目、他人仰慕犯难，或为摆在眼前的东西太多太好难以取舍时，唯有蒋淑华不抱怨，不争斗，温柔地守护着自己纯洁的理想。如果在蒋淑华身上，路翎呈现的是温顺的忍从，那么到了蒋少祖那里，我们则看到了深刻的忏悔。很久以来，在蒋少祖隐秘的内心里，渴望寻求一个忏悔对象，这个对象必须绝对地同情他、宽恕他，帮助他在琐碎的痛苦、杂乱的热望和残酷的斗争中找到自己的心灵祭坛。这个对象在蒋少祖的世界里不可获取，他不能向朋友忏悔，因为没有那种纯洁的友情；他也不能向妻子忏悔，因为他必须使她觉得自己是不可侵犯的；并且他不能在自己的内心忏悔，因为他恐惧孤独。蒋少祖在失望中变得冷酷、疲乏，当妻子陈景惠怀上孩子时，他从家庭和社会因素考虑，把这个新生命视为自己人生的一道枷锁。然而当这个生命真正降临人世，当他听到新生婴儿的清脆啼哭时，世界突然向他显示出非常奇异的景象，他被一种强大的力量压迫着，内心爆发了狂热的冲动，孩子成为他真诚忏悔的对象：我，你底父亲，欺骗过一个女人，杀死那比你先来的姐姐。他欺骗过，偷窃过，不仁不义，却获得名望。在这个纯洁的新生命面前，蒋少祖为自己的虚伪冷酷和懦弱自私深深忏悔，他渴望获得饶恕，否则希望得到报复，在那个倦乏的夜晚，他从虔敬的忏悔中获得一种神秘的人生感悟。

然而，中国终究没有俄国式的基督，当时的社会处境也没有条件去宽恕苦难，因此顺从和忏悔只是极个别的存在，在路翎的小说世界中，更多时候还是体现为一种强力的抗争。信仰“主观战斗”精神的他，“所追求的，是光明、斗争的交响和青春的世界底强烈的欢乐”,[①] 因此对于人生宿命般的苦难，路翎始终保持一种昂扬的进取姿态。人的生命是一个斗争的过程，结果如何是次要，只要保持“战斗”，就是人生的“胜利”。他说：“人是为理想而战斗，而战斗、理想、胜利，在这里是一个东西。在精神上，可以说，真正的战斗就是胜利。不必等待那实际的结果，也许是负担了在别人看来是失败的结果，可是，战斗即胜利，这样的战斗，才一定胜利，才会有结果。”[②] 郭素娥就是一位用生命去实践“战斗精神”的卓越代表。郭素娥是一位粗鄙的农村妇女，但她的身上却体现着令人敬畏的生命力，这种原始力量让她成了“封建古国的又一种女人，肉体的饥饿不但不能从祖传的礼教良方得到麻痹，倒是产生了更强的精神的饥饿，饥饿于彻底的解放，饥饿于坚强的人性。她用原始的强悍碰击了这社会的铁壁。”[③] 为了几件金银首饰，郭素娥在流浪途中被父亲置之不顾，荒野中迷路昏倒的她被老烟鬼刘寿春“捡”了回去，被迫成为他的女人。刘寿春大郭素娥 24 岁，在年龄上相当于她的父亲，跟这样一个衰老、丑陋的男人生活，郭素娥自然无法得到基本的人生乐趣，作为一个生命力旺盛、拥有正常情欲需求的健全女人，她无视道德谴责和舆论压制，赤裸裸的引诱机器工人张振山。偷情事件被发现后，她不惧怕亦无悔意。刘寿春领着人

① 路翎：《财主底儿女们·题记》，人民文学出版社 1985 年版，第 1 页。

② 张以英：《路翎书信集》，漓江出版社 1989 年版，第 89 页。

③ 胡风：《饥饿的郭素娥·序》，重庆希望社 1943 年版，第 2 页。

来惩罚她，她拼命地抗争，当黄毛拿着绳索试图捆绑她时，她掷碗砸中了刘寿春，当刘寿春的堂姐劝她嫁给整死了四个女人的粮绅时，她几乎掐死了这个女人，在激烈反抗中，她以一种凛然不可侵犯的态度呼喊着自己的尊严："我是女人，不准动我！"直到最后一刻，郭素娥还在顽强地抗争，她没有屈服于刘寿春们的残酷折磨，她要尽情释放自己的生命能量，顽强反抗一切桎梏她的枷锁，维护做人的尊严。在郭素娥的体内，有一股无比汹涌的生命之流在奔腾，抗争就源于这份生命的自觉。的确，人类的自由意志常常爆发出惊人的能量，这种力量能够治愈创伤、升华苦难，纵然历经折磨，陷入绝望境地，也不能摧毁人类奔腾的生命欲望。蒋纯祖生逢乱世，在南京被日本人占领后，他跟随逃奔的人群，开始了漫长的求生之旅。蒋纯祖是在昏乱中开始自己的逃生之途，除了求生之外，他没有别的意念。当想到和人群一起逃奔容易暴露目标，他选择独自向荒野逃亡。晚上，逃到江边一个荒凉村庄的蒋纯祖，"睡在潮湿的稻草堆中，他是像所有的人一样，明白自己底生命底可贵，而显出人类和野兽共有的简单的求生本能来"。[①] 此后，这种本能的求生欲望支撑着蒋纯祖，一次次反抗命运加诸他身上的灾难，在对苦难的强悍反击下，曾经幼稚、软弱的他变得成熟、坚定，在人生的最后一次逃亡中，他对生命获得了深刻的认识：走在这条亡命的道路上，蒋纯祖体验了时代的热望和冷漠，忍受着寒冷、饥饿和疾病，他们流浪了半个月，用光了所有的钱，已经无路可走。在一个完全黑暗、凄惨的夜晚，他们从县城动身，但不知道要走向何处，黑暗中他们摸索着走上一座破窄的石桥，蒋纯祖突然吐血了，但他的朋友正急急

① 路翎：《财主底儿女们》（下），人民文学出版社1985年版，第617页。

地走在前面，完全没有精力注意他。这短短的几分钟，蒋纯祖经历了可怕的死亡，生死搏击之中，他冷酷地审视这个世界，在超越中完成了自我启示，使他站起来并勇猛前进的是“这个时代底命令、壮志和雄心”[①]。

路翎处于一个“极待毁灭”，也“极待新生和创造”的时代，“无边的苦难压抑着他的灵魂，一切障碍都试图摧毁他，然而生命的洪流是不可遏止的，唯有反抗才是路翎文化人格的核心。压抑得愈烈，反抗亦愈加悲壮激越。”[②] 他相信在这个世界上，既没有永恒的宫殿，也不会存在恒久的监牢，“一切东西，一切生命和艺术，都是达到未来的桥梁。人们底生命是一个斗争地过程”。[③]“战斗”信念培养了路翎的反抗精神，虽然苦难已在他的情感记忆里内化为一种无处不在的绝望感受，但他没有进行逃避，而是选择了“突进”和“拥入”，以激昂的反抗面对命运的拨弄，为人寻找一条通向拯救之道的路径。虽然面对苦难，他和陀氏的选择截然不同：一个至柔至韧，一个至刚至烈。但无论是谦卑的忍从，还是强力的抗争，它们都来自于救赎这一根本目的，它们构成了绝望景象和苦难人生的两种救赎力量。正是由于人类有了这样高贵的态度，人的生活才免于彻底的毁灭，并由此获得了终极期待的可能。

某种意义上，陀思妥耶夫斯基已经成了一种尺度，我们对陀思妥耶夫斯基理解了多少，标志着我们的文学已经达到何种高

① 路翎：《财主底儿女们》（下），人民文学出版社1985年版，第1223页。

② 王志祯：《路翎：“疯狂”的叙述》，《文学评论》2000年第3期，第104页。

③ 路翎：《财主底儿女们·题记》，人民文学出版社1985年版，第2页。

度。中国新文学虽自觉或不自觉地从陀氏身上吸取过养料，但整体上非常有限。究其原因，在于中国新文学对陀氏的关注主要停留于现实层面，重视的是人与社会，人与人之间的关系，至于陀氏小说更加复杂深厚的心理空间，即高悬的上帝和分裂的内心、持续不断地怀疑和苦闷、始终不倦地追究人的本质、罪与罚、生与死、有神与无神等问题，大多数接受者持隔膜的批判态度。纵观中国新文学对陀氏的接受，不难发现这样一种尴尬局面：一方面是众多作家毫不掩饰的敬服、崇仰之心；另一方面是审美情感的冷淡和文学借鉴的疏远。所幸的是，这种尴尬局面被改革开放所打破。从 20 世纪 80 年代开始，伴随新一轮向西方文学取经的热潮，陀氏再一次进入中国当代文学的视野。之后，陀氏的研究呈现出迅猛发展之势，其热度一直持续到现在。伴随 20 世纪 80 年代开始的研究热潮，陀氏的作品无论在深度上还是广度上都得到了极大的开拓，这些开拓涉及思想领域的宗教意识、死亡意识、生命哲学、苦难问题、忏悔与救赎、人的有限性，诗学领域涉及复调结构、戏剧性冲突、狂欢化理论等诸多方面。此外，作为一个被当代作家大力推崇的外国作家，陀氏对中国当代文学的创作风貌也产生了很大影响。比如他的忏悔意识之于中国先锋历史小说，他的苦难崇拜之于张贤亮的苦难情结，他的家庭问题思考之于张炜的家族小说，等等。不过，在感到欣慰的同时，我们也应该承认，我们对陀氏的理解和认识还有待深入，尽管中国的现当代文学在从陀氏那里接受了有益的影响，但在对人的本性的极化性与矛盾性的认识上，对恶的根源的挖掘上，对苦难的意义以及人与上帝的关系的理解和提示上，陀氏所达到的高度迄今无人能够逾越。

第六章

契诃夫在现代中国的接受

契诃夫第一次与中国读者见面是 1907 年刊出的《黑衣教士》，仅比普希金晚了 3 年，可后来他的作品的译介数量要远远超过被称为“俄罗斯文学之父”的普希金。1903—1987 年，中国翻译出版的俄国文学共计 754 种，作品数量排在前三位的作家依次是：托尔斯泰，占 17%；契诃夫，占 13.6%；屠格涅夫，占 12%[①]。要说中国现代文学存在一种“契诃夫之风”，大概是不会让人感到意外的。

第一节　契诃夫在现代中国的译介

随着五四运动奏响中国现代史的第一个乐章，新文学先驱为了寻求人道主义文学资源，推动“为人生”的文学潮流，开始成规模地翻译介绍俄罗斯文学。其中契诃夫的小说因其独特的文体魅力，成了这一波译介中的重头戏，并在 1930 年达到一个高

---

① 李定：《俄国文学翻译与中国》，参见智量主编《俄国文学与中国》，华东师范大学出版社 1991 年版。

潮。到了左翼文学成为主导中国文坛思潮的20世纪三四十年代，人道主义被革命激情所取代，契诃夫作品的译介规模有所缩小，但译介的质量却在稳步提高，从而在深层次上继续影响着中国新文学的发展。

一 民国初年的译介

在俄罗斯古典作家中，契诃夫是较早进入中国的。按照茅盾的说法，在周氏兄弟“计划翻译和出版的《域外小说集》中，俄国的契诃夫……第一个以真朴的面目，与我国读者见面。”[①]其实契诃夫第一次来到中国是“施施东来”的《黑衣教士》（今译《黑修士》），吴梼翻译，1907年6月由商务印书馆出版，单行本，作者署名“溪崖霍夫”。

据笔者统计，五四以前，截止到1916年，契诃夫作品翻译的情况如下：

1908年：《庄中》（今译《在庄园里》），独应（周作人）译自东京，发表在《河南》第4期，“契诃夫”这个名字大概从这时开始用。

1909年：《塞外》（今译《在流放中》），周作人译，同《庄中》一起收入《域外小说集》；《生计》（今译《多余的人》）署名屈华夫，冷（陈景韩）译；《写真帖》署名祁赫夫（今译《照相簿》），笑（包天笑）译，《小说时报》第1年第2号；《火车客》（今译《别墅的住客》），未署名，笑（包天笑）译，发表于《小说时报》第1年第3号。

① 详见茅盾的《为发展文学翻译事业和提高翻译质量而奋斗》，《译文》1954年10月号。

1910年:《六号室》(今译《第六病室》),署名奇霍夫,天笑生(包天笑)译,发表于《小说时报》第4号,1915年上海有正书局出单行本。

1916年:《风俗闲评》,未署名,陈家麟、陈大镫译述,上海中华书局1916年初版,1928年再版,上下两册,文言本,收有契诃夫短篇小说23篇。上册收《逾格之防卫》(《过火》)、《律师之训子》(《在家里》)、《可弃》(《多余的人》)、《胖瘦》(《胖子和瘦子》)、《盗马》(《贼》)、《钱螺旋审判》(《凶犯》)、《乞人》(《乞丐》)、《恶客》(《不安分的客人》)、《一嚏而死》(《一个文官的死》)、《亚若姹》(《猎人》)、《宝星》(《勋章》)、《花匠头之轶事》(《花匠头目的故事》)、《不许大声》(《嘘……》)、《不掩》(《纸包不住火》)等14篇;下册收《山庄》(《在峡谷中》)、《小介帑》(《万卡》)、《梦呓》(《梦想》)、《说法》(《无题》)、《逆旅》(《在路上》)、《妆奁》(《嫁妆》)、《囊中人》(《套中人》)、《儿戏》(《孩子们》)、《耶稣复生节的前夜》(《复活节之夜》)等9篇。

《风俗闲评》的"含金量"很高,收录契诃夫的许多名篇,足以向中国读者展示契诃夫创作的基本风貌。但这与后来以胡适、郑振铎为代表的"只译名家著作,不译第二流以下的著作"、"给国人造点救荒的粮食"的翻译宗旨却没有太多关系,之所以出现这种可喜情形,是因为当时中国翻译界没有几个人精通俄语,中国早期俄罗斯文学的"窃火者"主要从日文本转译,而日本对外国文学的翻译历史相对较长,流传下来的多是经典文本,这样,早期契诃夫文学的传播者唾手而得的是契诃夫最经典的一些作品。

早期契诃夫小说翻译的特点是创译结合。几位译者包天笑、陈景韩等本身就是作家，翻译过程中但有觉得发挥的余地便技痒难耐，误译、改译、增译、删节现象十分严重，包天笑部分译作甚至直写“包天笑著”。当时一位评论家就说：“愚以为译者多以己见，为笔当笔，当削则削耳。”[①] 改译之风的盛行可见一斑。《黑衣教士》第六章删译大段有关丹霞和她父亲爱哥尔老人的心理描写，对丹霞则总是冠以“妙龄少女”、“清洁无瑕的处女”、“蔷薇花般红艳的处女”，柯林看到眼前景色，译者竟译为：“别有洞天，大似晋朝语妇入去的桃源，不知有秦汉今古”，这在今人读来，一定哭笑不得。包天笑在《六号室》里常冠以“呜呼”、“嗟夫”等文言叹词，全然不顾原文冷峻的文风。若从传播策略上讲，译者这种“中国化”的改造，使译作更符合当时国人的阅读习惯，有利于契诃夫作品的接受。这与鲁迅的“硬译”比起来，传播效果显然更佳，但掉入狭邪奇谭的窠臼，对当时的接受群体来讲又不能不说是一种误导。总之，民初契诃夫小说艺术并未与契诃夫一道来到中国，真正的“契诃夫式”的传播与接受还要等到五四时期。

研究方面，此时对契诃夫作品的认识尚处于“直观感觉和常识表述”阶段[②]，主要成果是一些和“原著”一道刊出的序跋。比如《黑衣教士》跋：“此篇作者安敦溪崖霍夫，与哥尔基齐名，为俄国文坛健将。其为小说，专为短篇著，世称俄国之毛拔森。文章简洁而犀利，常喜择人间之缺点，而描画形容之，以为此人间世界，毕竟不可挽救，不可改良，故以极冷淡之目，而

① 《铁翁烬余》，阿英编：《晚清文学丛钞·小说戏曲研究卷》，中华书局 1960 年版，第 428 页。

② 陈平原：《二十世纪小说理论资料》第一卷前言，北京大学出版社 1998 年版。

观察社会云。今年七月中旬，旅于德国而逝，年四十四，世界文坛，又弱一个矣。”《火车客》前言：“此俄国文豪某君之笔也。俄风本极好客，乃至不能敛其戚，无他，以生计之日窘也。此处仅闲闲着笔，而其意固已在于言外耳。”①《小说时版》28 号上登载的《六号室》的广告是：“……是书一公立医院。其内杂乱无序，就医者均染有神经之疾。然有一知识稍高者则措辞颇有哲理趣味，语语则刺世俗之隐恶。实为社会小说之别开生面者。”《写真帖》的小序：“俄国文豪祁赫夫，为小说家巨子。该写实派也。其文多匣剑帷灯，含蓄，文情于言外。此短篇描写俄国僚属相市以伪，令人叹喟，亦片鳞也。”②

民初，作为戏剧家的契诃夫还未走进中国，只有宋春舫 1916 年《世界新剧谭》中提到“乞戈夫”的名字。在那个小说兴盛的时代，戏剧的译介还未引起国人的重视。

二　五四“俄罗斯文学热”

新文学第一个十年（1917—1927）是翻译和创作并重的时代。以《新青年》（一至九卷）为例，它发表的翻译和创作情况如下：

表 6－1

	1 卷	2 卷	3 卷	4 卷	5 卷	6 卷	7 卷	8 卷	9 卷	总计
创作	3	8	11	28	29	30	16	29	14	168
翻译	12	10	5	8	16	11	11	32	39	144
翻译比例	80%	56%	31%	22%	36%	27%	41%	52%	74%	46%

①［俄］祁赫夫：《火车客》，笑译，《小说时报》第 1 年第 3 号（1909 年）。
②［俄］祁赫夫：《写真帖》，笑译，《小说时报》第 1 年第 2 号（1909 年）。

从表6－1中可以看出，从翻译多于创作的第一、二卷，到创作逐渐占有优势三至六卷，七、八卷则两者基本持平。这反映了其时中国文学界从学习模仿外国文学逐渐转向以创作为主的过程。在译介对象方面，俄罗斯古典文学占有绝对的优势。据阿英编选的《中国新文学大系·史料索引》第六部分《翻译篇目》中收录的1917—1927年出版的数据，译著225种（文集38种，单行本187种，理论25种，文学作品200种），其中俄罗斯文学65种，法国文学31种，德国文学24种，英国文学21种，印度文学11种，日本文学12种，俄罗斯文学约占总数的三分之一。在这65种俄国作品中，“托尔斯泰12种，契诃夫10种，屠格涅夫9种……契诃夫仅次于托尔斯泰而占了第二位。20年代以后，契诃夫作品的发行量更是长久不衰”。[①] 实际的出版数量当然不止这些，平保兴搜集整理了一份1917年11月俄国十月革命起到1921年7月中国共产党成立近4年间我国翻译俄罗斯文学作品的目录，“计得33位作者的作品共126种。其中最多是列夫·托尔斯泰的作品，计30种，其次是契诃夫的作品，计22种”。[②] 仅此4年的数量已经远大于阿英的统计，而在契诃夫作品的译介数量仅次于托尔斯泰这一点，不同统计的口径则是一致的。难怪章衣萍在《语丝》第136期不无感慨地写道：“契诃夫，契诃夫，契诃夫，这个年头儿，契诃夫不知为什么忽然配上中国人的胃口，不知道有多少人在那里揣摩契诃夫的作品，有多少人在那里翻译他的小说。不用

① 王璞：《契诃夫与中国》，智量等著：《俄国文学与中国》，华东师范大学出版社1991年版，第231页。

② 平保兴：《五四时期俄罗斯文学在中国的传播研究》，南京师范大学2004年优秀硕士论文。

提，我们的胡博士从前曾告诉北京饭店的书摊掌柜，说：‘你们来的关于契诃夫的书，先送一本到我的家里去！’就是大名鼎鼎的冰心女士也在那里劝我们的女生读契诃夫……”①

在研究方面，《新青年》第六卷第二号刊登了周作人翻译的契诃夫的短篇小说《可爱的人》（今译《宝贝儿》），并附有列夫·托尔斯泰为该短篇作的“跋”，同时刊出的还有一篇类似“编者按”的东西。托尔斯泰在跋中盛赞其艺术的精湛：“女性的爱在这里刻划和表现得多么细致！语言多么精美！”② 而编者在附识中则反对托翁的妇女观，认为妇女“别有一种天职”，“我辈不能教她做专心奉事别人的物品”③。很显然，这是《新青年》的编者在借契诃夫的小说就“妇女问题”说事，在宣扬现代妇女观的同时，也和易卜生问题剧一样，为“问题小说”的诞生造势。这不但在客观上促进了契诃夫小说的传播，还奠定了我们对契诃夫作品的接受格调——一种执著于解决现实问题的眼光，诚如林精华所言：“五四时期对俄国文学接受这种视野，是由民族主义思维定势和现实主义目标所决定的，在某种程度上是对清末民初搬迁俄国现实主义名著的延续。”④

新文学第一个10年契诃夫小说的传播媒介主要是报刊和杂志，这是因为它们多为中短篇，适宜在报刊上发表。参与这项工作的报刊、译者数量之多，不免让人惊讶。从《新青年》、《小

---

① 章衣萍：《契诃夫随笔抄》，《语丝》第136期、第121—156期，上海文艺出版社影印本1982年版，第304页。

② 原载《新青年》第6卷第2号（1919年）。

③ 同上。

④ 林精华：《论五四时期对俄国文学的接受》，《中国现代文学研究丛刊》2001年第1期。

说月报》、《晨报副镌》、《现代评论》到《太平洋》、《新中国》、《新社会》、《民铎》等杂志，都发表过契诃夫的作品，几乎涉及了契诃夫的所有文体。翻译者有文豪鲁迅、周作人、胡适、郑振铎，也有专业的翻译家赵景深、焦菊隐、耿济之，更有今非、风亭、仲持等一般的文人，详情可参阅本节末尾的表6－3。

这一时期，契诃夫戏剧的译作主要收录于一些丛书中，如：

1921年，共学社编译《俄罗斯文学丛书》，其中《俄罗斯戏剧集》收有契诃夫4部最重要的多幕剧：《海鸥》（郑振铎译），《伊凡诺夫》、《万尼亚叙》、《樱桃园》（耿式之译），译作的名字有的已经和后来汝龙翻译的相同了。

1925年，商务印书馆出版，曹靖华译《三姐妹》，1927年再版，收入文学研究会丛书。契诃夫的5部多幕剧在20世纪20年代都进入了中国。

1929年，上海中兴出版社，曹靖华译戏剧集《蠢货》，可能是至今发现的契诃夫独幕剧最早的中译单行本，收入未名丛刊，包括《纪念日》、《蠢货》、《求婚》、《婚礼》。同年出的还有焦菊隐译的《天鹅之湖》，商务印书馆出版。

收录契诃夫小说的选集更多，同时开始有译作的单行本问世：

1919年，上海亚东图书馆，胡适译《短篇小说》，收《一件艺术品》。

1921年，上海公民书局出版，叶劲风译《俄罗斯短篇杰作》，收有《范伽》、《多情女子》；上海群益书社出版，周氏兄弟译《域外小说集》，收有《戚施》、《塞外以上》。

1923年，商务印书馆，耿济之、耿逸之译《柴霍夫短篇小说集》，收入中国丛书，是目前可以看到的最早的契诃夫中译本小说集；商务印书馆，东方杂志社编《近代俄国小说集》，收有契诃夫小说6篇：济之译的《阴雨》、愈之（胡愈之）译的《陆士甲尔的提琴》、仲持译的《一个阔绰的朋友》、宋春雨译的《那个可怜的公务员是怎么死的》、范树译的《复活节的前夜》、仓叟译的《接吻》，该书1924年和1925年再版，可见其当时的畅销。

1925年，上海亚东图书馆，李秉之选译《俄罗斯名著》（第一集），收有《法文课》，1928年再版。

1926年，上海北新书局，张友松译《三年》，1927年再版，收入《近代世界名家小说》。

1927年，上海永新书局，张友松译《契诃夫短篇小说集》，收入欧美名家小说丛刊，有契诃夫小说《两出悲剧》、《阿丽亚登尼》、《哥萨克兵》、《蚱蜢》四篇；上海开明书店，赵景深译小说集《悒郁》，包括《在消夏别墅》、《顽童》、《复仇者》、《头等搭客》、《询问》、《村舍》、《悒郁》、《樊凯》、《寒蝉》、《太早了》、《错误》、《罪恶》、《香槟酒》、《一件小事》等14篇；上海出版合作社，效洵译《谜样的性情》，有《一篇没有题目的故事》、《邮差》、《红粉长袜》、《谜样的性情》、《尸体》，1929年，上海江湾出版合作社再版，加入《乞丐》、《盗马者》两篇。

1928年，商务印书馆，韦淑园译《最后的光芒》，收《瞌睡》、《恐怖》、《无名》；开明书店，周作人译小说集《空大鼓》，收《可爱的人》；上海亚东图书，汪原放译《仆人》集，收《赌东道》。

1929年，上海人间书店，谢子敦译《艺术家的故事》，有《大付娄狄亚和小付娄狄亚》、《农人妻》、《艺术家的故事》、《黑僧》等篇；上海北新书局，欧美名家小说丛刊版，张友松、朱溪译《决斗》，《猎人》、《凡卡》、《一个没有结局的故事》、《一件事情》、《活动产》、《决斗》等；上海水沫书店，水沫社编译《俄罗斯短篇小说杰作集》（一、二册），内有杜衡译的《黑和尚》。

很有意思的是，通俗作家周瘦鹃在1929年也翻译了不少契诃夫小说，结集为《少少许集》，内收25篇小说，1929年7月—1930年6月还连续发表在由他主持的半月刊《紫罗兰》上。

契诃夫散文也有了单行本，1929年，上海北新书局出版章衣萍、朱溪译的《契诃夫随笔》。

这一时期值得关注的还有翻译过来的契诃夫的传记和评论文章，这对于了解契诃夫在中国的接受情况有十分重要的参考价值。其中主要的有：

1921年10月15日，《改造》第4卷第2号，歇斯妥甫著《契诃夫传》（刘凤生译）；1926年10月10日，《小说月报》第17卷第10号，蒲宁著《契诃夫》（赵景深译）；1926年10月9日，《语丝》第100期，契诃夫妻子Olga Knippere写的《关于契诃夫的几句话》（译者不详）；1927年5月10日，《小说月报》第18卷第5号，科布林的《怀契诃夫》（赵景深译）；1928年9月1日，《壮新》第2卷第20期，米尔斯基著《契诃夫小说的新人世》（赵景深译）；1929年12月，《小说月报》第20卷第12号"现代文坛杂话"，乾尔孟著《〈柴霍甫的革命性〉——柴霍甫逝世二十五周年纪念》（洛生译）。

这一时期赵景深还在《小说月报》和《文学周报》上发表了《柴霍甫与高尔基》、《柴霍甫与安徒生》、《柴霍甫作品的来源》、《鲁迅与柴霍甫》等系列文章，这是国内最早用比较文学方法研究契诃夫的重要成果。

三　三四十年代的译介

革命文学兴起后，人道主义不再是文学的主流，国人对契诃夫的译介明显受到影响。比如赵景深原本想翻译出版契诃夫全集（为此还特意辞去《文学周报》的主编职务），却因担心出版旧俄文学作品可能会使书店亏本而没有进行下去（当时苏联文学非常盛行），即便如此，20 世纪 30 年代还是出现了“契诃夫热”。

1930 年，上海开明书店相继推出了赵景深译的八卷本《柴霍甫短篇杰作集》，分别是《香槟酒》、《女人的王国》、《黑衣僧》、《快乐的结局》、《孩子们》、《妖妇》、《审判》、《老年》，共收契诃夫 162 篇小说，每卷还附有作家评传和插图。同年上海红叶书店出版了徐培仁译《厌倦的故事（录自一老者的日记）》（《没意思的故事》）。正是这一年被称为“契诃夫年”。

1931 年，上海亚东图书馆出版程万孚译《柴霍夫书信集》；上海金马书堂出版蒯斯曛、黄列娜译《关于恋爱的话》，包括《关于恋爱的话》、《丈夫》、《家长》、《伊奥尼支》、《执拗的人》、《一个医生的出诊》、《风波》、《伏特洛亚》；上海北新书局出版张友松的英汉对照本《盗马贼》；商务印书馆出版《最后的光芒》，收有韦淑园译的《渴睡》、《恐怖》、《无名》；上海湖风书店出版《饥饿的光芒》，收有蓬子译的《接吻》。

1933 年，亚东图书馆出版《短篇小说》，第二集收入胡适译的《洛斯奇尔的提琴》、《苦恼》。

1934 年，上海四社出版部出版宋春舫译的小说选集《一个喷嚏》，契诃夫的《一个喷嚏》作为合集的书名。

1935 年，上海经纬书局出版《俄国短篇小说精选》，收秋人译的《赌采》；启明书局出版施落英编的《旧俄小说集》，有效洵译《盗马者》、赵景深译《悒郁》；上海龙文书店出版谢济泽译的《世界著名小说集》，收入契诃夫小说《九岁的学徒》、《赌赛》、《天真女士》。

1936 年，商务印书馆出版伍光建译的英汉对照本《洛士柴尔特的提琴》，收有《洛士柴尔特的提琴》、《一个放荡女子》、《老年》3 篇。

1937 年，上海光明书局出版《旧俄小说名著》，内收效洵译的《盗马者》、赵景深译的《悒郁》；华南出版社出版《关于恋爱的话》，蒯斯曛、黄列娜合译。

1941 年，上海黎明书局出版效洵译小说集《盗马者》，收《盗马者》。

1942 年，桂林新光书局土纸出版彭慧译的《草原》，重庆读书出版社再版，收入文学月报丛书，1947 年上海文学月报丛书 3 版。

1943 年，重庆古今出版社出版华林一译的《吻》，收入《维罗基加》、《洛斯采特的琴》、《顽皮的孩子》、《昂贵的教课》、《吻》、《老年》、《老年日记》等 7 篇。

1944 年，桂林光明书局出版金人译的《草原》（1949 年由金人收入《契诃夫小说集》），同年光明书局还出了张友松译的英汉对照本《爱凡卡》。

1948 年，正风出版社出版李箴英的英汉对照本《契诃夫短篇小说选》。

1949 年，上海光明书局出版三卷本《契诃夫短篇小说集》，收录小说 64 篇，金人译第一、三卷，鲍群译第二卷。

这一时期契诃夫的戏剧开始全面翻译过来，甚至一部作品连续有多个版本相继问世，如《万尼亚舅舅》，1930 年辛酉书店出版了何妨的译本（《文舅舅》），1940 年上海世界书局出版了芳信的译本，1944 年重庆文化生活出版社出版了丽尼的译本，这个译本后又由上海文化生活出版社于 1946 年、1949 年再版。

《海鸥》的情形也是如此。1940 年上海世界书局出版了芳信的译本，1944 年重庆南方印书馆出版了胡随的译本，1946 年上海文化生活出版社出版了丽尼的译本，并于 1949 年再版。

《三姐妹》和《樱桃园》是契诃夫戏剧中最有代表性的两部，出版和再版次数也最多。曹靖华译的《三姐妹》，先后由商务印书馆（1932 年）、重庆文林出版社（1942 年）、上海文化生活出版社（1946 年）、重庆文化生活出版社（1945 年）出版。1939 年，上海海燕出版社出版了俞荻译的《樱桃园》；1940 年，上海文化生活出版社出版满涛译的《樱桃园》，后多次再版；1943 年，重庆明天出版社出版焦菊隐译的《樱桃园》；1944 年，上海世界书局出芳信译的《樱桃园》；1946 年，昆明人民出版社出梓江译的《樱桃园》。

契诃夫的独幕剧也开始受到重视。1935 年，北京未名社出版曹靖华译的《蠢货》，收有契诃夫的作品；南京正中书局出版何妨译的《未名剧本》，这是一部作者生前未发表的无题四幕喜剧；1940 年和 1946 年，曹靖华翻译的独幕喜剧《蠢货》又出了 2 版和 3 版；1948 年，上海文化生活出版社出版李健吾译的《契诃夫独幕剧集》，1949 年再版，有《大路上》、《论烟草有害》、《天鹅之歌》、《熊》、《求婚》、《塔杰雅娜·富宾娜》、《一位做不了主的悲剧人物》、《结婚》、《周年纪念》等。

这一时期由杂志发表的契诃夫作品数量减少，大致情况见表 6－2。

表 6－2

期刊	译者	作品	日期	卷/号/期
《青年界》	刘大杰	《柴霍甫的书信》	1931 年 5 月 10 日	第 1 卷第 3 期
《当代文艺》			1931 年 5 月 15 日	第 1 卷第 5 期
《文艺月刊》	石民	《泥泞》	1931 年 10 月 30 日	第 2 卷第 19 号
《中国文学》	苏芹荪	《初恨》	1934 年 2 月 1 日	创刊号
《译文》	鲁迅	《奇闻二则》	1935 年 2 月 16 日	第 1 卷第 6 期
		《奇闻万则》	1935 年 4 月 16 日	第 2 卷第 2 期
《文艺杂志》	彭慧	《想睡觉》	1935 年 3 月 15 日	第 2 卷第 3 期
《文艺生活》		《山谷中》	1943 年 7 月 15 日	第 3 卷第 6 号
《笔阵》	李葳	《悲哀》	1944 年 4 月 4 日	革新第 1 号
《文艺先锋》		《喷嚏》（散文）	1943 年 2 月 20 日	第 2 卷第 3 期
		《问询》（散文）	1943 年 4 月 20 日	第 2 卷第 4 期
《青年文艺》	李葳	《无题的故事》	1943 年 3 月 10 日	第 4 期
		《快活的人》		
	契首	《圣诞节》	1943 年 5 月 15 日	第 5 期
	李葳	《一件艺术品》	1944 年 3 月 10 日（柴霍甫逝世第四十年特辑）	第 6 期
		《彩票》		
		《歌女》		
		《天长》		
《文讯》	彭慧	《可爱的姑娘》	1947 年 6 月 15 日	第 7 卷第 1 期
	李健吾	《大路上》	1947 年 11 月 15 日	第 7 卷第 5 期
《人世间》	林焕平	《红袜子》	1943 年 5 月 25 日	第 1 卷第 5 期
《时与潮文艺》	焦菊隐	《天鹅之湖》	1944 年 1 月 15 日	第 2 卷第 5 期
	李葳	《文学教员》	1944 年 3 月 15 日	第 3 卷第 1 期
《新文学》	彭慧	《在磨房》	1943 年 7 月 15 日	第 1 卷第 1 期
《文艺春秋》	郭丰	《放逐》	1944 年 12 月 1 日	丛刊之二
	鲍群	《变色龙》	1947 年 11 月 15 日	第 2 卷第 3 期

但杂志在翻译契诃夫的评论方面却加强了力度。重要的译作

有（个别译作译者不详）：

1928 年　米尔斯基著《契诃夫小说的新认识》，木间久雄著《欧洲近代文艺思潮概论》。

1929 年　赵景深编译的《俄国三大文豪》和米哈·柴霍甫著《柴霍甫作品的来源》，乾尔孟著《柴霍甫的革命性》，鲁迅重译的《柴霍甫与新文艺》。

1930 年　长谷川如是的《柴霍甫艺术上的幽默与悲哀》，克鲁泡特金著《俄国文学史》，林心稷译《柴霍甫作品中的永恒要素》和张大伦译的《柴霍甫与莫泊桑》。

1931 年　克鲁泡特金著的《俄国文学史》，贝灵著《俄罗斯文学》。

1932 年　格·帕特里克著《柴霍甫对于人生的态度》。

1933 年　昇曙梦著《俄国现代思潮及文学》。

1934 年　吴尔孚夫人著《论英人读俄国小说》。

1935 年　高尔基著《契诃夫：回忆的断片》；司基塔列慈著《契诃夫纪念》；《高尔基给契诃夫的一封信》；《创作谈：柴霍甫与高尔基创作的信》。

1936 年　柏里华著《柴霍甫传》。

1941 年　米川正夫著《俄国文学思潮》。

1941 年　《关于〈下层〉及其他——契诃夫高尔基通信》、《高尔基契诃夫通信抄——关于〈万尼亚舅舅〉（高尔基给契诃夫）》、《高尔基契诃夫的通信》。

1944 年　尤诺维契著《幽默作家契诃夫》。

1945 年　A. 德史赫著《A. 契诃夫》和何家槐译的《契诃夫论》。

1946 年　丹钦科著《文艺·戏剧·生活》。

1948 年 倍略耶夫著《安东·巴甫洛维奇·柴霍甫》；A. 德伊其著《安东·契诃夫论》。

1949 年 勃拉依尼娜著《关于契诃夫的新评价》。

这一时期除了继续译介国外的评论，国人也开始大量撰写关于契诃夫的论文。这些论文和译作一起，扮演着接受者和传播者的双重角色。这类论文，重要的有汪倜然的《柴霍甫的写实小说》（1928 年）；冯瘦菊的《十九世纪俄罗斯文学家的传略和著作思想》（1929 年）；方壁（茅盾）的《西洋文学论》和冯乃超的《俄国革命前的文学运动》（1930 年）；吕天石的《欧洲近代文艺思潮》和余心《欧洲近代戏剧》（1931 年）；阿英的《柴霍甫的文学生活》、《柴霍甫的写景文》（1934 年）、茅盾的《汉译西洋名著》，白莱的《关于契诃夫的创作》，时任的《柴霍甫诞生七十五年纪念》，伍蠡甫的《契诃夫的短篇小说》，周楞伽的《契诃夫的短篇小说》，艾芜的《屠格涅夫和契诃夫的短篇小说》，《中苏季刊》第 1 卷第 4 号《柴霍甫三十一周年纪念特集》（1935 年）；肖赛的《柴霍夫传》（1941 年）；伍辛的《关于契诃夫》（1942 年）；荆凡的《俄国七大文豪》（上下册）、孟引的《谈柴霍甫》、邵荃麟的《〈圣诞节〉注解》、焦菊隐的《〈樱桃园〉译后记》（1943 年）；邵荃麟的《对于安东·柴霍夫的认识》，陈明勋的《该没落的没落了——〈樱桃园〉读后》，郭沫若的《契诃夫在东方》（1944 年）；焦菊隐的《柴霍甫与其〈海鸥〉》、汪家政的《柴霍甫底儿童爱》（1945 年）；荃麟的《对于安东·柴霍甫的认识》（1944 年）；胡风的《A. P. 契诃夫片段》；阳翰笙的《关于契诃夫的戏剧创作》；吴鲁芹的《泛论契诃夫戏剧里的人物》（1945 年）；赵景深的《契诃夫作品中译本编目补遗》（1946 年）；田禽的《论契诃夫》、肖赛的《柴霍夫的戏剧》（1948 年）等。

关于契诃夫的戏剧，这一时期的一个突出成就是从文本考察走向了舞台实践。在 1930 年的“难剧运动”中，辛酉剧社了上演《万尼亚舅舅》，“这是契诃夫戏剧在中国的首次演出”①。1936 年上海世声社排演过《三姊妹》，1941 年延安鲁迅艺术学院实验剧团上演了契诃夫的《求婚》、《蠢货》、《纪念日》三个独幕剧，这些演出对传播契诃夫戏剧功不可没。

第二节　契诃夫精神与中国现代文学

契诃夫的作品被大量介绍到中国来，是因为他的文学精神在中国具有广泛的社会基础，这种精神，闪耀着人道主义的光芒，最集中地体现在对小人物的同情和批判上，非常切合五四以后中国社会的需要。

一　底层关怀与文化批判

“小人物”题材是贯穿俄罗斯文学的一条红线，秉承俄罗斯现实主义文学浓厚的人道主义传统。从普希金《驿站长》中的维林，到果戈理《外套》中的巴施马奇金，再到契诃夫笔下的众多人物，“小人物”持续受到关注。虽然陀思妥耶夫斯基说俄罗斯文学中的人“都是从果戈理的《外套》中孕育出来的”②，

① 刘研：《契诃夫与中国现代文学》，上海社会科学院出版社 2006 年版，第 69 页。

② 曹靖华：《俄国文学史》（中卷），作家出版社 1958 年版，第 526 页。

但真正把“小人物”题材推向新高度的是契诃夫。对处于社会底层的库里岑之流（《胜利者的胜利》）和类似《在钉子上》里的小官吏们，作者不单是抱着一贯的同情和怜悯，更以冷静的笔墨展示他们的缺点和愚昧，使作品达到文化批判的高度。

中国现代文学从一开始就特别关注民生，立足于解决人生的问题，提倡人道主义。对底层的人道主义同情，成了新文学的一个重要传统。

周作人在为“人生派”造势时曾说：“问题小说是近代平民文学的产物”[①]，而契诃夫本人就是一位平民作家，自称“血管里流着农民的血”。“在契诃夫的作品里，中国进步作家找到了对正在苦恼着他们的许多生活和创作问题的回答。其中包括譬如中国新的现实主义文学中人物描写的问题。按照许多世纪以来部分民族戏剧和古代小说的传统文艺作品中的人物是用或善或恶的一种色彩进行刻画的。契诃夫的作品给中国作家揭示了一些创作的新途径和另外一些可能性。”[②]正因为如此，文学研究会作家才在创作中有意无意地接近了契诃夫。其中，同时代的鲁迅的经验很有代表性，他说：“对我自己，却与其看薄凯契、雨果的书，宁可看契诃夫、高尔基的书，因为它更新，和我们更接近。”[③]

文学不可能直接改变社会的风尚，文学的作用之一是提出问题。契诃夫将此理解为艺术家对自己的工作应有的自觉态度。[④]

---

① 周作人：《中国小说里的男女问题》，原载《每周评论》1919年2月21日。

② 王富仁：《契诃夫与鲁迅前期小说》，载《文学评论丛刊》第八辑，中国社会科学出版社1981年版，第273页。

③ 鲁迅：《鲁迅全集》第六卷，人民文学出版社1981年版，第175—176页。

④ ［俄］契诃夫著，汝龙译：《契诃夫论文学》，人民文学出版社1958年版，第109页。

在他看来，文学只是冷静地剖析这个病态的社会及生活在其中的人，以起到警示的作用，引起人们的反思。这种文学观显然影响到了中国问题小说的创作。

在问题小说创作中，叶圣陶的早期作品虽然也热衷于表现“爱”和“美”的主题，但他与冰心和王统照不同，他受到以契诃夫为主的俄国文学影响相对较大。他说：“近代的文艺里，俄国的最显出他们民众的特性。他们困苦于暴虐的政治，艰难的生活，阴寒的天气，却转为艰苦卓绝希求光明，对于他人的同情更深，对于自己的克厉更严，这就是以‘爱’为精魂的人道主义。”[①] 这种理解是以共同的人道主义情怀为基础的。他与契诃夫的个性也有相似之处，比如他们都曾被人称作悲观主义者。《未厌集》扉页的题识是：“有人说我是厌世家，自家检察，似乎未必是”；契诃夫也曾经被人指责是“对善和恶漠不关心的人”[②]。相近的文学观念和个性，促进了叶圣陶对契诃夫的理解和接受。

契诃夫精神对叶圣陶的影响主要体现在后者小市民题材的创作中。《这也是一个人》、《阿凤》、《秋》反映妇女的悲惨命运，有一份契诃夫式的同情心；《孤独》写小市民的生活，小说里那位孤寂的老人去看望自己的侄女时，受到敷衍了事的接待，这种悲哀不禁让我们想起契诃夫的《苦恼》里那位马车夫姚纳，死了儿子却得不到社会的同情，只得把心中的苦楚向小母马倾诉。如夏志清所言：“只有当他在探讨那些跟他极不相像的人的命运时，他才是个有把握的小说家，像契诃夫一样地融合了同情和讽

① 叶圣陶：《文艺谈·二十二》，载《晨报》1921年5月8日副刊。

② 朱逸森：《短篇小说家契诃夫》，华中师范大学出版社1984年版，第34页。

刺。描写小市民灰暗生活的故事，总是他最好的作品。”[①]

文学研究会中另一个较多地接受了契诃夫影响的作家是罗黑芷，他著有《醉里》、《春日》，笔下多是旧式农民和卑微教员。他忠实地信仰人道主义，认为人的“宗教就是‘人’”。1926年，他翻译了契诃夫的《医生》。研究者对他关注不多，但“他的小说多写小人物，又短小得有点像麻雀的鼻子、兔子的尾巴，是颇有点俄国契诃夫的味道的”[②]。与其他作家接受契诃夫情况相比，他的突出之处在于用喜剧的笔调描写底层人物的悲剧。《货贩》中穷困而吝啬的小商贩借笑谈湘西原始风俗来掩饰内心的悲哀，《压迫》写小商人在辛亥革命中并没有得到好处的怪现象，皆在滑稽的描写中流露出契诃夫式的伤感。这种喜剧笔法与契氏喜剧风格都是“含泪的笑”，区别仅在于前者是心理性的一厢情愿，描写主人公安于不合理现状的滑稽状态，属于国民批判；后者则是行为性的相互冲突，描写主人公合理言行与外界发生碰撞的喜剧场面，属于社会批判。罗黑芷不幸夭亡，才华没能进一步发挥，使得这种接受契诃夫的倾向遗憾地中断了。

说到契诃夫对底层的关怀和批判，不能不提及凌淑华。这位被夏志清称作五四时期“最具创造才能”、“成就高于冰心”的女作家，非常喜爱契诃夫：

> 我今日把契诃夫的小说读完，受了他的暗示真不少。平时我本来自觉血管里有普通人的热度，现在遇事无大无小都

---

① ［美］夏志清著，刘绍铭等译：《中国现代小说史》，复旦大学出版社2005年版，第49页。

② 杨义：《中国现代小说史》，人民文学出版社1986年版，第309页。

能付之于浅笑，血管里装着好像都是要冻的水，无论如何加燃料都热不了多少。有人劝我抛了契诃夫读一些有气魄的书，我总不能抛下，契的小说入脑之深，不可救拔。我日内正念罗曼·罗兰的JohnChristopher，想拿他的力赶一赶契珂夫的魔法，总不行。不错，我也觉得罗曼·罗兰写的真好，但是我不信我会读他比爱读契诃夫更深些。①

契诃夫对她的影响甚至达到了“消极”的境地：她“把契诃夫的一篇小说改名为《花之寺》，给人物起上中国人的姓名，当作自己的作品发表”。② 现在看来这篇小说就是契诃夫的《在消夏别墅》。《绣枕》也分明有契诃夫《嫁妆》的味道，前者的女主人公的嫁妆绣枕被人践踏，后者是写少女的嫁妆被人偷光。《再见》尤为明显地借鉴契诃夫小说，此作写成她即致信胡适：

原来我很想装契珂夫的俏，但是没有装上一分，你与契老相好，一定知道他怎样打扮才显得这样俊俏。你肯告诉我吗？③

凌淑华翻译过契诃夫的短篇小说《一件事》，她的小说也有两篇题名是《一件小事》、《一件喜事》。“契珂夫小说的许多特点都能在凌淑华作品中看到投影。而最具整体影响的是关注庸常之辈的处理题材方法和微讽态度以及严格的现实主义原则。她冷

① 详见陈学勇《论凌淑华小说创作》，《中国文化研究》2000年春之卷。

② 胡风：《略谈我与外国文学》，《胡风文集》第7卷，湖北人民出版社1999年版，第248页。

③ 详见陈学勇《论凌淑华小说创作》，《中国文化研究》2000年春之卷。

峻、逼真地显示人心世态，并隐含着悲悯、嘲笑情感，与契珂夫何其酷似。”[①]因此，凌淑华在契诃夫文学接受方面的成就不亚于叶圣陶，她对女性关注的笔触，“可以汇入现代文学史上国民性批判的优秀传统”[②]。但总体上，她作品的意义在于“作为一个敏锐的观察者，观察在一个过渡时期中中国妇女的挫折与悲惨遭遇”[③]，又因其视角常常局限在“世态的一角，高门巨族的精魂”，使作品的气势过于狭窄，虽然“她心仪契珂夫，但缺乏像来自社会底层的契珂夫那样对痛苦人生的深切体验，只能学到契珂夫的‘外冷’，无法得到他的‘内热’，震撼心灵的力度是缺少的。”[④]

契诃夫对小人物的关怀不只灌注一腔的同情和怜悯，还以冷静的笔墨展示他们的缺点和不知觉悟，这便超越了消极面的人道主义同情，达到了文化批判的高度。在革命民主主义评论家车尔尼雪夫斯基开始“对软弱无能、忍气吞声的小人物进行批评”[⑤] 前，契诃夫已经不动声色地用自己的创作传达这种观点。考察契诃夫的作品，几乎没有一个人物是有着完美的人格的，总有或多或少的缺陷。这一方面与作家的世界观有关，另一方面则缘于他对小人物的深刻理解。出身低微的契诃夫深信底层民众像自己一样存在很多“奴性”，客观地暴露外省生活的种种怪现状，就是要把自己和民众“身上的奴性一点一点挤

---

① 陈学勇：《论凌淑华小说创作》，《中国文化研究》2000 年春之卷。

② 孟悦、戴锦华：《浮出历史地表》，中国人民大学出版社 2004 年版，第 81 页。

③ ［美］夏志清著，刘绍铭等译：《中国现代小说史》，复旦大学出版社 2005 年版，第 61 页。

④ 陈学勇：《论凌淑华小说创作》，《中国文化研究》2000 年春之卷。

⑤ 朱逸森：《短篇小说家契诃夫》，华中师范大学出版社 1984 年版，第 5 页。

出来”。遗憾的是，这种具有文化批判意义的题材处理方式在五四“俄罗斯文学热”时并没有引起中国现代作家的普遍关注，只有鲁迅和叶圣陶等极少数作家受到这种精神的影响。而鲁迅更是惊人地提炼出批判“国民劣根性”的主题，同样上升到文化批判的高度，由于鲁迅的文学地位和影响，使年轻的作家纷纷效仿，才使得这一主题成为中国新文学的重要特色。因此，后世中国作家底层批判的文学，多是通过鲁迅这个中介接受契诃夫影响的。

从“平民文学”的倡导到文学研究会的文学实践和鲁迅乡土文学的开拓，再加上乡土文学派进一步深化，中国现代文学孕育了浓厚的“底层情结”，逐渐形成一个文学传统。契诃夫文学启发影响下的文学革命，在转向革命文学后，劳工题材成为文学主流，“小人物”的文学地位空前提高。“这些作品（人生派小说——笔者注）与鲁迅描写农民生活的作品相呼应，与乡土写实小说流派相沟通，从而使我国新文学第一个十年具有与人民的深刻联系，尤其是与民主革命的主力军农民的深刻联系，它们共同形成了新民主主义文学同以往文学相区别的这个主要而鲜明的特征”[①]。站在这样的立场上看，契诃夫对小人物的关怀和批判客观上对新文学最终走向“工农兵文学”也不无催发的作用。国民性批判的文学实践随着工农兵文学的盛行，逐渐地销声匿迹了。关于人民文学，契诃夫则有自己独到的见解，他说：“顺便说一句，人民戏剧也好，人民文学也好，所有这些都是蠢事，都是人民的糖果。不应当把果戈理降到人民的水平上来，而应当把

① 杨义：《中国现代小说史》，人民文学出版社1986年北京第1版，第309页。

人民提到到果戈理的水平上去。”[①] 这种观点对于20世纪40年代解放区文学的研究或许是有重要的借鉴意义的。

二　鲁迅与知识分子题材

中国现代作家中鲁迅和契诃夫最为相似。赵景深早在《鲁迅与柴霍甫》一文中，运用比较文学的方法分别就“生活、题材、思想、作风”四方面对两位作家进行了研究，指出他们“在生活上……是弃医学文的。在题材上……是描写乡村的能手。在思想上……对于将来有无穷的希望，但质地总是悲观的。在作风上……是幽默而且讽刺的。”[②] 两人还都是怀疑论者，契诃夫曾对人说：“政治方面、宗教方面、哲学方面的世界观我没有；我每个月都在换这类世界观”[③]。鲁迅从托尔斯泰那里“盗”来人道主义，但“列夫·托尔斯泰对鲁迅的影响，主要在思想方面”[④]，正所谓“托尼学说，魏晋文章”，而他对人生的怀疑与批判精神却是接受契诃夫的。郁达夫在《纪念柴霍夫》一文中指出：“在我们中国，则我以为唯有鲁迅受他（契诃夫——笔者注）的影响最大。”[⑤] 郭沫若则干脆声称，“鲁迅由契诃夫变为了高尔基”，“前期鲁迅在中国新文艺上所留下的成绩……也就是

---

① ［俄］契诃夫著，汝龙译：《契诃夫论文学》，人民文学出版社1958年版，第381页。

② 赵景深：《鲁迅与柴霍甫》，《文学周报》（合订本）第8卷，上海书店影印本1984年版，第561页。

③ ［俄］契诃夫著，汝龙译：《契诃夫论文学》，人民文学出版社1958年版，第100页。

④ 王富仁：《鲁迅前期小说与俄罗斯文学》，陕西人民出版社1983年版，第100页。

⑤ 郁达夫：《纪念柴霍夫》，《郁达夫文集》第7卷，花城出版社1983年版，第119页。

契诃夫在东方播下种子"。[①]王富仁的《鲁迅前期小说与俄罗斯文学》中关于契诃夫与鲁迅的比较研究是集大成者，在题材的选择、文本的结构、作品的格调等方面都有着精辟独到的分析。在此，此处主要探讨在知识分子题材的处理上契诃夫对鲁迅的影响。

契诃夫认为："作家的独创精神不仅表现在文体方面，而且也表现在思想方法方面，信念方面，等等。"[②] 刻画知识分子向庸俗的环境妥协投降的丑恶嘴脸，展示天才被市侩社会包围而堕入多余的苦闷境地，传达作家探索世界观的艰难的精神历程，是契诃夫作品的重要题材。在这一题材的描写上，鲁迅受契诃夫影响比较大，也比较有代表意义。

在契诃夫的笔下，知识分子大多被庸俗的生活所包围，他们要么向庸俗投降，对权威顶礼膜拜，成为被庸俗"异化"的一部分；要么丧失了斗志，对一切都漠不关心，最终陷于精神危机而不可自拔。作家用客观的笔法暴露这种生活，"我只想诚实地告诉人们：'看看你们自己吧，你们生活得多么糟糕和无聊！'最主要的就是要人们懂得这一点；而一旦他们懂得了这一点，他们就一定会给自己创造另一种美好的生活"。[③] 鲁迅也有类似的创作初衷："说到'为什么'做小说罢，我仍抱着十多年前的'启蒙主义'，以为必须是'为人生'，而且要改良这人生。我深恶先前的称小说为'闲书'，而且将'为艺术的艺术'，看作不

---

① 郭沫若：《契诃夫在东方》，《沫若文集》第 13 卷，人民文学出版社 1961 年版，第 168 页。

② ［俄］契诃夫著，汝龙译：《契诃夫论文学》，人民文学出版社 1958 年版，第 43 页。

③ 同上书，第 393 页。

过是‘消闲’的新式的别号。所以我的取材，多采自病态社会的不幸的人们中，意思是在揭出病苦，引起疗救的注意。”[①] 从这样的创作目标出发，两位作家都写出了时代特色。契诃夫的笔触一丝不苟地展现了沙皇统治下的俄国人文风貌：普利希别叶夫在大街上高喊：“散开，老百姓！不准成群结队！回家去！”（《普利希别叶夫中士》）；别里科夫逢人就说：“别出什么乱子！”（《套中人》）；尼古拉·伊凡内奇在自己的庄园里贪婪地吃着醋栗（《醋栗》）；瓦西里耶夫（《神经错乱》）在房间里走来走去，跑到大街上让风对着扒开衣服的胸口吹。鲁迅的笔墨则力透纸背地掘进民国当年知识分子灵魂的深处：孔乙己摇头晃脑地向孩子们说着“回”字的四种写法；四铭忙着跟人议论买肥皂给“女讨饭”洗澡；叫着“中华民族皆有整理国乐之义务”的高尔础坐在牌桌旁凑着“清一色”；鲁四老爷对着刚死的祥林嫂说着“不早不迟，偏偏要在这个时候——这就可见是一个谬种”；吕纬甫“在酒楼上”郁郁寡欢，借酒浇愁……鲁迅小说之所以如此接近契诃夫，在于二人对自己笔下人物的深刻理解和洞悉，鲁迅不仅学到了契诃夫的“外冷”，同样达到了“内热”，虽说“鲁迅是没落的乡宦人家的子弟，而柴霍夫却是农奴的儿子”（郁达夫语，这里还有语误，契诃夫应该是农奴的孙子，契诃夫的父亲已经解放，是个不善经营的小作坊主——笔者注），但鲁迅少年时也饱尝人间冷暖和磨难，同样对底层有着广泛的接触。当鲁迅写到祥林嫂“只有眼珠间或一轮”，写到她的“下端开了裂”的拐杖时，我们分明感觉到鲁迅把自己的人物像蚂蚁一

① 鲁迅：《我怎么做起小说来》，《鲁迅全集》第4卷，人民文学出版社1981年版，第512页。

样放到热锅上，而鲁迅在和他们一起跳，试比张爱玲、钱钟书笔下的人物，我们总是感觉到作者是在欣赏他们的跳姿。

这种内热的境界就是恰当把握对人物批判和同情的分寸。《精神错乱》的主人公是“一个不平凡的青年，具有迦尔洵那样的气质，为人正直，非常敏感”。[①] 他看到别人受到什么苦楚，自己就会感到这种苦楚，他想很多方法解决当地娼妓问题，却发现世界上到处都有妓院，便想通过传播教义来感化众人，“要存着对上帝敬畏的心才行”，可他最终发现传播教义还需要实干，而他并不具备这种能力，终于“神经错乱”了，被医师认定为癔病患者。对主人公的缺乏实干精神，作家无疑是批判的，但作品中分明还透露了作者言犹未尽的怜悯。这个作品的原型是俄罗斯著名诗人迦尔洵，在19世纪那个“艰苦的时期”（格·乌斯宾斯基语），迦尔洵不堪重压跳楼自杀了，契诃夫表示“像已故的迦尔洵那样的人，我是以整个心灵热爱的”[②]，对于这样一个人物，作者是不可能不给予同情的。契诃夫的可贵之处在于把同情之心和谴责之意交融在一起，从而在思想上超越瓦西里耶夫的原型：“我不会像迦尔洵那样跳楼自杀。”[③] 鲁迅的《狂人日记》就是学习这种笔法，情节也有类似之处，人物都被人称作“狂人”——也都是因为主人公过于清醒、认识到世界的疯狂所致。鲁迅笔下的狂人也像瓦西里耶夫那样负着犯罪感：“我也曾一块吃过妹妹的肉。”作者对狂人的批判是通过“清醒”时主人公的自我反思体现出来的，从而“形成两个对立的叙述者……一个

---

① ［俄］契诃夫著，汝龙译：《契诃夫论文学》，人民文学出版社1958年版，第93页。

② 同上书，第92页。

③ 同上书，第218页。

‘狂人（非正常的）世界’……一个‘正常人的世界’”[①]。作者深刻地认识到，在那个黑暗的年代，清醒的狂人只配发疯的命运，他注定是无所作为的。从这一意义上说，他和瓦希里耶夫一样，也是不能践行自己思想的“多余人”。因而，王富仁指出：“鲁迅笔下的知识分子形象……与契诃夫笔下的知识分子一样，带着自己的优点和缺点，以全部的复杂性呈现在读者的面前的……这是与他汲取契诃夫的创作经验有密切关联的。”[②]

当然，《狂人日记》里有更多作者自己的影子，更像是作家的一个“白日梦”，他一觉醒来，世界还是“吃人的世界”，有着更深刻的社会批判向度。这便是鲁迅的可贵处：他对题材的选择和提炼较契诃夫更为深切，如《孔乙己》、《白光》对科举制度的批判，《药》对辛亥革命不彻底的批判，《阿Q正传》、《示众》对国民劣根性的批判，《风波》对张勋复辟的嘲笑等，比契诃夫更为出色地扮演了启蒙者的角色。

契诃夫当然也是个善于选择题材的高手：“我们终于看到了一位不惧怕平常事物的诗人，一位魔术家，他能把日常生活的矿石变成宝贵的金子。”[③] 但他关注的多是俄罗斯知识分子那种典型的特征，而较少地考虑思想启蒙的问题。“当初我写剧本的时候，我所注意的只是必要的东西，也就是专门注意典型的俄罗斯特征。例如，过分的冲动、犯罪的感觉、厌倦……”[④] 这句话适

---

① 钱理群：《中国现代文学三十年》，北京大学出版社1998年版，第44页。

② 王富仁：《鲁迅前期小说与俄罗斯文学》，陕西人民出版社1983年版，第84页。

③ ［苏联］耶里扎罗娃著，杜殿坤译：《契诃夫的创作与十九世纪末期现实主义问题》，上海文艺出版社1962年版，第6页。

④ ［俄］契诃夫著，汝龙译：《契诃夫论文学》，人民文学出版社1958年版，第137页。

合契诃夫所有的作品。他精彩地写出了这种典型的俄罗斯特征，但在思想批判的力度方面显得稍微弱了一点。因为在契诃夫那个时代，前途一片黑暗，知识分子大多看不到出路，也无力承担启蒙者的角色。有的时候契诃夫甚至搞不清创作的真正目的："我写小说是为了谁，为了什么目的？为了公众吗？可是我没有看见它，也不相信它，就跟不相信鬼一样。它没有修养，没受过好教育，就是其中最优秀的人对我们也不老实，不诚恳。"① 当然，契诃夫对民主运动也不是无动于衷的，1901 年俄国发生大学生争取自由的示威运动，很多学生被开除、监禁、流放，契诃夫资助受难学生，表明自己民主主义的立场。"契诃夫资助过大学生，这不只是一种慈善之举，而且反映出他对俄国民主青年中的优秀分子的深切同情。这些青年在争取自由的斗争中成了沙皇专制的受害者。"② 契诃夫自己也曾说："我对进步文学的代表们怀着深深的敬意。"③ 遗憾的是，契诃夫在有生之年没有看到知识分子的新生，但他晚年还是敏锐地察觉到社会的激荡，在《新娘》和《樱桃园》里发出"新生活万岁"、"新生活就要来了"的呼唤。《新娘》中，他让女主人公去当时社会运动一触即发的圣彼得堡："在她的面前出现一种宽广辽阔的新生活。"这对长期生病而与外界隔离的契诃夫来说，是非常难能可贵了，这也预示作家一个崭新的创作时期的来临，只因他的早逝而使这种倾向的文学实践中断了。

---

① ［俄］契诃夫著，汝龙译：《契诃夫论文学》，人民文学出版社 1958 年版，第 127 页。

② 朱逸森：《短篇小说家契诃夫》，华中师范大学出版社 1984 年版，第 33 页。

③ ［俄］契诃夫著，汝龙译：《契诃夫论文学》，人民文学出版社 1958 年版，第 440 页。

鲁迅的时代，动乱混杂的政局和水深火热的现实，让新文学先驱深感启蒙的必要性和紧迫性，“十月革命”的胜利又让他们看到了民族的希望，从而在创作上有着明确的目的性。当然，鲁迅的深刻还要归功于他积极参与社会实践：

> 早在留日时期，鲁迅便参加了革命组织“光复会”的革命活动，他熟悉并了解章太炎、邹容、徐锡麟、秋瑾、陶成章这样一些历史风云人物的情况。辛亥革命爆发后，鲁迅亲身参加了在绍兴的斗争，曾与“草莽英雄”王金发打过多次交道，对革命后复辟势力的活动也了如指掌。据增田涉、山本初枝等人的回忆，鲁迅在辛亥革命前就与绍兴会党的那些“山贼”有过多次接触，连他们的隐语、习尚和性格也颇为熟悉。在北京教育部任职期间，他又亲历了袁世凯称帝、张勋复辟等历史的巨大变动。[①]

这样的实践使他能及时地注意到社会大潮的变化，对现状有更清醒的认识，对革命活动也有全面的了解。所以鲁迅说开始写小说是“听将令”的，他自觉地把创作纳入思想启蒙的总体战略中，达到了思想批判的时代高度。

可是这样一来就出现了一个有意思的现象，在鲁迅的笔下很少有写爱情的篇章，只有《伤逝》一篇。这不禁让人想到契诃夫不满科罗连科的一句话：“在您所有的书里根本没有女人，这

① 王富仁：《鲁迅前期小说与俄罗斯文学》，陕西人民出版社 1983 年版，第 79—80 页。

是我不久以前才嗅出来的。”① 作家生前也多次声明他受不了没有爱情的小说，描写爱情是他刻画人物的重要手段。比如对伊凡诺夫而言爱情只是增加他的负担，加重他的负罪感。作者在写这个剧本时曾兴奋给苏沃陵写信说：“我眼下正在写剧本……喜剧、三个女角色、六个男角色、四幕、风景（湖的风景）；关于文学的讨论很多，情节却很少，爱情有五个普特之多。”② 爱情对于喜欢幽默和轻松的契诃夫来说是必不可少的，而鲁迅出于启蒙和社会批判的考虑，不自觉地把这个重要的题材给过滤掉了，不能不说是个遗憾。契诃夫曾被称作“近二十年最权威的历史家”③，契诃夫自己也表示自己“战地比较广阔，题材比较丰富”，相比起来鲁迅的题材范围稍显狭窄。不过在这里不妨下一个结论：现代文学史上后来有像契诃夫那样描写爱情的作品，那肯定不是通过鲁迅这个中介接受这种影响的。

总之，由于时代的原因和作家的个性，契诃夫的创作达到了人性批判的一个历史高度，但他始终与社会革命保持一定的距离，他只是生活的挖掘者。正因为这样，法捷耶夫才批评契诃夫：“他没有塑造出一个杰出的农民，或者是工人、或者是知识分子！”④ 当然，这有用后人的标准去苛求前人的嫌疑，而王富仁的一段评价也许更为贴切：“在同情并怜悯‘小人物’但同时又了解他们的弱点的这一点，鲁迅和契诃夫是近似的。但是鲁迅

① ［俄］契诃夫著，汝龙译：《契诃夫论文学》，人民文学出版社 1958 年版，第 57—58 页。

② 同上书，第 145 页。

③ 巴金：《我们还需要契诃夫》，《谈契诃夫》，平明出版社 1955 年版，第 44 页。

④ 朱逸森：《短篇小说家契诃夫》，华中师范大学出版社 1984 年版，第 71 页。

对于旧社会的批评比较契诃夫来得尖锐，有更明确的社会性质，而在这一点上就与高尔基相近了。”①

三　自然景致和人文景观

契诃夫笔下的自然景致不仅是作品的背景，而且还关涉作家对世界的基本态度，对祖国未来出路的探索。这些美丽的风景常常用来对照人文景观的丑恶。如《嫁妆》一开始就描写自然环境：

> 有三个窗子……白灰墙，瓦房顶，旧烟囱，全都淹没在青翠的海洋里……小房子夹在……槐树、桑树、杨树中间，给遮得看也看不见了……小房子立在树木苍翠的人间天堂里，快乐的鸟雀在树上打起窠来。

这是一派生机勃勃的场景，可是再看看女主人契卡玛索娃母女的生活场景：

> 百叶窗永远是下着的；房里的人不在乎阳光——阳光对他们没有用处……他们不喜欢新鲜空气……房子里面呢，唉！……夏天，房里闷得透不出气；冬天呢，热得跟土耳其的澡堂一样，没有一点新鲜空气。

契诃夫就是把这种人与景的严重不协调状况展示给读者看，

---

① 王富仁：《鲁迅前期小说与俄罗斯文学》，陕西人民出版社1983年版，第77页。

仿佛在告诉人们："看看你们的生活吧"，你们在浪费大自然的恩惠。从而让人们反顾自身，得出"不能再这样生活下去了"的结论。当时俄罗斯的出版界是制造"笑料"的工厂，"进步刊物被迫停刊，能合法出版的刊物都是'为笑而笑'的庸俗材料"。[①] 俄罗斯社会在沙皇统治下暗无天日，到处是庸俗、粗鄙。因而，契诃夫说："我只想诚实地告诉人们：'看看你们自己吧，你们生活得多么糟糕和无聊！'最主要的就是要人们懂得这一点；而一旦他们懂得了这一点，他们就一定会给自己创造另一种美好的生活。"自然风景的描写不仅是逃避政治检查的策略，还是一面反照世人愚昧、庸俗的镜子。这样，契诃夫笔下的自然景观便具有了独立的审美意义。

鲁迅笔下具有独立审美意义的自然景观较多的是在他的散文里，《朝花夕拾》是童心的袒露，给现代文学留下一道江南水乡的画廊。《野草》更像是成年的独语，富于意识流色彩的景色描写更多的带有象征意义，显示出作家对外来影响的深度挖掘和拓展。鲁迅小说里的景色描写，主要是作为渲染主人公心绪和表明作者态度的手段。《故乡》那"一轮金黄的明月"分明是高悬理想的灯塔，《孤独者》结尾，主人公"坦然地在潮湿的石路上走，月光底下"又预示着光明的前程，用钱理群的话说这种写法"内蕴着'反抗绝望'的鲁迅哲学和他的生命体验"[②]，这种经过处理的自然景观与主题相联系，明确显示出作家的创作目的。有意思的是《示众》里的景色细节也仿佛是从契诃夫那里来的，里面对阳光的描写是这样的："路上的沙土仿佛已是闪烁

① 朱维之等：《外国文学简编》，中国人民大学出版社 2004 年版，第 208 页。

② 钱理群等：《中国现代文学三十年》，北京大学出版社 1998 年版，第 43 页。

地生光。”契诃夫曾经对年轻的作家说写月光只需写地上的玻璃泛着闪闪的光就可以了，他自己也分别在小说《在磨房外》和戏剧《海鸥》里用到这种手法。契诃夫还说过：“风景描写首先应当逼真，好让读者看完以后一闭上眼就立刻能想象出来您所描写的风景……”[①] 想必我们都对鲁迅《故乡》里那段经典的画面记忆犹新：“深蓝的天空中挂着一轮金黄的圆月，下面是海边的沙地，都种着一望无际的碧绿的西瓜，其间有一个十一二岁的少年，项带银圈，手捏一柄钢叉，向一匹猹尽力的刺去，那猹却将身一扭，反从他的胯下逃走了。”但总体来讲，鲁迅笔下具有独立审美意义的景致并不多见。

契诃夫带有主观情绪的景物描写对大多数中国作家来说更易于接受，这是契诃夫作品艺术魅力的重要组成部分，但也是常常不被人理解的部分。《神经错乱》发表后，契诃夫抱怨说，“文学家、大学生、叶甫烈伊诺娃、普烈谢耶夫、姑娘等，拼命称赞我的《神经错乱》，可是只有格利果罗维奇一人看懂了初雪的描写。”在《神经错乱》中，有八处写到初雪。“莫斯科下着初雪，新雪柔软、洁白……在新鲜、轻松、冷冽的空气里，人的灵魂也不禁迸发出一种跟那洁白松软的新雪相近的感情。”三个学生在雪中逛C街的妓院，初雪的“清澄的、温柔的、纯朴的、仿佛处女样的情调”，与妓女的备受凌辱的生活和麻木的灵魂形成极为鲜明的对照。良心受到震动的大学生瓦西里耶夫不愿在妓院胡闹，跑到街上等他的同伴，他站在雪中想：“雪怎么会落到这种街道上来！”妓女可怕的生活，引起了他的自责，他在和同伴的

① ［俄］契诃夫著，汝龙译：《契诃夫论文学》，人民文学出版社1958年版，第240页。

争论中，确认他们是参与杀害这些妓女的凶手。这时他“害怕那大片落下的雪，那雪好象要盖没世界似的，他害怕那些在雪花的云雾里黯淡放光的街灯。他的灵魂给一种无来由的、胆怯的恐怖占据了”。可以看出，小说里有的风景描写带着强烈的主观色彩，无疑是作者在大声疾呼：“看看我们的世界已经成什么样子了。”这在《第六病室》里尤为明显，通过主人公的视角干脆把病室周遭写成监狱。对中国作家产生巨大影响的正是这种写景的倾向。

沙汀是绘制“富有特色的四川农村风俗画的高手”,[①] 笔下景物也较多的带有契诃夫式的景致。“船客们向黄色的江岸呆视着”，在铅色的天底下，田野、村落、狂奔的犬，蒙太奇式地变换着，“这些，也正和中国任何一处内地相似，萧索、荒废，阳光也洗不掉的阴郁”（《航线》)。显然，沙汀笔致里包含更多社会情绪的东西，景色描写多为批判社会的目的服务。契诃夫《农民》的风景描写是以美丽的自然景色对照黑暗的现实，结尾处风景描写则预示新生活。沙汀的《在祠堂里》，在茫茫夜色中从四周袭来的各种令人战栗的声响：悠长、阴惨的号音，寂寥、懒散的鸭群的鸣叫，连长的几次扑打，丈母娘的哭号、哽咽，钉子敲进棺材盖的声音，巫师的呼唤和狗的嗥叫融在一起，极深刻地表现和影射了社会的黑暗，这样写景角度，更像是《农民》结尾时的笔法。沙汀从自己的创作实践和当时文学潮流出发，有意放大了契诃夫景色描写的社会功能。这种选择不是沙汀所独有的，而是中国作家在接受契诃夫时的一个共同倾向。

中国文学自古就有写景的优秀传统和丰富的经验，至今还留

① 阮航：《沙汀、契诃夫小说比较》，《社会科学研究》1996 年第 3 期。

有很多名句，如“红杏枝头春意闹”等，契诃夫笔下的景致与此颇有同工之妙。中国新文学开拓者有深厚的国学修养，他们不难在契诃夫作品中发现这一特点。可以想象，这会增加他们对契诃夫的好感。但正如前面指出的，中国新文学承担着启蒙的社会功能，总难以放开手脚进行形而上的艺术实验。契诃夫众多对自然景物的处理方式，在中国作家这里，朝着批判旧社会、预示新生活的方向发展，而真正具有独立审美意义的自然景观在中国现代文学作家笔下可谓昙花一现。像《草原》那样通过景色描写，表现俄罗斯“停滞时代”充盈在人们精神深处复杂的忧郁情调，把风景的描写和一个民族性格的特征相联系，使风景本身具有独立的审美价值，这种艺术手段并没有随着契诃夫而真正走进中国现代文学。

第三节　契诃夫诗学与中国现代文学

高尔基说：“作为文体家，契诃夫在我们当代的艺术家中是唯一掌握了‘言简意赅’的高超写作艺术的。”[①]“作为文体家来说，契诃夫的成就是别人难以达到的，将来文学史家谈到俄罗斯语言的成长，会说：这语言是由普希金、屠格涅夫、契诃夫创造出来的。”[②]契诃夫的诗学总结起来主要有以下几个方面：寓主观倾向于客观叙事之中，剖切生活横截面的文体结构，朴实、

① ［苏联］高尔基：《论文学》，广西人民出版社1980年版，第27页。

② ［苏联］萨哈洛娃著，汝龙译：《安·巴·契诃夫的文学见解》，《契诃夫论文学·序》，人民文学出版社1958年版，第9页。

含蓄、简练的语言，感伤忧郁的文风和幽默轻快的喜剧追求。这些诗学原则，解决了困扰“中国进步作家”的“许多生活和创作问题”，让他们看到了“一些创作的新途径和另外一些可能性”[①]。

一　客观叙事与主观讽刺

从早期的“契洪特时期”到成熟以后的“契诃夫时期”，契诃夫终其一生在追求客观写实。他对屠格涅夫评价不高，认为“这位作家所写的东西，在他去世后只能留下八分之一或者十分之一，其余过上二十五年到三十五年就会送到档案室去”，[②] 很大程度上就是因为屠格涅夫的小说有时不够客观。反对主观性，在契诃夫那里，不仅是一个文学主张，更是一种重要的美学原则，他说：“态度越是客观，所产生的印象就越有力。”[③] “如果我加进主观成分去，形象就会模糊，这篇小说就不会像一切短小的小说应该做到的那样紧凑了。我写作的时候，充分信赖读者，认定小说里所欠缺的主观成分读者自己会加进去。”[④] 在给女作家阿维洛娃的信中，他又说：“您描写苦命人和可怜虫，而又希望引起读者怜悯的话，您自己就要尽力冷淡一些，这会给别人的痛苦一种近似背景的东西，那种痛苦在这种背景上就会更明显地表露出来……是的，应当冷心肠才行。”[⑤] 这种观点，对美国作

① 王富仁：《鲁迅前期小说与俄罗斯文学》，陕西人民出版社 1983 年版，第 83 页。

② ［俄］契诃夫著，汝龙译：《契诃夫论文学》，人民文学出版社 1958 年版，第 339 页。

③ 同上书，第 209 页。

④ 同上书，第 186—187 页。

⑤ 同上书，第 205 页。

家海明威的“冰山理论”有明显的影响，而后者则深刻影响了中国当代作家。

对契诃夫的“冷心肠”手法吸收最成功要算鲁迅了。当时一位评论家这样评价鲁迅的作品：“鲁迅先生的医学究竟学到了怎样一个境地，曾经进过解剖室没有，我们不得而知，但我们知道他有三个特色，那也是老于手术富于经验的医生的特色，第一个，冷静，第二个，还是冷静，第三个，还是冷静……曾经有过这样老实不客气的剥脱么？曾经存在过这样沉默的旁观者么？”[①]鲁迅的作品之所以像契诃夫那样“冷”，就是因为“鲁迅是契诃夫彻底的现实主义原则的继承者和发扬者”。[②]虽然契诃夫从不把自己看做是现实主义作家，也比较反感别人把他看做是某种主义者，但他还是倾向于现实主义：“……最优秀的作家都是现实主义的，按照生活的本来面目描写生活，不过由于每一行都像浸透汁水似的浸透了目标感，您除了看见目前生活的本来面目以外就还感觉到生活应当是什么样子。”[③]

受契诃夫“冷心肠”文风影响的中国作家除了前面提到的凌淑华、叶圣陶，还有彭家煌、沙汀和沈从文。[④]

彭家煌的文学生命一闪而过，只有几部小说集而没有留下太多的创作谈之类的文献，我们无法得到他受契诃夫影响的直接证

---

① 张定璜：《鲁迅先生》，台静农编：《关于鲁迅先生及其著作》，开明书店1933年版。

② 王富仁：《鲁迅前期小说与俄罗斯文学》，陕西人民出版社1983年版，第77页。

③ ［俄］契诃夫著，汝龙译：《契诃夫论文学》，人民文学出版社1958年版，第217页。

④ 刘妍：《契诃夫与中国现代文学》，上海社会科学院出版社2006年版，第93—103页。

据，但在他的小说中，我们还是可以看出他对契诃夫的偏爱。《蹊跷》写一个青年特别喜爱读契诃夫的作品：“譬如看《安娜套在颈上》这篇吧，看完一篇还恋恋的再来一篇，其中语句之生动，简练，文章的含蓄，错综，无处不值得他欣赏。”在另一篇小说《我们的犯罪》中，主人公在被问及读过什么书时说道：“我看过《悒郁》，《复活》，《木马》……”契诃夫《悒郁》排在第一位，要说作者本人受其影响是不会令人怀疑的。事实上彭家煌小说的客观化风格在当时也是很出众的，甚至达到“纯客观”的程度。茅盾在《〈中国新文学大系小说一集〉导言》里说：“彭家煌早期的都市生活的描写，收在短篇集《怂恿》内的，例如这里选录的《Dismeryer 先生》以及另外几篇《到游乐园去》、《军事》、《势力范围》，也还多少有点纯客观的态度，至少是他对当时的现实没有确定的见解。”小说《陈四爹的牛》里，陈四爹的牛被野兽吃掉，他不去关心为此跳塘自尽的短工“猪三哈”，却只是叹息牛肉卖不上好价钱。小说并不加一句评语，读者对“猪三哈”的同情和对他不觉悟的愤懑，以及对地主的残忍和那个作为社会缩影的乡村的憎恨，应该自然生成了。

沙汀曾经讲过他的创作与“所爱的契诃夫等外国作家有密切关系”①。在他的《在其香居茶馆里》、《丁跛公》、《代县长》等作品里，我们不难读出契诃夫那种冷静客观的笔调。沈从文在被提及受到的外国作家影响时说：“真正受的影响，大致还是契诃夫对写作的态度和方法”，“契诃夫等叙事方法，不加个人议

① 黄曼君：《沙汀“左联”时期对现实主义的探索》，金葵编：《沙汀研究专集》，浙江文艺出版社 1983 年版，第 150 页。

论，而对人民被压迫者同情，给读者印象鲜明”。[1] 沈从文有着和契诃夫相似的政治立场，沈从文出于构建自己“希腊小屋”的美学原则坚持自由主义立场，契诃夫是因为对政治的怀疑和批判而做自觉的旁观。在沈从文的作品中，除了一些酷肖西方浪漫传奇和都市讽刺的创作，很多湘西题材的作品，像《边城》、《萧萧》、《长河》等，笔墨还是十分冷静的，作者像一位老练的猎手不慌不忙地把自己捕获的猎物展示给读者看，但他对人物的一些理想化描绘则有点屠格涅夫的味道，翠翠怕很难获得契诃夫本人的欢心。

说到契诃夫客观叙事与现代文学的关系，值得一提的还有巴金20世纪三四十年代创作的转型。契诃夫对巴金是有深刻影响的，直到新中国成立以后他还坚持认为：“我觉得契诃夫是谈不完的，对于我们，他的作品是取之不尽，用之不竭的宝库，我们必须更好地向他学习。”[2] 但巴金接受契诃夫却有一个曲折的过程。在早年，巴金坦言：“我还不到二十岁的时候，我第一次接触到契诃夫的作品，我读来读去始终弄不清楚作者讲些什么……我那时候不能接受契诃夫的作品，唯一的原因是那时我不了解它们。”[3] 这是第一个时期。到了第二个时期，“我自以为有点了解契诃夫了。可是读他的小说，我感到非常难过。我读得越多，越害怕读下去……为什么那些人就顺从地听凭命运的摆布……连一点反抗的举动也没有？……我恨不得一下子把他们全拉起来……

① 凌宇：《沈从文谈自己的创作》，《中国现代文学研究丛刊》1980年第4期，第318页。

② 巴金《谈契诃夫·前记》，平明出版社1955年版。

③ 巴金：《我们还需要契诃夫》，《谈契诃夫》，平明出版社1955年版，第45页。

我觉得一口气憋在肚子里头快要憋死我了，忍不住丢开书大叫一声。"[①] 等到作家经过长时期的生活，"走过了长远的路"，"穿过了旧社会的'庸俗'、'虚伪' 和 '卑鄙' 的层层包围"，[②] 终于成为契诃夫的热爱者。

对比巴金写作道路前后期的心得，我们可以发现其中的玄妙。早期，"我写文章的时候常常忘记了自己，简直变成了一个工具：我自己几乎没有选择题材和形式的余裕和余地"[③]，也"没有时间想到我应该采用什么样的形式"[④]，"灵感俯身"（夏志清语）的少年天才又十分相信"自己年轻主人公要的是热情和行动"，相信这些"学校内外的青年……明知道反抗会给自己带来更大的不幸，他们也要斗争到底"。[⑤] 于是在巴金早期的作品里，我们看到的是作家对社会的报复和对旧家庭的控诉，以及主人公歇斯底里的喊叫和不厌其烦的说教。若严格按照契诃夫的观点，这些作品是存在严重问题的，契诃夫说："如果您在小说里放进一点眼泪，那就把这个题材的严峻味道和一切值得注意的东西都消除了。"[⑥] 巴金的创作走向成熟是在 20 世纪 40 年代，从《秋》开始，经过《憩园》、《第四病室》，到《寒夜》，巴金

---

① 巴金：《我们还需要契诃夫》，《谈契诃夫》，平明出版社 1955 年版，第 45—46 页。

② 同上书，第 46 页。

③ 巴金：《生之忏悔》，《巴金文集》第 10 卷，人民文学出版社 1961 年版，第 144 页。

④ 同上书，第 142 页。

⑤ 巴金：《我们还需要契诃夫》，《谈契诃夫》，平明出版社 1955 年版，第 46 页。

⑥ ［俄］契诃夫著，汝龙译：《契诃夫论文学》，人民文学出版社 1958 年版，第 177 页。

显示出了“一个成熟小说家的才华”。[①] 这几部小说都明显带有契诃夫影响的痕迹，文风开始像契诃夫那样冷静，《憩园》里还让主人公讨论“小人物”值不值得作家去写。更让人遐想的是，《第四病室》名字和《第六病室》只有一字之差。《寒夜》的结尾把汪文宣“写死”，不给读者留下任何希望，冰冷彻骨的结局分明带有契诃夫给人“迎头一击”的收尾风格。作家在历经沧桑走向人生的成熟以后，终于像契诃夫那样写出沉郁浑厚的具有客观写实风格的作品。巴金晚年以一本“说真话的大书”——《随想录》，“真诚地拷问着自己的灵魂”[②]，煌煌五卷像契诃夫那样对虚伪、庸俗、暴力宣战，给后人留下一座精神的丰碑。可以说契诃夫是巴金一生的老师。巴金对契诃夫的接受，正像陈晖在《中国现代小说发展进程中的外来影响》一文中所说的那样，“在吸收外来影响上的变化和发展，某种意义代表了中国现代小说这方面的成长历程。”也许张爱玲说对了，人要在经过了“飞扬”、“放肆”的一面以后，落在地上，踩到了土地、生老病死、饮食繁殖这“平实的生活”，认识了这“人生的朴素的底子”以后，才开始真正理解和接受契诃夫。因此，巴金也可谓是现代中国受契诃夫影响最有代表性的作家。

需要指出的是，契诃夫反对主观态度，却并不否认作品应该包含作家的意图。1890 年拉甫洛夫主编的《俄罗斯思想》上曾发表一篇文章说契诃夫是一个“专门写无原则文章的作家”，这引起了契诃夫的极大愤慨，说这种批评“纯粹在于诽谤了”[③]。

① ［美］夏志清：《中国现代小说史》，复旦大学出版社 2005 年版，第 181 页。

② 刘勇等：《中国现代文学史》，北京师范大学出版社 2006 年版，第 237 页。

③ ［俄］契诃夫著，汝龙译：《契诃夫论文学》，人民文学出版社 1958 年版，第 187 页。

契诃夫曾经十分赞同左拉的民主立场，却不认可他的创作主张，他说：“左拉作为一个文学家，我不太喜欢他。”[①] 这原因就在于后者主张完全客观的“自然主义”，而契诃夫则认为：“如果否认创作中包含着问题和意图，那就得承认艺术家事先没有意图，没有预谋，只是一时着了魔才进行创作；因此假如有个作家对我夸耀说，他写小说没有事先想好意图，而只是凭一时兴会，那我就要说他是疯子。”[②] 正因为这样，契诃夫才从不吝啬让他的人物说出自己的见解，而这正是他表达自己倾向性的方法之一。当“带叭儿狗的女人”说：“我的丈夫也许是一个诚实的好人，可是他是一个奴才！我不知道他在那边干什么，做什么工作，可是我知道他是个奴才！”作者不用再说什么，我们对这个女人的好感，对她的丈夫和他“那边”及“那边的工作”的厌恶已经呼之欲出了。当姚纳对着自己的小母马说：“哪，打个比方吧，你生了个小崽子，你就是那个小崽子的亲妈了……要是忽然间，比方说，那个小崽子短命，死了。那不是很伤心吗？”读者还能说什么呢？当年迈的手艺人罗卜（《在流放中》）对人说着：“蚜虫吃青草，锈吃铁，虚伪吃灵魂。”我们对俄罗斯生活的风貌也略知一二了。正是这样，巴金才不无偏激地指出：“他的作品中没有一篇不跟政治有关，没有一篇跟当时的社会生活脱节……高尔基说过：‘庸俗是他的仇敌，他一生都在跟它斗争。’契诃夫攻击庸俗，就是攻击当时的社会制度，也就是攻击整个沙皇的统

---

① 朱逸森：《短篇小说家契诃夫》，华中师范大学出版社 1984 年版，第 26 页。

② ［俄］契诃夫著，汝龙译：《契诃夫论文学》，人民文学出版社 1958 年版，第 110 页。

治。”[①] 这也是中国现代作家常用的方式之一。

契诃夫另一个表达自己倾向的方式是运用讽刺，他是一位伟大的讽刺作家。《变色龙》中那个被狗咬后又被羞辱一番的人引来的不是同情，而是四周一片不怀好意的哄笑；肥胖的伊凡·伊凡内奇吃醋栗的样子正和他脚下那头猪形成绝配；口口声声说着“勿抗恶”的拉京最终还是被恶吞噬掉了……作家的倾向已经很明显了。怪不得契诃夫曾经颇带怨愤对普列谢耶夫说：“难道在最近这个短篇小说（《宴会》）里人会看不出有什么‘倾向’吗？您有一回对我说：我的小说里缺乏抗议的因素，我的小说里没有同情，也没有恶感……可是难道在这篇小说里我不是从头到尾在对虚伪提出抗议吗？难道这不是思想倾向吗？”[②]

由此可见契诃夫并不排斥在作品中提出见解，表达作家的倾向性，但他大多数的作品追求的是更高的东西：“作品中人物所表白的见解不可能成为作品的 status（基础），因为关键不是那些见解本身，而在它们的性质。”[③] “在于它们对外界影响的依赖性质等。应当把它们当作一种实物，一种病症那样的加以考察，而且要完全客观，极力不去赞同他们，也不去驳倒它们。”[④] 正是对这种“性质”的挖掘，才让契诃夫进一步认为：“‘思想倾向’这个术语正是由于人们不善于升高到局部的东西上面去才

① 巴金：《纪念契诃夫诞生九十五周年》，《谈契诃夫》，平明出版社 1955 年版，第 52 页。

② ［俄］契诃夫著，汝龙译：《契诃夫论文学》，人民文学出版社 1958 年版，第 98 页。

③ 同上书，第 173 页。

④ 同上书，第 170 页。

产生的。”[①] 而鲁迅正是把这种“思想倾向”上升到无与伦比的高度，才使其作品以难以比拟的艺术性和深切幽愤的思想性完成了社会启蒙和文学开拓的双重任务。抗战时期“崛起”的张天翼在运用讽刺方面和契诃夫有很多相似的地方，为接受和转化契诃夫式的讽刺手法作出了不可替代的贡献，显示了对契诃夫诗学的深刻理解。但他一些作品过于漫画化，过多地流露了自己的主观倾向，不能不说是一个缺陷。大多数现代作家都是表现思想倾向的佼佼者，却难得像鲁迅及后期的巴金等少数作家那样从契诃夫那里学来客观与主观完美的二重奏。

二　结构艺术与语言策略

俄国文学评论家伊·谢格洛夫说：“在契诃夫的一个短篇小说中可以感觉到的俄罗斯，比在鲍勃留金（俄国自然主义小说家）的所有长篇小说中可以感觉到的还要多。”[②] 这除了缘于作家用犀利的眼光精选题材并融合在客观的描述之外，还在于作品的形式。契诃夫的成就连俄罗斯文学中的“大象”托尔斯泰也不得不佩服：“我再重复一遍，契诃夫创造了新的形式，我撇开一切虚伪的客套肯定地说，从技巧上讲，他，契诃夫，远比我高明。”[③]“装了子弹的枪是不可以放在舞台上的，除非有人要放枪。”[④] 这一在戏剧界影响甚广的理论就是出自契诃夫之口。同

---

① ［俄］契诃夫著，汝龙译：《契诃夫论文学》，人民文学出版社 1958 年版，第 105 页。

② 朱逸森：《短篇小说家契诃夫》，华中师范大学出版社 1984 年版，第 123 页。

③ 同上书，第 43 页。

④ ［俄］契诃夫著，汝龙译：《契诃夫论文学》，人民文学出版社 1958 年版，第 173 页。

样，在小说创作方面，契诃夫也有类似的主张："凡是跟小说没有直接关系的东西，一概得毫不留情地删掉。要是您在开头里提到墙上挂着枪，那么在第二章或者第三章里就一定得开枪。"①

契诃夫对中国现代文学结构艺术的影响主要有几个方面：

首先，是剖切生活横截面的文体结构。中国古人写文章讲究"起承转合"，古典小说中运用最多的也是封闭式结构，以叙述故事情节为主，带有浓厚的说书人痕迹。西方现代小说早就抛弃了这种单调的写法，契诃夫也主张"题材必须新颖，情节倒可以没有……"② 王富仁在说到鲁迅小说结构受契诃夫作品影响时有一段精彩的论述："假若说中国古典短篇小说的情节像汩汩而流的长河流水，契诃夫和鲁迅小说的情节则像中间被短溪贯通的几个湖泊，水流每到一个湖泊里便会做长久的回旋，然后又迅速流入另一个湖泊。"③ 在契诃夫的笔下，我们看到是一幅幅精选的画面，这些画面不是生活的纵深，而恰恰是新鲜的生活本身。读契诃夫的作品，我们不是在历史长河中游历，而仿佛是没有预约就闯进了 19 世纪末俄罗斯的一处处民宅。契诃夫曾经跟一位年轻的女作家说："谈话应该从半中腰叙起，好让读者想到他们已经谈了很久。"④ 这样便加大了作品的容量，给读者留下更多需要他们自己填充的"主观成分"的东西，也使作品更加接近

---

① ［俄］契诃夫著，汝龙译：《契诃夫论文学》，人民文学出版社 1958 年版，第 410 页。

② 同上书，第 173 页。

③ 王富仁：《鲁迅前期小说与俄罗斯文学》，陕西人民出版社 1983 年版，第 88 页。

④ ［俄］契诃夫著，汝龙译：《契诃夫论文学》，人民文学出版社 1958 年版，第 202 页。

"生活的本来面目"，达到"直率的真实"。[①] 这种犀利和高效的直奔主题式的结构方式，对世界短篇小说的发展做出了卓越的贡献。难怪列宁在读了《第六病室》后说："我读完这篇小说后，觉得可怕极了。我在房间里待不住，站起来走了出去。我觉得自己也好像被关在'第六病室'里了。"[②]《第六病室》发表后，著名的现实主义画家列宾也写信给契诃夫说："从这篇东西里涌现出一股多么可怕的感染人的力量啊！简直让人不懂：这篇小说的内容是这样平淡、简单，甚至可以说贫乏，怎么弄到最后竟会浮现出这样无法形容的、深刻而庞大的具有人类意义的思想啊！……您真是一个大力士！"[③] 在中国新文学的开拓期，这种小说结构形式让尝试白话创作的作家们耳目一新，经过成功转化，不仅使现代文学与世界文学接轨，也翻开了中国文学的新篇章。现代文学第一个 10 年，短篇小说无论在数量上，还是在质量上，整体都优于其他文体，再考察此一时期契诃夫作品译介的盛况，可以看出，短篇小说的成就不是偶然的，是与契诃夫的影响分不开的。

其次，契诃夫作品结构艺术对中国现代作家的一个重要影响是小说的戏剧呈示。契诃夫本人就是伟大的戏剧家，他的小说不管是场景的再现，还是人物精彩的对白，都酷似一幕幕独幕剧。契诃夫认为"在心理描写方面也要注意细节……最好还是避免描写人物的精神状态；应该尽力使得人物的精神状态能够从他的

---

① ［俄］契诃夫著，汝龙译：《契诃夫论文学》，人民文学出版社 1958 年版，第 35 页。

② 《列宁论文学与艺术》，人民文学出版社 1960 年版，第 835 页。

③ ［苏联］叶尔米洛夫著，张守慎译：《契诃夫传》，人民文学出版社 1960 年版，第 111 页。

行动中看得明白……不必追求人物的众多。重心应当有两个：他和她。”[①] 通过语言和行动来表现人物性格正是戏剧的主要特色，而戏剧也只有利用有限的中心人物才能给观众留下更深刻的印象。契诃夫无意间把戏剧创作的笔法引入小说的写作中，大大丰富了小说的艺术表达方式。作家自己也曾经将他的多部小说改编成戏剧，比如《许多人中间的一个》改编成《一位不由自主的悲剧人物》，《没有办法的人》改编成《纪念日》，《有将军参加的婚礼》改编成《婚礼》，《卡尔哈斯》改编成《天鹅之歌》，《秋天》改编成《在大路上》，等等。怪不得叶尔米洛夫说：“没有任何一个作家的短篇小说能够这样容易被想象成戏剧小品、即景场面或小型剧本。”[②] 这种小说戏剧化呈示手法对中国现代作家产生了深远的影响。鲁迅小说的戏剧性已经有人做了详细的论述[③]，却还没有人注意到鲁迅的“看”与“被看”叙述模式也是受契诃夫影响的。《示众》里，鲁迅像契诃夫那样并不注重情节的叙述，也不加主观抒情和议论，景色描写也只是寥寥数语，只惊人地提炼出“一个场面——看犯人”，一个动作：“看”[④]，他们之间的关系也只是看与被看的关系。当然，文本之外，读者也在看着他们。这样，小说的人物成了戏剧的演员，读者变成了观众。我们再看看《变色龙》，景色的描写也一笔带过，作品围

① ［俄］契诃夫著，汝龙译：《契诃夫论文学》，人民文学出版社 1958 年版，第 27 页。

② ［苏联］叶尔米洛夫著，张守慎译：《契诃夫传》，人民文学出版社 1960 年版，第 77 页。

③ 王富仁：《鲁迅前期小说与俄罗斯文学》，陕西人民出版社 1983 年版，第 88 页；刘妍：《契诃夫与中国现代文学》，上海社会科学出版社 2006 年版，第 106—107 页。

④ 钱理群等：《中国现代文学三十年》，北京大学出版社 1998 年版，第 40 页。

绕赫留金被狗咬这个事件，警官奥楚蔑洛夫随着狗主人的变化先后四次改变对这个“案件”的处决，全篇几乎全用对话写成，加上警官为了摆脱尴尬场面的几次脱大衣穿大衣的动作，几乎可以看做是一幕情景喜剧。赫留金“把沾满鲜血的指头指给众人看”，然而并没有看客的同情。警官在“鉴定”了四次后把小狗夸了一番，却对赫留金说，“我还会来收拾你！”众人最后的表现呢？契诃夫只写一句：“众人嘲笑赫留金。”再没有多余的话，精练到惊世骇俗。《示众》可以看做是这个场景的放大，“看”和“被看”变得更加凝练，上演的完全是看客间的情景反应。《变色龙》以对话为主，行动为辅，《示众》以动作为主，对话为辅，两者都写出了民族性格。有意思的是，据格鲁津斯基回忆道：“契诃夫的意见，例如‘为了着重表现那个女申请人穷，不必费很多笔墨，也不必提到她那可怜的、不幸的外貌，只要带过一笔，说她穿了退了色的外套就行了’，对我来说，简直是个大发现。”① 在《示众》里，也不难看出相似方法的运用。

如果说鲁迅更多地是从戏剧场景方面吸收契诃夫小说戏剧化手法，那么更多的中国现代作家则是从“对话体”方面接受契诃夫影响的。比如叶圣陶和凌淑华是如此，成熟时期的沙汀尤其如此。在沙汀的《在其香居茶馆》、《生日》、《在合乡的第一场电影》等小说里，对话运用得活灵活现，是众所周知的。叶尔米洛夫说过：“‘会话性’和通过人物的独特的语言和鲜明的、有发展的行动使人物自行表达出来的这种写法，使得契诃夫小型短篇小说成了‘现成的’小戏；其中大多数都无需经过任何本

① ［苏联］萨哈洛娃著，汝龙译：《安·巴·契诃夫的文学见解》，《契诃夫论文学·序》，人民文学出版社 1958 年版，第 13 页。

质上的改动，就可以自由自在、自然而然转变为或者转化为小型的剧本。”① 沙汀很多小说也都有这种特征。更有意思的是，胡适尝试创作的新诗里有一首《人力车夫》竟完全用对话的形式写成，茅盾的一篇关于鲁彦的评论文章也是对话体写成，这可以窥见契诃夫小说戏剧化手法对中国现代作家影响之一斑了。

沈从文曾经说过：“屠格涅夫《猎人笔记》，把人和景物相错综在一起，有独到好处。我认为现代作家必须懂得这种人事在一定背景中发生。”② 也许那时他还不知道契诃夫也是这方面的高手。如果说沈从文受契诃夫小说结构方式影响不明显的话，那么在语言方面他受到契诃夫的影响则是比较突出的。他主张“扭曲文字试验的它的韧性，重摔文字试验它的硬性”③，这也正是契诃夫的一贯主张：“一个真正的作家……首先是锤炼语言。得推敲话语和文字。您留意过托尔斯泰的语言没有？很长的完全句，补充句，彼此对叠在一起。不要以为这是出于偶然，以为这是缺点。这是艺术，而且是辛劳以后的成果。这种完全句给人强烈有力的印象。”④ 契诃夫对语言简练的要求是上升到审美高度的，他曾经批评过陀思妥耶夫斯基的书，“书倒挺好，只是很长，很不谦虚。装腔作势的地方很多”。⑤ 沈从文的成熟作品尤其是短篇代表作的语言是颇得契诃夫神韵的。

---

① ［苏联］叶尔米洛夫著，张守慎译：《论契诃夫的戏剧创作》，中国戏剧出版社 1985 年版，第 6—7 页。

② 《答凌宇问》，见《中国现代文学研究丛刊》1980 年第 4 期。

③ 沈从文：《情绪的体操》，《沈从文选集》第 5 卷，四川人民出版社 1983 年版，第 39 页。

④ ［俄］契诃夫著，汝龙译：《契诃夫论文学》，人民文学出版社 1958 年版，第 414 页。

⑤ 同上书，第 148 页。

契诃夫还很认可托尔斯泰语言的朴素："您看托尔斯泰的写法：太阳升上来，太阳落下去……鸟儿叫……谁也没哭，谁也没笑。要知道，这才是顶要紧的——朴素。"[①] 对年轻的高尔基，他则认为在这方面做得不够好："照我看来，您缺乏节制……风景描写里，特别容易让人感觉出来；……就是在描写女人的时候，以及在恋爱场面上……也可以使人感觉到缺乏节制。"[②] 在另一封信中，他甚至告诉高尔基："另外我对您有一个忠告：希望您看校样的时候尽量删去形容名词和动词的字。您的作品里有那么多的形容词字眼，弄得读者的注意力难于辨别，反而使得他感到疲劳……小说却必须一下子，在一秒钟里，印进人的脑筋。"[③] 契诃夫对简练的追求甚至达到语不惊人死不休的程度："真是怪事，我现在对一切短东西有一种狂热。不管我读到什么作品，自己的也好，别人的也好，我总觉着不够简练。"[④] "要是我能再活四十年，而在这四十年中我一味看书，看书，看书，学会写得有才气，也就是写得简练，那么四十年后我就会用一尊大炮向你们大家放它一炮，震得天空都发抖。"[⑤] 他不止一次地告诫年轻的作家，"简练是才能姊妹"[⑥]，"短篇小说的首要魅力就是朴素和诚恳"，[⑦] 有时候他还嫌不够直接，干脆说"写作的技

---

① ［俄］契诃夫著，汝龙译：《契诃夫论文学》，人民文学出版社 1958 年版，第 413 页。

② 同上书，第 256 页。

③ 同上书，第 282—283 页。

④ 同上书，第 144 页。

⑤ 同上书，第 152 页。

⑥ 同上书，第 154 页。

⑦ 同上书，第 91 页。

巧，是……删掉写得不好的地方的技巧”。[①]现在看来，正是这种不厌其烦的语言锤炼使契诃夫成为文学中的“大力士”。

契诃夫对语言简练的讲究，同中国古典诗歌用语含蓄、精炼颇有异曲同工之妙。中国现代文学作家遭遇契诃夫，倍感亲切的同时，也看到简练、含蓄在现代小说中的可行性和必要性。因此，不论是现实主义作家还是自由主义作家，至少在语言方面或多或少地要受到契诃夫的影响。郁达夫曾经说过鲁迅是中国受契诃夫影响最大的作家，他本人说这话时，分明含着对契诃夫的敬仰，而郁达夫晚期的小说走向沉郁、含蓄，语言变得干净、简练，不能不说有契诃夫影响的因素。闻一多则更多在写作心态上得益于契诃夫，契诃夫说：“我只会凭我的记忆写东西，从来也没有直接从外界取材而写出东西来。我得让我的记忆把题材滤出来，让我的记忆里像滤器里那样只留下重要的或者典型的东西。”[②] 又说：“要到你觉着自己像冰一样冷的时候才可以坐下来写。”[③] 闻一多自己也差不多持这样的创作心态，并专注于诗歌语言的锤炼。另外，契诃夫不主张在作品中运用方言，“您用方言破坏了作品的整个音乐”[④]，却并不反对使用口语。在评价一部长篇小说时，他说：“您的大作的主要优点是不矫揉造作，口语精彩。”[⑤] “语言得朴素精炼。仆人说话应当朴素，不要夹杂土话。”[⑥] 在契诃夫影响转入沉潜的20世纪30年代，这些语言运

---

① ［俄］契诃夫著，汝龙译：《契诃夫论文学》，人民文学出版社1958年版，第409页。

② 同上书，第256页。

③ 同上书，第416页。

④ 同上书，第76页。

⑤ 同上书，第86页。

⑥ 同上书，第162页。

用方面的主张给中国作家带来了许多启示，也使契诃夫的影响突破文学类型的局限，整体性地推动了现代文学的发展。

三　喜剧追求与悲剧气氛

契诃夫一生都在与喜剧打交道，少年时代就写过通俗喜剧《无父儿》和《母鸡叫是有原因的》，还把自己最后一部作品《樱桃园》叫做喜剧，该剧还没写完他就写信给当演员的妻子："最后一幕会很快活，而且整个剧本都快活，轻松。"[①] 他认为，"写一个诚恳的通俗喜剧绝不是无关紧要的小事"，他说："这是一种最高尚的作品，并不是每个人都会写的！""再也没有比写一个好的通俗喜剧更难的事了"[②]，"在我的剧本里常常可以碰到'含泪'这两个字，可是这只表明人物的心境，却不是真有眼泪。"[③] "始终不变地热爱通俗喜剧的格调，这在契诃夫是一个非常突出的特征。"[④]

在现代中国，真正的喜剧家只有一个丁西林，他不仅具有契诃夫那种喜剧精神，还专心于独幕剧创作，他的作品给现代文学忧郁的底色增添了亮点，的确显得"凤毛麟角一般的可贵"[⑤]。丁西林著名的剧作《酒后》改编自凌淑华的同名小说，而后者深受契诃夫影响，丁西林能从这篇小说里发掘出喜剧色调也就在意料之中。这种改编一方面把契诃夫对凌淑华的影响"移植"

---

① ［俄］契诃夫著，汝龙译：《契诃夫论文学》，人民文学出版社 1958 年版，第 371 页。

② 同上书，第 422 页。

③ 同上书，第 376 页。

④ ［苏联］叶尔米洛著，张守慎译：《论契诃夫的戏剧创作》，中国戏剧出版社 1985 年版，第 8 页。

⑤ 张嘉铸：《评"艺专演习"》，《晨报副刊·剧刊》1926 年 6 月 17 日。

到剧本中，另一方面又放大了契诃夫的喜剧笔法，传达出两个优秀的戏剧家之间的精神联系。丁西林的剧本不注重社会意义，机智幽默，大都可以划到契诃夫所谓的通俗喜剧中去。丁西林和契诃夫都是以“一个喜剧家的直觉，去发掘生活中的喜剧因素，结构成为具有‘喜剧趣味’的戏剧”①。稍有区别的是契诃夫认为，“生活里是没有主题的。一切都是掺混着：深刻的和浅薄的，伟大的和渺小的，悲惨的和滑稽的。”② 他的高明之处就在于把这种悲喜加以平衡来达到喜剧效果，也增加了作品的社会意义。当然，这也导致他的戏剧时常陷入悲剧还是喜剧的论争中。丁西林的喜剧常采用“二元三人”模式，把人物的数压缩到极限，颇似契诃夫：契诃夫也不主张在戏剧中出现太多的中心人物，这也是他倾心于独幕剧的原因之一。丁西林是现代中国唯一的真正专心从事通俗喜剧写作这件“高尚的事”的剧作家，虽然他过于追求剧本的精致，远不及契诃夫多产，略显才气不足，但他的喜剧创作在现代中国剧坛，乃至整个文学界，都是唯一的。

值得注意的是，契诃夫所谓的通俗喜剧与闹剧还是有差别的，契诃夫在与鲁格津斯基谈到《丹麦王子与哈姆雷特》的写作意图时指出：“对剧院秩序加以批评；缺了这些批评，我们的通俗喜剧就会没有意义了。”③ 闹剧是不会包含这种批评的，“闹”较之“喜”，过犹不及。但契诃夫也不主张在通俗喜剧中寄寓太多社会批判的东西，“他之所谓‘好’，就是要能够使人

---

① 钱理群：《中国现代文学三十年》，北京大学出版社 1998 年版，第 179 页。

② ［俄］契诃夫著，汝龙译：《契诃夫论文学》，人民文学出版社 1958 年版，第 408 页。

③ 同上书，第 56 页。

由衷地哈哈大笑”。[1] 他还反对在小说里过多运用通俗喜剧的手法，他曾在给哥哥亚历山大的一封信中批评他的《在灯塔上》里的那个奥丽雅俗气，不是“真正的活女人”，倒像是“颤颤摇摇的果冻”，“用通俗喜剧里撒娇女孩子的腔调讲话”[2]。契诃夫要用通俗喜剧唤起“一种毫不掺杂任何庸俗、不真、虚伪、牵强、毫不掺杂任何不符合于生活真实和心理真实的杂质的笑声”，一种“诉诸人类灵魂的某些光明面”[3] 的笑声。这不像是用笑声来埋葬旧世界，倒像是用欢乐来唤醒人们纯洁的心灵。从这个意义上讲，丁西林的喜剧创作在那个动荡的年代更显得弥足珍贵。他自己并没有声称受过契诃夫的影响，却真正得到了契诃夫戏剧的真谛。

和丁西林接受契诃夫的情况比起来，其他中国剧作家就没有这么“单纯”了。曹禺接受契诃夫也像巴金那样有一个过程，前期剧作还遵循着“三一律”的古典戏剧规则，“太像戏”的《雷雨》更多带有易卜生影响的痕迹。而易卜生恰恰不为契诃夫所喜欢。两年后曹禺果然抛弃了易卜生，向契诃夫靠近。契诃夫戏剧的结构和对题材的处理对他影响最大，他说：“在我写《日出》的时候，我决心舍弃《雷雨》中所用的结构，不再集中于几个人身上，我想用片断的方法写《日出》，用多少人生的零件来阐明了一个观念。如若中间有一点我们所谓的‘结构’，那

---

① ［苏联］叶尔米洛夫著，张守慎译：《论契诃夫的戏剧创作》，中国戏剧出版社 1985 年版，第 8 页。

② ［俄］契诃夫著，汝龙译：《契诃夫论文学》，人民文学出版社 1958 年版，第 45 页。

③ ［苏联］叶尔米洛夫著，张守慎译：《论契诃夫的戏剧创作》，中国戏剧出版社 1985 年版，第 10 页。

‘结构’的联系是那个基本观念，即第一段引文内‘人之道损不足以奉有余’，所谓结构的统一，也就藏在这段话里。……在《日出》里每个角色都应占有相当的轻重，合起来他们造成印象[①]。”淡化情节，戏剧生活化，这正是契剧独有的特点，曹禺本人也承认：契诃夫“教我懂得艺术上的平淡。一个戏不要写得那么张牙舞爪，在平淡的人生铺述中照样有吸引人的东西”[②]。1941年，他终于写出了《北京人》这部优秀的剧作，很多评论家认为它酷似《樱桃园》。

20世纪30年代的夏衍曾写出两部历史剧《赛金花》（1936）和《秋瑾传》（1936），都是取材于历史、着眼于赞颂传奇和英雄人物，但并不是很成功。经过严肃的内省，他开始摆脱“票友性质”的创作，从1937年四五月间创作的《上海屋檐下》开始，认真地“用严谨的现实主义去写作”，并力图“从小人物的生活中反映这个大的时代，让当时的观众听到那些将要到来的时代的脚步声音”。[③]《芳草天涯》、《法西斯细菌》等剧本开始具有契诃夫式的“淡雅、简单、平凡”的特点，“沸腾着”“现实的伟力”[④]。较之曹禺，夏衍接受契诃夫的模式表现得更为单一——把眼光从历史中的英雄转到现实中的小人物。曹禺出于艺术的自觉向契诃夫戏剧靠拢，夏衍更像是缘于政治的诉求才开始对契诃夫式的戏剧人物的描摹。

---

① 曹禺：《〈日出〉跋》，见《日出》，文化出版社1936版。

② 同上。

③ 夏衍：《谈〈上海屋檐下〉的创作》，《夏衍论创作》上海文艺出版社1982年版，第25页。

④ 汪淙：《评〈复活〉》，《夏衍戏剧研究资料》下册，中国戏剧出版社1980年版，第764页。

饶有兴味地是，这两位中国现代影响巨大的剧作家也都曾说过自己的一些剧本是喜剧。曹禺说：“《北京人》可能是喜剧，不是悲剧，里面有些人物也是喜剧的，应当让观众老笑”[①]；“《北京人》是喜剧，因为剧中人物该死的都死了，不该死的继续活下去，并‘找到了出路’”。[②] 夏衍也强调自己的“小市民”戏剧，“大都是写于忧郁时代”的喜剧[③]。他们这些主张看似暗合契诃夫，实则大不同。由于中国戏剧担负着过多的社会责任，喜剧风格并不走俏，作家对自己的判断也不确信，对喜剧的定义也偏离美学的角度。这点看看《樱桃园》在现代中国的接受情况就知道了。在很大程度上，中国现代剧作家对契诃夫的《樱桃园》并没有深刻理解，夏衍曾经多次回味《樱桃园》“印象永远是鲜明的”结尾：

> （安德列维娜走了）舞台上空无一人，先听到的是门户全上了锁的声音，此后马车的声音就渐渐的远去，寂寞支配了一切，只有砍伐树木的迟钝的声音打破了周遭的沉寂、凄凉、忧郁。

夏衍说：“安德列维娜的走代表一个阶级和一个时代的退场，砍伐樱桃树的迟钝的斧声象征了这些庄园贵族的丧钟。圆熟，可是腐败了的，洗练，可是衰弱了的一个时代完结了，这些人物‘凄凉、忧郁’地下场……契诃夫是优美而简练的，所以

---

① 曹禺：《〈曹禺选集〉后记》，《曹禺选集》，人民文学出版社 1978 年版。

② 曹禺：《论戏剧》，四川文艺出版社 1985 年版，第 185 页。

③ 夏衍：《小市民·后记》，《夏衍论创作》，上海文艺出版社 1982 年版，第 44 页。

当他看明白了安德列维娜们的命定了的不可抗拒的没落的时候，他只能‘哀愁’，‘感叹’，支配这位作家的是一种难以排解的凄艳之情。”[①] 这种用阶级分析的方法定位契诃夫作品的接受模式在当时是颇有代表性的，它显然不能得到契诃夫的认同。一部“好”的喜剧，在契诃夫看来是要引人哈哈大笑的，契诃夫曾经大笑着对斯坦尼斯拉夫斯基（莫斯科艺术剧院老板，导演、演员）说：“我已经给它想到一个名字了，叫《樱桃园》。听着，不是‘樱桃园’，而是‘樱桃园’。”在俄文里，凡是 e 的变音，都有陈旧破败、不能再用的意思，是应该毫不吝惜将之废弃的东西，不应该有丝毫的同情。所以，最终作家让资产阶级的代表陆伯兴把樱桃园砍伐了用作建造供出租的别墅，而资产阶级在契诃夫那里一贯是“瞪着红眼睛的恶魔”，这就更加剧了喜剧性。亚里士多德认为：“喜剧……是一种对于坏人的再现，但并不是再现他们的一切恶德，而是再现他们的可笑。可笑是罪恶的一种……这是一种丑恶的、畸形的、但不使人痛苦的东西。”[②] 鲁迅也说喜剧是把坏东西撕给人看。正是因为这样，契诃夫才会“到死也不能承认……《樱桃园》是俄罗斯生活的沉重的正剧”。[③] 像夏衍一样，绝大多数中国作家在这部剧作中更多地读出了忧伤和惋惜，如有的研究者得出的结论那样，中国现代作家

---

① 夏衍：《从樱桃园说起》，《夏衍选集》第 4 卷，四川文艺出版社 1988 年版，第 237—238 页。

② ［古希腊］亚里士多德著，罗念生译：《诗学》，人民文学出版社 1986 年版，第 10 页。

③ ［俄］契诃夫著，汝龙译：《契诃夫论文学》，人民文学出版社 1958 年版，第 426 页。

怀着“樱桃园”式的忧郁情结[①]。其实这种情结不是《樱桃园》自身包含的，而是深藏在中国现代作家心间，或者说是《樱桃园》拨动了我们作家忧郁的心弦。从许钦文的《父亲的花园》，鲁迅的《故乡》、《社戏》，巴金的《家》、《憩园》到老舍的《断魂枪》、沈从文的《边城》、废名的《竹林》、汪曾祺的《戴车匠》，中国作家“樱桃园”情结由忧郁的告别走向叹息的向往，这股忧郁之风因契诃夫而起，却越走越远。

契诃夫这种被误读跟他“不自觉”在戏剧中运用悲剧手法有关，比如契诃夫曾经把短篇小说《有将军参加的婚礼》改编成通俗喜剧《婚礼》，结尾的改动非常明显。小说里，老水手本来还在婚礼上大谈海军术语，当他明白了自己是牛宁花25卢布——牛宁把这笔钱贪了——雇来的：

> ……他的醉意立刻消失了……他从桌旁站起来，快步走到帽衣间去，穿好衣服，走了……
>
> 从此以后，他再也不参加婚礼了。

剧本的结尾甚至没有人关心那25个卢布：

> 牛宁　唉！还值得提这些小事吗？这又有什么要紧的！大家都在那兴高采烈的，鬼晓得你说些什么……（喊叫）祝年轻人健康！乐队，奏进行乐呦！奏乐！（乐队奏起进行乐来）祝年轻人健康！

---

① 刘妍：《契诃夫与中国现代文学》，上海社会科学院出版社2006年版，第235页。

紫美锦娜　我气闷死啦！让我透一透“气氛”吧！同你们在一块的我都喘不过气来啦！

亚琪（极度兴奋地）妙啊！妙啊！（喧哗声起。）

伴郎（极力压倒其他声音，大叫着）诸位先生！诸位太太！在今天这个……

幕落。

剧本用“白痴般地傻叫着傻闹着”的音乐，淹没了老水手的凄凉和孤寂——他心态的急剧转变并没有在人们的心中留下任何影子。小说里更多是对老水兵的同情，剧本里分明还透着对小市民的讽刺和愤慨，表面的喜剧场景却包含了更多的悲剧气氛 。无怪乎叶尔米洛夫认为，“整个这一段正剧性的场面都比小说有力的多”[①]。客观地讲，在末尾刻意营造庸俗喧闹的音乐嘲笑老水兵不合时宜地谈论水军术语，用一种庸俗去嘲笑另一种庸俗，作家是想在观众的哄笑中结束演出的，这原本是契诃夫常用的喜剧手法，确实也成功地营造出喜剧效果。但不仅是观众能感觉出来，就是作家自己，对“孤零零的一个人闷得无聊”的老水兵“被邀”参加一个婚礼却遭到了莫大的羞辱，也是怀着无尽的同情和怜悯的。这又和作家的创作心态有关，俄国作家米哈尔科夫洞悉到契诃夫作品中的人物和作者本人的关系：契诃夫的惊人天才在于，当他讲自己的时候，我们仿佛觉得这也是在说我们，他对自己笔下的人物有时很严厉，但从不把他写的人物和他自己分开，他能在每一个人身上发现他自己。我们从契诃夫的作品中可

① ［苏联］叶尔米洛夫著，张守慎译：《论契诃夫的戏剧创作》，中国戏剧出版社 1985 年版，第 15 页。

以看到一种反观自我的自省和自剖。契诃夫的确是怀着深厚的情感描绘着笔下的人物，他的作品中所反映出来的无论是人性的弱点还是人性的光辉，都因为是为“人”所有的而在人间永垂不朽。其实不只是中国作家从契诃夫的作品中品出了忧郁，就是和他同时代的作家也常常不能完全理解他的用意，契诃夫曾对一个女作家说：“您抱怨我的人物忧郁……这在我是不期然而然的；我写的时候并不觉得自己在忧郁的写；不管怎么样，工作时候的心绪很好。”① 中国现代作家置身于一个多灾多难的环境，对契诃夫的忧郁色彩的偏爱是在所难免了。

《樱桃园》在中国的接受的另一个模式，几乎是从剧本中人物的两句对白衍生出来的。特罗菲莫夫在第二幕说：“整个俄罗斯是我们的花园。”在第三幕结尾时安涅又响应他的话：“我们要开辟一个新的花园，比这个还要美丽……”客观地讲，花园在这里是有象征意义的，新花园象征着祖国的新生活。叶尔米洛夫在这个地方解释说：

> 花园的形象，就是祖国形象。而祖国的主题，也正是“樱桃园”的内在的诗意的主题；在这个深刻的爱国主义的剧本里，从第一行起到最后一行为止，始终渗透着契诃夫对祖国的强烈的温存的热爱，贯串着他对祖国的关怀。②

这种解释在中国现代作家看来是最贴切不过了。但契诃夫作

---

① ［俄］契诃夫著，汝龙译：《契诃夫论文学》，人民文学出版社1958年版，第253页。

② ［苏联］叶尔米洛夫著，张守慎译：《论契诃夫的戏剧创作》，中国戏剧出版社1985年版，第355页。

品原本就有多种解释，《樱桃园》也是如此。“在封建贵族阶级行将就木的20世纪初，它意为‘贵族阶级的没落’；如火如荼的十月革命中，它引导出‘阶级斗争的火花’；而在阶级观点日趋让位于人类意识的20世纪中叶，人们认为它象征着‘人类的无奈’。”[①] 叶尔米洛夫的解释正是“合理地”顺应时代主流，下了政治色彩极浓的结论。这也正好契合马克思的观点：“人类是‘含着微笑’向自己的过去、向老朽的生活形式告别的。”[②] 这种“被接受的契诃夫”乍来到中国时确实有着振聋发聩的作用，这种手法让中国作家恍然大悟、趋之若鹜，特别是现实主义作家更是将它运用得极其娴熟，他们总是不忘让作品长出一个“光明”的尾巴。

契诃夫在中国的接受也颇似《樱桃园》的接受，或者出于主观的偏爱，或者出于客观的需要，总是会流于某个片面。这也说明一个外来的作家在另一个国度的传播和接受，由于各种因素的影响，如翻译质量的高低，传播方式的优劣，主客观条件的限制等，总有一个由不完整到完整的过程，特别是对契诃夫这样的天才作家，即使是在目前，我们也未必完全能把他的全部作品和诗学读懂。中国新文学犹如一个苦大仇深的孩子，满脸的愁怨，自然对悲伤的东西格外亲切；另外中国的社会现实需要知识分子担负更多的责任，从启蒙大众到为革命摇旗呐喊，他们勉为其难地为大众搜寻各种走向未来的路。这两方面都能在契诃夫作品中找到影子，于是中国作家就“投己所好”、饥不择食，拿来所用

① 刘妍：《契诃夫与中国现代文学》，上海社会科学院出版社2006年版，第235页。

② 马克思：《黑格尔法律哲学批判·导言》，人民文学出版社1955年版。

了。但对于契诃夫的整体接受，单纯地强调某一方面甚至是这两个方面也是“只见树木，不见森林”。客观地讲，这也未必是坏事。一个民族的文学总是要继承自己民族的文学传统，总会按照自己的观点去审视和接受一个异族作家，从而使被接受的个体不仅催生另一种新质，还会影响到后者整个传统的演变，从长远看，这是利大于弊的。换一个角度，接受群体是庞大的，影响的效果也各异，接受的标准更没有办法统一，既然没有统一标准，我们就不能断定对一个作家的某种接受是成功还是失败。关键在于，当一个外国作家被我们接受以后，我们的文学发生了什么异质性的变化，有无形成新的传统，有无产生明显的进步。从这方面讲，契诃夫对中国现代文学有巨大的影响，这种影响不是一个点的向外辐射，而是一条线向两边蔓延，是整体性的影响。

结语　契诃夫在当代中国

卢卡契认为：“一个作家对某一外国文学以及外国文化的影响其本身就是一个问题，虽然超越国界的文学的存在是一个无可争辩的事实。但那是一个充满矛盾的复杂的事实，它既不是所有这些民族文化、文学和大师们的总和，也不是他们的平均数，而是他们活生生的整体之间相互作用所产生的一个活生生的整体。”① 由于契诃夫对现代中国作家的影响是整体性的，所以要一一论述中国作家个体受契诃夫的影响非常困难，也是笔者力所不及的。别林斯基说过，真正的诗人总在逐渐地、随着时间的推移而在其作品中变得更加深沉而完美。契诃夫的作品正是如此。

---

① ［匈］卢卡契：《托尔斯泰和西欧文学》，《卢卡契文学论文集》（二），中国社会科学出版社 1980 年版，第 449 页。

在当今中国文学界，乃至世界文坛，契诃夫依然享受着崇高的地位。在戏剧方面，有资料显示，除了莎士比亚，契诃夫是其作品在全世界上演次数最多的戏剧家。2004 年 7 月 15 日是契诃夫逝世 100 周年纪念日，这一年被联合国教科文组织命名为“契诃夫年”。2005 年中国书籍出版社出版的由念驹人等翻译的插图本《契诃夫短篇小说精选》，在背面的封皮上有两段话，可以说分别代表了当今世人对契诃夫评价的两种倾向：

> 毫无疑问，契诃夫的艺术在整个欧洲文学史中属于最有力、最优秀的一类。
>
> ——托马斯·曼
>
> 我愿将莫泊桑的全部作品换取契诃夫的一个短篇小说。
>
> ——卡特琳·曼斯菲尔德

如果说曼斯菲尔德的评介过于偏激的话，那托马斯的评价无疑是客观的，甚至有点“有失公允”——契诃夫在世界文学史中也是“最有力、最优秀”的。契诃夫以其作品的多义性和丰富性，使他始终不曾和文学主流脱钩，各种派别的艺术家都能从他那里获得珍贵的营养。1998 年 4 月 9 日，中国一家戏剧工作室以“等待”作为结合点把契诃夫的《三姊妹》和贝克特的《等待戈多》合成为《三姊妹·等待戈多》，上演一幕新颖别致的戏剧，用余华的话说：“因为‘等待’，俄罗斯的‘三姐妹’与巴黎的‘流浪汉’在此刻的北京相遇。”[①] 而以“零度叙事”著称的余华分明流淌着契诃夫“冷心肠”的血液，这种情况还

① 余华：《内心之死·契诃夫的等待》，华艺出版社 2000 版，第 66 页。

可在“新写实”文学潮流的代表作家方方、池莉身上找到印证。总之，契诃夫与中国文学的姻缘远未结束，他的影子必将伴随着中国文学走向一个又一个的高峰。

表 6－3

报纸/期刊	译者	作品	日期
《觉悟》（上海《民国日报》副刊）	仲持	《竞赛》	1920 年 5 月 24 日
		《锋镝余生》	1920 年 12 月 9 日
	慕鸿	《樊卡》（《万卡》）	1920 年 12 月 17 日
	坚俊	《药剂师的妻子》	1921 年 6 月 21 日
	徐静庵	《一个男朋友》	1921 年 6 月 30 日
	秋人	《睹采》（《打赌》）	1922 年 2 月 16 至 17 日
		《思睡》	1923 年 6 月 1、3 日
	李伟森	《范伽》（《万卡》）	1922 年 5 月 7 日
	马辑熙	《睹采》（《打赌》）	1925 年 10 月 8 日
		《顽童》（《坏孩子》）	1925 年 12 月 24 日
《小说世界》	白澍田 唐小圃	《药房的女主人》	1927 年 11 月 11 日
		《在理发馆里》	1927 年 12 月 9 日
		《阴谋》	1927 年 12 月 16 日
		《聪明的小厮》	1928 年 6 月
		《读书》	1928 年 12 月
		《澡堂琐谈》	1929 年 3 月
		《贵重的狗》	1929 年 6 月
		《斜面镜》	
		《靴匠与魔鬼》 《官僚与产婆》	1929 年 9 月

续表

报纸/期刊	译者	作品	日期
《晨报副镌》	宫万选	《戏园归后》	1921 年 12 月 13 日
		《绅士的朋友》	1921 年 12 月 14、15 日
	竹心	《坏孩子》	1921 年 10 月 7 日
	耿勉之	《家居》	1921 年 10 月 29 日至 11 月 8 日
	戴景云	《一个问题》	1922 年 5 月 3 日
	姜靖昌	《审判》	1922 年 6 月 29、30 日
	梁绳棹	《温加》（《万卡》）	1924 年 2 月 25、26 日
	曹靖华	《婚礼》	1924 年 11 月 17 至 21 日
	沈颖	《神学院的学生》	1920 年 7 月 10 至 11 日
		《圣诞节》	1920 年 8 月 4 至 5 日
		《妻》	1920 年 8 月 16 至 18 日
		《恐怖》	1920 年 8 月 19 至 23 日
		《检查》	1920 年 10 月 20 日
		《勋章》	1921 年 1 月 5 日
	苑风	《阔绰的朋友》	1920 年 10 月 18 日
		《浪费的课程》	1920 年 11 月 14 至 16 日
	姑	《瘟热病》	1920 年 10 月 25 至 26 日
	远	《不经济的课程》	1921 年 9 月 9 至 13 日
	少平	《温珈》（万卡）	1921 年 7 月 19 至 21 日
	焦菊隐	《天鹅哀湖》	1925 年 10 月
《努力周报》	胡适	《洛斯奇尔的提琴》	1923 年 8 月 5 至 19 日
《学灯》（上海《时事新报》副刊）	郭协邦	《一位医生》	1921 年 1 月 27 至 29 日、31 日
	原放	《赌东道》（《打赌》）	1921 年 5 月 24、25 日
	耿济之	《付洛卡》	1921 年 12 月 19 至 25 日
	海花	《谁是她》	1923 年 1 月 17 至 18 日

续表

杂志类期刊	译者	作品	日期	卷/号
《太平洋》	今非	《这样就是名誉》	1919年11月	第2卷第1号
		《不当心》	1920年8月5日	第2卷第6号
	凤亭	《太多心了》	1920年1月5日	第2卷第3号
		《他的绅士朋友》	1920年3月5日	第2卷第4号
《小说月报》	羽	《报复》	1920年2月25日	第11卷第2号
	济之	《戏言》	1920年4月25日	第11卷第4号
		《法文课》	1920年7月	第11卷第7号
		《赌胜》	1920年9月25日	第11卷第9号
		《侯爵夫人》	1921年2月10日	第12卷第2号
	凤生	《犯罪》	1920年7月25日	第11卷第6号
		《神经过敏》	1920年6月25日	第2卷第4号
	耿式之	《泥泞》	1921年5月10日	第12卷第5号
		《一阵狂病》	1922年6月10日	第13卷第6号
	梁治华	《顽童》(《坏孩子》)	1920年10月	第11卷第10号
	云舫	《伊是谁》	1920年3月25日	第11卷第3号
		《蜚语》	1920年5月25日	第11卷第5号
	王统照	《异邦》	1921年9月	第12卷号外
	邓演存	《一夕谈》	1921年9月	第12卷号外
	耿勉之	《一个医生的出诊》	1923年1月10日	第14卷第1号
	赵熙章	《套中人》	1923年12月10日	第14卷第12号
	瞿秋白	《好人》	1924年1月10日	第15卷第1号
	陈嘏	《牺牲》	1924年9月10日	第15卷第9号
		《小孩们》	1925年1月10日	第16卷第1号
	赵景深	《罪恶》	1926年1月10日	第17卷第1号
		《悒郁》	1926年4月6日	第17卷第4号
		《复仇者》	1926年6月10日	第17卷第6号
	露明	《不幸》	1927年5月10日	第18卷第5号

续表

杂志类期刊	译者	作品	日期	卷/号
《小说月报》	云裳	《头等搭客》	1927年5月10日	第18卷第5号
	赵景深	《安娜套在脖子上》	1927年5月10日	第18卷第5号
		《香槟酒——一个旅客的自述》，《复仇者》	1926年10月10日 1926年6月10日	第17卷第10号 第17卷第6号
	张友松	《笛声》、《爱》	1926年10月10日	第17卷第10号
	效洵	《一篇没有题目的故事》、《暧昧的性情》	1926年10月10日	第17卷第10号
《东方杂志》	CS生	《他是谁》	1920年4月10日	第17卷第7号
	济之	《阴雨》	1920年7月10日	第17卷第13号
	愈之	《陆士贾尔的提琴》	1920年9月1日	第17卷第17号
	范邨	《复活节的前夜》	1921年10月25日	第8卷第20号
	耿式之	《老年》	1922年6月10日	第19卷第11号
	仲持	《文学教员》	1923年11月10日	第20卷第21号
		《一个阔绰的朋友》	1920年1月10日	第17卷第1号
	张友松	《农夫》	1927年6月10日	第24卷第11号
			1927年6月25日	第24卷第12号
	赵景深	《快乐的人》	1927年7月25日	第24卷第14号
		《可怜的妇人》	1927年11月10日	第24卷第21号
《现代派论》	胡适	《苦恼》	1925年1月17至24日	第1卷第6、7期
《民铎》	耿济之	《夫人》	1923年3月1日	第4卷第1号
《新社会》	耿济之	《唉，众人》	1920年1月21日至2月21日	第9至12号
《新中国》	耿济之	《波里西潘上尉》	1920年1月15日	第2卷第1号
《曙光》	耿匡	《剧后》	1919年12月	第1卷第2号
		《馋谤》	1920年2月	第1卷第4号
	刘英	《宛可》（《万卡》）	1921年	第2卷第3号
《解放与创造》	济之	《求婚》	1920年6月15日	第2卷第12号
《复旦》	吴立	《樱桃园》	1920年9月	第11至12期

续表

杂志类期刊	译者	作品	日期	卷/号/期
《文学周报》	赵景深	《太早了》	1927年3月20日	第266期
		《扰乱》	1927年8月21日	第278期
		《瞌睡来了》	1928年9月16日	第335期
	万曼	《诀世之歌》	1928年3月4日	第306期
《努力周报》	胡适	《洛斯奇尔的提琴》	1923年8月5日	第64期
			1923年8月12日	第65期
《文艺周刊》(《文艺旬刊》)	高世华	《老园丁的故事》	1923年7月15日	第2期
		《求婚》	1923年12月6日	第15期
		《求婚》(连载一)	1923年12月25日	第17期
		《求婚》(连载三)	1924年1月18日	第19期
	赵景深	《一件小事》	1924年1月6日	第18期
		《求婚》(续二)		
		《一个阔朋友》	1924年1月18日	第19期
《语丝》	公愚	《两个朋友》	1925年3月2日	第16期
	夏葵如	《浪费的课》	1925年12月7日	第56期
	衣萍	《契诃夫随笔》抄	1927年6月1日	第136期
			1927年7月9日	第139期
《现代译论》	胡适	《苦恼》	1925年1月17日	第1卷第6期
		《苦恼》(续)	1925年1月24日	第1卷第7期
《壮新》	衣萍	《契诃夫随笔》抄	1927年9月16日	第1卷第47、48期
	沈默	《夜间的调情》	1929年5月16日	第3卷第9号
《真美善》	王家棫	《内助》	1928年1月16日	第1卷第6号
	王安善	《男朋友》	1930年1月16日	第5卷第3号
	赵景深	《牡蛎》	1930年5月16日	第6卷第1号
《现代小说》	效洵	《盗马者》	1928年	第1卷第3期
		《邮差》	1929年	第2卷第4期
《华严》	刘绍苍	《猎人》	1929年	第1卷第4期

续表

杂志类期刊	译者	作品	日期	卷/号/期
《小说世界》	静影女士	《镜》	1923 年 1 月 12 日	第 1 卷第 2 期
	胡寄尘 陈学佳	《顽皮的小孩》	1923 年 2 月 2 日	第 1 卷第 5 期
	守一	《歌女》	1923 年 2 月 9 日	第 1 卷第 6 期
	敬轩主人	《睹彩》	1923 年 6 月 1 日	第 2 卷第 9 期
	张枕绿 朱维基	《弦琴》	1923 年 9 月 7 日	第 3 卷第 10 期
	学元	《偷马贼》	1923 年 9 月 28 日	第 3 卷第 13 期
	白澍田 唐小圃	《失败》	1926 年 11 月 9 日	第 14 卷第 21 期
		《演说家》	1926 年 11 月 26 日	第 14 卷第 22 期
		《父亲》	1926 年 12 月 17 日	第 15 卷第 25 期
		《新征的兵》	1927 年 1 月 7 日	第 15 卷第 2 期
		《倒霉的音乐家》	1927 年 1 月 21 日	第 15 卷第 4 期
		《奇汁》	1927 年 2 月 19 日	第 15 卷第 8 期
		《文官考试》	1927 年 2 月 26 日	第 15 卷第 9 期
		《家庭教育》	1927 年 3 月 19 日	第 15 卷第 12 期
		《救火队》	1927 年 5 月 20 日	第 15 卷第 21 期
		《那是他》	1927 年 5 月 27 日	第 15 卷第 22 期
		《二童子》	1927 年 6 月 17 日	第 15 卷第 25 期
		《恐怖的夜》	1927 年 7 月 15 日	第 16 卷第 3 期
		《金钱万能》	1927 年 7 月 29 日	第 16 卷第 5 期
		《太太们》	1927 年 8 月 5 日	第 16 卷第 6 期
		《靴子》	1927 年 8 月 12 日	第 16 卷第 7 期
		《恶作剧的童子》	1927 年 8 月 19 日	第 16 卷第 8 期
		《一个副会计的日记》	1927 年 9 月 9 日	第 16 卷第 11 期
		《被审的前一夜》	1927 年 10 月 14 日	第 16 卷第 16 期
		《金钱耶恋爱耶》	1927 年 11 月 4 日	第 16 卷第 19 期

附录　契诃夫与中国现代短篇小说

在世界文学史上，以短篇小说名世并产生广泛而又久远影响的作家不多见，契诃夫就是其中一位。虽然他与法国的莫泊桑、美国的欧·亨利并称为“世界三大短篇小说家”，但就对中国现代短篇小说的影响而言，其他两位则远远不及。在中国现代短篇小说作家中，受到契诃夫深远影响的，莫过于鲁迅、叶圣陶和张天翼。正是通过对契诃夫的思想与艺术资源的主动撷取，才促成了他们各自艺术风格的形成；也正因为如此，中国现代短篇小说才呈现出了特殊的风貌。因此，梳理和分析这三位小说家与契诃夫之间的联系，是研究俄罗斯文学与中国文学现代化进程之关系的一个有效角度和重要课题。

但在讨论这一问题时，必须注意到，中国现代作家接受外来影响的情况是非常复杂的。一方面，自 20 世纪初以来，在一个相对开放的文化环境和各种文化思潮剧烈碰撞、相互交融的特殊时代里，中国现代作家所接受的外来影响往往不是单一的，而是可能受到许多外国作家的综合影响；另一方面，不同的中国作家受到同一个外国作家的影响，其接受影响的角度和深度也往往大相径庭；同时，优秀的作家在接受外来影响之后，往往将这种影响与本民族的文学传统、现实生活、创作个性以及时代精神结合起来，如同盐溶于水，成为作家艺术风格的有机组成部分而不易辨识。因此，在研究的过程中，就不仅需要从不同的层面入手，还应当各有侧重；不仅注意到作家在各种场合与文字中的自述，还需要具体文本的细读与相互比较。唯此，才能得出有说服力的结论。

一

作为中国现代文学的伟大奠基者和最有代表性的作家，鲁迅受到19世纪俄罗斯批判现实主义文学的深刻影响是公认的事实。俄罗斯文学不仅是他走上文学道路的重要外因，还是形成他乃至整个中国新文学整体风貌和基本性质的重要条件。王富仁曾精辟地概括道："1911年，鲁迅发表了第一篇创作小说《怀旧》，已经分明表现出了俄国现实主义文学的影响。从《域外小说集》经由《怀旧》到鲁迅前期的白话小说创作，这是一条鲁迅现实主义文艺思想由形成、确立到进一步发展的线索，也是鲁迅小说艺术由萌生、生长到成熟的线索，它们都是连在俄国文学这个始发点上的。"[①] 具体而言，对鲁迅小说影响最大的俄罗斯作家中就有契诃夫。早在1907年，鲁迅在与周作人合译《域外小说集》时，即选了契诃夫的《戚施》（《在庄园中》）和《塞外》（《在流放中》）。1929年，鲁迅在他主编的《奔流》上刊登了自己翻译的论文《契诃夫和新文艺》，并刊登了契诃夫的两部作品。1934—1935年间，鲁迅又从德文转译了契诃夫早期即契洪特时期的小说8篇。1936年，他将这8篇小说辑成一书，以《坏孩子和别的奇闻》出版，同时写了该书的《前记》与《译者后记》。他在杂文和书信中还多次评说、提及契诃夫及其作品。在《叶紫作〈丰收〉序》中，他强调："但我自己，却与其看薄凯契阿，雨果的书，宁可看契诃夫，高尔基的书，因为它更新，

① 王富仁：《鲁迅前期小说与俄罗斯文学》，陕西人民出版社1983年版，第6页。

和我们的世界更接近。"[①] 周作人在1936年的回忆文章《关于鲁迅之二》中，提到鲁迅在日本留学时期所喜爱的为数不多的外国作家中就包括契诃夫。[②] 十分明确地指出鲁迅受契诃夫影响的还有郁达夫和郭沫若。1939年8月13日的新加坡《星岛日报·晨星》上，郁达夫发表了《纪念柴霍夫》一文。他说："在我们中国，则我以为惟有鲁迅受他的影响最大。"[③] 郭沫若认为："前期鲁迅在中国新文艺上所留下的成绩，我是这样感觉着，也就是契诃夫在东方播下的种子。""鲁迅的作品和作风和契诃夫的极类似，简直可以说是孪生的弟兄。假使契诃夫的作品是'人类无声的悲哀的音乐'，鲁迅的作品至少可以说是中国的无声的悲哀的音乐。他们都是平庸的灵魂的写实主义。庸人的类似宿命的无聊生活使他们感觉悲哀沉痛，甚至失望。人类俨然是不可救药的。"[④] 法捷耶夫和弗·尼·罗果夫不仅强调鲁迅与契诃夫在思想、精神、艺术上的内在联系，还试图指出他们由于社会历史、文化传统、个性气质以及政治倾向上的差异。法捷耶夫说："在同情并怜悯'小人物'，但同时又了解他的弱点的这一点上，鲁迅与契诃夫是近似的。但是鲁迅对于旧社会的批评比较契诃夫来得尖锐，有更明确的社会性质，而在这一点上就与高尔基相近了。"罗果夫说："热烈同情普通人，了解他们的弱点，怜惜'小人物'——这几点使鲁迅的创作更接近契诃夫。鲁迅是一个

---

① 鲁迅：《叶紫作〈丰收〉序》，《鲁迅全集》第6卷，人民文学出版社1981年版，第219页。

② 周作人：《关于鲁迅之二》，《周作人文类编》第10卷，湖南文艺出版社1998年版，第120页。

③ 郁达夫：《郁达夫文集》第7卷，花城出版社1983年版，第119页。

④ 郭沫若：《契诃夫在东方》，《郭沫若文集》第13卷，人民文学出版社1961年版，第167页。

现实主义作家，他向旧封建社会的黑暗势力进行不屈的斗争，他暴露他的人民所受到的封建主义和异族帝国主义势力的双重压迫。鲁迅对旧的瓦解中的社会的批评，比契诃夫要锐利得多。他更坚定和坚决地要求推翻封建主义和帝国主义的黑暗势力，鲁迅创作的这一个特点使他和高尔基并列在一起。"①

契诃夫对鲁迅的影响首先在于建基于现代理性精神和人道主义情怀之上的改造国民性思想。契诃夫继承了自普希金以来俄罗斯文学的人道主义传统，他的小说不仅大多取材于普通的劳苦群众，小市民、农民、仆役、学徒、穷学生、小公务员、小商人、妓女、教师、乡村医生、低级神甫、下层军官、濒临没落的小地主和贵族，等等，而且对他们的坎坷经历和不幸命运表示出深切的同情；但同时，契诃夫又进一步深化和超越了这一文学传统。有别于普希金、果戈理、陀斯妥耶夫斯基、列夫·托尔斯泰，契诃夫站在更具现代理性精神的立场上，对他笔下的人物既有同情，更注重批判，不乏怜惜，但更多指责，不仅"哀其不幸"，更多"怒其不争"，开始了对俄罗斯民族国民性阴暗面的揭露和剖析。高尔基说："在安东·巴甫洛维奇的每一篇幽默小说里面，我都听见一颗真正仁爱的心的轻轻长叹——这一声寂寞痛苦的叹息是为着怜悯人们而发的，就是怜悯那样的人：他们不知道尊重自己的人格，毫不抵抗地服从暴力，过着奴隶一般的生活，并且除了相信每天喝油多的白菜汤以外就什么都不相信，除了害怕挨到更强、更无礼的人鞭打以外就没有任何的感觉。"② 他在

① 陈元恺：《契诃夫与中国文学》，徐祖武主编：《契诃夫研究》，河南大学出版社 1987 年版，第 406 页。

② ［苏联］高尔基：《安·巴·契诃夫》，《回忆契诃夫》，人民文学出版社 1962 年版，第 499—500 页。

同一篇回忆录里列举了契诃夫作品中形形色色的人物后，写道：“在这一群软弱无力的人的厌倦的灰色行列前面，走过一个伟大、聪明、对一切都很注意的人，他观察了他祖国的寂寞的居民，他露出悲哀的微笑，带着温和的但又是深重的责备的调子，脸上和心里都充满了一种绝望的苦恼，用了一种好听的、恳切的声音说：‘诸位先生，你们过的是丑恶的生活！’”。[①] 叶尔米洛夫在《契诃夫传》中也说：“他（契诃夫）温柔地、羞怯地热爱着他们，但是除去这种爱而外，在契诃夫的作品里也永远可以听到一种‘贬谪’的调子、怀疑的调子，永远可以看见一缕悲伤的嘲笑的痕迹。”[②]

对契诃夫文学中的这一特点，鲁迅很早就观察到了。在《域外小说集》书后所附的译者介绍中，他指出：“契诃夫卒业大学，为医师。多闻世故，又得科学思想之益，理解力极明敏。著戏剧数种及短篇小说百余篇，写当时反动时代人心颓丧之状，艺术精美，论者比之摩波商。”[③] 郭沫若在对契诃夫与鲁迅美学风格进行比较时指出：由于学医的经历使两位作家对社会人生的剖析“一样犀利而仔细，而又蕴涵着一种沉默深厚的同情，但他们却同样是只开病历而不处药方的医师”。由于环境、性格的相近和同患肺病而死，他们的作品同样是“惨淡的、虚无的、含泪而苦笑的诗”。[④] 很显然，不论是鲁迅的简短评价还是郭沫

① ［苏联］高尔基：《安·巴·契诃夫》，《回忆契诃夫》，人民文学出版社1962年版，第502页。

② ［苏联］叶尔米洛夫著，张守慎译：《契诃夫传》，人民文学出版社1960年版，第121页。

③ 鲁迅：《域外小说集》，岳麓书社1986年“旧译重刊”本，第4—5页。

④ 郭沫若：《契诃夫在东方》，《郭沫若文集》第13卷，人民文学出版社1961年版，第167页。

若的比较分析，都可以看出契诃夫国民性批判的倾向与努力。而这正是鲁迅小说乃至整个中国现代文学“改造国民性”主题的外来源头之一。

其次，契诃夫与鲁迅在“改造国民性”主题上的思考也基本一致。也就是说，他们对国民性内涵的认识与把握基本相同。具体来说，两位作家所着力挖掘、揭露、剖析和批判的国民性包括以下几方面：愚昧而冷漠、专横而残暴、虚伪而巧滑、庸俗而麻木，懦弱而卑怯，都是奴性道德和人格的体现，都是历史悠久的专制制度及其文化和落后贫弱的现实国情的产物。

在契诃夫眼中，包括农民在内，作为俄罗斯社会历史主体的群众是愚昧而又冷漠的，他们是阻碍历史进程的重要因素，他们不懂生活，不知道生活的目标和生命的意义与价值，没有能力因而也就不愿辨识生活的方向。他说：“有一个聪明人，就有一千个糊涂虫；有一句至理名言，就有一千句蠢话；这个千数压倒了一切，就是都市和农村进步迟缓的原因。大多数，也就是说群众，常常是愚笨的，常常是占多数的。”[①]《凶犯》中的杰尼司由于拆卸铁轨上的螺丝而被捕，但在与预审官的对话中，他根本不知道自己的行为将会带来什么样的危险和损害，而是大谈用螺丝帽做钓鱼坠子的便利与好处，以及各种鱼的生活习性；在他看来，只有搬掉一条铁轨或在铁道上横放一块木头才会使火车出事，小小的螺丝帽是可有可无的；在他的交代中，还透露出，如此愚昧的行为随处可见，几乎人人参与；直到被宣布判处监禁，杰尼司也弄不清楚自己究竟犯了什

---

① ［俄］契诃夫著，贾植芳译：《契诃夫手记》，百花文艺出版社2000年版，第21页。

么罪。契诃夫通过这一形象揭示出俄罗斯农民对于发生在身边的具有现代化意义的生活变化多么无知与冷漠。《在流放中》的渡船夫老谢敏在长年累月的寂寞孤独与赤贫艰辛中完全失去了对生活幸福的奢望与感知，外号“聪明人”的他所能给少不更事的年轻鞑靼人的生活智慧，仅仅是完全舍弃可能的生活幸福，因为什么都没有的日子早晚会习惯的，他自己就是凭着怨毒的一句“只求上帝叫大家都过着这样的生活才好”，就在流放地度过了整整 22 年。奴隶生活的磨炼还使他显示出一种对于同类、同胞生活不幸甚至生命死亡的冷漠与麻木。

对“庸众”的愚昧与冷漠的批判与揭露也是鲁迅小说常见的主题。在鲁迅的时代，即使在西学东渐、近现代科学观念不断传播的时候，愚昧仍然是中国国民性格中的重要因子，仍然有“月经精液可以延年，毛发爪甲可以补血，大小便可以医许多病，臂膊上的肉可以养亲”[①] 等稀奇古怪的说法。因此，祥林嫂在柳妈的无意恐吓下，害怕死后会被两个男人来抢而锯成两半，从此变得精神恍惚，在对未来不可知命运的巨大恐惧中寂寞死去；华老栓相信人血馒头可以医治儿子的痨病，而对革命者夏瑜的被杀无动于衷；闰土要走香炉是相信“生死有命，富贵在天”；吉光屯居民由于相信吹熄了长明灯大家会变成泥鳅，因而要合力置疯子于死地。

对于各自国民性格中“奴性”意识的揭露和批判，是契诃夫与鲁迅小说中的又一个共同主题。契诃夫曾被称为“谨小慎

① 鲁迅：《论照相之类》，《鲁迅全集》第 1 卷，人民文学出版社 1981 年版，第 182 页。

微之人”，[1] 性情的平和善良以及试图以艺术价值超越政治倾向的美学追求，使他较少将对专制制度的愤怒火焰直接喷洒向政治统治者，而是更看重思想文化层面的批判，更看重道德情操和民族性格的改造。历史久远的专制制度给俄罗斯人民留下的不仅是贫穷与落后，更有一种精神和心理重负，即由于统治阶级思想文化和意识形态的浸染，酿就了广大人民的深重奴性。专制统治不再仅仅停留在制度的、现实的、政治的层面，而是进一步深化为文化的、精神的、心理的、民族集体无意识的层面，成为民族性格和文化心理中的肿瘤和毒疮，成为近乎所有人日常生活中的思想、情感、心理的“常态”。独立自主的人格的匮乏和追求自由的能力的丧失，使俄罗斯人民虽然在农奴制改革之后，在获得人身自由之后，仍然沉浸在奴隶的精神状态之中，并没有获得心灵的自由、灵魂的解放和人格的健全。身为奴隶而不自知，反而要极力虚伪地掩饰；身受专制统治之害，却又在愚昧麻木中无意间成了维护专制体制的帮凶和助手。这就是俄罗斯人民的精神现实。高尔基说：“俄国人始终在寻找主子，这个主子可以从外面指挥他，但是如果他长成了，能够超过这种奴性憧憬的话，那他就要找个包袱，自己在内心里把它枷在自己的灵魂上，便又努力不让自己的理智和心灵有自由。”[2] 别林斯基说：“这些猥琐的人们的心里透射不进一线阳光，他们按照古老时代的腐朽不堪的传统，按照庸俗而又不道德的规章生活，他们卑微的目标和微末的追求仅仅针对着生活的幻影——即：官衔、金钱、诽谤、贬低人

① ［俄］列夫·舍斯托夫：《舍斯托夫集》，方珊编选，上海远东出版社 2004 年版，第 97 页。

② ［苏联］高尔基著，缪灵珠译：《俄国文学史》，上海译文出版社 1979 年版，第 445 页。

的尊严的种种行为，他们冷淡无情的、死气沉沉的生活意味着一切生动的感情，一切合理的理想，一切高贵的冲动的死灭。”[①] 卢那察尔斯基认为，虽然契诃夫生活的世界所依存的制度已经崩溃，但这个世界本身还残存着：“我们国内布满着旧事物的废墟；新事物的建设也还远远没有完成。我们周围还有不少旧的尘土，霉块，旧的毒菌。必须经过一番极大的社会消毒，才能从我们周围和我们自己身上，将那些使契诃夫发笑和悲伤的萧索时期的痕迹，失败和柔弱的痕迹，渺小的庸俗生活和各种畸形现象的痕迹消灭掉。”[②] 在这样的生活境况中，契诃夫认为自己所要做的，就是将包括自己在内的人身上的奴性无情地、一点一滴地挤出去。[③] 他说：“由于我们虚浮的性情，由于我们的大多数缺乏对人生现象做深刻的观察和思考的能力，所以没有看到像我们国家这样常常出现这种话：‘多么平常啊！’而且也没有看到像我们国家这样那么轻易地、常常以轻蔑的态度来对待他人的劳绩，乃至严肃的问题。另一方面，也没有看到像我们俄罗斯人那样崇敬权威，屈从它的蹂躏，和由于经历了几个世纪以来的奴隶生涯而养成的自轻自贱和害怕自由。”[④] “我心目中的最神圣的东西是人的身体健康、智慧、才能、灵感、爱情、最最绝对的自由——免于暴力和虚伪的自由，不问这暴力和虚伪用什么方式表

---

① ［俄］别林斯基著，满涛译：《文学的幻想》，安徽文艺出版社 1996 年版，第 499—500 页。

② ［苏联］卢那察尔斯基著，蒋路译：《论文学》，人民文学出版社 1978 年版，第 239 页。

③ ［俄］契诃夫著，汝龙译：《契诃夫论文学》，人民文学出版社 1958 年版，第 141 页。

④ ［俄］契诃夫著，贾植芳译：《契诃夫手记》，百花文艺出版社 2000 年版，第 35 页。

现出来。如果我是个大艺术家，那么这就是我要遵循的纲领。”①

对于国民性格中的奴性意识，鲁迅也是深恶痛绝的，这是他的小说重要的思想内涵之一。他说：“中国人向来就没有争取到过‘人’的价格，至多不过是奴隶，到现在还是如此，然而下于奴隶的时候却是数见不鲜的”，更重要的是，由于欲做奴隶而不得和没有可遵循的“奴隶规则”，于是，“假使真有谁能够替他们决定，定下什么奴隶规则来，自然就‘皇恩浩荡’了。”因此，鲁迅不无偏激地说，整个中国历史无非就是一部奴隶史，是“想做奴隶而不得的时代”和“暂时做稳了奴隶的时代”的循环交替而已。安于现状、缺乏独立人格、崇尚权威的奴隶意识使中国的老百姓最大的愿望就是：“有一个一定的主子，拿他们去做百姓——不敢，是拿他们去做牛马，情愿自己寻草吃，只求他决定他们怎样跑。”或者，“希望来一个另外的主子，较为顾及他们的奴隶规则的，无论仍旧，还是新颁，总之是有一种规则，使他们可上奴隶的轨道。”② 反之，如果有人冒天下之大不韪，试图破坏这种“来之不易”的奴隶规则，试图颠覆这种奴隶秩序，甚至试图说出这种不值得过的奴隶生活的真相，不仅会引起天崩地裂似的震惊与惶恐，还会成为历史和民众的“罪人”而遭到被“吃”的命运。

因此，契诃夫与鲁迅一方面在小说中揭示身受奴役而麻木不仁，身为奴隶而安然自得的普通民众生活与精神状态的可怜与可悲；另一方面，也展露出民众在深入骨髓和灵魂深处的奴性意识

① ［俄］契诃夫著，汝龙译：《契诃夫论文学》，人民文学出版社 1958 年版，第 96 页。

② 鲁迅：《灯下漫笔》，《鲁迅全集》第 1 卷，人民文学出版社 1981 年版，第 212—213 页。

驱使下，自觉不自觉地、有意无意地维护奴隶规则的思想意识和行为的可恨、可鄙、可恶。

第三，在契诃夫与鲁迅的小说中，对于生活在社会最底层、处于奴隶地位的小人物是报以深切同情的。契诃夫的《万卡》、《苦恼》、《哀伤》、《渴睡》、《农民》、《在峡谷里》、《一个小公务员之死》、《小人物》等名篇，生动反映了学徒、农民、车夫、女仆、下层官吏们沉闷、压抑、艰辛、绝望中的生活。他们的人格遭到践踏，他们的痛苦与忧伤无人知晓，他们的孤独与寂寞无处诉说，他们的命运无人关注，他们的灾难乃至生命的死灭无人同情。多少个万卡只能在对故乡生活和童年乐趣的朦胧回忆中，在对也许早已贫病死去和根本不可能收到他的求助信的祖父无望的企盼中备受煎熬；多少个姚纳忍受着丧子之痛和孤独寂寞之苦，却只能向与自己一样食不果腹、瘦骨嶙峋的老马倾吐心中的苦水；多少个如镟匠格利高里一样的工人为了忘却痛苦只能酗酒取乐、借酒浇愁、将自己的妻子当作泄愤的对象；多少个切尔维亚科夫仅仅由于打喷嚏之类的生活中微不足道的琐事，而在对大人物惩罚的无比恐惧中死去；多少个丽巴在丈夫被流放、爱子惨死后，被扫地出门，无处立足；又有多少个涅维拉齐莫夫仅仅为了能加两个卢布的薪水，向上司苦苦哀求了10年仍然未能如愿，在无处发泄的满腔怨恨与苦闷中，只能在拍死一只蟑螂后才感到一阵轻松。他们善良怯弱却受尽欺压，他们正直勤恳、天性未泯却找不到生活的出路，看不到继续活下去的希望。于是只有在自叹自怜、自我麻醉、自我安慰中卑微地活着。

鲁迅小说中的众多小人物同样如此。祥林嫂备受命运的摧残，却不仅在现世没有生路，即便是在弥留之际，也无法获得灵魂的安宁与赎救；孔乙己只有在喝酒中，在“多乎哉，不多也”

的自话自说中才能找回卑微的自尊；单四嫂在儿子病死后竟连梦也没有一个；中年闰土在兵匪战乱、苛捐杂税的重压下只是觉得苦，却又说不出，于是只能把希望寄托在虚无缥缈的鬼神身上。值得注意的还有阿 Q，他是个连姓氏、职业、家庭都没有，生活在未庄最底层的可怜虫。他的口头禅是："我们先前比你阔多了，我的儿子比你阔多了！"人们往往将此看做是他"精神胜利法"的具体表现。但对于阿 Q 来说，这也正是他能够继续活下去的唯一凭据。就连"儿子打老子"或"人打虫豸"的自轻自贱、健忘、腹诽，等等，也无不如此。对于生活在绝望中的阿 Q 来说，生活的乐趣、生命的价值、生存的意义与出路能找到吗？他的那些思想意识与言行举止，除了可笑和必须批判之外，更值得同情和怜悯！

然而，契诃夫与鲁迅的心里除了满腔的同情与怜悯，还有强烈的悲愤与憎恨。他们的眼中除了满溢着泪水，还有解剖刀一般的冷硬与犀利；他们不仅是充满情热的爱人者，还是具有坚强理性的医生。在他们的笔下，不仅有被侮辱与被损害者，还有形形色色的吃人者——那些"无主名无意识的杀人团"。这些人无时不在，无处不有，面目各异，但本性不变。契诃夫说："我痛恨以一切形式出现的虚伪和暴力……伪善、愚蠢、专横，不是仅仅在商人家庭里和监狱里盛行；我在科学方面，文学方面，青年当中，也看见他们。"[①] 他们在对受害者的杀戮中得到的也许并非实利，而仅仅是快意；他们的吃人行为大多并非出自理智，而仅仅由于习惯；他们维护专制统治并非来自"上面"的指示，而

① ［俄］契诃夫著，汝龙译：《契诃夫论文学》，人民文学出版社 1958 年版，第 96 页。

仅仅出于自觉的义务；他们令人发指的恐怖举动并非出于现实需要，而仅仅是无意识的驱使；他们在奴隶地位上被挖去了灵魂，剥夺了良知，成为专制统治及其文化的受害者，却又在奴性道德和意识的左右下成为不自觉的帮凶。

在契诃夫的《普里希别耶夫中士》中，这个“曾在华沙当过差，属司令部管辖”，并且“曾在一个古典高等男校的预科当过两年看门人”的退休中士，由于有过这些“辉煌”的经历和功劳，就自觉自愿地充当了义务暗探和宪兵。由于法律没有明确规定民众可以聚在一起谈天、唱歌、点了灯闲坐，退休中士就觉得自己有义务暴力干涉和告密；即便是由于暴力行为被判监禁，在走出法庭，看到看热闹的农民闲聊时，他也不忘用沙哑而气愤的声调喊上一句“散开，老百姓！不准成群结伙！回家去！”这个失去了人性和灵魂的家伙只是巨大的专制机器上一颗被磨损了的、生锈废弃了的小螺丝钉，但正是由于他们的存在，这架机器才具有了强大恒久的威力。与此篇相映成趣的是《套中人》。别里科夫是一个面色苍白、地位低下、卑微渺小、没有任何生活乐趣与活力、千方百计把自己装在各种套子里保护起来的可怜虫。“千万别闹出什么乱子来”是他对任何人任何事的基本态度。普里希别耶夫中士的横暴在他的身上转换成了温和与客气。他时时可怜巴巴地劝诫、甚至哀求别人：“通告上所不允许的，那就不能做。”但正是这个被专制制度吓得惶惶不可终日、最终送了性命的小人物，却成了压在所有人头上巨大无比的阴影。在这个特殊时代培育出来的可怜而又可怕的侏儒的影响下，“过去十年到十五年间，我们全城的人变得什么都怕。”别里科夫死了，但不死的套子仍然如同孙猴子的金箍，套在所有人头上，是无论如何也取不下来的。

在鲁迅笔下，此类人物更多。他也比契诃夫更为鲜明地揭示和概括出“被吃者”同时又可以是“吃人者”的怪诞与荒谬，也更为深刻和大胆地直接指出专制制度及其文化培养下的奴性道德和意识残酷血腥的事实：“暴君治下的臣民，大抵比暴君更暴；暴君的暴政，时常还不能餍足暴君治下的臣民的欲望。”①因此，在《狂人日记》中，不仅似乎与“我”有并不相干冤仇的赵贵翁想吃“我”，连那些“给知县打枷过的”、“给绅士掌过嘴的”、“衙役占了他妻子的”、“老子娘被债主逼死的”，甚至“我的大哥”、并不认识的路人、小孩子都露出要吃“我”的意思；其他如《长明灯》中的阔亭、方头、灰五婶，《药》中的驼背五少爷、“二十多岁的年轻人”，《祝福》中的柳妈与鲁镇人，《故乡》中的杨二嫂，以及《孤独者》、《伤逝》、《孔乙己》中的各色人等。总之，他们“父子兄弟夫妇朋友师生仇敌和各不相识的人，都结成一伙，互相劝勉，互相牵掣”，自己被吃，但也在努力吃人。当然最具典型性的还是阿Q。阿Q是被赵太爷之流的“上等人”奴役的对象，但他见了比自己更弱小的小尼姑、小D等人，却又神气活现地摆出高人一等的姿态；阿Q还是未庄的义务警察，承担着查究风化的特殊职责。他严于“男女之大防”，“也很有排斥异端——如小尼姑及假洋鬼子之类——的正气”。但卑怯的他却往往只能“怒目而视，或者大声说几句‘诛心’话，或者在冷僻处，便从后面掷一块小石头”。但当阿Q可能“阔”起来的时候，他在土谷祠中的“革命狂想曲”，则显露出令人毛骨悚然、不寒而栗的残忍可怕。

① 鲁迅：《暴君的臣民》，《鲁迅全集》第1卷，人民文学出版社1981年版，第366页。

最后，在奴性人格中最令人深恶痛绝的是奴才。对这一类形象的塑造是鲁迅与契诃夫对“奴性”意识批判的进一步深化。鲁迅说：“一个活人，当然是总想活下去的，就是真正老牌的奴隶，也还在打熬着要活下去。然而自己明知道是奴隶，打熬着，并且不平着，挣扎着，一面‘意图’挣脱以至实行挣脱的，即使暂时失败，还是套上了镣铐罢，他却不过是单单的奴隶。如果从奴隶生活中寻出‘美’来，赞叹，抚摩，陶醉，那可简直是万劫不复的奴才了，他使自己和别人永远安住于这生活。”① 契诃夫《胜利者的胜利》中，一对父子为了取悦于一个最小的十四等文官，“快活得涨红了脸”，“绕着桌子跑，学小公鸡叫！”“我一边跑，一边想：‘我就要做助理文书了！’”《在钉子上》的主人公是几个低声下气、不知自重的小官吏。斯特鲁奇科夫过生日，邀请同事做客，却一连三次发现家里墙壁的钉子上挂着上司的帽子。当钉子终于空了出来时，饥肠辘辘的属员们终于“吃上了馅饼”，虽然“馅饼已经发干，鹅肉已经烤煳”，他们却“吃得津津有味”。最为精粹地描写和刻画奴才心态的还是《农民》。尼古拉因曾在莫斯科一家商场当过差，于是就以上流人自居，因病返乡后时时觉得自己高人一等。对以往仆役生活的怀念使他难以入眠：“尼古拉通宵没睡着，从炉台上下来。他从一个绿箱子里拿出自己的燕尾服，穿上，走到窗口，摩挲衣袖，握一握燕尾，微微地笑了。然后他小心地脱下这身衣服，放回箱子里，再躺下去。”这个不幸的行将就死的人，看来是在最后一次欣赏他的“宝物”了。他当然会引起读者无限的怜悯，但“对

---

① 鲁迅：《漫与》，《鲁迅全集》第4卷，人民文学出版社1981年版，第588页。

于尼古拉来说，仆役的燕尾服既是唯一的一线快乐之光，也是某种类似希腊神话中所说的含毒衣服，这种含毒衣服好像长到了神话主人公的皮肤上，毒化了他的血液，最后戕害了他。”[①] 因此，尼古拉不单单是一个仆役，而是一个极端奴仆化了的奴才，仆役职业浸透了他的整个身心和灵魂。

在鲁迅的《祝福》中，来到鲁镇打工的祥林嫂是安然于奴隶生活的，“食物不论，力气是不惜的”，“实在比勤快的男人还勤快”。“然而她反满足，口角边渐渐的有了笑影，脸上也白胖了”。《孔乙己》中的主人公也有一件能与尼古拉的燕尾服相媲美的“又脏又破，似乎十多年没有补，也没有洗”的长衫。穿上长衫的孔乙己同样有着优越感，长衫同样是能给他带来唯一的一线快乐之光的“宝物”。但这件长衫却与尼古拉的燕尾服有着不同的意义。因为在中国，长衫是文化的象征，“之乎者也”是文化的表现，只有穿上长衫，孔乙己才有资格“替人家抄抄书，换一碗饭吃”，才有资格成为被奴役和剥削的对象。也只有在对长衫所象征的“文化”的向往、憧憬、陶醉和迷狂中，孔乙己才有了生活的乐趣和意义。因此，倘若说尼古拉们是由于经济地位决定了他们极力想在奴隶生活中寻出“美”来，孔乙己们的生活遭遇及其精神状态则更具有文化专制主义的中国特色。

总之，契诃夫与鲁迅对各自民族国民性格中的消极面和阴暗面空前激烈尖锐的揭露和批判，对于唤起民众改造社会，改革国民性的觉悟，既具有极为重要的社会历史意义，也是他们对各自民族文学具有创举意义的伟大贡献。

---

① ［苏联］安·屠尔科夫著，朱逸森译：《安·巴·契诃夫和他的时代》，中国社会科学出版社 1984 年版，第 325 页。

二

在契诃夫与鲁迅的小说中，还有一个重要内容，就是对新旧交替时代一系列处于探索中的知识分子精神状态和心灵世界的描绘与刻画。首先，这一形象系列的出现是有着共同的重大历史前提的。在俄国，正如列宁所说："在 1862 年—1904 年这一时期，俄国正处于这样的变革时代，这时旧的东西无可挽回地在大家眼前崩溃了，新的东西刚刚开始安排，而且建立这种制度的社会力量，直到 1905 年才第一次在辽阔的全国范围内真正表现出来，在各种场合的群众性的公共活动中真正表现出来。"① 尤其是在 1880 年代中期以后，由于民粹派的失败，俄国的革命高潮被镇压，革命运动转入低潮，失去方向的慌乱、恐怖与沉闷笼罩着整个俄罗斯，使这一时期成为俄国历史上黑暗的停滞期。而鲁迅开始从事小说创作，也正是在辛亥革命成功，但民主与共和徒有其表，野蛮专制横行一时的时期；与此同时，1880 年代的俄国知识界处于极度的混乱之中，各种思想纷至沓来、相互冲突碰撞，在将知识分子关于民族、国家、社会、人生的思考进一步引向深入、在摩擦冲撞中闪现出耀眼火花的同时，也引起了巨大的动荡不安和激烈的分化离异。有的服膺以文化教育、卫生普及实现社会进步的改良主义；有的信奉"勿以暴力抗恶"的托尔斯泰主义；有的堕落变节；有的动摇彷徨；有的苟且偷安；当然也有的在苦苦思考，探索救国救民之道。这一景况与五四新文化运动衰败期的中国思想文化现状十分相似。正如鲁迅所说："后来《新

① 列宁：《列·尼·托尔斯泰和他的时代》，《列宁全集》第 17 卷，人民出版社 1961 年版，第 34—35 页。

青年》的团体散掉了，有的高升，有的退隐，有的前进，我又经验了一回同一战阵中的伙伴还是会这么变化”，于是自己“成了游勇，布不成阵了”，只好“依然在沙漠里走来走去”。[①]

正是在这样的政治背景和思想文化环境里，契诃夫和鲁迅开始了对那些探索人生意义和社会出路的知识分子的描写，表现他们的苦闷与愤懑、彷徨与犹豫、动摇与堕落、觉醒与思考。这一形象系列的出现既是这一转折时期时代特征的反映，也是契诃夫与鲁迅自己思想与精神探索的具体体现；既是对当时各类知识分子生活、思想与精神的艺术概括，有些甚至可以看作他们各自的精神自传。从对这一形象系列的比较中，不仅可以窥见中国和俄罗斯知识分子曾经走过近乎一致的心路历程，还可以看到两位艺术家在思想方式和个性气质上的极大相似，从而说明鲁迅接受契诃夫影响，不仅是历史的必然，而且是出于主动的选择，是文学进步的需要。

其次，契诃夫与鲁迅都曾经对知识分子寄予厚望，但很快就发现了这种希望的“虚妄”。契诃夫曾说：“民族的力量和生路放在它的知识分子身上，放在那些肯忠实地思想、感受而且善于工作的知识分子身上”。[②] 从1886年创作的《好人》、《在途中》开始，他笔下表现的知识分子生活比早期的幽默诙谐小品一味地嘲弄挖苦具有了更重大的社会意义和更严肃的色彩。作家想通过自己的作品回答俄罗斯文学传统中“怎么办”的基本问题，提出走向合理而纯洁的社会的道路。但不同于普希金、屠格涅夫、

① 鲁迅：《〈自选集〉自序》，《鲁迅全集》第4卷，人民文学出版社1981年版，第456页。

② ［俄］契诃夫著，贾植芳译：《契诃夫手记》，百花文艺出版社2000年版，第20页。

陀斯妥耶夫斯基和列夫·托尔斯泰的是，契诃夫不希望俄罗斯知识分子仅仅是思想大于行动的“多余人”和“思想者”，而是注重实践、期盼着能够在身体力行的自我改造中影响和促进社会发展的人。他说：“聪明的人应该先抛掉自己那种想把群众教育提高到与自己同样水平的梦想，还不如用物质的力量帮助他们倒好些。建设铁路、电报、电话。这样，他才会取得胜利，才能把生活向前推进啊。”① 但他很快就发现，知识分子是难以担负起社会改造和民族更新重任的。他们往往缺乏责任心和使命感，对社会事业没有兴趣，沉醉在庸俗自私的生活中不能自拔。在《文学教师》中，尼基丁由于感到生活的沉闷、压抑和无聊，渴望借纯真的爱情来使自己感奋起来，但结婚之后却津津乐道于所谓的“幸福的生活”；他对于自己以及周围生活的庸俗乏味、空虚单调并非没有感知和认识。他意识到自己和周围人一样庸碌无能，“没有教书的志向，一点儿也不懂儿童教育，对它也从不发生兴趣；他不知道该怎样对待孩子才好；他不明白他所教的课的意义，甚至也许简直没有教对”。但他却只能和周围人一样将自己周密地掩盖起来，用赔笑脸和说废话打发时光。当尼基丁意识到“再也没有比庸俗更可怕、更使人屈辱、更使人愁闷的东西了”，决定立刻逃掉的时候，却只能把这一切写在日记本上。在《带阁楼的房子》中，莉季雅是贵族出身的地方自治学校教师，以热心公益事业和自食其力而自豪。但这种自豪感不仅不妨碍她享受她所属阶层和地位给予的一切特权，反而成为干涉别人生活的借口。当“先进的”、“有着自由思想的”莉季雅得知米修司

① ［俄］契诃夫著，贾植芳译：《契诃夫手记》，百花文艺出版社2000年版，第21页。

爱上了一个艺术家之后，却粗暴地干预了自己妹妹的爱情，把她的命运引向了不可知的悲惨境地。因此，当莉季雅调门极高地喊着要“为同胞们服务”的时候，“她的生活目的只是让他人成为她施行她所谓的恩惠和善行的对象及材料”[①]。知识分子的庸俗虚伪在作者不动声色的刻画中展示得穷形尽相。

舍斯托夫曾称契诃夫是一位“绝望的歌唱家”，“契诃夫在自己差不多25年的文学生涯中，百折不挠、单调乏味地仅仅做了一件事：那就是不惜用任何方式去扼杀人类的希望。我认为，他的创作的实质就在这里”。他还说：“契诃夫总是坐在隐蔽的地方，窥视着人类的希望。你放心好了：他不会漏掉任何一个希望，任何一个希望都逃脱不了自己的命运。艺术、科学、爱、灵感、理想、未来——现在和过去的人们用以慰藉和开心的一切词语，一旦被契诃夫触摸，它们便刹那间凋谢、衰败和死亡。”[②]舍斯托夫的观察是精准透辟的。契诃夫的一些表现知识分子生活的小说贯穿着死亡、绝望和荒谬的主题，他的主人公总是在渴望着新的生活，总是渴求着能够实现济世救民的理想，但他们一开始行动，就陷入无路可走、寸步难行的绝境。在《跳来跳去的女人》中，医生狄莫夫的妻子奥尔加及其周围一群庸俗不堪却自命风雅的“诗人”、“画家”们骄矜自恃、鼠目寸光、空虚无聊，不能从事任何有益社会的事业，但在他们的包围、欺骗、嘲笑、侮辱中，谦逊宽厚、学识渊博、认真负责、无私地献身于科学和医疗事业的狄莫夫却只能在寂寞孤独中含恨死去。在《我

① ［苏联］安·屠尔科夫著，朱逸森译：《安·巴·契诃夫和他的时代》，中国社会科学出版社1984年版，第277页。

② ［俄］列夫·舍斯托夫著，方珊编选：《舍斯托夫集》，上海远东出版社2004年版，第85—86页。

的一生》中，建筑师的儿子米沙伊尔只想让自己的生活平民化，因为只有在平民生活和体力劳动中他才会觉得充实和有意义。但他却成了不容宽恕的“全民公敌”，得不到丝毫的理解和同情。从他的父亲到仆人、从省长到屠夫、从朋友到爱慕者，所有指向他的谴责汇成了震耳欲聋的大合唱，迫使他和在他影响下试图逃出阴影重获新生的姐姐不得不走向穷途末路。周围的生活像他父亲设计的房子一样平庸得令人绝望，周围的人们遵奉着一成不变的“章法”从过去活到现在、还要活到未来。在一片泥淖般的现实生活面前，知识分子任何变革现实的努力都是注定要失败的。曾经试图和米沙伊尔共同建设伊甸园一般的杜别奇尼亚庄园的妻子玛霞——一个工程师的女儿和歌手，一个敏感、纯真、热情支持他的人，在梦想破灭之后，抛弃了丈夫，出走美国。在离别前夕，她尖酸准确地指出她和米沙伊尔改变现实的努力是微不足道和终将失败的，并指出了其中的原因：“愚昧、生理方面的污秽、酗酒、惊人的高度的儿童死亡率，一切照旧。你耕地，下种，我花钱，读书，可是谁也没有因此得益……另一方面，姑且假定你工作很久很久，工作一辈子，而且到头来产生了一些实际效果，可是它们，你这些实际效果，怎么挡得住像畜群般的愚昧、饥饿、寒冷、退化之类的自发力量呢？这只不过是一滴水投进汪洋大海罢了！”摆在面前的现实残缺不全却又无能为力，未来只是毫无指望却又不可避免的死亡。改革者只能在庸众的包围中，在“无物之阵”中绝望地死去。

与契诃夫一样，鲁迅也曾对知识分子以及文化启蒙充满信心。但与契诃夫有所不同的是，鲁迅由于始终处在政治文化旋涡的中心，个人经历的复杂特殊和自近代以来中国知识分子追求民族现代化进程的艰难曲折，使他很快就对知识分子的社会历史作用发生了怀疑。在《〈呐喊〉自序》中，他说由于《新生》的流产，深切感到了未尝经验的无聊和如同置身毫无边际的荒原、无可措手的寂寞与悲哀，同时反省到自己“决不是一个振臂一呼应者云集的英雄”。[①] 即便是五四新文化运动如火如荼，知识分子群情激昂、似乎曙光在前的时候，鲁迅的清醒和锐利、冷静和理性也使他的小说笼罩在一片悲哀、灰暗、虚无和阴冷的色调之中。在《〈自选集〉自序》中，他曾说：“我那时对于‘文学革命’，其实并没有怎样的热情。见过辛亥革命，见过二次革命，见过袁世凯称帝，张勋复辟，看来看去，就看得怀疑起来，于是失望，颓唐得很了。”[②] 提笔写小说的原因也只在于“怀疑于自己的失望，”是在“金心异”（即钱玄同）的说服下开始的，是因为自己“也还未能忘怀于当日自己的寂寞的悲哀罢，所以有时候仍不免呐喊几声，聊以慰藉那在寂寞里奔驰的猛士，使他不惮于前驱。”[③] 因此，在《狂人日记》中，充满“义勇和正气”的狂人的“劝转”显得那样虚弱无力，在被“吃掉”前，“救救孩子”的呼声是那样充满疑惑，缺乏信心，因为连他自己也在怀疑：“没有吃过人的孩子，或者还有？”

应当注意到契诃夫小说对鲁迅《狂人日记》艺术构思的影响。以往论者多强调《狂人日记》与果戈理之间的渊源，却没有注意到它与契诃夫之间的精神与艺术联系。契诃夫在《神经

---

① 鲁迅：《〈呐喊〉自序》，《鲁迅全集》第 1 卷，人民文学出版社 1981 年版，第 419 页。

② 鲁迅：《〈自选集〉自序》，《鲁迅全集》第 4 卷，人民文学出版社 1981 年版，第 455 页。

③ 鲁迅：《〈呐喊〉自序》，《鲁迅全集》第 1 卷，人民文学出版社 1981 年版，第 419 页。

错乱》中，写一个学习法律的大学生瓦西里耶夫在同学的劝说胁迫下去妓院寻欢作乐，他本以为那些被侮辱与被损害者是一些神情苍白、身体孱弱、充满羞耻罪恶感的值得同情救助的可怜人，但实际情况却是：妓院里灯红酒绿、纸醉金迷，在俗艳窒闷的空气中妓女们麻木不仁、安之若素、唯利是图。他想向她们表示同情、使她们感奋起来重新做人，却遭到嘲笑；他想劝转世人不要再联合起来扼杀那些可怜的生命，却被人们当作疯子，送到精神病医生那里治疗。在无路可走的绝境中，瓦西里耶夫被“治愈”了，在镇静剂的麻醉下恢复了“常态”，“懒洋洋地向大学里走去”。在《第六病室》中，格罗莫夫只因为厌恶那种浑浑噩噩的愚昧和昏昏沉沉的动物性生活，看到现实世界充满强暴、粗鄙、放荡、伪善、压迫和受难，不仅自己无力改变这一切，而且在巨大的精神压力下患上了“被迫害狂”，终于被送进了精神病医院。《域外小说集·译者杂识》中曾概括契诃夫的这一艺术风格：“其文慨贤者困顿，不适于生，而庸众反多得志。”① 由此可见，不仅狂人与米沙伊尔、瓦西里耶夫、格罗莫夫一样，是被各种“名目”和“无主名无意识的杀人团”吃掉的，此类小说中“孤独者与庸众”对立、孤独者改造现实、救助世人的努力反而成为被吃掉的借口和罪名的艺术构思，也具有惊人的相似。

最后，更为重要的是，契诃夫与鲁迅小说中的知识分子不仅无法实现救世的愿望，更无法做到精神自救。新旧时代的更替使契诃夫深感自己已经成了不合时宜的人：“在我看来，我们这些蒙昧无知、思想陈旧、言语无味、头脑僵化的人，已经全然发霉了。当我们这些知识分子正在旧的破烂堆中翻来捡去，并且按照

① 鲁迅：《域外小说集》，岳麓书社 1986 年“旧译重刊”本，第 4—5 页。

俄国古老的传统习惯互相咬嚼的时候，在我们周围，正兴起了我们完全陌生和想不到的另一种生活。伟大的事变，会使我们手足无措。”“那些比我们眼界广阔、知识丰富的人们，会把我们撵到生活舞台的后面去。”“我还这样想，在新生活的曙光还未照临以前，我们会变成一些面目可憎的老年男女。”[①] 鲁迅的感触和认识更为深刻动人，而且把这种感触和认识提升到“历史中间物”的生命哲学的高度。在《野草·影的告别》中，他说：“我不过一个影，要别你而沉没在黑暗里了。然而黑暗又会吞并我，然而光明又会使我消失。然而我不愿彷徨于明暗之间，我不如在黑暗里沉没。”新旧思想的冲突和“历史中间物”的生命体认，使契诃夫和鲁迅笔下的探索中的知识分子在无根的精神流浪中痛苦不堪，他们毫不掩饰自己对现实和未来失望后所产生的一无所有的荒凉感和虚无感，他们毫不掩饰自己中了“新思想”的毒，却找不到方向和出路的惊慌与恐怖，他们也毫不掩饰自己不仅面对现实无能为力，而且也将在新的时代浪潮冲击下不得不退出历史舞台的危机感与幻灭感。契诃夫在《没意思的故事》中，写了一个德高望重、学识渊博、声名显赫的老教授斯捷潘诺维奇在新旧时代更替和思想冲突中的精神悲剧。当他突然发现自己对科学和教育事业的信念与吁求，在冷酷的现实面前毫无帮助和不堪一击时，他开始用骇人听闻、撕裂灵魂的声音向全世界呼告：“我想不用自己的声音喊叫，我，一个著名的人，居然被命运判了死刑，不出六个月，这里的讲堂就将换一个主人了。我要大声喊叫：我受毒害了。以前我从来不知道的一些新思想毒害了

---

① ［俄］契诃夫著，贾植芳译：《契诃夫手记》，百花文艺出版社 2000 年版，第 95 页。

我一生的残余岁月，现在像蚊子似的不断蜇咬我的大脑。在这种时候，我觉得我的处境是那样可怕，我想要我的听众都吓得要命，从座位上跳起来陷入丧魂落魄的恐惧，绝望地呼喊，直奔出去才好。”老教授曾长期过着有意义的生活，而现在只求能美好地结束它，尽可能寂静安宁、庄重体面地与尘世告别。但这一愿望是不可能得到实现的。因为一生以教书育人和科学研究为职责的他，无法回答青春理想幻灭的养女和学生卡嘉“我现在应该怎么办”的问题。“我不知道”，是他唯一的答案。“在他过去一生的全部丰富经验里，没有找到任何一个办法、准则或建议，哪怕多多少少适合于他个人和卡嘉极不合理的新生活条件”。除了哀叹“我不久就要死了”和用脑袋去撞墙之外，毫无办法。

鲁迅小说中的现代知识分子形象是斯捷潘诺维奇精神上的孪生兄弟。不论是狂人、N先生、吕纬甫，还是魏连殳、涓生和子君，都是在无边无际、无形无影、无声无息的精神荒原上，在悬置失重的生命形态中，在无边夜色的包围中踽踽独行，走向“坟地”的“过客”。他们相信生命应该有意义，却又没有力量战胜灵魂深处的黑暗与虚无。于是，不仅在现实中，更在文化、精神和心理上成为无可依存、无家可归的人。“路漫漫其修远兮，吾将上下而求索”。但求索的结果是什么？是发现自己也曾吃过人的真相的震惊和“难见真的人”的悲哀，是不能忘却对过去记忆的痛悔，是如同蜂子或蝇子一样“飞了一个小圈子，便又回来停在原地点”的可笑与可怜，是“躬行我先前所憎恶，所反对的一切，拒斥我先前所崇仰，所主张的一切”的荒诞与可惨，是“更空虚于新的生路”，“将真实深深地藏在心的创伤中，默默地前行，用遗忘和谎言做我的前导”的痛苦与无奈。无法实现精神自救的知识分子形象把鲁迅与契诃夫紧密深刻地联系在了一起，鲁迅也在这个意义上成为了契诃夫真正的思想与艺术知音。

契诃夫与鲁迅小说中无法实现精神自救的知识分子的悲剧，既是他们对所处时代思想文化现状的艺术概括，也是他们自身思想探索历程的反映，更是他们异于常人、不被当时乃至后世所理解的生命哲学的艺术展示。契诃夫说："在我对一切事情所形成的思想、情感和概念中，没有一个可以把它们联合成为一个整体的共同东西。我的各种思想和情感都是单纯存在的。凡是我对科学、文学、我的学生所抱的见解，凡是在我的想象力所描绘的一切画面里，就连最巧妙的分析家也不能从中找到所谓普遍思想，即活人的上帝的东西来。既然没有这个，那就意味着什么东西也没有。既然如此贫乏，那么严重的疾病、死亡的恐惧啦，环境和人们的影响啦，就足以把我从前认为是世界观的东西——我从中发现了生活的意义和生活乐趣的东西——翻个底朝上，碾成齑粉。"① 鲁迅也说："其实，我的意见原也一时不容易了然，因为其中本含有许多矛盾，教我自己说，或者是人道主义与个人主义这两种思想的消长起伏罢。所以我忽而爱人，忽而憎人；做事的时候，有时确为别人，有时却为自己玩玩，有时则竟因为希望生命从速消磨，所以故意拼命的做。此外或者还有什么道理，自己也不甚了然。"② 正是因为在契诃夫看来自在自为的"世界观"和"中心思想"分文不值，才使"创造源自虚无"成为他哲学思想的核心，而使自我获得了完全的自由和独立。正如舍斯托夫

① ［俄］列夫·舍斯托夫著，方珊编选：《舍斯托夫集》，上海远东出版社 2004 年版，第 95 页。

② 鲁迅：《两地书·二四》，《鲁迅全集》第 11 卷，人民文学出版社 1981 年版，第 79—80 页。

所说："理想的前提是服从，自愿地放弃自己对独立、自由和力量的权利——这种要求，甚至对这种要求的暗示，都激起只有契诃夫才会有的全部嫌弃和厌恶。"[①] 也正是因为鲁迅感到"惟黑暗与虚无乃是实有"，而未能轻许未来的"黄金世界"和各种主义，才使他能够聚集起"精神界之战士"的全部力量，在"绝望之为虚妄，正与希望相同"的精神底线的支撑下，"反抗绝望"，在保持"个"的完整、自由和独立的基础上，成为中国现代真正的自由主义知识分子。

三

如果说鲁迅主要是在改造国民性主题和探索中的知识分子形象塑造方面接受了契诃夫的影响，将中国现代短篇小说提升到一个相当的思想和精神高度的话，契诃夫对叶绍钧的影响则主要体现在使中国现代小说摆脱道德主义传统，冷静、真诚、忠实地、按照本来面目描写现实生活的客观化叙事原则上。由于对道德说教的避免和对作者主观倾向的有意隐蔽，使叶绍钧在契诃夫影响下，发展出有别于鲁迅颇具抒情性和议论色彩的相对温和、客观、朴素的现实主义风格。

史涅德尔说："在契诃夫的作品里，中国作家找到了对正在苦恼着他们的许多生活和创作问题的回答，譬如说中国新的现实主义文学中的人物描写问题。按照许多世纪以来部分民族戏剧和古代小说的传统，文艺作品中的人物是用善或恶的一种色彩进行刻画的。契诃夫的作品给中国作家揭示了一些创作的新途径和另外

① ［俄］列夫·舍斯托夫著，方珊编选：《舍斯托夫集》，上海远东出版社 2004 年版，第 102 页。

一些可能性。”[①] 这些“新途径”和“另外一些可能性”首先体现在契诃夫与叶绍钧都致力于从现实的、自己所熟悉的、发生在身边的日常生活中，选取具有典型意义的社会主题，从平常人的生活琐事中描写和刻画人物，透过不被人注意的生活现象揭露社会的弊端和人性的丑恶。科布林说：“契诃夫劝作家选择日常生活的题目，不要夸大，应该纯朴地叙述，作家的同情与博爱应该是潜藏的，无论是他可喜的人或是可憎的人，都应该是一样的描写。”[②] 契诃夫小说中没有传奇英雄和偶然事件，一切人物都如同从现实的日常生活中走出来的一样，既没有英雄头上的耀眼光环，也没有恶魔身上的阴森恐怖，所有的事件都是“茶杯里的风波”，平平淡淡而来，自自然然而去。但就在这些平凡自然、普普通通的人物事件身上，却透露出作者极力挖掘的发人深省的生活真理。如《胖子与瘦子》只是写一对少年时代的伙伴在多年以后的偶然相遇。热情寒暄一番后，当瘦子得知对方已经升到了比自己更高的官位上，于是拍拍打打的亲热变成了谄媚的奉承巴结。人物事件普通平常得似乎随处可见，似乎是在绝大多数人身上都会发生，但却揭示出普遍人性中势利的一面；再如名篇《变色龙》，作者描写的也仅仅是某个小城市中几分钟内发生的小故事。围绕着狗的主人，警官奥楚蔑洛夫当众变色五次，一会儿要讨好将军，对着狗阿谀奉承、赞语如潮，一会儿又神气十足，要伸张正义，将狗处死。就在这类平凡琐碎的生活小事中揭示了他身上隐藏着的奴才根性。

叶绍钧也坚持写自己身边发生的日常生活琐事，并从那些灰

---

① 王富仁：《鲁迅前期小说与俄罗斯文学》，陕西人民出版社 1983 年，第 83 页。

② ［俄］科布林著，赵景深译：《怀柴霍甫》，《小说月报》1927 年 5 月 10 日。

色人物的灰色生活中展示社会的黑暗和他们灵魂的卑微。茅盾在《〈中国新文学大系·小说一集〉导言》中评价道："冷静地谛视人生，客观的地，写实的地，描写着灰色的卑琐人生的，是叶绍钧。""要是有人问道：第一个'十年'中反映着小市民智识分子的灰色生活的，是哪一位作家的作品呢？我的回答是叶绍钧！"[①] 对此，叶绍钧自己也说："我在城市里住，我在乡镇里住，看见一些事情，我就写那些。我当教师，接触一些教育界的情形，我就写那些。中国革命逐渐发展，我粗浅地见到一些，我就写那些。小说里的人物差不多全是知识分子跟小市民，因为我不了解工农大众，也不了解富商巨贾跟官僚，只有知识分子跟小市民比较熟悉。"[②] 在叶绍钧近百万字的小说中，塑造了以农民、小知识分子、劳动妇女、小市民为主的近百个人物，但其中既没有畸人怪事逸闻秘录，也没有异域风光传奇英雄，而完全是由那个时代最平凡的人物组成的。无论是《饭》中备受贫困和屈辱的吴先生，还是《一生》中"抵得半条耕牛"而被买来卖去的"伊"，也无论是《校长》中四处碰壁的叔雅，还是在军阀混战中为了保全家庭和职业不得不费尽心机的潘先生，都是现实生活中会有的人，都是符合生活的必然逻辑的会有的事。他的这一艺术追求也真正实现了周作人所倡导的"以普通的文体，写普遍的事实"的"平民文学"的主张。[③]

---

① 茅盾：《〈中国新文学大系·小说一集〉导言》，《茅盾全集》第20卷，人民文学出版社1990年版，第479—480页。

② 叶圣陶：《〈叶圣陶自选集〉自序》，《叶圣陶论创作》，上海文艺出版社1982年版，第195页。

③ 周作人：《平民的文学》，《周作人文类编》第3卷，湖南文艺出版社1998年版，第41页。

其次，契诃夫和叶绍钧都坚持叙事的客观化原则，在对文学与社会生活关系的理解中，表现出一种更为理性宽和的态度，较少情绪化的主观渗入或说教意味，而是用一种超越生活表层现象的眼光描述人间的一切，因此给人留下描写逼真、自然、冷静的印象。契诃夫说："我的职责是以实事求是的冷静的态度，按照生活的实际情况，真实地、正直地、客观地描写俄罗斯生活，而不是按照……民粹派的宗教主义或自由派的'空谈家'们的无中生有的、公式化的、持有狭隘集团偏见的想法来描写生活。"[①] 同时，契诃夫还主张要将作者的主观倾向尽可能地隐蔽起来，以便给读者留下广阔的思考和想象空间。1883 年，年轻的契诃夫建议他的兄长亚历山大说："要完全撇开自己，不要把自己硬塞到小说的主人公身上去，哪怕只把自己丢开半个钟头也好……主观态度是一种可怕的东西。它所以不好，是因为它把可怜的作者连胳膊带腿都暴露出来了。"[②] 他还说："艺术家不应当做自己的人物和他们所说的话的审判官，而只应当做他们不偏不倚的见证人。"[③] 但这种艺术追求并不意味着作家对笔下的人物完全冷漠无情，或者缺乏自己对于生活的基本态度和价值判断。契诃夫说："最优秀的作家都是现实主义的，按照生活本来面目描写生活，不过由于每一行都像浸透汁水似的浸透了目标感，您除了看见目前生活的本来面目以外就还感觉到生活应当是甚么样子。"[④]

① ［苏联］叶尔米洛夫著，张守慎译：《契诃夫传》，人民文学出版社 1960 年版，第 228 页。

② ［俄］契诃夫著，汝龙译：《契诃夫论文学》，人民文学出版社 1958 年版，第 8 页。

③ 同上书，第 87 页。

④ 同上书，第 217 页。

他认为应该对人物，尤其是对那些被侮辱与被损害者的不幸遭遇和他们卑微的希望怀有深刻的、感同身受、体尝备至的理解和同情，但却应该将这种理解和同情尽可能地遮蔽隐藏起来。他曾给一位作家的信中建议："您描写苦命人和可怜虫，而又希望引起读者怜悯的话，您自己就要尽力冷淡一些，这会给别人的痛苦一种近似背景的东西，那种痛苦在这种背景上就会更明显地表露出来。"[①] 可见，契诃夫并不主张作家完全超脱于他所描写的人物与生活之上，他主张作家应该"跟自己的主人公一块儿痛苦"，但尽量别让读者看出来，这样写比赤裸裸的表露更富有艺术感染力，"态度越是客观，所产生的印象就越有力"。[②] 在他精湛的短篇《万卡》和《苦恼》中，契诃夫对皮鞋铺童工万卡的痛苦和彼得堡老马车夫姚纳的厄运是深深同情的，他确实在和自己的主人公一块儿哭泣、呻吟、痛苦，但他却将这种同情心巧妙交织在形象之中，冷硬着心肠保持客观描写。作品中没有一句主观的同情和评论，也没有大段的议论和独白，而是让人物的情感世界通过自身的语言和行动准确、真实、有力地自行呈示出来，从而使读者领会到此类人物和他们的遭遇并非偶然现象，也不是浅薄感伤的人道主义同情能够解救的，这样就把读者的思考引向了更深广的对于不合理的社会现实制度的思考。

叶绍钧也说："我常常留意，把自己表示主张的部分减到最少的程度。""我很有些主观见解，可是寄托在不著文字的处所。"[③] 他力求在叙述中将伦理关怀和对现实思考进行客观化处

---

① ［俄］契诃夫著，汝龙译：《契诃夫论文学》，人民文学出版社 1958 年版，第 205 页。

② 同上书，第 209 页。

③ 叶圣陶：《叶圣陶代表作》，黄河文艺出版社 1987 年版，第 268 页。

理，将作者明确的抒情或训诫意图降至最低限度，呈现在读者面前的只是故事进程和人物自身的视野，只是一幅幅看似平淡无奇、实则深意内蕴的生活画面。他往往有意与人物、故事拉开距离，自觉保持着客观、冷静、平和的特色，遣词造句、叙述描写不以警拔夸饰为美，而以平实隽永耐人吟味见长。但作者的情感态度，他对社会现实的不满与批判隐然浮现。他说："不幸得很，用了我的尺度，去看小学教育界，满意的事情实在太少了。我又没有什么力量把那些不满意的事情改过来……于是自然而然走到用文字来讽他一下的路上去。"他还说："我也不是要取得'写实主义''写实派'等的封号；我以为自己表示主张的部分如果占了很多的篇幅，就超出了讽他一下的范围了。"①

契诃夫与叶绍钧客观化的叙事原则是对读者价值评判功能的充分信任。以客观平静的叙述来遮蔽主观倾向性的艺术追求，为读者预留了发挥主体能动性，进行理性思考的空间。读者不仅能够揣摩到作者本人并不单一的创作意图和态度，还能够挖掘出比文本更多、更复杂的意味。契诃夫说："我写的时候，充分信赖读者，认定小说里所缺欠的主观成分读者自己会加进去。"② 他有一篇名为《风波》的小说，写一件发生在贵族库什金家里的事：女主人丢了一枚胸针，搜查了家庭女教师的房间。当女教师玛申卡发现自己被冤屈之后，她不仅感到难以忍受的羞辱，感到人格受到践踏的愤怒，而且陷入了无比的恐慌之中："她不明白这是怎么回事，也不知道该怎样才好……她害怕得周身发凉。"

① 叶圣陶：《随便谈谈我的写小说》，《叶圣陶论创作》，上海文艺出版社1982年版，第119页。

② ［俄］契诃夫著，汝龙译：《契诃夫论文学》，人民文学出版社1958年版，第187页。

“玛申卡回想起那个激动的看门人，那种仍在继续着的慌乱，那个满脸泪痕的女仆。莫非这一切同刚才搜查她的房间有联系？莫非她给牵连进了一件可怕的事情？玛申卡的脸色发白了……”她想起了牢房中的饥饿和寒冷，她想起了酷刑和流放。这种担心受牵连和被指控的心情不是主人公的个人特点，而是一个专制时代迫害肆虐，小心谨慎的人们动辄得咎的时代的特点。屠尔科夫说：“库什金家中发生的这桩丑事本身是微不足道的，但它完全符合当年俄国社会生活的法律。”“应该说这是专制横暴的死板逻辑，它渗透了社会和家庭组织的全部细胞。”① 叶绍钧的《潘先生在难中》有同样精彩的叙述和描写：在军阀混战、战火纷飞的年月里，像潘先生这样的小知识分子既要千方百计、想方设法保证家人的安全，为他们牵肠挂肚，又要在担惊受怕、战战兢兢中极力保住自己的饭碗，“他们在虚惊来了时最先张皇失措，而在略感得安全的时候他们又是最先哈哈笑的”。他们虽然对战乱愤恨不已，却又在无可奈何中要为军阀歌功颂德，对权势者奉承巴结、献媚讨好；同时，他们又天良未泯，对同样受到战争祸害的平民抱以深切同情。因此，在这一类知识分子身上，既能看到小市民庸俗取巧的习气，又能发现小人物卑微可怜的奴性，还有普通知识分子的软弱善良和一丝正直。透过他们的遭遇，既能看到20世纪20年代中国政局的动荡和殖民半殖民的社会性质，也能发现将希望寄托在强权者身上的荒唐与无益。

如果说契诃夫与鲁迅的相似主要在于思想和精神层面，使他们在小说主题内蕴方面表现出了较大一致性的话，他与叶绍钧则

① ［苏联］安·屠尔科夫著，朱逸森译：《安·巴·契诃夫和他的时代》，中国社会科学出版社1984年版，第48页。

主要体现在温和宽厚、真诚亲切、朴素平淡的文化人格和前进但不激进、不偏不倚的政治倾向上的相近。这也是他们坚持客观化叙事原则的一个基本前提和基础。在政治倾向及其与艺术的关系上，契诃夫说："既然我所知道的政治集团或党派都是薄闻浅见、持有错误倾向的，那我不如超出一切集团和党派，超然于一切政治倾向以外，不使任何东西蒙蔽我的眼睛，使任何政治偏见和教条妨碍我完成我的艺术家的职责。"① 在个人的文学个性上，他说自己："在文学方面我的热情又不够……我内心的火，燃得均匀而微弱，既不冒出一片红光，也不发出一点爆声。"② 正是这种不受任何教条与偏见束缚的超然不群，使他能够保持个人的独立自由和真实本色，也使他的小说能够实现冷静客观和朴素自然。这一点也为许多中国现代作家所领略和激赏。徐志摩用诗人的笔调描画出的契诃夫形象是："契诃甫是我们一个极密切的先生，极亲近的朋友。他不是云端里的天神，像我们想象中的密开郎其罗；不是山顶上长独角的怪兽，像尼采；他也不是打坐在山洞里的先觉，像托尔斯泰；不是阴风里吹来的巨影，像安特列夫；不是吹银锡箔包的九曲湾喇叭的浪人，像波特莱亚。他不吓我们，不压我们，不逼迫，不窘我们；他走我们走的路，见我们见的世界，听我们听的话，也说我们完全听懂的话。他是一个完全可亲近的人。我们看他的故事，受他的感动，因为他给我们的不是用火炼，用槌子打，用水冲洗过的'艺术'；他不给我们生活的'描写'；他给我们'真的生活'。他出来接见我们，永远

① ［苏联］叶尔米洛夫著，张守慎译：《契诃夫传》，人民文学出版社 1960 年版，第 228 页。

② ［俄］契诃夫著，汝龙译：《契诃夫论文学》，人民文学出版社 1958 年版，第 157 页。

是不换衣服的，正如他观察的生活永远是没有衣饰的。他是平凡的，随熟的，琐细的，亲切的，真实的生活。这是他的伟大。"①总体来看，叶绍钧尽管终其一生与中国人民争取现代化的大方向目标一致，与不断前进的时代精神步调一致，但他也从未卷入政治斗争旋涡的中心。他从未以剑拔弩张、呼啸呐喊的姿态冲锋陷阵，而是坚持有所为有所不为，不媚俗，不趋时，稳健踏实，冷静理性；他同情革命却没有加入"左联"和共产党，他同情劳苦大众的苦难和不幸，却不能在作品中发现对暴力革命的煽动；他在五四新文化运动的鼓励下真正走上文学创作之路，却对儒家的"仁"、"恕"、"诚"、"敬"与知行合一报以好感，认为是传统文化中可以改造吸收的基因。这种文化人格也使他的小说如同儒家诗教一样追求"怨而不怒"、"哀而不伤"、含蓄隽永、意味深长。平凡的取材视角，平实的人生理想，平和的感情态度，平稳的文化人格与客观冷静、敦厚诚挚、亲切朴素的文学风格互相生发，使他在中国现代作家中占有独特的地位。正如茅盾在1943年的《祝圣陶五十寿》中的不刊之论："圣陶对于中国新文学的光辉的贡献，海内早有公论，并不因我的赞美而加重；但二十多年的交谊，使我从圣陶的'为人'与其作品看到了最重要的一点，即两者的统一与调和。作品乃人格的表现：这句话于圣陶而益信。"②

四

1935年，鲁迅为自己翻译的契诃夫八个早期作品写了一篇

---

① 徐志摩：《一点点子契诃甫》，《晨报副刊》1926年4月21日。

② 转引自冯光廉等《多维视野中的鲁迅》，山东教育出版社2001年版，第122页。

"前记"，他说："这些短篇，虽说作者自以为'小笑话'，但和中国普通之所谓'趣闻'却又是截然两样的。它不是简单地只招人笑。一读自然往往会笑，不过笑后总还剩下些什么——这就是问题。""这八篇里面，我以为没有一篇是可以一笑就了的。但作者自己却将这些指为'小笑话'，我想，这也许是因为它谦虚，或者后来更加深广，更加严肃了。"① 鲁迅的观察和评价是极为准确精到的。契诃夫从来就不是一个"为幽默而幽默"的作家。早在契洪特时期他就表白说："讲老实话，一味追求幽默是困难的！你有时候只顾追求幽默，胡乱写出一些东西，连自己看着都恶心，你就不由自主地要钻进严肃的领域里去。"② 这也正是契诃夫与当时充斥俄罗斯文坛的专供上流社会和小市民休闲消遣的滑稽小品的明显区别。他这一时期的许多作品在轻松欢愉、幽默滑稽的底层描写中，蕴涵着沉思和忧郁，包藏着作家对现实生活、社会现状与人性丑恶的批判与揭露。高尔基说："只要细心地读一下那些'幽默'小说，便可以明白这位作者怎样悲哀地发见了那么多的可憎可恨的残酷的东西，但是马上又不好意思地用一些滑稽的词句和情景把它们遮盖起来了。"③ 比如早期的《喜事》中，主人公库尔达罗夫是一个地位卑微，默默无闻的十四品文官，在大街上因醉酒失足被一辆雪橇撞伤而登载在报纸新闻上，于是他认为自己终于扬名全俄了，得意洋洋地要将

---

① 鲁迅：《〈坏孩子和别的奇闻〉前记》，《鲁迅全集》第10卷，人民文学出版社1982年版，第403页。

② ［俄］契诃夫著，汝龙译：《契诃夫论文学》，人民文学出版社1958年版，第9页。

③ ［苏联］高尔基：《安·巴·契诃夫》，《回忆契诃夫》，人民文学出版社1962年版，第499页。

这一消息告诉所有认识和不认识的人。作品的情节基础是一件十分滑稽可笑的小事，但它却透露出作家对专制时代里以地位和名声为评价标准的社会陋习的讽刺与批判，也对那些并未意识到自己可怜渺小的小人物表现出同情和悲哀，在令人心酸的苦笑中表达出作家变革现实和国民性改造的思想努力。

这是契诃夫小说艺术的精粹所在，也是对中国现代作家影响深远的“含泪的微笑”。对于缺乏幽默讽刺文学传统和以沉郁悲哀为基调的中国现代文学来说，无疑吹来了一股别开生面的清新的风。在现代作家中，受契诃夫幽默讽刺文学影响最为明显、成就最为突出的，当属被称为“中国的契诃夫”和“文字漫画家”的张天翼。张天翼在谈到他所受外国作家的影响时说：“对于十九世纪欧洲的文学家，最钦佩的是果戈理，其次是契诃夫和莫泊桑。”[①] “他佩服契诃夫表现人们的‘平庸、厌倦、烦恼，彼此觉得可憎’的讽刺主题，也佩服他的小说于平淡无奇之中极耐咀嚼，有一股‘又苦又辣的味道，使人微笑又使人哀伤’的调子。”[②] 的确，张天翼在将讽刺幽默笔法与严肃重大的社会政治主题，以及国民性改造的现代文学基本主题紧密结合，使小说在引人发笑的情节安排和形象刻画中“追求一种使社会得到普遍改进的功利目标”[③] 方面，是深得契诃夫文学精髓并取得较大成功的。但在我们看来，他与契诃夫在小说的艺术构思上、在幽默

① 周颂棣：《我和天翼相处的日子》，沈承宽等编：《张天翼研究资料》，中国社会科学出版社 1981 年版，第 66 页。

② 吴福辉：《张天翼：熔铸于英俄讽刺的交汇处》，曾小逸主编：《走向世界文学：中国现代作家与外国文学》，湖南人民出版社 1986 年版，第 297 页。

③ ［法］亨利·柏格森著，乐爱国译：《笑与滑稽》，广东人民出版社 2000 年版，第 14 页。

讽刺技巧的艺术探索上更具有可比较性。

首先，契诃夫与张天翼都善于从习见的日常生活现象中，提炼出看似平淡无奇、实则富有典型意义的人物和情节，加以合乎逻辑的夸张，造成强烈的讽刺效果，同时达到讽喻现实和批判人性阴暗面的目的。在这里，重要的不是搞笑的噱头或偶然事件，而是真实和司空见惯，这才是讽刺的生命和艺术力量所在。正如鲁迅所说："'讽刺'的生命是真实；不必是曾有的实事，但必须是会有的实情。所以它不是'捏造'，也不是'诬蔑'；既不是'揭发阴私'，又不是专记骇人听闻的所谓'奇闻'或'怪现状'。它所写的事情是公然的，也是常见的，平时是谁都毫不注意的。不过这事情在那时已经是不合理，可笑，可鄙，甚而至于可恶。但这么行下来了，习惯了，虽然在大庭广众之间，谁也不觉得奇怪；现在经它特别一提，就动人。"① 契诃夫的《横祸》写一个银行小职员累了一天后，十分疲乏，他最想做的就是能够安安静静睡觉休息，但隔壁房间里的喧闹声将他从梦乡中惊醒，再也难以入眠。愤怒中，他跑进正在举行酒宴的隔壁房间，准备狠狠申斥一番。但一眼看见端坐席间的是银行经理，刹那间，他的愤怒和勇气烟消云散。一个月后，他被经理开除了。张天翼的《出走以后》写一位颇有新思想的富家太太愤于丈夫压榨工人的残酷而跑回娘家，她认为丈夫是丑恶腐化、自私自利的"国家和社会上的罪人"。但同样是给她灌输过"新思想"、启发她关注和思考社会现实问题的七叔现在却劝慰她："思想归思想，生活归生活"，思想不妨先进，表示并不落伍，而生活则应该尽可

① 鲁迅：《什么是"讽刺"?》《鲁迅全集》第6卷，人民文学出版社1982年版，第328页。

能享受牛油面包。在这种自相矛盾的人生哲学面前，离家出走仅仅一天的她对镜化妆，安心等待丈夫接回。两篇小说的题材和主题尽管不同，但却都是现实生活中随时随处可能发生的事，正因为如此常见，才显得真实动人。

其次，契诃夫和张天翼善于捕捉最能够体现人物性格特征的某些细节，在经过提炼概括之后，往往就会成为某种性格或社会现象的代名词，即“个性寓于共性之中”了。在契诃夫小说中，最为人们熟知的莫过于“套中人”别里科夫和“变色龙”奥楚蔑洛夫。别里科夫是一个蜗牛一样极力把自己龟缩在壳里的可怜而又可笑的人物，作者通过外貌、生活琐事和心理细节来揭示这一特殊年代里培育出来的性格的怪诞与荒唐。别里科夫是“套子”的受害者，他不仅将自己装在各种套子里，扩展到个人生活的一切方面，直到那著名的套鞋雨伞。而且，他的存在又成为紧箍在别人头上的“套子”。“套子”不再仅仅属于别里科夫专有，它成了所有社会里一切保守、胆怯、奴性、犬儒性格和生活哲学的形象概括；奥楚蔑洛夫同样具有这一特点。在所有时代里，那些见风使舵、首鼠两端、欺下媚上、毫无节操的人物与性格都是“变色龙”或他的同类。张天翼笔下的“华威先生”装腔作势、矫揉造作、自命不凡，他的自称“忙”，永远挟着的公文包，坐着飞快穿梭的包车，拿着雪茄的兰花指，到处开会和千篇一律的讲话，到处伸手要官和数不清的各种头衔，以及只讲空话、不干事实、爱出风头、沽名钓誉的作风，使这一形象超越了时代限制，成为现代官僚体制下一切大小官僚的活画像；《包氏父子》中的老包为了让儿子出人头地，成为上等人，而自己也能够从一个卑微的老听差变成享清福的老太爷，忍辱负重、含辛茹苦，但结局却是一场空幻的镜花水月；老包在儿子包国维面前的谨小慎微、关怀备至，甚至奴颜婢膝，包国维在家里趾高气扬、在富有同学面前的感伤自卑与巴结讨好，是一切家境贫寒而望子成龙的家长和不知自重、不求上进的子女的典型形象。

契诃夫和张天翼还善于运用正反、主次、明暗、善恶相互映照比衬的手法，或者让知情者当场拆穿假面，或者让弱小者巧妙战胜貌似强大的“纸老虎”，或者在次要人物的冷眼旁观中，挖掘出被批判讽刺者灵魂的卑鄙肮脏与外强中干、不堪一击。契诃夫的《跳来跳去的女人》通过诚挚谦逊、认真工作、献身科学的医生迪莫夫的死，反衬出他的妻子及其周围的所谓“知识分子”的庸俗无聊；《醋栗》写的是伊凡内奇向友人讲述其弟弟尼古拉的发迹史和生活变化及现状。出身寒微的尼古拉厌恶平淡无聊的官吏生活，向往曾经度过童年的农村生活的自由自在。于是，他产生了拥有一个自己的种着醋栗树的庄园的梦想。他省吃俭用、过着叫花子一样的生活，拼命攒钱，甚至不惜娶一个又老又丑、毫无感情的富有寡妇以继承遗产。但当这一切变成现实，纯洁的童年回忆所引起的浪漫诗意被平庸单调所取代，主人公将自己束缚在贫乏、呆板、狭隘的生活公式中难以自拔。他整日整夜品尝着干硬酸涩的醋栗并赞不绝口，只因为那醋栗是属于他的财产！在伊凡内奇的眼里，尼古拉已经变成了一头在泥淖中打滚、却洋洋得意、自以为幸福无比的猪！伊凡内奇讲弟弟故事的目的是为了提醒人们：生活还有另外一面，天下还有不幸的人，拥有“醋栗树”并不意味着找到了生活的方向和意义。但当他讲完故事后，却发现友人布尔金和阿列欣反应平淡，安然入睡。他们和尼古拉没有任何区别，只不过没有他幸运、还没有找到那棵“醋栗树”罢了！于是他只好哀叹：“主啊，饶恕我们这些罪人吧！”屠尔科夫说：“这当然不是一般传统的睡前祈祷，而是晚间交谈的一种痛苦总结，甚至还可能是他在想到世上的严重不平和人们对这种不平所抱的悲剧性的麻木不仁的态度时感到的内心惶恐。”① 张天翼的《三太爷与桂生》安排一个饱经沧桑、深通人情世故、不乏正直善良的陈府仆人老范，来讲述20世纪20年代末参加农民运动的佃户桂生与恶霸地主三太爷之间的生死搏斗。心狠手辣、狡猾恶毒的三太爷在革命高潮到来时装模做样，“咸与维新”，在革命低落时反攻倒算；当桂生得意时极力奉承拉拢，当桂生不愿替他运烟土做替罪羊时，便利用宗法力量诬蔑他姐弟通奸而将他们活埋。在老范迟钝模糊的回忆和期期艾艾的讲述中，在他苍老沙哑、沉重郁闷的叹息中，在他似懂非懂、半清不楚的猜测中，事件的残酷真相和恶霸地主吃人的血腥本性以及吃人伎俩昭然若揭。正因为老范与伊凡内奇一样，亲眼目睹了整个事件，也熟悉主要人物，所以他们的讲述才真实可信，他们的揭发才深刻有力、引人深思。在《脊背与奶子》中，张天翼通过精明能干、敢说敢做、勇于追求真挚爱情的任三嫂与贪淫愚蠢、虚伪狠毒的长太爷之间的斗法，揭露了借口维持纲纪、整顿风气的族绅长太爷大发威风、鞭笞他人脊背，实则是为了脊背前面的奶子的虚伪、丑恶和肮脏的灵魂。在一正一反、一胜一败、一强一弱的力量转换之间，不仅“纸老虎”的真面目暴露无遗，来自草莽民间的野性和活力、智慧和勇气、真爱的火热和蓬勃生机也跃然纸上。在鲜明的对比中，在对权势者的哄然嘲笑和对小人物的称赞钦佩中，讽刺意味力透纸背。

最后，契诃夫和张天翼还善于把人物在不同环境、不同场

---

① ［苏联］安·屠尔科夫著，朱逸森译：《安·巴·契诃夫和他的时代》，中国社会科学出版社1984年版，第358页。

合、不同条件下的言行心理加以对比，运用“突转”技巧，使人物性格得到深化，造成强烈的喜剧效果。契诃夫说：“我结束每一幕跟结束一个短篇小说一样，我让每一幕都和平安静的进行，到结局我打了观众一个耳光。我把全部精力用在几个确实强烈而鲜明的地方。”① 张天翼也说：“这种突转技巧的运用，不仅激化了矛盾，也加快了情节的急速发展，在有限的篇幅里使情节变得曲折有致，而且还将人物‘翻了一个身’，现出本相，增加了讽刺的尖锐性。”② 契诃夫前期的大多数幽默讽刺小说都采用了这一技巧。比如，《合二而一》中的主人公是一个卑贱、沉默、渺小、猥琐的窝囊废，这个“活在世上无非是为了拾起别人掉在地上的手绢，为了给人拜年拜节而已”的人，有一天却在公共马车上大谈“自由”和法国内阁总理甘必大。然而一旦发现他的上司也在车上时，他顿时呆若木鸡，四肢颤抖，恢复了他那猥琐窝囊的面孔。《假面》写几个知识分子正在举办假面舞会的俱乐部阅览室休息读报，突然一个戴着假面的男子闯进来敲桌拍凳、撕碎书报、破口骂人。知识分子们请来了警察局长。当警察局长准备使用武力并写呈文提起诉讼时，男子取下假面，露出醉脸，原来是当地的百万富翁。知识分子和警察们只能垂头丧气地悄悄离开，心情沮丧地等待着即将来临的灾难。当百万富翁心满意足地走后，知识分子们又安心而高兴起来了，还以曾和百万富翁握过手自得。张天翼《“新生”》中的主人公李逸漠在抗日战火的鼓舞下决定要重获“新生”，认为“以前种种譬如昨日

① ［俄］契诃夫著，汝龙译：《契诃夫论文学》，人民文学出版社1958年版，第210页。

② 张天翼：《谈人物描写》，《张天翼文学评论集》，人民文学出版社1984年版，第143页。

死”，现在则应该在这苦难的大时代里不怕吃苦受累，做一些有益于人民和抗战的事。但很快他就难以忍受生活的沉闷无聊，不仅不做任何有实际意义的事，反而和宣传汉奸理论的遗老结成了无话不谈的酒友，终日在酒醉中、在对以前安逸生活的回忆中打发时光。在这里，口头进取、实则后退，貌似激进、实则颓丧，名为新生、实则沉沦，豪情壮语与消极行动之间的矛盾使人物形象具有了喜剧性。

总之，在契诃夫的启发和影响下，张天翼将讽刺幽默笔法成功引入了中国现代短篇小说的艺术殿堂，不仅使自己成为一个个性鲜明的作家而在现代文学史上占据了重要而又特殊的一席，也极大地丰富了中国文学的多样性。这对于缺乏幽默讽刺传统的中国文学来说，应该是具有深远意义的。

参考文献

1. ［俄］别林斯基著，满涛译：《别林斯基选集》，上海译文出版社 1980 年版。

2. ［苏联］普列汉诺夫著，雪峰译：《艺术与社会生活》，水沫书店 1929 年版。

3. ［苏联］高尔基著，孟昌等译：《论文学》，人民文学出版社 1978 年版。

4. ［苏联］卢那察尔斯基著，蒋路译：《论文学》，人民文学出版社 1978 年版。

5. ［苏联］弗里契著，天行译：《艺术社会学》，水沫书店 1930 年版。

6. ［俄］陀思妥耶夫斯基著，冯增义、徐振亚译：《陀思妥耶夫斯基论艺术》，漓江出版社 1988 年版。

7. ［英］以赛亚·伯林著，彭淮栋译：《俄国思想家》，译林出版社 2003 年版。

8. ［苏联］弗·伊凡诺夫著，曹葆华、徐云生译：《苏联文学思想斗争史》，作家出版社 1957 年版。

9. ［苏联］季莫非耶夫主编，君强等译：《论苏联文学》，作家出版社 1958 年版。

10. [俄] 叶夫多基莫夫著，杨德友译：《俄罗斯思想中的基督》，学林出版社 1999 年版。

11. [俄] 弗·阿格诺索夫主编，石国雄、王加兴译：《白银时代俄国文学》，译林出版社 2001 年版。

12. [俄] 尼·别尔嘉耶夫著，雷永生、邱守娟译：《俄罗斯思想：十九世纪末至二十世纪初俄罗斯思想的主要问题》，三联书店 2004 年版。

13.《苏联"无产阶级文化派"论争资料选编》，人民出版社 1980 年版。

14.《无产阶级文化派资料选编》，中国社会科学出版社 1983 年版。

15.《苏联文学艺术问题》，人民文学出版社 1959 年版。

16.《"拉普"资料汇编》，中国社会科学出版社 1981 年版。

17.《论当代苏联文学》，外语教学与研究出版社 1981 年版。

18.《西方论苏联当代文学》，北京大学出版社 1982 年版。

19.《关于〈解冻〉及其思潮》，北京大学出版社 1982 年版。

20.《王国维文学美学论著集》，北岳文艺出版社 1987 年版。

21.《周扬文集》，人民文学出版社 1990 年版。

22.《雪峰文集》，人民文学出版社 1983 年版。

23.《胡风全集》，湖北人民出版社 1999 年版。

24.《夏衍选集》，四川文艺出版社 1988 年版。

25.《邵荃麟评论集》，人民文学出版社 1981 年版。

26.《瞿秋白文集》，人民文学出版社 1953 版。

27. 白嗣宏编：《无产阶级文化派资料选编》，中国社会科学出版社 1983 年版。

28. 吴迈元：《苏联文学思潮》，浙江文艺出版社 1985 年版。

29. 吴迈元、邓蜀平编：《五六十年代的苏联文学》，外语教学与研究出版社 1994 年版。

30. 李何林：《近二十年中国文艺思潮论：1917—1937》，陕西人民出版社 1981 年版。

31. 王富仁：《鲁迅前期小说与俄罗斯文学》，陕西人民出版社 1984 年版。

32. 孙乃修：《屠格涅夫与中国》，学林出版社 1988 年版。

33. 智量、王圣思：《俄国文学与中国》，华东师范大学出版社 1991 年版。

34. 艾晓明：《中国左翼文学思潮探源》，湖南出版社 1991 年版。

35. 倪蕊琴：《论中苏文学发展进程》，华东师范大学出版社 1991 年版。

36. 姚海：《俄罗斯文化之路》，浙江人民出版社 1992 年版。

37. 李辉凡：《二十世纪初俄苏文学思潮》，社会科学文献出版社，1993 年。

38. 翟厚隆编：《十月革命前后苏联文学流派》上编，上海译文出版社 1998 年版。

39. 张捷编：《十月革命前后苏联文学流派》下编，上海译文出版社 1998 年版。

40. 刘宁：《俄国文学批评史》，上海译文出版社 1999 年版。

41. 彭克巽：《苏联文艺学学派》，北京大学出版社 1999 年版。

42. 陈顺馨：《社会主义现实主义理论在中国的接受与转化》，安徽教育出版社 2000 版年。

43. 陈建华：《二十世纪中俄文学关系》，高等教育出版社 2002 年版。

44. 汪介之：《选择与失落：中俄文学关系的文化观照》，江苏文艺出版社 1995 年版。

45. 张杰，汪介之：《20 世纪俄罗斯文学批评史》，译林出版社 2000 年版。

46. 汪介之：《回望与沉思——俄苏文论在 20 世纪中国文坛》，北京大学出版社 2005 年版。

47. 周启超：《白银时代俄罗斯文学研究》，北京大学出版社 2003 年版。

48. 张捷：《热点追踪：20 世纪俄罗斯文学研究》，人民文学出版社 2003 年版。

49. 贾植芳、陈思和：《中外文学关系史汇编》，广西师范大学出版社 2004 年版。

50. 王加兴：《俄罗斯文学修辞特色研究》，北京大学出版社 2004 年版。

51. 李今：《三四十年代苏俄汉译文学论》，人民文学出版社 2006 年版。

52. 陈伯海：《近四百年中国文学思潮史》，上海：东方出版中心 1997 年。

53. 温儒敏：《中国现代文学批评史教程》，北京大学出版社 1993 年。

54. 刘炎生：《中国现代文学论争史》，广东人民出版社 1999 年版。

55. 杜书瀛：《中国 20 世纪文艺学学术史》，上海文艺出版社 2001 年版。

56. 黄曼君：《中国20世纪文学理论批评史》，中国文联出版社2002年版。

57. 王元骧：《文学理论与当代时代》，浙江大学出版社2002年版。

58. 赵家璧：《中国新文学大系·史料索引》，上海良友图书公司1936版。

59. 北京图书馆编：《民国时期总书目》，书目文献出版社1992年版。

60. 封世辉等编：《中国现代文学期刊目录汇编》，天津人民出版社1988版。

61. 贾植芳、俞元桂：《中国现代文学总书目》，福建教育出版社1993年版。

62. 刘增人等：《中国现代文学期刊史论》，新华出版社2005年版。

63. 郭延礼：《中国近代翻译文学概论》，湖北人民出版社1998年版。

64. 谢天振、查明建主编：《中国现代翻译文学史》，上海外语教育出版社2004年版。

65. 孟昭毅，李载道主编：《中国翻译文学史》，北京大学出版社2005年版。

66. 方华文：《20世纪中国翻译史》，西北大学出版社2005年版。

67. 汪剑钊：《中俄文字之交》，漓江出版社1999年版。

后　记

我的专业是中国现当代文学。由于中国现当代文学与外国文学的关系密切，也曾涉足比较文学的领域，其中包括对中国现代作家与俄罗斯作家的比较研究。专门进行中国现当代文学与俄（苏）文学关系的研究，却纯粹是因为一个偶然的机缘，即在20世纪末参与了一个国家社科基金的重点课题《20世纪中国文学与外国文学的关系》，我承担的是20世纪中国文学与俄（苏）文学、20世纪中国文学与西班牙文学的部分。这个任务完成后，恰巧碰到一个机会，我便在中俄文学关系研究的基础上设计了一个新的课题，名为《俄苏文学在中国的传播与接受》，申报十五“211工程”重点建设项目的子课题，获得了批准。当时的想法是，俄苏文学对20世纪中国文学产生了重大的影响，这是尽人皆知的事实，不过从事俄苏文学与中国现当代文学影响关系研究的，一般比较注重前者对后者的影响，且多是从文学现象的相似性方面入手，至于影响的方式、途径、媒介等问题虽然已经引起注意，并且取得了一些重要的成果，但它仍有进一步深入的空间。我觉得这可以从两个方面来进行，一是从历史上的意识形态纷争中超脱出来，以学术的立场就俄苏文学、文学批评理论对中国20世纪文学、文学批评理论的影响做一番系统的清理，对某些重要的历史和理论的纷争做出新的分析和阐释；二是把以前所忽略的一些方面作为重点来探讨，比如探讨中俄（苏）文学关系中期刊的角色和功能问题，这可以把以前的影响研究落到实处。

课题立项后，我先后与我的博士后和几位博士生、研究生分头动手做，有的专题后来就成了这些学生的研究报告和学位论文选题了。文章写出来后，由我统稿，提出修改意见，再返还各位进行修改，常常来往多次。其中，第四章到第六章，我参与的工作更多一些。可以说，这个项目是我们共同完成的。这些学生现在大多已经是一些重要的高校、报纸和杂志社的学术骨干，他们为此付出的劳动要比我多。

原计划还有另外一些俄罗斯和苏联的著名作家，如普希金、托尔斯泰、屠格涅夫、高尔基等在中国传播与接受的情况要研究，以求与书中已经展现的俄苏文学批评理论在中国的传播与接受相得益彰，但后来发现篇幅已经不小了，不宜再扩充，所以暂告一段落。

俄罗斯和苏联的文学创作和文学批评，是一座丰富的文化宝藏，值得也经得起深入开掘。我们在已有成果的基础上，利用新世纪的思想条件和资料条件进行研究，如果真有一些新的收获，也是借了新时代之光了，而在俄罗斯文学和苏联文学的专家看来，也难免会存在一些欠缺，我们真诚地希望得到指正。

这个课题从立项到完成总共四年，其间经历了一些难以忘怀的人事变故。但太阳每天照常升起，生活如歌，给人带来希望，说明只要你在努力，一定是会得到回报的。

书中第一章，是我完成的国家社科基金项目《20世纪中国文学与外国文学关系》中的中俄（苏）文学关系的部分，其他各章的执笔者是：第二章庄桂成，第三章雍青，第四章一至四节张健，第五节孙霞和陈国恩，第六节祝学剑和陈国恩，第五章赵肖杏，第六章娄光辉，附录权绘锦。

这本书的出版，得到了武汉大学文学院领导的大力支持，以专款资助；责编李炳青女士付出了辛勤的劳动，在此一并致以诚挚的感谢。

陈国恩

2009 年 5 月 10 日

记于武汉大学九区寓所